博雅文学译丛

M. H. Abrams

The Mirror and the Lamp

Romantic Theory and
the Critical Tradition

镜与灯

浪漫主义文论及批评传统
（修订译本）

〔美〕M.H.艾布拉姆斯 著

郦稚牛 童庆生 张照进 译

童庆生 校

北京大学出版社
PEKING UNIVERSITY PRESS

著作权合同登记号 图字：01-2003-3140

图书在版编目（CIP）数据

镜与灯：浪漫主义文论及批评传统：修订译本 /（美）M. H. 艾布拉姆斯著；郦稚牛，童庆生，张照进译. —4 版. —北京：北京大学出版社，2021.9
（博雅文学译丛）
ISBN 978-7-301-32322-9

Ⅰ.①镜… Ⅱ.① M…②郦…③童…④张… Ⅲ.①浪漫主义 – 文学评论 – 西方国家 Ⅳ.① I109.9

中国版本图书馆 CIP 数据核字（2021）第 162281 号

Copyright © 1953 by Oxford University Press, Inc.
"THE MIRROR AND THE LAMP: ROMANTIC THEORY AND THE CRITICAL TRADITION, FIRST EDITION" was originally published in English in 1953. This translation is published by arrangement with Oxford University Press.

书　　名	镜与灯：浪漫主义文论及批评传统（修订译本） JING YU DING: LANGMAN ZHUYI WENLUN JI PIPING CHUANTONG（XIUDING YIBEN）
著作责任者	〔美〕M. H. 艾布拉姆斯（M. H. Abrams）著 郦稚牛　童庆生　张照进 译　童庆生 校
责任编辑	张文礼
标准书号	ISBN 978-7-301-32322-9
出版发行	北京大学出版社
地　　址	北京市海淀区成府路 205 号　100871
网　　址	http://www.pup.cn　新浪微博 @ 北京大学出版社
电子邮箱	编辑部 wsz@pup.cn　总编室 zpup@pup.cn
电　　话	邮购部 010-62752015　发行部 010-62750672 编辑部 010-62767315
印刷者	天津中印联印务有限公司
经销者	新华书店
	650 毫米 ×980 毫米　16 开本　29.25 印张　459 千字 1989 年 12 月第 1 版　2004 年 1 月第 2 版 2015 年 8 月第 3 版 2021 年 9 月第 4 版　2024 年 11 月第 4 次印刷
定　　价	118.00 元

未经许可，不得以任何方式复制或抄袭本书之部分或全部内容。
版权所有，侵权必究
举报电话：010-62752024　电子邮箱：fd@pup.cn
图书如有印装质量问题，请与出版部联系，电话：010-62756370

应该走得更远一些；心灵必须背叛自己，催生新我，必是这一活动，镜变为灯。

——威廉·巴特勒·叶芝

目 录

历史·比喻·文学——修订译本序　童庆生 / 1

序　言 / 001

第一章　导论：批评理论的总趋向 / 005
　　一　艺术批评的诸种坐标 / 008
　　二　模仿说 / 010
　　三　实用说 / 017
　　四　表现说 / 024
　　五　客观说 / 029

第二章　模仿与镜子 / 037
　　一　艺术犹如镜子 / 039
　　二　经验主义理想中的模仿对象 / 043
　　三　超验主义的理想 / 050

第三章　浪漫主义关于艺术和心灵的类比 / 059
　　一　关于"表现"的各种隐喻 / 060
　　二　情绪和诗歌对象 / 066
　　三　心灵比喻的变迁 / 069

第四章　诗歌和艺术的表现理论的发展 / 091

一　假如你要我哭…… / 092

二　朗吉弩斯及其追随者 / 094

三　原始语言和原始诗歌 / 100

四　作为诗歌规范的抒情诗 / 106

五　德国的表现说：音乐诗 / 110

六　华兹华斯、布莱尔和探索者 / 116

七　表现说与表现实践 / 119

第五章　浪漫主义理论种种：华兹华斯与柯尔律治 / 129

一　华兹华斯与 18 世纪 / 133

二　柯尔律治论诗篇、诗歌与诗人 / 144

第六章　浪漫主义理论诸家论：雪莱、哈兹里特、基布尔及其他 / 159

一　雪莱和浪漫派的柏拉图主义 / 161

二　朗吉弩斯、哈兹里特、济慈及其强度标准 / 167

三　作为宣泄的诗：约翰·基布尔及其他人 / 173

四　表现性语言的语义学：亚历山大·史密斯 / 184

第七章　文学创造心理学：机械论与有机论 / 197

一　文学创造的机械论 / 200

二　柯尔律治的机械幻想和有机想象 / 209

三　浪漫主义时期的联想性想象 / 219

第八章　文学创造心理学：无意识的天赋和有机体的生长 / 233

一　自然而成的天才、灵感和韵致 / 237

二　18 世纪英国的自然天才论和自然生长论 / 249

三　德国以植物喻天才的种种理论 / 253

四　英国批评中的无意识创造 / 267
　　五　柯尔律治与有机主义美学 / 272

第九章　展示个性的文学 / 289
　　一　风格与人 / 292
　　二　主观和客观以及浪漫主义多重解释说 / 300
　　三　英国理论中的主观和客观 / 306
　　四　莎士比亚的悖论 / 309
　　五　弥尔顿、撒旦和夏娃 / 315
　　六　开启荷马心灵的钥匙 / 323

第十章　忠实于自然的标准：罗曼司、神话和隐喻 / 339
　　一　真实与诗的神奇 / 341
　　二　偏离经验真实的逻辑 / 345
　　三　作为异态世界的诗 / 349
　　四　诗的真实和隐喻 / 364
　　五　华兹华斯、柯尔律治论拟人化与神话 / 369

第十一章　浪漫主义批评中的科学与诗歌 / 387
　　一　实证主义与诗歌 / 389
　　二　牛顿的彩虹和诗人的彩虹 / 393
　　三　诗歌的真实和诚实 / 404
　　四　既不真亦不假的诗 / 412
　　五　浪漫主义诗歌的作用 / 419

历史・比喻・文学
——修订译本序

童庆生

2014 年 7 月 28 日,奥巴马总统在白宫向坐在轮椅上、满头银发的 M. H. 艾布拉姆斯颁授 2013 年度的国家人文科学勋章(the National Humanities Medal),表彰他为美国学术作出的杰出贡献。授奖词高度评价了他所取得的学术成就,特别指出,艾氏之研究不仅加深了人们"对浪漫主义传统的认知",而且极大地拓展了"文学研究领域"。[1] 据奖项官网介绍,国家人文科学勋章奖项设立于 1997 年,授予那些"加深了国人对人文科学的理解,拓宽了公民和历史、文学、语言、哲学及其他人文科目互动范围"的研究者或团队。[2] 对艾布拉姆斯而言,国家人文科学勋章或许是迟到的荣誉,此时,他已年届 102 岁,步入了生命的最后时段。2015 年 4 月 21 日,获奖后不到一年,艾布拉姆斯去世。不过,这枚人文勋章也因此具有了一定的象征意义,为这位文学教育界的耆老半个多世纪的研究、著述和教学职业生涯画上了圆满的句号。

《镜与灯:浪漫主义文论及批评传统》(1953 年,下文简称《镜与灯》)奠定了艾布拉姆斯在学术界和文学批评理论界的地位。这是一部聚焦 19 世纪初期英国文学的断代史,全面整理、叙述、建构了英国浪漫主义文学思想和批评实践,不仅提供了认识解读这一文学运动的理论框架和批评语言,同时扩展深化了读者对总体文学现象的认识。1957 年,哥伦比亚大学征询 250 位批评家、学者和教授,请他们甄别评选此前 30 年中出版的文学研究佳作,最后共有 5 本著作入选,《镜与灯》是其中之一。其他4种分别是刘易斯（C.S. Lewis）的《爱的寓言》（*The Allegory of Love*）、F.O. 马西森（F.O. Matthiessen）的《美国文艺复兴》（*American Renaissance*）、《T.S. 艾略特文集》（*The Collected Essays of T.S. Eliot*），以及备受艾布拉姆斯推崇的学者洛夫乔伊（Arthur O. Lovejoy）的《存在之巨链》（*The Great Chain of Being*）。[3] 当然，学术著作的价值和意义不应取决于学术机构或出版社这类不无市场运作意味的评选评奖活动。与《镜与灯》同时上榜的其他几本著作，曾几何时，大多已寂寂无人知晓，即使在大学英美文学本科专业的参考书目中也极为罕见。相比之下，《镜与灯》出版半个多世纪以来，一直都是欧洲文学史研究，特别是英国浪漫主义文学思想史研究无法绕过的参考书，在学术界和思想界具有广泛而深远的影响。1998年，距哥伦比亚大学评选四十多年后，美国出版社现代图书馆公布了100部20世纪最具影响的非虚构著作书单，《镜与灯》位列第25部。[4] 在跨越不同年代的评选活动中榜上有名，这从一个侧面证实了《镜与灯》的价值和影响。

二

作为一部断代文学思想史，《镜与灯》在研究范式、历史书写、批评实践等诸方面皆有示范性作用。如其副标题所示，本书关注的是"浪漫主义文论及批评传统"之间的关系。然而，不无讽刺的是，《镜与灯》最为人熟知和津津乐道的部分并非作者倾力而为的浪漫主义文论及批评实践，而是为讨论这一主旨内容作铺垫的导论，即本书开篇章"批评理论的总趋向"。在文本接受过程中，我们常会碰到这样的悖论，作者与读者对书中内容有不同的偏好，作者诉诸文字的初衷未必是读者之兴趣所在，而读者喜爱的部分、认可的精华也不必是作者倾心之处、重点所在。可以说，《镜与灯》广泛的影响至少部分源自读者对第一章的偏爱和"误读"，而其中隐含的接受学意义上的悖论值得深思。[5]

然而，"批评理论的总趋向"确是一篇精彩的导论。在短短二十几页中，艾布拉姆斯纵览欧洲2500多年的文学批评史，演示文学批评思想的流变，高屋建瓴却不失精准，宏观综合而又形象直观，展现出高超的历史叙事技巧。文学批评思想史研究与其他思想史研究并无质的不同。历史上形形色色的理论体系、思想观点，或同生共存，或前后交错，相互间既有影响继承的关系，又有针锋相对相互排斥的现象，也有相当数量的表述受制于特定的语境而具有一定的偶然性、孤立性。文学批评思想史亦然，不同的理论、观点、立场、争论等，枝蔓缠绕，"剪不断，理还乱"，写什么，如何写，令人大费周章。最为常见的书写方法是依循时间的顺序追溯文学批评思想谱系。例如，韦勒克的《近代文学批评史，1750—1950》（1955—1992年）在这方面颇具代表性。这部批评史的首卷初版于1955年，与《镜与灯》的出版前后相差不过两年，而最后一卷直到1992年才出版。全书共八大卷，耗时37年，是韦勒克耗费毕生心血的著作，据说，最后两卷是作者在病床上口述完成的。《近代文学批评史，1750—1950》篇幅巨大，但覆盖的时间跨度仅为近现代两百年的欧洲文学批评史。编年史或通史完全受制于物理时间的框架，表面上看，逐年逐代记录文学批评史上的进程完全依循了自然的叙述顺序，然而，思想发展的进程并不总是依照时间的进度而进步，排列批评史上的人事、观点、文本，未必能准确把握真实的思想史进程。

显然，艾布拉姆斯在导论中刻意回避了编年史的书写模式，不以物理时间为叙述架构，而是以精心提炼的"四要素"为讨论起点和叙述框架，梳理批评思想的继承和转换、蜕变和革新，追溯文学理论的内在逻辑和走向，在此基础上总结归纳出与"四要素"相对应的批评理论："模仿说""实用说""表现说"和"客观说"。摆脱了物理时间上的限制，艾布拉姆斯意外地获得了更多思辨的空间和主体的自由。以观念要素为叙述框架要求作者自觉超越叙述讨论中可能涉及的特定的批评家、文本、时段和地区等细节，将注意力聚焦批评思想和观念本身，因而作者可以在相对抽象的观念层面上，跳跃性地展示批评流派的异同和转变。读者尽可按照艾氏描绘的批评路线图，为书中提及和未提及的批评家和文本找到合适的位置。

"批评理论的总趋向"对欧洲批评理论史中思潮流派的分类基于观

念,但毋庸置疑,其结论是历史性的。这不仅因为该章之宗旨是为接下来讨论和定义浪漫主义批评思想搭建平台和框架,更重要的是,作者依据"四要素"整理归纳出来的四组极具代表性的文学批评理论皆为历史的产物,只有在具体语境中方能充分显示其曾经在历史上发挥过的影响和作用。它们如同四大区块,共同拼构出欧洲文学批评思想史的版图。大致可以这么说:前两种理论,"模仿说"和"实用说"及其相应的批评实践盛行于18世纪末以前,而后两种批评理论中的"表现说"兴于18世纪末,盛于19世纪上半叶,是浪漫时期占据主流的批评思想。最后,以文本为中心的"客观说"流行于20世纪上半叶,直至《镜与灯》出版之际,仍然主导着学界解读文学作品的实践。欧洲长达2500多年的文学批评史就是这样被艾布拉姆斯轻松直观地嵌入"四要素"构成的三角图形中,历史上曾经纷繁混乱的批评思想开始变得井然有序。

毋庸讳言,艾氏的"四要素"也有其局限性。首先,经过如此划分呈现的文学批评思想史固然清晰明了,易懂易记,但终究还是粗线条的速写,不免失之粗疏,必然遗漏省略了丰富的历史细节,因而极有可能将错综复杂的批评思想史简单化。其次,以"四要素"建构的框架带有理论上的预设,而这预设是否可靠,值得深入思考。在"四要素"制约下,四种批评理论倾向或流派似乎只能分别源于其中的某一个要素,否则,便无从获得充分的自我定义和自我实现。例如,"模仿说"只能强调"四要素"中的"世界",忽略不计其他三要素;"实用说"只关注受众,与其他要素似乎并无实质的关联。如果说以作品文本为中心的批评理论即为"客观说",这是否意味着作者和读者的主体性已然降至可以忽略不计的程度?而"模仿说"中的作者,夹在"世界"与"作品"之间,其功能犹如一条通道,毫无能动性创造性可言,这样的"模仿说"岂非更像"客观说"?读者难免会心生疑虑:一种理论为何不可同时兼顾两个甚至两个以上的要素呢?历史上的批评思想理论流派果真这般整齐划一,以至于史学家可以干净整齐地归类、界定、命名它们?这样分类历史上的理论思潮真能反映无限丰富的批评思想史吗?艾布拉姆斯将浪漫主义文艺思想定义为"表现说",然而,我们知道,华兹华斯在强调诗歌作为诗人自我情感延伸的同时，极为重视诗歌语言和诗歌形式的独特作用和价值，反复强调外部世界对于诗歌创作的重要性，从未忘却或轻视过文学的巨大的道德作用和社会功能，视诗歌为捍卫人类文明的最后防线。他在《抒情歌谣集·序言》中对这些立场和观点都一一做了清晰而有力的表述。华兹华斯的诗论已然如此丰富，考虑到同期其他主要诗人的观点和思想，英国浪漫主义批评思想的实际情况必然更加复杂，岂是简单的"表现说"三个字所能概括？

当然，艾布拉姆斯的目的并非以一种理论概括整个时代的文学思想和批评实践，他对"四要素"的局限性有清醒的认识，只是在研究写作的实际过程中目睹文学批评思想史研究中的混乱，他感到有必要想象建构一套"既简洁又灵活的参照系"，以最直接的方法、最明了的语言去讨论涵盖"尽可能多的艺术理论体系"。真实的历史世界里并无先验的研究套路、现成的解读框架，所以，最易达至目的、最是一目了然的分类法，便是最好的分类法。[6] 艾布拉姆斯从错综复杂的文学批评史中提炼出"四要素"，并作为概念依托和叙述切入点，这看似简单，却是高度抽象和宏观综合的结晶，蕴含着深厚的学养，展现出典型的英美实用主义的研究传统：化繁为简，举重若轻，明了直接。果然，以"四要素"观照欧洲批评思想史，迷雾尽散，眼前一片晴朗。这样的历史书写模式令艾布拉姆斯备感兴奋，多年后，他回忆起当年写作《镜与灯》第一章的情形，欣喜之情仍溢于言表，"突然间，可以将混乱的批评理论分门别类，而一旦将它们分门别类，就可以看到它们如何彼此相伴而行，如何各自讲述着属于自己那部分的故事"[7]，又如何共同讲述着一个完整的批评史故事。对于在文学思想史的混乱无序中艰难跋涉的读者来说，"四要素"不啻为一把利器，可供他们清除枝蔓缠绕，寻找前行的路径。这篇导论惠及了几代读者，它在读者心目中的价值和地位颇高，这绝非没有理由。

艾布拉姆斯多次指出，"四要素"服务于《镜与灯》的论述主旨，导论原为辅助性章节，然而，不无讽刺的是，这篇导论的影响超过了《镜与灯》本身，颇有些喧宾夺主的意味。不仅如此，导论被收入多种文学批评文集，成为研习文学理论批评史的重要文本和教材，"四要素"及其相关的四种理论分类也常被误读为原创性的文学批评方法，对批评理论历史的解读竟被混淆为原创性批评理论。其实，艾布拉姆斯并未试图提出自己的批评理论，他本人对导论的巨大成功和影响始料未及，喜忧参半。一方面，导论大大提高了《镜与灯》的知名度，另一方面，导论的影响使得这部研究浪漫主义文学的学术专著超出了其预设的学术范围和读者群，在一定程度上掩盖、削弱了《镜与灯》的理论主旨和学术价值。读者津津乐道"四要素"时，已无暇顾及本书的核心关切，而对浪漫主义诗学无特别专业兴趣的读者读毕导论，似乎没有必要继续研读下面的章节。直到晚年，艾布拉姆斯对《镜与灯》接受过程中出现的这种情况仍然耿耿于怀，他抱怨道，谈到《镜与灯》，"人们更愿意记得第一章"，还有就是本书的题目"镜与灯"，[8] 除此之外，很少有人在公共学术空间认真讨论这部专著的核心关切。

二

整理、提炼、描述、定义英国浪漫主义文艺思想，使之获得前所未有的清晰的思想史身份和定位，这是《镜与灯》突出的贡献和成就。本书目的明确，基本论点并不复杂。前面提到，艾布拉姆斯在第一章导论中将浪漫主义文学思想概括为"表现说"，并声称，"表现说"的出现和兴起深刻改写了西方文艺思想的走向，具有革命性意义。书中接下来的章节便是从不同角度论证充实这一立论。在作者的历史叙事中，由古希腊罗马至18世纪末这段漫长的时间里，西方文艺思想虽有局部个别的调整变动，但总体而言，没有出现过本质性的变革和转型，表现出惊人的稳定性。他举例说，贺拉斯和约翰逊博士的批评理论和实践之间存在着差异，然而"二者在前提、宗旨和方法上的连续性却依稀可辨"（《镜与灯》，第1页）。西方文艺思想史上这种超稳定性结构直至18世纪末才被彻底打破，延续了2000多年的古典主义文艺思想和批评传统戛然而止，带有不同前提和宗旨的浪漫主义文艺思想取而代之，西方文学批评从此迈入全新的时代。

当然，提出浪漫主义批评理论是欧洲文艺思想史上的一场革命的宏大观点是一回事，坚实论证并令读者欣然接受这一观点却是另一回事。生活在 18 世纪末 19 世纪初的诗人、批评家们在思想和审美趣味上到底有何共性？他们与古典诗人、批评家的异同何在？如何在总体上把握描述浪漫主义文艺思想体系？诸如此类的问题构成了《镜与灯》的论述起点。应该看到，以这类问题为起点同样暗含着一定的理论预设，即浪漫主义文学批评思想是既定的存在，是一种"历史的先验"（a historical a priori）。显然，在这样的理论预设中，浪漫主义批评思想成了实实在在的过去，仿佛此时正安静沉睡在历史丛林中的某个角落，后代思想家的任务便是寻找它、发现它、唤醒它。如果幸运的话，思想史家便会很快在历史空间中与它相遇，这时便可轻轻弹拂去它身上堆积的时间尘土，再为它梳洗打扮一番，将它重新展现在世人的眼前。

然而，文学思想史上的过去，比如艾布拉姆斯在《镜与灯》中聚焦的浪漫主义文艺思想，未必是既定真实的存在，至少应该承认，在《镜与灯》出版之前，浪漫主义批评思想并无相对稳定、清晰可见的形态。当然，这里指出历史上没有稳定的原生态浪漫主义文艺思想，不等于说历史上从未出现、存在过不同形态的浪漫主义文艺思想，而是为了强调这一基本事实：浪漫主义诗人和批评家们未曾给后人留下他们之间已经形成共识的批评理论体系。在文学第一线上实践并推动今天我们称之为浪漫主义文学的诗人和批评家们并无清晰的组织、统一的理论身份和通用的文学称号，尽管他们可能持有诸多相同或相近的立场观点。读者只是在《镜与灯》以及其他研究这段时期文学的学术专著中看到一种特定的浪漫主义文学思想的轮廓、内容及特征等，特别是在艾氏提出"表现说"后，历史上的浪漫主义文学思想才获得了较为清晰的文学史身份，在读者的认知中形成了相对稳定完整的体系。在此意义上说，浪漫主义文艺思想在历史上既曾存在过，又不曾有过，既属于传统文艺思想的范畴，也是后代集体建构的结果。《镜与灯》便是这集体建构浪漫主义文艺思想工程中最初的重要成果之一。

文学史和文学思想史不同于一般正史，关注的对象并非政权更迭、社会转型等问题，而是文学及文学思想内在的发展脉络。韦勒克和沃伦有感于文学史书写之困难，在《文学理论》中反问道："书写文学史——既是文学的，又是一部历史，这可能吗？"他们认为，"大多数文学史都是社会史，或是以文学作例证的思想史，要不就是基本依照时间顺序排列的对具体作品的印象和评判"。[9]应该承认，韦勒克和沃伦这里指出的文学史书写社会学化和编年排列化的问题，至今尚未完全解决。那么，应该如何书写介乎存在和不存在、写实和想象之间的文学思想史？书写作为"历史"的文学思想史是否需要特别的概念框架，不同的叙述语言？如何理解历史上文学、思想和社会之间的区别和关联，如何确认文学思想的历史价值？这里，重温雷蒙·威廉斯（Raymond Williams）的文学史观或许有助于我们思考文学思想史研究中的这些难题。

在威廉斯的文学批评理论中，"情感结构"论（"Structures of Feeling"）无疑是其最具创意、最富想象力的理论贡献之一，其中蕴含着难能可贵的文学史观。威廉斯指出，小说（或推而广之，文学）不同于正史，是另一种历史，其价值在于记录保存了正史中无法或不愿描述的特定时代的情感经历。伟大小说家必定能敏感把握、准确记录其所处时代的"情感结构"，包括代表性人物某时某地的喜怒哀乐、稍纵即逝的情绪意念、难以形诸语言而意义深刻的情感经历等等。特定时代的情感结构一经文学史家发现、整理、呈现后，便有可能成为独立于正史之外的另一种历史。"情感结构"一词是威廉斯的首创，他解释说，"情感"是个人的，具有不稳定偶然的特性，而"结构"正好相反，是相对稳定持久的集体存在，因而，"情感结构"中包含历史经验中互为矛盾的两个方面，而其内在的理论张力中蕴藏着解读历史的钥匙。已经消失了的时代中的个人的情感活动，必然更为飘忽不定，难以定论，然而，如果从众多同时代文本中发掘整理这类情感的共性，相通的品质，那么个别的情感经验便会呈现出一定的普遍性和代表性，与其他个体情感经验一起共同构成所处时代的"情感结构"，并因此获得了相对稳定的存在架构。显然，作为历史形态的"情感结构"介乎存在和不存在之间，类似艾氏在《镜与灯》中讨论的浪漫主义文学思想史，特定时代的"情感结构"与特定时代的思想思潮一样，需要后人去发现、整理和重构，并以合适的理论语言展示给读者。当然,威廉斯"情感结构"的原意是用来解读维多利亚时期英国小说的文献功能和社会历史价值,但其意义无疑超越了英国小说研究,同样适用于讨论和书写历史上个体和集体的思想活动。[10]

如果说历史上曾经出现过浪漫主义文学思想,那么它必然是或隐或显、或多或少地散落保存在那个时代的诗人、批评家、艺术家留下的文字和作品中。18 世纪末 19 世纪初是英国文学史上一个辉煌的时代,群星璀璨,光彩夺目,不仅有华兹华斯、柯尔律治等开拓者,还有哈兹里特、德·昆西、拜伦、雪莱、济慈等一大批年轻一些的诗人、作家和批评家。他们背景不同,经历各异,信念有别,他们的作品形式多样,庞杂繁多,不仅有诗作,还有评论、政论、书信、日记、序言、后记、回忆录等等。几代浪漫派诗人身后留下的文字犹如一座庞大的档案馆、数据库,而要重建浪漫主义的"情感结构"就必须回到这里,由此获取书写历史的材料、观点、文本和个例。准确把握及全面展现这段时期的"情感结构",不仅需要检视当时已成名的诗人及其作品,还需钩沉被常规历史书写遗漏、忽视、边缘化的文本材料。历史研究必须重启边缘的历史,书写被遗忘的人事、材料、文本等,这是威廉斯"情感结构"论带给我们的重要启示。

艾布拉姆斯自然极为重视华兹华斯和柯尔律治这些当时已经成名的诗人和批评家,但他也愿意回归文学的原始材料档案馆,徜徉于当时的报章杂志、书札手稿,在鲜为人知的诗人、批评家,甚至无名氏的文字中搜寻采集相关的佐证材料。在这边缘却真实的历史中,作者和读者或许更能感受到那个时代的思想情感的脉搏。艾布拉姆斯学识邃密,对历史文献价值的判断极为敏锐,在原始材料使用上旁征博引,驾轻就熟,达至广度和深度上近乎完美的平衡,展示出高超的提炼升华历史素材的手段。《镜与灯》所引证的材料(包括文本和观点)皆为真实的历史材料,然而,如前所述,本书重点叙述的那段由"镜"向"灯"转变的思想史却不必是既定的存在,而是作者基于历史材料对那段时期可能出现或存在过的文学思想的想象和重建。想象是历史书写的一部分,而书写历史的过程同时也是解读历史的过程。《镜与灯》出版后,这段英国文学思想史上曾经的千丝万缕,烦冗芜杂,开始变得有条不紊,先后有序,渐渐显现出种种内在联系,置身其中的诗人、批评家们展示出相同或相近的观点、倾向和趣味,浪漫主义批评思想因此有了可以让读者把握的具体形态。

三

文学的进步取决于人在自我认识上的进步,而批评思想的嬗变折射出历史上主体自我认识的变化。《镜与灯》显示,人们在探索自我的漫长过程中发现,心灵及其与外部世界的关系最为隐晦,难以形诸直白的语言。因此,历代文学思想家们不得不借助比喻直接或间接的联想和暗示,将抽象的思想、精神、情感等心灵活动与日常经验中熟识的事物加以比较,借此解读描述心灵的特性及其与外部的关系,我们不妨将这类比喻称作"意象观念"。文学思想史上留下了大量有关心灵的比喻,除去本书题中的"镜"与"灯",常见的比喻还有"海洋""太阳""天空""喷泉""树木""竖琴"等。艾布拉姆斯在书中以大量篇幅(第二、三章)讨论这类比喻的源起与使用,着重检视了"镜"与"灯"的运用和流变。他上溯亚里士多德,下至19世纪英国诗人,逍遥汗漫,剥茧抽丝,逐一解读这对"心灵比喻"各自承载的思想、理念、意义和价值,及其如何浸渐年深,沉淀积累,最后从原先的比喻意象转化为带有普遍意义的观念的过程。正如作者所说,西方思想史上的"镜"和"灯"已非日常物件的意象,也不再是简单的修辞比喻,而是思想的结晶,成为解读主体意识和批评传统绝佳的结合点。他以"镜"喻古典主义文艺思想,以"灯"喻浪漫主义文艺思想,借助"镜"和"灯"的物理功能,赋予历史上这两种文艺思潮特定的品质,同时确立了先"镜"后"灯"的时间顺序,两者既因时间相异,又因时间相关联。在艾氏的叙述中,模仿说的"镜"和表现说的"灯"便这样简单直接地勾勒出从古典诗心到浪漫诗心的转换过程。

不难看出,艾布拉姆斯十分善于选择使用极具表现力的"关键词"和比喻，穿越纷繁的原始材料直观呈现浪漫主义文学批评思想史的架构轮廓。书题中这对著名的比喻"镜"和"灯"，即以意象浓缩了作者对浪漫主义文艺思想兴起和发展过程的解读。书题出自诗人叶芝为其选编的《牛津现代诗选，1892—1935》（1936年，下文简称为《现代诗选》）所写的长篇导论。叶芝在导论中以诗人特有的敏感讨论现代诗身份的不确定性，在编选诗篇上显示出独特的眼光，出人意料地收入了沃特·佩特（Walter Pater）在《莱昂纳多·达·芬奇》一文中描述《蒙娜丽莎》的一段文字。佩特在牛津大学教过王尔德，是19世纪末期英国唯美主义的主要倡导者，其精致考究的评论文字如诗如画，向来备受推崇。叶芝将佩特的这段文字拆解分行呈现，遂成诗一首，题为《蒙娜丽莎》，印在《现代诗选》的卷首。叶芝已于1923年获诺贝尔文学奖，此时的他早已名满天下，在诗集编选上或许也拥有"诗人特权"，方可如此不拘一格而不为人诟病。就在《现代诗选》出版前一两年，艾布拉姆斯在英国已和叶芝见过面。叶芝在导论中论及现代诗风变化时写道："应该走得更远一些：心灵必须背叛自己，催生新我，必是这一活动，镜变为灯。"[11]这段话深深触动了艾布拉姆斯，由此演化出"镜与灯"的书题。或许是效仿叶芝在《现代诗选》中拆解、诗化佩特的文字，他将叶芝的这段话分行成诗段，作为全书题词印在《镜与灯》的书题页。不得不说，"镜"与"灯"有画龙点睛之妙，书题令人过目难忘。不过，这对比喻固然生动直接，但和所有比喻中的意象一样难免带有简单化的倾向，无法充分反映出书中细腻丰富的思想过程以及浪漫主义文学思想中主体和客体、精神与现实错综复杂的关系，并有可能在一定程度上消解古典主义向浪漫主义转换过程中不同诗人和批评家之间的区别。艾布拉姆斯自己也承认，"镜"和"灯"有可能"误导"读者，但是尽管如此，他也不愿意将书名改成"浪漫主义诗学"这类板着面孔、学究气十足的题目。[12]

　　文学思想史研究是基础性研究工作，忠实记录并适度解读特定历史时段中有意义的人、事、文本等，是读者对历史书写的基本期待。在艾布拉姆斯看来，书写历史和解读历史是同一问题的两个侧面，关键是找到合适的比喻，因为比喻可以同时完成描述和解读历史的双重任务。《镜与灯》追溯讨论了一系列处于源头的"根喻"（root metaphors），艾布拉姆斯将这些最先出现的"根喻"称为"建构性比喻"（constitutive metaphors）。比喻具有内在的认知冲动和解释动力，富有生命力的比喻可以诱发催生新的比喻，进而构筑出结构性比喻网络，形成相对完整的阐释系统。前面提到，艾布拉姆斯以"镜""灯"等比喻为起点和依托展示文学批评思想史的进程，这些意象观念已然不再是一般修辞学意义上的比喻，不再是局部孤立的文字表述，而是贯穿全书始终具有意义建构功能的比喻。艾布拉姆斯认为，这类建构性比喻既是叙事的语言框架，又是解读阐释的方法和工具，具有极高的认知（cognitive）价值，如果使用得当，可以事半功倍，极大提高叙述历史、解读历史的效率。"镜"和"灯"便是通过意象，叙述和解读主客体关系，凸显不同历史时期批评思想的模式、方法和立场，可以说，这对意象观念构成了全书历史叙事架构的灵魂。

在诗歌创作中，结构性比喻早已显示出巨大的表现力，不仅是诗人创作时喜爱的语言工具，也是他们思考问题的哲学方法。历史书写与诗歌创作相同，都是"比喻叙述"（metaphorical narratives）。由于建构性比喻不再是孤立的文字装饰，而是时空中扩展放大了的叙述结构，因此从根本上说，书写完成后的《镜与灯》乃是一个"宏大比喻"（grand metaphor）。韦恩·布斯（Wayne C. Booth）高度评价艾氏的比喻历史论及其历史书写模式，将其"建构性比喻"称为"宏观比喻"（macrometaphor）。布斯指出，比喻在传统诗学理论中占有重要的位置，比如，亚里士多德视比喻为诗的最高品质，但在布斯看来，只有艾布拉姆斯将比喻转化为历史书写模式。布斯因此认定，艾布拉姆斯是一位"高度比喻化"的文学思想史学者，甚至直接将他称作"喻者"（metaphorist），认为其比喻性的历史叙述为文学思想史书写开拓出一条崭新的道路。在布斯眼中，作为"喻者"的艾布拉姆斯自然也是最好的文学思想史家。[13]艾布拉姆斯本人对自己的比喻历史论和比喻性历史叙事颇为自得，认同这是他对历史书写理论和实践的贡献，所以欣然接受了布斯对自己的评价。[14]

如果说历史归根结底是不同形式的宏大比喻，那么历史书写之关键在于寻找和确认具有时间深度和丰富文化思想内涵的比喻。然而，历史书写的对象并非脱离书写主体的时间上的过去，因而，选择使用"镜"与"灯"这对"宏观比喻"从一开始就已经决定了本书的起点和结论。"灯"也好，"镜"也罢，艾布拉姆斯的"比喻性历史叙述"从头至尾渗透着他对书写对象的认知和解读。作者不仅记录浪漫时期诗人的言行观点、思想倾向，他更愿意告诉读者，这个时期的诗情诗作皆源自如"灯"的浪漫之心。"表现说"不过是"灯"之喻义的抽象的观念性表述，当然也是作者对这段历史的想象、理解和定义。历史既是宏大比喻，就有可能是假设，是对曾经的过去的假设。所以，即使读者完全接纳《镜与灯》的叙述和解读，或许仍可得出不同的结论：浪漫主义批评理论不必一定如艾氏所言是"表现说"，读者或可称之为"想象说""情感说"，甚至"主体说"。时间上的过去并不是历史，只有经过整理、分析、归纳、解释和呈现的过去才是历史，而这样的历史当然不能脱离书写主体而独立存在。其实，历史是如此，理论叙述又何尝不是呢？艾布拉姆斯的"镜"和"灯"包含着他对古典主义和浪漫主义文艺思想在史和论两个层面上的双重假设。

　　断代史有明确的书写边界，既要重点明确，又应留有足够的扩展空间。在时间的维度上，浪漫主义文学思想乃是整体欧洲文艺思想史的一部分。艾布拉姆斯提出"四要素"以及相应的四种文艺思想倾向，正是为了凸显浪漫主义的"表现说"与此前及其后的文艺思潮流派的异同。在空间维度上，《镜与灯》对英国浪漫主义文学和同期欧洲其他国别文学传统的关系尤为关注。我们知道，现代文学不再可能是纯粹的民族文学，现代国别文学必然是在与其他国别文学的互动中发展成长，置于主流欧洲文化的英国文学自然不能例外。例如，德国文艺思想，特别是德国哲学体系中的美学思想，对英国浪漫主义诗人影响巨大，康德、谢林、施莱格尔兄弟等都不同程度地影响了英国文学思想和美学趣味的转变，为柯尔律治等人的文学有机主义思想提供了坚实的理论基础。同样，英国文学传统对德国浪漫主义文学的兴起和发展也发挥过至关重要的作用。值得一提的是，赫尔德和A.W.施莱格尔等对莎士比亚的发现和挪用为德国浪漫主义的兴起和发展提供了灵感、思想资源和想象创造的理据。艾布拉姆斯在书中对英德文学思想的互动不乏精彩的论述。

如果一定要说艾布拉姆斯的历史叙事中有什么缺失的话，或许可以指出，他在《镜与灯》及后来的《自然的超自然主义》（1971 年）中均未详细讨论这一时期的德国"反讽"（irony）理论和实践，而这一遗漏也许并非偶然的疏忽，或多或少与其历史观有关。我们知道，哲学意义上的反讽"基于对自然和人类事件具有绝对秩序的否认"[15]。植根于怀疑主义的"反讽"是一种姿态，是对历史反思后自觉采取的态度，选择的立场。F. 施莱格尔认为，历史本来没有现成的组织系统，而是一片"丰饶的混乱"，历史因"丰饶"而"混乱"，又因"混乱"而"丰饶"。他进而指出，历史中的人和事并非已经完成的"存在"（Being），而是正在进行中的"成为"（Becoming），两者有着本质的不同，前者具有明确固定的形态，而后者仍然处于发展变化的过程中，是动态的，不确定的。由于"成为"是历史的常态，人们对历史事件和人物的把握只能是局部的、暂时的、有限的。因此，面对这外部的"丰饶的混乱"，诗人们应该以"反讽"的态度去观照历史，承认并接受自己在认知和表现上的局限，并尽可能在书写形式上表明这些自身的局限。[16] 施莱格尔认为，系统的高头讲章已无法记录反映真实的世界和历史，因此，他对语录片段（fragments）的书写形式情有独钟，少则一两行字，多则半页一页，在片言只语中反思人与物，现在和过去。[17] 语录片段式书写是施莱格尔反讽理论的具体实践，在形式和内容上承认了书写主体的局限性，同时否认了宏大叙事的可能性。

虽然艾布拉姆斯反复强调历史多元主义的重要，但对诸如"表现说"这类宏大结论深信不疑，并最终据此规整了他心目中英国浪漫时期的批评思想和实践，在《镜与灯》和《自然的超自然主义》中描绘了一幅宏大的浪漫主义文学思想全景图。就在《自然的超自然主义》出版后不久，艾布拉姆斯的宏大叙事模式受到了学界的批评。他在《文化史中的理性和想象》中回应了这些批评，同时承认反讽论是浪漫主义文学在理论和实践两个层面上获得的重要成果，而自己在《镜与灯》和《自然的超自然主义》中几乎未曾提及 F. 施莱格尔的反讽理论和拜伦诗歌创作中的反讽实践。[18] 置身后现代的今天，我们对艾布拉姆斯的宏大历史论断及其叙事模式难免有所保留。当然，宏大历史并非不可为，问题是应该站在什么样的立场上去写。出自反讽的立场，作者便会主动引导读者重视、接受，而不是回避这段历史中存在的各种矛盾。不过，应该承认，艾氏的历史书写完全不同于坊间常见的空洞无物的宏大叙事，其厚重邃密的学识，对批评思想史长期的观察和深入的思考，在实践中养成的对文本特有的敏感，及其缜密周到的解读和清澈流畅的文字，在其主要的学术著述中，特别是在《镜与灯》中得到完美的呈现。读者尽可以反讽的目光观照《镜与灯》的结论，但在文学思想史领域，本书带给读者的思想体验之丰富远非那些平庸的宏大历史叙事所能比拟。

四

纵观艾布拉姆斯一生的学术工作，不难看出，他毕生的学术主题是重建英国传统文学经典。他的原创性学术文字不算多，研究范围也相对集中，其两本主要的学术著作《镜与灯》和《自然的超自然主义》主旨相同，都是在不同层面上讨论浪漫主义文学运动的历史价值。就影响而言，作为作者的艾布拉姆斯不如作为编者的他影响更大。他主持编辑的《诺顿英国文学选集》（以下简称《选集》）发行量之大，读者之众，影响之广，远非其学术专著所能比拟。我手边没有《选集》发行销售的相关资料，只在网上大概浏览了一下，《选集》1962年初版，迄今已经出版了第10版，总发行量惊人，销售已近千万本，创下诺顿出版社单种书刊发行量的记录。《选集》在大学英文系几乎无人不知，大概是使用最为广泛的英国文学导论课教材。[19]《选集》构成了艾布拉姆斯学术工作的重要部分，具有深远的影响，而编辑《选集》背后的理念与撰写《镜与灯》的目的不无重合之处，所以这里稍作评价，以便读者对他的学术工作有较为全面的认识。

艾布拉姆斯是《选集》前七版的主编，从第八版起，主编由史蒂芬·格林布拉特（Stephen Greenblatt）接任至今。他曾多次回忆起编辑《选集》的偶然且富有戏剧性的缘起。20世纪50年代末的一天，诺顿出版社社长直接敲开了艾布拉姆斯办公室的门，一番自我介绍后说，他知道艾布拉姆斯在康奈尔开设了一门英国文学导论课，唐突造访的目的是想请艾氏编选一部英国文学文选供课堂教学使用。艾布拉姆斯爽快地答应了下来。他本以为编选这样的文选只需整理扩充自己原有的课程材料即可，预计一年内即可完成，结果，他与其编辑团队用了整整四年的时间才完成。艾布拉姆斯对编辑成果颇为满意，他总结《选集》独特之处包括以下几点。1.《选集》避免选用章节摘录，尽量收入原著全文，以便读者全面感受和解读所选文本的内容和形式。有些必选原著篇幅过大，如弥尔顿的《失乐园》和华兹华斯的《序曲》等，碰到这种情况，则力求最大限度收入原文，以体现原著的整体气韵面貌。2.虽然《选集》目标读者为大学本科生，但编辑质量力求达到专业学术著作编辑的最高标准。在入选作品版本的甄别选取上，编辑们一丝不苟，有时为了选用心目中最好的版本，不惜自掏腰包购买版权重印许可。考虑到《选集》主要用于课堂教学，为便于使用，特别增加了注释，而注释文字精准清晰，达到了专供研究之用的学术版本中的注释水准。3.为了方便读者阅读理解历史、作家和作品，《选集》中穿插加入了相关历史时段的导论，另有作家、作品的介绍、短论等。这些背景评述性阅读材料皆由编者精心撰写，散见于《选集》各个章节，但自成体系，依序集中起来可独立成一卷英国文学简史。总之，《选集》构成了相对完整的英国文学的历史天地，艾布拉姆斯声称，本科生一套《选集》在手，研习英国文学便无须其他阅读材料。[20]

艾布拉姆斯曾多次表明，他信奉历史相对主义，反对固定化、本质化文学史，认为历史书写应该秉承客观"中性"的原则，避免受到个人喜好和偏见的影响。[21] 不无讽刺的是，尽管出版社和编者的初衷是提供一部英国文学导论课教材，但《选集》出版后逐渐成为建构英国文学传统的重要平台和确认经典文本的权威，客观上起到了定义作家及其作品历史地位的作用。正如《纽约时报书评》的一篇评论所言："《诺顿英国文学选集》1962年出版以来，一直都是必用的大学课本，为美国和其他国家研习英国文学定下了框架，其主编因此是学界最有权威的位置之一，被象征性视为经典的仲裁。"[22] 如此看来，《选集》已然不同于一般的文选教科书，其广泛持久的影响力与其在学界的权威地位相对应，不仅定义确认经典文学传统的内容，同时重新划分组织英国文学史，规范强化文学文本传播的范围和教学内容。

当然，艾布拉姆斯清楚地知道，《选集》必须以开放包容的态度和标准选收作家作品，应该确保女性、少数族裔作家作品的位置比重。他在这方面可谓尽思极心，《选集》每出新版都试图与时俱进，扩充吸纳新的文本。然而，只要《选集》初衷不改，选收编者认定的"最好"作家的"最好"的作品，那么，不管《选集》如何扩充和修订，都无从根本上改变其经典化所收文本的效应。不断收入新文本的直接效果便是《选集》的篇幅随着版本的更新而不断扩展加大。艾布拉姆斯最初希望尽量缩减《选集》的体积和重量，以便读者随身携带，可在公交车里、树荫下、草地上随意翻阅，所以他坚持《选集》选用纸质轻薄坚韧的《圣经》专用纸张印刷。我碰巧保留着《选集》第一版和第九版，稍加对比，可看出后者的篇幅几乎翻了一倍。《选集》共两卷，初版第一卷正文总共1734页，第二卷1660页；而到第九版时，第一卷和第二卷分别为3078页和3068页。很难想象，读者仍然可以并愿意随身携带、任意翻阅已经是几千页一卷的《选集》了。

作为教材的《选集》应该选收什么样的文本？选收的理据标准何在？应该如何呈现和解读收入的文本？这些不仅是文学选本编者无法回避的问题，更是文学研究中应该正视的课题。我们今天认定的文学经典不都是一经问世即成经典，往往是在长期历史过程逐渐成为经典的，是批评家、读者在欣赏阅读过程中争论、协商、妥协后形成共识的结果。历史上不乏这样的例证：一些作品刚问世即被认定为经典，但曾几何时，即成过眼烟云；也有一些作品开始受到压抑，长期被遗忘，但后被重新发现，受到特定读者群的追捧，继而得到批评家的肯定，最终被确认为经典。在此过程中，像《选集》这样的读本选本无疑对发现、传播、确认经典作品起到过至关重要的作用。

国内大学英文系在英国文学课程的设计上基本沿袭了以经典为目的

和基础的教学理念。比较典型的做法是将文学史和作品分为两门单独的课程：英国文学史和英国文学作品选读。或许，由于我们至今仍然延续着以经典为核心的悠久的文化传统，在英国文学课堂实践中以文学经典为中心的教学模式便是不二的选择。学生们在经典中长大，熟悉经典，需要经典，依赖经典，在经典的丰碑前已养成习惯性的虔诚，对于经典，他们最有可能的反应就是精读、理解、注疏、诠释。近年来，推动大学精英教育的呼声不绝于耳，经典文本又成为现代精英教育的重中之重。在这样的氛围中，传统经典似乎又获得了新的意义，文化精英们将自己定义的经典转化为社会文化资源，为其最终完成自我定位和自我中心化提供了有力的支撑。不得不说，这样的经典崇拜无异于文本拜物教（fetishism of the text），在以去中心化为特征的数字时代，毫无顾忌地鼓吹以经典文本为全部内容的精英教育不啻是对普罗大众的冒犯。

相比之下，英国文学史上有关构筑经典以及由此引发的争论历时不算长。如果从19世纪中期马修·阿诺德（Matthew Arnold，1822—1888）的经典文本观算起，到20世纪中后期对经典文学政治的批判，前后大约一个半世纪。这里无意全面讨论阿诺德有关经典的论述，仅以其《当前批评之作用》（1867年）一文为例，简单回顾阿诺德的经典文化观，或许对理解《选集》背后的政治不无帮助。面对维多利亚中期日益强大的现代工业文明带来的挑战，特别是消费文化和大众传媒对社会心理的影响，阿诺德认为保持文化进步的关键在于保持发展个体的独立精神，拒绝外来因素的影响，"客观"看待作品文本。他所推崇的"批判精神"要求读者超越政治及功利的考虑，根据对象文本自身的规律作出判断，目的是"认知世界上最好的知识和思想，继而再让世人知晓，由此而创造出真实鲜活的思潮"。[23] 所谓"最好的知识和思想"（"the best that is known and thought"）必然是记录保存在经典文本中的知识和思想，现代批评家的任务就是发现传播"最好的知识和思想"，也就是发现、整理、确认、推广那些记载最好知识和思想的文本。阿诺德是继柯尔律治之后英国最有影响的批评家，被公认为19世纪下半叶英国文化标准和趣味的代言人，其经典文学观和客观批评理论标志着英国美学思想和文学批评的自觉，后经佩特、王尔德等人发展修正，影响了几代批评家，最终在新批评派手中发展成为以"精读"为核心的批评理论和实践。

教授或研习经典文化传统符合社会对人文教育的期盼，但问题是，什么样的作品才算是经典文本？判断经典的标准又是什么？谁又可以规定经典的选择？只有首先认识并思考过诸如此类的问题，才有可能设想在读者与文本之间建立一种合理的关系。《选集》或许是最后一次成功地建构经典的实践。前面提到，解读建构英国传统文学经典是艾布拉姆斯毕生的学术工作重点。《选集》自不必说，他的两部主要的学术著作《镜与灯》和《自然的超自然主义》都是在思想史的层面上确立浪漫主义的历史贡献和经典地位，前者的重点是浪漫主义文学批评思想体系，后者的关注是浪漫派诗人在生活经验和文学实践中重塑形而上的文化信仰的努力，及其在将"承继的神学观念及思维方式世俗化"方面作出的贡献。[24]《自然的超自然主义》可说是《镜与灯》续集，《镜与灯》明确了浪漫之心为"灯"的特性，而《自然的超自然主义》则明确了心灵对外投射的具体内容和形态。1972年，《自然的超自然主义》获"詹姆斯·罗素·洛厄尔奖"。然而，艾布拉姆斯的宏大历史叙事和经典建构很快受到了后现代主义批评家的挑战和批评。希利斯·米勒（J. Hillis Miller）在一篇书评中，不仅对《自然的超自然主义》中的最终结论提出批评，同时也在思想方法、理论框架、叙述模式、价值体系等多个层面上，对以《镜与灯》和《自然的超自然主义》所代表的传统文学研究提出了质疑，由此引发了一场不大不小的争论。[25]

值得一提的是，艾布拉姆斯有别于那些坚决拒绝新理论、新方法的固执的传统学者，对解构主义理论及其批评实践持有理性通达的态度。他曾多次谦虚地承认，自己"从德里达的分析手法及戏用文字中"，从解构主义批评家保罗·德曼（Paul de Man）、芭芭拉·约翰逊（Barbara Johnson）以及与他有过争论的米勒的批评实践中学到了不少东西："我学到的有些是正面的东西，有些则是负面的（但对我同样有价值的）东西，因为负面的东西迫使我重新定义和强化自己的批评立场，引导我试图确认那些可以让结构主义者进行令人吃惊的新的解读的步骤。"[26]不难看出，艾布拉姆斯虽传统，却不保守僵化，不以一家一说安身立命，也不完全排斥与自己立场相悖的观点、理论、思想，能够做到就事论事，公平理性，论战中不失学术公心，如果没有宽广的学识胸怀和敏锐的思想，像他这样学术背景的学者大概难以理解，更不用说承认解构主义力图冲破西方文学传统的积极意义。

五

为了《镜与灯》中译本出版事宜，我曾与艾布拉姆斯有过短暂的交流，至今保留着他的一封亲笔来信，日期是 1988 年 8 月 4 日，信中附有他的学术简历。1912 年，艾布拉姆斯出生于纽约一个普通的犹太家庭，年幼即勤奋好学，后以优异的成绩获得奖学金，进入哈佛大学。1934 年哈佛大学毕业后，获剑桥大学奖学金，赴英国进修一年。值得一提的是，他在剑桥的导师是实践批评（Practical Criticism）的创始人 I. A. 瑞恰慈。艾布拉姆斯晚年多次回忆起自己在剑桥师从瑞恰慈的细节，强调这段经历对他日后从事文学研究和文学批评的重要性。正是在剑桥期间，经瑞恰慈介绍他认识了诗人叶芝。瑞恰慈还让他观摩 T. S. 艾略特尚未发表的诗歌手稿。受到文学批评名师的耳提面命，近距离接触当时英语诗坛的巨星，这极大鼓舞激励了这位二十二三岁的年轻学生，对其日后选择文学研究为终生事业产生了巨大影响。他回忆道，在剑桥前后一年，自己不知不觉中亲身经历见证了当时英美文坛上的一些重大事件。[27] 1935 年，他返回哈佛攻读研究生课程，1940 年获博士学位。1945 年开始在康奈尔大学执教，直至 1983 年 71 岁时退休。

艾布拉姆斯对自己一帆风顺的学术生涯颇感欣慰。20 世纪 30 年代，像他这样没有家学传统和家庭背景的犹太人（其父经营油漆墙纸生意），能以奖学金入哈佛并非易事。据他回忆，在哈佛读本科时，他所在学科犹太裔教师寥寥无几，十多年后，他在康奈尔教书时，同事中也只有两位犹太人。二战前，犹太人找到大学教职实属罕见，而像莱昂内尔·特里林（Lionel Trilling）凭借《马修·阿诺德》（1939 年）一书，在常青藤名校哥伦比亚大学被晋升为英国文学教授并获终身教席，自然成了轰动一时的新闻。[28] 这种情形直到二战后才渐渐改变，艾布拉姆斯在康奈尔大学的成功经历也在一定程度上提高了美国犹太人在学界的地位。

作为学者，艾布拉姆斯是幸运的。学生时代他遇到了瑞恰慈这样的名师。虽然瑞恰慈没有正式教过他，但对他日后学术研究起到过巨大的影响，艾布拉姆斯一直视瑞恰慈为其学术研究工作的领路人。成为教师后，他教过的学生中包括无所不知、著作等身的批评家、学者哈罗德·布鲁姆（Harold Bloom）和作家托马斯·品钦（Thomas Pynchon）。在竞争激烈的美国校园文化中，择机而去，在更换工作中获得晋升提薪是普遍的做法，艾布拉姆斯却从未变换过工作，康奈尔教职是他的第一份正式的大学工作，也是最后一份。据他自己说，康奈尔美丽的校园及其周边的自然风光令他不忍离去[29]，他的"从一而终"的职业忠诚在美国学界并不常见，亦无代表性，反倒显得恋旧保守，而这，大概正是艾布拉姆斯给美国学术界留下的印象。

在给我的个人简历中，他重点突出了《镜与灯》在自己著述中的位置，特别提及此书曾被哥伦比亚大学评为最为重要的5本人文学术著作之一。他对《镜与灯》怀有特殊的感情，不仅因为这本书收获过多种荣誉，被翻译成多种文字，成为具有国际影响力的学术著作，还因为书中所论是其一生学术关注的中心。《镜与灯》基于其博士论文，但并非原论文的修订扩充版，据他自己说，他前后耗时10年，反复修正改写扩充论文，最后才有了我们现在看到的《镜与灯》。严格说来，这已经不是简单的论文修改，更像是重写。以第一章导论为例，虽经反复修改，他仍不满意，最后重写（而不是修改）了至少6次，在反复重写的过程中，他也逐渐厘清了自己的思想。[30] 我没有调取他在哈佛大学完成的博士论文和成书做比较，但不难想象，作者在书稿上倾注的心血，付出的劳动，远远超过了他的博士论文。

作为作者，艾布拉姆斯同样是幸运的。前面提到，他学术著述不算多，但所著所编中不少皆为精品，受到同行好评，读者追捧，其中至少有三种是"畅销书"：《镜与灯》《诺顿英国文学选集》和《文学术语词典》。

艾布拉姆斯一生热衷文学教学，在晚年仍然关注《选集》的修订工作。《文学术语词典》也是深受读者喜爱的工具书，1957年出版后，每过一段时间，他都要充实修改这本批评理论词典。艾布拉姆斯的其他主要编著包括文集《相应的微风：英国浪漫主义文学论文集》（1984年）和《文本的使用：批评和批评理论论文集》（1991年）。谈到自己的学术工作和成就，他没有矫情地自谦："如果我取下一本自己的书读一下，常常说：'天哪，这是我写的吗？'它看起来还不错，我至今仍然相信我曾经说过的话。"[31] 他就是这样一位对学问无比真诚的学者，为自己曾经的言论经得住时间的考验而感到由衷的高兴。

六

1987年我开始准备翻译《镜与灯》，但刚上手，即赴英国留学，只好将翻译工作托付转交给郦稚牛，郦稚牛用近一年的时间，完成了译稿。此时，他也有出国的任务，遂于匆忙中将译稿交给出版社。20世纪80年代，我们的出版工作远未如今天这样规范化标准化。郦稚牛和我均身在他乡，出版社未能就署名、译校等事宜与我们取得联系达成共识，我们对译本出版中存在的问题一直心存遗憾。不久前，北京大学出版社张文礼先生来函，表示有意重版《镜与灯》，这是出版社首次与我取得联系。如前所说，虽然本书中译由我而起，但我直接参与的翻译工作十分有限，译文主要由郦稚牛完成。不过，由于中译本已有三十多年的历史，我们接受了张先生有关译本署名等问题的建议。这次重版修订，郦稚牛首先核对译文，我对他碰到的原文中有歧义或是费解之处，包括文字表述、例证引文、观点理论等提出修订和翻译等方面的具体方案，最后对照原文匆匆过了一遍译文，纠正了一些较为明显的错误和遗漏。由于时间的限制和新冠疫情的影响，修订工作远不够仔细完整、深入全面，译文中仍有不尽如人意之处。此外，译本其他方面也有可改进之处，比如，原文中的引文以及具有互文性的参照注解，可以尽可能参照中文已有的译文；对原文中的征引、用典等，可适当增加译者注，以帮助读者更好地理解原文。凡此种种，希望以后有机会做一次全面的修订。张文礼编辑在促成修订译本的出版过程中，付出了辛勤的劳动，借此机会，向他致以谢意。

2021 年 5 月

注　释

[1] 见 Danial Aloin, "M.H. Abrams to receive National Humanities Medal," *Cornell Chronical*, July 23, 2014, https://news.cornell.edu/stories/2014/07/mh-abrams-receive-national-humanities-medal, qtd.on 2021-5-7。

[2] 见 M.H. Abrams, "National Endowmnet for the Humanities," https://www.neh.gov/about/awards/national-humanities-medals/m-h-abrams, qtd.on 2021-5-7。

[3] William Grimes, "M.H. Abrams, 102, Dies," *New York Times*, April 22, 2015.

[4] Modern Library, "100 Best Nonfiction," https://www.modernlibrary.com/top-100/100-best-nonfiction/, qtd.on 2021-5-7.

[5] 艾布拉姆斯对自己学术成就及其学术著作的价值也有不同的判断，比如，学界公认《镜与灯》为其最重要的代表作，而他自己却认为《自然的超自然主义》远比《镜与灯》重要。见 Jeffrey J. Williams, "A Life in Criticism: An Interview with M. H. Abrams," *The Minnesota Review*, 2007(69): 82。

[6] M.H. Abrams, "Types and Orientations of Critical Theories," in *Doing Things with Texts: Essays in Criticism and Critical Theory* (New York: W.W. Norton & Company, 1991), p. 3.

[7] Williams, "A Life in Criticism: An Interview with M. H. Abrams," p. 81.

[8] Williams, "A Life in Criticism: An Interview with M. H. Abrams," p. 81.

[9] René Wellek and Austen Warren, *Theory of Literature* (London: Jonathan Cape, 1954), p. 263.

[10] Raymond Williams, *Marxism and Literature* (Oxford: Oxford University Press, 1977), pp. 128-135.

[11] W.B. Yeats, Introduction to *Oxford Book of Modern Verse* (Oxford: Oxford University Press, 1936), p. xxxiii.

[12] 见 Williams, "A Life in Criticism: An Interview with M. H. Abrams", p. 81。

[13] 参见 Wayne C. Booth, "History as Metaphor," in *High Romantic Argument: Essays for M. H. Abrams*, ed. Lawrence Lipking (Ithaca and London: Cornell University Press, 1981), pp. 80-104。

[14] Williams, "A Life in Criticism: An Interview with M. H. Abrams," p. 81.

[15] Anne K. Mellor, *English Romantic Irony* (Cambridge, Mass.: Harvard University Press, 1980), p. 7.

[16] Mellor, *English Romantic Irong*, pp. 7, 20.

[17] 参见 Friedrich Schlegel, *Philosophical Fragments*, trans. Peter Firchow (Minneapolis: University of Minnesota Press, 1991)。

[18] M. H. Abrams, "Rationality and Imagination in Cultural History," in *Doing Things with Texts*, pp. 127-128.

[19] Sean Shesgreen, "Canonizing the Canonizer: A Short History of *The Norton Anthology of English Literature*," *Critical Inquiry*, Vol. 35, No. 2 (Winter 2009), p. 318.

[20] Williams, "A Life in Criticism: An Interview with M. H. Abrams," pp. 85-86.

[21] M.H. Abrams, "Rationality and Imagination in Cultural History," in *Doing Things with Texts*, p.120.

[22] Rachel Donadio, "Keeper of the Canon," *New York Times Book Review*, 8 January 2006, p. 27.

[23] Matthew Arnold, "The Function of Criticism at the Present Time," in Arnold, *Essays* (Oxford: Oxford University Press, 1914), p. 21.

[24] M.H. Abrams, *Natural Supernaturalism: Tradition and Revolution in Romantic Literature* (New York; London: W.H. Norton & Company, 1971), p. 12.

[25] 考虑到本文的目的和范围，这里不便详细讨论艾布拉姆斯与解构主义批评家的辩论，对此有兴趣的读者可以参看以下篇目：J. Hillis Miller, "Tradition and Difference" (Review of *Natural Supernaturalism: Tradition and Revolution in Romantic Literature* by M. H. Abrams), *Diacritics*, Vol. 2, No. 4 (Winter, 1972), pp. 6-13; J. Hillis Miller, "The Critic as Host," *Critical Inquiry*, Vol. 3, No. 3 (Spring, 1977), pp. 439-447; M. H. Abrams, "The Deconstructive Angel," *Critical Inquiry*, Vol. 3, No. 3 (Spring, 1977), pp. 425-438; M.H. Abrams, "A Colloquy on Recent Critical Theories," in *Doing Things with Texts*, pp. 333-383; Wayne C. Booth, "'Preserving the Exemplar': Or, How Not to Dig Our Own Graves," *Critical Inquiry*, Vol. 3, No. 3 (Spring, 1977), pp. 407-423。

[26] Abrams, "A Colloquy on Recent Critical Theories," in *Doing Things with Texts*, p.348.

[27] Williams, "A Life in Criticism: An Interview with M. H. Abrams," p. 75.

[28] Williams, "A Life in Criticism: An Interview with M. H. Abrams," pp. 90-91.

[29] Williams, "A Life in Criticism: An Interview with M.H. Abrams," p. 92.

[30] Williams, "A Life in Criticism: An Interview with M. H. Abrams," p. 81.

[31] Williams, "A Life in Criticism: An Interview with M. H. Abrams," p. 93.

序　言

　　文学理论在柯尔律治的时代所经历的发展过程，在很大程度上就是现代文学观念形成的过程。贺拉斯的《诗艺》与约翰逊博士的批评之间固然存有诸多重大差异，但是，二者在前提、宗旨和方法上的连续性却依稀可辨。英国和德国浪漫主义作家提出的一些理论打断了这种连续性；他们做出了各种各样的创新，其中有许多观点和具体做法都标志着在传统批评与包括一些自称是反浪漫主义的批评在内的现代批评之间，有着种种本质上的区别。

　　本书主要论述19世纪头四十年间产生于英国的诗歌理论，也涉及其他主要的艺术形式。本书强调的是批评的一种共同走向，这就是我们特意选择"浪漫主义"批评加以阐述的理由所在；我相信，这样做并不意味着忽视各类作家之间诸多重要的不同之处。这些作家关心的是诗歌或艺术的本质，有些探索其心理缘由，有些研究其结构种类，有些探讨其主要准则，有些则研究诗歌或艺术与人类所关注的另一些重大问题之间的关系。本书所讨论的大部分是当时见解独特、影响持久的批评家，而不是那些平庸的书评者，他们对一般读者的影响尽管更为直接，却常常是短暂的。

　　为了强调这个时代在总的批评史上所处的关键地位，我把英国浪漫主义理论纳入了一个更为广阔的思想文化背景中进行论述，并且尽力保持以18世纪美学为参照系，因为浪漫主义美学在一定程度上是18世纪美学的发展，同时在更大程度上，则是对它的有意义的反动。我也阐述了英国批评理论与外来思想，尤其是当时极富启迪意义的德国思想之间的某些关系。赫尔德和康德开了这种思辨的先河，自此德国取代英国和法国而成为向西方世界输出思想的主要国家。在时间上我也是跳跃自由，上溯到希腊罗马美学思想的渊源，下至当今流行的各种批评观念。最后，我对一些突出的浪漫主义观念也进行了探索，尽管不很详细，但这一探索不仅溯源到以前的美学论争，也涉及哲学、伦理学、神学以及自然科学的各种理论和发现。在美学领域中，大胆新颖的思想常常来自别处，而这些新颖的思想在其发生的文化故土上却被认为是平常无奇的东西，这在其他探索领域里也是如此。

  本书的书名把两个常见而相对的用来形容心灵的隐喻放到了一起：一个把心灵比作外界事物的反映者，另一个则把心灵比作一种发光体，认为心灵也是它所感知的事物的一部分。前者概括了从柏拉图到18世纪的主要思维特征；后者则代表了浪漫主义关于诗人心灵的主导观念。这两个隐喻以及其他各种隐喻不论是用于文学批评，还是用于诗歌创作，我都试图予以同样认真的对待，因为不管是在批评中还是在诗歌中，使用隐喻的目的尽管不同，其作用却是基本一致的。批评思维也像人类在其兴趣所至的各个领域中的思维一样，很大一部分是通过比拟手段进行的，因为批评中的论争在很大程度上同样也是类比性质的论争。本书的探讨将表明，许多概念对于澄清艺术的性质和标准都极有裨益。然而这些概念并非获自对审美事实的简单考察，似乎是从那些有益的类比物中发掘出来的。这些类比物的属性由于隐喻性的转义而成了艺术作品所固有的属性。据此，从新古典主义批评到浪漫主义批评的变迁，可以初步表述为批评术语中典型隐喻的根本变化。

  启用某些被遗忘的比喻，使我们得以从一个崭新的、似乎能够揭示本质的角度对某些原有的事实重新做一番观察。这一尝试也许够得上约翰逊博士对凯姆斯勋爵的很有分寸的称赞：他"在《批评要素》中的做法很正确。我的意思不是说他教会了我们什么，而是说他用新方法说明了老问题"。然而，研究批评史的有效方法还有很多。但不论什么方法，只要看上去是最为便利的我就使用，并力图把一些基本隐喻的分析限制在这种方法能够阐述清楚的问题上。

　　本书的雏形是在剑桥大学 I. A. 瑞恰慈的鞭策指导下研究约翰逊和柯尔律治的著述时产生的。在哈佛大学又得到我的良师益友、已故的西奥多·斯宾塞的指教和鼓励，使本书得以写成。在写作本书的十余年时间里，我又多次在学术上受益匪浅，这在正文和注释中已一一表明。在此，我要感谢洛克菲勒研究基金，它给了我极为珍贵的一年时间，使我得以重续因大战而中断了的许多线索；我还要感谢康奈尔大学给我提供了暑期研究经费。对许多同事和朋友给我在资料方面的帮助，我也表示衷心的感谢。维克多·兰格和伊斯雷尔·S. 施塔姆在德国批评方面帮我解决了不少难题；哈里·卡普兰、詹姆斯·赫顿和弗利德里克·索尔姆森在有关古代和中世纪的诸多问题上给我提供了宝贵资料。康奈尔和哈佛大学的图书馆将全部资料供我查阅；康奈尔大学研究生院提供的资助使得校图书馆的工作人员 H. H. 金给了我很多便利，在校对引文及有关书目的诸多琐事上给我帮助极大。理查德·哈特·福格尔和弗朗西斯·E. 米内尔给我提出了许多有益的建议。威廉·雷·基斯特在百忙中抽空阅读了全书的手稿；他在批评史和批评方法上的渊博知识使本书在许多方面增色不少。最后，我要对我的妻子表示最诚挚的谢意，她在本书的准备过程中以坚强的毅力和一贯的欢乐情绪不厌其烦地反复做着艰苦的工作。

　　第七章中使用的部分材料，曾在《批评语言中的典型类比》一文中刊出，见《多伦多大学学报》1949 年 7 月号。

作　者

1953 年夏于康奈尔大学

第一章

导论：批评理论的总趋向

鲍斯韦尔："那么，先生，诗到底是什么呢?"约翰逊："啊，先生，说诗不是什么要容易得多。我们都知道光是什么；但是要真正说清楚光是什么，却很不容易。"

有识之士总是力求在题材的性质所允许的范围之内，尽可能精确地寻求每一类事物的细微差别。

——亚里士多德：《尼各马可伦理学》

直到几十年以前，现代批评对美学问题的探讨都是依据艺术与艺术家的关系，而不考虑艺术与外界自然、与受众、与作品的内在要求的关系。今天，许多（也许是大多数）批评家仍然坚持这种倾向。西方艺术理论的历史长达 2500 年，相比之下，这种观点还很稚嫩，它作为探讨艺术的一种全面的方法出现并为批评家们广泛采用，至今不过一个半世纪。本书打算记录美学思想的侧重点朝艺术家急遽转移的过程，以及它（在 19 世纪初）盛极一时的情况，同时也介绍一下这种观点所必须与之抗衡的其他主要理论。我尤其想讨论一下这些新的批评倾向在诗歌的鉴赏、分析、评价和创作诸方面所产生的重大影响。

美学这个领域给史学家提出了一个格外棘手的问题。近来有一些艺术理论家贸然宣称，前人的理论即便不是全部，也有一大部分是摇摆不定、不切实际的。"以艺术哲学名义编造的东西"在桑塔耶纳看来"纯属空谈"。D.W. 普劳尔本人虽曾写过两本精彩的艺术哲学论著，但他也评论说，传统美学"其实不过是伪科学，伪哲学"。

> 它的论题虚幻如梦；它的方法既不合逻辑又不科学，也不是彻底的、经验意义上的求实的方法……它经不起实践的检验，没有一套正统的术语能使其成为一种诚实的迷信，或是不折不扣的可以慰藉心灵的膜拜仪式。它既无益于作家的创造，也无补于读者的欣赏。[1]

I. A. 瑞恰慈将其《文学批评原理》的第一章冠名为"批评理论的混乱"，并且援引了从亚里士多德至今的所谓"批评理论巅峰"的二十多种关于艺术的孤立的、相互抵触的言论，以此来说明他那贬抑的标题是有来由的。[2] 他自己则本着年轻人特有的乐观精神，试图在心理学领域为文学批评奠定坚实的基础。

纵观美学理论的发展过程，人们在探讨事物真谛时那种种咬文嚼字的把戏确实已经暴露无遗。但我们对于艺术哲学的多样性和表面上的混乱现象所表示的许多不满，正是因为我们苛求批评去做其力所不能及的事，而对于批评的许多真正的功能却视而不见。批评不是一门自然科学，甚至连心理科学也算不上，这是我们在今天仍然必须正视的现实结论。任何出色的美学理论都是从事实出发，并以事实告终，因而在方法上都是经验主义的。然而，它的目的并不是把各种事实联系起来，好让我们借以往而知未来；而是为了确立某些原则，借以证实、整理和澄清我们对这些审美事实本身所作的阐释和评价。这些原则本是以审美事实为依据的，但我们将会看到，正是这些原则明显地歪曲了审美事实，使它们显得有悖科学，荒诞不经。批评理论中有许多涉及事实的论述因为只是部分地与理论的总体视角有关，因而受到这种理论视角的制约。所以从严格的科学意义上说，这些论述不是"真实的"，也就是说，并非持任何观点的人都会认为它们正确。因此，我们不能像在各门精密科学中那样，指望在批评中也求得某种根本上的一致。任何这种企望最后都注定要使人失望。

然而，好的批评理论自有其存在的理由。其衡量标准并不是看该理论的单个命题能否得到科学的证实，而是看它在揭示单一艺术作品内涵时的范围、精确性和一致性，看它能否阐释各种不同的艺术。当然，以这么一种标准来衡量的话，行之有效的理论就不止一种，而是有多种，每一种不同的理论都能首尾一致地、合适地、相对充分地解释一整套的审美现象；但是，对于理论的这种多样性我们不必沮丧。整个批评史给我们的启示之一便是，过去的形形色色的批评委实使我们受益匪浅。同普劳尔的悲观论调恰恰相反，这些理论从来都不是毫无价值的；它们对安排艺术的素材、题旨和结构行之有效，对于创造性艺术家的创作活动也起到了极大的指导作用。康德的审美哲学可谓抽象之至，既沉闷又枯燥；但事实表明，就连这么一种审美哲学也润饰了诗人的作品。到了现代，文学上凡有创新，几乎无一例外地出现相应的新的批评观念；有时正是这些新观念的不完善之处，使得相应的文学业绩别具一格。所以说，倘若我们的批评家之间没有如此强烈的各执己见，相持不下，我们今天的艺术遗产无疑就不会如此丰富多彩。再说，任何一种论据确凿的批评理论都会在某种程度上改变它所要发现的审美认知，这正是它对于艺术爱好者的价值所在，可以使他对作品的某些方面有新的感受，而这些方面在其他理论中，由于不同的侧重点和分类方法，在原则上被忽略、低估或者掩盖了。

不过，美学理论的多样性也使史学家的任务变得十分艰巨。这不仅是因为这些理论对于"什么是艺术"或"什么是诗"等问题的回答互不一致。实际上许多艺术理论根本就不可能相互比较，因为它们没有共同的基础，放不到一起来比较孰优孰劣。这些理论之所以不能相互比较，或者是因为术语不同；或者是术语虽同而内涵各异；或者是因为它们分别属于一些更大的思想体系，但这些思想体系的前提和论证过程都大相径庭。因此就很难看出它们的异同，甚至很难找到它们的关键性分歧。

因此，对我们来说，当务之急是找出一个既简易又灵活的参照系，在不无端损害任何一种艺术理论的前提下，把尽可能多的艺术理论体系纳入讨论。大多数斗胆编写美学批评史的人都把各种理论的基本概念径直移译为各自偏爱的哲学语汇，这样虽然也达到了上述目的，但却过分歪曲了批评史的论题，使本来就艰深的东西更难索解。一种较为可行的办法是采用一个不把自身哲学强加于人的分析图式，在有待比较的理论中，把尽可能多的理论所共有的主要特征利用起来，然后慎重地运用这一分析图式，随时准备将一切有助于眼下目的的特征收纳进来。

一　艺术批评的诸种坐标

每一件艺术品总要涉及四个要点，几乎所有力求周密的理论总会在大体上对这四个要素加以区辨，使人一目了然。第一个要素是作品，即艺术产品本身。由于作品是人为的产品，所以第二个共同要素便是生产者，即艺术家。第三，一般认为作品总得有一个直接或间接地导源于现实事物的主题——总会涉及、表现、反映某种客观状态或者与此有关的东西。这第三个要素便可以认为是由人物和行动、思想和情感、物质和事件或者超越感觉的本质所构成,常常用"自然"这个通用词来表示,我们却不妨换用一个含义更广的中性词——世界。最后一个要素是受众,即听众、观众、读者。作品为他们而写,或至少会引起他们的关注。在这个以艺术家、作品、世界、受众构成的框架上,我想展示各种理论进行比较。为了强调这种构架的人为性,同时使分析更加醒豁,我们可以用一个方便实用的模式来安排这四个坐标。就用三角形吧,把艺术品——阐释的对象摆在中间:

尽管任何像样的理论多少都考虑到了所有这四个要素,然而我们将看到,几乎所有的理论都只明显地倾向于一个要素。就是说,批评家往往只是根据其中的一个要素,就生发出他用来界定、划分和剖析艺术作品的主要范畴,生发出借以评判作品价值的主要标准。因此,运用这个分析图式,可以把阐释艺术品本质和价值的种种尝试大体上划为四类,其中有三类主要是用作品与另一要素(世界、受众或艺术家)的关系来解释作品,第四类则把作品视为一个自足体孤立起来加以研究,认为其意义和价值的确不与外界任何事物相关。

然而,把握住一种批评理论的主要倾向,只是恰当的分析工作的开始,因为这四个坐标并非一成不变,而是在不同的理论中产生不同的含义。就拿我称之为"世界"的要素来说,在任何一种理论中,人们认为艺术家在模仿或鼓励他们去模仿的自然诸方面,可能指的是具体细节或者某些类型,可能特指世间优美或高尚的方面,也可能只是泛泛而指。

艺术家的活动天地既可能是想象丰富的直觉世界，也可能是常识世界或科学世界。同一块天地，这种理论可以认为其中有神祇、巫师、妖怪和柏拉图式的理式，那种理论也可以认为这一切均属子虚乌有。因此，即使有多种理论一致认为规范作品的首要制约力在于它所表现的世界，其中也可区分出从崇尚最坚定的现实主义到推崇最缥缈的理想主义这样迥然不同的流派来。我们还会看到，其余几个要素，根据其所处的不同理论，根据理论家各自特有的论证方法，根据这些理论所隶属的外在或内在的"世界观"的不同，在意义和功能上也随之产生变化。

当然，人们也能够设想出更为复杂的分析方法，只需经初步分类便能做出更为精细的区别。[3] 然而，增门添类固然加强了我们的辨识力，却使我们丧失了简便性和进行提纲挈领式分类的能力。就我们的治史目的而言，我的这个图式有一个重要的优点，它能使我们说明19世纪早期大多数理论所共有的一个基本属性：一味地依赖诗人来解释诗的本质和标准。最近有人告诫治史者说，谈到"浪漫主义"时只能用复数，但从我们的角度来看，存在一种独特的浪漫主义批评，尽管这仍然是多样化中的统一性。

二 模仿说

模仿倾向——将艺术解释为基本上是对世间万物的模仿——很可能是最原始的美学理论，但"米迈悉斯"（mimesis）被第一次记录在柏拉图对话里时，其含义已经相当繁杂了。苏格拉底说，绘画、诗歌、音乐、舞蹈、雕塑，都是模仿。[4] "模仿"是一个关联语词，表示两项事物和它们之间的某种对应。虽然在后来的许多模仿理论中，一切事物都被归入模仿物和被模仿物这两个范畴之中，但柏拉图对话录里的哲学家却独树一帜，使用了三个范畴。第一个范畴是永恒不变的理式；第二个范畴是反映这理式的、自然的或人为的感觉世界；第三个范畴又是第二个的反映，诸如水中和镜中的影像以及造型艺术之类。

柏拉图那雄辩的论证就是围绕这个含有三阶段的循环圈而展开的。[5]

此外他又添加了各种区分，对主要用语的含义又做了进一步扩展，从而使这个循环圈更加复杂绕人。但透过这种游移论证也能看出一个复现模式，具体表现在《国家篇》第十卷那段著名的论述中。苏格拉底就艺术本质问题提出了"三种床"的观点：上帝创造的、作为"床之本质"的理式，木匠制作的床，画家描绘的床。我们怎样形容那描绘第三种床的画家呢？

"我认为，"他说，"我们完全可以把他称为他人制作品的模仿者。"

"好，"我说，"这么说你把自本质以降处于第三位的人称为模仿者了？"

"当然，"他说。"悲剧诗人也是模仿者，那他不是同其他模仿者一样，与主宰者和真理相隔三层了吗？""好像是这么回事。"[6]

如果认定艺术模仿的是表象世界而不是本质世界，那么艺术品在现实事物的排行中地位就很低。另外，由于理式王国既是现实的归宿也是价值的归宿，所以假如断言艺术与真理有两层间隔，那么艺术与美和善的关系也就自然同样疏远了。柏拉图的这番论证尽管很周密——准确地说正是因为这种周密论证——他的哲学仍然是标准单一的哲学，因为包括艺术在内的一切事物，都是根据它们与理式的关系这唯一的标准而得到最终判断的。所以诗人必然要同匠人、立法者和伦理学家一比高低。这些人当中的任何一个都确实更配得上诗人的称号，因为他们能成功地模仿理式，而传统诗人却注定不能。于是立法者就能够这样答复要求进入其城邦的诗人：

尊敬的客人——

我们也做得起悲剧诗人，而且我们的悲剧还是最杰出最高尚的；我们整个城邦就是最美好最高尚的生活的模仿，肯定也是悲剧的真谛所在。你们是诗人，我们也是……是世间最高尚的戏剧中的对手……[7]

柏拉图指出，平庸的诗歌使听众感觉乏味，因为它只展现表象而不揭示真理，只滋长听众的情感而不增进他们的理智；他还指出（苏格拉底也曾诱使可怜的蠢伊安承认了这点），诗人在创作时不能依靠自己的技巧或知识，而必须等候神赐的灵感和自己的心灵迷狂。我们原本就瞧不起偏重模仿的平庸诗歌，柏拉图这番话则更加坚定了我们的看法。[8]

因此，苏格拉底的那些对话并不包含严格意义上的美学，因为无论是柏拉图的宇宙结构还是他的论证方式，都不允许我们把诗歌看作诗歌——一种自有其批评标准和存在理由的特殊产品。这些对话中只有一个可能的趋向，也只有一种结果，那便是社会和人的完美境界，因此艺术问题绝不可能与真理、正义和道德问题截然分离。在《国家篇》中，苏格拉底在总结其诗论时说："一个人从善还是行恶，这个问题十分重大，比它看上去的更大。"[9]

亚里士多德在《诗学》中也把诗界定为模仿。"史诗和悲剧、喜剧和酒神颂以及大部分双管箫乐和竖琴乐——这一切实际上都是模仿"；"模仿者模仿的对象是行动……"[10] 亚里士多德的"模仿"与柏拉图的"模仿"功用不同，因此他们对艺术的认识也截然不同。《诗学》以及柏拉图对话中的"模仿"一词都表示，一件艺术品是按照事物本质中的既定模式制成的，但由于亚里士多德在《诗学》中摒弃了理式原则之彼岸世界，所以在上述事实中就不再有任何令人反感的东西了。模仿也成了艺术上的专用语，它使艺术区别于宇宙万物，免于成为人类其他活动的竞争对手。此外，亚里士多德在分析艺术的同时，也根据模仿对象、模仿媒介和完成模仿的方式——如戏剧的、叙述的或混合的——对艺术做了进一步的区分。他逐一利用了对象、手段、方式上的这些特征，从而得以将诗歌与其他艺术样式区分开来，接着再把诗歌划分成各种诗体，例如史诗与戏剧、悲剧和喜剧。他又以悲剧诗体为主，用同样的方法把整体区分为情节、性格、思想等成分。因此，亚里士多德的批评是就艺术论艺术，与政治、人生、道德无关，同时也就诗论诗，认为每一种诗体都有适合其特性的标准。亚里士多德的批评实践为诗歌形式及其要素的技术分析留下了大量的宝贵工具，他以后的批评家一直使用至今，尽管用途各异。

《诗学》的一个显著特点是从艺术品的各种外部关系去把握一件艺术品，认为它的每一种外部关系都具有作为作品"成因"的功用。这样的论述方法使得这部诗论的范围宽广灵活，使人无法轻易断定它到底属于何种倾向。例如，不考虑悲剧特有的观众效果，看他们如何获得"怜悯和恐惧"这种特殊的"悲剧快感"[11]，就不可能圆满地给悲剧下定义，也不可能理解构成悲剧的全部决定性因素。然而，模仿的概念，亦即作品对它所模仿的事物的参照，在亚里士多德的批评体系中显然占首要地位，即便它只是"primus inter pares（相等物之首）"。一般说来，所谓艺术，是指它们具有模仿人类行为的特性，而被模仿的行为种类也就成了区分艺术种类的重要依据。艺术的历史起源被追溯到人类与生俱来的模仿本能以及从观看模仿中获得快感的天性。甚至任何作品都不可或缺的整一性也是建立在模仿基础之上的，因为"一件作品只模仿一个对象"，在诗歌里，"情节既然是行动的模仿，它所模仿的就只限于一个完整的行动……"[12] 作品的"形式"，亦即决定其组成部分的选择、安排和内部调整的统筹原则，源于模仿对象的形式。故事和情节"是悲剧的目的"，"也可以说是悲剧的生命和灵魂"，这是因为

> 悲剧所模仿的不是人，而是人的行动，生活……我们认为悲剧是行动的模仿，主要是为了模仿行动，才去模仿行动中的人。[13]

再用我们那个分析图式来对照一下，《诗学》中的另一个问题又会引起我们的注意，特别是当我们以浪漫主义批评的独特倾向为观照时更是如此。亚里士多德认为，模仿对象、受众必要的情感效果、作品的内在要求，这些因素对于一首诗的某个方面都有着决定性作用（尽管大小不同），但他却唯独没有把这种决定性功用赋予诗人。诗人凭借自己的技巧从自然事物中提炼出形式，再以人工媒介表现这形式，因而是不可或缺的直接因素，但他却没有用诗人的官能、情感和愿望来解释一首诗的主题和形式。《诗学》中提及诗人，只是为了解释喜剧与严肃剧种历来存在的分歧，或者在设计情节和遣词造句方面给他一些指点。[14] 柏拉图从政治角度而非艺术角度考察诗人。理想国中诗人出场时，主要的诗人都会被客客气气地请出去；后来用到诗人时，《法律篇》里的二等城邦中接纳了较多的诗人，但他们的表演范围受到了极大限制。[15]

在亚里士多德之后的很长一段时间里，事实上整个18世纪，"模仿"一直是重要的批评术语。但批评家们在各自的理论体系中赋予这个术语的重要性则各不相同。艺术所模仿或应当模仿的事物，有人认为是实际的，有人则认为在某种意义上是理想的；而且人们从一开头就试图以人物的性格、思想甚至以无生命的事物来取代亚里士多德认为是主要模仿对象的"行动"。但特别是在《诗学》被重新发现，16世纪意大利的美学理论有了长足发展以后，批评家们凡是想实事求是地给艺术下一个完整的定义的，通常总免不了要用到"模仿"或是某个与此类似的语词，诸如反映、表现、摹写、复制、复写或映现等，不论它们有何差别，大意总是一致的。

在18世纪的大部分时间里，艺术即模仿这一观点几乎成了不证自明的定理。理查德·赫德在他发表于1751年的《诗歌模仿论》中说，"在亚里士多德和希腊批评家们看来（如果有人觉得论证这么明显的观点还要引证权威的话），一切诗歌都是模仿。诗歌模仿上帝创造的一切，将宇宙万物尽收其中，确实是模仿艺术中最高尚、包罗最广的形式"[16]。"即使是18世纪下半叶那些竭力鼓吹'独创性天才'论的人也都发现，天才的力作固然有其独创性，但也不过是一种模仿而已。"扬格在《试论独创性作品》中写道，"模仿有两种：一种模仿自然，另一种模仿作家。我们把第一种称为独创……"实际上，独创性天才同科学研究者差不多："大自然的广阔天地展现在眼前，任它在可见自然的领域里无拘无束地探寻……尽情地去发现……"[17] 竭力主张诗歌创新的莫伊尔牧师后来也认为，所谓天才，就是能够在"熟见的自然现象中"发现"千千万万个新的变化、差别和共同点"，并宣称独创性天才总能"把它得到的印象如实地表现出来"[18]。把诗人的任务说成是新鲜的发现和独特的描述，我们已经远远离开亚里士多德关于模仿的概念了，唯一不变的是，批评理论仍然把特定的某一方面作为诗歌的本原主题。

如此堆砌引文，还不如列举18世纪关于模仿的一些耐人寻味的议论。先谈谈法国批评家查尔斯·巴托，他的《可归结为单一原则的艺术》（1747年）在英国颇受青睐，在德国和他本国亦产生了重大影响。巴托认为，目前如此纷繁驳杂的艺术原则肯定可以归结为一条单一的原则。他呼吁："让我们都来模仿真正的物理学家吧！他们以多次实验为基础建立了一个系统，从而把这些实验概括为一条原则。"

巴托认为，要做到这点必须有一个"明晰的观念"，也就是要先有一条"简单易行而又能包罗一切琐细规则"的总原则，足见他所要遵循的并不是物理学家牛顿的方法，而是欧几里得和笛卡尔的方法。于是他便一头扎进正统的法国批评家的书堆中，孜孜以求他那"明晰的观念"。在他辛勤探索了一番之后，只好坦率地说，"我突然想起该去翻翻亚里士多德的书了，以前听人称道过他的《诗学》"。于是茅塞顿开，一切细枝末节尽皆了然于胸。顿悟何来？不是别的，正是那位"希腊哲学家为艺术制定的模仿原则"[19]。然而，这种模仿并不是对粗糙无饰的日常现实的模仿，而是对"美的本质"的模仿，这美的本质也就是"真实的影子"，是把个别事物的特征聚合成一种包含"一切完美"的模式而形成的。[20] 巴托从这一原则出发，不惜笔墨，一丝不苟地提出一条又一条鉴别原则，其中有诗歌、绘画的总体规则，也有一些特殊体裁的细则。因为：

> 已知的规则大多与模仿有关，它们形成一种链环，心灵借此同时把握住结果和原则，把它们当作一个结合完美的整体，其中所有的部分都是相互维系的。[21]

这是一个由因及果的演绎美学范例。接下来我要提及一篇德国文献，即莱辛发表于1776年的《拉奥孔》。鉴于诗歌与绘画、造型艺术在理论上和实践中被混为一谈，莱辛决意予以澄清。他认为这种混乱完全是由于人们对西摩尼德斯的格言"画是无声诗，诗是有声画"一知半解而造成的。他表示要不断以"个别具体事例"对抽象理论进行检验。他多次嘲讽德国批评家们，说他们一味地依赖演绎法。"我们德国人一般并不缺乏系统的著作。从几条假定的定义出发，顺着最井井有条的次序，随心所欲地推演出结论来，干这种行当，我们德国人比世界上任何其他民族都更在行。""理论上有多少论点，倘若不是天才根据事实对其加以否定，都会是无懈可击的。"[22] 可见莱辛意欲一反巴托的做法，用归纳法来制定自己的审美原则。尽管如此,莱辛却和巴托一样,认为诗歌如同绘画,也是一种模仿。诗与画的区别是因为模仿媒介不同,因而各自所擅长模仿的对象也必然不同。尽管诗歌不是安置在空间里的形体和色彩,而是由时间中连续的声音所组成;尽管不同于绘画受到静态的内涵丰富的瞬间的限制,诗歌的特长是能再现进行中的动作,莱辛还是重申了这个标准公式,对于诗人来说,"模仿仍然是构成其艺术本质的属性"[23]。

18世纪尚未结束,许多英国批评家开始认真审视模仿概念,结果发现(与亚里士多德的见解相反),由于媒介的差异,在诸多艺术种类里,除了极少数以外大部分都不是任何严格意义上的模仿。几个例子便可表明这种倾向。1744年,詹姆斯·哈里斯在《论音乐、绘画及诗歌》一文中仍坚持认为,模仿对于这三种艺术都是共同的。"它们都是模拟或模仿,区别只是模仿的媒介不同……"[24]1762年,凯姆斯宣称,"在所有艺术中,只有绘画和雕塑才是实实在在的模仿";音乐和建筑"是创作而不是自然的摹本",语言则只在作为"声音或动作的模仿"时,才以自然为模拟对象。[25] 到了1789年,托马斯·特文宁在为其《诗学》译本附上的两篇立论严谨的论文中确认,媒介"逼真"(这个形容词后来成了芝加哥符号学家查尔斯·莫里斯的专门术语)的艺术与平常的艺术有所不同,前者的作品与描写对象相像,后者则只有约定俗成的意义。特文宁认为,只有摹本和对象间的相似既"直接"又"明显"的作品才是严格意义上的模仿。因此,只有鹦鹉学舌般的戏剧诗,才是唯一的模仿型诗歌,音乐则必须从模仿艺术的名单中剔除。最后他得出结论说,只有绘画、雕塑和一般的构图艺术才是"明显、实在的模仿艺术"[26]。

因此,艺术即模仿的观点在新古典主义美学中占有重要位置。但是,进一步考察一下,我们又会发现,这种观点在大多数理论中并不占统治地位。人们都说艺术就是模仿——但这种模仿只是感染受众的一种手段。文艺复兴以后,批评家们几乎个个都赞扬并附和亚里士多德的《诗学》,他们其实并不是出于真心。兴趣的焦点早已转移。在我们的图式上,这后起的批评,主要倾向并不是从作品到世界,而是从作品到受众。英国批评的第一篇经典文献,菲利普·锡德尼爵士写于16世纪80年代初的《诗辩》,就清楚地表明了这一变化趋势的实质和后果。

三 实用说

> 所以,诗歌是一种模仿艺术,亚里士多德说的"米迈悉斯"就是这个意思,也就是说,诗歌是一种表现、仿造、描摹——打个比方,是有声画;目的是给人以教导和愉快。[27]

这段话打的是亚里士多德的旗号,其实并不是亚里士多德的观点。在锡德尼看来,诗歌就其定义而言自有其目的——在受众身上获取某种效果。诗歌的模仿只是一种手段,其直接的目的是使人愉快,而愉快也只是手段,最终目的是给人教导。"正确的诗人"就是这样的,他们"模仿的目的是给人以愉悦和教导,而给人以愉悦就是要人们把握住善。没有愉悦,人们就会像躲避陌路人一样离开善而去……"[28] 结果,在通篇文章中,对受众的需求便成了肥田沃土,从中滋生出批评的各种特征和标准。为了"给人以教导和愉悦",诗人不是模仿"现在的、过去的或将来的",而只是模仿"可能的和应该的",所以模仿对象本身便成了达到道德目的的保证。诗人不同于并且优越于道德哲学家和史学家,他比他们更能驱使听众向善,因为他集哲学家的"一般概念"和历史学家的"具体事例"于一身;同时,因为他寓教义于故事之中,他又能使"顽劣之徒"也"仿佛服下迷幻药一般",在不知不觉中洗心革面,向往善德。文章还讨论了诗歌的类型,并根据各种类型在获得道德效果和社会效果方面的合适程度来排列名次:史诗因为"最能点燃人们心中的追求价值之火"而独占鳌头,就连不足称道的抒情诗也被认为是一种工具,因为它能使情人相信她的恋人的热情是真诚的。[29] 单是根据人们对亚里士多德的《诗学》中那些著名段落所作的一系列阐释,就可以写出一部批评史。在前面这个例子里,锡德尼沿着他的意大利先行者(他们也曾透过贺拉斯、西塞罗和教会神父们的眼镜研读过亚里士多德)的足迹,把《诗学》中一个又一个重要论述加以改造,轻松纳入他自己的理论框架之中。[30]

为了便于说明，我们不妨把诸如锡德尼这种以受众为中心的批评称之为"实用说"，因为这种理论把艺术品主要视为达到某种目的的手段，从事某件事情的工具，并常常根据能否达到既定目的来判断其价值。当然，实用说在侧重点和细节上各相迥异，但实用主义批评家的主要倾向是一致的，他们都把诗歌看作以引发读者的必要反应为目的的人工产品；根据作者为了达到这种目的所必备的能力和必须经受的训练来考察作者；在很大程度上根据各种诗歌或其组成部分最适于获取的特殊效果来对诗歌进行分类和剖析；并根据诗歌受众的需要和合理要求来决定诗的艺术规范和批评准则。

实用主义批评的视角，它的大部分基本语汇以及许多特殊的论题，都源于古典修辞理论。人们曾普遍认为，修辞术是劝说听众的工具，而大多数理论家都同意西塞罗的观点，即为了说服听众，演说者必须赢得他们的好感，为他们提供信息，并感染他们的心灵。[31] 古代以修辞学的观点探讨诗歌的杰出典范是贺拉斯的《诗艺》。理查德·麦基翁说得好："贺拉斯批评的主要用意是教诗人如何使他的听众端坐到底，如何博得喝彩和掌声，如何使罗马听众高兴，又如何使得所有听众高兴，并使自己流芳百世。"[32]

《诗艺》中有个段落被后来的批评家们视为焦点所在。贺拉斯在这段文字中说，"诗人的目的或者是使人获益，或者是使人高兴，要不就是把有益的和令人愉快的东西融合为一体"。根据上下文来看，贺拉斯是把快感当作诗歌的主要目的，因为他推崇教益也只是为了博得长者欢心，这些人与年轻的贵族截然相反，他们"对那些一无教益的东西总是抱怨不止"[33]。但是，"给人教益"和"令人愉快"，与修辞学中另一术语"感人"，这三个语词在几个世纪中用来总结作用于读者身上的审美效应。随着时间的推移，这几个语词之间的均势有所改变。文艺复兴时期绝大多数批评家都和菲利普·锡德尼爵士一样，认为道德感化作用是最终目标，而愉快热情则只是辅助手段。从德莱顿的那些批评论文直至整个18世纪，快感渐渐成为最终目的，尽管有人认为与人无益的诗歌是微不足道的，尽管那些乐观的道德家也同詹姆斯·贝蒂一样，认为给人教益的诗只会更加令人愉快。[34]

典型的实用主义批评家把诗歌当作一种"制品",一种为感染受众而设计的奇巧玩意儿,他们孜孜以求的是系统地提出一些获得预期效果的方法——本·琼生所说的"技巧或者制作手艺"。这些方法就是传统上所说的"作诗法"或"艺"(即"诗艺"的"艺"),它们是被作为格言和规则提出来的,其根据一方面在于它们是由作品性质推断而来,这些作品都是流传已久的成功之作,说明它们符合人的本性,另一方面则在于它们是基于某些心理法则之上,这些法则制约着一般人的反应。因此,每一件优秀的艺术品的特性中原本就有这些规则,一旦搜集整理出来,则既可以指导艺术家创造也可以指导批评家评判任何未来的作品。约翰逊博士说:"我们完全可以认为德莱顿是英国文学批评之父,是第一位教我们根据作品所遵循的规则来断定其优点的作家。"[35]德莱顿确立那些规则的方法就是指出,诗歌也同绘画一样有其目的,那就是给人愉快;模仿自然是达到这个目的的一般手段;规则的作用则在于从细节上对这手段加以说明:

> 我们已经表明,在这两种艺术中,模仿给人愉快,也表明了它何以给人愉快,由此可知,要达到这个目的,就必须有一些模仿规则;没有规则就没有艺术,正如没有供人进出的门,也就没有房子可言一样。[36]

对于艺术规则和艺术准则的强调,这在一切以受众的需求为中心的批评中原本有之,而今在一些指导文坛新人"如何写作畅销小说"的杂志和手册中仍然存在。然而,依照现代读者的最低标准编写的艺术规则,仅仅是对复杂的、论理透彻的新古典主义文艺理想的粗糙的表述。在18世纪初,诗人尽可以放心去依赖不大的读者圈中训练有素的情趣以及十分在行的鉴赏力,不论这些读者是贺拉斯笔下那些奥古斯都皇帝的罗马臣民,或是维达的那些在雷欧十世教廷中的读者,还是锡德尼供职于伊丽莎白朝廷的同僚,或是德莱顿和蒲柏的那些伦敦读者大众;然而,即便是当代最优秀的评判者的言论,理论上也只能服从时代的声音。有些新古典主义批评家还肯定地认为，艺术规则尽管来自经验，但必须迎合规范的客观结构才能真正行之有效，正是这些规范保证了现实的理性秩序及和谐。约翰·邓尼斯说得明明白白：严格地说，自然"只是我们从有形的造化之中发现的那种规律、秩序以及和谐"，因此，"作为自然之摹本的诗歌"也同样要揭示这些特性。古代那些著名大师们的写作并不是

> 为了取悦于那些吵吵嚷嚷的乌合之众，或者讨好那些被称作他们的同胞的那一小撮人；他们是为了全世界公民而写作，为了所有国家、所有时代而写作……他们清楚地知道，要想使自己的不朽之作流传后世，只有凭借维系现实的那种谐和的秩序……[37]

尽管在具体规则上意见不一，尽管许多英国批评家否认法国人提出的时空统一性、喜剧和悲剧的纯洁性等形式要素，但是，除了为数不多的几个怪人以外，18世纪绝大多数批评家都信奉某一组普遍规律的有效性。大约在18世纪中叶，人们已普遍喜欢以一个单独而包罗万象的批评系统来穷尽诗歌乃至一般艺术所有的主要规律，并对其详加阐述。对于他们常用的实用主义论证模式，若想研究并非难事，只需看一下詹姆斯·贝蒂的《论诗歌与音乐对心灵的影响》（1762年），这本书的阐述简明扼要；理查德·赫德的《一般诗歌观念论》（1766年）一文则更加清楚。赫德说，一般的诗歌无论属何种类型，都是以给人尽可能大的愉悦为目的的艺术。"我们说诗歌是一种艺术，指的是处理题材的这种方式方法，它是最能使我们兴奋愉快的。"这种想法"如果铭记于心，诗歌艺术的一切神秘之处便会展示在我们面前。我们所要做的只是推导出哲学家的观点，并在适当时机付诸应用"。赫德根据这个前提推出旨在给人以尽可能大的愉悦的诗歌所不可或缺的三大特性：形象的语言、"虚构"（即与实际的或经验上的可能之事相背离）和韵律。然而在各类诗歌里，这三个普遍特性如何结合以及能在何种程度上结合，还需依各自的特殊目的而定，因为每一类诗都必须弘扬自身最擅长给人的愉悦。"每种诗歌的艺术只是一般艺术的调整，以适合于其更为直接和

更不可分的目的。"

> 任何以给人愉悦为首要目的的作品都可以称为诗,只要它能根据自身体裁尽量给人愉快。[38]

人们对赫德的《关于骑士风度和罗曼司的书信集》断章取义,认为他是"前浪漫派"批评家。其实,赫德在《一般诗歌观念论》中对其作诗原则进行概括时,以古板的演绎逻辑"展现"了原始定义上的作诗规则,以"事物的本因"取代了诗人的具体实践,这就使他同所有英国人一样接近查尔斯·巴托的几何法,尽管他并不具备巴托手中的笛卡尔装备。这两人的区别在于,巴托在推导作诗规则时认为,诗是对"美的自然"的模仿,赫德则认为,诗歌是为使读者获得最大愉快而处理题材的一种艺术;这又涉及他的假定,即自认为对于读者心理有着经验了解。赫德说,倘若诗歌的目的在于满足读者心灵的需要,那就一定要了解心理规律才能建立作诗规则,因为这些规则"仅仅是一些被经验证明为最易于达到那个目的的手段"[39]。然而,由于巴托和赫德孜孜以求的,是论证同一个作诗法的主体,所以二人常常是殊途同归,我们也就不感到奇怪了。[40]

但是,实用主义批评既精密又富有弹性,具有极强的阐释力。要想真正领悟这种力量,单单考察这些使流行的方法和准则抽象系统化的批评家是不够的,现在必须来看一下塞缪尔·约翰逊这位讲究实用的批评家。约翰逊的文学批评大致采用了我前文描述的批评参照结构,但是约翰逊不信奉刻板的理论抽象,他在运用这一做法时,不断求助于具体的文学范例,虽也尊重其他读者的意见,但最终所依赖的还是他自己对于作品的那种行家的反应。因此,约翰逊对于诗人和诗歌的评论,不断地为后来的批评家提供理论依据,尽管他们的参照结构和具体论断都与约翰逊的大相径庭。约翰逊的批评过程尤其有趣,它表明了模仿自然这个概念如何才能同时与对于诗歌的目的效用判断协调起来。这里试以约翰逊的《莎士比亚戏剧集序言》为例,因为这是新古典主义批评的里程碑。

约翰逊试图在这篇序言中确立莎士比亚的诗人地位,因此他必须根据伊丽莎白时代一般人的口味和水准来评判莎士比亚的天赋才能，然后再根据"这种才能在人类一般的群体才能中所占的比例"来度量这些才能。[41]然而，一个作家的能力和才华只能根据他作品的性质以及他在作品中取得的成就来推断，于是约翰逊对莎士比亚的所有戏剧都做了全面考察。我们从约翰逊对这些作品的系统评论中可以看出，模仿仍然被视为具有相当权威性的评判标准。约翰逊多次声称："莎士比亚应该受到这样的称赞，他的戏剧是生活的镜子"，同时也是无生命自然的镜子："莎士比亚对无生命自然的观察非常准确……不论是以生活还是以自然为素材，都使人感到他是亲眼所见……"[42]但约翰逊也声称，"写作的目的在于给人以教益；诗歌的目的则在于通过快感给人以教益"[43]。约翰逊优先考虑的审美标准，正是诗歌的这种功用以及一首诗对其受众产生的效果。一首诗如果不能给人以快慰，那么不论其性质如何，都不能算是一件艺术品；尽管约翰逊出于一种现代读者以为早已过时的狂热道德感坚持认为，诗歌在给人快感的同时决不能违背真和善的标准。约翰逊正是据此把莎士比亚戏剧中的成分划为两类：一类是莎士比亚为了迎合他自己时代那些极其愚昧的受众一时一地的口味而使用的成分（约翰逊曾说，"莎士比亚懂得怎样才能给人以最大的快感"[44]）；另一类则是为了与不同时代普通读者的口味相适应的成分。有些作品"完全通过观察和体验来感动读者；对于这样一些作品，除了看它们是否能够经久和不断地受到读者重视外，不可能采用任何其他标准"，而莎士比亚"之所以被人阅读，除了能够满足人们追求快感的欲望外，别无其他原因"，他作为这样的一个诗人受到千古传诵，便是他艺术才华的最好说明。对于这种千古传诵的原因，约翰逊又辅以一条原则加以说明："除了给具有普遍性的事物以正确的表现以外，没有任何东西能够被许多人所喜爱，并且长期受人喜爱。"莎士比亚展示了永恒的性格"类型"，而这种性格又源自"那些令所有人骚动的普遍性情感和原则"[45]。因此，莎士比亚拿着镜子反映一般自然的成就受到文学读者大众经久不衰的喜爱，长远看来，这是判断其模仿艺术的无可替代的标准。

通过具体观察和判断，约翰逊在许多方面都通过两条原则展示出这种论点:一条是关于诗人所必须表现的世界本质的原则,另一条是关于诗人受众的本质及合理要求的原则。在大部分情况下,这两条原则并行不悖,得出的结论也相同。例如,有些人谴责莎士比亚使喜剧场面和悲剧场面相混杂。然而,世界和普通读者在本质上都是经验的,这就昭示了这些人的谬误。约翰逊说,莎士比亚的戏剧表现"普通人性的真实状态,既有善也有恶,亦喜亦悲,而且错综复杂,变化无穷"。此外,"混合体的戏剧可给人以悲剧或喜剧的全部教导",因为它更接近"生活的面貌";至于有反对意见认为,这样的场景变换"到了最后缺少感动读者的力量",这种说法表面上看起来似乎很有道理,"甚至那些在日常经验中已发现这种说法不能成立的人也认为是正确的"[46]。可是一旦普通事件的真实状况与诗人对其读者应尽的义务发生冲突,后者则成为最终的申诉法庭。约翰逊说,莎士比亚的缺点在于

> 他的写作似乎没有任何道德目的……他没有给善恶以公平合理的分布,也不随时注意使好人表示不赞成坏人……一个作家永远有责任使世界变得更好,而正义这种美德则不受时间和地点的限制。[47]

实用说把艺术家和作品人物的目标指向受众快感的本质、需求和源泉,这是从贺拉斯到整个18世纪绝大部分批评理论所具有的特征。因此,就其持续时间或其支持者的人数而论,实用主义观点大致上可被认为是西方世界主要的审美态度。但是这个系统本身也包含了导致解体的成分。古代修辞学对后世批评的影响不仅表现在它注重于感动受众,同时(由于它主要考虑加强演说者的修养)它还十分关注演说者本人的能力和行动——相对于其后天修养和艺术而言的"本性",或内在力量和天才,并注重其话语的创造的过程、秉性和表述。[48]随着时间的推移,尤其是在17世纪霍布斯和洛克对心理学作出贡献之后,人们便日益关注诗人的心理构成,他的"天赋"的品质和高度,以及他的各种能力在创作活动中的作用。经过18世纪大部分时间的演变,人们认为,诗人创造和想象的素材——观念和"意象"——完全取决于诗人所必须去模仿的外部世界和文学模式;同时由于人们坚持认为,诗人必须具有判断和技艺——其

实就是有教养的读者对诗人心理要求的代名词——这就使得诗人对受众严格负责,而他正是为了给他们以快感而贡献其创造能力的。然而,这种强调的侧重点渐渐转向诗人的自然天赋、创造性想象和自发情感,而与此相对的特性如判断、学识和艺术的严谨等则被置于不顾。结果,受众被逐渐淡化,成了背景,诗人的位置得到突出,他的心理能力和感情需要也得到突出,都成为艺术的主导原因,甚至成了艺术的目标和试金石。这时,其他方面的发展——我们后面有机会讨论——也促使批评兴趣从受众转向艺术家,从而把一种崭新的学说引进了艺术理论。

四　表现说

华兹华斯在《抒情歌谣集》1800 年版序言中提出,"诗是强烈情感的自然流露"。他觉得这种提法很好,在同一篇文章中用了两次,并以此为基础,建立起关于诗的主题、语言、效果、价值的理论。英国浪漫主义的主要批评家几乎都是沿着从作品到诗人这条直线来下定义、谈见解的。诗歌是诗人思想情感的流露、倾吐或表现,主要的类似提法还有:诗歌是修改、合成诗人意象、思想、情感的想象过程。按照这种思维方式,艺术家本身变成了创造艺术品并制定其判断标准的主要因素。我将把这种理论称为艺术的表现说。

确定这种观点何时成为批评理论中的主流,就像在色谱中确定橙色变成黄色的交界点一样,肯定会显出某种人为性。我们将看到,朗吉弩斯早就认为,崇高的风格主要导源于演说者的思想情感,他的这一探索尽管在历史上是孤立的,也不够全面,但却是对表现说的最早探讨。以后培根在对诗歌做简要分析时,认为诗歌与想象有关,并"使事物的表象符合心灵的愿望",这是对表现说的又一种方式的探讨。就连华兹华斯的理论似乎也是源于传统的关注点和侧重点,因而不如 1830 年代他那些追随者的理论那么偏激。尽管如此,1800 年是个挺不错的整数年份,华兹华斯那篇序言也是合适的文献,可以把它们看作英国批评理论中的模仿说和实用说为表现说所取代的标志。

表现说的主要倾向大致可以这样概括：一件艺术品本质上是内心世界的外化，是激情支配下的创造，是诗人的感受、思想、情感的共同体现。因此，诗的素材和题材是诗人心灵的属性和活动；如果以外部世界的某些方面入诗，它们必须首先通过诗人的情感和内心的运作由事实转变为诗（华兹华斯写道："因此诗……从人类心灵中适时而生，将其创造力传给外界的种种形象"[49]）。诗的根本起因，并非如亚里士多德所说，主要由所模仿的人类活动和特性所决定的形式上的原因；也不是新古典主义批评所认为的那种意在打动受众的终极原因；它是一种动因，是诗人的情感和愿望寻求表现的冲动，或者说是像造物主那样具有内在动力的"创造性"想象的驱使。人们往往根据媒介是否能够准确地传达艺术家的感情和才智来评判各种艺术的优劣，并根据艺术所表现的心理能力或心理状态来给艺术分类并评价其具体作品。在一首诗的各种要素中，措辞要素，特别是修辞手法，成了基本要素；因此首当其冲的问题，是判断这些东西到底是情感和想象的自然表露，还是对诗歌惯例的刻意仿效。任何一首诗所必须通过的首要考验，已不再是"它是否忠实于自然"或者"它是否符合理想的评判者和人类普遍性的要求"，而是另一方面与此迥异的标准，即"它是否真诚？是否纯真？是否符合诗人创作时的意图、情感和真实心境？"因此作品不再被认为主要是实际的或拔高自然的反映；对自然举起的镜子变得透明，使之得以洞察诗人的思想和心灵。把文学的探索作为探寻个性的指南，这一开拓起于19世纪初；它是表现说不可避免的结果。

文学批评这一转向的各种表现形式的起源、细节和历史结果，是本书以下所要讨论的主要内容。现在，趁我们对上述一些事实记忆犹新，我想简单谈一谈在约翰·斯图亚特·密尔1833年所写的文章《什么是诗？》和《诗的两种类型》中，传统批评里的显著要素起了哪些变化。密尔在很大程度上依赖于华兹华斯的《抒情歌谣集》序言，但三十年内，表现说已经从华兹华斯刻意为其编织的限制网中挣脱出来，自由无拘地设计出自身命运。密尔回答"诗歌是什么"这个问题时所依据的逻辑，已不像巴托那样具有几何学意义，也不像赫德那样刻板，尽管如此，他的理论也像他们一样紧紧依附于一个中心原则。不论他如何为经验论加以文饰,他最初有关诗歌本质的设想一直都在悄悄地影响着他对有待解释的事实的选择、诠释和安排。

密尔理论的初始命题是:诗歌是"情感的表现或倾吐"[50]。以此为出发点而对美学材料所做的一系列探讨,使批评传统中一些笃信无疑的重大观念产生了剧烈的变革。

(1) 诗歌类型。密尔重新解释并颠倒了新古典主义对诗歌类型所做的排序。抒情诗是情感最纯正的表现,因而是"比其他类型更杰出更独特的诗……"其他类型的诗都掺入了描写、劝导、叙述等非诗歌因素,这些因素充其量不过是诗人或其笔下人物以诗的形式吐露情感的方便借口。在亚里士多德看来,悲剧是诗的最高形式,表现行动这个模仿对象的情节则是悲剧的"灵魂";而大多数新古典主义批评家则一致认为,就题材或效果的伟大性而论,史诗是诗歌形式之王,悲剧是王后。对于密尔来说,情节成了难以逃避的劫数,这是批评规范产生变革的一个标志。史诗"只要是叙事性(即叙述性)的……就根本不成其为诗",而只是各种真正富有诗意的情节和合适框架;至于对情节和"仅仅作为故事"的故事感兴趣,则是社会的原始阶段,孩童和"极其浅薄空虚"的文明成人才会有的事。[51] 其他艺术的情况也与此相仿。对于音乐、绘画、雕塑和建筑,密尔也把它们分为两类,一类是"简单模仿或描述",另一类则"表现人类情感",因而是诗。

(2) 作为标准的自然天成。密尔接受了这个由来已久的假设:一个人对于情绪的敏感是与生俱来的,但他的知识、技巧——他的艺术——则是后天获得的。据此,他把诗人分为两类:天生的诗人和学成的诗人,或者说"生就的"诗人和"练就的"诗人。自然的诗歌一眼就能看出来,因为它"本身就是情感,思想只是表露这情感的媒介";而那种"练就的而非天生的诗才"所作的诗则怀有"特殊的目的",在这种诗歌中,思想仍然赫然在目,尽管罩着"情感的晕轮"。自然的诗歌"是更高意义上的诗,远胜过其他诗歌;因为……构成诗歌的人类情感在这种诗歌中比在练就的诗歌中丰富得多"[52]。在现代诗人中,雪莱是天生诗人的代表，华兹华斯则是练就诗人的代表；密尔无意中嘲弄了华兹华斯，"情感的自然流露"这条标准本来是华兹华斯倡导的，被用来责难倡导者。华兹华斯的诗"就连自然的影子也很少见到：他那口井怎么也满不了，谈何流溢"[53]。

（3）外部世界。只会简单模仿的文学作品根本算不上诗。因此密尔的诗歌理论从不提及外界现实，至多也不过说，可以感知的对象是"诗歌产生的契机"或刺激。不过，"诗并不存在于对象本身"，而在于审视对象时的"心境"之中。当诗人描绘一头狮子，他"描绘狮子是虚，描绘观看者的兴奋状态是实"，诗必须忠实，但不是忠实于外界对象，而是必须忠实于"人类情感"[54]。于是诗所表现的对象就不再属于外部世界，而只是诗人内心状态外化的等值物——是扩展了的、形诸言语的象征。密尔说，诗歌"体现在各种象征之中。不论情感以何种形态存在于诗人心中，这些象征总能尽可能准确地把它表现出来"[55]。这一论述是 T. E. 休姆理论的先声，也为从波德莱尔到 T. S. 艾略特的象征主义者的创作实践奠定了理论基础。密尔在评论丁尼生早期诗作的文章中说，丁尼生擅长"场景描绘，这当然不是平常意义上的场景描绘"；他这一特长

> 并非什么雕虫小技，只配写写什么叙事诗之类枯燥乏味的诗歌……而是一种力量，它能够按照人类情感状态来创造场景；它非常适合这种情感，简直就是这种情感的象征性体现，并以一种除了现实以外任何事物也无法超越的力量去唤起情感。[56]

要想了解浪漫主义的那些创新究竟在何种程度上仍是现代批评家——包括那些自称是本着反浪漫主义原则构建理论的批评家——所确信无疑的事物，请看，上面那段话和T. S.艾略特的一段著名论述是多么明显地相似：

> 用艺术形式表现情感的唯一途径是发现一个"客观对应物"；换言之，发现构成那种特殊情感的一组客体，一个情境，一连串事件，这样，一旦有了归源于感觉经验的外部事实，情感便立即被唤起了。[57]

（4）受众。受众同样命途多舛。密尔认为，"诗就是情感，在孤独的

时刻自己对自己表白……"诗人的听众只剩下孤单的一个,即诗人自己。正如密尔所说,"一切诗歌都具有独白的性质"。以影响他人为目的,这是多少世纪以来诗歌艺术的决定性特征,现在则起到截然相反的作用:想打动别人的是修辞,而不是诗。如果诗人的

> 表达活动本身不是目的,而是达到目的的手段——用他自己表现的情感来影响他人的情感、信念或意愿——如果他在表现情感时也怀有那种目的,企图对他人的心灵造成某种印象,那么这种表达活动就不再是诗歌,而成了雄辩术。[58]

事实上,在浪漫主义批评观中有某种东西给了受众以致命的一击。也可以根据历史原因这样来推断:正是由于情趣相投并且有鉴别力的读者不复存在,才出现了这样一种批评,它从原则上大大降低了受众作为诗歌及其价值的决定因素的重要性。从华兹华斯的文章中可以看出,只要诗人在其思想和情感之间事先建立起适当的联系,那么一旦诗人的情感自然地流露出来,受众就必然会获得愉快和教益。尽管如此,华兹华斯仍坚持说,"诗人绝不是单单为诗人而写诗,他是为大众而写诗",还说他的每一首诗"都有一个价值的目的"。[59]然而,济慈毫不客气地说,"我生平作的诗,没有一行带有公众的思想阴影"[60]。雪莱则认为,"诗人是一只夜莺,栖息在黑暗中,用美妙的歌喉唱歌来慰藉自己的寂寞;诗人的听众好像为了一个听得见却看不见的音乐家的绝妙声音而颠倒的人……"[61]卡莱尔则认为,诗人已完全取代了受众而成了审美规范的制定者。

> 总的说来,天才有自己的特权;它为自己选择轨道;如果这真是天体轨道的话,那么只要不过分偏离中心,我们这些区区占星人就必须平心静气,不再对它吹毛求疵,而是开始观察它,推算它的规律。[62]

至此,全部演变过程已告结束:最初是模仿诗人,他们只是些举起自然之镜的微不足道的角色;继而是实用诗人,他的天赋不论怎样,最终必须看他迎合公众趣味的能力大小来论其高低;最后是卡莱尔的诗人,

他是英雄,是上帝的选民,由于他具有"造化之神力",所以他必须写作,又因他受人尊崇,所以是其读者的虔诚和情趣的衡量尺度。[63]

五 客观说

上述各种理论在实际应用时都只考虑了艺术品本身的各个部分及其相互关系,不论判别和评价这些要素的前提主要将它们与观众、艺术家还是外部世界联系在一起。但除此以外还有第四个程式,即"客观趋向",它在原则上把艺术品从所有这些外界参照物中孤立出来看待,把它当作一个由各部分按其内在联系而构成的自足体来分析,并只根据作品存在方式的内在标准来评判它。

这种观点在文学批评中相对来说比较少见。亚里士多德在其《诗学》中心部分曾试图论述一种既客观又全面的艺术形式,这是早期对客观说所做的唯一尝试。前面我曾以模仿说为题讨论了亚里士多德的艺术理论,那是因为他的理论以模仿概念为本原,并且一再提到它。然而,亚里士多德的理论很有弹性。他首先把"悲剧"种类孤立出来,以它是对某种行动的模仿为据确立了它同世界的关系,又因它具有净化人们的怜悯和恐惧的明显效果,而确立了它同受众的关系。然后,他的方法又变成向心的,把这些外部因素同化成悲剧作品的内在属性。经过这番重新考虑,悲剧本身便被当成一种目标,它模仿的行动和人物也作为情节、性格、思想而得到重新讨论,这三者加上用词、旋乐和场景,共同组成了悲剧的六要素。甚至怜悯和恐惧也被重新认识为悲剧应有的能使人愉快的特性,从而与喜剧和其他艺术样式所特有的愉快区分开来。[64]这样,悲剧作品本身便可从形式上分析为一个自我决定的整体,它由各个部分围绕着悲剧情节这一主导部分而组成,而悲剧情节本身又是一个由各个枝节按其内在的"必然或可能"的关系所组成的统一体。

客观化走向作为一种探讨诗歌的全面方法,在18世纪末19世纪初刚刚开始出现。后面我们将会看到,有些批评家在探讨诗歌本质时,把诗歌当作不同的宇宙,独立于我们所生活的现实世界以外,认为诗歌的目的不是给人以教益或愉悦,而是为了存在而存在。尤其是在德国,某些批评家利用康德关于艺术品表示的是"无目的的合目的性"的观点大做文章,同时还利用了他关于对美的思索是不存私心也无关实用的概念,但却忽略了康德在谈论一部具有审美性的作品时特别考虑到其创造者和接受者的心理能力。于是,正如爱伦·坡所说,脱离外界原因和最终目的,孤立地把一首诗看作"诗本身……即为了写诗而写的诗"[65],这成了史学家们所谓的"为艺术而艺术"这一提法所常包含的形形色色主张中的一个成分。客观论的方法在各个理论家那里侧重点不同,适用范围各异,应用的理论背景也不一,但仍然成了近二三十年来具有创新意识的批评中最显著的因素之一。T. S. 艾略特1928年的一句名言:"论诗,就必须从根本上把它看作诗,而不是别的东西",得到广泛认可,尽管艾略特自己的批评有时同这一理想相去甚远;此外常常还要提一下麦克利什那句韵文格言,"诗就是诗,别无他意"。芝加哥的新亚里士多德学派对批评进行了精妙入里的批评,提倡采用一种合适的方法就诗论诗,其目的也大致相同。约翰·克罗·兰塞姆在他所倡导的"本体论批评"中呼吁,要承认"作品本身为了存在而存在的自主权"[66];有人发起运动,反对"个人标新立异""意图谬误""情感谬误";韦勒克和沃伦合著的具有广泛影响的《文学理论》也提倡批评讨论名副其实的诗,而不应涉及"外在"因素,类似的观点也日益频繁地出现,不仅是我们的文学杂志而且连那些学术杂志上也常有所见。至少是在美国,某种形式的客观说业已形成浩荡之势,它取代了各种与其抗争的学说而成为文学批评的主导模式。

按照我们的分析图式来看,主要的批评倾向已有四种,在各种感觉敏锐的人看来,每一种都足以对一般的艺术进行令人满意的批评。总的说来,从一开始直到19世纪初,批评的历史演进过程可以这样描述:先是模仿说,由柏拉图首创,到亚里士多德已做了一些修改;继而是实用说,它始于古希腊罗马时期修辞学与作诗法的合并,一直延续到几乎整个18世纪;再到英国(以及较早的德国)浪漫主义批评的表现说。

当然,同任何时期的批评一样,浪漫主义批评在观点上也并不是一致的。直到1831年，麦考莱（他的思想常常是循规蹈矩的）仍坚持说，"正如两千多年前人们所说，诗歌是模仿"，这是"建立在理性和事物本质之上的"一条永恒规则，并认为各种艺术的区别就在于它们模仿媒介和模仿对象的不同。然后，在一篇充斥着18世纪标语口号的文章中，他又白费力气地用模仿原则来证实自己的看法，即认为司各特、华兹华斯和柯尔律治比18世纪诗人高明，因为他们对自然的模仿更为准确；又攻击了新古典主义的正确性规则，认为这些规则"往往会使……模仿品难以达到应有的完善……"[67]；认为艺术和艺术家受到受众制约的批评模式盛行不衰，不过常常流于庸俗。持这种观点的有弗朗西斯·杰弗里等有影响的记者，他们故意提倡中产阶级的文学标准，并声称要保持杰弗里所谓的"女性的纯洁"不受玷污。[68]

但是，凡此种种并不是有所创新的批评著述，也并没有对雪莱在《为诗辩护》一文中所说的"时代精神"那种主导气质做出任何贡献；新古典主义批评和浪漫主义批评在观点上的剧烈分歧仍然是明白无误的。18世纪六七十年代的代表性作品有约翰逊的《莎士比亚戏剧集序言》、凯姆斯的《批评要素》、理查德·赫德的《论一般诗歌观念》、《诗艺新法》（作者不明），贝蒂的《论诗歌与音乐》，以及乔舒亚·雷诺兹爵士的前八次《演讲》。将它们与以下浪漫主义批评家们对诗歌和艺术所做的主要探索进行比较，如华兹华斯的序言及其他文章、柯尔律治的《文学生涯》和关于莎士比亚的讲座、哈兹里特的《诗歌概论》及其他论文，甚至雪莱那篇柏拉图主义的《为诗辩护》；此外再加上稍后的一些文献，如卡莱尔的《特征论》和他早期的文学评论、J. S. 密尔论诗的两篇文章、约翰·基布尔的《诗歌演讲集》以及利·亨特的《诗歌是什么?》。无论这两个时代的个别批评家在某些术语和论题上有什么承续性，无论同一时期的批评家内部成员在方法和原则上的分歧多么重大，一个有根本意义的变化决定了华兹华斯时代的批评同约翰逊时代的批评之间的根本区别：诗人回到了批评舞台的中央，原本批评界对读者、外部世界以及诗艺的传统准则和规范的侧重，现在重新回到诗人身上。

注 释

[1] *Philosophies of Beauty* 前言，ed. E. F. Carrit (Oxford, 1931), p. ix。

[2] (5th ed.; London, 1934) pp. 6-7. 从瑞恰慈最近的论断可以看出他后来侧重点的改变："'语义学'的创立是因为到处充溢着胡言乱语，它最终很可能成为拓宽理解的新技术。"(*Modern Language Notes*, LX, 1945, p. 350).

[3] 对于各种批评理论精妙、详尽的分析，参见 Richard McKeon, "Philosophic Bases of Art and Criticism," *Critics and Criticism, Ancient and Modern*, ed. R. S. Crane (The University of Chicago Press, Chicago, 1952)。

[4] *Republic* (trans. Jowett) x. 596-7; *Laws* ii. 667-8, vii. 814-16.

[5] 见 Richard McKeon, "Literary Criticism and the Concept of Imitation in Antiquity," *Critics and Criticism*, ed. Crane, pp. 147-9. 文章显示柏拉图在使用"模仿"这一术语时的多重变义，这些变义成功地迷惑了后来的许多批评家，正像以前迷惑了那些和苏格拉底进行争论的鲁莽的人。

[6] *Republic* x, 597.

[7] *Laws* vii. 817.

[8] *Republic* x. 603-5; Ion 535-6; 参见 Apology 22。

[9] *Republic* x. 608.

[10] *Poetics* (trans. Ingram Bywater) I. 1447^a, 1448^a. 关于亚里士多德批评中论述模仿的部分，参见 McKeon, "The Concept of Imitation," op. cit. pp. 160-68。

[11] *Poetics* 6. 1449^b, 14. 1453^b.

[12] Ibid., 8. 1451^a。

[13] Ibid., 6. 1450^a-1450^b。

[14] Ibid., 4. 1448^b；17. 1455^a-1455^b.

[15] *Republic* iii. 398, x. 606-8; *Laws* vii. 817.

[16] *The Works of Richard Hurd* (London, 1811), II, 111-12.

[17] Edward Young, *Conjectures on Original Composition*, ed. Edith Morley (Manchester, 1918), pp. 6, 18. 参见 William Duff, *Essay on Original Genius* (London, 1767), p. 192n。John Ogilvie 把创造性天才、独创性创造与"诗的模仿这一伟大原则"统一起来 (*Philosophical and Critical Observations on the Nature, Characters, and Various Species of Composition*, London, 1774, I, 105-7). Joseph Warton 是人们熟知的，他曾提倡"毫无羁绊的想象"、热情以及"浪漫的，精彩的，粗犷的事物"；他仍然赞同 Richard Hurd 的观点，认为诗"是一种艺术，其根本在于模仿"，诗的对象是"物质的或有生命的，外部的或内在的"(*Essay on the Writings and Genius of Pope*, London, 1756, I, 89-90)。参见 Robert Wood, *Essay on the Original Genius and Writings of Homer* (1769), London, 1824, pp. 6-7, 178。

[18] "Originality," 见 *Gleanings* (London, 1785), I, 107, 109。

[19] Charles Batteux, *Les Beaux Arts réduits à un même principe* (Paris, 1747), pp. i-viii.

[20] Ibid., pp. 9-27.

[21] Ibid., p. viii. 关于模仿在早期法国新古典主义理论中的重要地位，参见 René Bray, *La Formation de la doctrine classique en France* (Lausanne, 1931), pp. 140ff。

[22] Lessing, *Laokoon*, ed. W. G. Howard (New York, 1910), pp. 23-5, 42.

[23] Ibid., pp. 99-102, 64.

[24] *Three Treatises*, in *The Works of James Harris* (London, 1803), I, 58. 参见 Adam Smith, "Of the Nature of that Imitation which Takes Place in What Are Called the Imitative Arts," *Essays Philosophical and Literary* (London, n.d.), pp. 405ff。

[25] Henry Home, Lord Kames, *Elements of Criticism* (Boston, 1796), II, 1 (chap. XVIII).

[26] Thomas Twining, ed., *Aristotle's Treatise on Poetry* (London, 1789), pp. 4, 21-2, 60-61.

[27] Sir Philip Sidney, "An Apology for Poetry," *Elizabethan Critical Essays*, ed. G. Gregory Smith (London, 1904), I, 158.

[28] Ibid., I, 159.

[29] Ibid., I, 159, 161-4, 171-80, 201.

[30] 参见他所引用的亚里士多德的论述，诗比历史更富哲理（I, 167—168），痛苦的事情可以通过模仿而变得愉快（p. 171）；以及他对于亚里士多德的中心术语，艺术实践 (praxis)——即诗所模仿的行动——的曲解，认为它代表一首诗所欲感动观众去从事的道德行动（p. 171）。

[31] Cicero, *De oratore* II. xxviii.

[32] "The Concept of Imitation," op. cit. p. 173.

[33] Horace, *Arts Poetica*, trans. E. H. Blakeney, in *Literary Criticism, Plato to Dryden*, ed. Allan H. Gilbert (New York, 1940), p. 139.

[34] *Essays on Poetry and Music* (3d ed.; London, 1779), p. 10.

[35] "Dryden," *Lives of the English Poets*, ed. Birkbeck Hill (Oxford, 1905), I, 410.

[36] "Parallel of Poetry and Painting" (1695), *Essays*, ed. W. P. Ker (Oxford, 1926), II, 138. 见 Hoyt Trowbridge, "The Place of Rules in Dryden's Criticism," *Modern Philology*, XLIV (1946), 84ff。

[37] *The Advancement and Reformation of Modern Poetry* (1701), in *The Critical Works of John Dennis*, ed. E. N. Hooker (Baltimore, 1939), I, 202-3. 有关 Dennis 根据"取悦并改造心灵"这一艺术目的推论出的特殊规则，参见 *The Grounds of Criticism in Poetry* (1704), ibid. pp. 336ff。

[38] "Dissertation on the Idea of Universal Poetry," *Works*, II, 3-4, 25-6,7. 类似的论点可参见 Alexander Gerard, *An Essay on Taste* (London, 1759), p. 40。

[39] "Idea of Universal Poetry," *Works*, II, 3-4. 关于赫德批评主体中潜在的基本原理，参见 Hoyt Trowbridge, "Bishop Hurd: A Reinterpretation," *PMLA*, LVIII (1943), 450ff。

[40] 例如，Batteux 认为诗所模仿的不是未加修饰的现实，而是"美好的自然"。他根据这一观念"推演"，认为诗的目的只能是"取悦、感染、触动，一句话，快感"（*Les Beaux Arts*, pp. 81, 151）。Hurd 则相反，他从诗的目的是快感这一事实推测说，诗人

的职责是"装饰和美化"现实,"用最迷人的形式"描绘现实("Idea of Universal Poetry," *Works*, II, 8)。为了专门调查诗人之间相互抄袭的现象,Hurd 本人在另一篇文章中改换了立足点,并像 Batteux 一样,首先把诗解释为一种模仿,尤其是对"事物最美好的形象"的模仿("Discourse on Poetic Imitation," *Works*, II, 111)。

[41] *Johnson on Shakespeare*, ed. Walter Raleigh (Oxford, 1908), pp. 10, 30-31.

[42] Ibid., pp. 14, 39. Cf. pp. 11, 31, 33, 37, etc.

[43] Ibid., p. 16.

[44] Ibid., pp. 31-3, 41.

[45] Ibid., pp. 9-12.

[46] Ibid., pp. 15-17. 此外尚可参看 Johnson 以"自然"对"意外"之说为莎士比亚违背人物类型的得体性而辩护;又以戏剧听众的实际经验以及"戏剧最优美之处在于模拟自然教育人生"的原则为理由,为莎士比亚破坏时空统一性而辩护 (ibid. pp.14-15, 25-30), Cf. *Rambler* No. 156。

[47] Ibid., pp. 20-21. 在 Johnson 早期发表于 *Rambler* No. 4, 1750 论"虚构作品"的文章中 (*The Works of Samuel Johnson,* ed. Arthur Murphy, London, 1824, IV, 23),这种逻辑更加明显:"人们认为模仿自然是最伟大的艺术才华,这完全正确。但有必要划清自然之中适合于模仿的成分",等等。对于 Johnson 的批评方法的详细分析,见 W. R. Keast, "The Theoretical Foundations of Johnson's Criticism," *Critics and Criticism,* ed. R, S. Crane, pp. 389-407。

[48] 见 R. S. Crane 对英国新古典主义批评中各种纷繁复杂的运动的著名概要,"English Neoclassical Criticism," *Critics and Criticism*, pp. 372-88。

[49] *Letters of William and Dorothy Wordsworth: The Middle Years,* ed. E. de Selincourt (Oxford, 1937), II, 705; 18 Jan. 1816.

[50] *Early Essays by John Stuart Mill*, ed. J, W. M. Gibbs (London, 1897), p. 208.

[51] Ibid., pp. 228, 205-6, 213, 203-4.

[52] Ibid., pp. 211-17.

[53] Ibid., pp. 222-31.

[54] Ibid., pp. 206-7.

[55] Ibid., pp. 208-9. 参看 Hulme:"如果这是名副其实的诚实,那么整个类比便会勾画出你所要表达的情感或事物的准确线条……"("Romanticism and Classicism," *Speculations*, London, 1936, p. 138.)

[56] 关于 Tennyson's *Poems Chiefly Lyrical* (1830) 和 *Poems* (1833) 的评论,作于 1835 年,见 *Early Essays*, p. 242。

[57] "Hamlet," *Selected Essays* 1917-32 (London, 1932), p. 145.

[58] *Early Essays*, pp. 208-9. 参见 John Keble, *Lectures on Poetry* (1832-41), trans. E, K. Francis (Oxford, 1912), I, 48-9:"西塞罗永远是个演说者",因为"他心里总惦记着剧场、观众和听众";而柏拉图则"比荷马本人更有诗情",因为"他写作是为了自娱,而非说服他人"。

[59] *Lyrical Ballads* 序, *Wordsworth's Literary Criticism*, ed. N. C, Smith (London, 1905), pp. 30, 15-16。

[60] *Letters*, ed. Maurice Buxton Forman (3d ed.; New York, 1948), p.131 (to Reynolds, 9 Apr, 1818).

[61] "Defence of Poetry," *Shelley's Literary and Philosophical Criticism*, ed. John Shawcross (London, 1909), p. 129.

[62] "Jean Paul Friedrich Richter" (1827), *Works*, ed. H. D, Traill (London, 1905), XXVI, 20.

[63] 见 *Heroes, Hero-Worship, and the Heroic in History*, in *Works*, V, esp. pp. 80-85, 108-12. 参见 Jones Very 对这种推理的愤怒驳斥：不能因为一般人都喜欢听莎士比亚，就说"他的动机在于使人高兴……杰出的诗人作诗，乃是虔诚呼唤圣灵的神圣而独特的行为。假如认为他们别有所图，那便是对他们的亵渎"["Shakespeare" (1838), *Poems and Essays*, Boston and New York, 1886, pp. 45-6]。

[64] "不能要求悲剧给我们所有不同的快感，而是它所能给的快感。悲剧的快感是引起我们的怜悯与恐惧之情……"(*Poetics* 14, 1453^b)

[65] "The Poetic Principle," *Representative Selections*, ed. Margaret Alterton and Hardin Craig (New York, 1935), pp. 382-3.

[66] 见 John Crowe Ransom, *The World's Body* (New York, 1938), esp. pp. 327ff., 及 "Criticism as Pure Speculation," *The Intent of the Critic*, ed. Donald Stauffer (Princeton, 1941)。

[67] "Moore's *Life of Lord Byron*," in *Critical and Historical Essays* (Everyman's Library; London, 1907), II, 622-8.

[68] *Edinburgh Review*, VIII (1806), 459-60. Jeffrey 以阐述详尽的联想主义美学为依据，认为作者或艺术家的目的应该是"给尽可能多的人以尽可能大的〔快感〕"，他必须明察公众最广泛的爱好，从而"推演出他们的规律和趣味，并以此为根据进行创作"。关于这些，可参见他的 *Contributions to the Edinburgh Review* (London, 1844), I, 76-8, 128; III, 53-4. 当代以社会和道德为由，认为应由女性主宰文坛，关于这点，可参见 John Bowring's review of Tennyson's *Poems*, in *Westminster Review*, XIV (1831), 223; *Lockhart's Literary Criticism*, ed. M. C. Hildyard (Oxford, 1931), p. 66; Christopher North (John Wilson), *Works*, ed. Ferrier (Edinburgh and London, 1857), IX, 194-5, 228。

第二章

模仿与镜子

  因此莎士比亚应该受到这样的称赞:他的戏剧是生活的镜子。

——塞缪尔·约翰逊

  艺术真正反映的是观众,而非生活。

——奥斯卡·王尔德

  这些词语平平淡淡,都是隐喻。词语大都如此——没用!

——珀西·雪莱

在《国家篇》第十卷里，苏格拉底着手阐释诗歌的真实性质，同时打了个比方。一个人在制作一张床或桌子时是根据脑子里有关这些东西的理式进行的。但是艺术家在创造这些东西以及其他所有事物时，则还有一个更为容易的方法。

什么方法？

一个极其易行的方法，或者说，有许多方法可以迅速、容易地完成这项工作，但只有这个方法最快：旋转镜子将四周一照——在镜子里，你会很快得到太阳和天空，大地和你自己，其他动物和植物，以及我们刚才谈论的其他所有东西。[1]

柏拉图根据这些镜中形象的特性，就艺术的性质和价值得出了几个不无微词的结论。

柏拉图援引这个例子，并非偶尔为之，他在著作中反复引用这个比方，或者是镜，或者是水，要不就是我们称之为影子的那些不太完美的事物幻象。他利用这些事物来说明宇宙万物间的内在联系：自然事物或人为事物与其原型或理式的关系；事物的摹本，包括艺术的摹本，与其在观念世界中的原型的关系。人们通常认为，柏拉图引用"反映"这一比方，只是想说明有关艺术本质和宇宙本质的既定概念，因而问题主要在于这种说明方法是否合适。不过还有一个合理而重要的问题：不仅要问"这一比方是否可以解释这一概念？"而且要问"这一概念在多大程度上来自这一比方？"

一 艺术犹如镜子

对隐喻的性质和功用进行分析，传说中一直被视为修辞学家和文学批评家的任务。然而，比喻不论是活喻还是死喻，都是所有话语中不可分割的成分，包括那些既非劝说性亦非审美性的，而是描述性或信息性的话语。形而上学的系统尤甚，它在本质上是一个比喻的系统。斯蒂芬·C.佩珀在其近作中论证说，各种主要的世界观都是一个庞大的提喻，即以宇宙之局部喻示其整体。[2] 甚至自然科学的传统语言也不能保证完全使用字面意义，尽管人们常常觉察不到其关键术语就是比喻性的，但随着时间的推移，人们已广泛地使用了新的类比，从而烘托出了原有的类比。诗歌批评中的隐喻或类比尽管不像在诗歌中那样一望即知，但其作用却毫不逊色。本书的具体目标之一就是充分说明在批评史上或多或少被湮没了的某些概念模式——我们或可称之为"原型类比"，它们在选择、阐释、整理和评估艺术事实的过程中起到了重要作用。

传统的看法认为，许多说明性的类比都是偶然的、图解性质的；然而，却有少数几个类比似乎经常出现，它们不是说明性的，而是构成性的：它们能生发出文学理论或任何理论的总纲及其基本的构成因素，而且，它们还能对理论所包含的"事实"做出选择并施加影响。因为事实也叫事实行为，既有人为产生的事实，也有发现的事实，人为产生的事实有一部分就是通过类比而产生的，就像我们透过镜片，通过类比来观察世界。柯尔律治曾说："真怪，事实怎么会被称为固定的东西呢？……须知事实并非真理；它们不是结论；连前提都算不上，只是与前提性质相同而成为其部分内容而已。"[3]

一个有待探讨的领域，假如没有已有的概念作框架，没有达意的术语来把握它，那么这个领域对于探索者来说就是不完善的——它或者是一片空白，或者是一片浑浊，使人无从下手。我们常用的补救方法，就是有意或无意地寻觅一些物体，以其类似的特性来了解新的领域中感觉不明显的方面，以较为熟知的事物来说明相对陌生的事物，借有形的事物来论述无形的事物。这种类比程式似乎是许多思想工程的特征。人们通常这样问:"它的本质是什么?"也就是说:"它像什么?"这句通俗的问话包含着丰富的智慧。我们常用明喻、暗喻来描述事物的本质,当我们对这些反复出现的比喻的媒介物进行分析时,常常发现这些媒介物正是某个没有明说的类比的特性,我们也正是透过这个类比来观察我们所描述的事物的。如果我说得不错,柏拉图对类比物和比喻的使用是有目的的,不同于其他那些不够坦白、技巧更少的论者。

在柏拉图以后的很长时间里,美学理论家一直喜欢借助镜子来表明艺术的本质。在文艺复兴时期,人们在谈到观察事物的方法时,常直言不讳地提到镜子。阿尔贝蒂就说,"绘画是怎么回事? 还不就是像艺术那样反映原始形象?"[4] 达·芬奇也反复借助镜子来说明绘画和画家的心灵与自然的关系。"画家的心灵应该像一面镜子,它的颜色应同它所反映的事物的颜色一致,并且,它面前有多少东西,它就应该反映出多少形象……除非你有一种特别的本事,能以你的艺术品来表现大自然创造的一切形式,否则你就不能成为大师。"[5] 在文学中,有卡克斯通的《世界之镜》、巴尔克莱的《心灵之镜》,以及加塞瓦涅的《政府之镜》和《钢之镜》;还有蠢人的镜子和官长的镜子。镜子的比方在喜剧里尤为流行,因为喜剧是文学现实主义的早期代表,意大利和英国的许多批评家都引用了多纳托在4世纪认为是西塞罗所说的话,说喜剧是"生活的摹本,习俗的镜子,真理的反映"。因此在回答"什么是喜剧"这个问题时,本·琼生借戏剧行家考达图斯之口,说出了公认为是西塞罗的观点,即喜剧是"生活的摹本,习俗的镜子,真理的反映"[6]。

直到18世纪中叶,一些有影响的批评家仍以镜子的本质来阐释模仿的概念。约翰逊博士酷爱这个比喻,并以为莎士比亚的才华就在于他向读者举起了风俗习惯和生活的真实镜子。[7] 1751年,沃伯顿大主教在为蒲柏的这行诗"他发现荷马与自然原本一样"加注时,曾评点说,维吉尔"十分谨慎,从最有利的角度审视自然,使她所有的迷人之处都在荷马的镜子里清楚地映现出来了"[8]。柏拉图从镜子形象的特性推演出模仿的性质,卢梭则在分析戏剧模仿时,以柏拉图的那段话为基础。[9] 赫德主教在泛泛而论一般的诗歌时,先是引用了亚里士多德关于"艺术即模仿"的定义，后又借助柏拉图的镜子说来阐明这种模仿的过程。

> 再者，这些原始形式名目繁多，不可胜数，诗人的眼睛不停地扫视着这些形式，但只有那些最能引他注意的形式才被他活跃的模仿能力转变为原样不变的、活生生的形象。神圣的哲学家……是以镜子的特点出色地解释这一神奇的转变的；"当他旋动镜子，使其面向周围世界时，"他说，"这镜子便马上显示出太阳、群星和天空……"[10]

柏拉图在《国家篇》里阐明他对诗歌的一般用法时，首先引证了镜子中的形象，然后是画家的作品，最后根据这两段说明的区别来给诗歌的模仿性下定义。这种论证的几个步骤是很有意义的。以镜喻诗有着明显的缺陷，因为镜中的形象稍纵即逝，而在照相术发明以前，画家的作品最能捕捉并保存它所描绘的对象。因此一幅画本身既是一种艺术品，又能有效地与镜子相关，并能说明诸如诗歌等艺术中不太明显的模仿性，因为诗歌对有形世界的反映是间接的，是通过词语的意义完成的。

普鲁塔克使西摩尼德斯的格言"画是无声诗，诗是有声画"变得流行起来，这句话与贺拉斯有关"诗情画意"的说法一样，被断章取义，因而被误解为断言诗与画完全一致，成了大众美学知识的自明之理。欧文·巴比特说得很对，"16 世纪中叶到 18 世纪中叶间创作的艺术或文学评论文章，几乎没有一篇不以赞许的口吻提及贺拉斯的那个比喻……〔或〕西摩尼德斯的相应说法"[11]。到 1758 年，约翰逊博士仍然觉得"在智慧和好奇心引发出来的各种比喻中，有些是字真义实的，如诗歌与绘画间的比喻……它们的区别仅仅在于，一个是以永恒的、自然的符号表示事物，另一个则以偶发的人为的符号来表示"[12]。迄今常有人论述说，对一幅画和一首诗的细节进行详尽的比较，这种做法对文艺复兴以及后来的艺术理论和实践可能都产生了影响。就我们现在的目的而言，只要说明对绘画的研讨证实了这个概念，即诗歌是事物和事件的反映就足够了。

反映物这一概念模式在确定批评性分析的焦点和术语时所起的作用无论是明显的还是隐含的，我们都很难说清它到底在何种程度上促成了美学理论中这些特有的关注和发现。柏拉图在一个极端，以镜子为比方得出简单明了的派生物。例如，镜中反映的形象只是事物的幻影，勉强以二维来表示三维，因此具有欺骗性：这就降低了艺术的地位，因为它只是表象，与真理相距甚远。再说，镜子的唯一功用是反映一个完美无缺、绝对准确的形象，因此，当荷马和埃斯库罗斯等诗人背离了事物的真相时，我们便别无选择，只能说他们在撒谎。这种标准对于柏拉图来说足够了，因为他的目的根本不是考虑艺术本身的价值，而只想证明在一个建立在永恒模式上的封闭城邦，不论这是《国家篇》里的完美城邦还是《法律篇》中基本完美的城邦，艺术家是没有自由的。另一个极端是《诗学》。亚里士多德对悲剧进行分析的特殊力量在于：他较为成功地阐明了一系列悲剧特征，这些特征如果不是完全逃避类比手法的话，将特别适用于一首诗歌，它既是诗歌中的一篇，同时本身又是目的。[13] 在这两种极端之间，又有各种后亚里士多德式的理论，这些理论无一例外，都回到模仿概念，更加接近反映物实物的属性。

较晚形成的概念体系所提出的观点，使我们得以对16—18世纪理论家的一些共同倾向加以区别，他们认为艺术即模仿，多少像一面镜子。这一比喻的好坏姑且不论，它在客观上使人将兴趣集中于作品的题材及其在现实中的种种原型之上，而相对忽视了艺术传统的决定性影响，忽视了单一艺术作品的内在要求，忽视了作者的个性。它促使人们将作品中明白表现现实世界的那些成分与其他被认为只起"装饰作用"的、增加读者快感的言语和想象的成分对立起来，并促使人们潜心追求艺术的"真谛"，追求艺术与其应当反映的事物之间的某种一致性。

反映物作为批评原型而得到了长期沿用，这表明它作为美学理论的一个出发点，自有其合适性，并能给人以启迪。然而类比思维法总免不了分类上的呆板。正如柯尔律治所说，"一切比喻都是跛足的"；所谓相似物其实只是同被喻物部分相像，碰巧适时的类比原型尽管突出了关键之点，但某一事物倘若不符合其原范畴，那么它的种种特性便难以把握而被置于一边了。例如，一件艺术品很像一面镜子，但在某些重要方面又与镜子很不相同，能保持衍生的美学范畴的灵活性，并能对其管辖范围以外的种种现象应付自如，这样的批评家实在不多。我们将会看到，近代批评的历史，部分地讲，就是寻觅可供替换的类比物的历史——诸如彼岸世界或"第二天性"，清泉的流水，风琴的妙曲，生长的植物——这些类比物可以避免镜子可能引起的麻烦暗示，更透彻地了解那些被镜子这一类比原型边缘化或忽略了的审美物的诸方面及其种种关系。

二 经验主义理想中的模仿对象

认为艺术反映自然的理论家总喜欢"朝外面"看，而不是从艺术家内心，去寻找作品的主题。于是他立刻会遇到这一明显的事实：他所看到的很少是外部世界中单一事物或事件的摹本，有时会向观察者显示某种理念世界里从未有过的存在。艺术对现实的这种偏离一直是审美哲学中的一个重大问题。有些作家据此对艺术持冷淡甚或敌对的态度，认为艺术微不足道或绝对有害。古典主义和新古典主义艺术的捍卫者们解决这一问题的方法是声称，诗歌所模仿的不是原样不变的现实，而是包容于现实之中或掩藏于其后的那些经过选择的事物、性质、倾向，或者形式，它们是构成宇宙的真实因素，其价值高于粗糙的、未经筛选的现实本身。在表现这些因素的过程中，对自然举起的镜子所反映的并不是什么"真实自然"，而是英国批评家常说的所谓"改良的"或"拔高的"或"提炼过的自然"，或如法语所说的，是"美的自然"。巴托说过，这不是"既有的现实；而是可能的现实，美好的现实，它被认为是真正存在的现实而得到表现，并具有它所能获得的一切完美"[14]。许多18世纪的理论家都本着他们的实用主义观点补充说，这一过程的合理之处在于，它能满足愉悦读者的需要（有时还要给他们启蒙）。休谟说，"只有描述出优雅风致的自然，即美的自然，才能使趣味高雅的人赏心悦目……"[15]詹姆斯·贝蒂则对这一极为流行的看法做了概括，他写道：

> 我觉得，这早已是再明白不过的了——诗歌的目的是使人快乐……因此，诗歌之本不是真实的自然，而是有了一定改进的自然，它与可能产生的结果是一致的，并符合诗人的旨意。所以我们才说诗歌是自

然的摹本。

约翰逊博士也认为，从道德方面来考虑，镜子必须有选择地反映事物，必须"将自然中最适于模仿的那些部分分出来"，因为"如果镜子不辨良莠地反映一切，倒不如直接用眼睛去观看人类了"。[16]

在近代批评中（文艺复兴早期的绘画理论在某种程度上亦然），艺术即模仿的观点以及它所包含的镜子的比喻，常常标志着对艺术的现实主义要求，然而在新古典主义批评中，这些观念却成了艺术"理想"论的标准要素，即在一般意义上说，艺术恰如其分地改进了现实中的事物。人们对理想中的特殊自然——宇宙万物中被认为适于艺术模仿的那些成分——做了种种描绘，然而描绘方式虽多，却不外乎两种主要类型。第一类是关于艺术理想的经验主义理论，以亚里士多德的《诗学》为代表；这种理论认为，艺术所模仿的各种原型和形式，是根据感知对象选择或提取出来的。另一类是先验主义理论，它源自柏拉图，更准确地说，源自柏拉图以后的哲学家，他们的美学理论是以柏拉图的文艺对话为基本材料拼凑而成的。这种理论认为，恰当的艺术对象是理式或形象，它们也许可以通过理性世界的途径而获得，但最终却是超越经验之上，独立存在于自身的理想空间之中，只有心灵的慧眼方能触及。

亚里士多德说，诗人并不描述"已发生的事，而是可能发生的事……因此诗歌比历史更富于哲理，含义更严肃，因为诗所描述的事件本质上常有普遍性，而历史叙述的则是具体的事"。这一著名论点的准确含义只能通过《诗学》中其他段落的有限帮助才能得到阐释。麦基翁教授参照亚里士多德的其他著述，对这一论点的原意做了重新表述：

> 艺术家在模仿时，把自然的某种形式从其内容上剥离出来——不过这并非"根本的"形式，而是某种可被感知的形式——再将这种形式同他的艺术内容，以及他所使用的媒介重新结合起来……艺术模仿自然，与物质世界的内容相连的形式，也就是他的艺术内容所表现的形式。[17]

18 世纪的许多批评家都引用过亚里士多德的这段话，但以形式因和质料因哲学对此做出解释的人则寥寥无几。相反，他们对艺术背离现实都提出了多种多样的解释，而且同一个批评家常常提出好几种解释，有的是对这一论点的重新表述，有的则运用它来解释各种各样的诗歌题材或诗歌类型。与此同时，这么一种解释也成了套话：优秀的艺术在这些方面有别于真实世界；而且所有艺术，要想优秀，就非得在这些方面表现出不同。以下是对艺术应该模仿的那种"自然"的主要的经验主义的描述：

(1) 各种赏心悦目的美的事物或现实事物的各个方面。勒内·拉潘在评论亚里士多德时，这样表述了这一简单原则：一个诗人"仅仅展示自然是不够的，因为这种自然在某些方面是粗糙的，不令人愉快的；他必须选取自然中美的东西，摒弃不美的东西……"[18]。理查德·赫德在引用了亚里士多德的模仿说之后，解释道："天才的职责只是选取事物最美好的形式，并在合适的场合展示这些形式……"[19]

(2) 综合散见于自然中的各种因素而成的事物。这种对于合成的理想自然的主张比较复杂，支持这一说法的人都引证了一个老掉牙的故事，他们这种一致的做法让人觉得无惧沉闷是研究工作的必要条件。故事说的是画家雷西斯。据普利尼的说法，有一次他想表现米诺的形象，"让人将当地的年轻女子都脱光衣服逐一审视，然后从中选出五个，以便将女人形体中的美妙之处，在他的画像中表现出来"[20]。一篇有时被认为是哥尔德斯密斯所作的文章的作者说，"历史应当描述自然界真实发生的事"，

> 而雕刻家或其雕塑作品则将自然界中大量的事物的各种特性聚集起来。这些事物尽管在其他各方面都是美好的，但每一个又都有着某种不完美或缺陷，有了这些观察，再加上他的情趣和判断，他便构建出一个理想的图案。他的观念便受到了这个理想图案的修饰，并体现在作品之中。
>
> 人人都知道创作赫拉克利肖像的那位名画家雷西斯的故事……[21]

(3) 每一物种的主要倾向或统计均值。这一提法主要用于对造型艺术中有形事物的表现，因为这是一种有形的空间构造；而不是人类心理和行为的无形原则，因此理论上可以进行精确计算。乔舒亚·雷诺兹对这一观点做了透彻的说明，他说："通过反复体验，并对自然界的各种物体进行详细比较，艺术家获得了那个不妨称为主要形式的观念，对这一主要观念的任何偏离都是歪曲。"[22] 在此 11 年前（1759 年），雷诺兹在《闲暇者》杂志 82 期上用统计学术语描述过这一主要形式。他的初始假设是"可以说每一种动物或植物的存在，都有一个固定不变的形式，而大自然则总是不断倾向于这个形式的"。在各个物种里，"自然所创造的完善的美总比任何一种缺陷要多"。雷诺兹用钟摆的比方说明了这一假设，钟摆是从同一个中心点在不同平面上振动；换用现代统计学的术语来说，可以说理想的形式就是某个生物学特性的各种变量在常态分布中的"众数"——它既是中心值，出现的次数也最多。

(4) 人的类型，而不是个人。这似乎是说当学识渊博的新古典主义者从中国到秘鲁对人类进行广泛观察时，他所看到的世界是人人相同，只是当地方色彩和个人差异增加时才约略有些变化。约翰逊表述他那个时代广泛流传的套话说："不考虑偶然的、不相关的文饰和伪装的话，人类状态几乎是千篇一律的，因此几乎所有的善和恶都是人类共有的。"[23] 艺术家只要表现所有的人过去、现在和将来都一直不变的那些方面，就能够最有效地保证其作品能吸引他自己时代以及任何时代的读者。这是因为"除了给具有普遍性的事物以正确的表现之外，没有任何东西能够为许多人所喜爱，并且长期受人喜爱。特殊的风俗习惯只可能是少数人所熟悉的，因此只有少数人才能够判断它们模仿的逼真程度"[24]。因此"莎士比亚的伟大杰出之处就在于，他的剧中角色的行动和说话都是受了那些具有普遍性的感情和原则影响的结果，这些感情和原则能够震动各式各样人们的心灵。……在其他诗人的作品里，一个人物往往不过是一个个人，而在莎士比亚的作品里，他通常代表一个类型"[25]。

(5) 内外部世界中突出的、一致的、为人熟知的各个方面。在描述感知对象时，伊姆莱克有句格言说，诗人"并不去数郁金香有几个花瓣"；这意思是说，诗人应当表现的是物质、形式、色彩、明亮、暗淡等一般的视觉特性，而人们则借助于这些特性可轻易地分辨出大类——人、树或郁金香——个体只是这个大类里的一员。伊姆莱克接着说：

> 诗人在描绘自然时应着力表现这些突出而显著的特征，以使每个人都能据以回想起原物；至于粗心的人和谨慎的人都能一眼看出的那些特征，它们之间的细微的区别，有的人注意到了，有的人忽略过去了，诗人对此绝无关心的必要。[26]

这一原则的理论基础，就约翰逊和雷诺兹的文章来看，就是：读者只有在读了作品后回想起他自己熟知的事物时，才会感到愉快。[27]进一步说，模仿的概念如果泛泛而论，则不仅包括有形世界中的人和物，也包括情感和思想。正如约瑟夫·沃顿1756年所说，诗人模仿"无生命的或有生命的事物，外在的或内在的事物……"他认为，无论事物还是思想，都是"明摆着的，人人都一样能观察到，并且是完全一样的"。基于这一假设，他断言，"一切真实公正的描述，都必须是一致的，相像的……"[28]但也有人做了与此相似的假设，他们认为人性是基本一致的，因此一个观念是否有用，是否能使人长期感兴趣，取决于它是否流行。蒲柏那句为人熟知的格言就是建立在这一假设之上的：

何谓真才智？自然巧装点。
所思虽常有，妙笔则空前。

在后来的一些评论家看来，新古典主义者强调诗歌应模仿典型的、一致的、显著的和熟知的事物，这就使独创性甚至多样性都成为不可能：说到底，这种主张的意思不过是，一切严肃的诗歌，都必须在普遍化的背景中表现独一无二的主人翁——"埃弗里曼"(Everyman)，在日常的场景中，让他来说一些寻常话，描述人人熟知的事态，并通过日常生活情景去表现人类行为的永恒原则。然而，我们却经常忽略了这一点：特殊和偶然并不是普遍和一致的简单、独有的反义词；正如雷诺兹所说："一点不表现特殊事物的人,就等于什么也没有表现。"[29] 这些批评家在许多文章中都提出,必须对普遍存在的特殊事物做恰当筛选,才能获得普遍性。除此以外,R.S. 克兰也让我们认识到,新古典主义理论家在提出审美典范的标准时,也像提出道德典范的标准一样,常常以介乎两个极端之间的中庸为本,或者把各种对立的特性巧妙地联系到一起。[30] 从整个上下文来看,人们在以典范的、一般的和熟知的事物作为艺术基本要求的同时,又通常认为艺术也需要个性、特殊性和创新这些发酵剂般的特性。

约翰逊的总体观点常被人曲解,因为他论及的往往只是单一论点或文献,他运用一般性原则,也仅限于有针对性的那部分。例如,他一方面称赞莎士比亚的人物都代表一个类型,另一方面又说,"如此广阔而普遍的人物身上不易看出细微的区别,也不易保持他们的独创性,但是也可能没有一个诗人比莎士比亚更能使他的人物互不相同"[31]。伊姆莱克告诫诗人要描写大自然的普遍性以及为人熟知的现象,关于这一点我们必须结合以下两点来考虑:约翰逊将莎士比亚拥戴为"无生命世界"的谨严的观察者,并说他的"描述总有某些特殊性";他欣赏詹姆斯·汤姆逊的"既注意到广袤的,同时又顾及微渺的",并能将"普遍观点的拓宽"与"偶然变因的累积"融为一体的方法。[32] 尽管约翰逊引用了拉布吕耶尔的话说,"我们降生太晚",在描述和情感上"都写不出任何新东西了",他却又反对蒲柏把真正的才智简单地说成"所思常有",而代之以一个"更为充分的定义"。这个定义是两个极端的统一,用他的话来说,才智"既是自然的又是新鲜的","尽管不是了然一目,但在其第一次产生时,大家都承认它是合理的……"[33] 约翰逊的主张大致可以这样表述:诗中最优秀的思想与基本的人性都非常调和,一经表现便为大家理解,仿佛它便不再是什么新鲜事了,而只是往事重温。因此,独创性只要不完全排除其对立面,就都是值得称赞的;同样,他也总是高度评价赞扬诸如格雷的《挽歌》中的四个诗段之类的语段,说它们"对我来说是新鲜的:我没有在其他任何地方见到过这些概念;但人们在这里读到这些意念时,心里却总觉得这种感觉有之已久了"[34]。

如果不是断章取义,通篇阅读约翰逊的文章,则可以看出他非常看重个性化之典型、特殊之一般性以及新颖之熟见事物的表现，认为这样的表现是最高超最杰出的。但尽管如此，约翰逊，还有雷诺兹、赫德以及其他一些倡导洛夫乔伊称之为"四平八稳"的美学的人，通常更为注重上述几个对立体的后一半；我们通读了他的应用批评以后，感到典型的、一般的和为人熟知的等规范越发重要。约翰逊的一些同时代人颠倒了这一侧重点，至少是注重了对有形场面的描述，同时更为强调特殊性在创作诗歌佳作中的功用。因此，约瑟夫·沃顿说，"语言的作用、力量和优越性当然在于创造清晰的、完整的和偶然的意象"，并告诫说："我认为，即便在著名作家身上，我也可以找出他们描绘自然时偏离真实、生动和细腻的毛病，以及不厌其烦地絮叨普遍性的毛病。"[35] 对于某些极端主义者（必须说明，这些人为数不多，影响也有限），以两个对立面来表述的审美规范已不复存在，新的表述中只包含单一价值。爱德华·扬格竭力提倡独创性、新奇性、个性、"单一性"，然而他并未认识到也需要与此相对立的那些特性。约·莫伊尔牧师于1785年将他的随笔杂谈汇总为一册《拾遗集》。作为一个批评家，他几乎不为人知，但是如果说他还有所作为的话，那便是他也曾倡导过的一条原则，它虽然不像扬格那样雄辩，却比他更为激进。他在一篇论述《诗歌天才》的文章中说，"对于各种情形中脾性和习俗的一致性，愚蠢的人堂而皇之称其为哲学，有识之士则认其为无聊之辞"。以人性的一致性建立审美典范的标准主张，便这样不了了之，而认为人类喜见日常现象的观点，也没有受到好评。"人的心灵多样化，喜见多样化，在绝大多数情况下，对越是了解的事物，就越是不喜欢。"[36] 在《独创性》这篇短文里，莫伊尔将这些观点与独创性天才的传统观点放在一起讨论。独创性天才感知十分敏锐，"最为平常熟见的自然现象，他只要重新看一眼，又会发现数以千计的新的变化、特征和类同"。"平凡的人"在创作时，"从不审视不同感官认识的事物，或将其个别化"，莫伊尔反对这种做法，他说，"独创性的天才从来不在一般事物上止步不前，从不做循环论述，而是以生动的、熠熠发光的、永恒的人物形象，将他所获得的印象原样不动地反映出来"。[37]

因此，在约翰逊的时代，我们看到各种艺术标准都经历了一个先是注重典型性、一般性和"广泛现象",后又不加限制地提倡特殊性、独一性以及对细节的微观描述的过程。但是考虑到我们的目的,在此必须着重指出,这些讨论和争执主要都是在一种单一的美学倾向中产生的。艺术所表现的无论是各种零散美的综合形式、普通人性、一般形式和熟知现象,还是那些独一无二的特性、尚无发现的特殊性,或者无形的区别特性——都仍被认为是外部世界的构造成分,艺术作品也仍然被认为是对外部世界的反映,尽管这种反映是有选择的。艺术家也被看作对自然举起镜子的人,人们甚至认为天才的独创性在很大程度上是由于他具有某种热情和敏感,能发现宇宙及迄今被忽视的人性的诸多方面;他还富于想象,能匠心独运,以出人意料的方式将人人熟知的现象加以综合表现。正如锡德尼所说,自然界是"黄铜色的,诗人却表现了一个黄金色的世界";但根据以上讨论可以看出,诗人进行这种转变的动力不仅来自诗人特有的情感或想象力,还在于诗人及其受众共有的对启迪心灵、获得愉悦的合理期待。

三 超验主义的理想

普罗提诺等人曾经表明,如果既要坚持柏拉图的宇宙观,又排除柏拉图对艺术的贬低,那么哲学家只要让艺术家绕开感官世界,直接模仿理式就行。用这种技巧创作的艺术作品,比不尽完善的自然能更加准确地反映理想物。

> 不能由于艺术是对自然事物的模仿就轻视艺术;因为……我们必须明白,艺术并非简单地再现所见之物,而是回到作为自然本源的理式中去,并且大多数艺术作品都是独立的;它们是美的拥有者,并能弥补自然的缺陷。因此斐迪亚斯在创作宙斯肖像时,并没有来自感官世界的原型,而是通过揣测宙斯应以何种面貌呈现于世。[38]

这是新柏拉图派为艺术偏离现实所作的辩解,当它在16世纪意大利的美学理论中复活时,曾产生过深远的影响。[39]这一论证将艺术的地位从其原本如影子般飘忽不定的状态拔高到人类的一切追求之上，并与理式和上帝本身紧密相连。艺术家也由艺人摇身变为（用一个新的含义深刻的美学隐喻）造物者，因为偶尔听到人们说，在一切人当中诗人最像上帝，因为他在创作时所依赖的模式也正是上帝赖以创造宇宙的模式。于是，柏拉图原来以理式论把传统艺术家降格到比一个老实本分的鞋匠还不如的手艺人，后来，理式论却成了——而且至今仍是——批评家们极力为艺术大唱颂歌的根据。

这一艺术理想说的另一个潜在影响也同样重要。从一开始，后柏拉图派理论家就常认为理式具有双重地位；理式除了存在于超验之中外，还在人类心灵中占有一席之地。普罗提诺宣称，艺术"回归到作为大自然本源的理式中"，但在一座塑像中，"这一形式并不存在于材料中；它在形诸石头之前，就已存在于设计者的心中……"[40] 两个多世纪以前，西塞罗就呼吁柏拉图本人来见证艺术模仿理式，理式又存在于大脑之中。这段文章后来成了理式论的经典出处。他说，艺术之美远比不上其所模仿的原型美，但是这一原型是外部感受所得不到的，只有通过思想和想象才能获得。

> 〔菲狄亚斯〕在塑造朱庇特或密涅瓦时，眼前没有一个原型仿照临摹，但他的心里却有着一个超乎寻常的美的观念，他凝神沉思这一观念，全神贯注，他以他的艺术，他的手来表现这一观念……柏拉图把这些事物的形式称作理式……并认为，理式并不是我们脑海中偶然产生，而是永存于理性和智慧之中；其他事物则有出生、死亡、流动、消失，绝不会长久留存在同一状态中。[41]

在文艺复兴时期和以后的一段时期中，柏拉图主义美学都遵循这一传统，习惯性认为理式同时存在于大脑之中和大脑之外。而今，对于审美理论或实践来说，理式到底应该在其理想的空间寻求，还是应该用心灵的慧眼向内来寻找，就是一个举足轻重的问题了。如果属于后一种情况，那么作品就被视为对艺术家自身某种东西的模仿；如果认为作品的标准既有直觉性又有内省性，那么艺术就很容易从感觉经验的公共世界中挣脱出来，转而依靠一种个人的主观想象力。欧文·潘诺夫斯基指出，艺术理论中的新柏拉图主义与艺术实践中的风格主义同时达到顶峰，这是意味深长的。经验主义理想转变为直觉主义理想，这同达·芬奇固执的自然主义到埃尔·格列柯怪诞的风景和细削修长的人物形象的转变似乎大有关系。据说，埃尔·格列柯曾经把自己关在一间暗室里闭门不出，因为"日光会搅乱他的心内之光"[42]。

当然，文艺复兴时期的柏拉图主义保证了艺术家的想象力是非个人性的，它从形而上学的角度为将个体心中的理式与世界模式中各种普遍的恒定的理式联系在一起作好了铺垫。这两种理式间的联系，建立在人对于神圣原型有记忆痕迹的假设的基础上，据说这种痕迹是出生之前就印入理智的；为了证实这种联系，人们有时采用一个光学上的详尽类比，认为原型美的光线从上帝的面容缓缓流出，而在天使、人的灵魂以及物质世界这三面镜子中反映出来。[43] 但是这一保证又极不可靠，因为它不需要从经验上对内在的规范进行证实，人的大脑也绝非恒定物，以它来保存永恒不变的理式是极不可靠的。它会变得极易遭受个体性或特异性的影响，新柏拉图派从内省中获得的超乎理智的欣喜之情也会不知不觉地被世俗的情感所取代，文艺复兴以后产生的这一取代过程，可从 18 世纪后理式以德国的种种形而上学和美学形式所经历的奇异的变形中追寻到一点踪迹[44]，当时，理式已经从其在月球以外的永恒不变的居所转移到了人类情感的混乱环境之中，甚至到了心灵中无意识渊薮的奇异深处。1774 年歌德笔下的维特就表现了类似这种转变的迹象。他写道："我觉得我作为一个艺术家，从未像现在这样伟大。"

> 我的朋友！每当我的视野变得朦胧，周围的世界和整个天空都像我爱人的形象似地安息在我心中时，我便常常产生一种急切的向往：啊，要是我能把它再现出来，把这如此丰富、如此温暖地活在我们心中的形象，如神仙似的呵口气吹到纸上，使其成为我灵魂的镜子，就像我的灵魂是无所不在的上帝的镜子一样，这该有多好啊！[45]

这种神圣的理式源自上帝，射进灵魂的镜，再从镜中投射到纸上，与狂飙突进运动中的艺术家主角的情色幻想和狂热的情绪融为一体了。

对于超验主义的艺术理想论，18世纪英国批评家是从西塞罗的译文中了解的，并且在很多情况下，也是从日趋柏拉图化的意大利批评家的评论中了解到的。[46] 我们偶尔也会听到有人直接应和这一原则；比如约翰·丹尼斯就把贺拉斯的这句话"我要告诫你牢记模仿生活和习俗习惯"（Respicere exemplar vitae morumque jubebo）强行解释为这样一个劝告："勿去描写特殊的人……而应当征询那个固有的本原和那个普遍的理式，创造者已将它置入每一个理性动物的头脑之中了"；这一注解后来被理查德·赫德反复引用。[47] 然而这种思维方式的形而上学意义，与看重今世、强调经验的英国新古典主义理论却是格格不入的。这些作家几乎无一例外地把柏拉图主义的理式心理学化，并把获取理式的方法加以经验化。乔舒亚·雷诺兹爵士就是一个很有趣的例子。在庆祝英国皇家学院乔迁萨默塞特宫的演说结束语中，他极其雄辩地说："我们所探求的美，是普遍的美，是智慧的美；这种美的观念仅存于头脑之中，目光从未触及过它，手也从未表达过它……"[48] 自柯尔律治以来，这段话以及诸如此类的话，一直被人当作雷诺兹的"柏拉图主义"加以引用。然而雷诺兹本人则表明，这一超验主义的惯用语不过是他为人捧场的说法，不可直解。他在第三次演说中引用了普罗克鲁斯的话以及那段标准的西塞罗引文，来论述头脑中美的理念，然后非常谨慎地引导学生对它们做出与经验主义哲学相吻合的解释。他说："一味热情地崇拜，很少能增加知识。"

> 我们应该允许并提倡那种生动表达的力量，这种力量对于传达最高意义上的完美艺术效果，是必不可少的；同时也要谨慎，切勿不知就里地丢失原则的可靠性和正确性，因为我们只有根据这种原则才能推理，才有可能去进行实践。

他自己的观点是，"这种伟大的、理想的完善和美不应到天上去寻求，而应在地上"。找到它的唯一方法是"长期坚持观察任何一组同类物体的相同之处"，这样就能获得"关于它们形态的抽象观念，这个概念会比任何一个原物都更加完善……"[49]

由于强调了艺术观念在理智中的位置，艺术家们便习惯于认为艺术作品是一面旋转着的镜子，它全面反映了艺术家的心灵。偶尔这种强调甚至导致这样的看法，认为艺术是一种表现形式或交流形式。例如雷诺兹会说："模仿是艺术的手段，而不是目的，雕塑家以其作为语言，凭借其将自己的观念传递到观赏者的心灵中。"[50] 但是不论把这些观念当作超验原型的复本，还是像雷诺兹那样，把它们视为与其相应的感官个体的抽象形态，它们在理论上都立足于外部宇宙的本质之中。如果对雷诺兹的这一陈述进行全面的考虑，那么它与下一代批评家的典型原则大相径庭，这些批评家认为，艺术内容有其内在的起源；艺术的决定性影响并非那些揭示宇宙结构的理式或原则，而是艺术家本人的情感、欲望和不断展开的想象过程中固有的力量。

注　释

[1]　Republic x. 596.
[2]　Stephen C. Pepper, *World Hypotheses* (Berkeley and Los Angeles, 1942); 另见 Dorothy M. Emmet, *The Nature of Metaphysical Thinking* (London, 1945).
[3]　Coleridge, *Table Talk* (Oxford, 1917), p. 165; 27 Dec. 1831.
[4]　转引自 K. E. Gilbert and H. Kuhn, *A History of Esthetics* (NewYork, 1939), p. 163。
[5]　*Leonardo Da Vinci's Notebooks*, ed. Edward McCurdy (London, 1906), p. 163; cf. pp. 165, 167, 169.
[6]　*Every Man out of His Humor,* III, vi, 201ff. 对此定义之广泛流传，参见 *The Great Critics*, ed. J. H, Smith and E. W. Parks, p. 654; *Elizabethan Critical Essays*, ed. G. G. Smith, I, 369-70。
[7]　Preface to Shakespeare (1759), *Johnson on Shakespeare*, p. 11. 另见 *Rambler* No. 4。
[8]　*The Works of Alexander Pope,* ed. Elwin and Courthope (London, 1871), II, 90.
[9]　J. J. Rousseau, "De L'Imitation théatrale," *Oeuvres complètes* (Paris, 1826), xi, 183ff.
[10]　"A Discourse on Poetical Imitation," *Works*, II. 111-12
[11]　Irving Babbitt, *The New Laokoon* (Boston and New York, 1910), p.3. 详见 W. G. Howard, "Ut Pictura Poesis," *PMLA*, XXIV (1909), 40-123; R.W. Lee, "Ut Pictura Poesis: The Humanistic Theory of Painting," *Art Bulletin*, XXII (1940), 197-269.
[12]　*Idler* No. 34.
[13]　也许可以参照亚里士多德在《修辞学》中的有关论述，他认为 Alcidamus 把《奥德修纪》说成"人类生活的一面美丽的镜子"，十分牵强且难以索解，属于寡淡无味

的隐喻。(*Rhetoric* III, iii. 1406[b])

[14] *Les Beaux Arts*, p. 27.

[15] "Of Simplicity and Refinement in Writing," *Essays Moral, Political and Literary*, ed. T. H. Green and T. H. Grose (London, 1882), I, 240.

[16] *Essays on Poetry and Music* (3d ed.; London, 1779), pp. 86-7; Johnson, *Rambler* No. 4, in *Works*, IV, 23.

[17] "Literary Criticism and the Concept of Imitation," *Critics and Criticism*, ed. R. S. Crane, p. 162.

[18] *Reflections on Aristotle's Treatise of Poesie*, trans. Rymer (London, 1694), p. 57.

[19] "Discourse on Poetical Imitation," *Works*, II, 111.

[20] *Naturalis historia*, XXXV. 36. 关于文艺复兴时期十分流行的宙克西斯（Zeuxis）的故事，参阅 Panofsky, *Idea*, pp. 24ff。

[21] "On the Cultivation of Taste," *The Works of Oliver Goldsmith*, ed.]. W. M. Gibbs (London, 1884), I, 337-8. Cf. e.g. Batteux, *Les Beaux Arts*, pp. 45ff.; and Beattle, *On Poetry and Music*, pp. 105-6.

[22] Third Discourse, *The Literary Works*, ed. H. W. Beechy (London, 1855), I, 334. Leon Batrista Alberti 在 *De statua* 中提出过类似的原则，见 Blunt: *Artistic Theory in Italy*, pp. 17-18。

[23] *Rambler* No. 60 (1750), in *Works*, IV, 383. 见 A. O. Lovejoy, "'Nature' as Aesthetic Norm," *Essays in the History of Ideas* (Baltimore, 1948), pp. 70-71。

[24] Preface to Shakespeare, *Johnson on Shakespeare*, p. 11. Cf. Reynolds, Third Discourse, *Literary Works*, I, 338; and Beattle, op. cit. p. 107.

[25] Ibid. pp.11-12. Johnson 说 (*Rambler* No. 36, in *Works*, IV, 237-8)，诗"与人的感情有关，人的感情比习俗更始终如一，因为习俗是可以改变的……"根据 James Beattie 的观点，诗的思想"来自一般性，而不是单一性；是从对一类事物的透视中收集来的，而不是仅仅模仿了某一具体事物。按照亚里士多德的观点，这实际上是对的，至少大部分是对的"(*On Poetry and Music*, p. 56)。

[26] Johnson, *Rasselas*, in *Works*, III, 329.

[27] 见 *Rambler* No. 36; and Reynolds, Eleventh Discourse, *Literary Works*, II, 22.3.

[28] Joseph Warton, *Essay on the Writings and Genius of Pope* (3d ed.; London, 1772), I, 89. 这段话是以 Hurd 在《论模仿》中的详尽论述为根据的，Hurd 认为，所有人的知觉和思想的一致会不可避免地使诗人的创作在感情和描述上相同。Johnson 在 *Rambler* 第 143 期上发表了类似的论文，文章写于 1751 年，与 Hurd 的《论模仿》的创作时间相同。

[29] Eleventh Discourse, *Literary Works*, II, 22.

[30] R. S. Crane, "English Neoclassical Criticism," *Critics and Criticism*, pp. 380-81. 应用这种解释模式对 Johnson 博士批评的分析，参见 W. R. Keast 的注释，见 *Philological Quarterly*, XXVII (1948), 330-32; 及其 "Johnson's Criticism of the Metaphysical Poets,"

ELH, XVII (1950), 63-7。

[31] Preface to Shakespeare, *Johnson on Shakespeare,* p. 13. Johnson 在 37—39 页详细说明了"敏锐的观察,准确的区别",因为莎士比亚正是以此区别人物的生活方式和性情气质的。关于 Johnson 的人类本质统一性的深层哲学,参阅 *Adventurer* No. 95, in *Works,* III, 213-19。

[32] *Johnson on Shakespeare,* p. 39; "Life of Thomson," *Lives of the Poets* (ed. Hill), III, 299. 理想美的伟大支持者 Reynolds 写道:"比起对一般观念和个性的操控,艺术中更需要那种或许可以称之为天才的区辨能力……"(*Literary Works,* II, 322)。

[33] *Rambler* No. 143, in *Works,* VI, 14; "Life of Cowley," *Lives of the Poets,* I, 20. Johnson 反对玄学诗人新奇的思想,因为美学价值如果只表现一半,便会陷入谬误,它们"通常是新的,但却很少是自然的"。

[34] "Life of Gray," *Lives of the Poets,* III, 442. Thomson 也"担当得起最高的赞誉,即:他的思维方式和表现思维的方式都是独具匠心的"("Life of Thomson," *Lives of the Poets,* III, 298)。关于这个问题,可参阅 Scott Elledge, "The Background and Development in English Criticism of the Theories of Generality and Particularity," *PMLA* (1947), 147-82。

[35] *Essay on Pope* (London, 1782), II, 222-3, 230; cf. I, 40.

[36] *Gleanings* (London, 1785), I, 29-30. 在德国,Novalis 后来说,"一首诗愈是充满个人的、地方的、暂时的和独特的描写,就愈接近诗之精髓"(*Romantische Welt: Die Fragmente,* ed. Otto Mann, Leipzig, 1939, p. 326)。

[37] Ibid. pp. 107, 309. 另见 Elizabeth L. Mann 关于《1750—1800 年英国文学批评独创性问题》的简要总结,载 *Philological Quarterly,* XVIII (1939). 97-118。

[38] *Enneads,* trans. Stephen MacKenna (London, 1926), v. viii. I.

[39] 见 Erwin Panofsky, *Idea* (Leipzig, 1924)。

[40] *Enneads,* v. viii. I.

[41] *Ad M, Brutum Orator* ii. 8-10. Cf. Seneca, *Epistle* LXV.

[42] Panofsky, op. cit. p. 56.

[43] Ficino 在其对《会饮》的重要述评中发展了这一理式,后被 Giovanni Lomazzo 应用于艺术理论,见 *Idea del tempio della pittura,* 1590. 另见 Panofsky, op. cit. pp. 52ff, and pp. 122ff.; also Nesca Robb, *Neopla-tonism of the Italian Renaissance,* Chap. III。

[44] P. F. Reiff 认为,正是普罗提诺,对早期浪漫主义理论家产生了重要影响,首先直接影响了诺瓦利斯和谢林,又通过他们影响了施莱格尔兄弟。参见"Plotin und die deutsche Romantik" *Euphorion,* XIX (1912), 591-612。

[45] *Die Leiden des jungen Werthers,* entry of 10 May 1771.

[46] 见 L. I. Bredvold, "The Tendency toward Platonism in Neo-Classicat Esthetics," *ELH,* I (1934). 91-119。

[47] *The Critical Works of John Dennis,* I, 418. Hurd 说,贺拉斯的原则与亚里士多德关于诗歌比历史更有哲理的说法一致,它驳斥了柏拉图关于"诗歌的模仿距离真实很

远"的观点。"因为通过从客观存在中提取一切特别符合并区分个性的东西，诗人的概念仿佛越过了中介性客体，从而能最大限度地抓住并反映神圣的原型观念，所以它本身便成为真实的摹本或意象"("Notes on The Art of Poetry," *The Works of Richard Hurd,* I, 255-7)。

[48] Ninth Discourse, *Literary Works,* II, 4. 柯尔律治认为，雷诺兹超越了他那个时代的标准理论及其实践，因为"他已经吸收了柏拉图主义"(*The Philosophical Lectures,* ed. Kathleen Coburn, New York, 1949, p. 194); 另参阅 Bredvold, "The Tendency toward Platonism." 关于这类观点的相互联系，参阅 Hoyt Trowbridge, "Platonism and Sir Joshua Reynolds," *English Studies,* XXI (1939), 1-7; 另见 Elder Olson: *Introduction to Longinus on the Sublime and Sir Joshua Reynolds, Discourses on Art* (Chicago, 1945), pp. xiii-xviii。

[49] *Literary Works,* I, 330-33；cf. ibid. p. 351. 类似这种把理式降格为经验主义心理学的论述，参阅 Beattie, op. cit. pp. 54-5; 以及 Sir Richard Blackmore, *Essays upon Several Subjects* (1716) I, 19-21。

[50] **Tenth Discourse,** *Literary Works,* II, 8.

第三章

浪漫主义关于艺术和心灵的类比

"我不是告诉你了吗?"佛拉斯克说:"是的,你马上就会看到这鲸鱼的头对着帕玛塞蒂的头仰起来的。"

佛拉斯克的话很快就应验了。皮廊德号像刚才一样朝着抹香鲸的头直陡陡地倾侧过去,幸亏船头和鲸鱼头的力量相互抵消,船的龙骨才又恢复了平衡;不过可想而知,那场面紧张极了。于是,你把洛克一头升起便会倾向那边;再把康德一头升起又会滑回原处;只不过处境十分不妙。

——麦尔维尔:《白鲸》

"诗歌是强烈情感的自然流溢。"华兹华斯的"流溢"这个隐喻，是以容器作实物比方的。这个容器也许是人造水池或天然泉井，水在其中，满溢而出。这个容器当然就是诗人，诗歌的素材从中而来，它们既非事物也非行为，而恰恰是诗人流动的情感。系统的诗歌理论如果以这种比方而不是以模仿说为起点，那么它的侧重点和标准就会迥异于其他诗论。它会向艺术家倾斜，重点关注作品诸要素与艺术家心境的关系，而且，"自然"这个词还暗示，流溢的原动力是艺术家天生就有的，也许并非他想控制就能控制的。华兹华斯本人的理论建立在外部世界，他宣称"我总是在全神贯注地考察我的题材"，并认为情感是在平静中回忆起来的，这种情感的自然流露只是事先用心思索的结果。他还论证说，由于这样的思索让诗人发现其情感与真正重大事件间的联系，并将这种联系转变成诗人的直觉，最终的情感流溢必然会让诗人的受众觉得达到了"有价值的目的"。在英国，华兹华斯所阐发的这一比喻中潜在的极端后果——为了各种实用目的而摒弃现实世界的各种条件因素，对读者的要求，有意识的目的和艺术的操控成为诗歌决定性因素——经过三十年以后才在基布尔、卡莱尔和约翰·斯图亚特·密尔等批评家身上体现出来。

一 关于"表现"的各种隐喻

浪漫主义者关于诗歌或一般艺术的论断，常常涉及诸如"流溢"之类由内至外的比喻。"表现"（expression）就是用得最多的术语之一。根据其使用场合来判断，这一语词重新启用了原来的词根意义 ex-pressus，源自 ex-premere，意即"挤出"。A. W. 施莱格尔在 1801 年论及情感的声音符号时写道："使用'表现'一词显然是表示：内在的东西似乎是在某种外力作用下被挤压而出的。"[1] 约翰·斯图亚特·密尔说："诗歌是情感的表现或吐露（uttering forth）。"[2] 这里的"吐露"也是一个衍生词，来自古英语的"out"（出外），与德语"aüssern"同源。当时《黑檀木杂志》上一篇佚名作者的文章说："请注意诗的总体特性，它在本质上是情感的表露。"[3] 约翰·基布尔牧师在表述这一观点时，突出了"表露"一词所包含的挤压力，将诗歌界说成个人的"卡塔西斯"（"宣泄"），与亚里士多德的"米迈悉斯"（模仿）这一传统定义相对立。

> 诗歌是用语词，最好是有韵律的语词，对某种强烈的激情、支配性的趣味或情感所作的间接表现，而肆无忌惮的表露则可因此得到压抑……
>
> 大家知道，亚里士多德认为诗歌的要旨在于"模仿"……但我们却认为是表现，而非模仿；以模仿来表示作者的意思，使人觉得冷漠，不达意……[4]

1830年代的这些定义一致认为诗歌表露情绪，但在19世纪早期，人们对于到底哪些思想成分在诗歌中得到外化的问题，却众说纷纭。柯尔律治在《论诗或艺术》（1818年）中说，美术的共同定义是，"像诗一样，它们都是为了表达源自心灵的精神目的、思想、概念、情感……"[5] 在此前一年，哈兹里特也写道："诗歌是用语言的音乐，来表达心灵的音乐。"[6] 雪莱也宣称"一般说来，诗可以界定为'想象的表达'"[7]。同一年（1821年），拜伦对汤姆·莫尔抱怨说："我怎么也不能叫人懂得诗是汹涌的激情的表现……"[8] 最后，利·亨特把这些各不相同的定义调和起来，他下定义的方法十分简单，用大卫·马森的话说，"凡是人们想在定义中见到的东西，都被纳入其中"[9]。下面只是部分地照录亨特的定义：诗歌"表现了对真、美、力量的追求，它凭借想象和幻想来体现并阐明它的各种观念，并根据在一致性中求多样性的原则来锤炼其语言"[10]。

华兹华斯的同辈们也创造了许多类似"流溢"和"表露"的术语，而且常常是一个作者同时使用好几个术语。以密尔为例（当然，下面提到的可能也被其他批评家所采用),他认为,诗不仅是一种"表现"和"吐露",而且是人类情感的某种或某些状态的"展现",同时也是"自发地体现情绪的思想和语词"[11]。沃尔特·司各特爵士也在一段描述中使用了这一隐喻。这段描述在当时的重要批评家中很少见,它认为艺术具有交流的特征,从而让受众与艺术家自身情感的作用,同等地成为艺术创造的动因。画家、演说家和诗人的动机就是

> 使读者、听众或观众心中激起一种情感,这种情感与他自己在形诸文字或言语之前激荡于胸中的情感相似。简言之,艺术家的目的……是交流,即以色彩和文字传达出召唤他去创作的那些崇高的情感。[12]

拜伦的特点是喜欢使用更为大胆、更为有力、更为光彩照人的隐喻。

> 极度的激情把活力注入诗歌,诗歌就是激情……[13]

更有甚者,拜伦竟以火山来做比方,诗"是想象的岩浆,喷射出来可以避免地震"[14]。也是这个妙趣横生的拜伦,将作诗比作生孩子,生下的诗的后代与诗的父亲(或许是诗的母亲?)的精神和情感既相分离又相融合。

> 这是为了创造,为了活着而创造
> 一个更加强健的生命,我们赋予想象形貌,
> 以自己的象形创造生命,然而也有收获,甚至此刻亦然。
> 我是什么?什么也不是!可你不同,我的思想之魂!
> 我与你一起走遍大地,与你的生命和精神融合为一,
> 与你一起感受,在我的情感崩溃枯竭之时。[15]

19世纪早期的批评仍然把诗歌比喻为表现或意象,也隐含着艺术就是镜子的比方,但通常在意义上有所不同。W. J. 福克斯在1833年写道,现代诗人"根据外界映现在人类思想情感的镜子中的形象来描述外界"[16]。反映物常常是反置的,它所映现的是某种心境而不是外界自然。因此哈

兹里特写道,"正是形象和语词同我们的情感之间的完全巧合……才使人立刻产生'精神上的满足'"[17]。改变了倾向的诗歌表现说在德国浪漫主义作家的批评中也同样流行。诺瓦里斯说,"诗所表现的是精神,是内心世界的总和"[18]。蒂克也说:"我想要描摹的不是这些植物,也不是这些山峦,而是我的精神,我的情绪,此刻它们正支配着我……"[19]

用绘画来揭示诗歌的基本特性——以画喻诗——这在18世纪极为流行,而在浪漫主义时期的主要批评中却消失殆尽;仅存的那些关于诗画的比较论述或者是漫不经心而作,或者如镜子的比方,表明画布是倒置的,为的是反映诗人的内心。[20]音乐取代了绘画的位置,被认为是一门与诗的关系极为密切的艺术。这是因为,如果认为绘画是与外界反映在镜子中的形象最相近的东西,那么,音乐在各种艺术中则是距离它最遥远的:除了在某些标题音乐的乐章中有少量象声的音乐外,音乐从不复现大自然中任何可以感觉的方面;我们也无从在任何明显的意义上说音乐涉及它自身以外的任何事态。因此,在一般认为不具备模仿性质的艺术中,音乐首当其冲;在1790年代的德国作家的理论中,音乐成了最擅长直接表现精神和情绪的艺术,成为显露激情的命脉和灵魂。瓦肯罗德写道,音乐"使我们的精神脱离了肉体,并将这精神的各种运动展现在我们面前"[21]。于是音乐被用来界说和阐释诗歌尤其是抒情诗的本质,而一般的诗则在被当作一种表现方式的时候,也得到这种界说和阐释。弗里德里希·施莱格尔认为,西摩尼德斯有句名言,说诗是有声画,但那只是因为当时的诗总带有音乐伴奏,所以他才觉得无须提醒我们"诗也是精神的音乐"[22]。与此相对应,在英国,哈兹里特在谈论诗歌时说:"它是语言的音乐,与心灵的音乐相合……音乐与深藏的激情之间有着密切的联系。人疯了就会唱歌。"[23]约翰·基布尔明确表示,音乐在一定程度上取代了绘画而成为诗歌最近的姻亲,以宇宙为中心的倾向也随之转变为以艺术家为中心了。音乐与诗歌"被普遍认为……是双胞姊妹",因为在一切艺术中,音乐同诗歌最接近,"这主要表现在:二者都试图探索灵魂的各种秘密,并将其展示于众……"[24]

以上的引文都表明,作诗是一种单方面活动,它只涉及诗人固有的各种品质。浪漫主义理论的另一特征是它还具有另一套比方，这些比方暗示，诗歌是内在与外在、心灵与物体、激情与各种感知之间的一种相互作用，是它们合作的结果。于是雪莱在阐述他对诗的初始定义即"诗是想象的表现"时，提到了他所钟爱的浪漫主义玩具——埃奥罗斯的竖琴。阿塔那修斯·克切尔宣称，这种乐器是他在 1650 年发明的。此后一百年间，它竟成了家家必备的摆饰，它那凄楚的音调，那飘然欲仙的音色，尤其是它奏出的乐音，简直就是自然而不是艺术，使它成了 18 世纪中叶以后诗人的热门话题。[25] 然而值得一提的是，直到 19 世纪，风奏琴才被用来比喻诗人的心灵，成为诗歌描写的主题。

> 〔雪莱说〕人是工具，一连串外来和内在的印象掠过它，有如一阵阵不断变化的风，掠过埃奥罗斯的竖琴，吹动琴弦，奏出不断变化的曲调。然而，在人性中，甚或在一切有感觉的生物的本性中，却另有一个原则，它的作用就不像风吹竖琴那样了，它不仅产生曲调，还产生和音，凭借一种内在的协调，使得那被感发的声音或动作与感发它的印象相适应。[26]

这个埃奥罗斯的竖琴便是诗人，而诗歌则是内外因素　　不断变化的风与琴弦的质地和张力——交互作用所产生的和音。正如雪莱紧接着解释的那样，当野蛮人"表达他身边的物体引发的感情时……语言和手势，辅之以形象和描绘性的模拟，便成为这些物体及野人对物体的理解的合成效果的形象"[27]。

其他批评家则使用了另外一些类似的比方。哈兹里特最重要的美学论文《论一般的诗》（1818 年），开头便下了一条定义，这条定义与雪莱的埃奥罗斯竖琴极其相似，甚至也暗示了诗的自发作用以及外界刺激与诗人反应之间预先确立的和谐。

> 对于诗，我所能得出的最好的总体概念是，诗乃是物与事的自然印象，栩栩如生，感发了能动的想象和激情，抑扬顿挫的语调或声音便是这种印象的共鸣和表达。[28]

哈兹里特使用了一系列令人眼花缭乱的意象，扩充抑或探讨该论题的某个方面，其中，也能见到早期美学理论中常见的模仿之镜。但是，这面镜子无论是朝向诗人还是朝向外部世界，都只能从单一的方向来反映所呈现的事物，因此哈兹里特在镜子之外又加上了灯，使这一比方的寓意更加丰富，从而表明，诗人所反映的世界，业已沐浴在他自己所放射出的情感光芒之中。

> 如果仅仅描写自然事物，或者仅仅叙述自然情感，那么无论这描述如何清晰有力，都不足以构成诗的最终目的和宗旨……诗的光线不仅直照，还能折射，它一边为我们照亮事物，一边还将闪耀的光芒照射在周围的一切之上……[29]

柯尔律治的演讲《论诗或艺术》（1818年）是以谢林心身平行论的形而上学为基础的，认为自然实体是具有双重意义的存在方式，即同时也是心灵中的观念。这种世界观又生发出一套新的隐喻，它们传达了这一浪漫主义的论题，即艺术是客观事物与主观世界结合而成的产品。艺术是"人与自然之间的媒介物和协调者。因此，它是一种使自然具有人的属性的力量，是把人的思想情感注入他所注视的一切事物之中的力量……""诗歌纯粹是属于人类的；它的全部素材都来自心灵，它的全部产品也都是为了心灵而创造的"。然而"它利用自然界的形象来回忆、表达和修改心灵的思想与感情"。对于浪漫主义艺术观的中心思想，下面一段话也许可以作为一个总结：

> 那么就将〔自然的〕意象汇集在一起，与人类心智最大限度地结合，据此引发或产生接近这些意象形式的道德省察，使外在的内化，内在的外化，使自然变成思想，思想变成自然——这就是艺术天才的秘密所在。[30]

在这些有关诗歌本质的重要论断中，如果不考虑其整体理论，那么它们与早期文艺批评的主要区别，只在于隐喻的不同而已。但是，诗人也好，散文作者也好，要谈论心灵活动总离不开隐喻。在华兹华斯和柯尔律治这代人中，批评家们用以描述艺术创造过程和艺术产品的主要意象发生了变化，这变化为我们了解诗歌理论乃至一切艺术理论的总体变革，提供了一个方便的索引。

二　情绪和诗歌对象

人们习惯于从诗人心灵的各种情绪和思路中来探寻作诗的源泉，因此，关于美学的基本问题，即诗歌题材与经验事物之间的分歧问题，各种原有的答案都产生了极大变化。根据流传至今的传统看法，诗歌背离事实主要是因为诗歌所反映的自然已经过重新组建而成为一种合成的美，或是经过过滤而反映了某一类型的核心形式或共同特征，或者是为了使读者获得更大的快感而作了某种精选和修饰。但是浪漫主义批评家却认为，尽管诗歌可能是表达理想的，但诗歌与事实背离的主要原因，是诗歌中所表现的感官外物，都经过处理，并已被诗人的感情转化了。

华兹华斯说过，"我时常都是全神贯注地考察我的题材"。人们往往认为这句话不过是提倡观察对象要准确和具体而已。然而，华兹华斯的"题材"并不仅仅是具体的感觉对象，正如它不是什么新古典主义理想一样。

> 准确地观察事物的真相，忠实地描绘未被诗人的热情或情感所更改的事物状态，这种能力……对于诗人是必不可少的，但只能在迫不得已时偶一为之，不可常用。因为这样做的时候，心灵的高级能力便蛰伏不动，并受制于外界对象。[31]

华兹华斯反复强调了这一点。1816年他说："自始至终，事物……所产生的影响都不是来自他们本身，而是来自那些熟悉它们并受其影响的人，这些人的心灵给它们施加了影响。"[32] 托马斯·德·昆西也持这种看法。他在驳斥伊拉兹马斯·达尔文关于"不表现视觉形象的东西都不能算诗"这一观点时说："实际上，单纯的描述无论多么富于直观性，无论多么美妙如画，都不能算作真正的诗，除非这种描述充满激情，因为激情才是主宰。"[33] J. S. 密尔认为，与自然主义者的描述相对立的"描述性诗歌，无疑包含了描述，但它所描述的却是事物的表象，而不是其本质"[34]。

情感究竟以何种方式介入并改变感知对象，这本是个次要问题。18世纪的理论常以"风格"为题对此进行讨论，认为某些修辞手法就是因此而产生的。到了19世纪，这个问题才成为诗歌理论的核心问题。人们常以打比方的形式来探讨这个问题。情感将一束光线——彩色的光线——投射在感知对象上，于是就如密尔所说，事物便"呈现出五颜六色的样子，只有通过因情感而生的想象力来加以观察"[35]。有时又采用生物学的比方而不是光学的比方；柯尔律治说过，诗歌回溯"激情初现之时曾伴有的场景和声音，又通过激情使这些场景和声音孕育出一种它们原本没有的情致"[36]。其他这类描述则更为直露，甚至举例说明感知对象如何在情感和炽热的想象熔炉中熔化并再铸。哈兹里特的《论一般的诗》本身就像是情感的自然流露，杂乱无章，但这篇论文也在极短的篇幅内注入了大量的美学概念。他说，诗的想象所表现的对象"经不同的思想情感重新塑造，形态各异、具有多变组合的力量"。愤怒、恐惧和爱情，都会歪曲或美化对象，而"各种事物则在想象面前一律平等，因为它们都能以同等的恐怖、羡慕、喜悦和爱情来对心灵施加影响"。试举一例：

阿埃基摩形容伊摩琴说：

"——蜡烛的火焰
向她低俯，想从她紧闭的眼睑之下，
窥视那掩藏的光辉"——

火焰的跳动代表了说话人自己的情感，这种充满激情的解释是真正的诗歌。[37]

在那一辈人当中，柯尔律治最为关心这个问题：诗人的心灵是如何在忠实于自然的前提下修饰并改变感知材料的。下面我们会看得更加清楚，为了解决这个问题，他提出了想象说，这是他的批评体系的砥柱。他在下面这段有代表性的文字中，论述了情感在改变感知对象过程中的作用：

> 形象无论多么美,尽管它们是自然的真实写照,并通过语言同样得以准确的再现,但形象总不能代表诗人。独创性天才所创造的形象,必然受到某种主导性激情的修饰,或受到由这种激情所生发出的思想和意象的修饰……还有一种情况就是,诗人将自己的灵魂赋予它们人的生命,思想的生命,"诗魂从大地、海洋和空气中飞跃而出"。[38]

柯尔律治列举的最后一个例子,说明了激情的修饰作用,它使无生命的东西具有生命,也就是说观察者将自己的生命注入了他所观察的事物之中。这显然是浪漫主义诗人和理论家们致力于探讨的问题。哈兹里特曾说,"诗歌把生命和运动的精髓注入宇宙之中"[39]。华兹华斯也问,"诗人是什么呢?"并且回答说,诗人"内在的活力使他比别人快乐得多;他乐意观察宇宙现象中与自身相似的热情和意志,并常常在没有发现它们的地方自行创造"。[40] 在这样创造的时候,危险和欲望这些特征便受到感发,

> 从而使得
> 广袤无垠的大地上
> 胜利、喜悦、希望、恐惧
> 如同大海般汹涌起伏

为了记录下这些情景,并加以讨论,华兹华斯写下了许多最优秀的诗篇,其中包括《序曲》中一些高潮诗段。把热情、生命和相貌强行加诸自然景色,这种做法是许多浪漫主义大师所共有的几个特点之一。与此相应,赋予自然物体以真实生命,这在文学批评中以前一直都被视为修辞手段,即拟人法,而现在被当成自主想象力的主要标志,其本身就足以成为最佳诗歌的评判标准。

因此,大体上说,浪漫主义批评家认为,与一般的描述相比,诗歌的不同之处在于它表现了充满诗人情感的世界,而不是描绘了普遍性和典型性。但是,尽管诗歌表现理想的问题失去了它在早期理论中的特殊地位,浪漫主义批评家仍然没有中止在适当的场合以适合他们新主张的术

语来讨论他们从先贤那里继承过来的话题。关于这一点,他们的论点范围甚广。雪莱的观点是柏拉图式的,他认为,诗"揭示了"这世界的"赤裸的、酣睡的美——这种美是世间种种形相的精神"[41],布莱克对雷诺兹的《论文集》作了言辞激烈的评注:"泛泛地描述总体是蠢人的行为。具体地描述特征才是唯一的突出优点。"[42]哈兹里特则把理想(类似于德国理论中的"特征")界说为个别对象的精髓。哈兹里特尤其注重艺术题材中的客观关联物,他认为,所谓理想,并不是"一般性质的抽象",也不是"不偏不倚地平均取舍",因为这样做就意味着把所有的艺术作品还原为"一个模糊的、不确定的抽象,与人这个词一样"。真正的理想之获得,是"通过从一个对象身上提炼出某一种东西或者主要性质,并使之成为影响和调整其他性质的原则";因为"一个事物不能单靠变成他物而更完善,它只有使自身更加充实"。[43]然而,除了布莱克和哈兹里特外,英国的主要批评家几乎没有人追随18世纪晚期的极端主义者,不加区分地以特殊性、独创性和单独性取代旧时的一般性与普遍性品质。例如,华兹华斯就赞同据说是亚里士多德的观点,认为诗歌描述的对象"不是个别的、片面的真实,而是一般的、有用的真实"[44]。柯尔律治也确认"亚里士多德的原则,认为诗之为诗是因为它本质上表达了理想"。其人物特征必须具备"普遍性"。他还重述了18世纪的一句套话,认为诗代表了"一般和陈俗"与"个别和新颖"这两个极端之间的合理折中,但他采用的还是他自己的独特逻辑,把各种对立的特性加以融合和调解。诗必须"使个别性包容普遍性";想象是通过调和"一般与具体……个别与总体;新鲜感与陈腐物"这些对立面而起作用的;他还说,"普遍与特殊之间的那种适当比例,那种结合和互相贯通……应该永远贯穿在一切真正天才和真正科学的作品之中"。[45]

三 心灵比喻的变迁

从模仿到表现,从镜到泉,到灯,到其他有关的比喻,这种变化并不是孤立的现象,而是一般认识论上所产生的相应变化的一个组成部分,即对心灵在感知过程中的作用认识上的变化。浪漫主义诗人和批评家都接受这个变化。从18世纪到19世纪初，人们对于心灵是什么，在自然中居何地位的认识发生了转变，这种转变表现在隐喻的变化上，它与当代有关艺术本质的讨论中出现的变化几乎毫无二致。

柯尔律治把心灵称为"内心深处的存在方式"，认为它们"只有通过时间和空间的象征才能传达出来"。[46] 形形色色的物质类比构成了它们的平面图，为它们提供了概念框架。这些比喻有时说得很明白，有时又只能通过人们谈及心灵活动时所用的隐喻结构才暗示出来。柏拉图就曾经以镜中反映的表象以及绘画，书中所描写的人物和刻写在蜡版上的痕迹为比喻，来澄清感知、记忆和思维的本质。[47] 亚里士多德也说，对于感觉的各种领悟"必须这样看待：它们有如一块蜡版刻上了图章和戒指印记，但却又看不见铁或金"[48]。因此约翰·洛克——他超越了其他所有的哲学家，为18世纪对于心灵的流行观念奠定了原型——便将这些业已形成的传统比喻加以综合利用，他明确认为，心灵的感知就是对外界呈示的现成意象的被动接受。他在《人类理解论》中说，心灵有如一面镜子，只能对事物作原样不动的反映。[49] 有时（暗称当时美学理论中的以画喻诗）又说心灵是一块白板，各种感觉都在上面留下印记。[50] 有时（以暗箱作比方，光线透过小孔，将外部景物投射在箱壁上）又把各种外来和内在的感觉说成是"窗户，光线透过它们照进这间暗室"。

> 我认为，理解就像一间不透光的柜子，只有一些极小的孔隙透入外界可见的物影，或外部事物的观念：假如图像进入暗柜后，留在那儿，并依照原有秩序排列有序，那么这暗柜就极像人对于视觉物体及其相关观念的理解。[51]

有时，心灵又被称为"蜡板"，各种感觉如图章一样在上面留下印记。[52]

在华兹华斯和柯尔律治二人的著述中，关于心灵的各种比喻都有了极大的变化。这些比方尽管各不相同，但都将心灵感知描述为积极的，而不是被动地接受，它在感知世界的同时也为这世界添彩增辉。华兹华斯作于1805年的《序曲》，集心灵程式之大成，其性质与诗作的初衷完全吻合。写作这部诗作的最初计划，柯尔律治在三十多年后说，"我相信，部分地是由我提出的……他打算把人当作人来处理——一个有视觉、听觉、触觉和味觉的主体，与外界自然接触，从心灵传递各种感觉，而不是由感官复合而成的心灵"[53]。那首诗第十三章末尾实际上表现了"一个新的世界"，它为这样一些法则所左右：

> 它们赋予世界生命，
> 也维持着世界平衡，
> 这种高尚的内外行为互动；
> 其卓越，纯净，强大力量，
> 既属于所见之物，亦属于见物之眼。

如果我们在谈到认识论中哥白尼式的革命时，不仅仅指康德的特殊学说，即认为心灵将时间、空间和分类形态加诸"感觉多元性"，同时也指一般人的观点，即认为心灵所感知的，是它自身参与建造的东西，那么，这场革命在经院哲学中萌发之前，就已在英国诗人和批评家当中产生了。因此，在一般意义上说来，这场革命也是一种反动。例如，柯尔律治和华兹华斯在早期诗论中论及心灵能塑造自身体验时，并没有采用康德的抽象概念，反而重新启用了关于心灵的各种比喻，这些比喻在18世纪大多已被废弃，但在17世纪那些不遵循霍布斯和洛克的感觉论传统或故意与之抗衡的哲学家当中却极为流行。这些哲学家都采用了普罗提诺的一个基本比喻，即创造就在生发过程中，"太一"或"至善"常被比喻为流溢之源泉，发光的太阳，或者（将这两种形象合而为一）流溢的光的源泉。B. A. G. 富勒说过，"谁若想写一本书，论述比喻的哲学意义和作用，那他肯定首先要考虑普罗提诺的这个比喻，因为它既恰当，又在思想中占主导地位并起控制作用"[54]。如果说反映物这个哲学原型概念主要出自柏拉图的话，那么普罗提诺就是发光物这个原型概念的主要创始人；浪漫主义的认识论和诗歌理论也都是隔世承自普罗提诺哲学中的这个原始比喻。

普罗提诺在讨论人类如何感受神的流溢这个问题时，公然摒弃了把感觉当作印刻在被动心灵上的"痕迹"或"图印"的概念，代之以这样一种看法：心灵是一种行动，一种力量，它"从自身释放出光芒"投射在感知对象上。[55] 关于心灵的类似比喻在"剑桥柏拉图主义者"（其实，说"普罗提诺主义者"比"柏拉图主义者"更合适）的哲学中尤为流行。他们的著述华兹华斯读过，柯尔律治更是研究精深。这些作家采用为人熟知的比方，将人的精神喻为主的蜡烛，而将感知活动比作那支小蜡烛把自己的光投在外部世界上。我将从纳撒内尔·卡尔弗韦尔的《关于自然之光的高雅博学的论稿》的一章中摘引一些语句，因为书中囊括了所有将心灵比作接受者或发光体，亦即比作镜与灯的隐喻。《论稿》问世时，世人尚未了解霍布斯主要著作的全部含义，因而当时论争的问题还没有尖锐化。这时卡尔弗韦尔就开始"尽量以冷静的态度，向读者表明这一重大争论的现状"。他认为柏拉图和亚里士多德是这场争论的主角。

他说，"人的精神乃是主的蜡烛"，因为造物者本身是"光之源泉"，他用"智慧之灯"装饰美化了"下界，这灯将伴随着人们对他英名的赞誉和敬仰而永世长明……"

> 这就使得柏拉图主义者将人的精神视为主的蜡烛，用以照亮各种对象，它照射在这些对象上的光多于从它得到的光……事实上，他也可以认为肉眼里含有内置的观念，光的种子，将它们想象成心眼的基本原则……（亚里士多德）并未说他出生之前就有知识……而是直言不讳，说他的理解是赤裸着来到世间的。他向人们展示了……一块板，但已非白板……这使他打开感觉的窗户，欣喜地迎来了黎明的曙光……他的肉眼看不见先天色彩，看不见图画，看不见肖像，因此他也不能在心灵中找见任何痕迹，直到某些外界对象将某种印记刻在……他那份柔韧的理解之上，这理解原本就是准备接受任何印记的。

卡尔弗韦尔自己的结论不够爽快（因为他似乎认为这是一个"今生不能定夺的问题"），他的结论是，我们可以将理解视为镜子，"它按照事物的本来面貌，如实地接受这些色彩，再忠实地反射出去。然而在这个问题上，柏拉图主义者值得称赞，他们将人的心灵视为主的蜡烛，虽然在蜡烛真的点亮时,他们又被欺骗了"[56]。将人的精神比作流溢的源泉,这是对绝对观念论的盲目信仰。关于这点,我们可以看一下信奉柏拉图哲学的清教徒彼德·斯特里的这段话:

> 因此,每个人的灵魂,或精神,就是上帝的整个世界。世间万物,他自己身体及其各部分,各种变更都是他自己,他的灵魂或精神,从自己的泉中流溢而出,变成种种形相及事物的形象;这一切都是它看到、听到、嗅到、尝到、感觉到、想象到或理解到的东西……灵魂常常注视着它们,有如那喀索斯*注视着自己映在水中的脸,忘了那脸就是自己,忘了自己便是那脸,那影子,那泉水,因而沉溺于对自己影子的自恋之中。[57]

与英国的柏拉图主义者一样,浪漫主义作家也很喜欢以灯之发光来比喻心灵的感知活动。华兹华斯在《序曲》中描述他满怀童心与自然交谈的情景时,便以一连串隐喻来肯定,"我仍旧保持着我最初萌发的创造性感知力"。"一种弹性力量在我心中永驻,一只造物之手",然后:

> 一束辅助光
> 从我心灵发出,
> 把新的辉煌披洒在落日身上……[58]

柯尔律治第一次听别人朗诵《序曲》之后,立刻采用了华兹华斯酷爱的光芒比喻来描述它的主题——虽然他同时并用了两个比喻,即把心灵喻为灯,同时把外界喻为镜:"这主题既有力又崇高!"

> ……那可怕的时光
> 一会儿在你心中,一会又出来,
> 当你的身上渗透出力量,你的灵魂
> 得到了折射出的光,也发出了自己的光……[59]

---

* 那喀索斯(Narcissus),希腊神话中的美少年,因爱上自己映在水中的美丽影子而淹死成为水仙花。——译者注

这个比喻的使用也不仅限于这二位朋友之间；那位热情洋溢的克里斯托弗·诺思也曾以灯来支持这个命题："看上去是存在于外界的东西，至少有十之八九是我们创造的……"那些对着"自然的活书本"沉思的人，"看到了全部的俊美和崇高，这本是他们自己的永恒精神所创造，又反照在创造者身上的"。[60]

新柏拉图主义者常将灵魂喻为源泉或是流水，这在浪漫主义诗歌中也屡见不鲜，虽然它往往经过改头换面，以点出心灵与外界事物之间的一种双边活动，即给予和获取。华兹华斯曾把诗歌喻为"情感的流溢"，他也把游览阿尔卑斯山时于途中"所见、所闻、所感"的一切，比喻为

　　一条小溪
　　它与另一条小溪汇流在一起；一阵
　　与灵魂之流相依相伴的微风……[61]

小溪合流这个意象，与灯的意象相仿，柯尔律治在致《序曲》的答诗中再一次用到。[62] 我们也必须特别提一下风奏琴，华兹华斯和雪莱都用它来比喻处在感知状态中的心灵和诗人创作时的心境。[63]（那位自称发明了风神的竖琴的阿撒内修斯·基尔舍，也改善了暗箱，而约翰·洛克则用暗箱来比喻心灵。[64] 同一个人制作的东西，被用来构建有关人类心灵的两种截然相反的观点，这真是思想史上的咄咄怪事。）早在1795年，柯尔律治就使用竖琴来比喻思索中的心灵：

　　假如这生机勃勃的自然
　　不过是形状各异的竖琴，
　　当一阵思想之风——众生之灵，
　　万物之主——掠过它的琴弦
　　拨动出思想，又会是怎样的情形？

这个想法刚一提出，便被当作"空洞哲学的潺潺作响的泉井"冒出的气泡而立刻取消了，这是为了他未婚妻的缘故，也是为了那"不可理喻的东西"之缘故。[65] 柯尔律治甚至在作如此思想时，也明显地为必然决定论观点所

困惑，后来雪莱在使用同一比喻时也表现出必然决定论的观点。"有一种力量包围着我们"，雪莱说，"有如大气中悬挂着的风奏琴，它的气息随心所欲地往来于我们无声的琴弦之上"。"那些最尊贵最了不起的品质"，"相对于整个机制中的低级成分"尚有主动权，但只能屈从于"更高的更为全能的力量，这力量就是上帝"；那些"已经自己自愿调好音准的人……当无所不在的灵魂之气掠过琴弦时，会奏出无限神圣的乐曲"。[66]

于是，一大批浪漫主义作家，无论是以诗还是以散文，都把心灵的感知活动或构思活动比喻为心灵之光对外界事物的照耀，或者比作二者的相互作用，有时就连打比方的形式都是一模一样的。在心灵感知的隐喻中，出和入的界限往往是灵活多变的，需视具体场合而定。以柯尔律治对认识过程中的"主客体合一"现象的表述为例，在这种情况下，人们没有也不可能企图区分出何为心灵的补充，何为外物原有，正如谢林哲学中所说（柯尔律治借用了谢林哲学中的术语），知识只限于认知结合体的成品，与其原材料无关。其他例子有华兹华斯对他在剑桥逗留时的心境的自述：

> 我拥有身边的世界；它属于我，
> 我创造了这世界；因为它的存在只是为我，
> 和那洞察我心的上帝——[67]

这又像是费希特式的绝对论，它认为一切事物最终都是自我的产物。但是大部分诗句都认为，心灵感知的内容是外部事物与心灵合作的产物；因此，我们有时也可能根据心灵的内外分界线在不同的诗歌背景中的前后移动，标出它的大概位置：

（1）在华兹华斯《丁登寺》的前一部分，

> 视听中的大千世界，
> ——一半是眼、耳的创造，
> 一半是眼、耳的感知

在感知活动中创造的元素，也许不过是洛克所谓的第二性的质而已。华

兹华斯本人在注释中谈到，这段话出自扬格的《夜思》。扬格说，我们的感觉

> 使果实有了滋味，使园林变得和谐；
> 它们的光彩映亮金子和它闪亮的火光……
> 我们的感觉如理智一样神圣，
> 奇妙的世界，一半是它们创造
> 假如没有这神奇感官的巨大魅力，
> 大地至今仍是一片混沌，黯然无彩。
> 万物不过是应时而生，感觉才是真正的功臣……
> 人造出的形象无与伦比，人羡慕……[68]

这里所说的显然是第二性的质，它们构成了心灵对感知过程的增补，并揭示了洛克的哲学传统中有趣的一面。因为尽管洛克说过，心灵对于简单的知觉观念是像镜子一样被动地接受的，但他接着又做了进一步的说明。有些简单观念是第一性的质的"影子"，它们"就存在于事物之中"；但是第二性的质的简单观念，比如颜色、声音、气味、滋味等，则不存在于外物之中。因此，从洛克的二元论中我们可以看出，我们对观念世界的感知，一部分是反映事物本来面貌的元素，一部分则仅仅是"心灵中的观念"，它们"与外界事物没有相似性"。[69]这样，洛克便婉转地表明，心灵也参与了感知；而扬格则将这种参与活动转化为一种"给予""制作"和"创造"的积极参与。从这一简单的隐喻更换中我们发现，洛克的感觉主义正在转向常被认为是其在认识论上的对立面。

（2）许多诗句都暗示，那些拥有全部第一性的质和第二性的质的事物都是来自外界的，观察者赋予感知的是情感基调和审美特性——至少是有形景物中那些极其丰富、强烈或深刻的美感和意味。华兹华斯心中的"那束辅助光""把新的辉煌披洒在落日身上"，使鸟之欢歌、水之潺响更为高扬。[70]在华兹华斯于"初恋的幸福时刻"重游某地，在谈论"时间点"那段出名的诗段中，我们看到这地方带上了

欢畅的心情，风华正茂的金光，

这种光芒更加神圣，它难道不是

来自回想，及其留存的力量？

……我总这样想，

付出必须来自你自身，否

则就任何收获都别想。[71]

心灵会投射出审美的或其他情感的特性，这一意象早在18世纪英国作家的笔下就出现了。它也从一个方面促成了人们原来就有的认识倾向，即认为感知活动是具有创造性的，这种认识是在英国经验主义传统的局限中产生的。因此休谟便把善和恶比作"声、色、热、冷，这些东西用现代哲学的眼光来看，都不是感知对象固有的属性，而是心灵中产生的观念……"[72] 美也是如此，（以一个几何图形为例）它并不是"圆的属性……而只是圆形作用于心灵所产生的一种效果"。接着休谟又使用了其他比方：射灯，生产，甚至创造：

> 这样，理性与情趣之间的明确界限和各自的职责就很容易确定了……一个是按照事物在自然中的真实面目毫不增损地发现它们；另一个则具有一种生产能力，它把内心情感的色彩涂施在一切自然事物之上，从而似乎创造出了一个新事物。[73]

关于心灵投射出审美特性的种种观点，在18世纪一些理论家那里特别流行，他们使自己理解的洛克哲学，染上了新柏拉图主义的色彩。埃肯赛德就曾套用普罗提诺喜爱的隐喻高呼，

> 心灵，只有心灵，（天地为证！）才是生命的源泉，它包容着美和崇高——

但是他在《想象的乐趣》后来的版本中，又慎重地以"上帝，最高的上帝"取代"心灵，只有心灵"，并以此成为审美源泉的源头。[74]

（3）然而，更为常见的是，浪漫主义诗人认为心灵能将生命、形貌和

激情投射到宇宙之中。仅仅认为宇宙也有生命已经不算新鲜了；在18世纪描写自然的诗歌中，经常可以看到牛顿那无所不在的上帝，它构成永恒和空间，并以其存在而维持着运动定律和万有引力定律；同时也可以看到古代斯多葛派和柏拉图主义者的世界灵魂，二者在诗中和睦相处。华兹华斯和柯尔律治诗歌中的突出之处并不在于给自然以生命和灵魂，而是反复论证这外部生活是作为观察者的人的生命和灵魂的一个组成部分，或者认为二者之间的相互作用持续不断。同一论题也是这些作家的文学理论的主要部分，他们在关于诗歌题材的讨论中，在对想象过程的分析中，在对诗歌词汇、对拟人法及有关修辞手法的合法性的争辩中，都反复谈到这个问题。

19世纪初期的自然哲学和艺术哲学对这个问题的共同关注是有其原因的。物质的、机械的宇宙，最早出现于笛卡尔和霍布斯的哲学中，后来又被哈特利的学说和18世纪后半叶法国机械主义者的学说加以戏剧化。为了使这个宇宙复活，人们做了努力，而对上述问题的关注则正是这种努力的主要标志。这种努力同时表明，通过消除主体与客体之间的分裂、消除个人经验中那个有活力、目的明确、充满价值的世界与假设性思考中只具有维度、量和运动的死的世界之间的分裂，人们试图克服人在世界中的异化感。树立人与自然共存的观念，便意味着使物质主义者心目中的死的宇宙复生，同时也最为有效地使人与其生存环境重新结合在一起。

柯尔律治的形式哲学有其一贯的目标，那就是以"生命和智慧……替代机械主义哲学，因为任何最值得人类智慧关注的事物只要涉及机械主义哲学，都只会找到死亡"。那种渗透在宇宙的机械运动之中的生命与人体之中的生命同属一体：他在1802年写道，在自然中，"一切事物都有自己的生命，而且……我们都属于同一个生命体"。[75] 华兹华斯《序曲》的主题中就包含了一个类似的思想。比如在一段关键性的诗句中，华兹华斯描写了母亲怀中的婴儿如何看到一个被母爱之光照亮了的世界，并从而觉得生活在宇宙之中非常舒适的情形。

他困惑，他忧郁，但是没有被遗弃：
　　自然的吸引力，自然的血缘纽带
　　融会在他那稚嫩的血管里
　　把他与世界紧紧连在一起。

但是他所获得的还不只是感情联结；孩童之所以通过最牢固的纽带与外部世界紧密连接在一起，是因为他参与了世界的创造，所以他自己生命的特征与世界共有。通过各种感官，心灵在创造——

　　是创造者，也是接受者，
　　在劳作，但也同他所见的产品
　　共同劳作。[76]

替心灵寻找安身之所的这个过程，在他 17 岁那年达到了顶峰。其时他通过与"分析性事业"相对的过程，发现不仅是他的各种感觉和情感，而连他的生命，都与遍布自然中的生命结为一体了，于是他以无比喜悦的心情

　　感到生命的情感无所不在，
　　会动的，看似不动的，都包含着它。

这种对我们身内外生命同一体的经验，在那高潮到来时万物归一的神秘的恍惚状态中，有生命的和无生命之间的区别、主体与客体之间的区别，最终甚至客体与客体之间的区别统统消除了，

　　然后，那长满赘肉的耳朵
　　被那音乐最拙劣的序曲征服，
　　于是忘却了自己的功用，酣然大睡。[77]

　　在这里，华兹华斯以"亲缘纽带"来形容他与自然的关系；我们必须补充说明一下，他在《隐士》第一部结尾处的那段著名诗句中，以婚姻为隐喻替代了家庭的隐喻。他明确宣布，他的写诗生涯的宏伟计划，所期望的皇冠，是一首"婚姻诗"，这将是一首美妙的洞房礼赞，它庆祝心灵

与自然联姻,庆祝这婚姻的美满,祝愿婚后创造(莫非是生育?)出一个活的感知的世界。"乐园,福园,幸运园——"

> 人类洞察秋毫的智力,
> 一旦怀着爱和神圣的激情
> 与美好的宇宙结姻,将会发现
> 这些都是唾手可得的简单产品。
> ——在这美妙的时辰到来之前,我就
> 在独处的安宁中吟唱这幸福美满
> 的婚姻诗章——我的一言一语
> 也只描绘了我们现在的样子,
> 我早就把那刺激感官的东西
> 从死亡的沉睡中唤醒,使得空洞
> 和虚荣变为崇高和欢乐;同时我的声音也在高呼,
> 个人的心灵(也许还有全人类那进步的
> 力量),与那外在的世界
> 是多么匹配——而外在的世界
> 也非常适合这心灵,虽然
> 这句话很少听到人们传说;
> 我也欢呼那创造(对它的称呼
> 已不能再低),这是心灵与外界
> 同心协力的产物——这就是我们的赞词。[78]

19世纪初期最庞大、最有代表性的两首诗——华兹华斯的《不朽颂》和柯尔律治的《沮丧颂》,都主要讨论了感觉经验中原有材料与增益材料之间的区别。两首诗的主题都涉及感觉对象中的一个明显变化,也都是依照这样的心灵模式而阐发的,即把心灵比喻为这么一种东西,它既是投射性的,同时也能够将它所给予和被给予的东西融合而成的产品接受回来。华兹华斯的《不朽颂》极其成功地运用了光与发光物的光学隐喻——灯和明星。他所探讨的问题是从草坪、花园和溪流中失落了"神圣的光"和"荣耀"。解决的办法则在于对灵魂的比喻(如我们所知,新柏拉图主义神学家们也常采用这些比喻)之中,如正在升起的"我们的生命之星",正在升腾的"华耀的流云",但在它们生命的西行之路上,又渐渐褪色"成为平凡的天光",虽然也在身后留下了"仍是我们一切天光的光源"的回忆。[79] 然而,如果说成熟要以失去"草木的光泽,花朵的鲜艳"为代价,那么它也有各种收获作为补偿,而心灵则虽已非昔日之心灵,却仍保持着与外部世界交换光芒的力量:

> 拥聚在落日身边的云彩
> 仍然从凝视人的天命的眼中
> 获取一种朴素无华的颜色。

另一方面,柯尔律治的《沮丧颂》所咏叹的则不仅仅是心灵的变化,而是心灵已完全丧失了那种与自然进行交互作用的能力,使它虽生犹死,只不过是被动地接受无生命世界中的有形景物。在第三和第四两个短诗节中,柯尔律治五次谈到自然的生命依存于人的内心生命。他对心灵的能动性和建设性做出了各种各样的隐喻,有些为人熟知,有些则好像是他新创。心灵是泉井,是光的源泉,它能产生出一种饱含着滋育生命之雨的云,有如风奏琴发出的乐音,它的回声与外来的声音交织在一起,甚至暗示出华兹华斯所说的心灵与自然的婚配。他在第五诗节中提出,"欢乐"是生命的"流溢"和返回的不可或缺的内在条件,从而极其巧妙地把所有这些诉诸视觉的、听觉的、气象学的和婚姻的比喻囊括其中:

> 欢乐吧,夫人!这才是灵魂和力量!
> 它把自然嫁给我们,作陪嫁的是
> 一个崭新的地,崭新的天!
> 甚至那耽于肉欲的、高傲的人都未敢梦想——
> 欢乐是甜美的声音,欢乐是光亮的云彩——
> 让我们尽情欢跃!

> 从中流出的一切都非常赏心悦目，
> 　　一切乐曲都是那种声音的回响，
> 一切色彩都是那光芒的交融。

但直到结尾的诗节，当柯尔律治祝愿诗中那位夫人永葆他自己已失去的力量时，我们才看到"旋流"这个冠绝一切的隐喻。这个形象暗示了生命在灵魂与自然之间不停地交错更替，以至于分不出给予的是什么，接受的是什么：

> 愿世间万物为她而生存，
> 愿万物的生命成为她灵魂的旋流！

心灵在感知时把生命和热情倾注进它所领悟的世界，这个比喻与当时对正在积极进行最高层次的诗歌创作的心灵的表述最为接近。这是柯尔律治在《沮丧颂》一诗中所暗示的，他说，他的能力未能投射出"热情与生命"，这就表明他失去了"创新精神"和"想象力的创造性"。因此，我们可以作一小结，根据柯尔律治的理论（部分地，尽管不是完全与华兹华斯的理论相类似）来看，是第一性的、已经富有创造性的感知活动，只能滋生出整日忧心戚戚之辈的"无生命的冷漠世界"。这个世界大致上相似于经验主义哲学和常识中的惰性世界，只能满足我们的实际利益和目的。在这个世界中，有着彼得·贝尔的樱草花，但仅此而已，有着微风拂动的水仙，但既不欢快也不起舞；有着静空中发光的月亮——不过这个月亮并不是真正的月亮，而是"静谧的夜空中欢心顾盼"的诗人。接下来那种更高一级的再创造活动，其作用之一是释放出自身的热情和生命，从而将冰冷的无生命世界改造成一个与人的生命共存的温馨世界，并通过同一种活动把平白的事实转变为诗歌，而且是柯尔律治心目中最高级的诗，因为它是"第二性想象"的产物。

在我们结束浪漫主义关于心灵的类比的探讨之前，还须提一下另一比方。这是柯尔律治酷爱的比方，它对于心灵、艺术以及宇宙的观念的影响，注定了要比我们迄今所遇到的灯、泉和风奏琴等所有的类比都更为剧烈。这一比方包蕴于柏拉图主义者的心灵中"光的种子"的比喻之中，它不是把心灵表现为物体或手工制品，而是表现为有生命的植物，比方的概念就是这植物的生长。柯尔律治经常地、直言不讳地用生命和生长的观念来对抗心灵机械主义。在《政治家手册》的一个重要段落中，柯尔律治发现，植物在生长和同化外来成分（它的光合作用促成了这些成分）的过程中所表现的能力，"对应并象征"人的最高能力。他看着鲜花簇拥的草地上一株植物说，"我的敬畏油然而生了，仿佛在我眼前的是一种理性般的力量——就是这种力量，只是稍微低等些，因而它是建立在万物之真谛中的一种象征力量"。

> 看！——伴随着初升的太阳，它开始生长，进入了与一切元素的直接交往状态，既同化了它们，也彼此同化。与此同时它开始扎根，长叶，吮吸养分，吐纳气息，散发出凉爽的露气和甜蜜的芳香，呼出调精养神之气，既是大气的食物也是它的姿色，送入滋养它的大气之中。看！——阳光初照之下，它也做出与阳光相像的气度，但又以同样的节奏悄然无息地成长，仍然与阳光为伴，以使它所净化过的生长固定下来。[80]

在任何时期，心灵论与艺术论往往都联成一体，相互关联，所用的比喻也常常是相似的，不论这些比喻是明显还是含蓄。提纲挈领地说，18世纪具有代表性的批评家们认为，心灵感知者就是反映外在世界；所谓创造活动，就是将"观念"——其实就是意象或感觉的复制——加以重新组合；由此产生的艺术作品就像一面镜子，反映了一个经过选择和编排的生活形象。许多浪漫主义批评家则认为，心灵具有投射性和创造性；与此相应，他们的艺术理论也属于表现论和创造论，他们因此将一切审美哲学的基本倾向颠倒过来了。再来看柯尔律治，他的植物原型充满进一步创新的可能性。他从这一角度入手，认为心灵会生发出概念，并认为诗人的想象活动与植物这种有生命力的、自我决定的同化过程相比，本质是一样的，只是程度不同而已。因此他认为，天才艺术家的作品显示了一个有机整体的发展方式和内在联系。这个问题将在后面一章中讨论。

注 释

[1] A. W. Schlegel, *Vorlesungen über schöne Literatur und Kunst* (1801-4), Deutsche Litteraturdenkmale des 18, und 19. Jahrhunderts (Stuttgart, 1883), XVII, 91. 在古典拉丁语中，*expremere*（表达）用于指言语时，其暗喻的作用早已消失，而仅仅具有"表示"或"代表"的含义。参阅 J. C. La Driere, "Expression," *Dictionary of World Literature*, ed. J. T. Shipley (New York, 1943), pp. 225-7。

[2] "What Is Poetry?" (1833), *Early Essays*, p. 208.

[3] "The Philosophy of Poetry," *Blackwood's*, XXXVIII (1835), p. 833. 关于作者的身份，见 p. 149。

[4] Review of Lockhart's *Life of Scott* (1838), 载 *Occasional Papers and Reviews* (Oxford and London, 1877), pp. 6, 8。

[5] *Coleridge's Miscellaneous Criticism*, ed. T. M. Raysor (Cambridge, Mass., 1936), p. 207.

[6] Review of Coleridge's *Biographia Literaria*, in *Complete Works of William Hazlitt*, ed. P. P. Howe, XVI, 136.

[7] *Shelley's Literary and Philosophical Criticism*, ed. John Shawcross, p. 121.

[8] *Works of Lord Byron*, ed. E, H. Coleridge and R. E. Prothero (London and New York, 1898-1904); *Letters and Journals*, v, 318.

[9] *Wordsworth, Shelley, Keats and Other Essays* (London, 1874), p. 202.

[10] "An Answer to the Question What is Poetry?" *Imagination and Fancy* (New York,1848), p. 1.

[11] "What is Poetry?" *Early Essays*, pp. 208, 203, 223（重点符为笔者所加）。

[12] "Essay on the Drama" (1819), *The Prose Works* (Edinburgh and London, 1834-36), VI, 310.

[13] *Don Juan*, IV, cvi.

[14] Letter to Miss Milbanke, 10 Nov. 1813, *Works, Letters and Journals*, III, 405. 冷静的批评家也使用了类似的比拟。W. J. Fox 牧师在评论 Ebenezer Elliott 的 "Corn Law Thymer" 时，谈到"贫困的人类倾吐自己的情感"，把 Elliott 的韵文称为"中心火焰溶浆的强烈闪现，必须有喷发的出口……"转引自 F. E. Mineka, *The Dissidence of Dissent* (Chapel Hill, 1944), pp. 301, 303。

[15] *Childe Harold's Pilgrimage*, III, vi.

[16] *Monthly Repository*, 2d series, VII (1833), p. 33; 转引自 Mineka, op. cit. p. 307。

[17] "On Poetry in General," *Complete Works*, v, 7.

[18] *Romantische Welt: Die Fragmente*, ed. Otto Mann (Leipzig, 1939), p. 313.

[19] *Sternbald*, in *Deutsche National-Litteratur*, CXLV, p. 300.

[20] 譬如，哈兹里特宣称，华兹华斯在《远足》中"刻画出自己内心的活动和想象的塑造"（*Complete Works*, ed. P. P. Howe, London and Toronto, 1930-34, XIX, 10）。另参见 Coleridge, *Miscellaneous Criticism*, p. 207.

[21] *Phantasien über die Kunst* (1799), in *Deutsche National-Litteratur*, CXLV, p. 58.

[22] *Prosaische Jugendschriften*, ed. J, Minor (Wien, 1882), II, 257-8.

[23] "On Poetry in General" (1818), *Complete Works*, V, 12. Cf. ibid. XVI, 136.

[24] *Lectures on Poetry* (1832-41), trans. E. K. Francis (Oxford, 1912), I, 47-8.

[25] 关于风奏琴的历史以及诗人对此的引用，参阅 Erika von Erhardt-Siebold, "Some Inventions of the Pre-Romantic Period and their Influence upon Literature," *Englische Studien*, LXVI (1931-2), 347-363. 农民诗人 Robert Bloomfield 于 1908 年出版了一本与风奏琴有关的文学选集，参阅 *Nature's Music*, in *The Remains of Robert Bloomfield* (London, 1824), I, 93-143。

[26] "Defence of Poetry," *Shelley's Literary and Philosophical Criticism*, ed. John Shawcross (Oxford, 1909), p. 121. 华兹华斯在《序曲》的开始几段用类似的术语谈到他力图诗化的尝试 (1805 version, I, 101ff)："那是一个星光灿烂的夜晚；我要再次尝试我已恢复力量的心灵；她并不缺乏风神的眷顾，但这把竖琴不久就被骗了。"

[27] "Defence of Poetry," ibid. p. 121.

[28] *Complete Works*, V, 1.

[29] Ibid. p. 3. 参见 Eckermann 的 *Gespräche*, 29 Jan. 1826，歌德说："诗人也是如此。如果他仅仅讲出为数不多的主观情感，他还配不上诗人的称号；但是，一旦他通晓了如何恰当地表现世界，他便是一个诗人了。"

[30] 转引自柯尔律治的 *Literary Remains*, in *Biographia Literatia*, ed. John Shawcross II, 253-4, 258. 柯尔律治另一个更短的版本取自他的笔记，收入 *Coleridge's Miscellaneous Criticism*, pp. 205-13。

[31] Preface to *Poems* (1815), in *Wordsworth's Literary Criticism*, p.150. 另见 pp.18, 165, 185。

[32] *Letters of William and Dorothy Wordsworth: The Middle Years*, ed. E. de Selincourt (Oxford, 1937), II, 705; 18 Jan. 1816.

[33] 莱辛《拉奥孔》节译注释，见 *Collected Writings*, ed. David Masson (Edinburgh, 1889-90), XI, 206。

[34] "What is Poetry?" *Early Essays*, p. 207. 关于对这种论述的预示，参阅 J. U. [James Usher], *Clio: or, a Discourse on Taste* (2d ed.; London, 1769), p. 140："你想象着〔有理智的人〕描绘出客体和行动，而他实际描绘的是情感，并通过他自己的想象力来感动我们"。另参阅 J. Moir, *Gleanings*, I, 97-8.

[35] *Early Essays*, p. 207. 基布尔说，诗歌"用心灵渴求的色彩描绘各种事物……"(*Lectures on Poetry*, I, 22). W. J. Fox："心灵情感变化多端，比任何云彩和阳光的组合更能表现风景的多样化；这些情感本身就是描写的主体……"(*Monthly Repository*, LXIII, 1833, p. 33)。

[36] "On Poesy or Art," *Biographia Literaria*, II, 254. 另见 Hazlitt：诗是"描写自然客体时想象与情感的热情奔放……它使理智的印象充满了想象的形状……"("On Poetry in General," *Complete Works*, V, 4-5)。

[37] "On Poetry in General," *Complete Works*, V, 4. 另见他对莎士比亚的分析："紫罗兰隐

约可见／却比朱诺的眼睛／或者爱神的呼吸更甜美"，这种描写，是"根据想象力的冲动，以强烈的情感……来塑造自然客体给人的印象……"(Preface to *Characters of Shakespeare's Plays*, ibid, IV, 176-7. Cf. Wordsworth, *Excursion*, I, 475ff)。

[38] *Biographia*, II, 16. Cf. ibid, I, 59.

[39] "On Poetry in General," *Complete Works*, V, 3.

[40] Preface to *Lyrical Ballads* (added in 1802), in *Wordsworth's Literary Criticism*, p. 23.

[41] "Defence of Poetry," *Shelley's Literary Criticism*, p. 155.

[42] *Poetry and Prose of William Blake*, ed. Geoffrey Keynes (London and New York, 1939), p. 777. 诗歌需要详尽具体的描述，关于这个观点在 18 世纪的文学批评术语中的极端表述，参见关于司各特的 *Lady of the Lake* 书评, in *Quarterly Review*, III (1810), 512-13: 司各特的作品突出体现了"诗歌与绘画的相似之处……他无论表现什么，都具有鲜明的个性，都是根据精确而细致的区分来描绘的……"，这多半是他天才的结晶，是一种天生的"深邃而敏锐的观察力"，他因此得以"发现迟钝之人的眼睛视而不见的区别性差异……"。参阅 Moir 的 *Gleanings* 前一章的有关论述。

[43] "The Ideal," *Complete Works*, XX, 303-4. 另见他的论文 "Originality" 和 "On Certain Inconsistencies in Sir Joshua Reynolds' Discourses," 关于诗中"具体性"的有关讨论，参见 Chap. XI, sect. iii。

[44] *Wordsworth's Literary Criticism*, p. 25.

[45] *Biographia*, II, 33n, 12; *The Friend*, in *The Complete Works of Samuel Taylor Coleridge*, cd. Shedd (New York, 1858), II, 416.

[46] *Biographia*, II, 120

[47] E.g. *Thaeatetus* 191-5, 206; *Philebus* 38-40; *Timaeus* 71-2.

[48] *De anima* II. ii, 424a.

[49] Locke, *Essay Concerning Human Understanding*, ed. A. C. Fraser (Oxford, 1894), I, 142-3 (II, i, 25): "在此，理解力是被动的……一旦这些简单的思想呈现于大脑，理解力对于眼前的事物所制造的形象或思想便再也不能拒绝，也不能改变它们刻下的印记，也不能将其消除并创造出新的东西来，这与镜子完全一样。"在文艺复兴时期，把大脑或至少是"想象"比作镜子就已经十分普遍；可参见 George Puttcnham, *The Arte of English Poesie*, in *Elizabethan Critical Essays*, ed. G. G. Smith (Oxford, 1904), II, 20; 另见培根论大脑幻象的有关段落，见 *De Augmentis*, V, iv。

[50] *Essay Concerning Human Understanding*, I, 121 (II, i, 2): "那么我们就假设大脑是一张白纸，上面没有任何文字和观念。"参阅洛克的早期手稿，*An Essay Concerning the Understanding*, ed. Benjamin Rand (Cambridge, Mass., 1931), p. 61: 灵魂"起初就是白板 (*rasa tabula*)，空空如也……"

[51] Ibid, pp. 211-12 (II, xi, 17).

[52] Ibid. I, 48n, and 49. Cf. D. F, Bond, "Neo-Classic Theory of the Imagination," *ELH*, IV (1937), p. 248.

[53] *Table Talk and Omniana of Samuel Taylor Coleridge* (Oxford, 1917), p. 188; 21 July 1832.

Cf. ibid. p. 361 (1812)："大脑产生理智，远多于理智作用于大脑。"

[54] B. A. G. Fuller, *The Problem of Evil in Plotinus* (Cambridge, 1912), p. 70.

[55] *Enneads*, trans. Stephen MacKenna (London, 1924), IV. vi. 1-3.

[56] *The Cambridge Platonists*, ed. E. T. Campagnac (Oxford, 1901), pp. 283-4, 286-7, 292-3.

[57] "Of the Nature of a Spirit," in V. de Sola Pinto, *Peter Sterry Platonist and Puritan* (Cambridge, 1934), pp. 161-2. 相似的类比可以在新柏拉图主义传统中的许多作家的作品中找到。可参见 Boehme, in Newton P. Stallknecht, *Strange Seas of Thought* (Durham, N. C., 1945), p. 52. A. O. Lovejoy 在早期的一篇论文"Kant and the English Platonists"中，列举了康德的"超验论"与 Cudworth, More, Burthogge 和 Arthur Collier 等英国柏拉图主义者的作品之间的许多相似之处，这些人的作品与 Culverwel 或者 Sterry 相比不那么具有比喻性，但是更为抽象 (*Essays Philosophical and Psychological in Honor of William James*, New York, 1908, pp. 265-302)。顺便说一下，柯尔律治多次声称，他在接触德国哲学之前，已经通过阅读柏拉图主义及神秘主义确立了其理想主义基础。关于这点，许多研究者认为柯尔律治是可信的，其实这篇论文具有更高的可信度。

[58] *The Prelude* (1805), II, 378ff. 另见 ibid, XIII, 40ff. 其中有一段非常漂亮：华兹华斯看到皎洁的月光披洒在斯诺登山上，认为这是"强大心灵的绝美形象"。

[59] "To a Gentleman," ll. 12ff.

[60] "Tennyson's Poems" (May 1832), *Works of Professor Wilson*, ed. Ferrier (Edinburgh and London, 1856), VI, 109-10. 此外，还可以加上下面这段文字，作为背离德国后康德主义哲学潮流的代表形象：Schleiermacher's *Monologen* (1800), ed. F. M. Schiele and Hermann Mulert (2d ed.; Leipzig, 1914), 9 页："外部世界千变万化，犹如一面魔镜，亦如我们至高至深的灵魂。"以及 15—16 页："对我来说，精神是唯一的，世界是其最美的作品，自造的镜子。"

[61] *The Prelude* (1850 ed.), VI, 743-5.

[62] 主题是"关于屈从于外力的潮汐，以及貌似自主的，或者由内在力量推动的水流"（"To a Gentleman," ll. 15ff.). 参见"Mont Blanc" 开篇，雪莱将接受和给予比作水与水之间的交汇和合流。另见 ll. 30-40。

[63] 见华兹华斯关于诗的"风神显灵" (*Prelude*, 1805, I, 104),

[64] 关于"暗箱"的历史，参见 Erika von Erhardt-Siebold, "Some Inventions of the Pre-Romantic Period," *Englische Studien*, LXVI (1931-2), pp. 347ff。

[65] "The Eolian Harp," ll. 44ff. 柯尔律治这段话的本意是解释贝克莱的主观唯心主义，参阅他的 *Philosophical Lectures*, ed. Kathleen Coburn (New York, 1949), p. 371; 另见 *Letters*, ed. E. H. Coleridge, I, 211。

[66] "Essay on Christianity" (1815), *Shelley's Literary and Philosophical Criticism*, pp. 90-91. 柯尔律治后来在对康德的《纯粹理性批判》的旁注中说，"心灵并不像竖琴……就物体而论更像小提琴或者其他弦少音域广的乐器，被天才音乐家演奏"(Henri Nideker, "Notes Marginales de S. T. Coleridge," *Revue de litterature comparée*, VII, 1927, 529)。

另见 *Biographia*, I, 81。

[67] *The Prelude* (1805), III, 142ff. 作为一种哲学原则，极端的主观主义倾向在德国费希特的追随者中屡见不鲜。Tieck 在 *William Lovell* (1795) 中这样写道："万物皆自由，凡超越自我所能洞察的，都存在于自己的灵魂之中。""思想决定存在。""德性是思想的产物，犹如射向黑夜之光。" 见 Jenisch, *Entfaltung des Subjektivismus*, pp. 119-21。

[68] "Night VI"（1744），ll. 423ff.

[69] *Essay Concerning Human Understanding*, I, 168-79 (II, viii, 7, 15, 23). 参见 Addison: *Spectator* No. 413（介于洛克与扬格之间的表述）；Akenside, *Pleasures of Imagination* (1744 ed.), II, 458-61, 489-514；引文见 Marjorie Nicolson, *Newton Demands the Muse* (Princeton, 1946), 144-64。

[70] *The Prelude* (1805), II, 362ff.

[71] Ibid. XI, 323-34.

[72] *Treatise of Human Nature*, ed. L. A. Selby-Bigge (Oxford, 1896), p. 469 (III, i, i).

[73] *An Enquiry Concerning the Principles of Morals*, in *Essays, Moral, Political, and Literary*, II, 263-5. Cf. David Hartley, *Observations on Man* (6th ed.; London, 1834), pp. 231-2 (III, iii, Prop. LXXXIX).

[74] (1744 ed.), I, 481ff.; (1757 ed.), I, 563ff. William Duff 在 *Essay on Original Genius*, p. 67 描述了"能改变事物的想象力，想象之光将我们所凝视的事物照亮……想象力充满了凝视事物后的欣喜，为自己的创造而陶醉。" Archibald Alison 在 1790 年的一部作品中说，"事物的属性本身并不能产生情感"，而是通过联想过程才获得美或者崇高的感觉。他认为自己的观点暗合了"很早就区别于柏拉图学派的观点……也就是事物本身无美可言，它的美来自心灵的表现" (*Essays on the Nature and Principles of Taste*, Boston, 1812, pp. 106, 417-18)。

[75] To Wordsworth, 30 May 1815, *Letters*, II, 648-9; to W. Sotheby, 10 Sept. 1802, ibid. I, 403-4.

[76] *The Prelude* (1850 ed.), II, 232-60.

[77] Ibid, ll. 382-418, Cf. ibid. (1805 ed.), VIII, 623-30; 另参见 Stallknecht, *Strange Seas of Thought*, Chap. III。在此，有必要考虑包括柯尔律治和华兹华斯在内的其他浪漫主义诗人赋予 Einfuhlung——自我和外界之间界限的消失——的特殊意义，比如雪莱的《论生命》（见 *Literary and Philosophical Criticism*, p. 56）："那些进入沉思的人，觉得自己的本性融入了周围的世界，又仿佛周围世界融入他们自身。他们觉察不到二者的区别。"又如拜伦 (*Childe Harold's Pilgrimage*, III, lxxii)："我不是我，而是成了周围环境的一部分"；"灵魂已然逃逸 / 与天空，山峰和海洋的 / 起伏的平原，或者星星，融为一体。"又 ibid. IV, clxxviii："我盗取了可能的自己，或者曾经的自己，将其与世界糅合在一起。"济慈则不同，他认为身份认同的对象不是外部的总体，而是个别事物，比如麻雀和人。参见其 *Letters*, ed. M. B. Forman (3d ed.; Oxford, 1948), pp. 69, 227-8, 241。

[78] 收于 *The Excursion* (1814) 序言，ll. 47-71。顺便说一下，这段话中呼之欲出的类比，

与犹太神秘哲学中或者只有行家才能明白的那些性世代理论，具有非常有趣的相似性。

[79] 譬如，Culverwel 把"天使般的第一等级的星星"这个熟悉的概念与光源的形象连在一起：造物主"将世界的最高处布满了最亮的星星，也就是东方和天使般的存在，它们紧靠光之源泉，不停汲取荣耀的光芒……"(The Cambridge Platonists, ed. Campagnac, p. 283)

[80] Lay Sermons, ed. Derwent Coleridge (3d ed.; London, 1852), pp. 75-7. 柯尔律治在一个注释中补充说，这一段"也许正确地形成了关于灵魂研究的一个结论……而又不涉及任何神学的教义"。

第四章

诗歌和艺术的表现理论的发展

　　随后是一片沉默，于是他便开始解说他的意图："诸位，"他说，"这首诗不是你们常写的那种史诗，里面绝没有你们笔下那些生造的词语抑或文字游戏；这是一位英雄对自然的描述。我只想请你们尽力使你们的灵魂与我的灵魂保持一致，用我写作时的那种热情来聆听它……诸位须知，在下正是那位英雄。"

——奥利弗·哥尔德斯密斯：《世界公民》

泛泛地论述一场庞杂的思想运动，不外乎信手记下一些简单的事实，但最终仍要进行逐一阐明。19世纪初期的批评有所创新，并同早先两千年间艺术理论的主要倾向形成对照，对此我已做了强调。浪漫主义理论的独特模式虽然新颖，但其组成部分却大多可以从早期作家的理论中找到，它实际上是对这些理论的形形色色的阐发。我们只要转移一下着眼点，并对各种例证作一筛选，就很容易表明，浪漫主义美学虽然是思想史上的一次革新，却也不失为一种继承。18世纪，传统诗学的某些成分遭到冷落甚或扬弃，而另外一些成分则得到扩充和发扬光大；原来备受重视的观念被边缘化，而原本边缘的观念却变得备受青睐；此外还引进了一些崭新的术语和界定，直至美学思想的主导倾向渐渐地被颠倒过来。这一演变过程同时发生于英德两国。对这个过程做一总结，将有助于澄清，在诸多浪漫主义理论的术语和方法中，有哪些是继承来的，哪些是特有的。这些浪漫主义理论都持有这么一个观念：诗歌所表现的乃是情感，或者是人类精神，或者是心灵与想象力的热情奔放的状态。为阐述方便起见，我将分题进行，对那些实际上相互牵连相互依存的发展过程按照次序逐一加以讨论。

一 假如你要我哭……

古代修辞学理论本着实用的宗旨，容纳了大量元素，这些元素以直接沿袭的方式成为浪漫主义理论的核心成分。例如，它们除了关注演说家或诗人的艺术和习得的技巧以外，还十分注重他的"天性"或者说固有的能力；都倾向于把对材料的发现、安排和表现看作心理职能或心理活动，而不仅仅是对语词的一般驾驭；一致认为诸如灵感、神圣的狂热和巧遇的风采等非理性的、无法解释的现象，乃是最伟大的话语所不可缺少的条件。就我们目前所关心的问题而论，尤其值得注意的是，修辞学家们一贯强调，情感因素在规劝艺术中起着举足轻重的作用。亚里士多德曾说，鼓动起听众的情绪是成功地进行劝说所常用的三种方式之一。西塞罗则将演说家的三个目标定义为"调和、告知和感化听众"，并补充说，要想唤起听众的情感，演说者自己必须先行进入热情的状态，因为"谁也不会对雄辩的力量敏感到能抓住它的光焰，除非演说者在进行雄辩时，自己的感情早已熊熊燃烧"。[1] 贺拉斯以有效劝说为目的取代了快感和教益说，并把表露和激发情感这一修辞学的概念转变成为诗学的概念：

> 一首诗仅仅具有美是不够的，还必须
> 具有魅力，必须按作者的愿望来左右读者的心灵。
> ……假如你要我哭，首先你自己
> 得表现出悲痛……[2]

"假如你要我哭，首先你自己得表现出悲痛"——这句格言（尤其在谈论悲剧时）经常与亚里士多德关于怜悯和恐惧如何被激发并得到净化的论述合为一体。围绕着这句格言，新古典主义者对于诗歌艺术中的情感因素进行了广泛的讨论。有人断言，18世纪的批评家都是单凭理性阅读的，这是恶意的诽谤。其实，18世纪的读者无论是多愁善感还是冷静公正，都比任何其他时代的读者更加要求诗歌应能激发更多或是更强烈的情感。约翰逊曾这样赞美莎士比亚：

> 有力的笔能驾驭着感受的真理，遏止不住的热情激荡在心里。

这并不是溢美之词。约翰逊对《哈姆雷特》以及《李尔王》和《奥赛罗》结尾的几个场景的强烈反应就是证明。至少在抒情诗中，成功地激发读者的情感，被认为是以诗人先此而有的情感状态为前提的。约翰逊说，在考利悼念赫尔维的挽诗中

> 到处是颂辞，但缺乏热情……他是想要我们哭，可他自己却忘记

哭了……[3]

然而，根据新古典主义的典型解释，诗人情感的自然奔涌并不是作诗时必备的起始状态。他们认为，诗人先是在自己心中培养一种适当的情感状态，以此作为他力图感染读者的计策之一。布瓦洛在表述这个主张时说，热情必须能"使人高兴、振奋和感动"。

> 首先要使人愉快和感动，这就是诀窍；要想方设法使我为之留恋。

为了达到这个目的，他劝诗人要带有他所希望激发的那种情感；"要我流泪，你得哭泣"[4]。这一原则也成了浪漫主义概念"情感乃是诗之精髓"的一部分，但是卡莱尔在使用贺拉斯的这句格言时，却反其道而行，以自发性取代了人为性。卡莱尔说，彭斯的长处，在于"他的真诚"。

> 我们现在感受到的热情曾经在一个活人的心灵中闪光……他吐露心怀，不是为了沽名钓誉或外在的利益，而是因为他心中充满了激情，再也无法沉默……这便是赢得读者、留住读者的诀窍：要想感动别人，说服别人，自己先得被感动，被说服。贺拉斯的"要我哭泣"这一原则，其真实含义比字面意义要广泛得多。[5]

二 朗吉弩斯及其追随者

19世纪文学批评的主要指向从受众转向了作者，这一点从古代修辞学家朗吉弩斯身上可以看出端倪，浪漫主义理论的许多特有成分都源自他的理论。当然，他那篇论文并不是专门论诗的，也没有涉及一篇完整的诗歌，而只谈了"崇高"这一特征，而这种崇高正是"最伟大的诗人和作家获取成功"所依赖的主要优点。他在探讨崇高特性的过程中，跨越了传统的文体分野，也打破了韵文与散文的界限；崇高存在于荷马、德谟斯提尼、柏拉图、《创世记》，以及萨福的一首抒情诗之中。在崇高的五种来源中，前两种——"庄严伟大的思想"和"强烈而激动的情感"——大致属于天赋才能，与后三种相对立——形象的语言、高雅的措辞、卓越的结构——这些才是艺术的结果。在这五种来源中，那些天生的本能的因素作用较大；倘若非得决定孰优孰劣，那么自然天才的伟大作品，即便有些瑕疵，也胜过那些单靠艺术才能获得的作品，虽无甚缺陷，却也乏善可陈。总之，在崇高的各种来源中，情感是首要的，因为"我坚信，真挚的情感最为崇高，只要用得其所，它会以一种狂热的激情喷涌而出，仿佛使演说者的言辞之中充满狂热"[6]。

由此可见，朗吉弩斯的突出倾向，是从作品的特性转到作品在作者的能力、心境、思想和情感中形成的过程。此外，尽管形象的语言总的说来属于艺术范畴，朗吉弩斯却又认为演说者恣肆频繁地使用比喻是受情感的驱使所致，因为"情感在热烈奔涌时……语言不可避免地会冒险求变，这是由情感的本质决定的"。崇高的第五个来源，对词汇的调遣或排布，也是"传达高尚言辞与情感的得力工具"；并且"通过对自身基调的锤炼与变化，努力将感染说话者的情绪注入在场听众的心灵中……"[7] 因此，归根结底，作品的最优秀的品质就是作者自身特质的反映——"崇高的风格是一颗伟大心灵的回声"[8]。

朗吉弩斯还用其他许多方式，预示了后来浪漫主义批评中为人熟知的主题和方法。他以狂喜状态而不是分析作为衡量作品优劣的标准，这也为早期的批评以趣味和情感取代分析批评的做法开了先河。我们将会看到，19世纪的一些批评家认为，只有强烈的，因而必然也是简短的片断才算是诗，这种看法也是来自朗吉弩斯。他坚持认为，启迪心智的揭示，纷至沓来的意象，感人肺腑的热情，都会使人心狂神迷。除此以外，我们发现他身上还具有一种新式实用批评的萌芽。18世纪的批评家已认识到了这一点，他们说朗吉弩斯"本人就是他所描绘的崇高形象"；他是批判印象主义的精神之父。[9] 只消以"诗"这个文类术语来替代朗吉弩斯的表示性质的术语"崇高"，便可将《论崇高》的绝大部分理论吸收到浪漫主义模式中来——不过，说来奇怪，在他的观点兴盛之时，他本人却失去了昔日的声誉，从事批评的人也很少援引他的话了。由于他的论文与人们所熟知的浪漫主义传统丝丝入扣，因此后来研究批评的人虽然觉得亚里士多德笼统，贺拉斯俗气，修辞学家琐细，但却认为朗吉弩斯生机勃勃，很有"现代感"。

朗吉弩斯树立的批评榜样并没有立刻充分发挥作用。古代文献从未提及这篇文章，直到1554年罗伯特洛才将它发表；1674年布瓦洛把它译成法文，此后又多次再版，使朗吉弩斯成为古典批评遗产的一部分。即便在此以后，那些新术语和格言长期寄居在模仿说和实用说的框架之中，丝毫未影响其总体格局。但是也有极少数的早期批评家，由于其文学兴趣与众不同，热衷于效仿朗吉弩斯，以作者的心灵与情感力量作为诗歌效果的主要源泉。正是他们揭示了朗吉弩斯的批评观念中那些可能产生颠覆性作用的因素。

约翰·邓尼斯，即创作闹剧《婚后三小时》的那位"了不起的朗吉弩斯爵士"，是第一位从其批评理论的基本原理而不是细枝末节上表明受到了《论崇高》的影响的英国人。根据他写于18世纪初的文章来看，他的理论体系仍然囿于传统的框架。在《诗的进步与创新》（1701年）中，他把诗界定为"以富于感情和节奏的语言对自然的模仿"[10]。这种模仿以感染读者为目的，邓尼斯在三年后所写的《诗歌批评的根据》中，对新古典主义的批评参照系做了具有代表性的陈述：

> 前面说过，诗歌既然是一种艺术，就必须有目的，也就必须有达到这一目的的手段，或者叫规则……因此，诗歌艺术的主要目的是激发人们的热情（正因为这点，它同时也使人们的感觉得到享受），从而使心灵得到满足、改善、愉快和变化……间接的〔目的〕是给人以快感，最终目的是给人教导。

邓尼斯竭力为传统原则辩护，因为他觉得读者需要这些原则。因此，他比奥古斯都时期的许多作家更为保守，他的特殊原则也是根据古板的三段论推断而来的，因此才有"如果喜剧的目的是使人愉快，而愉快必须通过嘲讽来获得，那么嘲讽就应该贯穿全剧"[11]。

邓尼斯对诗歌的定义把模仿的媒介（他称之为"工具"）等同于"富于情感和节奏感的语言"，正是在他阐述这一点时，他也阐述了从朗吉弩斯的观点中推演出来的概念，这就使他的实用说的框架遭受了某种损害。激情应该是感染读者的手段,其间接目的是给人快感,最终目的是给人以教益。但是再往下讨论时,情感因素在一首诗中所占的比重就过于大了。他说,激情"正是诗歌的本质和特性所在。因为",他又补了一句,很可能是应和弥尔顿在《关于教育的通信》中的评论,"诗之为诗,是由于它比散文更富于激情,更能刺激感官"。[12]邓尼斯与许多19世纪批评家一样,认为诗歌与散文的根本区别不在于诗歌是模仿性的,而在于诗歌能激发情感:

> 因此激情才是诗的特有标记,因而也就必须无所不在:一段话语中如果没有情感,那就成了散文……没有激情就没有诗,也就没有画。诗人和画家虽然都是描写行动,但这种描写必须充满激情……热情愈丰富,诗和画就愈美好……[13]

这里,邓尼斯其实是在对《论崇高》大做文章。情感在朗吉弩斯那里,只是崇高这一特性的来源之一,而邓尼斯却使它成了一切诗歌的必要的——几乎是充分的——来源和标志。邓尼斯执意说,朗吉弩斯认为"崇高常常不包含任何情感",这是个错误;因为崇高"永远不会没有激情";事实上,单此一项"便足以包括朗吉弩斯关于崇高的一切来源"。[14]

朗吉弩斯提出的其他许多主张,经邓尼斯表述后,变得与浪漫主义理论的显著成分极其相似了。天才与热情都属于"天性"之列,与技艺无关;形象的语言则是"表达情感的自然语言",韵律"可以说既是情感之父也是情感之子"。因此,优秀诗篇的那些特性也是对作者个性的揭示,因为"炽热的情感"越丰富,"就越能表明作者的灵魂之博大,能力之高超"。[15]华兹华斯早年对朗吉弩斯的了解同他对亚里士多德的了解一样,都只是道听途说。他在1814年写的一封信中,却颇为赞许地援引了邓尼斯的情感说。[16]然而,没有迹象可以表明华兹华斯在写1800年那篇《序言》之前就读过邓尼斯,也没有假设他读过的必要,因为在18世纪结束以前又出现过一些观点,它们作为华兹华斯理论的前奏,远比邓尼斯同他的关系来得密切。

邓尼斯热衷于诗的宗教题材,他指出,朗吉弩斯从非基督教的宗教中引用了许多崇高的实例,也从《创世记》中引用了一句话:"上帝说,要有光,于是有了光。"18世纪中叶,另一位专攻宗教诗的批评家也以朗吉弩斯为楷模,其结果更为有趣。这位批评家就是洛斯主教,他继约瑟夫·斯彭斯之后担任了牛津大学诗歌讲座教授,于1753年发表了《希伯来圣诗讲演集》,其中收入了他在1741年至1750年间用拉丁文所作的全部讲演。他对于普遍认为是诗歌文献总汇的希伯来语圣经,进行了如此详尽而周密的批评检视,必然会对已被认可的批评体系产生重大影响。圣经诗明显背离了从希腊罗马的实践和规则中继承下来的许多标准,但与此同时,由于它神圣的来源与题材,人们对其在文学和宗教启示两方面的出色成就的评价必然是最高的。[17] 此外,圣经中找不到史诗体裁的例子,而且,如洛斯所指出的,只有所罗门的颂歌和约伯的颂歌才能勉强算是对戏剧形式的初步尝试。因此,洛斯在讨论预言书、颂诗以及其他圣经作品时,对于诸如结构、人物,或传统诗艺这些普通题目鲜有论及。他最为关注的是语言和风格——尤其关注"崇高",在这方面希伯来诗歌是无与伦比的——另外就是这些因素的来源,即圣经作者的种种概念和情感。

洛斯在讨论希伯来风格的特殊性质时指出,散文是理性的语言,诗歌是情感的语言。这一区分呼应了前面邓尼斯以情感作为区别诗歌与散文的方法,而向后则预示了华兹华斯的主张,即"诗就是情感",是与"事实或科学"相对立的。我们将在第六章看到,由于这一区分,最后一切话语形式都被分为"所指性"语言和"情感性"语言两大类。

> 理性的语言是冷漠而刻板的,它谦卑而不高亢,它井然有序,一目了然……情感的语言则截然不同:各种观念从中喷涌而出,形成狂浪激流,以内心冲突的方式展现思想……总之,理性的语言平铺直叙,情感的语言则诗意盎然。心灵不论为何种情感所激动,都终将聚焦于那激动它的事物;它真诚地想要表现这事物,但同时又不满足于仅仅对它作平庸精确的描写,它的描述必然符合其自身感受,而不论这感受是欢畅还是忧郁,是快乐还是不幸。情感的天性就是放大,精

彩地放大心灵中所存在的一切,并竭力形诸充满活力、大胆放肆、富丽堂皇的文字。

因此,形象的语言便是情感自发的、本能的产物,因为情感会修改感知的对象;洛斯还嘲笑了为修辞学家们所"津津乐道"的那些理论,"他们认为属于技艺的东西,其实首先属于自然……"。[18]

洛斯早就宣布,他坚持认为诗歌"以实用为其最终目的,而快感则是有效地达到这一目的的手段"[19]。他还认为,说诗歌就是模仿的那些批评家也是对的:"有人说诗歌就是模仿:凡是人类心灵能够感知的东西,都是诗歌的模仿对象。"但是在洛斯看来,这两个命题与他自己的观点并不矛盾,他认为诗歌"从心灵中更为炽热的情感中获得生命"。因为在一切文学模仿形式中,诗歌这种形式最为有效,就像"迄今大多数圣诗"一样,诗歌所反映的不是外界事物,而是诗人自身的热情:

> 每一种模仿都必然使人类理智快乐,尤其是诗这种模仿,由于它展现了人类自身的形象,表现并描述了人类从自己身上感知到和了解到的各种冲动,内在变化,烦扰和隐秘的情感,所以它几乎总是最能使人类理智感到惊奇和高兴。[20]

洛斯一方面代表了他那个时代的批评的一个共同倾向,即强调诗歌应表现情感,而非表现人或行动;同时,他又引人注目地将诗比作镜子,认为它反映的不是自然,而是诗人隐秘的心灵最深处。他曾说,早期诗人所谓的热情,不就是"显示真理,表达受到强烈感染的心灵形象的……一种风格和表现吗?不就是灵魂中那些暗道似的最幽深之处被突然打开;内心深处的种种观念都显露出来了吗?"这种自我揭示正是希伯来诗歌的显著特性,"如果不是全部的话,至少一部分是这样"。

> 它常常不是去掩饰作者的隐秘情感,而是把这些情感一概公之于众;那层面纱似乎突然被揭去,于是灵魂中一切喜怒哀乐,一切突发的冲动,一切匆促的情感迸发和反常心绪,便都展露无遗了。[21]

洛斯对于强烈的激动、隐秘的情感和自我启示的注重，对于"罩着面纱的"话语这一神学概念的使用，必然使人联想到约翰·基布尔近一个世纪后才彻底探讨的那些诗歌观念。因此，基布尔（他碰巧是重要的浪漫主义批评家中唯一反复提及朗吉弩斯的人）对于他的前辈，这位牛津大学教授的那些"希伯来圣诗"的精致讲座推崇备至，我们也就不以为怪了。从洛斯到基布尔的承继关系是一条直线，另一条直线则是从洛斯到另一位使自然诗歌的标准原则发生重大改变的神学家——约翰·歌特弗雷德·赫尔德，他承认他发表于1782年的《论希伯来诗歌的灵魂》一书是以洛斯的那本《讲演集》为基础的。

三 原始语言和原始诗歌

在华兹华斯生活的时代，一谈到诗歌的特性，总免不了要提及诗的起源，认为诗歌必然是从原始人那些充满激情的，因而肯定是有节奏的、形象的呼喊声发展而来的。这一信念取代了亚里士多德关于诗起源于人的模仿本能的假说，也取代了实用主义者的观点，即认为诗歌是圣人为了使他们的礼节和道德教诲更有意味、更易记诵而创造的。早在1704年，约翰·邓尼斯就提出了诗产生于情感，尤其是宗教情感的理论。"宗教产生了〔诗〕，就像原因产生结果……宗教的奇迹自然要依赖高尚的情感，而高尚的情感又自然要依赖和谐以及形象的语言……"[22]洛斯主教则更进一步阐发了一个与此类似的理论。斯蒂尔在他发表于《卫报》的第51篇论文中说："最早的诗人出现在圣坛旁。"这种观念常与古代的神圣灵感说和朗吉弩斯偏重情感的观念一起出现，在18世纪后期一直很流行。[23]

然而，诗歌起源于情感的看法却有着独立的来源，这一来源就在于人们对一般语言之起源的种种推测。古代流传下来的语言学理论大多注重语词与事物的关系——不论这种关系是自发的还是约定俗成的——并且常常把语言起源归因于神的旨意，归因于人所创造的文化英雄，或者归因于某个合理的社会契约。[24]伊壁鸠鲁派的学说是一大例外，这一点我们可从《物性论》那不同凡响的第五卷中看出。卢克莱修认为，原始人生来只具有本能、情感,以及微乎其微的理性潜力;因此,"如果认为是某个人……使万物有了名称,并认为人们通过这些名称而学会了最早的词,那是愚蠢至极的"。语言起源于自然,起源于情感,是自发性的;人类最初区分事物,是"用变化的声音来表示不同的情感"。

> 因此,如果说连哑不能言的动物都为不同情感所驱使而发出各不相同的声音,那么人类能以这样那样的声音来区别不同的事物,也就再自然不过了。[25]

卢克莱修认为,诗歌等艺术与语言不同,它们起源于稍后的非表现性活动方式。但除此以外,还有另一种传统说法,得到诸如斯特拉博和普鲁塔克等很有影响的作家的支持。这种传统说法颠倒了卢克莱修提出的年代顺序,认为韵文作为话语的艺术形式应早于散文而存在。[26] 卢克莱修认为语言是情感的自发表现,这一理论与当时的另外一种信念,即最早精心建构的语言是诗歌,注定会融合成为一种新的主张:正因为诗歌是情感的自然表现,因此必然先于散文而存在。

这种融会现象可以从维柯那些广博而晦涩的探索思考中见出端倪。17世纪后期,那不勒斯思想界的先锋们正热衷于伊壁鸠鲁时髦的哲学,而维柯却在潜心研究卢克莱修。[27] 他在《新科学》(1725年)中,就诗歌先于散文的问题,引证了古典的权威性论点,同时也提及了旅游者关于美洲印第安人中流行唱歌的报道;此外,他还反复引述了朗吉弩斯的观点。维柯大胆地将这些观点,外加其他一些来源各异的观点,发展成其宏大的人类新科学中的所谓"关键之关键",即这样的假说:洪荒初消之时,人类的思想、言语、行为都是想象的、本能的,因而也是富于诗意的;早期这些富于诗意的表现和活动中蕴涵着后来所有的艺术、科学和社会制度的种子。在维柯看来,主宰洪荒后那些巨人的是感觉和想象,而非理性;他们最初的思维方式也是情感的、具体的,富于泛灵论和神话的色彩,而不是理性的或抽象的;因而他们"天生就是崇高的诗人"。因为诗歌的语句"与哲学的语句截然不同:诗歌的语句由热情和爱慕等情感所构成,而哲学的语句则充满思辨和推理"。[28] 有声语言的形成,一部分是模拟自然声响的语音,一部分则是"为强烈情感所驱发的"叫喊声——"心智迟钝的原始人仅仅是被强烈的情感所驱使才发出声音来的……"由于人生来就会"用放声歌唱来排遣激情",因而原始的情感性语言同时也一定是诗和歌,并且必然是高度形象化的。[29] 于是他激昂地宣告说,这就推翻了"自柏拉图、亚里士多德直到帕特里兹、斯卡利格、卡斯特维特罗的有关诗歌起源的一切理论",同时也推翻了语法学家们常有的两个错误观点,即认为由于比喻是作家的独创,因此"散文的语言是得体的语言,诗的语言则不得体;先有散文语言,然后才有韵文语言"。[30] 同英国的朗吉弩斯派一样,维柯在创立诗歌的情感理论时,也倾向于把所有语言区分为两种基本类型:理性语言和情感性语言,散文和诗歌。

维柯的这些观点,与托马斯·布莱克韦尔在《论荷马的生平与创作》(1735 年)中提出的关于语言、诗和歌起源于情感的理论,有着明显的一致性。然而,没有迹象表明布莱克韦尔读过《新科学》,该书第一版距他的著作出版只早了十年。这两位理论家之所以如此相像,很可能是由于他们所依据的是同样的古典文献,并在当时思想界盛极一时的考证热的影响下,把这些文献加以综合和扩充的。[31] 布莱克韦尔认为,语言起始于"某些粗糙的、偶然(发出)的声音",这些声音"是那些光着身子爬行的人碰巧发出的",当时的发音,音调比我们现在的要高,"这也许是因为他们处于某种情感,如恐惧、惊奇,或疼痛状态下而致……"当那些激发声音的情感再度出现时,他们便"把好几个这种声音符号串联在一起,于是他们好像也在唱歌了……因而有了古代那种使我们觉得十分怪异的说法,'诗早于散文而存在'"。在社会形成之前,远古的语言中肯定充满了极为奇特的比喻,因为比喻本是语词的自然特征,况且这些语词"完全来自粗糙的自然,或是创造于某种情感突发之时,诸如恐惧、狂怒,或需求(这一点很容易逼人开口)……"随着人类社会的进步,人勉强获得了安全感,于是便有了欣赏和惊奇等新的情感,人类的语词也就"表现这些情感"。今天仍然处于这一阶段的代表有土耳其人、阿拉伯人和美洲印第安人;他们很少说话,要说则常常充满热情,当他们"表达炽热的想象时,他们则极富于诗意,言词间充满着比喻"。[32]

将语言的起源和诗的起源形诸理论,成了18世纪中叶苏格兰作家的流行职业,这些作家有布莱尔、达夫、弗格森、蒙博多等,他们对于重建人类艺术、风俗的起源和史前发展都有着浓厚的兴趣。(约翰逊博士辛辣地嘲讽了那些喜欢猜想的历史学家,说他们"总喜欢谈论自己不懂的东西"[33]。)托马斯·布莱克韦尔很可能在阿伯丁的马里歇尔学院做过他们之中几个人的老师,他那本论荷马的著作在阿伯丁和爱丁堡两地的思想界想必也是人人知晓的。这些苏格兰理论家中的大多数人认为,诗于初兴之时定然是本能和情感的表现,是与语言本身同时或几乎同时产生的。[34]然而,当时对于艺术起源于情感讨论得最详尽的,却是英格兰的约翰·布朗。他在《论诗与音乐的……起源》(1763年)中,将艺术的发展过程追溯到"野蛮人的生活,在那里,原来一无所知的自然规律"以及"由行动、声响、语音这三种力量发出的"诸如爱、喜、恨、忧等情感,随着时间的推移而日臻细腻,最终成为一件综合艺术品,集歌、舞、诗于一身。[35]

关于语言起源和诗歌起源的问题,有一种理论,后来被德国语文学家迈克斯·缪勒戏称为"呸呸说"(即感叹说),这种理论于18世纪在各个国家流行起来。早在1746年,孔迪亚克就以《论人类认识的起源》一文把这些观念介绍到了法国。[36]卢梭对于直觉和情感第一性的总体强调,曾经影响过艺术的情感起源说。在他死后发表的《论语言的起源》中他坚持认为,人类最初的生活不是推理,而是感受,所以最原始的语词是情感逼压出来的叫喊,最原始的语言一定像歌声一般,充满激情的形象,因而是诗人的语言,而不是几何学家的语言。[37]在德国,哈曼则把"伊甸园的语言是神灵的启示"这一神话观点,与"这种纯朴的语言富于诗意和音乐感"的假设合而为一。[38]比他年轻的同代人赫尔德于1772年说,就其起源而论,语言既是表现性的也是模仿性的,因而具有双重的诗意:

古代那么多人提出,现代那么多人重复的观点,即诗歌先于散文，这样便可解释了。什么是原始语言？还不就是诗歌最原始的因素吗？它是对充满声音、充满活力、不断变化着的自然的模仿，它来自一切动物表达情感的呼喊声，并从人类情感的呼喊声中获得生命。[39]

于是，语言与诗歌因情感驱使而同步起源，二者发展起来的形式也都同样表现了人的精神，这在德国的浪漫主义一代人进行语言探索时，成了一句套话。[40]

因此，在18世纪后半叶，人们普遍认为，尽管诗歌已经进入了成熟阶段，能以各种巧妙的手段来达到既定的目的，但是自然的、原始的诗歌则完全是情感的本能的迸发。这种认识中重要的一点是：在许多批评家和史学家看来，"原始的"或"自然的"诗歌的说法，涵盖面极其广阔，形式多样，定义模糊。用布莱尔的话说，这些说法认为"人类在社会形成之初最大限度地显示出相像的特征"，以及"我们不应根据世界的年代，而应根据社会状态，来判断两个时代是否相像"。[41] 因此，人们常常认为，最早的，或据信是最早的诗篇，尽管属于极不相同的文化，时代相距也很遥远，却都表现出了原始人那些相同的特点。这些诗篇有荷马的史诗，希伯来人的圣文（洛斯称之为"原始的、真正的诗歌仅存的标本"[42]），古代北欧颂诗，以及（在其耀眼地进入公众视线后的）莪相（Ossian）的哀歌式的雄辩。当今世界那些文化上的"原始"民族的诗人，诸如美洲印第安人，南太平洋诸岛的居民，以及年轻时蒙昧未开，在"智利的浩瀚森林中"反复吟诵"充满野味的甜美的自由诗"的格雷等人，有时也被归入此类。这类吟游诗人又十分接近苏格兰和英格兰的民谣歌手，以及"天然无雕饰"的打谷者诗人、制鞋匠诗人和浣衣女诗人。这些人由于社会阶层的封锁，幸运地没有受到现代文明和文艺的污染。最后，上述这些吟游诗人被一些批评家认为具有"自然的天才"的品质。这些天才诗人在高度发达的文化环境中，或者因为对诗歌模式无知，或者天生具备强烈的诗感，他们的创作出于自然而非艺术。比如莎士比亚用音乐般的语言歌唱"乡村林中的鸟声"，斯宾塞的野鸟之歌被年轻的托马斯·沃顿比作蒲柏的"极乐艺术"。[43]

上述例子覆盖不同时代和地区，源于不同文化，文学类型和审美价值各不相同，但都被赋予某些共同的诗性。这些诗性的本质及其在后来批评理论中所起的作用，使得原本是社会学思辨中的一种奇异的反常现象，变成批评理论发展过程中的一个重要阶段。这些诗人有着一个共同的特征，他们都按照天性进行创作，因而都是自然纯朴的，并不事先考虑格式，也不问听众是谁。人们认为这些人就像那些土著居民一样——诗歌就是起源于他们为情感所迫而发出的叫喊声，也是在个人情感的压力下写诗的；他们的诗作都具有各种各样使内在变为外在的隐喻，这些隐喻后来成了浪漫主义评论一般诗歌的主要术语。威廉·达夫在《论独创性天才》（1767 年）中说，早期的诗歌"是闪闪发光的幻想和充满激情的心灵之融合，它必定是完全自然的和独创性的"；并说"蒙昧时代"的天才诗人不承认任何规律，"而只知其自身的自发冲动，对此他是俯首帖耳的……"[44] 布莱尔则认为，莪相唯一的技艺，在于"遣发了心中纯朴自然的情感"，并认为"心在诉说自己的语言时，由于其强烈的同情心，总是能感染心的"。他的诗

> 完全可以称为"心灵的诗"。这心灵……充满了情感，喷涌而出。莪相作诗时，不是像现代诗人那样为了取悦读者和批评家。他是出于对诗和歌的热爱而歌唱的。[45]

换用亚当·弗格森的隐喻来说，原始诗人"排遣心中的情感，用的也是心灵中产生的语词；他只知道这种语词"[46]。还有一个最为重要的事实，即谈论原始诗歌的这些理论家大多也是"原始主义者"，他们认为，原始诗歌的特性就是任何时代最优秀的诗篇的永恒标准。布莱尔说，蒙昧时代的作品所包含的热心、激情和烈火，"是诗歌的灵魂"，莪相的基本品质"就是真正诗歌的优秀品质"。[47]

从上面引述的段落中可以看出，我们已经具备了零散的材料，这些材料后来成了浪漫主义理论的基本部分。它们包含在华兹华斯"一切诗歌都是情感的自然流溢"这一原则之中，有些批评家根本没有文化原始主义的倾向，有的甚至（如约翰·斯图亚特·密尔）恰恰具有反原始主义思想。

而他们的理论中也包含这些基本材料。

18世纪英国的理论家，除了我们后面将要谈到的几个人以外，都没有把他们对原始诗歌的阐述扩展成为关于一般诗歌的系统理论。[48] 同18世纪初的邓尼斯和洛斯一样，就连热衷于原始主义的人，一旦开始正式而有系统地讨论诗歌及其种类，往往都返回到传统分析的模式；他们把自然天才的诗歌描述为表现情感的想象和自然模式，对其赞赏有加，而基本不提原始主义。威廉·达夫在《论独创性天才》中，重述了古人的观点，认为诗与画是平行的艺术，其目的都是表现人物、情感和事件；认为"二者都以模仿来达到这个目的"[49]；他还用了大量篇幅对史诗进行了传统的分析。在布莱尔的《修辞学与美文学讲演集》一书中，有些章节是属于原始主义的、表现性的，另一些则属于传统的修辞学范畴并注重实用，二者判然有别。因情感的驱使和流溢而有诗歌，这个观点原本只是诗歌理论的一个部分，而且只是一个从属的部分；直到这个观点成了整个理论的主要原则，新古典主义批评才开始解体。我们可以认为，这个迟到的解体过程的标志，是当史诗和悲剧自亚里士多德以来第一次失去了它们在各种诗歌类型中的主导地位，抒情诗起而代之，成了一般诗歌的原型和唯一最有代表性的形式。

四　作为诗歌规范的抒情诗

长期以来，批评家们一直认为，抒情诗体——包括挽歌、歌谣、十四行诗和颂诗——主要与其作者的心境有关。它们与叙述体和戏剧体不同，大多不具备人物、情节等成分，因为根据常见的模仿即镜子的观点，这些成分都是对作者心外的人和事的描摹。绝大部分抒情诗都是用第一人称来表达思想和情感的，如果要使这些思想情感有所归属，唯一容易找到的便是诗人自己。[50] 于是很快形成了一种明显的倾向，尤其是对于爱情诗和挽歌中常见的那种缺乏真挚的情感表现，或者是明显的应景之作，大加诋毁。菲利普·锡德尼爵士曾抱怨说，他那个时代大部分歌谣和十四行诗都不能使人感到作者的真情实感。布瓦洛也曾极力贬毁

那些"用艺术使自己悲痛"的挽歌作者,他认为

> 只有心灵才能表现哀思。

约翰逊博士也曾谴责说,考利的挽歌和抒情诗中也有同样的毛病,他的批评近乎当时的原始主义者的套话:《利西达斯》"并未抒发真情实感"[51]。

在各种诗歌类型中,抒情诗一直被当作微不足道的一种。所以,尽管间或也有人强调抒情诗的表现性,但并未对人们关于一般诗歌具有模仿性和实用性的观念构成真正的挑战。人们认为抒情诗缺乏气势,也产生不了有益于人的效果,它的题材主要只是作者的自我感受,代替不了其他诗歌成分。凡此种种,都致使抒情诗地位极其低下。批评家们对抒情诗大多不屑一顾,充其量不过勉强说句好话。拉潘认为,"十四行诗、颂诗、挽歌、讽刺短诗以及微不足道的小型韵文……通常不过是想象的产物而已,稍微有些才智,以几句世俗对白,就足以写出这些东西了"[52]。坦普尔则认为,在现代作家中,那些写不出英雄诗篇的聪明人,常常满足于写一些"零碎小段、歌谣、十四行诗、颂诗和挽歌……"[53]

抒情诗时来运转是从1651年开始的。这一年,考利用品达体写的"模仿诗"一跃冲上了文学的地平线,在英国掀起了"更宏大的颂诗"的巨大热浪。这些诗歌不拘一格,似乎有着烈火般的情感。为了解释这些现象,批评家们常常乞灵于朗吉弩斯的源于热切和激情的崇高,而把这种崇高性赋予任何一种诗歌,必然意味着拔高它。品达体和准品达体很快便从较为渺小琐细的抒情诗和颂诗中独立出来,其地位仅次于最伟大的传统形式。到了1704年,约翰·邓尼斯将"史诗、悲剧诗和气势宏大的抒情诗"归为一类,将其视为文学的最高类型,与喜剧诗、讽刺诗、"小颂诗"挽歌和田园诗等气势较小的类型截然不同。邓尼斯开了先例,就连更为传统的理论家也很快起而仿之。[54]许多人竭力宣扬气势宏大的抒情诗以及其他形式的抒情诗的声望,他们引证说,《圣经》中的诗歌大都是抒情诗,同时声称大卫的《诗篇》和叙述篇中的段落就相当于希伯来语中的品达体颂诗。[55]当然,那些认为诗歌起源于情感流溢的人也认为最早的诗歌是抒情诗——不是原始的颂诗,便是原始的挽歌,因为理论家认为

宗教热情或性激情肯定更有力、更能激发人的表现欲。批评家对抒情诗的兴趣日益增长，与此相应，各种各样的抒情诗也得到了沃顿、格雷和柯林斯这一代诗人越来越多的发展。

> 鸟为兽皮，装扮古气，
> 颂诗、挽歌、十四行诗。

上述种种力量起初只是间接地表现于转瞬即逝的评论中，表现在批评判断中，这些判断也只对批评前提暗暗作了些改变。直到后来，它们才对批评理论的基础进行了有意识的重构。例如，有这么一种倾向，将原来人们认为是激情和狂喜的特殊产物的诗章或片段，等同于"纯诗"或"最富有诗意的诗"或"真正的诗"。由于气势宏大的颂诗本质上最为放肆热烈，约瑟夫·特拉普说，它"是各种诗歌中最富有诗意的……"爱德华·扬格也在《海洋颂》（1728年）的序言中写道，"颂诗是最古老的诗，所以它比其他任何诗都更加情绪高昂，与散文的区别更大"，热情是它的"灵魂"。[56] 约瑟夫·沃顿评价蒲柏作品的那篇著名批评文章，在什么是完美诗歌的问题上表达了相似的观点。他发现"蒲柏最擅长的诗歌体裁……并非艺术中最优秀的体裁"，这一发现就连最坚定的新古典主义批评家也不会表示异议，但是沃顿判别优秀诗歌的依据却明显表示出批评思想中更为新颖的方向。与"长于才智的人"和"长于感觉的人"相反，"真正的诗人"和"纯诗"的作者的唯一标记，是"一种创造性的、闪光的想象，'强烈的精神力量'……"沃顿所列举的"具备诗歌本质"的那些诗歌，不仅包括史诗和戏剧诗，也包括埃肯赛德的一首颂诗，以及弥尔顿的《快乐的人》和《幽思的人》。蒲柏没有写出"那种最富有诗意的诗"，因为他没有"驰骋"想象力，扼杀了"作诗的热情"。因此蒲柏不能使读者心荡神怡。尽管他是二流诗人中的佼佼者，但"他没有像抒情诗人格雷那样写出任何真正的风格崇高的作品"。[57]

18世纪后期，有少数作家跳出了同代人的圈子，开始有意识地对新古典主义诗歌理论的基础进行修正。对于威廉·琼斯爵士，一般人只知道他主要是一位开明的法官和率先研究梵文的东方学专家。然而他于 1772 年发表了一卷阿拉伯语、印度语和波斯语诗歌的译文和"模仿作品",并附有一篇重要的论文:《论所谓模仿性艺术》。我们一直在追寻的各种倾向都在这里汇集了:其中有取自朗吉弩斯的各种观念,关于作诗灵感的古训,关于诗歌的情感渊源和想象渊源的近况,但主要的侧重点在于抒情诗以及东方各国那些被人认为是原始的自发的诗歌。我认为,琼斯的突出之点就在于,他在英国作家中第一个将这些线条加以编织,从而清晰地、有条不紊地重述了判别诗歌及其类型的本质和标准。

琼斯这篇论文开宗明义,毫不含糊地反对"亚里士多德关于一切诗都是模仿"的论点——他认为,这句格言与其他那些格言一样,"人们千万遍地重复它,不为别的,就因为它出自一位超人的天才之笔"。对于诗歌与音乐等艺术,"我们下不了准确的定义……除非首先说明它们的起源";接着,他又列举种种迹象,证明"诗于初识之际,不过是人类情感的一种强烈的、生命化了的表现"。[58] 同半个世纪以后的许多批评家一样,琼斯也推测各种诗歌都来自与之相适应的情感:宗教诗和戏剧诗则源于发现创造的奇迹时的欢乐,挽歌来自悲痛,道德诗和史诗来自对邪恶的憎恶,讽刺诗来自厌恨。接着便是这么个定义:

> 按照前面表述的原则,我们可以给原始的、纯朴的诗下个定义:它是强烈情感的语言,它的表达恰如其分,音调铿锵有力,用词意义深远。[59]

显然,琼斯认为抒情诗不仅是最早的诗歌形式,也是所有诗歌的原型,由此他把人们偶然提出的某一种诗歌的特殊性引申为整个种类的区别特性。他说:"在确定真正的诗歌应该是什么样时……我们描述的是希伯来人、希腊人、罗马人、阿拉伯人和波斯人的诗歌曾经是什么样的。"必须承认,希腊人的抒情诗、赞美诗和挽歌,就像大卫王的"圣洁的颂诗和赞美诗",所罗门的颂歌,以及受到神灵启示的作家的预言诗一样,"都是真正而严格地富于诗意的;可是大卫或所罗门在他们神圣的诗篇中模仿了什么呢?一个人如果真正欢快或苦闷,就不能说他在模仿欢乐或苦闷"。

琼斯把表现的概念引申到音乐和绘画之中。他说，即使我们承认这一大可怀疑的命题，即这两种艺术中的描写成分是模仿，依然无法改变这样一个事实："单纯的描写才是这两种艺术中最低劣的部分。"接着他又提出一条简单的标准，用以衡量艺术中各个组成部分的相对价值：

> 如果本文的论点还有一点分量的话，那么诗歌、音乐和绘画中最优秀的部分似乎就在于表现了情感……其中较低下的部分则表现自然事物，并主要依靠替代物来影响我们。[60]

琼斯的理论表明，大约六十年后，审美价值的倒置在约翰·斯图亚特·密尔的理论中达到顶点。"模仿的"成分一直被认为是诗歌或艺术的定义标志，但现在即便不是毫无诗性，也得退居其次；取而代之的那些表现情感的成分，则成了标志性特征和诗歌的主要价值之所在。

五　德国的表现说：音乐诗

这些理论发展并不只限于英国，德国也受到了类似因素的共同影响，并产生了类似的结果；18世纪末，德国新诗学的理论观点比英国的观点更为强烈地影响了西欧。

J. G. 苏尔策尔初版于1771—1774年的四卷本美学百科全书《美术概论》，与威廉·琼斯爵士的《论所谓模仿性艺术》完全是同一时代的产物，二者的宗旨也极其相似；苏尔策尔则甚于琼斯，他预示了浪漫主义表现说的许多具体方面。苏尔策尔最初的理论属于实用说的范畴。"每一件美术品都可视为一种工具，用以在人的心中制造某种效果。"[61]然而，苏尔策尔的许多文章都倾向于以创作过程中艺术家的灵魂为其理论出发点。他在《作诗法》中说，"诗歌的根本应该到诗人的天赋才能中去寻找"。其结果每次都相同，即把作者置于理论的中心，而在欣赏者身上产生的道德效果和快感效果，则成了由于作者情感的自然流溢而碰巧获得的副产品。

与琼斯一样，苏尔策尔也不赞成"自亚里士多德至今"一直占统治地位的观点,即艺术"起源于模仿,其精华在于模仿自然"。这种看法也许适用于平面造型艺术,"但是雄辩、诗歌,音乐和舞蹈则显示了起源于心中洋溢的热烈情感,起源于为了自娱和娱人而表现这些情感的欲望"[62]。诗人在热情洋溢时,他的"思想的情感都不可遏止地以言语形式流露出来",于是他便"将注意力全部集中于灵魂的感受之上;忘却了他生活于其中的外界状况……"[63]诗人在如此自我沉醉之时,不仅忘却了外部世界,也忘却了他实际的或潜在的受众;于是诗歌不再是模仿性的,并且几乎也不再是实用性的了。苏尔策尔说(约翰·斯图亚特·密尔后来也这样说),只有雄辩,"才具有现场听众,它试图当场在听众身上产生效果"。

> 诗人……被其对象唤起激情,或至少某种心境;他不能克制表露情感的强烈欲望;他已心狂神迷……没有听众他也要说话,因为他的情感已使他无法沉默下去。[64]

诗歌从某种心境中自然流出,这种心境自然表现为一种有节律的语言,从而形成韵文;同时也表现为形象的、绘画般的语言,它是"作诗心境的自然结果"。在谈到诗歌类型时,苏尔策尔宣称,亚里士多德试图根据模仿的手段、对象和方式进行分类,这种做法虽很精巧,但毫无用处。他提出一种替代办法,认为诗歌的主要类型"应根据作诗心境的强烈程度而定,次要类型则应根据题材或形式的偶然因素而定"[65]。这种批评视角必然会以抒情诗作为纯诗的类型和缩影,这种现象也存在于苏尔策尔的批评论述中。他认为,抒情诗是最原始的诗歌形式;今天,艺术家们一致认为:

> 各种颂诗构成了诗歌最上乘的形式。它们比其他任何诗歌都更清楚地显现出诗歌的特征,是更纯的诗歌……任何颂诗作者表现思想情感的方式,都比史诗作者或者其他任何诗人的表现方式更富于诗意。

像后来的爱伦·坡一样,苏尔策尔认为,这一典型的诗歌形式的强度限制了其规模,"因为这种心境受其本质所限,不可能维持长久"[66]。

苏尔策尔的狂飙突进时期的同代人强调独创性天才不受条条框框的约束，注重有感觉能力的心灵，所以他们比苏尔策尔更加注重审美构架中艺术家的自治区域。事实上，年轻的歌德甚至被苏尔策尔激怒了，认为他根本不该坚持认为诗歌的目的在于"改善人们的道德"。

　　因为只有艺术家才是至关重要的，除了艺术，他根本感觉不到生活的欢乐，他沉醉于他的工具之中，以他的一切情感和力量生活于其中。至于那些睁着眼睛呆看的观众，他们看完以后能不能说出什么理由，这又有什么关系呢？[67]

赫尔德认为诗歌产生于原始情感的自然流溢，并以此作为一切真正的诗歌的条件。"诗人也一样。他得表现情感……你得用你的言语，用你的遣词造句，来表现你所有微妙的情感……"[68] 后康德主义批评家在传统的修辞学和诗学术语上，又从近代哲学中引入了大量复杂的语汇，并且（通过倡导"主体"或"精神"，反对"客体"或"物体"）将艺术理论比作一般形而上学中的"哥白尼式的革命"。席勒在1801年写给歌德的一封信中说，"一个人只要能将他的情感状态诉诸某一对象，并且这一对象又驱使我由此进入那种情感状态……我就称这个人为诗人，创造者"[69]。A. W. 施莱格尔在他作于柏林的文艺讲演中，同苏尔策尔一样，驳斥了亚里士多德和巴托的艺术即模仿的观点；他说，作诗"无异于一种永久性的象征方式：我们要求为某种精神的东西寻找某种外在的罩盖，要么借某种不可见的内在之物来描画外在之物"[70]。有些极端的浪漫主义者在费希特哲学的感召下，以一种比感知世界更为绝对的形式，把艺术作品说成是纯粹精神的表现。诺瓦利斯在其《批评论稿》中写道，一切真正的艺术都使"某种观念、某种精神现实化，使它从内在变为外在"，同样，一切艺术作品都"是某个自我的有形产品"。"诗是精神的表现，是全部内心世界的表现，甚至它的媒介——语词，也表明了这点，因为语词是那种内心王国的外化。"[71]

　　1813年，斯达尔夫人在她的《德意志论》一书的"论诗"一章中，向法国人和整个欧洲宣告了一种崭新的思维方式。她的观点来自奥古斯特·施莱格尔以及其他早期浪漫主义批评家。尽管她的表述模糊不清,并带有伤感情调,但却表明了新的批评观点在德国和英国在某种程度上是并行的,虽然这些观点在当时大体上仍然互不相涉。她说,"用语言表达内心深处的感受,是一种罕见的才能",但是诗人能够"使禁锢在灵魂深处的情感得到解脱;作诗的天赋是一种内在品质……"有人说"散文是做作的,诗是自然的;事实上,未开化的民族总是从诗歌开始,而且一旦强烈的情感激励了灵魂,就连最粗野的人……也借助外部自然来表现那些心中发生的不可言喻的东西"。她在论述抒情诗的时候,自己也大抒其情:抒情诗"是以作者本人的名义表现的"。要了解"抒情诗真正的瑰丽之处,必然使思想漫游,进入幽境……并将整个宇宙视为灵魂情感的象征"。对于任何真正的诗人,都可以这样说,他的"整个诗篇都是在灵魂中一气呵成的;要不是因为语言的困难,他会像一切预言家一样,即兴做出天才的圣诗"。[72]

要真正了解18世纪末德国批评中的观念变革,必须提一下关于音乐的讨论,因为在美学理论普遍转向表现说的过程中,德国的音乐之于各种艺术有如抒情诗之于各种诗歌。

亚里士多德在《诗学》的开头部分,把演奏长笛和风奏琴描述为模仿;在《政治学》中,他又把节奏和曲调描述为能直接表现愤怒、勇气、节制和人物的其他品质的唯一媒介。[73]我们知道,新古典主义作家对模仿的解释常常是狭义的,他们认为模仿就是以某种与表现对象有某些共性的媒介进行的表现。当这些理论家将注意力转向音乐时,他们也像亚里士多德一样,认为它首先是对情感的模仿——但特别是作为因情感驱使而发出的声音的模仿。迪博教士在1719年写道:

> 就像画家模仿大自然的线条和色彩一样,音乐家模仿的是声音的音调轻重、喟叹和抑扬顿挫;总之,音乐家模仿大自然借以表现其喜怒哀乐种种激情的一切声音。[74]

在18世纪中叶英国论述音乐的大量著述中,对于音乐的模仿特性谈得越来越少。[75]人们普遍认为,器乐曲完全没有歌词,只能再现声音和运动,因而它的模仿性只见于一些无足轻重的乐章中,间或也能模仿鸟鸣水流之声,或在极其有限的意义上,某一乐句的升降与自然界的高岭深水相合。正如詹姆斯·贝蒂1776年所说,批评家们认为音乐能模仿人类激情的声音,实在是谬误。"在亨德尔的《上帝颂》与人类用语音表达对神祇和上帝的崇敬时的那种自然音调之间,有什么相似之处呢?"因此,他怀着对亚里士多德应有的歉意,同时对音乐并无不敬之意,想要"把音乐从模仿性艺术的清单中除名"。[76]按照18世纪人们对模仿说常作的解释来衡量,音乐就其本质而言正是模仿说的薄弱环节,因而它在各种艺术中首当其冲,被批评界一致从模仿原则中清除出去了。

这些批评家一致认为,音乐的精华就在于他们所说的"表现力"。然而,必须说明,这种"表现力"大多不是用来指音乐内容生发于作曲家的灵感,而是指音乐唤起听众情感的那种力量。查尔斯·阿维森的《论音乐的表现力》(1753年),似乎普及了"表现力"一词的使用。他把表现力解释为"激发灵魂中一切最愉快的情感的力量"[77]。亚当·史密对这一专门术语作了清楚的解释:

> 器乐对心灵产生的作用称为表现力……不论这作用是什么,都是器乐的那种曲调与和谐的直接作用,而不是由它们所意指或表明的任何其他东西:事实上,它们并不意指或表明任何东西。[78]

因此,英国的主流理论家们根据其效果把音乐界定为音响媒介,它能在听众身上唤起情感,或明确表现情感。

然而,与此并存的另一种理论却对音乐的"表现力"提出了不同的解释。大家记得,探索语言和艺术起源的人,自维柯和布莱克韦尔以降,一直认为音乐和诗歌是从原始人的情感中分娩出来的双胞艺术。一些理论家认为,音乐即使在其发达阶段,究其根本,仍然是情感的形式化表现,因此音乐才是诗歌的姊妹艺术,而不是那句流行的格言——"画是无声诗"——一直所暗示的绘画。例如,约翰·布朗在《论诗歌与音乐》(1763年)中提出这么一种理论,认为音乐在其最粗糙的起源阶段,一直是激情的自然符咒，这些符咒得到规范化而成为曲调，后来又发展出一些纯音乐的规约，增加了一些有意义的"联想"，在即使没有声乐伴奏的情况下，音乐也成为一种可以理解的媒介——一种交流情感的语言。[79]

然而，在英国，抒情诗似乎是艺术探讨的根本，人们根据这一点而认为艺术都是情感的表现。而在德国，音乐则被认为是最为纯粹的表现性艺术。赫尔德在1769年写道，最早的音乐表现了情感；这种表现经过安排调整后，"就成了表现喜怒哀乐的奇妙音乐，成了表现情感的魔术般的新语言"。音乐的意义极其含糊，而唯其含糊，才益发适合于表现情感；至于言语的表现力，则由于语词的意义都是"人为的，因而与情感本质的联系不尽密切……尽管解释明确，但……只会分散和削弱"情感。就像早期的批评家们求助于绘画一样，赫尔德以音乐为本，详细说明了诗歌的特性。诗歌与绘画雕塑不一样，它"是灵魂的音乐。一连串的思想、画面、言词和音调构成了诗歌表现力的本质；在这点上诗歌正像音乐……颂诗和田园诗，寓言诗和激情的言语，都是表现思想的乐曲……"[80]

早期浪漫主义者把赫尔德的这些观点推向了极端。他们有时谈起音乐来，仿佛音乐就是外化了的心灵之精髓和形相，在时间中演示纯粹情感，不受其物质媒介的影响。瓦肯罗德说："人类灵魂深处的神秘溪流也是如此——言语用一种异质材料来思索、命名和描述这溪流的蜿蜒曲折的变化；音乐则使这溪流原样流淌出来，呈现在我们面前……在音调的明镜面前，人类心灵学会了认识自己……"[81] 诺瓦利斯说："音乐家将他艺术的精华奉献出来，他绝没有丝毫的模仿嫌疑。"[82] A. W. 施莱格尔说："音乐家的语言是情感的语言，它独立于一切外界事物而存在；而文字的语言则相反，情感的表现永远要依附于语词与思想的联系……"甚至抒情诗也必须借物抒情，因此"只能间接地表达情感"。[83] 因此，德国批评家们往往将音乐视为纯粹的、非描写性的表现精神与情感的顶峰和规范，并以此作为对其他艺术形式的表现力的衡量尺度。"音乐、造型艺术和诗歌是一组同义词"，诺瓦利斯在他那篇晦涩难解的《批评论稿》中写道，因此，"绘画和造型艺术只不过是有形的音乐"。"绘画、造型艺术——客观的音乐。音乐——主观的音乐或绘画。"[84]

如此众多的德国批评家痴狂迷恋音乐，这就导致了德国和英国不仅在批评上，而且在文学实践上都存在着诸多差异。英国的批评家们认为，纯器乐缺乏明确的表现对象和意义，这是一个缺陷；要想获得完满的效果，音乐必须与诗歌联姻。詹姆斯·贝蒂说："一首优秀的交响乐有如一篇得体的演说，只是其语言不为人们所知而已……"但是这时只要加上歌词，"一切不确定性便都消失殆尽，幻想中充满了明确的观念，明确的情感占据了心灵"。[85] 在德国，继赫尔德开了先河之后，蒂克、瓦肯罗德和 E. T. A. 霍夫曼（追随赫尔德）等作家，也对交响乐推崇备至，将其誉为艺术之冠。这正是因为交响乐没有固定解释，毫不涉及外界，并且由于充满了含糊的暗示而显得内涵丰盈。德国作家企图使文学臻于音乐的境界，于是在他们的笔下，声音有了形状，音乐充满芳香，色彩和谐共处，他们在表现一般的通感时为所欲为。欧文·巴比特后来谈到这种现象时解释说，这个征兆预示着理性的文明所依赖的一切界限与分野都因此而化为乌有。[86] 为使文学仿效音乐，人们又以交响乐的形式——由观念和意象组成的乐曲，有主旋律的组织，各种情绪的和谐——替代了情节、论点或阐释所组成的结构原则。这些现象在英国也时有所见。如济慈和雪莱那些介于各种感受之间的意象，德·昆西的梦幻赋格曲，以及柯尔律治后期的颂诗中那些准音乐结构；但英国作家的做法是漫不经心的，并不具备美学理论的特别依据。尽管如此，这些国家对音乐的非代表特性的探索还是与当时许多并行的影响交汇一处，震撼并摧毁了新古典主义的理论框架，使一切批评讨论都指向表现性和创造性的艺术家这一新的北极。

六　华兹华斯、布莱尔和探索者

18 世纪后期，英国出版了两篇文献，华兹华斯很可能知道。这两篇文献把我们至此理出的各种线索编织成与华兹华斯 1800 年版《序言》相似的模式。综述一下这两篇论述，有助于我们弄清华兹华斯那些作诗原则的渊源和独创性。

休·布莱尔的《修辞学与美文学讲演集》发表于1783年，但在这以前的24年间一直在爱丁堡大学传阅着。它属于18世纪中叶以后十分常见的那种著述，它又同时被当作演说、创作、诗学和一般美学的指南。前几章概述了情趣、天才、崇高和美，以及风格诸要素等问题，这几章的超越平常之处在于其布局，而不在内容。然后，在开始详尽地、循规蹈矩地论述诗歌的种类及其相应规则之前，布莱尔插入了《诗歌的本质》一讲，这对传统的批评之道是一种叛离。

布莱尔首先提出了这个问题："诗是什么？它与散文的不同之处何在？"有人认为诗歌之精华在于虚构；另有人认为诗歌的主要特性是模仿。布莱尔对这两种答案都予以了否定。"我认为，对于诗歌我们所能做出的最公正、最全面的定义是：'诗是激情的语言，或者是生动想象的语言，常常表现为韵文的形式'。"布莱尔只是在一个附录中——当时，诗歌的定义常常出现在附录中——才谈及诗歌对读者的效果问题："诗人的首要目的是使人得到愉快和感动，因此，诗人是对着想象和激情而说话的。"[87]

为了证明"这一定义的正确与公正"，布莱尔提到了诗歌的假想起源，也援引了据旅行者说当时仍流行于北美印第安人等原始部落中的那种诗歌——抒情诗，也就是"未开化的人用热烈的想象和激情而抒发的不加修饰的情感"。原始天才诗人的语言的特征在于"大胆使用形象语言"。因为这样可以使语词"最符合情感音律"，所描述的事物也不是"它们的本来面目，而是激情使它们呈现出的样子"。同样的激情冲动也产生了"某种合乎情感的曲线或声音的抑扬顿挫"；于是便产生了诗歌韵律和音乐艺术。布莱尔在考察文明的进步对诗歌的影响时，提出同华兹华斯十分相近的观点。华兹华斯认为，发自情感的语言与那些舍感情而求装饰的做作诗人对情感语言的机械模拟之间有着天壤之别。布莱尔则说，"当诗歌处于古老原始的状态时"，它的语言

> 只能是激情的语言，因为诗歌的生命正是来自激情……后来诗歌成了公认的艺术，人们读诗也是为了附庸风雅或从中渔利，于是作

者……便竭力模仿激情，而不是表现它了；为了使想象显得活跃欢快，弥补原有的热情不足，他们便用那些人工装饰品使他们的诗作披上了富丽堂皇的外衣。[88]

布莱尔的《讲演集》曾重版多次，第一版发行之际，华兹华斯仍在霍克希德文法学校读书，当时正值《讲演集》广泛用作学校教材。然而，我们并没有直接证据说华兹华斯肯定读过《讲演集》[89]；但在华兹华斯的《序言》发表前四年，出现过另一篇批评论文，这篇文章同他的那些观点之间的相似程度更为显著。

这篇题为《韵律是诗歌之根本吗？》的文章，刊于1796年7月的《月刊》杂志上，作者署名"探索者"，这是其系列文章之一。现已查明作者是威廉·恩菲尔德牧师，他是散文家、文选编纂家，写有一本论述情趣的专著。[90]这位探索者引证布莱尔的《讲演集》中的观点（以及柏拉图的灵感说）作为其诗歌理论的来源。他引用了布莱尔的观点，认为诗歌起始于"原始的自然状态"，那时"人类产生了强烈的情感，并强烈地表现了这些情感"，他们的语言"常常是大胆的、充满形象比喻的"，有时甚至"以一种热烈奔放的曲调流淌出来"；无论什么时代，"作诗所必需的那种心灵的激奋状态，都自然会使创作中富于形象的比喻"。在评述富有诗意的辞藻时，他的观点与华兹华斯的观点相仿。"任何语汇，只要在韵文中能够自然、贴切地表现观念或者情感，那么它们在散文中也当然是自然、贴切的语汇"；现代诗歌违背了散文词汇的标准，只是"因为现代人的情趣已经提高到过分讲究的程度，因而致使他们宁愿欣赏艺术的韵律装饰，也不要大自然的真挚和纯朴"，尤其是在这样两个重大问题上，探索者的立场比布莱尔更为坚定。首先，他论述并无条件地摒弃了那些给诗歌下定义的方式，这些定义方式无论是作为替代还是补充，都一直是批评理论的中流砥柱。他宣称，"亚里士多德认为诗歌的精华在于模仿"，并列举了伏修斯、巴托、特拉普等，认为他们是这一信条的现代继承者。其他批评家，诸如拉辛、赫德和约翰逊等，"则刻意根据诗歌的目的来下定义；至于这一目的到底主要是给人教益抑或使人愉快，他们的看法则根本不一致"。

> 只有把诗歌理解为饱满的想象力与敏捷的感受力的直接产物,并将它称为幻想与情感的语言,这样的作家才算是十分接近了诗的真正定义……诗人仍被认为是受到想象力的启迪,并诉诸幻想与情感的措辞热烈的语言。

其次,他反对布莱尔关于诗歌与散文有别的看法,代之以理性的语言与情感的语言的对照,这一观点注定会在诗歌理论与一般语言学理论中发挥重要作用:

> 认为诗歌和散文相互对立,这种看法是不正确的。说韵文与散文相对则是合适的;由于诗歌语言表现幻想、情感和好恶,哲学是理性的语言,因而诗歌和哲学才应该被认为是互相对立的,作品也不应该分为诗歌与散文,而应分为诗歌和哲学两大类。[91]

很明显,华兹华斯1800年版《序言》的内容大多来自我们这里追寻描述的观念——尽管华兹华斯将这些只言片语的思索加以扩展,使其形成比18世纪任何人的著述都更为精微、更为全面、更富于哲理的批评论述。然而同样明显的是,华兹华斯的诗歌理论也是建立在他自己的作诗实践之上,建立在他对自己创作过程的反思之上的。而且不仅是华兹华斯的理论,就连一般的浪漫主义诗论,其特性中相当大的一部分无疑源自其为之提供理论依据的诗歌的特性。因此,要全面地论述诗歌表现说的根源,还必须提出另一个问题,即浪漫主义理论是以什么方式与当代作诗实践相联系的。

七 表现说与表现实践

华兹华斯在把"一切好诗"的特点描述为情感的自然流露时,他指的并不是史诗或悲剧,而是抒情诗或他心目中作为典范的段落。在与华兹华斯同时的大多数理论家看来,抒情诗已成为诗歌的根本形式,它的属性也就是一般诗歌的依据。柯尔律治曾仿效英国和德国的早期批评家说，抒情诗"本质上是最富于诗意的"；约翰·斯图亚特·密尔也说："抒情诗出现得最早，因此其特征也……肯定比任何其他诗体更显著，并且更富于诗味……"[92] 早期理论家所抛弃的那块石头就这样慢慢地，同时也自然而然地成了艺术神庙之角上的奠基石。

以抒情诗作为诗歌理论的范式，这种做法最早出现于格雷、柯林斯和沃顿夫妇这一代人所经历的抒情诗复兴时期，而后在浪漫主义时期，抒情诗得到了高度发展，取得了各种辉煌成就，这在文学史上是没有先例的。这不仅是说浪漫主义诗人充分发掘了歌谣、挽歌和颂诗的潜力。他们也常常将亚里士多德描述为"具有某种宏大"特点的那些诗歌加以抒情诗化，即取消其中的人物、情节和阐释成分，代之以以前只用作较为琐碎诗作的素材。正如布拉德雷在谈论"华兹华斯时代的长诗"时所说，"诗人的兴趣中心是内向的，那是对情感、思想和意愿的兴趣，而不是对场景、事件和情节的兴趣……"[93]

与此同时，我们还发现了这样一种倾向，抒情诗中的"我"正从柯尔律治所谓"代表性的我"转变为诗人自己，抒情诗也正力图表现那些可从诗人的书信和日记中得到证实的经历和心境。甚至在当代的叙述体和戏剧体的实践中，读者也往往把主人公当作作者的化身。有意识的自我表现也打着虚构这面招牌进入了小说。卢梭的《新爱洛漪丝》就开了先河，于是浪漫人物纷至沓来，有歌德笔下的《维特》、弗里德里希·施莱格尔的《路清德》、蒂克的《威廉·洛弗尔》和夏多布里昂的《勒内》。然而在英国，作者往往喜欢以韵文为媒介来表现自我。当时的读者很容易发现，拜伦笔下的主人公代表着他自己的叛逆性格的某个方面。但是，被济慈不客气地称为"自我的崇高"，却由华兹华斯推到了顶峰。他那部未完成的杰作《隐士》，就是模拟传统的史诗体，尤其是根据弥尔顿的《失乐园》而构思的。但是华兹华斯在着手创作这部作品以前，觉得"很有理由检视一番自己的心灵"，并将其检视的种种发现记载进了十四章自传体长诗《序曲》之中。于是原来选定的《隐士》的史诗题材结果也变得非常富于现代意味；这就是华兹华斯所告诉我们的，"归隐诗人的感觉和看法"

被纳入诗中，这首诗的"第一和第三部分……主要叙述作者本人的沉思"。[94]最后，华兹华斯在一段文字中毫无幽默感地表明了批评观点的嬗变。他说，自己所有的诗歌，无论长短，也无论什么题材，都应当看作哥特式教堂的组成部分，而诗人自己则是建筑这座教堂的统一原则。他说，《序曲》与《隐士》的关系，正好比"哥特式教堂的门厅与其主体的关系"；至于那些先前发表的次要的诗篇

> 细心的读者会发现，它们与建筑主体有一定的关系，因此不妨将它们比喻为这些大殿中常有的那些小屋、祈祷室和阴暗的密室。[95]

因此，浪漫主义时期大多数主要的诗篇，同几乎所有的主要批评一样，都是以诗人为圆心而画出的圆。到了浪漫主义后期，一些批评家才开始认为，自古以来的长诗不仅富于表现性，而且还富于自我表现性。约翰·基布尔的写作时期是在19世纪30年代，那时他认为，抒情诗由于短小，它所表现的情感常常是反复无常的或矫揉造作的；又由于是以第一人称而作，因而相对说来不具备他所谓的"转嫁责任的便捷"，诗人本可以这样借他人之口，毫无保留地宣泄自己的隐秘情感。因此，基布尔对于抒情诗人能否归入他所谓的"卓越的诗人"之列表示了强烈的怀疑。这种卓越性属于戏剧和史诗这类长篇虚构之作，在这类诗歌中，由于诗人"借他人之口来表达自己的思想，因而既显得谦和，又能够畅诉心中的激情"[96]。基布尔的看法与众不同，他认为表现说于产生之初，曾把抒情诗奉为至尊，视为诗歌之范例；随着表现说的发展扩大，抒情诗已不再适用，便重又回到它原来在各种诗歌中的低贱地位，尽管这次转变有其全新的、特有的原因。

注 释

[1] Aristotle, *Rhetoric* I. 1. 1356ª; Cicero, *De oratore* II. xxviii, xlv.
[2] *Ars poetica*, ll. 99-103. 亚里士多德 (*Poetics* XVII. 1455ª) 早就劝告学习作诗的人要设身处地，体会人物的情感，从而更加令人信服地表现这些人物。Quintilian 读过贺拉斯的《诗艺》，他说，"感动别人的首要条件，是……自己首先要感动"(*Institutes* III. V. 2, VI. ii. 25-7)。16世纪时，Minturno 在贺拉斯的"快感"和"教导"这两个作诗的目

的之上又增加了"感人"。

[3] "Prologue at the Opening of the Theatre Royal, Drury Lane," ll. 7-8; "Life of Cowley," *Lives of the Poets* (ed. Hill), I, 36-7.

[4] *L'Art poétique*, III, ll. 15-16, 25-6, 142. Cf. Dryden, "Heroic Poetry and Poetic License," *Essays*, ed. Ker, I, 185-6: "*Si vis me flere, dolendum est primum ipsi tibi;*" 诗人要表现什么情感，自己必须先有这种情感……"

[5] "Burns" (1828), *Works*, XXVI, 267-8.

[6] *On the Sublime*, trans. Rhys Roberts, i. 3; viii. I; xxxiii. I-xxxvi. 4; viii. 4. 有关本文概念框架的分析，见 Elder Olson, "The Argument of Longinus' *On the Sublime*", *Critics and Criticism*, ed. R. S. Crane, pp. 232-59。

[7] Ibid., xxxii. 4; xxxix. I-3.

[8] Ibid., ix. 2.

[9] 18世纪在"崇高"名义下产生了一些新的审美趣味，关于这点，参见 Samuel H. Monk, *The Sublime: A Study of Critical Theories in XVIII-Century England* (New York, 1935)。

[10] *The Critical Works of John Dennis*, I, 215.

[11] Ibid., I, 336, 224.

[12] *Advancement and Reformation,* in ibid, I, 215. 也许并非巧合，弥尔顿引证了朗吉弩斯（这在英国显然还是第一次）之后，又精辟地指出，诗歌比修辞"更简朴、更能刺激感官，更富有激情"。Dennis 在这段时间里不止一次提及弥尔顿致 Hartlib 的信（见，e.g., *Critical Works*, I, 333. 335; II, 389); 如果他所指即此，则预示了好几位浪漫主义批评家，后来将弥尔顿对仅仅作为教育工具的修辞和诗歌所做的简单区别，转变为关于诗歌本质的声明。参见 e.g., *Coleridge's Shakespearean Criticism*, I, 164-6。

[13] Ibid., I, 215-16.

[14] *The Grounds of Criticism*, in ibid. I, 359.

[15] Ibid., I, 357, 376, 222, 340.

[16] *Letters of William and Dorothy Wordsworth: The Middle Years*, II, 617; cf. II, 633. 1842年8月30日，De Quincey 在致 Alexander Blackwood 的信中说："应华兹华斯的请求，我曾经给他搜集了（邓尼斯的）一些无稽的小册子，他（和柯尔律治）对邓尼斯有着一种荒唐可笑的'癖爱'。"不过，华兹华斯对 De Quincey 的这个请求不可能是在写1800年版《序言》之前提出的。见 E. N. Hooker: *Critical Works of John Dennis*, II, lxxiii, CXXV. 1825年，华兹华斯表示已经仔细阅读了朗吉弩斯；见 Markham L. Peacock, Jr., *The Critical Opinions of William Wordsworth* (Baltimore, 1950), pp. 157-8。

[17] 详细讨论见 Vincent Freimarck, *The Bible in Eighteenth-Century English Criticism* (博士论文，未公开发表, Cornell University Library, 1950)。

[18] *Lectures on the Sacred Poetry of the Hebrews*, trans. G. Gregory (London, 1847), p. 156.

[19] Ibid., p. 16.

[20] Ibid., pp. 184-5, 188.

[21] Ibid., pp. 50, 157; cf. p. 174.

[22] *The Grounds of Criticism*, in *Critical Works*, I, 364.

[23] Lowth, *Lectures*, pp. 30, 50-4. 见 e.g., Hildebrand Jacob, *Of the Sister Arts* (London, 1734), p. 11; John Newbery, *The Art of Poetry on a New Plan* (London, 1762), I, i-ii; 以及 *British Magazine* (1762) 上被认为是 Goldsmith 写的那篇论文, 见 *The Works of Oliver Goldsmith*, ed. J. W. M. Gibbs, I, 341-3。

[24] 希腊罗马理论中有关语言起源问题的许多章节都被收编入 Lovejoy and Boas, *Primitivism and Related Ideas in Antiquity* (Baltimore, 1935); 尤其见 pp. 207, 221, 245, 371-2, 219-22。

[25] *De rerum natura*, trans. W. H. D. Rouse, V, 1041-90.

[26] Strabo, *Geographica*, I, ii. 6; Plutarch, "De Pythiae oraculis," *Moralia* 406 B-F. 关于17世纪末期流传的有关这一问题的主张和权威言论, 有人作了方便读者的总结, 见 Sir William Temple, "Of Poetry," *Critical Essays of the Seventeenth Century*, ed. Spingarn, III, 79-89。

[27] *Autobiography of Giambattista Vico*, trans. T. G. Bergin and M. H. Fisch (Ithaca, N. Y., 1944), p. 126; cf. Introduction, pp. 32, 36.

[28] *The New Science*, trans. T. G. Bergin and M. H. Fisch (Ithaca, N. Y., 1948), pp. 63-8, 104-5.

[29] Ibid., pp. 69, 116-18, 134-9.

[30] Ibid., pp. 108, 118; cf. p. 142. 尽管维柯如是说, 但他同时又认为 (p. 67) "世界的幼年是由富于诗意的民族所组成, 因为诗歌不过是模仿而已"。

[31] 尽管 M.H.Fisch 认为, 布莱克韦尔及其追随者们没有受到维柯的直接影响 "几乎是不可思议的", 但他又指出, 英国在柯尔律治之前, 从未有人提及维柯 (*Autobiography of Vico*, Introduction, pp. 82-4)。

[32] *Enquiry into the Life and Writings of Homer* (2d ed.; London, 1736), pp. 38-44. 布莱克韦尔反复提及许多古典作家, 这些作家都是维柯的资料来源, 其中有卢克莱修和朗吉弩斯。

[33] *Rambler* No. 36, in *Works*, IV, 233.

[34] 见 e.g., Hugh Blair, *Critical Dissertation on the Poems of Ossian* (1763), in *The Poems of Ossian* (New York, n.d.), pp. 89-91; also, Blair's *Lectures on Rhetoric*, Lectures VI and XXXVIII. Cf. Adam Ferguson, *Essay on the History of Civil Society*, 1767 (7th ed.; Boston, 1809), pp. 282-6. 对于这些苏格兰批评集团以及他们的语言学和美学探索的简略讨论, 见 Lois Whitney, "English Primitivistic Theories of Epic Origins," *Modern Philology*, XXI (1924), 337-78. 有关他们更为广泛的社会学探索的描述, 见 Gladys Bryson, *Man and Society: The Scottish Inquiry of the Eighteenth Century* (Princeton, 1945)。

[35] *A Dissertation on the Rise ... and Corruptions of Poetry and Music* (London, 1763), pp. 25-8. 关于这点, 见 René Wellek, *The Rise of English Literary History* (Chapel Hill, N. C,

1941), pp. 70-94。

[36] Trans. Thomas Nugent (London, 1756), pp. 169-82, 227-30. 见 Paul Kuehner, *Theories on the Origin and Formation of Language in the Eighteenth Century in France*, Univ. Penn. Dissertations (Philadelphia, 1944)。

[37] *Oeuvres complètes* (Paris, 1826), XI, 221-4.

[38] *Schriften,* ed. Roth and Wiener (Berlin, 1821-43), II, 258-9; VII, 10.

[39] *Treatise upon the Origin of Language* (London, 1827), pp. 45-6. Hamann 和 Herder 都读过 Blackwell 的 *Homer* (见 Lots Whitney, "Thomas Blackwell, A Disciple of Shaftesbury," *Philological Quarterly,* v, 1926, pp. 196-7)。Herder 还引用过 Condillac 和 Rousseau。

[40] 见 e.g., A. W. Schlegel, *Briefe über Poesie, Silbenmass, und Sprache, Sämtliche Werke,* VII, 112-26, 136-53; 另 见 Eva Fiesel, *Die Sprachphilosophie der deutschen Romantik,* (Tübingen, 1927), 尤其 pp. 47-84。

[41] *Dissertation on Ossian,* pp. 91, 108.

[42] *The Sacred Poetry of the Hebrews,* p. 36. 关于 18 世纪对于原始诗歌的观念，见 Wellek, *The Rise of English Literary History,* pp. 61ff。

[43] Joseph Warton, "The Enthusiast" (1744), ll. 133-4. 另见 Thomas Warton, "The Pleasures of Melancholy" (1745), ll. 150ff., 以 及 Thomas Warton: *Observations on the Faerie Queene* (1754) 开头部分。

[44] *An Essay on Original Genius* (London, 1767), pp. 270, 282-4.

[45] *Dissertation on Ossian,* pp. 150, 175, 107-8.

[46] *An Essay on the History of Civil Society,* 1767 (7th ed.; Boston, 1809), p. 285. 当今世界那些高尚的野蛮人和高尚的佃农的"原始"诗歌也受到类似的描述。彭斯自称是"在犁耙后面长大的"，他年轻时甚至也用这句话（或许是嘲讽性的）来形容他自己的早期创作。他说，当他深陷情网时，"我的诗和歌仿佛都是我的心灵自己发出的语言。下面的诗歌是我的初次习作……写这些诗的时候，我的心里闪耀着诚实、温暖、纯朴的光芒；没有接触过这个邪恶的世界，没有被它败坏"（*Robert Burns's Commonplace Book,* ed. J. C. Ewing and D. Cook, Glasgow, 1938, p. 3; April 1783）。当代评论彭斯的书评者们也持相似观点，见 *Early Critical Reviews of Robert Burns,* ed. J. D. Ross (Glasgow and Edinburgh, 1900)。

[47] *Dissertation on Ossian,* pp. 89, 179.

[48] 对此，人们常对诗歌中因艺术的发展、情趣增高、规则繁多而失去的东西表示惋惜，同时也并不忽略这个事实：诗歌也因此取得了补偿性的进步。

[49] *Essay on Original Genius,* p. 192n.

[50] 1747 年，Batteux 试图把每一类诗歌都归在模仿原则之下，他宣称，即使是抒情诗、"先知的颂歌、《诗篇》、品达和贺拉斯的颂诗"，都只在表面上看来是"心灵的呼喊，其中自然之声是一切，人工因素则更多"。同一切诗歌一样，抒情诗也是一种模仿，不同之处在于它模仿的是情感而非行动 (*Les Beaux Arts,* Paris, 1773, pp. 316-25)。1789 年，Thomas Twining 说，Batteux 在此已经超越了模仿的界限及其"一切

合理的类比",因为抒情诗人"既然只表现他自己的情感,用的又是第一人称,我们就可以认为他并不是在模仿……"(*Aristotle's Treatise on Poetry*, pp. 139-40.)

[51] Sidney, *Apology for Poetry*, in *Elizabethan Critical Essays*, ed. G. Gregory Smith, I, 201; Boileau, *L'Art poétique*, II, ll. 47, 57; Johnson, *Works*, IX, 39, 43-5, 152. 另见 Joseph Trapp, *Lectures on Poetry* (1711-15), trans. William Bowyer (London, 1742), p. 25. 关于抒情诗在英国的兴盛以及对朗吉弩斯观念与品达体颂诗的理论和实践的关系的讨论,见 Norman Maclean, "From Action to Image: Theories of the Lyric in the Eighteenth Century," *Critics and Criticism*, ed. R. S. Crane, pp. 408-60。

[52] *Reflections on Aristotle's Treatise of Poesie*, trans. Rymer (London, 1694), p. 4.

[53] "Of Poetry" (1690), *Critical Essays of the Seventeenth Century*, ed. Spingarn, III, 99. Cf. Hobbes, "Answer to Davenant," ibid. II, 57.

[54] *The Grounds of Criticism in Poetry*, in *Critical Works*, I, 338, 另见 e.g., Joseph Trapp, *Lectures on Poetry*, Lecture XII; John Newbery, *The Art of Poetry*, I, 54. Johnson 在其 *Dictionary* 中,区分了"气势宏大"的颂歌和"气势较小"的颂歌,认为前者具有"崇高、狂喜、能迅速感人等特性"。

[55] 见 Lowth, *Lectures*, 尤其 Chaps, XXII, XXV-XXVIII. 另见 Sidney, *Apology for Poetry*, in *Elizabethan Critical Essays*, ed. Smith, I, 154-5; Cowley, Preface to *Pindarique Odes*, in *The Works of Mr. Abraham Cowley* (11th ed.; London, 1710), I, 184。

[56] Trapp, *Lectures on Poetry*, p. 203; Young, *Poetical Works* (Boston, 1870), II, 159,165. Cf. Hurd, *Horace's Art of Poetry* (1750), in *Works*, I. 104:"诗歌,尤其是纯诗歌,是表达激情的恰当语言……" Anna Seward, letter to Dr. Downman, 15 Mar. 1792:"……诗歌的根本所在,也就是隐喻、暗指、意象等,都是一种闪光的、升华了的想象力的自然产物"(*Letters*, Edinburgh, 1811, III,121). J. Moir, *Gleanings* (1785), I, 27:"一切名副其实的诗歌,要么是真心的抒发,要么就是热切幻想的喷涌"。另见 Paul Van Tieghem, "La Notion de vraie poésie dans le préromantisme Européen," *Le Préromantisme* (Paris, 3924), I, 19ff。

[57] *Essay on the Writings and Genius of Pope*, I, iv-x; II, 477-8, 481.

[58] *The Works of Sir William Jones* (London, 1807), VIII, 361-4.

[59] Ibid., VIII, 371. John Keble 和 Alexander Smith 关于各种诗歌的表现理论,参见 Chap, VI, sects, iii and iv。

[60] Ibid. pp. 372-6, 379. 许多文章表明了 18 世纪最后几十年间批评指向的变化,其中 Thomas Barnes 的论文 "On the Nature and Essential Characters of Poetry" (1781) 尤为有趣。同 Jones 一样,Barnes 也不同意把诗界定为模仿、虚构或"给人快感的艺术";他引证说:"人类的原始语言是诗的语言",因为世界幼年所感知的一切都会引发出激情;他还提出了诗歌价值的金字塔现象,认为"诚实本性的抒发,生命化情感的闪光"属于"诗歌中最上层的"性质。*Memoirs of the Literary and Philosophical Society of Manchester*, I (1785), pp. 55-6.

[61] J. G. Sulzer, *Allgemeine Theorie der schönen Künste* (Neue vermehrte zweite Auflage;

Leipzig, 1792), 第一版序言, I, xiii; 另见 "Erfindung," II, 86. 关于 Sulzer 的美学考察, 参见 Anna Tumarkin, *Der Ästhetiker Johann Georg Sulzer* (Leipzig, 1933), 另见 Robert Sommer, *Grundzüge einer Geschitchte der deutschen Psychologie und Aesthetik* (Wurzburg, 1892)。

[62] "Nachahmung," ibid, III, 487.

[63] "Dichter," ibid, I, 609.

[64] "Gedicht," ibid, II, 322-3, 325. Sulzer 还说, 完全源于虚假感情的作品,"可以依照规则获得自然诗歌的语调语句,"仍然是"失败的产品, 因为它们不属于自然的语言类型"(ibid. pp. 323, 327)。

[65] Ibid., II, 325, 328-9. Cf. I, 619; II, 57.

[66] "Ode," ibid, III, 538-9; "Lyrisch," III, 299.

[67] *Die schönen Künste in ihrem Ursprung, aus den Frankfurter gelehrten Anzeigen* (1772) 书评, 另见 *Goethe's Sämtliche Werke* (Jubiläums Ausgabe),XXXIII, 17-18. 评论的这本书是 Sulzer 的 *Allegemeine Theorie* 的节选本。

[68] *Ueber die neuere deutsche Litteratur*, 3d collection (1767), *Sämtliche Werke*, I, 394-5.

[69] *Briefwechsel zwischen Schiller und Goethe*, II, 278-9 (27 Mar. 1801).

[70] *Deutsche Litteraturdenkmale des. 18. und 19 jahrhunderts*, XVII, 91-5.

[71] Novalis, *Romantische Welt: Die Fragmente*, pp. 292, 313; cf. Schleiermacher, *Monologen*, p. 23. 关于这点, 参见 Erich Jaenisch, *Die Entfaltung des Subjektivismus von der Aufklärung zur Romantik* (Königsberg, 1929)。

[72] *De l'Allemagne* (Paris, 1852), pp. 140-42, 144.

[73] *Politics* viii. 5. 柏拉图关于音乐的模仿性质的论述, 见 *Laws* ii. 667-70。

[74] *Critical Reflections on Poetry, Painting and Music*, trans. Thomas Nugent (London, 1748), I, 360-61. Du Bos 说, 器乐还能模仿非人类的音响, 比如暴风雨和浪涛的声音 (I, 363-4)。

[75] 关于这篇著述的简略介绍, 见 J. W. Draper, "Poetry and Music in Eighteenth Century Aesthetics," *Englische Studien*, LXVII (1932-3), 70-85; 另见 H. M. Schueller, "Literature and Music as Sister Arts: An Aspect of Aesthetic Theory in Eighteenth-Century Britain," *Philological Quarterly*, XXVI (1947), 193-205。

[76] *Essays on Poetry and Music*, p. 119.

[77] (3d ed.; London, 1775), p. 3 (着重号为笔者所加). Avison 只给予音乐的模仿功能以极其有限的一点地盘, 见 pp. 52, 60. 关于音乐的讨论中"表现力"一词的其他类似用法, 见 Beattie, *Poetry and Music*, pp. 51-2; Twining, *Aristotle's Treatise on Poetry*, pp. 21-2, 60-61。

[78] "Of the Nature of that Imitation…in What Are Called the Imitative Arts," *Essays Philosophical and Literary* (London, n.d.), p. 431.

[79] (London, 1763), pp. 74-6, 226-7. 法国关于音乐表现情感的理论见 Rousseau, *Essai sur l'origine des langues*, 和 "Lettre sur la musique française" 和 L. G. Krakeur, "Aspects of

Diderot's Aesthetic Theory," *Romanic Review,* XXX (1939), p. 257。

[80] *Kritische Wälder,* Pt. IV, Sämtliche Werke, iv, 118, 162, 166. Cf. J. G. Sulzer, "Ausdruck in der Musik," *Allgemeine Theorie,* I, 271; II, 369; III, 421-2, 575.

[81] *Phantasien über die Kunst* (1799), 载 Deutsche National-Literatur, CXLV, 71. 另见 Tieck, ibid. pp. 88-90, 94。

[82] *Romantische Welt: Die Fragmente,* pp. 297-8.

[83] *Vorlesungen über Philosophische Kunstlehre* (1798) (Leipzig, 1911), p. 136. Cf. Friedrich Schlegel, *Jugendschriften,* I, 62, 356; II, 257-8; 另见 A. W. Schlegel, *Lectures on Dramatic Literature,* pp. 43-4。后来英国也有与此相似的观点，参阅 e.g., J. S. Mill, *Early Essays,* p. 210; 及 John Keble, *Lectures on Poetry,* I, 47-8。

[84] Novalis, *Romantische Welt,* p. 300; cf. p. 313. 另见 Tieck, *Franz Sternbold's Wanderungen* (1798), in *Deutsche National-Literatur,* CXLV, 317. 歌德论述 (*Gespräche,* 23 Mar. 1829) "建筑是凝固的音乐"也可以在 Friedrich Schlegel 中找到，见 Schilling: *Philosophie der Kunst,* 以及 de Staël: *Corinne,* IV, iii; 见 Irving Babbitt, *The New Laokoon* (Boston and New York, 1910), p. 62; Büchmann, *Geflügelte Worte* (23d ed.; 1907), pp. 356-7。

[85] *Essays on Poetry and Music,* p. 150.

[86] 见 *The New Laokoon* (Boston and New York, 1910), 尤其见 Chap. VI。

[87] (London, 1823), Lecture XXXVIII, p. 511.

[88] Ibid., pp. 512, 513-14, 518.

[89] E. C. Knowlton 曾回顾此事，并就布莱尔对田园诗的论述与华兹华斯对乡村诗的论述之间的可能联系进行了探讨。见"Wordsworth and Hugh Blair," *Philological Quarterly,* VI (1927), 277-81。柯尔律治曾于1796年从布里斯托图书馆借了一卷布莱尔的《讲演集》；见 Paul Kaufman, "The Reading of Southey and Coleridge," *Modern Philology,* XXI (1924), 317-20。

[90] 确定作者身份的依据是一则讣告，刊于 *Monthly Magazine,* IV (1797), 400-02; 见 Lewis Patton, "Coleridge and the 'Enquirer Series,'" *Review of English Studies,* XVI (1940), 188-9。柯尔律治与该杂志的关系使他有可能读到恩菲尔德的文章，关于这点，见 Dorothy Coldicutt, "Was Coleridge the Author of the Enquirer Series?" ibid, XV (1939), 45ff。

[91] *Monthly Magazine,* II (1796), pp. 453-6. 这一论述与华兹华斯那篇序言的相似性是由 Marjorie L. Barstow 指出的，见 *Wordsworth's Theory of Poetic Diction,* Yale Studies in English, LVII (1917), pp. 121-2。

[92] *Coleridge's Shakespearean Criticism,* I, 226; Mill, *Early Essays,* p. 228.

[93] *Oxford Lectures on Poetry* (London, 1926), p. 183.

[94] *The Excursion* (1814) 序言，载 *The Poetical Works,* ed. Thomas Hutchinson (London, 1928), p. 754。《远足》原来是打算作为《隐士》的中间部分的，华兹华斯在这首诗中说："诗中插入了人物的对话，并采用了某种类似戏剧的形式"；但 de Selincourt 说，即使在这首诗中，"不仅是主人公，就连孤独者和牧师都是罩了一层薄面纱的

作者的画像……"(Introduction to *The Prelude*, text of 1805, ed. de Selincourt, Oxford, 1933, p. xi.)

[95] *The Excursion* (1814) 序言，p. 754。

[96] *Lectures on Poetry*, II, 92, 97.

第五章

浪漫主义理论种种：华兹华斯与柯尔律治

描摹整个宇宙并非艺术之所需；这讨厌的东西有一份就足够了。

——丽贝卡·韦斯特

对于定义，我是不以为然的，尽管它被奉为治愈这种混乱症的灵丹妙药……我们的探索一开始便受制于某些规律，因而也受到这些规律的制约。

——埃德蒙·伯克

美学理论中的倾向并非指一种观念，甚至不是一个前提，而是指一种习以为常的指向；浪漫主义批评家在谈论诗的本质时，往往都在诗人身上作文章，但是我们并不能因此就说他们之间有着具体的共同原则。他们对许多来源不同的思想都欣然接受，因此他们在哲学假想、描述用语、论证主题和批评判断上，比以前任何时期的作家都表现出更大的多样性。本章和下一章将讨论19世纪初期主要的文学理论家在批评方法和材料来源上表现出来的丰富多样性。

然而，要进行这种分析，我们首先应注意，有少数几条关于诗歌的言论反复出现，尽管它们在不同的理论框架下出现，因而可以称之为浪漫主义诗论混合体。把英国的浪漫主义称为"运动"，这大致上是史学家图方便而随意编造的。但是有一篇文献，即华兹华斯1800年版《抒情歌谣集·序言》，在一般意义上为其诗歌语言的"实验"正名，确实像是浪漫主义在某一方面的宣言。《序言》（以及华兹华斯1802年加入的一些诗句和附录）之所以赢得了特殊地位，部分地是因为它提出了有关诗歌本质和标准的一套命题，这套命题被华兹华斯的同代人广泛采用，包括那些并不赞同华兹华斯的作诗目的的人。所有这些命题都依据一条基本论断，它也就往往被用作诗的定义，即：

（1）诗歌是情感的表现或流露，或是情感起关键作用的想象过程的产物。

我们知道，当时几乎所有重要的批评家都做过大致如此的陈述，与华兹华斯的感觉论和雪莱的柏拉图主义，柯尔律治的有机唯心主义和约翰·斯图亚特·密尔的实证论这些不同的哲学理论，或多或少总能糅合到一起。

（2）诗歌是情感心境的传载工具，它的对立面不是散文，而是非情感性的事实论断，或称"科学"。

华兹华斯曾抱怨说："批评理论中产生的大量混乱，都是因为诗歌与散文的对立区别而引起的；诗歌应与事实或科学相区别，这样才比较合于哲理。"[1] 自古以来，人们都认为诗歌与历史相对，这样区分的理由是，诗歌所模仿的是某种普遍的或理想的形式，而不是实际事件。浪漫主义批评家的惯常做法是以科学代替历史来作为诗歌的对立面，并将这种区别建立在表现与描写，或情感性语言与认知性语言之间的差异之上。一位作者于1835年在《黑檀木杂志》上写道："散文是理智的语言，诗歌是情感的语言。"[2]

（3）诗起源于情感的原始言语表达，并因发音器官之故而自然地富于韵律和形象。

用华兹华斯的话说："一般说来，各民族最早的诗人都是出于由真实事件所激发的热情而写作的；他们写得很自然，自然得就像人：由于他们的感受十分强烈，他们的语言也就非常大胆，并充满形象。"[3] 柯尔律治认为，诗歌由于是情感的本能吐露，因而早先的人肯定觉得是比散文更加自然、更少说教的语言；"它是喜怒哀乐的语言，是他们自己在狂喜和愤慨等心境下所说的、所听到的语言"[4]。尽管浪漫主义批评家对于原始诗歌的优美之处看法很不一致，但大多数都接受这种假说，即诗歌发端于激情的吐露——而不是像亚里士多德所猜想的那样起始于模仿的本能。[5]

（4）通过形象的修辞和韵律来表现情感，诗能达意，其语词也因此能自然地体现并传达诗人的情感。

以前人们认为，形象语言和韵律从根本上讲是用以增强审美快感的装饰品；华兹华斯则表达了与此相反的典型的浪漫主义观点：诗歌没有必要背离日常语言"去拔高文体或者增强所谓的装饰性，这是因为，只要诗人选择题材恰当，到时候他就自然会有热情，而由热情产生的语言，只要选择正确得体，也必定高贵而且丰富多彩，并由于比喻和形象而充满生气"[6]。由此得出：

（5）诗歌的根本就在于，它的语言必须是诗人心境的自然真挚的表现，绝不允许造作和虚伪。

以这一论点为基础，华兹华斯（柯尔律治也极为审慎地）抨击了"机械搬用"修辞手段的做法，他认为18世纪的诗歌用词拙劣就是因为这个缘故。浪漫主义者也根据这一论点而普遍以自然天成、真挚和思想与感情的整体统一作为诗歌的根本标准，以此取代了新古典主义诗歌的准则，即判断、真实、用词恰当，能与说话者、题材和文学种类相匹配。[7]

(6) 生就的诗人与一般人的不同之处，尤其在于他具有与生俱来的强烈情感，极易动情。

华兹华斯说，诗人与一般人不同，因为他"具有更敏锐的感受性，具有更多的热忱和温情……他喜欢自己的热情和意志，内在的活力使他比别人快乐得多……"[8]后来他在为罗伯特·彭斯辩护时，又补充说，诗才的这种构成，由于天性偏向快乐，因而"与罪恶并非格格不入，而且……这罪恶又导致悲惨——这在构成诗才的各种感受性中是更为剧烈的感受……"[9]柯尔律治也说，"既深沉又敏锐"的感受性和具有深度的热情是造成诗才的根本因素，尽管他坚持认为，与此相对立的客观性和"思想的活力"等力量也同样重要。[10]雪莱强调认为，生就的诗人具有"敏锐的感受性"，极易受到诱惑，约翰·斯图亚特·密尔也详尽描绘了"天才诗人"的画像：他天生有着"细腻的感觉"和"容易激动的机体……这个机体在受到物质或道德的影响时，比一般机体更容易进入愉快或痛苦等各种激动状态……"[11]后来，密尔又说，诗人由于有着如此细腻而脆弱的情感神经，在当今竞争激烈的社会中，只会备受折磨。

> 这倒不是因为虚荣心受到压抑，而是诗人的性情本身所致，因为这社会本是为性格更为坚强的人所安排的；在这个世界中，除了麻木不仁的人以外，谁也不会得到满足和安宁，除非进行许多艰苦的奋战。[12]

至此，我们已经开始接近原型了，这原型便是被诅咒的诗人，他具有双重意义的感觉天赋，这使他比社会的其他成员既得到更多的祝福也受到更多的诅咒。他命中注定了是社会的弃儿。

（7）诗歌最重要的功用，是凭借其令人愉快的各种手段，使读者的感受力、情感和同情心进一步发展并变得敏锐。

浪漫主义诗歌仍然是带有目标的诗歌，但它的目标已不再是"给人慰藉和教益"，而主要是培养人的天性中的感情成分。华兹华斯曾这样表述当时的一句平常语："诗歌的目的是引发激情，使它与失去平衡的快感并存"，诗歌的作用是"矫正人的情感"，扩展他们的同情心，引起或增强他们"不用巨大强烈的刺激也能够兴奋起来"的能力。[13]

这些或类似的命题自19世纪初以来一直是表现主义美学的组成部分。尤金·维龙在《美学》（1878年）中，对于表现情感的艺术作了十分全面的叙述，囊括并扩充了华兹华斯的所有这七个论点。理论家们仍在提出这些论点，并予以各种新的解释和组合，不过他们都偏重表现，并且同克罗齐和I.A.瑞恰慈一样，在其他方面表现出原则上的分歧。

一 华兹华斯与18世纪

华兹华斯是第一个伟大的浪漫主义诗人，也可看作批评家，他的影响极大的著作，把诗人的情感作为批评指向的中心，因此也标志着英国文学理论上的一个转折点。但是他也比当时的任何重要人物都更深地沉浸于18世纪思想的某些潮流之中。例如，在他的著述中，后康德主义审美哲学的术语几乎一个也没有。华兹华斯只是在诗歌而不是批评中表现出思想的转变，他由18世纪关于人和自然的观点出发，转而认为，心灵在感知过程中具有创造性，是有机地相互联系着的宇宙的一个组成部分。重温一下前面一章的材料可以看出，华兹华斯的诗论中融会了18世纪关于语言的情感起源的研究，关于原始诗歌的本质和价值的流行观念，以及一个世纪以来朗吉驽斯原则的发展成果；继而又以这一混合物取代了主要建立在亚里士多德、贺拉斯、西塞罗和昆提利安等人的理论基础之上的各种新古典主义理论。假如约翰逊博士地下有知，他对华兹华斯的批评结论大部分都会痛不能忍，但无论是对其术语，还是对其得出这些结论的推理过程，他都不大可能感到意外。

华兹华斯总的批评格局同它的细节一样，章法严明，传承严谨。在通篇序言中，无论是阐述诗人作诗的目的还是批评的准则，华兹华斯认为其合理性都建立在一个基本标准之上——超越时空的人性。A.O. 洛夫乔伊称这种批评体系为"均变论"的体系，他还表明，这是道德、神学、政治、美学等标准的思想领域中的主导思想，17 世纪如此，18 世纪也大多如此。[14]

这种思维方法依赖于这个假设，即人的本性，无论是热情、感受性还是理智，无论在什么地方，根本上总是一致的；因此可以推断，人类共有的观点和情感构成了审美规范最可靠的准则，就像它构成其他价值的准则一样。用布莱尔的话说，情趣的标准必须是"人类共有的心境和情感"。"人类的普遍情感必定是自然的情感，唯其自然，才是恰当的。"[15]18 世纪许多批评家都一致赞成这种看法，他们也一致认为，由于最早的诗人生来具有创作伟大诗篇所必备的各种条件和能力，所以最早的诗作——比如《伊利亚特》——在某些方面是无与伦比的。约翰逊博士借伊姆莱克之口说："人们一致认为，早期的作家拥有自然，他们的后继者则拥有艺术；前者擅长力量和创造，后者则工于优美和高雅。"[16]

那些被划为审美尚古主义的理论家们，在侧重点和细节上背离了这一极其正统的新古典主义思想。其一，他们不仅注意到文学发展过程中艺术取代自然的现象，而且对此深表痛惜；其二，他们对原始诗人的优越性详加罗列，尤其认为原始诗人的情感和想象都非常单纯，始终如一，表现情感也极其酣畅自然。布莱尔说："在社会的初始阶段，〔人的〕热情不受任何抑制，他们的想象也不受任何约束。他们在互相交往时坦诚相见，言语和行为中有着大自然那种赤诚的质朴。"因此，由于当时没有客套礼节的限制和文饰，"诗歌这个想象之子，在社会之初，也就常常是最为璀璨夺目，最富于生命力的"。[17]

这种观点在 18 世纪有一个常见的变通说法，在人类的天性和各种产物中，那些基本的、始终如一的——因而也是常态的——方面，不仅见于"纪年意义上的"原始人，也见于"文化意义上的"原始人，包括那些虽然居住在文明国家，但由于等级低下、居所偏僻，所以与虚伪、复杂的文化隔绝的人。在美学中，这一假设也从一个方面解释了为什么18世纪的诗人大多是农民或无产者——斯蒂芬·达克，打谷诗人；玛丽·科丽尔，作诗的洗衣女工；亨利·琼斯，作诗的鞋匠——在这批人中，只有一个得酬雄心，那便是写诗的村童，罗伯特·彭斯。[18]

华兹华斯不是纪年意义上的尚古主义者，因为与布莱尔不同，他并不认为在某些主要方面，人类最好的诗歌年代已经过去。他在1809年为柯尔律治的《朋友》杂志所写的一封信中，甚至流露出这种看法：总的说来，在道德尊严和思想力量上，"人的天性总是朝着完美发展的"[19]。但是，公正地说，他在19世纪头几年表述他最重要的文学声明时所主张的批评理论，完全是一种文化尚古主义形式——尽管这个形式已经高度提炼和高度发达。华兹华斯权衡诗歌价值的最重要的标准是"自然"，而他所说的自然则有着三重的原始主义含义：自然是人性的公分母；它最可信地表现在"按照自然"生活（也就是说，生活在简朴的文化环境，尤其是乡野环境中）的人身上；它主要包括质朴的思想情感以及用言语表达情感时那种自然的、"不做作的"方式。1802年，他在给年轻的克里斯托弗·诺思的信中明确表示了他的独特的规范作诗法，并以他早两年写成的《抒情歌谣集·序言》为我们提供了极富启迪意义的解释。"诗歌必须使什么人快乐呢？"华兹华斯问道，

> 我的回答是，人性。过去的和将来的人性。可是，何处去找寻衡量人性的最佳尺度呢？我的回答是，〔从心〕中；袒露出我们的心，越过自身去观察那些过着最简朴的、最合于自然的生活〔的人〕；这些人丝毫没有沾染，或者是早已摆脱了，虚伪的文雅、任性做作的欲望、违心的批评、思想和感情带着娘娘腔的习惯。

要找到"芸芸众生的真实典型"，我们必须跳过"绅士、富翁、专家、淑女"的圈子，"深入到下层去，到茅舍田野去，到孩子中间去"。[20]

华兹华斯并不善于说明问题，他在信中也一再感叹，一写到散文他就不自在，肌肉紧张，浑身出汗，心情沮丧。《抒情歌谣集·序言》中的论证虽谈不上明晰，但我认为还是相当能说明问题的，我们可以看出，文

章的各个部分一直围绕着华兹华斯所说的"过去的、将来的人性"这个模式展开讨论的。他认为简朴的坎伯兰郡山谷居民在现存的人中最为接近这种人性。由此他论述了：

（1）诗歌的题材。华兹华斯告诉我们，他的目的主要是探索"我们天性的根本规律：主要是我们在兴奋的状态下把各种观念联系起来的方式"。为了说明人性的一般规律：

> 我通常都是选择卑微的乡村生活作题材，因为在这种社会里，人们心中主要的热情找着了更好的土壤，能够臻于成熟，少受一些拘束，所用语言更纯朴更有力；因为在这种生活里，我们的各种基本情感共同存在于更单纯的状态之下……因为田园生活的各种习俗是从这些基本情感萌发的……并且更能持久；最后，因为在这种生活中，人们的热情与自然之美丽永久的形式合而为一……因此，源于重复经验和日常情感的语言，比起一般诗人通常用来代替它的语言，更永久，更富有哲学意味……[21]

提到拙劣的批评家，华兹华斯总是拿约翰逊博士来开刀，其实，华兹华斯为他歌谣中的人物辩解，与约翰逊对莎士比亚笔下的喜剧人物的赞美，二者在概念和批评用语上都十分相似，这一点是十分耐人寻味的。约翰逊说，莎士比亚笔下的人物

> 按照从真实情感中得出的规律来行动，这种情感极少因其形式特殊而改变……他们是自然的，因而是永存的……原始人的各种品质都是极其单一纯朴的，既不会凭空增添也不会有所失落……
>
> 假若每一个民族都有一种永不过时的表达方式（我相信是有的）……那么这种方式可能要到日常生活的普遍交谈中去寻找，要到这样一些人们当中去寻找，这些人说话只是为了别人听懂他们的意思，但丝毫没有附庸风雅的意图。[22]

由此可见，华兹华斯与约翰逊都认为，诗人应该关注的是人性中普遍的和统一的因素、情感和语言；只是在现实生活中何处最能体现这些特性

的问题上看法不一。然而，这一差别在实践中却引致与传统诗歌习俗规范的决裂。在华兹华斯看来，发疯的母亲，痴呆的孩子，或不知死为何事的孩童，同阿喀琉斯和李尔王一样，都可作为严肃诗歌的合适主题。在诗歌中表现这些人物，并不像某些批评家自此以来所一直指责的那样，是从表现普遍和正常意义的人和物转变为表现异常和反常的人与物。恰恰相反，通过对当时最为流行的新古典主义思想前提的简单扩展——早在约翰逊的时代就有许多人这样做了——华兹华斯将诗歌的表现内容转向了农夫、孩童与白痴的情感和思想，这些情感和思想的存在，本身就说明它们不仅是上层社会的属性，也是全人类的属性。华兹华斯宣称，在这些人物身上，"这些因素是很单纯的，它们属于本性而不是属于修养，现在存在着，而且很可能会一直存在下去……"[23] 华兹华斯以这些观点为基础，在诗歌创作中对共同的文学情感和题材做出了重大的扩展，并对此做出了充分的说明论证。

在华兹华斯的理论中，下等人的"基本热情"和"未经夸张的表现方法"不仅被用作诗歌题材，也被视为诗人在创作过程中自身情感"自然流露"的榜样。总之，华兹华斯把诗歌的主题、辞藻、人物塑造以及所有其他成分一概划入他的理论系统中合乎其逻辑的原始类型。

（2）诗人的本质。"在一般意义上来研究这个问题，让我问问，诗人这个字眼是什么意思呢？诗人是什么呢？"华兹华斯的回答是，诗人是"一个向大众说话的人"，他与一般人的区别不是种类不同，而是在感受性、热忱和表达能力上有高下之分。由此可见，"当诗人借人物之口说话时"，题材"就会在适当的时候自然地使他产生热情"，由热情产生的语言就是人们真正使用的语言。在其他情况下，"当诗人以他的本来面目对我们说话时"，他也就会像普通人一样去感受，去说话。

> 但是这些热情、思想和感觉都是一般人的热情、思想和感觉……诗人以人的热情去思考和感受。那么他用的语言怎能与感觉敏锐、头脑清楚的其他一切人所用的语言有任何实质上的差别呢？[24]

华兹华斯自己明白，他以自己的情感作为写诗的依据，这使他特别容易遭到别人指责。他们会说这些情感只有他才会有,并且总是莫名其妙地同微贱的题材联系在一起。他自己承认,"我知道,我自己的联想有时是特殊的,而不是一般的"。关于这一点,他辩解说,尽管他也是人因而不免出错,但一个诗人要想了解人类普遍的情感,最好的向导还是他自己的情感。任何作者都不可能万无一失地听信"几个人的说法,甚至某一类人的说法……他自己的情感才是他的依靠和支撑"。[25]

华兹华斯然后讨论了他的诗歌表现说可能导致的一个推论,这个结论后来实际上成了排外诗和隐秘象征主义的辩解词。诗人为什么不能抛弃普通语言而"使用一种特别的语言来表达情感,以娱乐自己或与他类似的人呢?"对此,华兹华斯反对说,"诗人绝不是单单为诗人而写诗,他是为人类而写诗"。[26]——这一论点把我们引向他论述的第三个部分:

(3) 受众。同所有新古典主义批评家一样,华兹华斯确信,诗歌必须"直接给人愉快",必须诉诸人们持续一贯的感受性,因此,正如约翰逊博士所说,"诗歌是否优秀,必须由读者根据常识来判断,因为读者未经文学偏见污染,也没有刻意求工或者教条主义的迂腐"[27]。但是,华兹华斯在这里又遇到了一个困难,因为他写作这篇《序言》的主要目的之一是为他的作诗原则和实践辩护,并且驳斥当时大多数读者对他的冷漠和责难。同华兹华斯一样,许多新古典主义理论家也长期处于进退两难的境地。他们发现,倘若以一般人的言论为准,那就意味着与这些人相提并论,势必与他们自己训练有素的审美倾向相抵触。约翰逊博士大胆地依靠一般读者;但是其他批评家不但贬低当时当地人的一致意见而赞同许多世纪以来的传统看法,并且认为只有极少数人才有资格、有能力为一般人说话,绝大部分都不行。这个结论真是令人奇怪,它的逻辑推理过程在凯姆斯勋爵的《批评的要素》中却表述得很清楚。凯姆斯认为,人们一贯坚持的东西"不但是不变的,也是完美的,或者正确的……"然而要想确立"人类共有的"趣味的标准,我们则"不能单凭一时一地的趣味而定,而应根据文明国度中最一般、最持久的趣味而定"。由此可以推断,应该被剥夺投票权的不光是"野人",也包括"那些依靠体力劳动糊口的人",以及其他"趣味败坏因而不配参加选举的人。因此，所谓的人类常识，必须限制在极少数不属此列的人之内"。[28]

华兹华斯还采用了排他法作为他的理论基础，不过，他扭转了凯姆斯的偏见，他不是把"那些依靠体力劳动糊口的人"排斥在外，而是将他们作为了解人类的最佳的实用指标。他在给克里斯托弗·诺思的信中写道，诗歌必须赋予"现存和将来的人性"以愉快，但是，从大部分现存的人性来看，上述这种人性极其贫乏，因为大多数读者都已被"虚伪的文雅"和"人为的欲望"颠倒了。因此，一个伟大的诗人不应该听从，而应该

> 矫正人们的情感，使他们的情感重新组合，使他们的情感更理智、更纯洁、更持久，总之，更加合于自然……[29]

华兹华斯在 1800 年版《序言》的结语中写道，他据此认为，他的目标只要实现，就能产生"真正的诗；这种诗在本质上能使人类产生永久的兴趣"。十五年后，某些批评家怀着"持续不消的敌意"继续非难他的诗歌，这就驱使他在《序言》的附录中对这一论题又做了进一步阐发。这次，他首先对两种言论做了区分："公众"的言论是暂时的，不免出错的；而"人民"的言论则是永久的、普遍的规范，是经年累月而形成的。

> 作者觉得不必尊重人民的判断，这不就是总的结局吗？这种想法极其有害……当人们说，在好的诗歌中，个体也和种类一样能够生存时，其实早已肯定了人民的作用，并且流露出对人民的赞扬。不是吗？若不是借人民之力，它如何生存？……这种精神所驱发的声音是人民的心声，是受了神灵感召而发的。谁若误将它当作一时的欢叫，一地的呼喊，那就是愚蠢至极了，尽管这一时可以历经数年，一地可以包括一个民族。[30]

（4）诗歌的措辞。任何理论，只要认为诗歌表现情感，用词问题便常常成为其首要问题。这是因为诗人的情感流露出来时，不是形成情节或人物，而最先要形诸文字，因此，确立某种标准从而调整和判断诗人的语言，就成了批评家的主要任务。

华兹华斯的《序言》大部分是对这个问题的探讨，但是他的表述却非常晦涩难解，因此从他那个时代至今，人们一直在无休止地争论他的意思到底是什么。他的真实意义之所以难以索解，究其根源，是因为他的一再重复的作诗主张，即诗歌语言是"人们的真实语言"，或者是"人们真正使用的语言"。另一个原因是与此有关的陈述，即"散文的语言和韵文的语言"之间不可能存在"任何本质上的区别"。[31] 尽管"真正的"一词意义模棱两可，但纵观全文不难看出，华兹华斯这里所指的不是散文语言中的单个语词或语法结构，而主要是指其偏离直白表述的装饰性用语。华兹华斯主要想表明，韵文用语如果出现这样的偏离，只有当它与日常的"纯朴"言语出于相同的心理致因时才是合理的。有些人试图驳倒华兹华斯的论点，他们指责华兹华斯自己在诗歌中使用的词汇量比农民的大，其句子结构也大不相同，其实这些人并没有抓到要点。根据华兹华斯的理论，《丁登寺》的语言，与英格兰北部湖泊区牧童的话语之间的联系，从根本上说不在于词汇或语法，而是因为它们同属一类。他会宣称，这两种话语形式都是人们在真诚的热情驱使下实际使用的语言。

用 18 世纪的批评来进行透视，也能进一步澄清华兹华斯的论点。华兹华斯用"真实的"一词作为诗歌语言的规范，这个词在很大程度上，可与"自然"一词换用——"自然的真实语言"是他的常用语——而"自然"一词，按华兹华斯在其他地方的用法，则具有好几个属性。第一，自然语言并不是诗人圈的专属语言，而是整个人类的语言。正如华兹华斯所说，这种语言并不带有"为某个诗人所特有或仅仅属于诗人整体的"词汇色彩。[32] 第二，"最早的诗人""同普通人一样，很自然地作诗"时所使用的就是这种语言；现在，散文中的最好例子是生活在自然中的人们对于本原情感"纯朴的、毫不文饰的表达"[33]。第三，从其发生情况来看，自然的语言是热情因本能自动的流露而形成文字，因此与"艺术"的特征——如有意使手段符合目的或是墨守作诗之成规等——是相互对立的。华兹华斯赋予这一原则的限制条件是它必须"给人以愉快"，这意味着要剔除那些"情感中痛苦的、令人生厌"的成分；但他又立即指出，这并不要求诗人使用那些"从现实和真实里产生的"那些文字去"装饰自然或拔高自然"。[34]

总之，华兹华斯在为诗歌词汇确立标准时，充分利用了自然与艺术之间久已有之的对照，并像早一个世纪的审美原始主义者一样，声称自己是崇尚自然的。《序言》全文都暗示了这一点，在他那篇由三个部分组成的《论墓志铭》一文中更加显露无遗。这篇文章有一部分发表在1810年《朋友》杂志上，另外两部分则根据手稿首次收入格罗萨特编的《威廉·华兹华斯散文集》(1876年)。这是华兹华斯最长的论文，表现了他一贯倡导的批评观点，并像他的《序言》一样致力于反对"散文中自然的东西并不适合于韵文"的观念。[35]尽管如此，它仍然没有引起研究华兹华斯的文学理论的人的足够重视。

他在这篇文章第三部分开头说："我愿为自然的权益和尊严辩护。"

> 我说过，这种优点是不易获得的。为什么呢？是因为自然软弱吗？不！精神在受到强烈震撼的时候……决不会缺乏积极的力量；这实在是因为自然的敌手（你可以叫它敌对的艺术，或者随便怎么叫）相对来说比较强大……〔在《雅篇》的韵文墓志铭中〕几乎没有一篇不是彻头彻尾地被技艺所败坏的。自德莱顿和蒲柏以来，我们的韵文作品中充斥着这种技艺。[36]

一望即知，华兹华斯反对蒲柏关于诗歌语言的理论和实践。蒲柏说过，"真正的才智是把自然装饰得恰到好处"，同时还说"真正的表现"是使思想披上适当的得体的"外衣"和装饰。"它使外物生辉，但绝不改变它们。"另一方面，如果诗人"不善于正视赤裸裸的自然……而是以装饰来掩饰他们的艺术缺陷"[37]，则会产生虚伪的技巧。然而在华兹华斯看来，这一切统统都是虚伪的技巧，一切艺术——指那些故意舞弄文辞以适合情感以及滥用修辞手法来整饰文辞的艺术——其功用都只能是败坏他所说的"真正的"诗歌。华兹华斯在驳斥新古典主义意义上的"艺术"的同时，也驳斥了与其相关联的概念，即语言是思想的外衣，形象比喻是语言的装饰品。[38]

当我们重温《抒情歌谣集》的《序言》和《附录》时，我们会发现，华兹华斯为修辞手法做了总体的辩护,为各种修辞格作了分别的论证,但他声明,这些修辞手段必须是由热情"自然"触发,而不是"臆想的装饰物"[39]。他是这样解释的:"诗歌词汇"产生于诗歌史上这样一个时期,人们先是"机械地采用"修辞手法,然后便"常常用它们来表现与其没有自然联系的情感和思想"。结果便产生了诗歌语言,它"就其材料而言,不同于人们在任何情况下都使用的真正的语言"(这里,华兹华斯明白无误地表现出他使用的"真正的"一词是"自然的"同义词),尽管随着时间的推移,"人们逐渐丧失了鉴别能力,而把这种语言误当成自然的语言"。[40] 也是自然语言和艺术语言之间的这种对照,以及对艺术的排斥,才使得华兹华斯对 18 世纪诗人的词汇特征做了那些形容。这种词汇是"做作的",是"虚假的文雅和人为的杜撰"的结果;它违背了人性的规律,因而是"任意的,怪诞的",是"套话"而不是"直语";其结果是,它取代了人们自然地普遍使用的语言,成了一种"家族语言","作为诗人的共同遗产"而代代相传。[41]

以上我表明了华兹华斯的理论植根于早期的尚古主义原则之中,但不能因此认为我是在非难甚或贬低华兹华斯的理论成就。他试图矫正早期那种使诗歌"艺术"公式化和僵化的做法,因而强调与其相对的因素"自然",这从历史观点看是有其理由的,至少从实用意义上看是有用的,因为这种理论是这位伟大的有独创精神的英语诗人所使用的有效假设,并指导了他的具体实践。华兹华斯认识到,民间口头流传的歌谣、歌曲和故事等形式是伟大的,具有成为文学样式的潜在力量。他还注意到那些散发着泥土气息的人,与大都市的生活习俗的急剧变化是相对隔离的,他们的生活方式和言语具有成为文学题材的可能性。他的批评正是建立在这些认识的坚实基础之上的。即使人民大众的文学或生活方式都不像华兹华斯所断言的那样"质朴",即使他以这些属性来概括一切诗歌属性的尝试可以受到严肃的指责,然而他不论从主张上还是实践上都给文学界带来了大量宝藏,从托马斯·哈代直到威廉·福克纳一直都在开掘它,并取得了丰硕的成果。

此外，华兹华斯还对早期热衷于原始主义的人的理论主张进行了成功的阐发和论证，从而使这些主张成为我们批评传统中受人尊重和富有成果的一部分，尽管它们本身还谈不上完整和充分。华兹华斯绝没有把伟大的诗人看成是毫无思想只凭本能行事的自然之子。他要求诗人留心题材，并提醒诗人，他不是为自己写作，而是为人们写作。同样，他也肯定地说，写出好诗的人必然经过了"长时间的深沉思索。因为我们那持续不断的情感源泉会受到思想的修正和指引，思想才真正代表了我们过去所有的情感……"这样，他对美学尚古主义的关键假设作了加工，形成了自发的概念，这种自发性是智慧的运用和锤炼的技巧所给予的报偿——正如F. R. 利维斯所说，这种自发性"是伴随着错综复杂的发展而产生的，这种自然性也完善了某种道德原则或其他原则"。[42] 按照多萝西·华兹华斯的《日记》中的描述来看，华兹华斯自己的实践也充分说明，写好的诗篇也可能要进行长期辛勤的修改。因此，他以表现说的力量，把诗歌是一种有意识的艺术这一古老概念中的某些成分纳入了表现说的范围；表现说的特殊之处在于，它可以在诗篇形成前后，将这些成分小心翼翼地置于临时待变的状态。华兹华斯坚持认为，在具体的创作过程中，"自然性"的最可靠的保证在于情感的流露必须顺乎自然，既不故意使用习语去表达情感，也不故意扭曲语言手段以获得诗的效果。

最后值得强调的是，华兹华斯尽管反对诗歌反映的自然必须"装饰得体"的观点，他却认同自然"所思常在"的说法。要求诗歌素材的一贯性甚于独创性，在这一点上，华兹华斯超过了约翰逊博士。约翰逊同华兹华斯一样，对丧葬诗也很有兴趣，并在他之前就写出了论述挽歌的文章。他曾经选出蒲柏的一篇作品大加赞美，因为其中"几乎没有一行是平庸之笔"。针对这点，华兹华斯斥责他说：

> 挽歌应该具有思想和情感，这些思想和情感的质料是平凡的，甚至是陈旧的。这不仅没错，而且是个根本条件。挽歌是建立在人类共有的智力品质之上的，即建立在感觉之上的，过去和现在人们每日每时都有的感觉；这些是真情实感，其固有的兴趣和重要性反而让人忽

视了它们，让它们自生自灭。

然而，接下来的一句话却标志着这两位理论家各奔东西的分手点："但是我们认为"，华兹华斯说，"这些真情实感必须是本能地发出的，或是为环境所迫而不得不发的……"[43]

伟大的浪漫主义诗人在追求一致性方面应该超越伟大的新古典主义批评家，如果我们记得约翰逊通过提倡"既自然又新颖"来平衡他对普遍真理的要求，那这种观点不能算是出格。而且我们还记得，英国的浪漫主义诗人没有一个赞同诺瓦利斯的这一观点："越是具有个性、地方性、时间性、特殊性的诗歌，就越接近诗的真谛。"[44] 在英国，随着扬格的《遐想》，人们崇拜独特和创新的高潮出现了，接着又消逝了。华兹华斯要求诗歌必须写人类主要的东西，这同布瓦洛、蒲柏和约翰逊是并行不悖的；然而，他认为诗歌是情感的流露，以此取代了诗歌是令人愉快的模仿的观点，这又使这条标准在应用时变了样子。由于诗人是"一个对大众说话的人"，因此表达他的自发情感便是保证诗歌内容具有普遍性，并使它诉诸人类普遍性的最佳途径。如果此处不去考虑华兹华斯所坚持的观点：诗人的眼睛应当盯住自己的主题，那么这种想法在维克多·雨果的表述中便戏剧性地达到了极点：

唉！我对你谈论我自己，其实也在谈论你。你怎么就感觉不到呢？啊！真是荒唐，谁能相信我不就是你呢？[45]

二 柯尔律治论诗篇、诗歌与诗人

有人说柯尔律治的应用批评独立于——甚或幸运地逃离了——他的总体哲学观点，这是个错误。追随柯尔律治的人也好，许多反对柯尔律治的人也好，都犯了这个错误。当这种错误认识走向极端时，便得出这样的结论：柯尔律治的批评方法"在今天会被说成是印象主义的"，以及"有如阿那托尔·法朗士的'灵魂在众多杰作中的历险'"。[46] 就连 T. M. 雷泽，在他编辑的必读本《柯尔律治论莎士比亚》中，也犯了错误。他说，柯尔律治在《文学生涯》中对华兹华斯的学说进行分析时，其总体思想"是基于个人经验的归纳和概括"，"无论在何种意义上都不是根据某种玄学系统——比如我们称为美学的那个哲学分支——对艺术所作的演绎"。[47] 柯尔律治本人经常斥责说，把演绎与归纳绝对化地对立起来是个谬误。按照他的看法，批评同科学一样，缺乏先在"理念"而进行的经验性探索是毫无用处的，只有做好准备的心灵才会有所发现。柯尔律治具有打比方的天才，他这样说，观察只是沉思的"眼睛，它们的视野是由〔沉思〕预先决定的，沉思之于眼睛犹如它之于思索的器官一样，传达出一种显微发毫的力量"[48]。他还说，在实用批评中，"如果某个批评家宣布并努力去建立作为一般诗歌基础的原则，那我认为，这种探求方法是公正而有哲理性的……"[49] 事情的真相是，柯尔律治超过了任何探索范围与他相仿的批评家，每当探讨一个文学事实时，他总要明确提及那些首要原则。他曾试图构建一个哲学体系，将包括诗歌与批评在内的一切可知事物（omne scibile）的基础收纳其中。虽然一直未能完成，但在这一点上他做了很多工作：他试图证明，他的玄学假设决非与其批评实践格格不入，而是作为主要的批评原则再次出现，使他有可能对具体诗篇的构成和特性得出独到的洞见。

柯尔律治的哲学理论植根于创造性心灵的构成和活动中，他的批评理论也是如此。

> 我曾力图在人类心灵的各种能力之上，在这些能力相对的尊严和重要性之上建立起一个牢固的基础，并始终在此基础上展开我的观点。我是根据这种能力或源泉——任何诗篇或诗段所能给人的愉快都是由此产生——来评估这些诗篇或诗段的价值的。[50]

心灵是与创造力相关的状态和活动，对柯尔律治来说既是艺术的源泉也是艺术的试金石。他的诗论涉及心灵在诗人思维过程中的种种主导作用，他对于这个问题的讨论非常系统，为方便论述，我们将在谈到浪漫主义的诗歌创作心理学时，再对其主要观念进行讨论。这里我们先来看看柯尔律治在其《文学生涯》最关键、最长、也是论证最为严密的部分，是如何运用他的主要批评原则来检视华兹华斯关于诗和诗歌词汇的理论，以此对柯尔律治和华兹华斯二者的理论做个对比。

柯尔律治与华兹华斯的分歧不是事隔很久才产生，也不是（像人们有时指责的那样）这两位诗人关系疏远的结果；他们的分歧是根本性的，并非细枝末节上的。1800年版《序言》发表仅两年后，柯尔律治就写信给骚塞说："尽管华兹华斯的《序言》有一半是我的大脑的产儿"，但我"很怀疑，我们关于诗歌的理论观点有着某种严重的分歧；对此我将探根究底……"[51] 显然，柯尔律治在《文学生涯》中对华兹华斯的批评是他十四年来对这个问题思索的结果。

柯尔律治在《文学生涯》中说得很清楚，他并不反对华兹华斯"试验"新的诗体，而是反对那些似乎是"为了将这种诗体推广到各类诗歌之中"而作的言论，认为这些言论"有原则性错误"。[52] 华兹华斯在"自然"——各种意义上的自然——与"艺术"之间做出的基本对立，在他那个时代熟悉18世纪后期的批评模式的人看来，是极其明显的。柯尔律治所做的精密论证，意在表明这一对立不能成立。他认为，所谓伟大的诗篇是"自然的"，是指它们具有明确目的，部分与整体相适配，手段与目的相适配，能够有选择地使用诗歌所特有的规约，这些才是艺术的决定性特征。

柯尔律治在着手批评时首先阐释了几个观点："第一，关于一首诗；第二，关于诗歌总体，它的种类，它的本质。"华兹华斯觉得，为诗歌韵律正名是一件特别棘手的事情。这是因为，尽管表达情感的自然语言大多是有节奏的，但具有高度统一的重音和诗节模式的诗歌并非自然所成，而是属于技艺和俗约，所以他曾被迫撇开论证的主题，而去解释韵律，把它说成是"附加"在自然语言之上的"迷人之物"（不过他的说法却很像被他自己批判的理论：诗歌应该使用人为装饰）。使用这种迷人之物是有道理的，因为凭借它可以给人一种本来没有的愉快，并能消除"更深的激情"之痛苦，而又与激情不相抵触，也不会诱使诗人去采用"其他矫揉造作的风格"。然而，他认为，韵律"只是诗歌创作中的附加物"。[53] 柯尔律治的观点与华兹华斯的截然相反，他公然宣称韵律是诗歌的基本

属性。因而他不但把诗歌与科学或历史著作区别对待,也同以散文语言创作的虚构作品相区别:

> 按照这种推理,诗歌的最终定义可以这样来表述。一首诗就是这样一种作品,它与科学作品相对,因为它的直接目的是给人愉快,而不是获致真理;与所有其他创作样式(即都以这一目的为宗旨的作品)相比,诗歌的独到之处在于它力图从整体上达到这种愉快的目的,同时,它的每一个组成部分也能明显地给人满足。[54]

柯尔律治把诗歌界定为达到某一"宗旨""目标"或"目的"(他是把这些术语当作同义语使用的)的手段,从而沿着新古典主义批评的传统,把诗歌创作明确视为一种有意识的艺术,而不是情感的自然流露。他在较早的一次讲演中谈及这个问题时也引用了"情感流露"这一用语,但那是从属于有意识的目标的:"这种艺术传达我们想要传达的一切,以便表达激情,唤起激情,但它的目标是直接给人愉快;各个部分互相协调,以便给人以整体所能提供的最大的愉快。"[55]一首诗歌的各个部分,包括它所表达的情感,调动了如此众多的手段,都是为了达到给人愉快这一既定目标;而韵律,在这个讨论语境中,则被认为是"刻意求工的选择,人为的安排",其目的在于使诗的各个部分给人以最大的愉快。然而,韵律并不像华兹华斯以及众多早期理论家所认为的那样,仅仅是额外的魅力。这是因为在一个谐和的或有条不紊的整体中,任何一部分的改动势必会牵动其他;所以,"如果必须增加韵律,就必须使所有其他部分与之和谐"。"我要提出……这个原则",柯尔律治后来论证说,"一个有机整体中的所有部分,都必须融入更加重要、更加基本的部分"。[56]

以上是将诗歌当作有韵律的成品,或(按柯尔律治的说法)当作一种"创作样式"来讨论的。接着柯尔律治又进行了一场意味深长的独特演习。"如果承认这是一首诗歌令人满意的特性的话,我们还必须寻求总体的诗的定义。因为柏拉图、泰勒、伯内特和以赛亚等形形色色的作家,写出了我们所认为的'最优秀的诗',尽管这种诗缺乏韵律,并以真理而非愉快作为其直接目的";再说,一首诗"既不可能也不应该代表总体的诗"。为了界说他在别处所说的"最高的、最特殊意义上的诗"——指那些创造性心灵的最高成就,这些成就不论是散文或韵文都只在极少数段落中出现——柯尔律治避开成品,转而去检视诗人;抛开以理性目的为根据的定义,转而采用以创作过程中各种心灵能力的结合和作用为基础的定义。根据"这个词的最严格的用法"——

> 诗是什么?这无异于问:诗人是什么?回答了其中一个问题,另一个也就有答案了。因为诗的特点正是天才诗人的特点……
>
> 理想中的完美诗人能将人的全部身心都调动起来……他身上会散发出统一性的色调和精神,能借助于那种善于综合的神奇力量,使它们彼此混合或(仿佛是)融化为一体。这种力量我专门用了"想象"这个名字来称呼,它……能使对立的、不调和的性质达到平衡或变得和谐……[57]

从这里我们可以看出柯尔律治从事批评的典型步骤,他先由作品入手,但马上就转入过程之中。只要他关心的是对"创作样式"进行分类和批评分析在方法上的衍化,那么他会重新启用经过时间考验的诸如媒介、题材、词汇和目的等特征,来为他的目的服务,因为自古代修辞学家以来,它们一直是批评的主要工具。但是当柯尔律治谈到如何建立对"最高意义上的"诗的评估标准时,他的批评又带上了生物发生学色彩,使诗人的心灵和力量成为审美参照的焦点,以此表明他的批评与当时的中心倾向是和谐的。

在上段引文中,柯尔律治把一个重要概念引进了英国批评,这个概念在我们这个时代的批评著述中再次出现,并起了主导作用。[58] 这就是以诗的包容性来衡量其优劣——以一首诗中"各种对立的,不调和的性质"能否共存作为衡量标准,看它们是否能够被柯尔律治称为想象的那种综合性力量融合或"调和"为一个整体。必须注意,这一概念在柯尔律治的批评中并不是凭空产生的,甚至不是源于美学的。它是发生学原则在审美领域中的应用,这种原则构成了柯尔律治整个玄学体系的基础。

柯尔律治在《文学生涯》的一章中写道:"给我一个自然,让它具备两种相互对立的力量,一种力量能够无限扩展,另一种则努力在这种无限中认识或发现自己,我便能使各种智力组成的世界以及代表它们的那整个系统出现在你面前。"[59] 接着在一系列论题下,他进一步归总这一"动力哲学"的主要原则。他明确表示,这样做是为了将这些原则应用到"想象的演绎中,并随之应用到艺术的创作原则和有机批评原则中去"。他告诉我们,必须从"一种以自身为依据的、无条件的、自证自明的真理"入手。这种原则可在"总和或者我在(the SUM or I AM)"中找到——就是那"精神、自我和自我意识",可以将它们描述为"同一种力量无休止地自我复制为客体和主体,二者互为前提,并且仅作为对立面而得以存在"。由于主客体、无限和有限在个体心灵中的对立生生不息地自我更新,因而产生出一种生成力量——"这种矛盾的存在、调和和复发,便形成了创作和生命,并使它们显得神秘"。[60]

对立因素之间存在着动力冲突,也会经调和而形成更高的第三因素。这种现象并不局限于个体的意识过程,柯尔律治也以这个观点作为其宇宙进化论、认识论和诗歌创作理论的根本原则。柯尔律治在他那篇晦涩的、常遭奚落的评论中,正是想表明这个观点:"我主张,第一性想象是一切人类知觉活动的原动力,是无限的'我在'(I AM)中的永恒创造活动在有限的心灵中的重演。第二性想象,我认为是第一性想象的回声……"[61] 一切真正的创造——只要不是对现成模式的仿造,也不是将已有成分简单地重新组合成一个样式尽管新颖,但其组成部分却依然如旧的整体——都来自对立的力量的生成性张力之中,这些力量都毫无例外地被综合成一个新的整体。因此,创造性诗歌中的想象,是构成宇宙的那些创造性原则的回声。相反,整个宇宙,就其"在无限的'我在'中"的不断繁衍或者在人类个体心灵的知觉过程中重演那种活动而言,同一首伟大的诗篇一样,都是对立的和相互分歧的因素所产生的生成力使然。

据此,在柯尔律治的批评中,不一致的或对立的审美特性经过想象的综合,取代了华兹华斯的"自然"而成为诗歌最高价值的判断标准;而且这是以柯尔律治的世界观中固有的论点为基础的。我们知道,新古典主义批评家常常以各个极端之间的一种平均的或比例适当的组合来描述审美规范。其中的许多极端都在柯尔律治的那些对立物的清单中找到，这些对立物在诗歌中得到调和，只是转变成了正——反——合这个新的三合一的律动模式。想象的调和作用产生于"同一与区别、一般与具体；观念与形象；个体与代表；新鲜感与陈旧物；非常的心境与非常的秩序之间……"[62]尤其是最伟大的诗歌调和了许多对立因素（这又使我们想起了柯尔律治与华兹华斯辩论的关键所在），其中也包括自然和艺术之间的各种对立，"既融合、协调了自然的与人为的因素，又使艺术仍从属于自然"。

在反驳华兹华斯理论的其余部分时，柯尔律治反复试图证明，诗歌再也不用完全依附于自然，而是能够调和艺术与自然的对立。这并不是辩证法的空洞胜利，而是可以从作诗的事实中得到证实的。首先要注意，他由衷地赞同华兹华斯的做法，即把合理的修辞手法建立在自然情感之上，尽管这种情感不是来自诗人本身，而是来自他塑造的人物；他也同华兹华斯一样，批评了许多近期诗作中的纯"技艺"的表现。他认为，华兹华斯只要"表现出情感的真实性，表现出独创性诗人使用形象和隐喻时的适度的戏剧化——尽管形象和隐喻一旦被剥去它们赖以存在的理由就会变成只起连接和装饰作用的简单技巧"，只要他把形象、隐喻同"激情感觉的自然语言"区别开来，那么他的心愿和实绩就"配得上人们的各种称赞"。[63]柯尔律治告诉我们，他所不以为然的，是华兹华斯那附加的论点，即"一般来说，恰当的诗歌词汇，除去一些例外，完全包含在人们在自然情感影响下进行自然会话的语言之中"，并说，这种会话的最好例证在于"卑微的乡村生活中"。针对这种文化原始主义，柯尔律治作了详细的、令人信服的论辩。他首先指出，华兹华斯自己的许多诗篇的题材和语言都违背了这一标准；其次，他表明乡村生活的特殊条件只会导致粗糙和狭窄，而不会导致优美的情感和语言。[64]

华兹华斯还有个更为普遍的论点：诗的标准是表达情感的自然语言在日常生活中的使用，因而，柯尔律治引用华兹华斯的话说，"在散文语言和韵文语言之间，没有也不可能有本质的区别"。柯尔律治的看法是，"表达方式"是多种多样的,在散文中"合适并且自然"的东西,"在有韵律的诗歌中可能不合适甚或格格不入";另一方面,在一首严肃的诗中安排有方的词语和使用得体的修辞手法,到了得体的散文中倒可能是"错误的和不得体的"。[65]

换言之,自然性的法则适用于日常的、富于情感色彩的语言,却未必能裁夺"总体的诗",尤其在"一首诗"这个中介里更是如此,因为这是一种艺术形式,它有一定的目的,也有达到这些目的的选择手段(包括选词)。柯尔律治此时的第一步努力,是在他原先对"总体的诗"和"一首诗"这两个定义的鸿沟上架设起一座桥梁,以证明想象的综合活动是如何在这种不自然的媒介里表现出来,并且这个表现过程既是自发的又是故意的,既是自然的又是人为的。为了达到这个目的,他对此前从目的的角度对单首诗篇所做的分析进行了扩充,对他称作"韵律的诗"——由单首诗篇的媒介写成的诗——的心理学起源作了分析。根据这个修改过的观点来看,韵律成了对立因素之间的冲突和调解的产物,这种冲突和调解就是总体的诗的生成原则——"想象"。

> 先从韵律的起源说起。这可以追溯到心灵为了抑制热情的奔放而自然获致的平衡。这样,就不难解释,这一有益的平衡是如何既受到激情的影响,同时又对其抑制,以及对立因素的这种平衡如何通过意志和判断,有意识地,为了达至预设的愉悦目标,又被组织成为韵律。[66]

诚如柯尔律治在此以前所说,正是在这个意义上,"音乐愉快的感受性,以及创造音乐之愉快的力量,皆拜想象所赐"。本着这种看法,人们认为真正属于诗的那些诗篇在自然语言和艺术技巧之间,在自发性和有意设想之间达到了和谐的统一。"正如韵律的元素依赖于高涨的兴奋状态而存在,韵律本身也须伴以表现激奋的自然语言"。然而,"由于这些元素是人为地、通过有意识的活动、通过精心设计而形成韵律的",因而这些条件"必须得到调和,方能共存。它们之间不仅是搭伴关系,而是要成为一体;必须有情感和意志的互相渗透,自发冲动和有意识目的的互相贯穿"。由此类推，有些修辞手法就其本原而言完全是情感的自然表现，但在一首诗的艺术语言中使用这些修辞就必须服从不同的、更为复杂的标准，因为一首诗总是以引发审美快感为目的的。

> 我再次强调，这种一体性只能显示于以一定频率出现的言语形式和修辞手法（它们原是激情的产儿，但现在却是力量的继子），数量比可能需要的或承受的大，在这种表述中，激情并非放任自流，而是为了愉悦的目的被保存起来……它不仅支配着，并且本身也常常频繁地产生形象生动的语言，且比其他情况下的自然言语更为频繁。[67]

柯尔律治认为，说诗歌在创作时是极其单纯的情感的自然流露，这一原则的提法过于粗糙，多有不足，所以他试图对此加以提炼和补充。我们在此看到的，其中就有他的这种企图。例如，他认为诗歌的恰当语言，必须回溯到情感的两种来源，而不是一种。其中第二种是作诗时特有的。柯尔律治解释说，关于诗歌，"华兹华斯先生说得很对，它总是包含情感的"，每一种情感都有"特定的表现方式"。但除此以外，"作诗这一活动本身就是——并应该能够暗示和产生——一种不寻常的兴奋状态，因此它的语言也必定有相应的特点，而且必须如此"。[68]

然而，柯尔律治把讨论的焦点集中在驳斥华兹华斯理论的基础——自然与艺术的普遍对立之上。他向我们表明，他自己完全清楚华兹华斯的推理不过是西方思想中一个旧思潮的新运用，因为他在反驳他的朋友时引用了对于尚古主义观点的经典驳论。在他所引的那段文章中，莎士比亚借波力克西尼斯之口，指出艺术（即人的设计和技艺的介入）"本身就是自然"，以此驳斥了蒙田对于与艺术相对的自然的偏爱。柯尔律治总结说，"我们可以"

> 在某种程度上将《冬天的故事》中波力克西尼斯的回答应用到〔诗歌中自发的冲动和有意的目的〕这个整体之上，应用到坡迪塔对紫罗兰花瓣的疏忽上，因为她曾听说，
>
> 有一种艺术，色彩斑斓，

>它与伟大的自然共分秋色。
>
>　　波力克西尼斯：就算有吧；
>然而自然非平衡所造，
>自然创造那平衡；故而，甚至那艺术
>即使如你所说给自然增彩，它也是
>自然创造的艺术。[69]

总之，柯尔律治认为，最优秀的诗歌确实是自然情感的产物，但是这种情感会因为崇尚秩序的冲动而产生一种创造性张力，从而激发起具有同化作用的想象力，并且（由于其对立因素，即目的和判断的平衡作用，加上创作活动本身所具有的热情）自动组织成为一种传统的媒介，其中部分与整体既互相协调，也共同服从于引发快感的目的。认为诗歌中自然的东西包括艺术，并产生于自发性和有意性的相互渗透，这种二律背反的观点不仅仅是柯尔律治的哲学参照系的抽象产物。这一事实已被各个时代的创造性诗人所证实，这些诗人都声称，他们写作之前都有计划，作品也是辛勤实践所获得的技巧的结果，但有时往往是中心思想占了上风，这中心思想的显现常与他们的原来意图甚至明确的愿望背道而驰；不过回顾一下便不难看出，他们所写的比他们所想的更好。

让我们来看一下柯尔律治如何设法解决同一问题的另一个方面。华兹华斯认为，诗人要么依赖自然，接受其自发的鼓舞（这种自然在平民百姓的言语中反映最充分），要么自行其是，"在这个问题上没有调和的余地"。柯尔律治的回答是，确实存在着有效的"写作原则"，根据这些原则可以推导出"评判他人作品的规则"。

>但如果有人要问，诗人如果不使用他从市场上、教堂里、马路上或农田里听来的那种语言，如果不按那种方式来使用语言，那么他凭什么原则去确定自己的风格呢？我的回答是，他是有原则可循的，不懂或者忽视这些原则，他就不能算作诗人，而只是愚顽自负、欺世盗名之辈。这原则就是语法、逻辑和心理学的原则！

柯尔律治所吁求的，并不是从质朴的自然到新古典主义僵化了的理论成规。语法、逻辑和心理学的原则是适用的；但在诗人的实践中，对这些原则的了解必须"通过习惯而使之本能化"；然后这种了解才能再现成为"我们过去有意的推理、洞察力和结论的代表和回报，才能担当起趣味这个名称"。诗人应知晓何种语言适于表达不同的情感状态，也应了解"意识控制下的意志如何组合才能自然地表达那种状态"；在什么情况下这些修辞手法和色彩才会沦为服从于人为目的雕虫小技，但是这种了解不能依赖对他人的观察，而应"依靠想象的力量，起自蕴含在个体中的普遍人性"，因而是"直觉的"。最后，柯尔律治取消了规则来自外部的概念，替之以想象过程的内在法则的概念，从而证明诗歌如何才能既自然而又不失规约，既合法而又不受制于法，尽管是凭直觉创作，却又可用事实加以理智的解释：

> 倘若可从外部给定什么规则，诗也就不成其为诗，而沦为一种机械的艺术……想象的规则本身就是成长和创造的动力。[70]

柯尔律治在这里把想象过程的秩序等同于"成长"的过程。我们在后面将从另一角度来考察柯尔律治的理论，届时我们会知道，柯尔律治与华兹华斯不一样，他在艺术中最终求助的"自然"基本上是生物性的自然。与此相应，我们一直在讨论的柯尔律治关于诗歌创造性的概念——也就是那个自我组织的过程，它以一种内在的法则把相异的材料同化于整体之中——也从有机物生长的概念模式中借用了许多特征。

在柯尔律治对这种新的有机主义美学的探掘中，最重要的是他比华兹华斯更彻底地成了英国当时富有创新精神的批评家。不过说来奇怪，柯尔律治正是因为沿袭了大部分为华兹华斯所贬低或摒弃的新古典主义批评原则和批评术语，才使他的批评比华兹华斯的批评更加富有弹性，也更为实用——更为有效地揭示了单首诗篇的丰富内涵。柯尔律治通过严格区分"总体的诗"和"一首诗"而达到了上述目的，但他这种逻辑上的腾挪是不尽妥当的，肯定导致人们误解了他的本意。但是这样做也使他得以维持其双重观点，既可以把一首诗作为一首诗来详细讨论，又可把一首诗当作一种思维过程来看待。凭借这种方法，他也可以充分地利用"一首诗就是一个准自然的有机体"这一蕴涵丰富的概念，同时对于另一个概念——作诗基本上是一种理性的、后天获得的技艺，它能使部分适合于部分，使手段服从于既定目的——又能保留其不可或缺的区别和分析力。最后一点是，凭借这种方法，他仍有余地继续认为，判断一首诗的优劣（他那位生活在18世纪的老师鲍耶就曾力图把这种意识灌输给他）必须根据这种假设来进行："诗歌有其自身的逻辑，与科学的逻辑一样严密，甚至更加严格……因为诗歌依赖于更多的、更难把握的因素。"[71]

注 释

[1] *Wordsworth's Literary Criticism*, p. 21n.
[2] "The Philosophy of Poetry," XXXVIII (1835), p. 828.
[3] *Wordsworth's Literary Criticism*, p. 41.
[4] *Miscellaneous Criticism*, p. 227. Cf. "On Poesy or Art," *Biographia Literaria*, II, 253.
[5] E.g. "Defence of Poetry," *Shelley's Literary Criticism*, p. 121; De Quincey, "Style," *Collected Writings*, X, 171-3; Mill, "What is Poetry?" *Early Essays*, pp. 203-4; Keble, *Lectures on Poetry*, I, 19-20, 58-9, 65; Jeffrey, Review of Goethe's *Wilhelm Meister*, in *Contributions to the Edinburgh Review*, I, 258.
[6] *Wordsworth's Literary Criticism*, pp. 21-2.
[7] 见 Chap. X。
[8] *Wordsworth's Literary Criticism*, p. 23.
[9] Ibid., p. 213.
[10] *Biographia*, I, 30; II, 14-19.
[11] *Shelley's Literary and Philosophical Criticism*, pp. 156-8; Mill's *Early Essays*, pp. 259-60; cf. ibid. 221-4, 229-30.
[12] "Alfred de Vigny," *Dissertations and Discussions* (Boston, 1864), I, 348-9. 关于这个问题，另见：*Shelley's Literary Criticism*, pp. 154-8; Hazlitt, *Complete Works*, V, 129-30; VIII, 83; W. J. Fox, *Monthly Repository* (Jan. 1833), p. 31; A. Smith, "The Philosophy of Poetry," *Blackwood's*, XXXVIII (1835), p. 835。
[13] *Wordsworth's Literary Criticism*, pp. 32, 27, 16. 见 Chap, XI, sect. V。
[14] 尤其见"The Parallel of Deism and Classicism," *Essays in the History of Ideas* (Baltimore, 1948), pp. 78ff。

[15] Lecture XXXV, pp. 472-3; cf. Lecture II, pp. 19-20.

[16] *Rasselas,* in *Works,* III, 327-8.

[17] *A Critical Dissertation on the Poems of Ossian,* 载 *The Poems of Ossian* (NewYork, n.d.), pp. 89-90. 关于诗歌在艺术和文化进步过程中的得失问题的讨论，见 *Lectures,* Lecture XXXV, pp. 469-78。

[18] 关于这种时尚及其理论基础，有一个饶有风趣的解释，见 C. B. Tinker, *Nature's Simple Plan,* pp. 92ff。

[19] *Wordsworth's Literary Criticism,* p. 62. R. P. Knight 在 *Principles of Taste* 中有一段文章引用了布莱尔关于原始语言的断想，对此，华兹华斯亲笔做了旁注，表达了他对这种"对于〔人的〕野蛮状态，农业状况和猎人身份等等浅尝辄止的做法"不屑一顾 (E. A. Shearer, "Wordsworth and Coleridge Marginalia," *Huntington Library Quarterly,* I, 1937-8, p. 73)。

[20] *Wordsworth's Literary Criticism,* pp. 6-7.

[21] Ibid., pp. 14-15. 华兹华斯原来写的是"底层乡村生活"，直到 1832 年版才改成"卑微的乡村生活"。参见 ibid. p. 31: 最有价值的写作对象是"人类伟大的、普遍的激情，他们职业的最一般、最有趣的方面，和整个的自然界……"另见 *The Excursion* 类似诗段, I, ll. 341-7。

[22] Preface to Shakespeare, *Johnson on Shakespeare,* pp. 19-20.

[23] 见《序言》中评论《愚蠢的男孩》《疯狂的母亲》《我们是七个》及其他诗篇的片段；1845 年版删去了这段。见 *Poetical Works,* ed. de Selincourt, II, 388n。

[24] *Wordsworth's Literary Criticism,* pp. 21-3, 29-30.

[25] Ibid., p. 36. 卢梭曾说，"真诚的心，永远是一样的"；见 Lovejoy, "Parallel of Deism and Classicism," p. 82。

[26] *Wordsworth's Literary Criticism,* pp. 21-3, 29-30.

[27] Ibid., p. 25; Johnson, "Life of Gray," *Lives of the Poets* (ed. Hill), III, 441. 关于约翰逊对此的看法，见 W. R. Keast, "Theoretical Foundations of Johnson's Criticism," 载 *Critics and Criticism,* ed. R. S. Crane, pp. 402-3。

[28] Chap. XXV, II, 383-4, 388-90.

[29] *Wordsworth's Literary Criticism,* p. 6-7.

[30] Ibid., pp. 194, 200-01. 另见华兹华斯关于"人民"和"公众（完全不同的概念）"的区别，载 *The Letters: The Middle Years,* I, 169。

[31] Ibid., pp. II, 20-21; cf. pp. 13, 18.

[32] Ibid., p. 29 (重点符为笔者所加)。

[33] Ibid., pp. 41, 14.

[34] Ibid., p. 24.

[35] *Wordsworth's Literary Criticism,* p. 113. 他明确表示，他这篇文章的论点不仅适用于碑文，也适用于一切诗体，因为"人类心灵的基本情感"才是进行"这种以及其他各种"创作的源泉 (p. 108)。

[36] Ibid., pp. 122, 128-9.
[37] *Essay on Criticism*, II, ll. 289ff.
[38] 见 Chap, X, sect. v。
[39] *Wordsworth's Literary Criticism*, pp. 18, 22-3; 另见他对"The Thorn"的注释，*Poetical Works*, ed. de Selincourt, II, 513。
[40] Ibid., pp. 41, 43.
[41] Ibid., pp. 15, 121, 18-19.
[42] F. R. Leavis, "Wordsworth," *Revaluations* (London, 1949), p. 170.
[43] Johnson, "Life of Pope," *Lives of the Poets* (ed. Hill), III, 254; *Wordsworth's Literary Criticism*, p. 121（重点符为笔者所加）; cf. pp. 89-90, 93-4, 135. 约翰逊的"Dissertation on the Epitaphs of Pope"原载于 *Universal Visiter and Memorialist* (1756)，后又重刊于 *Idler* (3d ed., 1767)，此后又被作为附录收入"Life of Pope"。
[44] Novalis, *Romantische Welt: Die Fragmente*, ed. Otto Mann (Leipzig, 1939), p. 326.
[45] Préface des Contemplations (1856), *Oeuvres complètes* (Paris,1882), *Poésie*, V, 2. Cf. Schiller: "诗歌作品应该有整体的表达，每首作品皆需有自身特点，否则毫无价值；然而，完美诗人所表述的是人类的全部"(*Briefwechsel zwischen Schiller und Goethe*, 4th ed., Stuttgart, 1881,II, 279)。
[46] G. W. Allen and H. H. Clark, *Literary Criticism, Pope to Croce* (New York, 1941), p. 221. 另外一个极端但并非鲜见的观点，是认为撇开其哲学不谈，柯尔律治是优秀的批评家。见 R. W. MacKail, Introduction to *Coleridge's Literary Criticism* (Oxford, 1908), pp. viii-xviii。
[47] *Coleridge's Shakespearean Criticism*, I, xlvii-xlviii, 注释。
[48] *Biographia*, II, 64.
[49] Ibid., II, 85.
[50] Ibid., I, 14. 参阅其标题直白的一篇杂文："On the Principles of Genial Criticism... Deduced from the Laws and Impulses Which Guide the True Artist in the Production of His Works," ibid. II, 219ff. 1815年10月17日，柯尔律治写信给拜伦说，他写《文学生涯》的目的，是"根据我们感官里固有的原则对原因进行推演，从而使批评形成一个体系"(*Unpublished Letters*, II, 143; cf. ibid, II, 65-6)。
[51] *Letters*, I, 386-7; cf. 373-5.
[52] *Biographia*, II, 6-8; cf. p. 69.
[53] *Wordsworth's Literary Criticism*, pp. 21, 31-6, 46.
[54] *Biographia*, II, 8-10.
[55] *Shakespearean Criticism*, II, 67（重点符为笔者所加）; cf. ibid. I, 163-6. 这些讲演发表于1811—1812年间，柯尔律治当时并没有区别"诗篇"(poem)与"诗歌"(poetry)，而这是《文学生涯》中的关键论点。
[56] *Biographia*, II, 9-11, 56（重点符为笔者所加）。
[57] Ibid., II, 12; *Shakespearean Criticism*, I, 166. 对于柯尔律治区分诗篇与诗歌，R. S. Crane

是少数几个认为柯尔律治并非故弄玄虚的评论家之一。他对《文学生涯》中这一章的逻辑做了精当的澄清。见他的文章"Cleanth Brooks; or, the Bankruptcy of Critical Monism," *Critics and Criticism,* ed. R. S. Crane, pp. 83-107。

[58] 参见 e.g., I. A, Richards, *Principles of Literary Criticism,* pp. 239-53; Cleanth Brooks, *Modern Poetry and the Tradition* (Chapel Hill, N. C., 1939), pp. 40-43; *The Well-Wrought Urn*, pp. 17, 230-31; Austin Warren, *Rage for Order* (Chicago, 1948), Preface。

[59] *Biographia,* I, 196. 柯尔律治在此采用了谢林的表述,但是他对 the Cabalists, Giordano Bruno, Boehme, and Swedenborg 等早期思想家关于对立面的冲突具有生成力的概念也是非常熟悉的。

[60] Ibid., I, 179-85.

[61] Ibid., I, 183, 202. Chap. X, sect. iii 从不同的角度和观点分析了这一段落。

[62] Ibid., II, 12. 关于柯尔律治应用这一标准分析某些诗段的实例,见 Alice D. Snyder, *The Critical Principle of the Reconciliation of Opposites as Employed by Coleridge* (Ann Arbor, Mich., 1918)。

[63] Ibid., II, 28. 柯尔律治在其他地方坚持认为,一切修辞格都必须由情感的始发状态证明其正确性;参见 e.g., ibid. II, 43; *Letters,* ed. E. H. Coleridge, I, 374; *Shakespearean Criticism,* II, 102-4, 122。但是他又说,只有在野蛮部落"最低级的状态中",艺术"才仅仅是情感促发的声音对于那种情感的表现"("On Poesy or Art," *Biographia,* II, 253)。关于这个方面的辩论,见 T. M. Raysor, "Coleridge's Criticism of Wordsworth," *PMLA*, LIV (1939), 496-510。

[64] Biographia, II, 29-43.

[65] Ibid., II, 45, 49.

[66] Ibid., II, 49-50.

[67] Ibid., II, 50. Cf. *Shakespearean Criticism,* I, 164, 166.

[68] Ibid., II, 55-6. Cf. *Letters,* I, 374.

[69] Ibid., II, 50-51. 另见 H. V. S. Ogden, "The Rejection of the Antithesis of Nature and Art in Germany, 1780-1805," *Journal of English and Germanic Philology,* XXXVIII (1939), 597-616。

[70] *Biographia,* II, 63-5. 参阅 Chap, VIII, sect. V。

[71] Ibid., I, 4.

第六章

浪漫主义理论诸家论：雪莱、哈兹里特、基布尔及其他

你们信不信？我真有点羞于启齿说出真话来，可我不得不说，关于诗，在座的几乎人人都比那些诗人谈得好。

——柏拉图：《申辩篇》

这个问题应该公平地提出，不写诗的人可以在何种程度上成为诗评人，至少是可能性有多大？……但还有另一点需要注意。假设他不仅是诗人，而且是个蹩脚的诗人呢？那又会怎么样？

——柯尔律治：《诗人的灵魂》

托马斯·洛夫·皮科克的《诗的四个时期》发表于1820年，我们可以视之为对华兹华斯的作诗原则——尤其是他与18世纪的尚古主义理论家所共有的那些原则——的敏锐且尖锐的戏仿。皮科克并不否认，原始语言富于诗意——"原始人确实说话吐字像韵文，一切蒙昧未开化的人的表达方式，在我们看来也都具有诗意。"——但他自己却得出这样的结论：在当今这个崇尚理性、科学、玄学和政治经济学的时代，诗歌只是一种不合时宜的毫无用处的东西。[1] 在当前这个铜器时代，诗人其实是在复兴铁器时代的野蛮和迷信，与此同时，他们又"声称要回到自然，再建黄金时代"。皮科克以一连串的省略推理法，戏仿嘲弄了为回归自然辩护所通常凭借的逻辑："诗意的印象只有从自然景物中获取：因为凡是人为的东西都是有悖诗道的。社会是人为的，因此我们必须生活在社会之外。山峦是自然的，因此我们要生活在山峦之中。"华兹华斯说"我时常全神贯注地考察我的题材"，这个论点也在皮科克的这段评述中受到奚落；皮科克写道，湖畔诗人"尽管为了观察自然的真面目这一明确目的而远离尘世，但是他们所看到的自然，竟然恰好不是其本来的面目"。皮科克说，华兹华斯本人"在描述他眼皮底下的景象时，也非要把他心中情绪的〔某种〕怪诞的产物掺杂进去不可"。强烈情感的流露这一信条也相应地遭到嘲笑。"诗的最高灵感包融于三种成分之中：无节制的热情之浮词，夸张的感情之悲鸣，做作的多情之怨诉……"[2] 要想在这篇妙语迭出的文章中划清正经话和戏谑语之间的明确界线，是不会有什么效果的。皮科克令人捉摸不定。他生来具有刻薄嘲弄的眼光，在他面前，任何虚假的东西都会现出原形而成为讽刺画。说他是诗人，他却在由讽刺对象构成的功利主义框架中嘲讽其他诗人；说他是功利主义者，他又把功利主义的信条和智力的进步大加奚落；说他是批评家，他在自己嘲讽了诗歌以后，又对其他藐视这些诗歌的人大肆嘲弄。

一 雪莱和浪漫派的柏拉图主义

皮科克又是一位忠实的朋友，他在其无与伦比的小说中，也对他的朋友们恣肆嘲弄。跳出来反对皮科克的文章而为诗辩护的是《噩梦隐修院》中的斯西茨罗普；虽然雪莱曾经心平气和地写信给皮科克，称他自己是手拿"影子盾牌和蛛丝长矛的骑士"。[3] 但到了1821年，雪莱便撇开他的幽默感，一举写下了《为诗辩护》。他对"四个时期"中各个论点的批驳非常系统，也很详细，粗读一遍不易看出这一点；尽管如此，由于他一本正经地求诸永恒真理来对付别人的挖苦，所以他始终未能完全摆脱这种不利的地位。

雪莱在偶然间读到皮科克那篇文章时，碰巧正在阅读柏拉图的《伊安篇》，并且刚刚译完《会饮篇》以及另一些更为神话式的对话。《为诗辩护》一文中柏拉图的成分比早期任何一篇英国批评文章中的都要多，虽然这个柏拉图显然是来自新柏拉图主义和文艺复兴时期的评论者和阐释者眼中的柏拉图。然而雪莱对于华兹华斯和同时代的其他人的诗歌理论也非常熟悉，[4] 他曾经仔细研读过英国感觉主义心理学，并继续支持戈德温从英国前辈那里继承下来的慈善伦理学。[5] 在《为诗辩护》中，这些不同的传统未能完美地糅合在一起，因而人们可以在雪莱的美学中分辨出两个思维层面——其一是柏拉图式的模仿说，其二是心理学的表现说——他似乎把这二者交替应用于所讨论的每个主要问题上了。这种结合所产生的无疑是一种表述松散的批评理论；但它也同样使雪莱写出了一些论述艺术力量和荣耀的优美文字，这又是其他为诗辩护的人所无法与之匹敌的，因为这些人经受不了诱惑，接受了柏拉图式的世界图景，其熠熠发光的本质隐藏在这个尚未成型世界的稍纵即逝的幻影的背后。

在柏拉图主义的层面上，我们发现雪莱提出了关于艺术起源的模仿说以驳斥皮科克的论点，皮科克把艺术贬抑为游吟诗人的发明，这些诗人"总是乐于歌颂〔国王的〕手臂的力量，因为他们已经领略了国王所赐烈酒的力量的刺激"。"在上古时代,"雪莱说,"人们跳舞、唱歌、模拟自然的事物,在这类动作中,正如在其他动作中那样,遵守着某种节奏或规则。"这种规则源于人的"接近美的能力",其自身可以"被称为美的或善的"。[6] 伟大诗人所模拟的事物,是透过事实和具体事物的面纱而观察到的永恒形式。诗歌"撕去了遮掩世界的陈腐面纱,露出赤裸的、酣睡的美——这种美是世间种种形相的精神"。雪莱在澄清模仿与理想的关系时所采取的比方是标准的镜子的比方,与许多柏拉图主义者一样,他认为这面镜子比自然界任何具体事物都更为准确地反映了理式。

> 诗是生活的惟妙惟肖的意象,表现了它的永恒真实……一个史实故事有如一面镜子,模糊而且歪曲了本应是美的对象;诗歌也是一面镜子,但它把被歪曲了的对象化为美。[7]

雪莱的文章毫不含糊地表明了柏拉图主义美学倾向,即把一切事物压缩为单一的种类,并使这一种类受制于单一的判断标准,从而取消了事物间的差别。由于本质的领域是一切价值形式的所在地,"去做一位诗人,就得领会人世间的真与美,简言之,就得领会善";因此,任何审美判断都无可避免地牵涉到道德的和本体的判断。归根结底,这几种价值是形相之唯一形相的属性;雪莱跨越了柏拉图,接近普罗提诺;就后者而言,一切讨论都曾被卷入太一这个旋涡。雪莱这样说,"一个诗人浑然忘我于永恒、无限、太一之中"[8]。雪莱使用"诗"这个词,即便在最狭窄的意义上用,即作为以形象的、和谐的语言为表现手段的诗歌,也包括柏拉图、培根和一切"具有革命主张的作家"的作品,以及莎士比亚、但丁和弥尔顿的作品。[9] 另一方面,当雪莱说在"最普遍的意义"上给诗下定义时,诗又包括了所有对本质领域的模仿,不论是以"语言、色彩、形式"为媒介,还是以"行为的宗教习惯或文明习惯"为媒介。按照这种用法,诗便与一切重要的人类活动和产物混为一谈了。

> 然而,诗人们,或者想象并且表现这不灭秩序的人们,不仅创造了语言、音乐、舞蹈、建筑、雕塑和绘画;他们也是法律的制定者,

公民社会的创造者，人生百艺的发明者，他们更是导师，以美的与真的将在宗教那里仅能获得一知半解的无形世界的力量大致表现出来。[10]

讽刺的是柏拉图认为诗人是模仿艺术中哲人政客的竞争者，是"最高尚的戏剧中的敌手和对抗者"，但总是处于无法改变的不利地位，因为传统派诗人创作时与事物的种种形相有着双重间隔。按照雪莱的理论，戏剧和史诗的作者也能触及永恒的形相，因而不再是立法者和政客的低一级的敌手，而是他们的合作者和同辈——甚至比他们优越。因为诗的语言富于弹性，以它为媒介可以原本不动地再现那"不灭的秩序"，这是其他任何东西都无法比拟的。[11]

接着，雪莱通过纠正皮科克关于诗的四个发展时期的半庄半谐的论述，对诗的历史及其道德影响作了概要论述。但是，理式论对于探讨历史却是个很钝的工具。如果说柏拉图式的文学批评是不具有真正差异的批评，那么柏拉图式的文学史则是基本上没有变化的文学史；因为根据这种观点，每一时期的诗，只要真正成其为诗而非徒具虚名之作，都再三接近同一个原样不变的模式。因此，在雪莱的文章中，优秀的单独诗篇都失去了它们在时间和空间中的特定位置，甚至失去了身份特征，从而被视为似乎在本质上是同时的，可相互逆换的东西。由于诗人浑然忘我于永恒和太一之中，

> 所以在他的概念中，无所谓时间、空间和数量。表示时间的不同、人称的差异、空间的悬殊等等的语法形式，对于最高级的诗来说都可以转换而丝毫无损诗本身；埃斯库罗斯的合唱曲，《约伯记》，但丁《神曲》中的《天堂篇》，都比其他作品提供了更多关于这一事实的例证，可惜本文限于篇幅，不容我引证。雕塑、绘画和音乐的创作，则是更加明确的例子了。[12]

一概消解诗中不同人物之间的差异、不同诗篇之间的差异、诗与其他艺术品之间的差异、艺术与人的其他追求之间的差异，那么我们可以期待的是，传统的诗体也应合而为一。例如，喜剧就应当与悲剧一样，

也必须是"有普遍意义的、理想的而且崇高的"。至于悲剧和史诗，只是出于某种令人遗憾的必要性，它们再现了丑、恶、挣扎和苦痛，而这些只是稍纵即逝的芸芸众生身上无常的特性，而不是太一的纯粹完美。

> 然而，诗人以为他同时代人的罪恶是暂时的服饰，是他所创造的人物必须穿上的，这些服饰虽然披在身上，却并没有遮掩住这些人物的不朽的美……如果星球之乐要入俗耳，掺杂一些服装衣饰等东西，难道不是必要的吗？[13]

我们不可能把雪莱这篇文章从我们的文献中剔除，尤其是它作为诗的辩护，在措辞上是无与伦比的。然而，它的伟大却不能使它在任何重要意义上对于诗的实用批评有所裨益。即使它谈到星球之乐，但它专论文学批评的成分极其稀少，规模和名气与之相仿的任何批评文章，都不会比它谈得更少了。

我们还可以在另一个层面上对《为诗辩护》作一番探讨。在这个层面上，雪莱的观点较为接近他那个时代的批评家所特有的观点和习惯用语。同新柏拉图主义者一样，雪莱也暗示了理式有着双重的存在：一种存在于物质世界的面纱之后，另一种存在于人的心灵之中[14]；我们记得，这种观点在早期批评中，往往导致这种看法，即诗既是理式的模仿，也是理式的表现。但雪莱在表述这些看法时认为，诗人有时真正表现的不仅是柏拉图的理式，也表现人的热情和其他心灵素材，他用英国经验主义中外来的心理学理论对此作了描述。

在文章的第二段中，雪莱把诗歌"广义"地解释为"想象的表现"，他以风奏琴为喻描绘了这一过程，认为诗歌是外来的印象与内在的协调和参与的共同产物。以这种方式，我们得到了关于诗歌原始起源的解释，它不再是单纯的模仿，而是接近像布莱尔和华兹华斯的观点，认为诗歌是对于可感觉的物体做出的情感反应的产物。

> 野蛮人……也是以类似方式表达周围事物在他心里所感发的感

情；语言、姿势……不外是那些事物以及野蛮人对它们的理解两者结合而成的意象罢了。人在社会中有激情和快感，随之成为人自己的激情和快感的对象；情绪每增多一种，表现的宝藏便扩大一份；所以语言、姿势以及模仿的艺术，既是表现，也是媒介……

以语言为媒介的艺术，比那些以色彩、形相和动作为媒介的艺术更为优秀，其原因一部分是因为语言这一想象的产物"更能直接表现我们内在的活动和激情"。关于这一点，雪莱也与同时代的许多人一样，把审美的明镜翻转过来，以便使它反映出心灵之灯：诗歌的语言"有如明镜，可以反射光辉"，而其他艺术的材料则"有如阴霾，使得光辉减弱，虽然两者都是传达这光辉的媒介"。[15]

柏拉图主义和心理经验主义的结合，模仿说和表现说的结合，贯穿在《为诗辩护》一文中。例如，雪莱曾说诗把世间种种形相的面纱撕去，但几句话以后，又提出了另一种可能性："无论它展开它自己那张斑斓的帐幔，或者拉开那遮掩万物景象的生命之黑幕，它都能为我们创造存在中的存在。"[16] 最伟大的诗篇（包括但丁《神曲》中的《天堂篇》）都是普遍形式的反映，可以相互转换；但每首诗篇同时反映出其具体独特的作者，所以说但丁和弥尔顿的作品"不过是这两位大诗人所穿戴的斗篷和面具，他们这样蒙面蔽体化了装，走过无穷无尽的世代"[17]。诗是想象力的产物和表现，这想象力是一种心理机能，会自动识别"普遍的自然和生存本身所共有的那些形相"。想象力也被称为"综合的原则"，根据它的发生和活动，这种能力非常类似于"同情的想象"，后者是18世纪英国经验主义和联想主义伦理学家们创立的理论，用以解释一个个体如何根据其他个体作自我认同。按照雪莱的描述，诗人脱离了受众而孤独地预想他的理念，有如一只夜莺"歌唱着，把自己从孤寂中激奋起来"；不过，其诗歌的功效仍集中表现在道德方面，因为它使"道德之善的伟大工具"变得更加宏大和有力——这种工具便是同情的想象，人通过这种想象而"设身于旁人和众人的地位之上"。在创造过程中，诗人被认为攀登上了"不朽的境地"去寻找素材；但他用心理学术语解释灵感是"飘忽突发的思想和感情"

之结果，来自创造性心灵的深处。最后，雪莱使用我们迄今未遇见过的关于表现的一个隐喻，对题材转变为诗的过程做了优美的描述：

> 〔诗歌〕捕捉飘入人生阴影中一瞬即逝的幻象，用文字或者用形相把它们装饰起来，然后送它们到人间去，同时把此类快乐的喜讯带给同它们的姊妹们在一起留守的人们——我之所以要说留守，是因为这些人所住的灵魂之洞穴，就没有一扇表现之门可通到万象的宇宙。[18]

柏拉图式的理式和柏拉图式的宇宙观还导致了一些其他变了样的观点，这些观点在当时其他一些美学评论中时有露面。威廉·布莱克写道："任何有理智的人都不会认为绘画艺术就是对自然万物的模仿。"同诗歌和音乐一样，绘画也必须摆脱"单纯对凡人的和行将灭亡的物质的逼真表现"，从而升华到"适合于发挥其创造和想象的领域"。这种"洞察或想象代表了永恒的、真确的和不变的存在"，并构成"那永恒世界中每一事物的恒久真实，我们从自然这面植物之镜上看到了它的映象"。[19] 在以模仿谢林的一篇文章而写成的《论诗或艺术》一文中，柯尔律治采用了新柏拉图主义者的"创造自然的自然"（natura naturans）的概念，这是一个能动的原则，它不仅在外部世界的具体事物后面产生作用，也在人的心灵之中产生作用。艺术家必须模仿的，不是被自然创造的自然（natura naturata），而是"存在于事物之中的"本质。然而，关于艺术的理念并存于心灵和自然之中，这就使我们有机会欣赏一下柯尔律治的辩证的艺术鉴别力。正是由于模拟"自然的精神"（Naturgeist）等同于一个人外化他自己的"活生生的、产生生命力的思想"，因此，柯尔律治才能在几页的篇幅之内把诗描述为"自然的模仿者"，描述为"表现"那些"起源于人类心灵"的成分的艺术，或是"外部与内部的调和"。[20] 从卡莱尔的辩才忽明忽暗的闪光中，我们有时可以看出一种有着远亲关系的宇宙论；这里同雪莱的文章一样，柏拉图式的论证方式把诗人与世界舞台上其他所有的伟大人物之间的根本区别都取消了。诗人英雄与神人、先知、传教士和国王一起，在"暂时和琐细之中，过着真实、神圣和永恒的生活，为大部分人所不知"。卡莱尔以赞赏的态度效法费希特的看法，认为从事文学的人是传教士,他教诲一切人说,我们在这世上所见的一切"现象",都只不过是"神圣的世界理念"的罩衣,是"存在于'现象'深处之本质"的罩衣。[21]

最后,我们不妨来看一篇文章:《真实的理想之美》。文章没有署名,发表在1853年的《黑檀木杂志》上。作者将他的理论建立在"柏拉图关于美的系统之上,对此,人们理应知道的不多,理解的则更少"。他摒弃了早期的理论,认为那些理论的理想只在于"人类的平均值",或是"从众多优美的形相中对最佳特点"的折中选择;他还猛烈地驳斥了洛克的感觉主义和他那个时代的联想主义美学。[22] 理想的美"不是从对外在事物的任何简单省察中产生的,而是来自……对形相的真实观念的辨别力,人类的心灵本身就具备这种能力"——这些观念表现为"幻想或想象之镜中一个又一个的形象"。[23] 然而,他在开始描述艺术创造的过程中,以宇宙的创造作比方来认识这个过程;现在,他的模式不像柏拉图的《蒂迈欧篇》中的迪密尔格那样,按照不变的模式来描摹世界;而是像普罗提诺的"绝对"那样,通过一种永无止境的自我精神的扩散过程创造了世界。普罗提诺说,太一"由于是完美的……所以流溢着,因而它的丰盛盈余创造了一个他者"。这里,诗人的情况也相仿:

> 天才的创造是灵魂的扩展和流溢——当它只对自己激发之事留心,不假思索地任其驰骋之时……〔心灵〕便将她的一切思想融会成一条金色溪流,她兴奋地将这溪流喷出,除去自身以外什么也不考虑。[24]

因此,本来是柏拉图式的作诗理论,由于采用了普罗提诺哲学中的根本性隐喻,最终变得与华兹华斯的"强烈情感的自然流露"这一自然主义原则的隐喻非常相似。

二 朗吉弩斯、哈兹里特、济慈及其强度标准

朗吉弩斯着力强调来自作者的伟大的构想力和炽热的情感,而无视

"崇高"的更为"艺术"的来源,这样,他早在古典时期就已预先为浪漫主义关于一般的诗的典型理论勾画出了概念模型。在这个框架中,朗吉弩斯的理论中有一个方面值得单独论述一下,因为在19世纪初期的某些批评家手中,这一方面的论点被改造成人们十分熟悉的关于审美价值的现代标准之一。

按照朗吉弩斯的论述,崇高是激情受到触发时瞬间的产物,而非出于冷静持续的思考。由此可及:(1)风格的这种最高品质只涉及韵文和散文的片断,它不是"创作中的技巧,也不是合适的秩序或布局",因为后者"从一两个局部不能看出,而是通过对作品的整体布局的绞尽脑汁得来的结果"。同样因为这个道理,朗吉弩斯所举的关于崇高的例子范围也很小,短的只是些词语或句子——"要有光,于是有了光"——至长也不过是选自萨福、荷马和德谟西尼斯等人的一些简短段落。(2)这些片断突然对着听者喷涌而出,带着强度、震撼和光照:"时机一到便闪烁而出",崇高"有如霹雳,所击之处万物尽散"。例如,德谟西尼斯的崇高就富有"速度、力量和强度"的特点,"完全可以比作霹雳或闪电"。(3)我们听众认识崇高并非通过分析或比较等判断活动,而是凭借我们的狂喜(ekstasis),以及"崇高施附在我们身上的魔力"。[25]

把诗歌的最高品质——"纯粹的诗""诗中之诗"——孤立出来,并认为这种品质只存在于兴奋的、狂喜的形象或段落之中,而不是在情节或格局这些更大的方面,这种倾向在一切深受朗吉弩斯影响的18世纪批评家身上都可以见到。举一个相对较近的例子:约瑟夫·沃顿在评价蒲柏作为诗人的位置时,就提及"纯粹的诗",认为它是"创造性的,熠熠发光的想象"的结果,与机智和理智等较为渺小的产物有着天壤之别。蒲柏主要是因为窒息了想象和"作诗热情","不能常常使他的读者如痴如醉",所以他的地位才在荷马和弥尔顿之下,对于后两位则可以这样说:"任何具有真正诗情的人,在阅读他们的作品时都不能自已。"[26]

针对当时这些贬低蒲柏的企图,约翰逊反问:"假如蒲柏算不上诗人,哪里去找真正的诗呢?"[27]然而,到了1825年,牛津版约翰逊《作品集》的编者,尽管在其他方面同情作者,这时却被迫采用沃顿所提标准的扩充形式，以便明断约翰逊本人批评情感的局限：

> 关于约翰逊的批评才能，我们承认他对诗歌本身只有很少一点天赋情趣；激情迸发的诗在其知音的心灵中唤起……一种强烈的兴奋，这种兴奋非语言所能表达，非艺术所能体现，它在我们身旁播下一个梦，撒下一片荣光。所有这些约翰逊感受不到，因而理解不了；因为他缺乏那种深沉的感觉，而这正是优秀诗歌的唯一确实无误的决定因素。他想在诗中寻找教化，并希冀用韵文来进行推理。[28]

"强度"一词，从此便与较为古旧的术语诸如"自然""真实"和"普遍性"等相匹敌，有时甚至取而代之，成了衡量诗的价值的首要标准。这似乎是浪漫主义自《论崇高》(Peri Hypsous) 传统理论以来的一种发展。在这段文字中我们发现，这一标准正在逐步确立，同时还出现了其他一些从朗吉弩斯那些批评要素中轻易发展出来的原则。凡此种种，自那时以来，都同样为人们所熟悉：通过艺术所不能及的努力，"诗本身"表达了几乎是不可言喻的情感；它在根本上求助的不是判断，而是感觉；它的作用是启示性的，并具有催眠之功效，最后使读者仿佛处身于梦幻之中。

谈诗总要提及那些情感稍纵即逝的最高瞬间，总要提及想象的原动力，这使浪漫主义理论家都偏重简短而热情洋溢的段落，认为是诗的最高境界的表现。"当创作开始时"，雪莱说，"灵感已在衰退了"，因而诗人必须以"传统词句织成的文章"来填补那些闪闪发光的瞬间之间的空缺。[29] 亚里士多德曾说情节是悲剧的灵魂，但柯尔律治则认为，"激情必定是诗的灵魂"，或者换种说法，想象是"灵魂"，它在天才诗人的作品中"到处可见"。柯尔律治注重想象力的有机整合作用，特别否认以"引人注目的段落"的多寡作为"衡量诗的长处的公正标准"。然而，他把诗歌定义为行动中的"人的整个灵魂"的产物，因而他强调说，"一首诗不论长短，都不可能是也不应该是全部的诗"，而只是与卓越的诗句相"协调"而已[30]；他刻意列举的想象性诗作的范例范围也很有限，短的如《维纳斯与阿多尼斯》中的飞行诗，最长也不过是《李尔王》中暴风雨一场戏。德·昆西、兰姆和亨特则比柯尔律治走得更远，在他们所选的关于诗歌的语句和诗集中，几乎把诗歌作品全盘割裂成超凡脱俗的诗行、选段和选场。

　　威廉·哈兹里特最喜欢使用的标准是"才情"，涉及艺术家在构思及效果两方面闪现的强度。因此，"弥尔顿具有与其他任何诗人同样的才情。他对事物的感知最为强烈，然后举笔一挥而就。风格的力量也许是他的第一优点"[31]。哈兹里特的理论和实践也与他同代的批评家不同，朗吉弩斯强调批评性回应和沉醉，而不是判断，哈兹里特由此推衍出另一个原则。典型的哈兹里特批评不去分析作品各部分的设计、排置和相互关系，而是分析艺术作品中以文字表现的审美特性和情感基调。"对于艺术，对于趣味，对于生活，对于言语，你都是根据情感作决定，而不是依照理性；这就是说，根据大量事物在你心目中的印象去定夺，这些印象是真实的、有根据的，尽管你也许不能根据个别的细节对它加以分析或解释。"在《论批评》一文中，哈兹里特既摒弃了"现代的或形而上学的批评流派"，因为它"每作一个决定最终总要问：为什么"，也抛却了较为守旧流派的那种"肢解作品构架，拘泥枯燥的批评模式"。

> 　　我认为，真正的批评应该反映作品的各种色彩，它的光和影、灵与肉——我们面前除了作品表面计划和平面图外——一无所有……对于作品，我们什么都知道，也什么都不知道。批评家必须十分谨慎，千万不要去预测作者意欲达到的效果，因而阻碍读者的幻想。[32]

　　所以，批评家在讨论作品时，不是去分析抑或探索其原因，而是以相应的言语去表达它的审美效果。朗吉弩斯早在以落日和退潮这些扩展的明喻来界定《奥德修纪》的性质时，就指出如何才能做到这样。例如，吉本早就描述了朗吉弩斯在"批评美的段落"时所用方式的新颖——"阅读时，他把自己的感受告诉我，说得那么卖劲，把它们都传达给我了。"[33] 哈兹里特常常列举他自己更为详尽入微的努力，试图通过与其他感觉经验，甚至与其他感觉方式的比较，来捕捉他所说的"关于事物的真实的总印象"。试举一例，下面是他对提香的两幅画的批评之一小部分。

每一幅画都有如一曲神圣的音乐,或者说"就像蒸馏的香精一样散发出浓郁的香味。"在人物身上,在风景中,在水中,在天上,都有着音调,有着色彩……它们交织在一起,仿佛彩虹女神织就的虹段……画面上没有任何清晰的线条——只有盎然生机,眼睛仿佛有了味觉,品尝到了丰富的色彩的滋味,优美的风景充满祥和之气,仿佛就要溢出。[34]

在这段文字中,我们已经十分接近印象派批评了:佩特曾宣称,批评的第一步"是了解自己的真实印象";也十分接近其以批评散文诗为方法,传达他对蒙娜·丽莎的印象。

济慈曾说,哈兹里特的"趣味深度"是他那个时代值得为之雀跃的三件事之一,因此毫不含糊地以哈兹里特为向导进行文学探索。在同代人中,济慈最注重朗吉弩斯批评遗产中的"意象—强度"。谈到莎士比亚的戏剧和弥尔顿的《失乐园》时,他说:"我视优美的词句如情人。"查尔斯·考登·克拉克将济慈阅读的情景凝固成一幅永恒的图画:他在读到斯宾塞的《结婚曲》中"热情洋溢的段落"时,是如何"狂喜之情溢于言表",他在《仙后》中"乱闯乱撞"时,又是怎样"精心选出一些形容词语",对它们的"贴切和有力"大加赞赏。[35]济慈特别认为,"任何一种艺术的高超之处就在于强烈动人",尽管他对朗吉弩斯也许没有直接的了解,但他对《安地米昂》的出版商宣称的三个作诗信条,读起来倒颇像对《论崇高》中某些原则所做的诠释:"第一,我认为诗之所以能动人,在于美好充实而不在于出奇立异——要使读者觉得是表达了他自己的最崇高的思想,有一种似曾相识的感觉。"(朗吉弩斯则说,在读到真正崇高的文章时,我们的灵魂"充满了快乐与自豪,仿佛是灵魂自身创作了它所听到的东西"。)"第二,诗的美要发挥到极致,要使读者心满意足,而不是屏息瞠目,这就有了我的第三个信条:如果诗来得不像树上长叶子那么自然,那还不如没有的好。"[36]

对于亨特的问题:"为什么费心费力去做长诗呢?"济慈认为,诗人持续努力写作长诗是有道理的,但他在为长诗辩护时仍然表现出自己的倾向，他喜欢那些带着快意突然向读者袭来的片断。"诗歌爱好者难道不喜欢有一小块地盘，可以任他们在里面信步漫游，随心所欲地挑拣一番吗？难道他们不喜欢里面有着无以数计的意象，其中许多都是过目即忘，重读时如初识吗？"[37] 然而，1838年，约翰·斯图亚特·密尔却断然认为，一切真正的诗必定都是"短诗；因为如此强烈的感情……要想长久保持最高状态是不可能的……长诗总不免使人感到……是不自然而空洞的东西……"[38] 十年后，埃德加·爱伦·坡更是把这种观点发挥到了极致。他认为，所谓长诗，"就这两个字眼来讲，简直就是自相矛盾"，"就连太阳底下最好的史诗，就其绝对效果而言，也是废物一个……"爱伦·坡这段话，是建立在以强度作为诗的决定性特征的基础之上的，其推理过程现已为我们所熟知。"凡为诗者，必欲使它以升华之方式感奋灵魂；又出于心理需要，一切强烈的兴奋必定都是短促的。"事实上，这种短促的程度必须在一定范围内"与预期取得的效果的强度成正比"；这种效果又被进一步定义为具有"启迪性"，能够"震撼我们的灵魂"。爱伦·坡认为，"诗的唯一合理的领域是美"；他所说的美，比济慈更为明显地继承了朗吉弩斯的"崇高"，具体说就是"升华"的意思。

> 确实，人们说到美时，真正指的并不是常认为的一种性质，而是一种效果——简言之，他们指的正是灵魂——而不是智力或心灵——的那种强烈的纯洁的升华——我谈论的正是这一点……[39]

朗吉弩斯派的批评家，自约翰·邓尼斯以来，都认为灵魂的升华和精彩的诗句是检验一首诗的主要标准。无论他们在其他方面有多大分歧，有一点是共同的：他们似乎是结为一体在同蒲柏的观点唱对台戏。马修·阿诺德便是一例：他在1853年的诗集序言中，曾经以亚里士多德关于"诗即模仿"的论述为根据，同时斥责了近代主观主义和诗评中注重部分而不注重整体的倾向——即只注重诗中"那些分离的思想和意象"，那些"光彩夺目的事物"，以及那些"让读者突然感到愉悦激动"的表述上的变化。[40] 但是在他后期的批评中，他根据乔舒亚·雷诺兹《论文集》对朗吉弩斯的崇高论的理解，强调"宏伟的风格"，指出这是"世界上最难用语言准确定义的问题","必须去感受它,方能知其到底是何物"。[41]阿诺德的《诗的研究》(1800年)表明了他的基本观点。他在文中所采用的衡量诗的标杆以表示特征的词语为度量——"高度的严肃性","宏大,自由,敏锐,亲切",等等——但是他在这一价值量表以外,又增加了一个检验标准,以测度一般意义上的"高级诗歌的特性"。要达到这一目的,"短小的诗,乃至单独的诗行,都完全可以为我们所用";阿诺德又认为具体诗段比抽象分析更有价值,理由是,要认识"高质量的诗歌"的属性,"与其到批评家的散文中去探索,还不如到大诗人的韵文中去感受"。约瑟夫·沃顿一直乐于把蒲柏称为诗人,虽然只是个"理性的诗人";但阿诺德却以"让理智从你身上缺席片刻"(Absent thee from felicity awhile)为检验标准,得出结论说,蒲柏和德莱顿根本算不上诗人,而只是"古典散文作家"。[42]在那些说话没分寸的批评家笔下,诗中强烈感人的片断成了爆炸性的了。"倘若我感到头顶被揭去了",艾米莉·狄更生说,"我便知道,这是诗"。[43]A.E.豪斯曼证实了阿诺德对18世纪韵文的贬斥,他表明自己属于朗吉弩斯传统中的左翼分子。可以看得出这一判断方法的古老标记。最高的诗是"高尚的、壮丽的或强烈感人的",它令人心荡神驰,使灵魂受到震撼。"诗中不仅只有诗",因为"那感人肺腑的言语"通常伴附着别的成分,给人一种诗以外的快感。豪斯曼最后说,给诗定义,只有根据它的效果——或者用他的话说,"看它能使我们产生什么症状"——而这些症状原来是身体的,甚至是生理上的综合征候:浑身起鸡皮疙瘩,水对着眼睛浇来,以及利矛刺穿肠胃的感觉。[44]

三 作为宣泄的诗:约翰·基布尔及其他人

"表现"这一术语暗含了这么一层意思:某种东西由于内在的压力而被挤了出来。另一个隐喻"流露",则暗示着情感的流体性质,这涉及作诗过程中流体动力学的问题。可以想见,一些浪漫主义批评家在积累的情感的压力下,在未得到满足的愿望驱使下,就会产生创作冲动。因此,亚里士多德关于悲剧能使听众的怜悯和恐惧得到宣泄的描述,就自然被引申扩展，包括所有诗体中的一切情感，进而转指诗人自身情感疗伤的代价。

情感会导致某种精神压力；压制情感会得病，吐露出来才能治好——这种说法历来是民间心理学中的一个原则。"有悲哀就要说出来！"马尔科姆劝慰麦克达夫说。

> 悲痛要是不能大声说话，
> 就会对着沉重的心低语，摧它破裂。

伊丽莎白时代的批评家乔治·帕特纳姆，运用这一概念，把一种抒情诗称为"恸哭诗体"，认为这是一种对症妙药，而诗人则扮演了给听众治病的医生，"使哀伤本身（部分地）成了治病的灵丹"[45]。18世纪末，诗人开始证实说，根据他们的切身经验，各种各样的文学创作对他们都有着自我治疗的功效。彭斯在1787年写道，"我的热情……有如众多的魔鬼，无一刻安宁，直到他们从韵律的通道泄出；默默读着我的诗行时，又仿佛着了魔，一切都归于静谧"[46]。济慈在十四行诗《今晚我为什么大笑?》中，祈求无伤无痛地死去。为了不使乔治和乔治安娜·济慈为此担惊受怕，他告诉他们，在这首诗写作完成之后，"我上了床，美美地酣睡了一场。上床时气爽神清，起床时神清气爽"[47]。拜伦则宣称"它就像一阵阵狂怒，不时地向我袭来……我要是不能以写作来畅怀倾吐，就会发疯"。他毫不迟疑地把他的个人体验扩展到一般的诗人身上。诗歌

> 是想象的岩浆，喷发出来可以避免地震。人们说诗人从不或很少发疯……但离发疯不过咫尺之距，因此我不得不这样想，韵律这东西真是太有用了，可以预诊疾病，防止疾病。[48]

与这种看法有关的是这么一个概念：作诗的强烈愿望，是因为人的欲望或者理想与现实世界之间的不调和而产生的。亚里士多德把诗定义为模仿，将诗的起源归结为人的模仿本能，以及对模仿的作品感到"快感"的本能。[49]另一方面，朗吉弩斯则推广了这种设定：作家之所以能获至崇高境界，是因为"整个世界也不足以容纳人类心灵所及的思考和探求……"[50]

在这种观点的发展进程中,最重要的文献是弗朗西斯·培根的《知识的进步》。人们喜欢"凭愿望编造的历史",或者那些叙述性和戏剧性的虚构作品,"因为它们在某些方面能给人的心灵以轻微的满足,而事物的本性是拒绝给人以这类满足"。诗人具有改造自然的能力,能以黄金世界取代铜的世界,这是文艺复兴时期批评常用的套话。培根在这一概念上增加了理想化过程的动力论,认为人们具有"在事物的本性中获得更为广袤的伟大,更为准确的善德以及更为绝对的多样性"的强烈欲望。这些欲望在现实证明难遂人愿时会重新塑造事物的形相:

> 因此人们才认为〔诗〕具有某种神意的成分,能使事物的形相顺应心灵的愿望,从而使心灵增高,得到升华;而理性只能使心灵对事物的本性俯首称臣。[51]

18世纪一些批评家往往把朗吉弩斯与培根的论述合并为同一条原则。理查德·赫德就说,"虚构"乃为诗必经之途,它从属于"人的心灵中某种崇高的升华的东西,促使心灵无视显而易见、为其熟知的现象,而去假想其他较为不寻常之事物……"[52] 然而,在这一时期,此类理论受到严格的限制。那些能入诗的欲望必须是人所共有的欲望,只限于可以弘扬、美化、道德化和复制自然的高尚形式。确实,这一时期人们通过想象描绘去满足各种各样的欲望,一时成为风尚,不论是一般的还是个人的欲望,高尚的还是不光彩的欲望——这种活动他们有时称为建造空中楼阁,即我们现在说的空想。约翰逊博士深知,一个人的需求和他可能得到的东西之间有着重大差异,以及人们试图以幻想来填平这种差别的冲动的力量;这一观察发现成了他最佳诗文作品的主题。他说:"想象的泛滥很危险",表现在人的冥想之中,即一个人"必须从自己的思想中获取快感,必须把自己设想为他所不是的人;有谁能满足自己的现状呢?"

> 于是他便细细地说起渺无尽头的未来,竭尽想象之能构设种种图景,再从中挑选出他目前最想得到的,以不可能得到的快乐骗取自己欲求的欢心,再赋予其骄傲以不可企及的支配权。[53]

当然，约翰逊对满足愿望的想象作这番分析，却无意考察想象在诗中的效能。在诗域，其作用是在想象的个例中说明真实，因为"诗借想象补理性之缺，是快感与真实融为一体的艺术"[54]。如想找到艺术的起源与白日梦的结合，我们必须向前看一看浪漫主义一代的批评家。

哈兹里特把诗界定为："对事物或事件的自然印象……激发想象与热情不自觉运动，并通过二者的相互作用对语调和声音加以调节，从而表现这种印象。"诗是"想象与热情的语言"，或者说，是"自然意象或自然情感与热情和幻想的结合"。[55]悲剧丝毫不比抒情诗缺乏表现力，它是诗中"最富于热情的类型"。但丁也以叙述体，"用自己心底的那种热情激发起我们的同感，使我们产生兴趣"；他的巨大能力"在于使内在情感与外在事物相结合"。[56]

哈兹里特对诗的表现说的贡献之一，是他对促发人类行动，包括作诗的冲动和内力的长期的关注。一般意义上的浪漫主义时代一个突出的方面便是，这时期的一些诗人和批评家有了柯尔律治所谓对于心灵种种活动的敏锐的"内在意识"，有了一种新的力量，这些诗人和批评家原来只是"习惯于观察他们内心深处本性的渐起渐落，偶尔冒险去闯一下意识的黄昏区域"[57]。柯尔律治对于感觉、思想和情感在其集合面，或"心灵实际"中的交互作用的分析细致入微，无人可及。哈兹里特则与柯尔律治不同。对于心理事实，他较少注意心理活动的细微差别，更为注重这种心理活动的源泉和动机，尤其注重那些不为世人所知，有时甚至不为作者本人所知的隐秘动机。

哈兹里特对于当时流行的理性主义和享乐主义精打细算的心理学的主要的不满之处，是它们没有考虑行为后面隐藏的复杂的驱动力。他说，边沁"没有考虑到风势"。"与其说我们是理性的甚或自私自利的动物，倒不如说是想象的、情感的和自我意志的动物。"[58]哈兹里特年轻时立志做个哲学家，他在自己的理论中，把霍布斯关于驱动力是人类最根本的动机的原则与拉罗什福科寻找隐藏于幕后的自我的意愿合成一体。关于这点，从他发表在《实话实说》中的文章《论深刻与肤浅》中可见一斑。

哈兹里特在文章中揭露了"自爱深处的那些层层叠叠、细微复杂之处……"并指出，对"权力"的追猎，或"完全由于喜爱而对痛苦和不幸感兴趣"是"一切罪恶的根源，是人性中的原罪"；他认为，无意识印象必然反作用于有意识印象，使后者带上某种色彩；他通过描述产生这种作用的"隐晦复杂的方式"，勾画出了压抑和潜在冲突的心理机制。[59] 从他的《论梦》一文中，我们可以看出弗洛伊德思想的一种简练的概述：不受欢迎的欲望被压抑，无意识的念头有一部分在睡梦中得到发泄。

> 我们有时会发现自己潜在的、几乎是无意识的情感，其中有对人的情感，也有对物的情感。我们在睡梦中不是伪君子。情感没有了约束，想象也可以任意驰骋了。我们醒着时，这些念头一冒出来就被压住，于是我们便误以为我们没有这些念头。在梦中，我们没有防范，于是这些念头便毫无顾忌不请自到了……婴儿的各种思想都瞒不住别人；在梦中，我们也把隐衷向自己吐露。[60]

哈兹里特在许多段落中，把诗的想象类同于人在梦中的想象，认为都是由未意识到的欲望的动力所促成的。在《论一般的诗》中，他把自己关于作诗的零星杂感全都囊括进去，其中有一个立论是这样的：

> 如果说诗是梦，那么生活也大抵一样。如果说诗是虚构的，由我们愿望中的事物所组成，并因为我们有这种愿望就幻想这是真的，那么可以说现实也是一样，不比它更美好。

然后哈兹里特又像他往常一样出了个记忆差错，误引了培根的解释：诗"使事物的显现符合灵魂的欲求"。在解释这条原则时，又取消了原先的限制，即诗应限于比现实世界更宏伟、更丰富多彩、更高道德的追求上。"没有诗，我们也是按照我们的愿望和幻想来设想事物的；但是，要描述心灵'处于狂喜状态时的'创造，诗才是我们能找到的最有力的语言。"[61] 他还在其他地方写道："诗人生活在理想的世界中，这里的一切都是他们按照自己的愿望和幻想创造的。"他甚至暗示，从事艺术的冲动是由于补偿某种生理缺陷的需要。所以说拜伦的"跛足"造就了他的天才;"他以写诗来报复"这双脚。

> 人们还没有认识到这种情况,不知道平衡缺陷的愿望的效应。对于蒲柏的残缺难道我们什么也看不出来吗?他曾对自己说:"我的人是弯的,可我的诗是直的。"[62]

这种理论认为,文学中至少有一部分是幻象的形式。对此,哈兹里特又补充了一条原则说,它给它的作者提供了情感宣泄的机会。卢梭早就承认,他写《新爱洛漪丝》是因为爱情遭到挫折,为了补偿而被迫做的白日梦。[63]歌德也在《诗与真》中坦率地说,他年轻时所经历的失意和绝望,使他写成了《少年维特之烦恼》,他写这本书只花了四个星期,"几乎是无意识地写成的,就像梦游者一样"。"我觉得就像做了一次彻底的忏悔,自由和欢乐重又回到我的身边,我也有信心开始新的生活了。"[64]哈兹里特自己的性格就十分复杂紊乱,动不动就产生作公开忏悔的冲动。他在《自由的爱情》中,描述了他如何一厢情愿地爱上房东家那个卖弄风情的女儿;他倾诉的那些令人难堪的细节没有像在《维特》或《新爱洛漪丝》中那样成为小说,只是以一点就破的匿名作伪装。[65]哈兹里特在《论一般的诗》中设问,我们为什么"倾向于避免恐惧的痛苦,又沉溺于美好的希望?"回答是:"因为我们没有别的办法可想。力量感是心灵中强有力的原则,就像对快感的偏爱一样。"哈兹里特以"力量感"为题,详尽地阐述了这个概念:艺术能将混乱的情感压力具体化从而加以控制,这已成了表现说中一个为人熟知的成分了。"它同时是才智和幻想的起源,悲剧和喜剧的起源,崇高和忧郁的起源。"在所有这些形式中,动机都是寻求解脱,对未表达出来的情感和欲望的纠缠加以识别,使它们进入意识,从而便于控制。

> 通过生动体现这些模糊不清,纠缠人的意志欲望,想象明显使它们得到了释放。——我们并不希望事情真是如此,但我们愿意它看上去就是这样。知识是有意识的力量;而心灵在这种情形下也不再是盲从者,尽管它可能是罪恶和愚蠢的牺牲品。[66]

哈兹里特对"力量感"的论说，也许促成了德·昆西把文学划分成"力量的文学"和"知识的文学"，这一著名的划分取代了华兹华斯对"诗"和"事实或科学"的区别。德·昆西在《致一位年轻人的信》（1823 年）的第三封中首次阐发了这一主题，他说这一点，以及大多数成熟的诗评"都受到了华兹华斯的影响"[67]。但是，德·昆西对力量传播的描述是这样的：人"能够生动地，有强烈意识地感受到那些……原先未被唤醒的、几乎丝毫未被意识到的情感"，这种说法更像是哈兹里特 5 年前发表的《论一般的诗》。德·昆西以熟谙传统的修辞理论自豪，在这种理论影响下，他把知识的文学和力量的文学的不同首先置于言词和听众的关系上："前者的功用是——教育人；后者的功用是——感动人；前者是舵，后者则是桨或帆。"[68] 然而，德·昆西在他的论《风格》一文中，却又取消了这一区别，代之以德国理论中关于主观写作和客观写作的对照，并认为情感的这种区分和客观化过程是在作者自身内部进行的。德·昆西（人们把他当作批评理论家未免捧得过高了）的拿手好戏是翻来覆去地谈论这个题目，最后把本不清晰的区别搅得更混浊了。他说的主观写作原来包括了神学、几何学、玄学和"冥想诗"的奇特结合；而自然科学反而与荷马史诗归为一类，成了客观写作的形式。不过，德·昆西关于文学主体性的本质的分析倒还值得一引：

> 在大量的主观活动中，作者所面临的问题是必须表明他自己的内心活动；把仍然潜藏在众多混浊情感中的错综复杂的念头明白地表达出来；简言之，他的内心所思必须穿过一个多棱镜，使原先连他自己也觉得是昏暗模糊，相互混杂的思想显示出各自特有的成分……对于稍纵即逝的思想要有意识地捕捉并保存下来，内在的思想要使其外显出来，对变动不居的要勾画出轮廓，对模糊不清的则要具体地表现……[69]

德·昆西接受客观诗的存在；哈兹里特认为个人欲望在设计诗的构局时起着重要作用，但坚持说最终的产品必须是特殊化的和具体化的，并认为诗人的情感反应强度是他对外部世界的根本特性和感觉细节加以把握和认识的条件。他还把这一理论结合到对当代诗人（包括华兹华斯和拜伦）的批评之中，认为他们背离了传统，只写自己而不写其他的人和事物，因此他们尽管在表现个人的心态和情感，却并没有替它们找出我们现在所说的客观对应物：

> 现代诗歌流派的重大错误就在于企图把诗变成自然情感简单吐露的一种实验；更不幸的是，它企图把诗的想象光彩和人性情感都剥去，为最低劣的事物包裹上作者病态的情感和吞噬一切的自我中心主义。弥尔顿和莎士比亚并不那么懂得诗。[70]

然而，浪漫主义时期有一位作家却没有把诗分成主观的和客观的，或是分成表现和自我表现。事实上，早期批评家对于诗歌作品情感动力和治疗功用所做的一切断想，相对于约翰·基布尔牧师批评中对这个论题的详细论述，只能算是一个序曲。

基布尔于1832—1841年在牛津大学担任诗学教授期间曾作了一系列演讲。1844年，他对讲稿加以修改后发表，书名是《论诗和药》。演讲用的是拉丁文，这是当时的传统，一直到了马修·阿诺德接任诗学教授的职位时才被取消。演讲本来就有点庄严华丽，讲演者虽然通篇用的是拉丁语，却把夹在当中的一首彭斯的抒情诗翻译成忒俄克里托斯式的希腊语，从而加重了演讲的华丽色彩。基布尔用最有颂扬性的措辞说，这本书是献给威廉·华兹华斯的。书中很多细节都是华兹华斯批评的重述，他的基本理论有相当大一部分只是阐发华兹华斯关于诗是情感的自然流露的原则；不过，基布尔把这一原则与一些来源极不相同的观念结合起来，而且他对这一原则的阐释与华兹华斯的初衷不符。书出版后受到了意外的冷遇，1912年被E.K.弗朗西斯译成英语，情况仍无改善。但是，我们不要忘了基布尔这些演讲的权威性；尽管它们表面虔诚且谦逊低调，但无疑应被视为那个时代最为惊人的激进批评。这些演讲首次提出了关于文学的来源、作用和效果的观点，提出了恰当地阅读和从事文学批评的方法，当这些观点后来出现在弗洛伊德派批评家的著述中时，就被视为对既定文学批评价值和原则最具颠覆性的论述。

基布尔对自己的立场最简洁的陈述见于其对诗的定义。他在牛津大学作讲演期间，洛克哈特写了《司各特生平传略》，基布尔在一篇书评中提出了这个定义。

> 诗是以语言，最好是带韵律的语言，对不可抗拒的激情，或主导性趣味，或情感进行间接的表达，因为直接发泄受到了压抑。[71]

他在《论诗演讲集》中，论证自己的观点，指出诗歌源于野人激情的喊叫，并像18世纪原始主义者那样漫不经心地从希伯来语、古代斯堪的纳维亚语、拉普语、波利尼西亚语以及北美印第安人的语言中举出"原始"歌谣的例子，来证实他的看法，说这些歌都起源于"释放那些无法控制的思想的欲望"[72]。一切艺术，包括音乐、雕塑、建筑，虽然媒介不同，却因为同是表现情感而联系在一起，因此，"绘画的诗性体现在对艺术家自身情感的恰当表现……"[73]

基于同样的观点，诗"能使心中隐秘的情感压力得到治疗性的减轻"，基布尔进一步说，因此"据我所知，无人觉得"应该重新划分诗歌种类。首先，他把诗人分为两类，第一类是主要诗人，"他们受到冲动的自然感发，以写作来减轻心灵的负担，安慰心灵的创痛"，第二类是次要诗人，他们也有存在价值，但比较低下，他们只是"对前者的思想、表现和方式进行模仿"。在主要诗的范围内，"可以推知，人的心灵有多少种情感，也就相应地有多少数量和种类的诗"。[74]

基布尔用这种推理，一举冲垮了诗歌分类的结构，这个结构除了一些无足轻重的改动外，自亚里士多德直至新古典主义一直都是批评的支柱。模仿说和实用说是根据诗所模仿的题材、模仿的手段和方式与对受众产生的效果来划分诗的类型的。对此，他一概加以取消，而根据一首诗所表现的心理气质和情感对诗作了简单的划分。他告诉我们说，这一分类法是根据昆提利安在修辞术中对情感（pathos）和品格（ethos）的区分而改作的。所谓品格，按基布尔的解释，是一种长期的性格特征；情感则是感情的一时冲动，它是短暂、强烈和不可遏止的。[75]基布尔在情感一词下罗列了抒情诗、挽歌和某些嘲讽诗体等传统形式；在品格一类则包括了史诗、戏剧诗和叙述诗体（由天性"喜欢行动"的诗人所写）以及田园诗和牧歌（由那些主要热爱"宁静的事物、乡间或安静的消遣"的诗人所写）。正如直抒胸臆的抒情诗体使得18世纪那些试图证明诗歌都是模仿的批评家们无所适从，基布尔承认，悲剧和史诗拉长了表现行动中的人，因此很难将它们归类为表现"激情灵魂的汹涌澎湃"的诗歌。对此，他的解决办法主要是表明，这些扩展了的形式是品格的对应表现，是构成诗人长期性格的那些根深蒂固的持久的情绪和需求。

> 因此我们认为，完全有理由说就连史诗也能使感情最炽热的诗人达到目的，抚慰他那深深的，挥之不去的期盼。
> ……〔这种诗〕反映了人一生的性格，以及通过漫长的联想而熟识的种种趣味。[76]

诗是个人未满足的欲望在想象中的实现，这是基布尔的诗论的中心所在。这一论题在被德·昆西称为"支离、封闭、无定见……而前后不一致"的哈兹里特的批评中随机反复出现。[77] 基布尔说，诗的想象作用"使一切事物都染上了心灵本身所欲求的色彩"。事实上，任何事物，如果"不能以某种净雅的慰藉来满足某种目前无法满足的渴求"，都不能认为是"带有诗的情感意味"。[78] 诗，对于基布尔来说，就像对拜伦一样，归根结底是用语词来排遣情怀，解除内心压力的威胁。然而，拜伦以火山为喻，基布尔却采用了一个并不壮观的机械比方（他说这是借用了古代关于诗的一个说法：灵感是一种疯癫的形式），将诗比喻成"安全阀，能使人不至于真正发疯"[79]。

从历史上看，基布尔的重要性主要在于他提出了诗的创作过程中存在着动机冲突的论点，以及他因此得出的诗不是直接的，而是伪装的自我表现的看法。用他自己的话说，这一概念"是一根枢轴，我们的理论正是围绕它转动的"[80]。他说，人表现情感的冲动，"由于本性的脆弱而不敢公开地加以表示，所以被当作永远不能完全理解的情感"而"受到压抑"。[81] 因此，诗人一方面需要解脱，另一方面则又受到"高尚而自然"的缄默和羞耻感所限，结果内心产生了冲突，产生了威胁着"他们的心理平衡"

的冲突。诗是神赐灵药，因为"通过那些诗人们最了解的间接方法"，（诗人）可以使"心灵的隐秘情感的压力得到治疗性的解除，并且无伤大雅"，这样便满足了对立的动机。因此，诗是"这么一种艺术：它在面幕和矫饰的掩盖下……表现出心灵中炽热的情感"。[82]

这种激进的原始弗洛伊德理论，将文学视为伪装了的愿望满足，使艺术家远离了早期的精神病。令人称奇的是，这样一种理论竟然产生于英国圣公会与牛津诗学教授这样双重保守的环境下。但是，基布尔是批评家，更是神学家，这就足以解释他的诗学性质了。观念在神学中已成当然之事，毫无活力可言，然而，它们一旦转到——基布尔显然是把它们转到了——美学这块异土上，便会焕发出活力，并极富有创新意义。基布尔自己就其观念来源给我们提供了线索，他不断提示说诗是宗教的近类，几乎可说是一种神圣之物。他把诗中掩饰自我表现的动机比作教堂里神父的本能，因为神父总是小心翼翼，"恐怕让敌人和嘲笑者获知神圣的秘密和信条……"[83] 他的掩饰了的自我表现论也是植根于有关上帝本质的神学信念之中的。各种各样的宗教仪式在基布尔对诗的作用的看法上也有所体现。例如，其中有类似祈祷者得到治疗性解脱的说法，也有在私下忏悔时卸去罪责重担的比方——在英国国教中，秘密忏悔是自愿进行的，而未成定规，作为宗教的领导者之一，基布尔常为此感到遗憾。[84] 基布尔的诗论与弗洛伊德的诗论极其相似，这就又多了一个例子，证明精神分析学在一定程度上是宗教教义和宗教仪式世俗化了的形式。[85]

基布尔与弗洛伊德之间的一致性还表现在他对读者心理的分析上。他说，有人对某些诗爱不释手，他们"认为自己终于遇到了真正的心灵安慰了"。"有些人对某些诗表现出的独特的快感，分析一下可以发现，这种快感主要针对的"——不是"这些诗的题材抑或作诗的技巧"——而是"对作者笔下人物所抱的同情之心。他们是通过作者的诗行间接地认识这些人物的"。[86] 这就进一步证明，完全信奉诗是自我表现这一观点，把传统诗学完全颠倒了过来。欣赏文学意味着重新获得作者的宣泄；所谓趣味，主要指一个人的情感需要与某一特定作者的情感需要一致；读者看到作品时，看到的其实是掩盖着的作者的反映。后面我们将会发现，在基布尔看来,实用批评的主要任务,就是凭借一首诗中的迹象,详细地重新建构诗人的情感和气质,对此,我们就不会感到意外了。

四　表现性语言的语义学:亚历山大·史密斯

基布尔在讲座第三、第四讲中阐述的思想,与约翰·斯图亚特·密尔同期发表在 1833 年《藏珍月刊》上的论诗文章的论题,有着显著的相似之处。同基布尔一样,密尔理论中的许多成分明显源自华兹华斯。1831 年,他在致约翰·斯特林的信中说:"无论是谁,只要跟华兹华斯交流就一定都会感到,在诗论这个重大课题上,他超越了前人。"[87] 密尔把诗界定为"情感的表现或吐露",这也与基布尔的说法相像。此外,这两位作家都以诗人在抒发情感时不顾及听众为理由,把诗人从演说术中分离出来;都依次从非文学的艺术门类中追索"诗意"或情感流露;都根据诗所表现的情感的不同种类而对诗歌形式进行重新划分;也都根据相关的理由对诗人做了根本区别,基布尔提出主要诗人与次要诗人之别,密尔则分自然诗人和文化诗人。密尔同基布尔的分歧在于,他对于诗的宣泄作用毫不提及,而是强调诗的表现性语言与科学的描述性语言之间在逻辑作用和标准上的区别[88]——因为他是边沁的信徒,尽管是个不忠实的信徒,所以这也是自然的事。

然而,当时另有一位作家,对诗的语义问题作了更为准确、详细和严谨的探讨。这位作家在批评史和语言理论史上全然不见提及。在 1835 年 11 月的《黑檀木杂志》上发表了一篇文章,题为"诗的哲学",署名是缩写字母"S"。据该杂志社的现任编辑告知,此文是由苏格兰班夫郡的一位亚·史密斯所作。承蒙班夫城职员的惠赠,我这里有一则当地三十多年前的报纸上的消息,其中所描述的亚历山大·史密斯很可能就是那篇文章的作者——此人曾就学于阿伯丁的皇家学院,后由于健康欠佳,辞去了学校教师的职务,1827 年开始担任班夫的邮政局长,直至 1851 年去世。亚历山大·史密斯还于 1835 年发表了一篇关于"道德哲学"的论文,并在 1842 年 1 月号的《爱丁堡评论》上撰文揭露"颅相伦理学"

的虚伪性[89],但"诗的哲学"是我所能判定的他的唯一一篇文学论文。这篇文章值得全文再版发表,这是由于文章自身的价值,它预示了近代语义理论家的解诗方法,比基布尔的批评预见弗洛伊德的文学原则更加缜密。

史密斯以苏格兰人的平和态度讨论了"诗与散文有何不同"这一基本问题。他抱怨说,那些"热心"论诗的人"似乎还没怎么细看就却步不前了……仿佛这样一来便可以驱散迷人的幻觉"——这一指责也许能表明,约翰逊博士以他那近视却又尖锐的目光所确定的对诗的态度,现在发生了变化。史密斯告诉我们,他自己完全能体察诗的迷人之处,因而才对此进行探讨,但只限于带着"哲学的平静"进行的探讨。[90]

由于"韵律并非诗之要义",所以现在的问题是区分出"与散文相对的诗"。

> 诗与散文的根本区别在于——散文是智慧的语言,诗是情感的语言。在散文中,我们所能传达的是关于感觉对象和思想对象的知识——在诗中,我们则表现这些对象如何感染我们。

稍后,史密斯提出了诗的定义,与密尔的定义相仿:

> 现在来看一下诗的全部特性。诗在本质上是情感的表现;但是这种情感表现的产生是借有节奏的语言(可以是韵文,也可以不是)——和谐的音调——和形象的表达方式。[91]

他很谨慎,根据目的的不同把诗同雄辩区别开来。"诗的唯一目的是传达吟诗人或写诗人的情感,而雄辩的目的则是说服人相信某一真理……"他力图表明,他的诗的定义足可容纳诗的各种类型;然而,他对诗的传统分类的改造却不像基布尔那么激烈,因为他的区分依据不是诗所表现的不同情感,而是引发情感的不同主题。"在史诗或叙述诗中,对某一事件或一系列相关事件的叙述,伴随着由这一事件或一连串事件引发的各种情感",写诗的目的是以最有效的方法表现或引发情感,这就解释了各个部分的选择、排列和统一。其他类型的情况也相仿:诗有描述性的，或者教育性的，或者讽刺性的，与此对应，它们所表现的"情感"的对象，分别是自然事物，或"对一般真理的思考"，或"对人的邪恶、愚蠢和弊病的看法"。[92]

这种见解与 1830 年代中期的流行观念的不同之处在于细节，而不在本质。史密斯的新起点在于他把诗当作语言活动——作为和认知性语言使用相对的表现性语言使用——来认识和考察的。"智性的行为或状态，指的是心灵所做的那些感知、认识、理解、推理和记忆。情感的行为或状态则是指心灵的那些希望、恐惧、欢乐和哀愁，爱和恨，羡慕和厌恶。"散文属于前一类状态的语言，诗属于后一类。[93]

语言能够表现情感，这一认识与古典修辞术一样古老，后者认为语词可以触发听者的情感，所以是有说服力的，只要能表明说话者自己也同样处于被感染的状态。霍布斯和英国的其他经验主义者都指出了这一事实的重要性，即语词"除了具有我们所想象的本质意义之外，还具有表明说话者的本质、性情和兴趣的意义……"[94] 18 世纪的朗吉弩斯主义者，比如洛思，常把语言分为"理性的语言"和"情感的语言"。埃德蒙·伯克在《论崇高与美》中论及语言的部分，用修辞术概念和洛克的哲学说明诗的语词如何能激起读者的情感：

> 就我们对语言的观察而言，我们还没有充分区别什么是清晰的表现法，什么是强烈的表现法……前者与理解相关，后者则属于情感。前者描述事物的本来面目，后者描述事物给人的感觉。[95]

亚历山大·史密斯对这一传统做出了具有重大意义的创新：他故意颠倒了修辞学的观点，认为诗人在表现情感的同时只是附带激发起听众的情感；他对描述性语言和表现性语言的区别做了延伸，认为这个基本的二分法涵盖了语言的一切用法；他还把一般的诗认同于表现性语言；最有意义的是，他对这一划分所引起的语言问题和逻辑问题的探讨，比他以前的任何理论家都更为彻底。因此，史密斯对诗的讨论，完全可以同 I. A. 瑞恰慈的著作相媲美；这是因为瑞恰慈的语义学理论和诗论也是建立在这两个对立体上的，一是语词的"符号性"（或"科学性"）用法，旨在"支撑、组织和沟通语词的指代物",二是语词的"情感性"用法,旨在表现或激发情感和态度;接着他也把诗限定为"情感性语言的最高形式"。[96] 近三十年来,同样两个对立物,以各种各样的名称,一直被广泛用来解决持续多年的各种问题,这些问题涉及哲学、道德、宣传、法律以及人类话语活动的其他形式。例如鲁道夫·卡尔纳普在《哲学与逻辑句法》一书中对逻辑实证主义作通俗说明时,就试图表明,不仅是诗,连玄学和规范伦理学,也都是"表现性"语言的形式,而不是"描写性"语言的形式;卡尔纳普对于这些语言类型的区别的解释,尽管较为粗略并多所阙漏,但在本质上却是同亚历山大·史密斯的解释相一致的。[97]

那么,史密斯又做了哪些方面的区别用来补充他最初给诗下的定义的呢?首先,他修正了情感感叹语都能入诗这一粗糙的断言(哈兹里特就曾说过,"诅咒和绰号也是诗,只是更为粗俗而已"[98])。史密斯把诗这一术语的用法分为三种。从基本意义上说,"情感的一切表现都是诗";在另一层意义上,"只有当情感的表现自动扩大到一定程度,并表现为某种特定形式时,我们才能把它称作诗";第三种用法是,所谓"诗",看起来是描述性的,其实是赞美性的用语——这就是查尔斯·L. 史蒂文森最近所说的诗的"定义"。"我们如果说,"史密斯写道,"一件作品尽管在本质上富有诗意,但却不是'诗'——那就等于说,它不是好诗……"[99] 接着,他又进一步对情感的描述和情感的表现作了区分,这个区分很简单,但却成了滋生混乱的沃土,就连最近一些有关这一问题的讨论也没能避免这种混乱:

> 然而,我所说的情感的语言,是情感得以从中发泄的语言——不是情感的描述,也不是去肯定这种情感被感觉到了……情感的描述和情感的表现之间存在着区别,一个就像是某个人在对我们说他身上疼,另一个则等于这个人的病痛迫使他发出的叫唤或呻吟。

这一点有必要详细讨论一下。诗的表现不是"单纯的感叹"。"只有当情感被表现出来,并指向导致这种情感的原因和事物,才能引起别人的共鸣。"这样,史密斯维护了他的理论,使它避免了这种指责(I. A. 瑞恰慈的早期著述中有几个粗心而作的段落就曾遭到这种指责，尽管其他许多段落的意义都与此相反）："情感性语言"与"指代"相对立，或至少说，情感功能相对独立于指代功能之外。[100] 根据史密斯的分析，诗并不是非指代性的，而是不止于指代。事实上，诗紧紧依靠暗指把情感传达给事物，这些事物正是引发这种情感的契机；诗同散文的本质区别不在于有没有指代现象存在，而在于表达的目的。换言之，诗之所以与散文有别，是因为诗依靠指代来达到表现的目的，而不是断言的目的：

> 然而，诗的叙述或描写的根本特性，以及使诗区别于散文的根本特性是这样的——诗的直接目的不是传载信息，而是表示一个情感题材，并把这种情感从一个心灵传送到另一个心灵当中去。在散文中，作者或说话者的主要目的，是传达或展示真实。所传达的信息也可能触发情感，但那只是一种附带作用。[101]

要对语言的这两种用法加以分辨，困难之处在于，对于二者的不同目的，在词语上或语法上常常没有线索可寻——"语法含义和字面含义完全相同的语词，不，可以说绝对一样的语词，既可以是散文，也可以是诗……视其表达情况而定，是仅仅提供信息还是表现和交流情感。"史密斯用了许多段落来解释这一概括，以下是一例：

> "我的儿子阿布萨洛姆"这一说法与"我的兄弟迪克"，或"我的叔叔托比"的意思极其相似……如果有人说，"哦！阿布萨洛姆，我的儿子，我的儿子"，我们很难说这不是诗；但这些词的字面意义和语法意义在上述两种情况下却是一模一样的。发一声感叹"哦"，再重复一遍"我的儿子"，这在意义上没有增加任何成分；但是这些词本来只是表明一个事实，这样一来却表现了一种极有深度和兴致的情感……[102]

史密斯说，诗所表现的情感"可以称作诗的灵魂。下面我们再来讨论一下诗的肉身和外形的一些特征"。在这个问题上，他赞同当时已成了老生常谈的见解：诗的音韵格律"不过是情感自然表现的更为做作的处理方式"[103]。他进一步认为,"一般说来,情感的语言就是形象化的、想象性的语言",因为"心灵急于传达的不是它观察事物所得的真理或事实,而是被事物激发起来的种种情感,因此,心灵的种种联想一旦在其源头处产生,便汇成急流倾泻而出"。这一点同当时业已确立的见解相符,但史密斯这样处理的重要意义却存在于他对细节的讨论之中。例如,史密斯认为,情感与表现形象之间的联系,并不是单向的因果关系,而是一种相互作用。"到底是情感产生形象并以它来表现自己,还是相反,意象产生情感,这个问题常常说不清。事情的真相似乎是,二者互生互长,相辅相成。"史密斯又对诗的一些具体特例做了细致入微的分析,使他得出的结论更有说服力。下面一例,是他对格雷的"挽歌"第一行"晚钟敲响了消逝白日的丧钟"所做的文本分析(explication de texte)的一部分。

> 这行诗作为全诗的构成,其重要特点在于,它不仅是诗人通过这些语词传达事实或真实——(即钟的鸣响声是一天结束的信号)——而是诗人心中与这一事实有关的情感——钟声暗示白天的结束,诗人此刻所赋予钟声的,是招魂的丧钟的含义;而"消逝"这一形容词也暗示诗人此刻相似的心境,犹如与一个鲜活生命——诸如同伴、朋友、情人——备受珍惜的交往,戛然而止。[104]

史密斯的这套理论本质上是语法论,作为探讨诗的一般问题的一种方法,它的不足之处显而易见。它代表了表现说发展趋向中一个极端的例子(这在华兹华斯的批评中早已显露):片面注重选词,而忽视诗的其他成分。把一切话语活动形式都切分为简单的两极分布,并根据其中一端给诗分类,这对于性质特殊的文学分析来说只是一个生硬的工具。史密斯的独特之处,在于他偏重从全诗抽出单独的诗行,基于对简单事实的相应陈述,重点分析诗行中诸如韵律、句法、形象和逻辑等质料和形式上的不同。他对人物或情节等非语言成分置之不理,也极少试图去解释诗为何像他说的那样"自动扩大",又为何"表现为某种特定的形式"。结果,对于如何从整体上来分析并阐明一首诗的组成和结构,他并没有提出什么方法。但是,这些局限性在当时流行的视诗为情感表现的简单的理论中都有所存在。史密斯尽管有这些局限,但他毕竟对这样一种理论带来的某些根本的逻辑问题做出了明确的辨析,并难能可贵地意识到,必须经常不断地把理论放到具体的诗例中加以检验;他在对这些诗例进行语义分析时,也表现出出色的敏锐。

亚历山大·史密斯的逻辑分析方法很严密,这对当时一些作家动辄滥用感情且又表述松散的印象主义——这种批评方式经常被错误地归入浪漫主义批评——起到了抗衡作用。在"诗表现情感"这一前提下,我们发现某些批评家对"诗"的意义使用过泛,不但用以指表达情感的语言,也指那些没有形诸语词的情感,甚至用以指与情感相随的典型事物和事件。在这方面,威廉·哈兹里特动不动就把人弄得眼花缭乱,这种情况下,他的笔如记者之笔,极端自由。"诗是想象和热情的语言。"但是,诗并非只有在书中才能找到。"哪里有美感、力量感,或和谐感,如在大海扬波、花朵绽开之处……哪里就孕育着美。"情感本身就是诗。"恐惧是诗,希望是诗,爱是诗,恨也是诗。"因此,要成为诗人,只要去体验情感就行。孩童"在第一次玩捉迷藏时","农人于驻足观彩虹之时","守财奴拥抱金子之时",皆是诗人。[105]

下面我将援引另一位批评家的话,来表明这些随时会有的欢欣之情,很容易像泡沫一样漂进这种诗歌新论。约翰·威尔逊(克里斯托弗·诺思)在他对丁尼生1832年的《诗集》评论时,先是拒绝给诗歌下定义,"因为东伦敦佬已经这样做了",接着却马上就做了个定义:"一切东西,只要不是单纯的感觉,都是诗。只要我们的心灵在创造,我们就一直是诗人。""低级动物"由于"用想象改变事物",所以它们也是诗人。野鸽在情欲冲动时成为诗人,甚至叫声嗡嗡的甲虫也是口不能言、不甚体面的华兹华斯。

> 因此,蹩脚的诗人除外,一切男女老少,鸟兽鱼虫,都是诗人。牡蛎也是诗人。谁也不会否认这一点,只要他们曾在普莱斯顿潘斯这个小渔村,见过它们满怀热情的凝视,躺在它们的天生之床上等待着

涨潮。蜗牛也是如此……至于甲虫，较之无意哼哼的旅客，假如我们知道他的独白中所包含的一切情感，就完全有把握说，他也是一个华兹华斯。[106]

这虽然是油嘴滑舌的俏皮话，但对于批评史家来说却也不是一点意义都没有。它所展示的这种批评行话，早在1830年代，就已成了约翰逊时代的狄克·米尼姆（蹩脚的批评家之谓）之类随口说的模仿、本质、规律、美和谬误等时髦说法。

注　释

[1] *The Works of Thomas Love Peacock,* ed. H. F. B. Brett-Smith and C. E. Jones (London, 1934), VIII, 5, 11, 24-5.

[2] Ibid. VIII, 13, 17, 18-21. 他在《诗的四个时期》中嘲讽了一些作家，但是当这些作家遭到当代书评家攻击时，他却又站出来为他们辩护。见 Peacock: "Essay on Fashionabte Literature,"（未完成）ibid, III, 263-91。

[3] 见 Letter of 15 Feb. 1821, *Shelley's Literary and Philosophical Criticism,* p. 213。雪莱计划把《为诗辩护》作为三篇文章的第一篇，但后两篇文章却没有完成。

[4] 参见 R. B. McElderry Jr., "Common Elements in Wordsworth's 'Preface' and Shelley's 'Defence of Poetry,'" *Modern Language Quarterly,* V (1944), 175-81。雪莱很可能是预谋同皮科克交锋，重读了 Sidney 的 *Apology for Poetry* 关于两篇文章之间的相似性的讨论，见 Lucas Verkoren, *A Study of Shelley's "Defence of Poetry"* (Amsterdam, 1937)。另一个不太可信的说法是，雪莱采用了约翰逊在 *Rasselas* 中表述的 Imlac 的诗学并做了改编。见 K. N. Cameron, "A new Source for Shelley's 'A Defence of Poetry,'" *Studies in Philology,* XXXVIII (1941), 629-44. 关于柏拉图思想在《为诗辩护》中的影响，见 James A. Notopoulos, *The Platonism of Shelley* (Durham, N. C., 1949) pp. 346-56。

[5] 参见雪莱写于1815年的哲学道德文论片段："On Life"，"Speculations on Metaphysics"，"Speculations on Morals"，这些文章都收入在 *Shelley's Literary and Philosophical Criticism*。

[6] *Shelley's Literary and Philosophical Criticism,* pp. 122-3, 152.

[7] Ibid., pp. 155, 128; cf. pp. 131, 135.

[8] Ibid., pp. 123-4.

[9] Ibid., pp. 126-8. 诗人的语言一定是比喻性的，因为这些修辞格揭示了现象的明显多样性背后的同一性（"通过真实生活中的形象，揭示事物之间永恒的可比性"）；它也必然是"和谐的，有韵律的"，因为它是"永恒音乐的回响"。

[10] Ibid., pp. 124-5. 关于"诗歌"一词的"狭义"和"广义"的区别，见 p. 58。对于早期诗人赖以得名史学家、神学家、道德学家和立法者的手法，Peacock 做了嘲讽性描述，参见"The Four Ages," *Works*, VIII, 6。

[11] Plato, *Laws* vii, 817; Shelley, "Defence of Poetry," pp. 125-6.

[12] "Defence of Poetry," pp. 124-5. 雪莱后来说，单首的诗篇可以看作"那首伟大诗篇的片段，那是所有诗人，犹如一个伟大的心灵的构件，自世界创始以来合力创作的宏大诗篇"(p. 139)。

[13] Ibid., pp. 134, 130. 诗人必须在"过往的悲惨现实"和对"道德美的理想主义"的直接描述之间竭力保持平衡，关于这个问题，见雪莱的 *The Cenci* 献词，以及他的 *Prometheus Unbound* 序言。

[14] 雪莱说，不可改变的形式存在于"造物主的大脑中，其本身又是其他大脑的意象"(ibid. p. 128; 另见 p. 140)。Cf. Chap. II, sect. iii。

[15] Ibid., pp. 121-2, 125.

[16] Ibid., pp. 155-6.

[17] Ibid., pp. 124-5, 145.

[18] Ibid., pp. 120, 129, 131, 153-5.

[19] *The Poetry and Prose of William Blake*, pp. 626, 607, 637-9 (written 1809-10).

[20] *Biographia Literaria*, ed. Shawcross, II, 255-9. 顺便提一下，柯尔律治对于谢林的"On the Relation of the Formative Arts to Nature"的补充基本是心理学方面的，但与他对谢林的借用同样富有意义。

[21] *Heroes and Hero-Worship*, in *Works*, V, 155-7.

[22] *Blackwood's Magazine*, LXXIV (1853), pp. 738, 744, 748, 728.

[23] Ibid., pp. 745, 748.

[24] Ibid., p. 753. Cf. *Timaeus* 28-9.

[25] *On the Sublime*, trans. W. Rhys Roberts, VIII, 4; I. 4; XII. 4-5. 朗吉弩斯还说，"诗歌意象的设计是对修辞术的沉迷——生动的描述"(XV. 2)。

[26] *An Essay on the Genius and Writings of Pope*, I, iv-v; II, 477-8.

[27] "Life of Pope," *Lives of the Poets* (ed. Hill), III, 251.

[28] *The Works of Samuel Johnson* (London, 1825), VII, X, "Prefatory Notice to the Lives of the Poets."

[29] "Defence of Poetry," *Shelley's Literary and Philosophical Criticism*, p. 153.

[30] *Inquiring Spirit*, ed. Kathleen Coburn (London, 1951), p. 207; *Biographia*, II, 1l-13, 84.

[31] "On Milton's Versification," *Complete Works*, IV, 38. Hazlitt 说，West 的"Christ Rejected"中，"整个画面都毫无生气，不像在拉斐尔的绘画中，每一条肌肉和神经都给人强烈的感觉"(*Complete Works*, XVIII, 33)。

[32] "On Genius and Common Sense," ibid, VIII, 31; "On Criticism," VIII, 217-18.

[33] Gibbon's *Journal*, ed. D. M. Low (New York, 1929), pp. 155-6. Addison 曾经感叹，现在太缺乏朗吉弩斯那样的作家，能"进入优秀作品的精神和灵魂深处"(*Spectator*,

No. 409）；这个说法早于哈兹里特。

[34] *Complete Works*, xx, 388; x, 32-3. Carlyle 说，歌德对哈姆雷特的批评是"批评中的诗歌，因为这个批评也是某种创造性艺术；至少是对诗人现有作品的一种再创造"（"State of German Literature," *Works*, I, 61）。

[35] *Letters of John Keats*, p. 368; Charles and Mary Cowden Clarke, *Recollections of Writers* (London, 1878), pp. 125-6. 另见 *Letters*, p. 65。

[36] *Letters*, pp. 71, 108 (my italics); Longtnus, *On the Sublime* VII. 2.

[37] *Letters*, pp. 52-3. 沿用不同的传统表述，他接着说："此外，长诗是对创造的一种检验，我以此作为诗的北极星……也是这个创造，近年来似乎确实被人遗忘了，不知它就是诗的优秀之处。"

[38] "Writings of Alfred de Vigny," *Dissertations and Discussions*, I, 351-2.

[39] *Edgar Allan Poe, Representative Selections*, ed. Margaret Alterton and Hardin Craig (New York, 1935), "The Poetic Principle," pp. 378-9, 389; "The Philosophy of Composition," pp. 367-8, 376.

[40] *The Poetical Works of Matthew Arnold*, ed. C. B. Tinker and H. F. Lowry (Oxford, 1950), pp. xvii, xxi, xxiii, xxvi.

[41] *On the Study of Celtic Literature and on Translating Homer* (NewYork, 1895), p. 264.

[42] "The Study of Poetry," *Essays in Criticism*, 2d Series, pp. 17-20, 33-4. 阿诺德与朗吉弩斯，以及与爱伦·坡和持这一传统观点的许多其他人的一个共同之点，是他们都强调"灵魂"是真正的诗从中产生并求援于它的领域。他说，德莱顿和蒲柏的诗"是在他们的智慧中孕育和创作的，而真正的诗是在灵魂中孕育的"。这段话曾遭到 T. S. 艾略特的嘲讽。

[43] 转引自 W. F. Thrall and Addison Hibbard, *A Handbook to Literature* (New York, 1936), p. 325。

[44] *The Name and Nature of Poetry* (Cambridge, 1933), pp. 12, 34-5, 46-7.

[45] *Elizabethan Critical Essays*, ed. G. G. Smith (Oxford, 1904), II, 49. Puttenham 用医学的顺势疗法作类比，解释了诗歌对听众产生的这种作用："就像帕拉切尔苏斯医生使用以毒攻毒法，用一种哀伤驱逐另一种哀伤……"(ibid. p. 50) 参见弥尔顿在《力士参孙》序言中关于悲剧净化作用的顺势疗法的分析。

[46] Letter to Moore, 2 Aug. 1787, *The Letters of Robert Burns*, ed. J. DeLancey Ferguson (Oxford, 1931), I, 112.

[47] 19 Mar. 1819, *The Letters of John Keats*, p. 318.

[48] *Letters and Journals*, V, 215 (2 Jan. 1821); III, 405 (10 Nov. 1813).

[49] *Poetics* 4. 1448^b.

[50] *On the Sublime*, trans. W. Rhys Roberts, XXXV. 2-3.

[51] *Advancement of Learning*, Bk. II, 载 *Critical Essays of the Seventeenth Century*, ed. Spingarn, I, 6; cf. *De augmentis scientiarum*, Bk. II, Chap. xiii。

[52] "On the Idea of Universal Poetry," *Works*, II. 8 9. Addison 在 *Spectator* No. 418 中解释

说，诗人的作用在于修补并完善自然，"因为人的心灵要求事物比现状更为完善"。另见 Reynolds, Discourse XIII, *Works,* II, 78; John Aikin, *Essay on Song-Writing,* 1772 (new ed.; London, 1810), pp. 5-6。

[53] *Rasselas,* Chap, XLIII, *Works,* III, 419-21.

[54] "Life of Milton," *Lives of the Poets* (ed. Hill), I, 170. 散文形式的罗曼司是个例外，这是特别的、低级的例子，见 *Idler* No. 24。

[55] "On Poetry in General," *Complete Works,* V, 1, 4, 11.

[56] Ibid., pp. 5, 17-18.

[57] *Biographia* I, 172-3; II, 120.

[58] *Complete Works,* XI, 8; XX, 47, 43. 另见 ibid., II, 113, 及 XII, 250-51; 另 Elizabeth Schneider, *The Aesthetics of William Hazlitt* (Philadelphia, 1933), p. 93。

[59] Ibid., XII, 348-53.

[60] Ibid., XII, 23. De Quincey 是释梦专家，就此他提出了有关冲突理论，醒后失忆，个体强迫性重复人类有罪的原型梦或神话，一个令人颇感惊奇的简单说法："在梦中，也许是半夜入睡的人处于某种不可示人的冲突中，当时清晰地意识到了，一旦冲突结束则又隐入深层记忆，神秘人类的每个孩子便这样在梦中自行完成了原始的堕落和背叛"（"The English Coach," *Collected Writings,* XIII, 304; 我注意到这段话，是因为它被引用在 Harry Levin, *James Joyce,* Norfolk, Conn, 1941, p. 158）。德国理论家，尤其是 Novalis 和 J. P. Richter, 也曾经思考过人们在梦中出现的神秘而有罪疚感的自我；见 Chap. VIII。

[61] *Complete Works,* V, 3.

[62] Ibid., IV, 151-2; XI, 308; cf. IV, 58.

[63] *Confessions,* Book IX.

[64] *The Autobiography of Goethe,* trans. John Oxenford (Bohn ed., 1903), I, 511.

[65] 见 P. P. Howe, *The Life of William Hazlitt* (London, 1922), pp. 349-50。

[66] "On Poetry in General," *Complete Works,* V, 7-8. 克罗齐言简意赅地描述了这一原则更为近代的形式 (*The Essence of Aesthetic,* trans. Douglas Ainslie, London, 1921, p. 21)："人通过详尽描述他的印象而摆脱这些印象；通过物化这些印象而将它们从自身驱除出去，并超然凌驾于印象之上。"更为详细的阐述，见 Yrjö Hirn, *Origins of Art* (London, 1900), pp. 102ff。

[67] *Collected Writings,* X, 48n. Cf. Essay Supplementary to the Preface (1815), *Wordsworth's Literary Criticism,* p. 198: "每个伟大的诗人……都必须激发并传达力量。"

[68] "The Poetry of Pope" (1848), ibid. XI, 54-5.

[69] Ibid., X, 219-27. 有关浪漫主义对于主体和客体的讨论，见 Chap. IX, sect. iii。

[70] "On Shakespeare and Milton," *Complete Works,* V, 53.

[71] Review of *Life of Scott* (1838), 载 *Occasional Papers and Reviews* (Oxford, 1877), p. 6。

[72] *Lectures on Poetry,* trans. E. K. Francis, I, 19-20; 59-66.

[73] Ibid., I, 42-7.

[74] Ibid., I, 22, 53-4, 87-8. 华兹华斯在其 1815 年版序言中，试图以"在诗歌创作时占主导地位的心灵能力"作为诗集中诗作分类的奇特基础，这表明表现说观点对体裁理论的影响。另参见 Markham L. Peacock, Jr., *The Critical Opinions of William Wordsworth* (Baltimore, 1950), pp. 111-12。

[75] Ibid., I, 88-9; 见 Quintilian, *Institutes* VI. ii。

[76] Ibid., I, 92, 86, 90.

[77] De Quincey, "Charles Lamb," *Collected Writings*, V, 231-2.

[78] *Lectures on Poetry*, I, 21-2, 25-6.

[79] Ibid., I, 22, 55-6. Cf. "Review of Lockhart," *Occasional Papers*, p. 24: "因此，史诗或任何其他形式，像人们所说的那样，对于满溢的心灵，可以起到安全阀的作用……"

[80] Ibid., I, 73.

[81] "Review of Lockhart," *Occasional Papers*, p. 11.

[82] *Lectures on Poetry*, I, 20-22, 47.

[83] Ibid., I, 13, 74.

[84] J. T. Coleridge, *Memoir of the Reverend John Keble* (4th ed.; Oxford, 1874), pp.302, 313. 基布尔自己作为一名宗教诗人，对于出版物中自我暴露现象的敏感几乎到了病态的程度。见 Walter Lock, *John Keble* (3d ed.; London, 1893), p. 57。

[85] 关于基布尔的诗歌理论与宗教的关系的评论，见 Cardinal Newman, "John Keble" (1846), *Essays Critical and Historical*, II, 442-3。

[86] *Lectures on Poetry*, I, 56 (cf. p. 66) ; *Occasional Papers*, pp. 24-5.

[87] 20-22 Oct. 1831, *Letters of John Stuart Mill*, ed. H. S. R. Elliot (London, 1910), I, 11.

[88] 关于约翰·斯图亚特·密尔诗论的概要，见 Chap. I, sect. iv。

[89] 这篇文章是关于 George Combe 所著 *Moral Philosophy* (1840) 的长篇书评，经鉴定是由 Alexander Smith, of Banff 所作，刊登在由他儿子所编的 *Selections from the Correspondence of the Late Macvey Napier*, (Edinburgh, 1879), p. 371n。

[90] "The Philosophy of Poetry," *Blackwood's Edinburgh Magazine*, XXXVIII(1835), 827.

[91] Ibid., pp. 828, 833.

[92] Ibid., pp. 835-7.

[93] Ibid., p. 828.

[94] *Leviathan*, ed. A. B. Waller (Cambridge, 1904), Pt. I, Chap, IV, p. 21.

[95] *The Sublime and Beautiful*, Pt. V, sect, vii; *The Works of ... Edmund Burke* (London, 1854), I, 178-80.

[96] C. K. Ogden and I. A. Richards, *The Meaning of Meaning* (3d ed.; London, 1930), p. 149; I. A. Richards, *Principles of Literary Criticism* (5th ed.; London, 1934), pp. 267, 273.

[97] *Philosophy and Logical Syntax* (London, 1935), pp. 26-31. 富有感染力的语言是探讨哲学问题的一种方法，关于这个概念的详细讨论，见 C. L. Stevenson, *Ethics and Language* (New Haven, 1944)。

[98] "On Poetry in General," *Complete Works*, V, 7.

[99] "The Philosophy of Poetry," p. 828; 见 Stevenson, *Ethics and Language*, p. 213, 其中分析了"蒲柏不是诗人"这一判断语，称之为"劝说性定义"。

[100] 对于瑞恰慈的分析的反对意见，最近一个例子——以前有过不少——见 Max Black, *Language and Philosophy* (Ithaca, N. Y., 1949), pp. 206-9。瑞恰慈在他的"Emotive Language Still," *Yale Review* (XXXIX, 1949), pp. 108ff 一文中，说明了他的意图，他指出，几乎所有语言的用法，都具有多重功用，它们"既有描述性，也有感染力，既是指称性的，同时也是影响性的"。

[101] "Philosophy of Poetry," p. 829.

[102] Ibid., p. 830.

[103] Ibid., pp. 830-31. 史密斯还以一种有趣的方法表明，诗在译成无韵律的散文时，会丧失它的本质特性（p.831），并指出，"悦耳的""和谐的"和"富有乐感的"这类术语，从音乐转入韵文中后，便成为极不相干的隐喻了（832 页注）。

[104] Ibid., pp. 832-5.

[105] "On Poetry in General," *Complete Works*, V, 1-2. Gifford 曾在 *Quarterly* 上发表评论，针对他在使用"诗歌"一词上的不一致性提出尖锐批评。对此，Hazlitt 在 "Letter to William Gifford, Esq" 这封措辞尖刻的信中作出了强烈回应，以这一词语当代用法的多义性为理由，对他自己的用法作了辩解。(*Complete Works*, IX, 44-6.)

[106] *The Works of Professor Wilson*, ed. Ferrier (Edinburgh, 1856), VI, 109-11.

第七章

文学创造心理学:机械论与有机论

　　理性一词是虚构实体那套为数众多的名称中的一个,在创造这些虚构实体的过程中,修辞学家和诗人付出了共同的劳动。他们共同给予我们的理性可算是位女神;而另一女神,即情感女神,和理性女神常常是敌手……诸如此类的神话根本不是清晰准确的教诲。

——杰里米·边沁

　　我们不知,你是什么,什么和你最为相似?

——雪莱:《致云雀》

一般的理论家开始认识到，艺术家的心灵介于感觉世界和艺术作品之间，并认为艺术与现实之间的显著差别，并非对外在理想的不同反映所致，而是心灵内在种种力量和活动使然。这种认识便是我们现在所说的艺术心理学的源头，其发展在很大程度上是17、18世纪的批评家（尤其是英国批评家）的功劳。他们将古代和文艺复兴时期理论家有关心灵能力一带而过的暗示，扩展成范围广泛的艺术创造和艺术鉴赏心理学。在这方面，英国的批评自然也汇入了英国经验哲学的潮流之中，这种哲学的特点就是试图通过对心灵的组成和活动过程的分析来确立认识的本质和局限。17世纪初，弗朗西斯·培根就把诗歌作为学问的一部分而纳入他有关人类知识的领域，认为知识需要参照想象的活动去解释。到了17世纪中叶，托马斯·霍布斯在对达夫南的《龚迪拜尔》序言作答时，根据他早期的哲学思考，对感觉经验、记忆、幻想和判断等在作诗过程中的位置作了简要而通俗的描述。[1]诸如此类的想法会立刻被抓住不放，并获得超乎寻常的快速的扩展。一百年以后，在对心灵的总体探讨中一字不提文学艺术的哲学家寥寥无几；与此同时，几乎所有系统的批评家都在其美学理论中，加入了对于心灵的规律和作用的一般论述（他们与休谟的看法一致，休谟在《人性论》导论部分提出，人性的科学，对于批评科学以及逻辑科学、道德科学和政治科学来说是基本的）。1774年，亚历山大·吉勒德的《论天才》出版，这是一个世纪中对于创造过程心理学的最全面、最细致的研究。

必须指出，这部批评著作初读之下颇有新意，但其中绝对新颖的成分并不多。其方法仅仅是把业已存在的传统修辞学和诗学常理，翻译成心灵要素、心灵机能和心理活动等新鲜的哲学语汇。例如，只要浏览一下亚历山大·吉勒德的那些脚注就可以看出，从亚里士多德到赫尔德主教，所有具有代表性的批评家都为其所用。尽管他声称其理论完全建立在实验和归纳的基础之上，但他在确立或强化结论时常常借重专家的权威，其中西塞罗和昆提利安所占的比重比洛克和休谟还要大。另外，他常常是规范性地而非描述性地使用心理学习语，以确立文学创作和评价的标准。在这种规范性的讨论中，幻想和判断等心灵的术语，取代了客观艺术作品中那些可以精确定义的对立特性。举例来说，赖默在谈及"东方"诗人时写道："幻想对他们是至高无上的，它狂野、广阔、放浪不羁，判断力对它没有权威性，无法控制它；因此他们的观念是怪异的，完全无准确性、相似性或比例性可言。"[2]——他提到这些心理机能，并不是为了描述心灵的活动方式，而是为了概括地贬斥艺术中那些任性而无拘束的东西，褒扬与此相反的准确和得体等特性。大约75年后，约瑟夫·沃顿在述及莎士比亚的《暴风雨》中所表现出来的"想象"时，把这一心理学术语与狂野和不规则这类审美特性联系起来，但他的喜好却变了。他说，莎士比亚"给他那无边无际的想象以一定的约束，并把浪漫的、神奇的、狂野的成分发挥到令人愉快极致"[3]。想象或幻想与判断之间的对立及其变化中的平衡构成了讨论的主要框架之一；在这个框架中，18世纪的艺术批评家在习俗与反习俗之间这场旷日持久的战斗中，推出了自己的理解。

　　然而，本章主要讨论的是描述性心理学——即某些理论家喜欢称道的"心灵科学"——特别要尝试对作诗过程中的心灵活动进行描述。透过术语和细节上的差别，我们马上就会注意到，在某种程度上，18世纪的作家在创造心理学的基本概念上是高度一致的。对于英国先前的心理学中这种一致性的传统，柯尔律治是反抗的中心。近来，有学者强调说，柯尔律治的主要思想应归功于英国的先贤，但如果认为柯尔律治成熟的艺术心理学与18世纪流行于英国的艺术心理学一定存在着承继关系，那就会使人误入歧途。在一切根本的方面，柯尔律治的心灵论同当时德国哲学家的心灵论一样，像他自己所坚持认为的那样，是革命性的，事实上，它标志着知识生产各领域中，习惯性思维的一种变化，这种变化与思想史上其他变化一样尖锐，一样富有戏剧性。

前面我谈过类比在批评理论结构中的作用。类比在讨论艺术心理学时的作用，比在其他方面更为明显。有关心灵过程的本质，唯一直接的迹象是通过内省获得的那些朦胧的、难以捉摸的东西，而这些东西是"内心存在的方式"，如柯尔律治所说，我们"知道时间和空间的属性不相容，应用不上，可是只有通过时间和空间的符号才能传达出来"。[4] 用我们今天的话来说：内心事件必须通过比喻的方式来讨论，须有一套客体语言，可以用字面意义讨论物理世界。这样带来的结果是，我们对这些事件的概念的认识，特别容易受到讨论中所用物质隐喻的影响，以及这些隐喻背后的物质类比的影响。心理学批评从霍布斯和休谟的传统到柯尔律治的传统有了一个转变，我认为，要说明这个转变的本质，不妨视其一种为类比更替的结果——以有生命的植物取代机械过程，其中隐含的范式，规范着如何描述文学创造的过程和产品。下面我先简单描述一下在柯尔律治以前占主导地位的理论，柯尔律治1800年以后的著述则是对这种理论的不懈的反抗。

一　文学创造的机械论

17世纪，自然哲学家在机械领域取得了巨大成就，近代心理学也在此时得到了长足的发展。这对于文学批评至关重要。因为英国经验主义哲学的发展，显然是有意无意地追随着这样的路径，即试图把自然科学中的解释系统引进精神领域，把机械学物质上的成就扩大到心灵。[5] 18世纪，大卫·休谟把《人性论》的副标题定为"把论证的实验法引进道德课题的尝试"，并效仿牛顿，避开假设，"从细致精确的实验"，得出致简、最普遍的肇因，从而建立一门研究人性的科学，"在确定性上，它并不低于任何与人类理解有关的科学，在实用价值上，却大大高于它们"[6]。大卫·哈特利解释说，他采用了牛顿的振动律则，洛克及其门徒的联想原则，并声称他的研究仿照了"艾萨克·牛顿爵士推荐和遵从的分析综合法"[7]。关心文学心灵活动的哲学家也自称采纳了自然科学的方法和确证性。凯姆斯勋爵认为，他的"批评要素"的确立，是通过考察"人性中的敏感部位",并"从事实和实验逐步升高到原则"[8];亚历山大·吉勒德宣称,他的目标是把"人性科学"扩展运用到天才这个"未知领域"(terra incognita),并且(尽管毫无疑问对心灵做实验有难度)"搜集足够的有关心灵能力的事实,以便通过恰当的、正常的归纳推演出关于这些能力的结论来"[9]。在18世纪后期的一些乐观主义者看来,他们关于创作和判断一首诗的原则,具有心灵科学中的支撑,而心灵科学的可靠性和决定性,丝毫不比自然科学逊色。詹姆斯·贝蒂在1776年写道:

> 一个诗人违背其艺术的根本规律,却求助亚里士多德,让他来仲裁,这如同一个机械师不按运动律的原理制造发动机,却以否认艾萨克·牛顿爵士的权威性来开脱自己,是一样的荒唐。[10]

作为总结,以下是18世纪文学创造理论的几个方面,为大多数经验主义传统作家所共有,反映了其机械原型的本质:

(1)心灵的基本成分。经验主义心理学在方法上是彻底的元素论:它以元素或部件作为出发点或基本论据。心灵的成分和活动全部被假定为可以分解成极为有限的一组简单元素,而理论家所要做的就是把各种复杂的心理状态和产物解释为心灵原子的形形色色的组合。能够成为作品中的元素或"观念"的只有意象(部分的或全部的意象),这些被认为是意象的东西是原始感知的复制,尽管这些意象较原始感知弱。

观念就是意象,霍布斯在将心灵话语的内容描述为"衰退的感觉"时对此有所暗示。在休谟那个封闭的内心世界中,感觉印象与观念之间的唯一差异,是前者具有更大的"力量和生气"。他说,"一个在某种形式上仿佛是另一个的反映……"[11]休谟含蓄地把观念比作感觉的镜像反映,这个隐喻在18世纪有关心灵的讨论中极其普遍,在吉勒德描述记忆中的观念时变得直白了:"它就像镜子,忠实地反映出我们原先感知的各种事物的形象……它在本质上只是个模仿者……"[12]

在洛克的哲学流派看来,心灵内容最终的、不可再分析的成分,当然是感觉的简单特性的复制品——比如蓝、热、硬、甜、玫瑰香气等——以及快感和痛苦等情感的复制品。但在谈到诗的创作时,哲学家和文学理论家都倾向于把具体感觉对象中构成整体或一块碎片的那一组简单特性，当成作诗过程中的一个部件来考虑。另外，有关诗的创造的讨论中，大部分都认为心灵的这些部件不是全部的话，基本上都是视觉意象，视觉对象的复制品。柯尔律治尖锐地指出，"机械论哲学"之所以坚持认为世界由互不渗透的事物组成，是因为它备受"眼睛的专制"限制[13]；而在文学理论中，由于修辞学长久以来的说法——如果演说者使描述场景视觉化，令人如历其境，就最能有效地感染听众——这种专制力更加强大。诚如艾迪生在《旁观者》杂志416期中所说，"确实，意象如果不首先进入视觉，就根本不能进入幻想……"后来，凯姆斯勋爵认为，由于其他感觉的观念"对于作诗活动都太嫌模糊"，因此想象在"构造那些乌有之物的形象"时，只能局限于对"视觉观念"进行分割和再组合。[14]

（2）部件的运动和组合。意象依次在心灵的眼中移动而过。如果它们按照与原先感觉经验中相同的时空秩序再现，就构成我们的"记忆"。但是，如果感知对象的组成意象不按照原来的秩序再现，又如果这些意象的分裂部分组成一个从未被感知过的整体，便形成"幻想"或"想象"——这两个词常被用作同义词，指观念——包括构成诗歌的观念——的非记忆性的展开过程。

为说明想象力的作用，理论家们常常援引古代神话中那些怪诞的例子，这显然没有先例。[15]1677年，德莱顿援引了卢克莱修的话（他曾试图把物质原子论应用到灵魂活动中去），想通过"合并两种本质，获取一个真正单独实体"的方法，去建立一种可能性——想象半人半马（hippocentaurs），狮头羊身蛇尾吐火的怪物（chimeras），及其他"大大违背自然之道的东西"来。[16]这类心灵构建的例子曾被霍布斯引用，又被休谟列举[17]，这些例子成了有关诗的创造的各种批评论述中的标准成分。例如，吉勒德就指出，即便诗人的想象"创造"出新的"与想象契合"的整个事物，"其组成观念的部件和成分也是通过各个感官分别传达的……"

> 荷马形成客迈拉（chimera）的观念时，只是把不同动物的几个部

分合并到一个动物身上：狮头、羊身、蛇尾。[18]

在创造过程中，想象再大胆，也不过是把可感觉的整体割离成部分，再将这些部分组成新的整体——这一观念可以把18世纪对立的哲学流派统一在一起。苏格兰哲学家杜格尔德·斯图尔特继托马斯·里德之后，批评洛克到休谟一直都有的倾向，认为不能把心灵内容肢解成感觉和观念的简单序列，而应强调心灵机能和"力量"的概念。他预示了（也许还影响了）柯尔律治对想象和幻想的区分——斯图尔特认为，幻想是一种低等能力，它提供感觉材料，再由想象通过"理解力""抽象力"和"趣味"对这些材料进行复杂的加工。然而，斯图尔特对诗的想象的分析也仿照了18世纪的模式——想象的创造力只在于这个事实——它可以"从许多不同的物体中选择出各种特性和细节，并对它们加以组合和排列，从而形成它自身的新创造"[19]。

不应认为斯图尔特的"创造"一词，及"独创性"和"成象力"等词语与心理原子说相对立，这些词在这18世纪下半叶与"想象"产生紧密的关系。我们会看到，所有这些语词对批评都具有重要的影响，其中又以"成象力"一词最为有趣，它是从宇宙起源论者那里来的。宇宙起源论者明确反对纯粹原子论哲学和机械论哲学，他们用这个词来代表自然中固有的生命原则，这一原则通过自动释放出的构造性能量把一片混沌组织成宇宙。[20] 因此，作为文学心理学中的一条术语，"成象力"从一开始就具有柯尔律治自创的"塑合性"想象的含义。18世纪，这个词的意义得到了充实，此时可以看到，标准的想象过程是把互不相关的东西分类并重组，使之形成一个整体，这个整体在秩序上可以是新的，但其各个部分却绝不是新的。至于"创造"一词，正如约翰·奥格尔维所提醒的那样，不可解释为"感官接受不到其样式的纯粹独创性发现"。感觉和反映的观念——

> 这些确是被所谓的成象性想象随心所欲地关联、合成并使之多样化的……但在整个这种过程中，人们为了在整体上形成一个不寻常的组合，必须以某种方式对事物进行选择和合并，而独创性则显然归因

为人们选用这种方式的结果。[21]

（3）联想吸引律。休谟依据亚里士多德和他的英国先贤的想法，提出了观念联想的概念，视其为支配观念的排列和组合，并使想象"在不同时间和地点，都能在一定程度上自成一体"的原则。"可以产生观念联想，思想可以从一个观念转到另一个观念的联想，有三个特性：相似性、时空上的接近性和因果关系。"[22] 十年后的 1749 年，大卫·哈特利发表了不同于休谟的联想说。他在其理论中试图严密地论证，心灵中一切复杂的内容和过程皆源于简单感觉成分，并通过原初感觉经验中的接近性这个单一联系而结合到一起。联想的总体概念尽管在联想关系的数量和种类上有着不同含义，却很快被纳入了有关文学想象的理论之中。[23]

心灵活动的这种基本模式与构成牛顿的力学科学的物质、运动和力这些基本概念之间，有着明显的相似性——尽管没有牛顿表述中的量的方面。①心灵的单位观念对应于牛顿的物质粒子。休谟指出，观念"可以比作物质的广延性和固体性"，因为观念与印象不同，它们"具有一种抗渗透的能力，因而相互排斥，它们可以通过连接而形成合成物，但不是通过混合"。[24] ②观念按次序或"系列"运动，这是物质在物理空间的运动在心灵上的对应。③"联合原则"或"柔力"（休谟描述联想语）增加了产生运动的力的概念；而"联想律"中这种力的同一活动可以看作牛顿关于运动和引力的同一律。

至少，在更为系统的心灵科学理论家们看来是如此。休谟自己就曾在联想原则（尽管他把这些原则视为统计学上的趋向而非"不可分割的联系"）与万有引力定律之间建立了类似关系。

> 因此，这些就是我们的简单观念中的统一和结合原则……这是一种吸引力，在心灵世界中与在自然界中一样，有着同样奇特的作用，而且形式多样化。[25]

在哈特利的身心平衡论系统中，观念联想直接成为运动力学定律在神经系统内的内省对应物。[26] 在霍尔巴赫这种彻底的唯物主义一元论者看来，心灵自然是完全消失了，其各种过程被贬抑为人类大脑这一共有机器中的某个区域里，"那些微小的不可感知的分子或粒子"间的作用和反作用。[27]

（4）判断与艺术构思问题。必须对艺术成品的结构和构思做出圆满的解释，这虽没有让纯粹心灵机械论站不住脚，至少也造成了一些困惑。至18世纪研究创造过程的心理学家，这个问题变得益发严重。因为我说过，这些心理学家的做法主要是把业已存在的诗歌理论译成心理学术语，而且这种理论兼收了两个与自然主义和心灵的机械分类完全相异的成分。其中之一是亚里士多德的中心概念"形式"，以及艺术"整体"，即如果移位、去除或增加其中任何部分都会打乱整体的正常秩序。另一个是修辞学中贺拉斯式的概念，即艺术基本上是有目的的活动，从开始就能预见它的终了，部分与部分相适配，整体也同样与读者的预期效果相适应。但也有一些人，如亚历山大·吉勒德指出，根据联想主义的原则，任何一个观念"与无穷多的其他观念都有某种关系"，这样，仅仅根据这种关系而收集的观念将"形成一片令人迷乱的混沌"，也就"不能组成一部正常的作品，正如一些从不同的钟表上卸下的齿轮不能装成一块手表一样"。[28]换一种说法：如果认为想象过程是各种意象由于引力的机械原因或者直接原因而移动的过程——一个意象，仅仅因为另一个意象碰巧具有与它内在的相似性，或是因为在过去经验中与它邻近，就自动地把它带动进来——那我们如何解释这种想象的结果是一个宇宙而非一片混沌呢？又怎么解释谵妄中不连贯的联想与莎士比亚作品中井然有序、发人深省的联想之间的区别呢？

与此相应的问题是如何解释物质世界的构造，自从德谟克利特的原子论以来，这个问题一直是机械论哲学的绊脚石。西塞罗曾问道，伊壁鸠鲁的信徒们怎么能"断定世界是由偶然碰到一起的……微粒组成的呢？要是原子汇合可以组成世界，那么为什么不能组成门廊、庙宇、房屋、城市这些不费力就可以建造的东西呢？"[29]17世纪，原子主义在物理科学中的强势复兴，使人们反过来强调，有必要建立一个补充原则，以解释物质世界的显而易见的秩序，对此，原子主义者的呼吁不亚于他们的敌对者。牛顿本人尽管不愿意提假设，但也效法波义耳和其他科学界的先驱们，就像古希腊罗马戏剧中用舞台机关送个神仙出场一样（deus ex machina），他也用这种方法解决了世界机器中法则、秩序和美的起源问题。他说，"太阳、行星、彗星这个极其美妙的系统，只能由一个有智慧、有目的的神灵的意愿和支配而产生"[30]——就是说，产生于上帝的有目的的安排。不用说，来自物质自然构成理论的这个神学论点，在18世纪的散文和诗歌中成了人们最为熟悉的哲学概念之一。[31]

在这个方面，也像在其他方面一样，机械心理学重复着机械宇宙论的模式。德莱顿曾研究过霍布斯，也醉心于卢克莱修对于混沌由于原子的偶然汇合而变成秩序的论述，他在论及罗伯特·霍华德爵士的诗（1660年）时所作的措辞巧妙的韵文中考察并最终排斥了这种看法，即认为心灵原子主义在解释诗的创造时，无须上帝在心灵中的对应物：

> 原子如果不精心搭配，
> 绝不能创造美丽的世界。
> 这样的说法我不敢承认，
> 因为它将毁坏智慧的天公。[32]

大卫·休谟在《自然宗教对话录》中，对神学的目的论作了极其精妙的尖锐评述。但他在《人类理智研究》中详细阐述了观念联想的作用以后，觉得有必要提出这个假定，即认为在创造性艺术家的心灵中存在着一个主导目的。

> 在所有天才的作品中，作者必须有某种计划和目标……即便不是贯穿于整个创作过程，至少开头构思时需要设定某种目的或意图。没有构思的产品更像是疯人的胡言乱语，而不像是天才和知识的清醒努力。
> 〔叙述中的事件或行动〕必须在想象中相互联系起来，形成一种整体，它能使事件和行动归属到一个计划或观念之下，它也可以是作者在进行第一次尝试时的目标或目的。[33]

亚历山大·吉勒德曾假定，由于指导性构思的存在，某些联想环的力量成倍增加，使得相关的观念得以压倒那些不相关的并与其竞争的观念。他试图以这种假定把他的"主要构思"的概念与想象的机械活动组成一个整体。[34] 然而，大多数心理理论家都只是以简单直接的方式效仿物质—神学探索的榜样：他们仅仅把世界机器这个聪明艺人带回家来，使他变成一种心灵力量或心灵能力（有时称"判断"，又称"理性"或"理解"），来指导和检查联想的机械过程。

就连吉勒德也不得不充实其"主要构思"的概念，作为对想象性联想的自动控制。

> 每一部天才作品都是一个整体，它由不同的部分按常规方式组合而成，这些部分的安排完全从属于一个共同目的……但是无论这些联想原则把它们的这部分职责完成得多么完美，一个人都很难自信这种排列是最得体的，而只有等待判断的认可。幻想以一种机械的或本能的方式形成计划：而判断则对这个计划进行再考察，决定它是正确的还是错误的，因为判断的再考察是科学的；它通过沉思而做决定，使人对这些决定的正确性坚信不疑。[35]

这段话很有代表性，18 世纪的心理学家中，除了哈特利和霍尔巴赫少数固执的机械论者以外，在构建自己的心灵系统时都融合了这么两个类比，一个是机械主义的类比，认为感官意象按照心灵吸引律逐次排列；另一个则是智慧艺人或建筑师的类比，他从如此提供的素材中做出选择，再根据事先的蓝图或计划把选择的素材聚集到一起。

设计目的论者的概念加在心灵机械论上，让人们期望的"心灵科学"打了很大的折扣。在牛顿的世界体系中，引证了一个终极原因，用无所不在的上帝解释宇宙的起源——只是偶尔会插入一个奇迹，或对某些天体的不规则性作一纠正——其作用主要是保证机械因果律的连续性。[36] 然而在心灵系统中，终极原因则可干预有目的思维在个例中的联想律的活动。另外，先在构思（被认为是心灵的一种主要意象）这个概念本身，就对经验主义关于心灵内容无一不是来自感官这个基本假设提出了无声的挑战。很明显，这种构思不可能是固有的理念。它也不可能来自对大自然的作品或以前诗人的作品的直接感知，因为这意味着倒退，而退到一定程度时又必须引进独创性创造；而独创性创造才是我们阐释的起点。[37]

联想主义者为处理审美设计中的这些难题时所做的努力是其著述中一个极为有趣的方面。比如，吉勒德把修辞学的话题习惯性地转换成心理学术语，其中谈到了"布局"，他（引述西塞罗和昆提利安）把布局描述为将创造出来的素材有秩序安排成的"整体组织"。在这里他发现，先在构思与事后实现之间的区别，以及天才的内心活动与艺人有意的、成功的操作之间的潜在相似性，这二者与观察所得的事实并不相符。

> 天才在形成构思时的活动，比技艺或勤奋将这些构思付诸实施时的活动更为完美……建筑师设计整个宫殿快得很；但在实际建造时，他必须先筹集材料，然后也只能一件接一件地把楼房各个部分建造起来。但是筹集材料并且安排运用这些材料，对于天才来说，并不是独特的和连续进行的工作。

在创造的第一个阶段，"整体的概念常常只是不完善的、模糊的"，只有在进行过程中才逐渐明朗。因此"这种能力更类似于自然的活动，而不太像艺术那种较不完善的能力"。为了阐释自然活动的特殊性质，吉勒德想到一个饱含着文艺心理学含义的比方——植物的生长。

> 植物从大地中吸取水分，与此同时，自然也像植物吸水一样，把这水分变成植物的养分：养分立即在植物导管中循环，并被植物的各个部分吸收。天才的活动方式与此相仿，他在获得观念的同一时间，就把这些观念组织起来。[38]

这就是说，当植物论替代机械论和手艺论而成为创造过程的范式时，便产生这么一个概念：构思是作者天生具备的潜在能力，它从作者内心自发展现，获得生长所需的养分并将其吸收、同化。我们将会看到，德国理论家在类似问题的鞭策下，早已开始探讨以植物作为想象原型的可能性了。但在1774年的英国，这一提议却遭到强硬的拒绝。吉勒德本人在探索对文艺构思的分析时，立刻又回复到机械联想与指导建筑师的标准组合上。他说,"因此,想象绝不是没有技巧的建筑师",因为"它在很大程度上,通过自己的力量,凭借它的联想力,在经过反复尝试的移植之后,就构思出一座匀称的比例适当的楼房"。[39]

二 柯尔律治的机械幻想和有机想象

吉勒德的《论天才》发表四十年后,我们才在英国看到把有机体作为审美模型的理论全面发展。为了使机械主义心理学和有机主义心理学在分类上的对比更加醒目,我将把对有机论的一般历史的讨论推迟到下一章进行,现在则直接先讨论柯尔律治在描述文学创造的过程和产品时对有机说的有意识的详尽应用。

柯尔律治理论的中心,是对幻想和想象做了简单明了的区分〔见于《文学生涯》(1817年)第十三章〕。幻想与想象相反,

> 它只与固定的和明确的东西打交道。幻想实际上只不过是摆脱了时空秩序的拘束的一种记忆形态,它与我们称之为"选择"的那种意志的实践混在一起,并且被它修改。但是,幻想与平常的记忆一样,必须从根据联想规律产生的现成材料中获取素材。

柯尔律治在这段文字之前冗长的绪论中,对以哈特利为顶峰的心灵机械主义进行了回顾和批判。他明确告诉我们,他所说的记忆能力和幻想能力,意在囊括18世纪联想论中一切有用的东西,"最后再把心灵的其余职能交给推理和想象"。[40] 事实上,柯尔律治对幻想的描述确实把联想主义创造理论的基本部类都很有技巧地挑选出来了:从感觉中产生的基本粒子,或称"固定明确的东西",之所以与记忆单位有别,是因为它们按照由联想律决定的新的时空序列运行,并受到那种选择能力——18世纪批评家所说的"判断"——的选择。[41] 这在以前曾被认为是对诗的创造的全部解释。但是,所有的一切都可以解释,并确实得到了这样的解释,但柯尔律治还是发现一个遗漏,他将此遗漏划为"二次想象"。这种能力

为了再创造，进行融化、分解、分散；而在这一程序变得不可能进行时，它还是竭尽全力去使之理想化和统一化。从本质上讲，它充满活力，纵使所有作为客体的对象在本质上是固定和僵死的。

关于柯尔律治论想象力的历史重要性，人们并没有估计过高。它打开了一条重要渠道，使机体说得以流入英国美学那条迄今是清澈的，但还不是太深的溪流之中（机体说可以被解释为这么一种哲学，其主要范畴都是从有生命的、成长的事物的属性中通过隐喻得出的）。先来考虑一下柯尔律治在许多段落中借以区分两种能力的那两个对照性的隐喻。记忆是"机械的"，幻想是"被动的"；幻想是一种"映照活动……它简单地重复，或通过互换位置而加以重复"，它是"聚集在一起的联想能力"，只是"通过某种并置方式"而发挥作用。[42]与此相反，想象是对已有成分进行"再创造"的过程。柯尔律治在描述这个过程时，借用了物理和化学聚合的一些术语，认为这种聚合极具亲和力，大大有别于通过他称之为"砖块加灰泥"的机械哲学思维对互不渗透的抽象概念进行的堆砌。因此，想象是一种"综合""渗透"以及"混合、融化的能力"[43]。有时，柯尔律治又把想象描述成一种"同化力"和"合生能力"；这些形容词是从当时的生物学中借来的，"同化"指的是有机体把养料转化成自身物质的过程，"合生"则表示"生长到一起成为一体"[44]。在讨论想象问题时，柯尔律治常常采用有生命的、生长的东西作比方。比如，想象"从本质上讲是有生命力的"，它"生成和创造出自身的形式"，想象的规则"正是成长和创造的能力"。[45]在这些段落中，柯尔律治关于想象的隐喻同他关于心灵的最高活动方式的隐喻相一致。柯尔律治从细节上把理性能力的行动比作植物的成长、吸收和呼吸——这样便使理解与生长相等同，并使（借用 I. A. 瑞恰慈所创造的词汇）"知识"（knowledge）与"长识"（growledge）相等同。[46]

在柯尔律治的批评著述中，很多说法都是字面意思指植物，但在深层意义中却暗喻艺术，这确实令人惊叹不已；如果说柏拉图的论证是镜子的原野，柯尔律治的则是植物的丛林。他的隐喻的载体一旦复活，人们就会看到一切批评对象都会不可思议地幻化为植物或植物的枝叶,在热带地区茂密生长。作者、人物、诗的类型、诗段、语词、韵律、逻辑变成了种子、树木、花朵、蓓蕾、果实、树皮和树液。实际上,柯尔律治坚持认为有生命的想象和机械的幻想有别,这只是他对"机械—微粒哲学"全面宣战的一部分。他对这种哲学提出的反对意见,也可以从现代著名的有机说的继承人 A. N. 怀特海的著述中找到。柯尔律治说,发展这种系统,必须通过抽取除形状与运动以外的一切特性,"把物体运动中各种现象构建成几何图形"。他补充说,"因为它是一种科学幻想,我们很难对这种创造评价过高",但笛卡尔却主张认为它"是事实的真相:于是我们失去了按照上帝的旨意创造并充满活力的世界,只剩下一架无生命的机器由它自己碾出的灰尘所转动……"[47] 他在 1815 年致华兹华斯的信中写道,我们在哲学中所需要的是

> 用生命和智力(这里的智力指的是推动植物发展到高级形态的各种力量。在这个发展过程中,由于差别增大,植物变成了新的物种[人,自我意识],但尚未构成本质上的对立),来取代机械主义哲学,因为这种哲学在最值得人类用智力去探索的一切事情上,都以死亡为终结,而且把清晰的物象误认为独特的概念以自欺欺人……[48]

有人以可观的实证,把柯尔律治称为断章取义的行家,指责他具有从德国哲学家那里盗用文段的嗜好。但是在文学批评中,他把取自其他作者的东西都打造成了思索的利器,尤其适用于对文学作品进行详尽分析。这在德国有机主义理论家当中无人可与之匹敌。从某种重要的意义上讲,其高度完善的文学批评的各种成分,无论是独创的还是推衍所得的,都是十分一致的——其实质并非逻辑上或心理上的一致,而是类比上的一致;它忠实于原型,或者说忠实于基础意象,这是他孜孜以求的目标。这是原子论与有机论之间、机械的和有生命的之间——最终是机器和生长的植物这两个根本比喻之间的截然不同的区别。柯尔律治探讨了后者在概念上的多种可能性,因此从根本上改变了涉及对艺术作品的创造、分类、解析和评价的许多根深蒂固的观念。要想阐明这些变化的

本质，我们只需讨论一下植物都有哪些特性，它们与机械系统的特性又有何区别。

我们下面列举的特性已大大简化，因为柯尔律治在其讨论生物本质的许多——尽管一般都被忽视——文献中，早已对此进行过描述。这批文献最早出现在他 24 岁那年写的一封长信中。[49] 两年后他旅居德国，在布卢门巴哈门下学习生理学和自然科学；在他的《生命的理论》中达到了高潮，这本书把德国自然哲学家的种种概念与亨特、索马里兹和阿伯内西等英国"动力"生理学家的发现和思索糅合在一起。[50] 把柯尔律治的生物学和批评中的文字并列放在一起，就能立刻显示许多基本概念在这两个领域中是交替使用的。

那么，一株植物，或任何生命有机体，到底有什么特性呢？

(1) 植物源于种子。柯尔律治认为，这一点表明，元素论倒过来才成立：整体是第一位的，部分是第二位的，由整体产生的。

> 在世界上，整体的迹象到处可见，这是组成部分远远不能解释的，它们之所以能作为那些部分而存在，甚至它们之所以能存在，都必然以整体作为其致因和条件……〔报春花的〕根、茎、叶、花黏附于一株植物，这是由于种子的前提力量和原则所致，在构成报春花的大小和形状的任何一颗物质微粒从其周围的泥土、空气和水分出现以前，这种前提力量和原则就已存在了。[51]

他在别处还说，"无机体与有机体的差别就在于：在前者……整体不过是个别部分或现象的集合"，而在后者，"整体就是一切，部分则什么也不是"。[52] 柯尔律治又把同一条原则引申到非生物现象上去："根据这一原则，任何伟大的东西，任何真正有机生命体，其整体都先于部分。"[53]

(2) 植物生长。柯尔律治说："繁殖和生长"，是一切有生命事物的"第一力量"，本身就表现为"植物的进化和延续"。[54] 最伟大的诗人也同样具有这种能力。例如，在莎士比亚身上，我们看到了"像植物一样的生长"。"一切都是生长、进化、起源——每一行，几乎是每一个词，都产生出下一个……"[55]把一篇完整的话语或一首诗部分地、随意地比作动物的躯体,这早在柏拉图和亚里士多德那里就有了。[56]但是柯尔律治的有机体理论高度发展,与以前的各种理论都不相同,它对这一类比的所有方面都作了充分阐发,最重要的是,它特别强调了生长的属性。柯尔律治一直关注生物基因——关注过程和产品,关注存在,更关注成长。因此他在论述一个完成的诗篇时,几乎必然要探究构思的心灵活动,这就使他的所有批评都富于注重心理的特征。

(3)植物在生长过程中,对泥土、空气、光照和水分中各种外来成分进行吸收和同化。"看!"柯尔律治在谈论到这个涉及交叉渗透的主题时兴高采烈地喊道:

> 看啊!——太阳升起来了,它也开始了它的外在生命,进入了与自然环境的开放交流,既同化万物,又彼此相互同化……看啊!——在光的抚摸下,它也释放出了与光相亲和的气体,然而它也以同一种脉率在完成它自身的悄然生长,把那增加的东西加以提炼,经浓缩后固定了下来。[57]

把这种属性从植物引申到心灵,便在联想论中产生了另一场变革。在元素论系统中,一切创造产品都是由感知的意象集合重新组合而成的。在柯尔律治的有机论中,感觉的意象成了仅仅供大脑加工的素材——这些素材在与新的整体同化的过程中完全失去了原有的面貌。"首个或初始的观念,就像种子,滋生出连续的观念。"

> 事件与意象,这些外界中活跃的激发精神的机件、对于心灵的种子来说,有如阳光、空气和水分,没有它们,种子就会腐烂消亡。在所有心灵进化的过程中,感知对象必须刺激心灵;心灵也必须对如此得自外界的食物进行消化和吸收。[58]

与此同时,那些在早期理论中作为较为微弱的知觉复制品的"观念",也改变了性质而成为种子,在知觉的土壤中成长。洛克"滥用了'观念'一词",他的意思似乎是"太阳、雨水、肥料等等造成了小麦,造成了大麦……如果换一种说法：假如不是相宜的阳光、适宜的土壤催发种子发芽，那么麦粒就永远是麦粒，毫无用处，达不到任何明显的目的——假如这样说的话，那么洛克所说的一切就完全有道理了"。[59]柯尔律治认为，理性的观念，以及艺术家的想象中的观念，是"活的、创造生命的观念，它们……在根本上与自然中的萌发原因相同……"[60]

（4）植物从内在的能量源泉中自然产生——用柯尔律治的话说，"完成它自身的悄然生长"——并自动生长成应有的形状。[61]物品要人去制造，植物却自己生长。柯尔律治在表述这种差别时，最喜欢说的一句话是，在生命体中"整体……从内部（ab intra）产生"，而无机体则是"从外部（ab extra）产生"。"确实，生命的概念中暗含了进化，它与并生现象或源自外部（ab aliunde）的超感应形成对照和区别……"[62]在心灵的领域中，这恰恰是"自由的竞争的独创性"与"无生命机制"之间的区别，这种区别通过十足依附性的模仿，把一种外来的形式加在无机物质之上。诚如他回应A.W.施莱格尔的话时所说的：

> 如果我们把事先决定的一种形式刻在任何特定的材料上，这个形式就是机械的……有如我们想使一堆潮湿的泥土在干化以后变成我们愿望中的形状。有机体则与此不同，它的形状是先天固有的；它在自己从内部生长时成形，它成长的完满性就是它外形的完美性。[63]

我们记得，有个问题曾使物质机械论者和心灵机械论者都困惑不已；那就是，如何利用纯粹机械的法则来解释秩序和设计的起源。柯尔律治从生长的有机体的这种性质中找到了问题的答案。他宣称，如果说"物质微粒具有这种内在的相互吸引、排斥和就近选择的组合能力；如果说这些微粒本身就是它们自身合成物的联合艺术家"，这样说"只是把解释不了的东西挪个地方而已"。根据柯尔律治的分析，有机体都具有其内在的目的性——因为它的形式是内生的、自动形成的——因此，他本人对这个问题的解答不需要依赖心灵意义上的建筑师去描绘设计初稿或去监督具体的建造。因为

> 这里存在着一种本质性的差异，即有机体器官与机械部件的对比区别；不但植物的独特形状是从无形的中心力中产生的，连物质群本身也是通过同化而获得的。植物的发芽力使凝固的空气和水的基质改变形状，成为草和叶……[64]

这里可以附带指出，柯尔律治在解决一个问题的同时，又碰上了另一个问题。这是因为，如果植物的生长果然有其内在目的，那么这目的是无可选择的，是由种子注定的，直到最后成形都没有意识的参与。"在每一粒种子，每一棵植物中，生长和个别形态的内在原则是一个主体"，柯尔律治说，"但是谁要是把玫瑰和百合花真的说成是有自我意识的主体，而不是诗意的说法，那么他就是个梦想家"。[65] 在创造心理学中以生长的概念取代机械的活动，似乎只是以把一种决定论变成了另一种；而以有机体自然发生的概念代替心灵的艺人或设计师，又难以通过类比来说明创造过程中意识的参与问题。我们将会看到，德国某些批评家以植物的生命过程作为一部艺术作品诞生的模型，这实际上是宿命论的观点，即艺术创造根本上是心灵的无意志、无意识的过程。[66] 然而，柯尔律治一方面承认创造中带有无意识的成分，另一方面却又决然表明，像莎士比亚这样的诗人"从未写过任何事先没有计划的东西"[67]。"植物通过非自身的、无意识的行动所达到的状态"，柯尔律治告诫我们说，"你必须尽力使自己争取达到。"[68] 柯尔律治的美学和其伦理学和神学一样，想为自由意志正名，一直是个迈不过去的坎——一定程度上似乎是因为这与他所推崇的比方中的内在含义背道而驰。

（5）植物成熟的结构是一个有机的整体。机器是由不同部件组成的。与此相比，植物各部分的不同之处则在于，它们以最简单的单位开始，与它的相邻部分紧密结合，相互交换，相互依赖，直到长成较大的、更为复杂的结构——在整个过程中，这些部分都以一种复杂的、特别内在的方式相互联系，并同植物联成一个整体。例如，由于植物的现有部分自身增殖新的部分，所以部分可以说是自身形成的原因，在这个过程中，终点似乎就是整体的存在。另外，整体的存在归结于部分的共存，而部分的存活又必须以整体存在为必要条件；比如，叶子如果从植物母体上摘下，就会枯死。

一切有机论哲学理论，究其本质，都试图对生命系统的独特现象，或"有机整体"的性质，做出确切的解释。柯尔律治有时也仿照康德在《目的论判断力》中的著名论述来描述有机体的内部关系；用柯尔律治的话来说，生命整体的各个部分"都是相互依存的，每一个部分都既是手段也是目的"，而"部分对整体的依赖"也同"整体对部分的依赖"结合在一起。[69] 他又仿效谢林的做法，以"论题——反题——综合"的方式来表述这种关系。"我想不出真正的论题和反题，最后不是以有生命的机体作为其综合，甚至使其不分你我。"

> 机械论系统……只知道远和近……简单地说，只知道那些没有生成力的微粒相互之间的关系；于是在每一个具体例子中，结果总是那些组合特性的精确总和，像算术里做加法一样……在生命中……组成生命的两个反作用力其实是相互渗透的，并生成一个更高的第三体，它包括了前二者，"然而，这却是不同而又伟大的"（*ita tamen ut sit alia et major*）。[70]

柯尔律治有时又宣称，在有机体中，整体延绵不断地扩散到所有的部分。"物质生命存在于机体的各个肢体的器官，总体存于每一部分；但又表现为生命，它寓一于众，从而合众为一……"[71]

诸如此类的论述，都被从自然有机体恰如其分地转用到创造的有机产品上。

> 诗的精神，同一切其他生命能力一样……必须赋以形体才能得到展现；但既为生命形体，就必定有组织——何为组织？这岂不就是部分与整体相连，因而各个部分都集目的和手段于一身了吗！[72]

把对立物综合成更高的第三体，它的各组成部分既相异又相同（*alter et idem*）——柯尔律治认为，这种功能应归于美学领域中的想象——他在《文学生涯》中所描述的"善于综合的神奇的力量"，这种力量"在使相反的、不调和的性质平衡或和谐中体现出来"。而且这种综合力与有机体吸收营养物的功能的相似性也自我宣示出来了，因为柯尔律治紧接着引用了约翰·戴维斯爵士对灵魂的描述，认为这描述"稍加修改，就可以应用于，甚至更适用于说明诗意的想象"：

> 无疑的，只因它以奇异的升华，
> 　使躯体变成精神，
> 像火使所燃之物燃烧，
> 　像我们把食物化为我们的天性。[73]

因此，在柯尔律治看来，想象的整体性不是把"没有生成力的微粒"机械地并置起来，也不是新古典主义的部分的得体性，即（如德莱斯顿译的布瓦洛那样）"各个部分都应固定在合适的位置上"——

> 直到神奇的艺术把它安置，
> 　使所有部分组成完美的整体。[74]

想象的整体是一个有机整体：它是一个自生系统，由各部分在生命上的相互依赖所组成；如果离开了整体，部分就不能生存。

有机哲学有个古怪的特点：按照它的特殊逻辑——真理只有通过对立的综合才能获得——就不能否定其形而上的对立面的存在，只有把它同化并归入柯尔律治所说的"同时包含两者"的"一个更高的第三体"，才能自圆其说。因此，柯尔律治尽管想出了有机体的比方，并因它使现实产生了炼金术般的变化而激动不已，但对自己强烈反对的形而上学哲学，却毫不犹豫地加以保留，并纳入他自己的理论之中。机械论是虚假的，这倒并不是说它道不出真实，而是说它未道出全部真实。他在笔记中写道，"一场真正好的变革，不应排斥前存事物，而应通过扩大自身把它包容进来，尽管它被置于新的观点中考察"[75]。因此，柯尔律治的发展完善的批评理论，有意调和了不同信念，它所使用的关键比喻不是一个，而是两个：一个是机器，另一个则是植物；这些比喻把艺术的过程和产品明确分为两类，同样也形成了两套评判准则。

柯尔律治反复使用他那副双聚焦镜头，对诗的两种类型进行区别和评价。其中的一种类型只要用机械论就可以充分说明。它来源于感觉细节和记忆中的意象，它的产生只牵涉到幻想、"知识"和经验的"选择"等较低级的能力，因此它是"人才"的作品，其级别比最高的要低；鲍蒙特和弗莱彻以及本·琼森和蒲柏等人的作品就属于此列。另一类更为伟大的诗则是有机的。它来源于有生命的"观念"，它的产生牵涉到更高级的"想象"能力、"理性"和"意志"。因此这是"天才"的作品，主要例子可以在但丁、莎士比亚、弥尔顿和华兹华斯等人的作品中找到。因为才能"在于知识"——知识是"依靠感觉提供的消息进行思维和作出判断的能力"——而天才则包含"理性和想象的行动"。作为它从感觉经验中习得的一部分，才能具有"对外来知识进行加工和应用的能力"，但不具备"绝对天才那种创造性的、自足的力量"。"根本的区别"在于"一个是机械的才能的塑造技巧，另一个是受到感发的天才那种创造性、生产性的生命力"，它能产生"各个组成部分从里面"调整而形成的产品。[76]

例如，"鲍〔蒙特〕弗〔莱彻〕的戏剧，是缺乏整体感的简单聚合；莎士比亚的戏剧则具有一种生命力，它是从自身中生长并产生的"，所以说"莎士比亚代表了天才的高度、广度和深度；鲍蒙特和弗莱彻则是才智在并置和连续中的优秀机械主义"。[77] 与此相类似的是，本·琼森的作品"是作者积聚力的产物，而不是内部生长所致"[78]。作为小结，下面一段文字概括地叙述了柯尔律治应用批评中的类比法。他告诉我们，伊丽莎白一世时代的那些小诗人只取感觉得到的事物，然后把它们拼凑成异质成分的合成物。

> 这些诗人把那些耳朵听起来有语法和逻辑一致性的东西，以及可以合到一起呈现给眼睛的东西，都从耳朵和眼睛那里捡来凑在一起，也不顾它们是否具有直觉感受得到的内在可能性；这正好比一个人可以把四分之一个橘子、四分之一个苹果，以及同样多的柠檬和石榴拼

凑到一起，使它看上去像个圆溜溜的什色水果。

针对这种拼凑行动，柯尔律治提出了与此相对的有机过程说："但是，自然是根据某种法则通过进化和吸收而从内部活动的，它不能那样做。"紧接着，生长、吸收和生物法则这些概念便被从自然转用到诗人的心灵上。

> 莎士比亚也不能这样做，因为他的活动也像自然的活动一样，是按照某个观念通过想象力从内部而萌发出来的——因为心灵中的观念之于自然规律，正像视力之于光一样。[79]

三 浪漫主义时期的联想性想象

柯尔律治尽管做了勇气可嘉的努力，仍然没能从根本上阻止英国的成分主义心灵哲学。以最少的感觉元素辅以最少的联想定律来解释心灵的所有内容和活动，这种尝试继续统治着这一时期的心理学。事实上，这一理论直到1829年才有了最为详尽、立场鲜明的声明。这一年，《人类心灵现象分析》一书出版，作者是詹姆斯·密尔——用他儿子的话说，他是哈特利联想主义心理学的"复兴者和第二创立者"[80]。

老密尔对诗歌不感兴趣，他在表述联想规律时也没觉得有必要专为作诗过程立几条定律。诗人的联想与商人、律师或数学家的联想毫无二致；诗的观念"按照同样的规律依次连接……诗人与那些人的不同之处只是在于，他们用以组成作品的观念，是有关不同事物的观念"[81]。1859年，约翰·斯图亚特·密尔对他父亲的书作了修订，尽管他对许多段落做了订正，但对于这几句话却未加追究地放过了。然而，大约在此26年前，当他热切地致力于解开诗歌之奥秘时，却似乎与他父亲的原则相抵触地写道：

> 诗人之所以成为诗人，不在于他的意象或思想，甚至也不在于他的情感，而在于他被感发所依据的规律。他之为诗人不是因为他有什

么特别的观念，而是因为他的观念的承续从属于他的情感过程。[82]

然而，小密尔也是个联想主义者，与其父相比，他更开通，尽管不那么彻底。他所做的只是把对联想过程的全部控制权赋予了情感，从而使早期的理论适合他自己的观念，即认为诗歌是"情感的表现或吐露"[83]。联想不仅会包含感知意象，也涉及情感（情感本身常被视为各种基本快感和痛苦的聚集体）——这一原则与现代联想理论的形式是同时代的产物。联想主义传统的理论家也曾指出，情感或情绪有助于把控联想过程；吉勒德就表明，"一种现有的热情'常常会启迪'一连串的观念，这些观念间的联系并不是来自它们的相互关系，而主要是根据它们与……那种热情的一致性而产生的"[84]。密尔的创新之处，仅仅在于把原本只是一个部分的东西扩展成对作诗这个与众不同的创造过程的全面解释。

"那么，我们把什么人称为诗人呢？"密尔自问自答道："诗人必须是这样的，他们的情感构成联想的链节，而他们的感觉观念和精神观念则正是由这些链节联系在一起的。"他特别提出了情感决定论，以取代早期联想主义者的构思或计划决定论，以此对审美整体的构成作出解释：

> 在每一组思想或意象的中心，都可以发现一种情感；而且思想和意象只能是因为情感的存在而存在。心灵所构造的一切合成物，它所描绘的所有图画，以及想象根据幻想提供的素材而构造的所有整体，都是因为某种主宰性的情感，而不是像在其他自然物中那样因为某种主导性思想，才具有整体性和性格一致性——才得以同不一致的事物区别开来。[85]

在这段话中，柯尔律治提出的有机想象的概念，尽管也被不经意地同幻想作了区分，却再次被降格为一种组合观念微粒的机械能力，想象过程所获至的整体也不是有机整体，而是在情感上一致的整体。雪莱是密尔心目中自然诗人的典范，在他的最佳诗篇中，"情感整体性"是"一种和谐的原则，就像中心观念是另一类的心灵的和谐原则一样……它能提供某种一致性和连贯性，其他方法无法获得这两者"[86]。

即使是当时的职业诗人或职业批评家，也很少有人赞同或理解柯尔律治在其想象理论中意欲阐发的观点。而在浪漫主义者对想象的代表性讨论中，我们确实发现，他们对这种能力的作用和地位做了最高评价。至于近来人们普遍求助于联想规律来解释想象机制的做法，在他们那里却常常不见；他们专心致志于诗的创造过程中情感职责的讨论；他们强调诗意想象修改感知对象的能力。偶尔我们也能听到柯尔律治关于幻想和想象的对照的回响，但二者的区别往往是随意的，一触即溃，因为它缺乏柯尔律治的哲学原则这种坚固的基础支撑。

《文学生涯》出版 6 年前，查尔斯·兰姆就曾用某种想象概念来说明为什么比起普桑的那幅杰作《雅典的瘟疫》，他更喜欢贺加斯的奇特的版画《杜松子酒巷》：

> 这里面有更多的想象力——那种使万物归于一体的能力——它使得有生命的东西和无生命的东西，使存在物和它们的属性，使主题及其周边等，都带上同一种色彩，产生同一种效果……就连那些房屋……也好像醉了——似乎都因为从整个作品中散发出的那种恶魔般的癫狂气息而旋转不已。[87]

华兹华斯由衷地称赞了这段话；我们也可以有把握地认为，柯尔律治肯定会把这种使每个部分结合，使每个细节都关联起来，就连房屋也屈服于情感的力量，当作想象的天赋——也就是他说的"那种使众多合而为一"的能力。[88] 但是，兰姆尽管是个有天赋而且感觉敏锐的文学评论家，却无意对此继续探究或者将它构建成理论，所以也就只能说这么多了。

哈兹里特则不同，他以批评家兼哲学家自居，对于诗意想象的许多论述也都与柯尔律治相接近。"想象是这么一种能力，它在表现事物时所依照的不是其真实面目，而是它们被别的思想情感塑造成为无穷无尽的形状和力量组合。"哈兹里特在解释想象的例子中，也收入了柯尔律治最喜用的例子，即李尔的疯癫：

> 当〔李尔〕在那场发疯的戏中呼喊，"那些小狗，还有白狗和讨

人喜爱的狗,看哪,他们都对着我狂叫!"这时,情感为想象提供了时机,使每一个动物都联合起来攻击他……[89]

此外,哈兹里特还像柯尔律治那样,对18世纪心理学中的原子主义和分析性唯理主义持反对态度。但正如我们在上一章中注意到的那样,他自己的心理学也是一种动力心理学,其焦点集中于人类行为中潜在的内心挣扎以及错综复杂的驱动力之上,把文学的想象既看作同情的自我保护器官,也看成一种补偿性工具,认为它"使意志中那些模糊的、缠绕不休的渴望得到明显的减轻"[90]。对于柯尔律治的有机理想主义,哈兹里特却无论如何也无同感。他曾写了一篇贬抑柯尔律治《政治家手册》的评论,文章最后引用了柯尔律治的一个中心段落。在这段话中柯尔律治对生长的植物作了分析,试图以此从植物身上"形象地"辨识出"精神世界的"消息。哈兹里特把这个节选标以"柯尔律治先生对绿色田野的描述"的称号,并评论说:"这就够了。霍布斯说得好,'语词可以使人变得出奇的聪明或出奇的愚蠢'。"[91]

我们再来看看华兹华斯:他的诗第一次打开了柯尔律治的眼界,使他觉得有必要假定想象力的存在;他与柯尔律治过从甚密的时候,正是这位理论家的反机械主义哲学孕育成熟之际;他也完全同意他这位朋友的看法,认为18世纪思想中根深蒂固的元素主义(elementarism)

> 永远以僵死的方法
> 把一切事物都分离看待;
> 只知道把事物分割,再分割,

它掀起了"与我们自身灵魂之生命的一场邪恶战争"。华兹华斯在1815年版诗集对于"幻想的诗"和"想象的诗"所作的区分就是为了证明这种做法的合理性,我们完全可以认为,他对幻想和想象所作的广泛区分表明它在根本上与柯尔律治的区分法是一致的。

确实,华兹华斯在某一点上同柯尔律治是毫无保留地一致的:他曾庄重地断言说,他认为他自己表明了自己在某些诗中具有想象力,这些诗

"像人类那些值得永远铭记的产物一样，具有使人崇高的倾向"[92]。他对想象力的一些描述也同柯尔律治的描述相谐和。在一个关于想象力的明喻中——或者用他的话说，当想象力"被应用于意象之上，而这些意象又因相互关联而互相修改时"——"类比中的两个事物便在正当的比较中统一、结合在一起"。在其他例子中，华兹华斯所说的想象也同柯尔律治的一样，会"使众多事物合并成整体"而进行"塑形和创造"。华兹华斯在讨论诗意想象时援引的两个例子（李尔流落荒野，以及弥尔顿笔下弥赛亚参战），后来也都被柯尔律治引用。[93]柯尔律治在《文学生涯》第四章中告诉我们，在第一次阅读华兹华斯的理论时，他确实觉得它与自己的理论"主要的不同之点也许只在于我们的对象有所不同"。然而，又过了八章以后，柯尔律治便改变了观点："在对华兹华斯有关想象的论述作了更为准确仔细的研读后……我发现，我的结论，老实说并不像我原来以为的那样与他的一致。"[94]

柯尔律治之所以对华兹华斯的论述颇感失望，其原因并不难找到。华兹华斯说过，想象是创造性的；但他又问，"幻想既然是一种主动的能力，那么她在自身规律支配下，以她自己的精神，难道不也是一种创造性能力吗？"[95]更糟的是，华兹华斯不但表明幻想是创造性的，并且说想象是联想性的：这两种能力都同样具有"修改、创造和联想"的作用。华兹华斯曾把想象描述成一种分解和再组合的方式，他用的语词同本章前面提到的杜格尔德·斯图尔特所用的词语几乎完全一样。"想象的这些过程，"他说，"是通过赋予某一对象以附加特性，或者从该对象中抽取它实际具有的那些特性而进行的"，这样便使该对象"如同一个新的存在物一样"作用于心灵。[96]最后，华兹华斯特别就柯尔律治对想象和幻想所作的区分表示反对。柯尔律治在为骚塞的《奥尼安娜》写序时，把想象解释为"塑造的修改的能力"，而幻想则是"聚合的联想的能力"。对此，华兹华斯宣称，"我的反对意见"只是认为"这个定义流于一般了"。

聚合和联想，感发和结合，这些能力既属于想象也属于幻想；但是，要么二者所感发和结合的素材不同；要么这些素材在结合到一起时所依据的规律不同，目的也不同。[97]

对此，柯尔律治不得不在《文学生涯》中作出应答说，"假如华兹华斯先生所说的感发和结合的能力，同我所说的聚集和联想的能力是一个意思，并且只止于此的话，那么我仍然要说，它根本不属于想象……"[98]

这场争论也许纯属有关语词之差异的无端纠纷。但柯尔律治认为，华兹华斯所使用的词语表明了一种回归趋向，即把有机的想象与机械的幻想混为一谈，把有机的想象重又描述为感知意象的各种成分的减少、增加和联想；而且这样一来，华兹华斯把确定这些意象位置的钥匙冒冒失失地送给了论敌。A.N. 怀特海认为，"华兹华斯不遗余力地表现了他对18世纪思想的有意识的反动"。浪漫主义复兴时期的自然诗（怀特海认为《远足》是这类诗的范例）"也是代表自然有机论而发出的一种抗议"。[99] 然而，在其批评著述中，华兹华斯实际上在很大程度上保存了18世纪联想主义的术语和思维方式。但是在柯尔律治看来，在论述幻想和想象这两种能力这一关键例子上，由于没有能够从隐喻上保存机械主义和有机主义在种类上的区别，使他的全部哲学的论证结构有倾覆之虞。

对于柯尔律治的区分的进一步贬斥，明显地表示在利·亨特的文选中，他把这本文选定名为《想象与幻想》。在亨特的导论文章中，这两种能力的区别转化成了诗人态度的轻浮与庄重的区别。

〔诗〕通过想象或它所处理的事物的意象来体现和说明它的印象……从而使它能以最确切的信念和最丰富的手法领略并传达出它所感受的这些事物的真实性。

诗通过幻想来描写事物。幻想是想象的轻微活动，或者说是一种不太严肃的类比的情感，而之所以不严肃，是为了使它能与其所爱之物一起欢笑，并表明它能加上精灵可爱的装饰。[100]

大多数评论家也都采取类似的做法来品评柯尔律治的想象理论，这些评论家对于柯尔律治作为批评家有的贬斥、有的赞赏。与柯尔律治同时的那些作家一样，许多后来的批评家也把想象同幻想的区别当作严肃的诗与轻松的诗之间的无足轻重的区别；或者就是以各种各样的借口，把柯尔律治呕心沥血区分开来的这两种过程再度融合为一。[101] I. A. 瑞恰慈对于幻想和想象之间这种区别的关键含义，看得比包括柯尔律治本人在内的任何批评家都更为严肃，他也猛烈抨击了前人试图混淆这种区别的做法，可他接着也干了差不多同样的事，说来这最终也许是一个讽刺。他以一个边沁主义者或唯物主义者自居，在"试图解释……极端理想主义者的话"时，把这两种能力的产品之间的差异转变成了其"意义单位"之间的"链接"或"交叉联系"的数量上的区别。这些关系颇为接近标准的联想主义分析中的"观念"之间"相似性"链接，它们再次将柯尔律治所作的类的区别转变成同一量表上的定量区别。但是瑞恰慈与别的评论家又有所不同，他很清楚自己在讨论什么。对于柯尔律治的描述，他故意代之以一个他认为是更为适宜的，并且对于他的目的来说更有成效的描述，尽管他意识到他这种"变相的原子主义——内在联系的计数法"可能"有时是被柯尔律治本人所厌恶的，因为它意味着处理这一问题的机械性"。[102]

鉴于这类哲学分歧由来已久，这种区别可否通过理性争辩加以澄清就是大可怀疑的了。对于这场论争所牵涉的关键词语——如"部分""整体""关系""链接""相似性""合生""生长"等——任何逻辑的和语义的分析最终都得求助于观察所得的事实，而关于这些事实又总是存在着分歧。柯尔律治（对历史人物缺乏公正的态度）把我们当中的某些人称为"亚里士多德主义者"，当这些人碰到他所列举的富有想象力的诗段——

> 看！一颗明星划过天空，
> 他来自维纳斯的眼睛，穿行在夜幕中——

我们会觉得这显然是部分的组合；再看一下柯尔律治所举的幻想的例子：

> 她挽着他的手，无比轻柔，
> 百合花被囚禁在雪牢，
> 象牙被雪花石膏的绷带包裹；
> 雪白的朋友把雪白的敌人缠绕，

我们会认为，想象和幻想的区别，只是在于这些部分之间的关系在多样性和接近性层面上的区别。当柯尔律治以"柏拉图主义者"（他觉得地球上其余的人口都是柏拉图主义者）的身份来看前面一对诗行时，他所看到的是知觉的一个不折不扣的整体，但出于批评分析的目的，其组成部分被孤立起来，虽然能达到目的，但其代价就是这些部分改变了它们的性质，并且此时整体被破坏了。

当今，有意继续区分真实的事物和别人眼中事物的人，在解释柯尔律治在此问题上表现出的固执时，往往会以他人格中的非理性因素作为理由。例如，F. L. 卢卡斯就曾推测说，柯尔律治对整体的渴求"或许仅仅是出于对母体的留恋"[103]。柯尔律治本人则更情愿以理性为基础来解释知觉上的这些差异。"你知道，事实并非真理；事实也不是结论；甚至连前提也算不上，而只是具有前提的本质，是前提的部分。"[104] 关键的区别在于我们对推理的初始前提（如果我没说错，它们常常是类比性前提）的选择，而衡量这种选择是否有效的标准，应看它用前后一致的推理所得的结果能否充分地使宇宙变得可以理解和把握。如果这一标准能体现我们的需要，使我们从情感上和理智上都能把握宇宙，那么它不就是最为重要的要求吗？

注　释

[1] C. D. Thorpe, 在 *The Aesthetic Theory of Thomas Hobbes* (Ann Arbor, Mich., 1940) 中，论述了霍布斯的先驱及影响。

[2] Rapin, *Critical Essays of the Seventeenth Century* 序言, II, 165。

[3] *Adventurer* No. 93.

[4] *Biographia Literaria*, II, 120.

[5] 有关霍布斯的心灵论与当代自然科学的关系，见 E. A. Burtt, *The Metaphysical Foundations of Modern Physical Science* (London, 1925), pp. 118-27, 297; 有关 18 世纪心灵分布组合说的几何学背景，见 Walter J. Ong, "Psyche and the Geometers; Aspects of Associationist Critical Theory," *Modern Philology*, XLIX (1951), 16-27。

[6] *A Treatise of Human Nature*, ed. L. A. Selby-Bigge (Oxford, 1896), pp. xx-xxiii. 参见 Hume: *An Abstract of a Treatise of Human Nature*, 1740 年发表时未署名, ed. J. M. Keynes and P. Sraffa (Cambridge,1938), p, 6; 以及他的 *Enquiry Concerning Human Understanding*, Sect. I, 载 Hume: *Essays*, II, 11-12. N. K. Smith 对休谟与他最为崇敬的牛顿的关系作有综述，

见 *The Philosophy of David Hume* (London, 1941), pp. 52-76。

[7] *Observations on Man* (6th ed.; London, 1834), pp. 4-5.

[8] *Elements of Criticism,* Introduction, I, 14, 21-4. 凯姆斯的好友和传记作者 Alexander Fraser Tytler 对凯姆斯在《批评要素》中关于科学主张的论述作了扩充,并声称,凯姆斯的方法超越了他以前从亚里士多德至今的一切批评家 (*Memoirs of the Life and Writings of the Honourable Henry Home of Kames,* 3 vols., Edinburgh, 1814, I, vii, 377-9. 388-9)。

[9] *An Essay on Genius* (London, 1774), pp. 1-4. 关于"有效的批评建立在通过归纳确立的心灵法则之上"的其他论述,见 e.g.: Arthur Murphy, *Gray's Inn Journal,* No. 87; Edmund Burke, *On the Sublime and Beautiful,* "On Taste" and Pt. I, sect. XIX; Joshua Reynolds, Discourse VIII, *Works,* I, 459; George Campbell, *Philosophy of Rhetoric,* 2 vols. (Edinburgh, 1808), I, vii-viii, I, 10。

[10] *Essays on Poetry and Music,* pp. 5-6.

[11] *Treatise,* p. 2; cf. pp. 8-9, 85-6.

[12] *Essay on Genius,* p. 28.

[13] *Biographia,* I, 74; cf, *Coleridge on Logic and Learning,* pp. 126-7.

[14] *Elements of Criticism,* II, 403-4 (Appendix, No. 19). 洛克 (*Essay Concerning Human Understanding,* III, X, 3) 曾提出,"智慧""荣耀"等抽象词在使用时可以不带固定的"观念",即意象。贝克莱认为,一般的、抽象的词不需观念介入就可感发热情 (*Principles of Human Knowledge,* in *Works,* ed. Fraser, Oxford, 1901, I, 232-2); 伯克则宣称,我们不但在交流抽象观念之时,甚至在交流"具体、真实的事物之时……也不需要先在想象中唤起这些事物的意象" (*On the Sublime and Beautiful,* Pt. V, sect, V, in *Works;* I, 175)。然而,据我所知,无意象的思想过程是否可能,这个问题在 18 世纪有关诗歌创造性想象的论述中并未提及,仅限于对一首完整诗歌审美反应的本质的讨论。

[15] 例如, Lucretius, *De rerum natura* IV. 737ff.; Augustine, *De Trinitate* II. 10. 见 M. W. Bundy, *The Theory of imagination in Classical and Mediaeval Thought,* University of Illinois Studies in Language and Literature (1927), XII, pp. 102, 163。

[16] "Heroic Poetry and Heroic Licence," *Essays,* I, 186-7.

[17] Hobbes, *Leviathan,* ed. A. B. Waller (Cambridge, 1904), p. 4; Hume, *Treatise,* pp. 9-10, and *Enquiry,* Sect. II.

[18] *Essay on Genius,* pp. 98-102.

[19] *Elements of the Philosophy of the Human Mind* (London, 1792), pp. 475-9.

[20] 有关"成象力"一语的哲学用法的论述,见 J. W. Beach, *The Concept of Nature in Nineteenth-Century English Poetry,* pp. 54-78。

[21] *Philosophical and Critical Observations on ... Composition,* 2 vols. (London, 1774), I, 101-2. 参见 William Duff, *Essay on Original Genius,* pp. 6-7: 想象是这么一种能力,它"有一种形成力,能创造新的观念联想,并把这些联想组合成无穷无尽的形式,最后得

[22] *Treatise*, pp. 10-11. 见亚里士多德论回忆遗忘之事，载 *Parva Naturalia*，451b 10-20. 霍布斯把联想的作用从记忆行为扩展到一切组成"心理言语活动"的"后果，或思想的系列"（*Leviathan*, Pt. I, Chap. III）。

[23] 见 e.g., Gerard, *Essay on Genius*, pp. 108-25; and Kames, *Elements of Criticism*, Chap. I, pp. 25-6. 有关联想观念在文学理论中的扩散程度的研究，见 Martin Kallich in *ELH*, XII (1945), 290-315; *Studies in Philology*, XLIII (1946), 644-67; *Modern Language Notes*, LXII (1947), 166-73。

[24] *Treatise*, p. 366. 参见 Newton, *The Mathematical Principles of Natural Philosophy* (New York, 1846), p. 385；"……我们认为，一切物体的最小粒子也有广延性、硬度、不渗透性和可移动性，并具有它们适合的惯性力 (vires inertiae)。"

[25] *Treatise*, pp. 10, 12-13.

[26] 柯尔律治在 *Biographia*, I, 67 中援引 Sir James Mackintosh 的话，说他宣称，哈特利"与霍布斯的关系，相当于牛顿同开普勒的关系；而联想律与心灵的关系，则相当于引力与物质的关系"。

[27] *The System of Nature*, 4 vols. (London, 1797), I, 38-9; 参见 pp. 200ff。

[28] *Essay on Genius*, pp. 49-50; 参见 p. 265。

[29] *De natura deorum* II. 37.

[30] *Principia*, p. 504 (Bk. III, "General Scholium"); 参见 *Opticas* (3d ed.; London, 1721), pp. 377-80, Query 31. 另见 Burtt, *Metaphysical Foundations of Modern Physical Science*, pp. 187-96, 280-99。

[31] 有关这一神学论点的本质和流传情况，见 N. K. Smith: Introduction to Hume's *Dialogues Concerning Natural Religion* (Oxford, 1935); 有关这一论点在物理—神学诗中的表现，见 Marjorie Nicolson, *Newton Demands the Muse* (Princeton, 1946), pp. 99-106。

[32] "To My Honor'd Friend Sir Robert Howard," ll. 31-4.

[33] *Essays*, II, 19n. 这段话是1748年版中加入的，但在1777年版以及以后各版中均被删除。

[34] *Essay on Genius*, pp. 46-7. 在《利维坦》第三章中，霍布斯把思绪分为两种：一种即梦中或冥想中的思想，这只是由先在经验的接近性所控制；另一种则是由"炽热的思想"或"构思"所指导；这后一种便是我们所谓的"创造能力"。Thomas Reid 认为纯粹的联想主义不能以固有的"吸引和排斥"来充分解释任何有规律的或创造性的思维，他坚持认为"每一件艺术作品都是按照想象来构建其模型的"，思绪也是由想象"支配和指导的，犹如我们所骑的马一样"（*Essays on the Intellectual Powers of the Human Mind*, London, 1827, pp. 219-20）。

[35] *Essay on Genius*, pp. 84-5. 另见 Reid, *Intellectual Powers*, p. 220; Duff, *Essay on Original Genius*, pp. 8-9。

[36] Burtt, *Metaphysical Foundations*, pp. 288-93.

[37] 见 e.g., Gerard, *Essay on Genius*, pp. 8-9. Hartley 试图以一页篇幅对创造作一纯粹机

械主义的解释，他这种尝试的特征似乎就是类似于我提到的无限回归的东西；见 *Observations on Man*, pp. 272-3。

[38] Ibid. pp. 60-64. 关于这些段落，可参见 Akenside 在 *Pleasures of Imagination* (ed. of 1744), III, 312-408 及注释中关于审美创造的描述。

[39] *Essay on Genius*, p. 65.

[40] *Biographia*, I, 73.

[41] 这就是说，对于作用于联想性想象的产物之上的判断，柯尔律治认为有用的，不是哈特利的决定论，而是目的论与机械论的结合物——这是大多数18世纪理论的特征。见，e.g., ibid. pp. 73, 76, 81 和 60；联想律"之于思想，至多只相当于引力定律之于运动。在每一次自主的运动中我们首先要克服引力，然后才能利用它"。

[42] *Biographia*, I, 73, 193; *Anima Poetae* (Boston and New York, 1895), p. 199; *Miscellaneous Criticism*, p. 387.

[43] *Biographia*, I, 163, 以及 II, 12, 123, 264 注。有趣的是，柯尔律治阐述想象所用的一些语汇很可能来自他所反对的联想主义者。例如，休谟曾说，观念是抗渗透的，但是印象和热情"却像颜色一样，可以……完全融合在一起"(*Treatise*, p. 366; 参见 Gerard, *Essay on Taste*, London, 1759, p. 171)。Hartley 指出，简单的感知观念联合成群，"最后结成一个复杂观念"，在这个复杂观念中，简单成分不再能识别出来，就像药物中的各种配方和组成白光的几种基本色一样 (*Observations on Man*, pp. 47-8)。参见 Abraham Tucker, *The Light of Nature Pursued* (Cambridge, 1831), I, 135-8, 190; 以及 Joseph Priestley, *Hartley's Theory of the Human Mind* (2d ed.; London, 1790), p. xxxviii. 但是，融合和合并的概念，显然是由它们那种僵硬的元素论的危机强加到联想主义者头上的，因为这种元素论认为，一切复杂观念都是表象，由感知对象可以合理地来分析的那些部分的复本所组成。人在内省时觉察不到这些部分时，便认为它们"融化"成一个新的单位观念。

[44] 见 e.g., *Biographia*, II, 12-13, 19; *Shakespearean Criticism*, I, 209, II, 341; *Letters*, I, 405; *Anima Poetae*, p. 199. 参见他的 *Theory of Life*, ed. Seth B. Watson (London, 1848), p. 22："同化"是"时下最流行的词语"，指"为了繁殖和生长的目的"所需的营养。另见 p. 44："一般说来，如果将生命定义为内在的力量，其特质将是将众多元素融合为同一物，只要是同一物……"另见他关于把"同化"作为一种暗喻的讨论 (*Letters*, II, 710-11)。

[45] *Biographia*, I, 202, II, 65; *Miscellaneous Criticism*, pp. 387-8.

[46] 见 Chap. III 结语；另见 I. A. Richards, *Coleridge on Imagination* (London, 1934), p. 52。

[47] *Aids to Reflection* (London, 1913), pp. 268-9. 参阅怀特海, *Science and the Modern World* (Cambridge, 1932), p. 70："17世纪终于有了由数学家构建、为数学家所用的思想理式了……科学的抽象概念大获成功，把一个重任强加给了哲学：那便是哲学必须承认这些抽象概念是对事实的最具体的表述。"另见页80："暂时的现实主义必须进一步改造，必须重塑科学理式，使它建立在有机主义的终极概念上。"

[48] *Letters*, II, 649. 参见 *The Philosophical Lectures of Samuel Taylor Coleridge,* ed. Kathleen Coburn (New York, 1949), 尤其是 Lectures XII-XIII。

[49] To John Thelwall, 31 Dec. 1796, *Letters*, I, 211-12.
[50] 参见 Alice D. Snyder, *Coleridge on Logic and Learning* (New Haven, 1929), pp. 23-32; 另见 *Biographia*, I, 103-4n., 138。
[51] *Aids to Reflection*, pp. 40-41.
[52] *Table Talk*, p. 163 (18 Dec. 1831).
[53] *Philosophical Lectures*, p. 196.
[54] Monologue on "Life," *Fraser's Magazine for Town and Country*, XII (Nov. 1835), 495.
[55] *Shakespearean Criticism*, I, 233; *Miscellaneous Criticism*, p. 89.
[56] Plato, *Phaedrus* 264; Aristotle, *Poetics* 7. 另见 Longinus, *On the Sublime*, XL。
[57] *Statesman's Manual*, Appendix B, 见 *Lay Sermons*, p. 77。
[58] *Coleridge's Treatise on Method*, ed. A. D. Snyder (London, 1934), p- 7; 参阅 pp. 37-8。
[59] *Philosophical Lectures*, pp. 378-9.
[60] "On Poesy or Art," *Biographia*, II, 258-9. 参阅 *Statesman's Manual*, p. 25: "但是每个原则都是由观念实现的，每个观念又是活的，有创造力，参与到无限中，并且（如培根敏锐指出）拥有着无穷的扩散力。"
[61] *Statesman's Manual*, p. 77.
[62] *Theory of Life*, p. 42; *Church and State*, in *Works*, VI, 140. 参阅 *Coleridge on Logic and Learning*, p. 130, 及其 Monologue on "Life," p. 495。
[63] *Shakespearean Criticism*, I, 223-4. 柯尔律治在"Poesy or Art"（*Biographia*, II, 262）中这样区分：一种是过程中的形态，一种是添缀的形状。
[64] *Aids to Reflection*, p. 267.
[65] Ibid., p. 117n.
[66] 参阅 Chap, VIII, sect iii。
[67] *Shakespearean Criticism*, II, 192.
[68] *Statesman's Manual*, p. 76 (my italics); 参阅 *Biographia*, II, 257。要全面阐述柯尔律治关于心灵的类比，必须考虑他关于人的伦理及宗教行为的论述："人的完美结构，就是国家的完美结构：因此我们必须阅读柏拉图的《理想国》"（*Statesman's Manual*, Appendix B, 载 *Lay Sermons*, p. 66。有关柯尔律治的心灵秩序观所包含的柏拉图元素的讨论，见 I. A. Richards, Introduction to *The Portable Coleridge*, New York, 1950, pp. 44-54)。柯尔律治的心灵论的主要问题可以这样表述：他试图将政体原型中司法、立法和行政成分中的意识、权威和意志，与他更为经常使用的另类生长植物原型中固有的无意识和自发的自我衍化的特性进行调和。
[69] *Theory of Life*, p. 44; 参阅 Kant, *Critique of Judgment*, ed. J. H. Bernard (London, 1914), pp. 277, 280。
[70] A. D. Snyder 刊印的手稿注释，见"Coleridge's 'Theory of Life,'" *Modern Language Notes*, XLVII (1932), p. 301; 另见 *Theory of Life*, p. 63。G. E. Moore 不太赞同地表达这一有机论主题："这样，这个'目的论'的关系，就成了改变它所关联的事物的关系，因此他们之间没有关系，而是另外两个事物之间发生关系了"

("Teleology," 载 *Dictionary of Philosophy and Psychology,* ed. J. M. Baldwin, II, 666)。

[71] *Church and State,* 载 *Works,* VI. 101. 参阅 *Theory of Life,* p. 58。

[72] *Shakespearean Criticism,* I, 223. 见 Gordon McKenzie, *Organic Unity in Coleridge,* Univ. of California Publications in English, VII (1939)。

[73] *Biographia,* II, 12. 作为第八章 "On the Imagination" 格言的一部分，柯尔律治也引用了弥尔顿《失乐园》的诗行 (*Paradise Lost,* V, 482ff.)："花朵和果实，/ 人的养料，/ 逐渐长高 / 吐纳生命精气，身体的 / 智力的！"

[74] *The Art of Poetry,* I, 177-80.

[75] *Anima Poetae,* pp. 142-3; 另见 pp. 124-5。在 *Biographia* I, 160-70 中，他认为，"真正的哲学" 必须包容一切现存的哲学体系中的真理成分——他特别提及机械主义体系——"它把一切都统一到中心论点上来"。参见 *Table Talk,* p. 157, 和 *Philosophical Lectures,* p. 313："大自然对一切都从不排斥……而相反的方法是用排斥替代包容"，这是人类错误史的特征。

[76] *Table Talk,* p. 100; *The Friend,* in *Works,* II, 164; *Biographia,* I, 20; *Shakespearean Criticism,* I, 4-5. 柯尔律治根据有机主义逻辑认为，天才和想象力必须通过超越包括才能和幻想的过程，因为 "高级智力只有通过相应的较低层次能力才能发挥作用" (*Table Talk,* p. 269)。

[77] *Miscellaneous Criticism,* p. 44n.; 88-9. 另见 *Shakespearean Criticism,* II, 170-71。

[78] *Shakespearean Criticism,* p. 47.

[79] Ibid., pp. 42-3.

[80] James Mill, *Analysis of the Phenomena of the Human Mind* 序 , ed. J. S. Mill (London, 1869), I, xii。

[81] Ibid., I, 241-2.

[82] "The Two Kinds of Poetry" (1833), *Early Essays,* p. 232.

[83] "What Is Poetry?", ibid. pp. 208-9.

[84] *Essay on Genius,* pp. 125-6, 147ff. 参阅 Hume, *A Dissertation on the Passions,* 见 *Essays,* II, 144-5; Kames, *Elements of Criticism,* I, 27 (Chap. I)。

[85] "The Two Kinds of Poetry," *Early Essays,* pp. 223, 225，将密尔在 *System of Logic* (VI, iv, 3) 中对一般联想定律的说明，与他在 "The Two Kinds of Poetry" (pp. 225, 230) 中对诗歌联想的特殊定律的分析加以比较，就能看出他的理论在何种程度上把诗歌创造看作一般联想定律的一个特例。

[86] Ibid., p. 229. 柯尔律治早年研读哈特利的理论时，自己曾强调情绪联想的概念："我认为，情绪联想在更大程度上依赖于相似情感状态的再现，而不是观念联结……我几乎认为，观念永远不会唤起观念，因为它们本身就是观念……"。然而，柯尔律治并没有把这个看法当作对哈特利理论的补充，而是认为它颠覆了哈特利的整个哲学——"如果我说的是对的，那么哈特利的理论体系就站不住脚了" (To Southey, 7 Aug. 1803, *Letters,* I, 427-8; 参阅 ibid. I, 347, 以及 *The Friend,* 载 *Works,* II, 415)。

[87] "On the Genius and Character of Hogarth," *The Works of Charles and Mary Lamb*, ed. E. V. Lucas (London, 1903), I, 73-4.

[88] *Anima Poetae*, p. 199. 关于华兹华斯对兰姆的评论的意见，参见 *Wordsworth's Literary Criticism*, p. 162. 另参阅雪莱对分析性推理和虚假性想象的简要区别，见 "Defence of Poetry," *Literary and Philosophical Criticism*, pp. 120-21。

[89] "On Poetry in General," *Complete Works*, V, 4-5.

[90] Ibid., p. 8.

[91] "Coleridge's Lay Sermon" (1816), ibid, XVI, 114.

[92] Preface to Poems (1815), *Wordsworth's Literary Criticism*, p. 163.

[93] Ibid., pp. 159-61; Coleridge, *Table Talk*, p. 309. 另见华兹华斯的评论，转引自 Christopher Wordsworth, *Memoirs of William Wordsworth*, II, 487: "想象力……是一种化学能力，能将性质不同、来源各异的成分融合为和谐的同质的整体。"

[94] *Biographia*, I, 64, II, 193.

[95] *Wordsworth's Literary Criticism*, p. 165; and p. 156: 幻想"以其创造活动潜入事物的内里"。

[96] Ibid., pp. 151, 159.

[97] Ibid., p. 163.

[98] *Biographia*, I, 194.

[99] *Science and the Modern World*, pp. 96, 117-18. 但是，柯尔律治对《远足》十分失望，因为它在哲学意义上既不能明确地反机械主义，又不能系统地表现出有机主义；参见他致华兹华斯的信，30 May 1815, *Letters*, II, 645-9。

[100] *Imagination and Fancy* (New York, 1848), p. 2; 参阅 pp. 20-22。

[101] 参阅 e.g., the quotations in I. A. Richards, *Coleridge on Imagination*, pp. 31-43; 另见 F. X. Roellinger, "E. S. Dallas on Imagination," *Studies in Philology*, XXXVIII (1941), p. 656; F. L. Lucas, *The Decline and Fall of the Romantic Ideal* (New York, 1936), p. 176。最近的一个例子是 Barbara Hardy, "Distinction Without Difference; Coleridge's Fancy and Imagination," *Essays in Criticism*, I (1951)。

[102] *Coleridge on Imagination*, pp. 18-19, 70, 78-85.

[103] *Decline and Fall of the Romantic Ideal*, p. 164; 参见 pp. 174-5。

[104] *Table Talk*, p. 165; 27 Dec. 1831.

第八章

文学创造心理学：无意识的天赋和有机体的生长

要建造一座房屋，要创造任何别的成品，就必须先有这样或那样的材料，必须先把材料制成一件一件的东西，再一件一件地依次安装起来，如此这般进行下去，直至达到目的，获得最后结果为止。为了达到最后的目的与结果，各种先在的事物便被创造出来并存在着。与艺术产品相同，自然的产品也是这样创造的……

——亚里士多德：《论动物的分类》

一个人对自我发掘得越深，对自己那些崇高思想的形成和源泉探究得越深，就越会闭眼驻足而说："我之所以有现在，乃生长而成。我像一棵树一样生长：树芽是原本存在的；但是，空气、土壤，以及各种自然要素却非我所自有，是他们促使树种发芽、结果、生长成树。"

——J. G. 赫尔德：《论人类心灵的认知与感知》

这就是一棵树的全部：如生命之血的液汁在体内循环，每一片最小的树叶都与最底下的根须，与树木整体中大大小小的每个部分相互交融。

——托马斯·卡莱尔：《作为诗人的英雄》

置整体于部分之前，置有生命的和生长的东西于固定不变的和无生命的东西之前，并以前者来解释后者，这种理性的研究方法有着悠久而复杂的历史。柏拉图和亚里士多德的学说中，有一些成分在有机主义哲学逐渐形成的过程中起了促进作用。柏拉图笔下的蒂迈欧提出了这样一条原则：在造物主创造出的世界机体中，灌注着一颗灵魂，"因此，借助概率论的语言，我们不妨说世界成了一个生物……"[1]。"世界灵魂"（*anima mundi*）这个概念，在斯多葛派哲学家，在普罗提诺，在布鲁诺和意大利文艺复兴时期的其他思想家的著述中，以及在17世纪英国柏拉图化的神学家笔下，都曾以各种改头换面的形式反复出现。牛顿曾假设，有个无所不在的上帝，以他的意志力使一切物体都"在他那无边无际的永恒不变的感觉中枢中"运动[2]；夏夫兹伯里也提出一个更加地道的柏拉图式的概念，即"太一"，认为他是"万物的灵魂之源，他四处扩散，使万物充满活力，并使整体充满生机"[3]。这些论点都成了18世纪的散文和韵文中自然神学的口头禅；因而也促使人们坚持这种观点，即宇宙在某种意义上是一个有生命的东西，而不是一架由无形的机械师操纵的机器。最后，世界有灵论便成了德国浪漫主义者的自然哲学中的一个组成部分。这个概念在初步形成时，表述尚嫌粗糙，这在文艺复兴时期的理论中有所表现。按那时的说法，世界就其构造和功用而言，甚至就其繁殖方式而言，简直就是一个庞大的动物。到了德国的理论中，这个概念变得精细了，人们不再认为宇宙就是动物，而是类似于动物，而且这只是在这样的层面上说的，即可以用衍生于有生命的生长机体的范畴对其做最为贴切的描述。至此，这个古老的宇宙论神话才有了立足之地，成为首尾一致并包罗万象的形而上学体系。

　　对于这一形而上学体系的形成，亚里士多德也作出了自己的贡献。他认为，自然事物有别于人为事物，因为自然事物所具有的是一种内在的动力源泉，而非外在的有效动因；他还认为，生物学意义上的形成，是指形式由内部展开而逐步确立的过程。亚里士多德的这些观念，最终促成了有机论中有关起源和形成的中心观念，但这是当它们超越了原有的哲学含义以后才成为可能的，因为它们原来的含义在许多方面都与有机论的思辨方式格格不入。首先，正如沃纳·耶格所指出的那样，亚里士多德所关心的不是生长的过程，而是其最终结果。"使他感兴趣的，不是什么事物正在形成，而是正在形成什么事物；也就是某个定形的、规范的事物正在进入存在的领域——形式。"[4] 其次，要把生物学专用的那些范畴按照成熟的有机主义方式沿用到所有其他思想领域中来，这也有悖于亚里士多德主导性的方法论原则，即各门科学都有其专门的主题内容和探讨模式。

在 17、18 世纪中，亚里士多德对于自然的"目的论"解释及其对内在的形式因和终极因的强调，在物理世界的研究中被扬弃，但仍然在生物科学中沿用。这就使得 18 世纪后期德国的思想家们有了用武之地。他们发现，物理世界所有的部分以及人类所有的方法和产品，其性质和结果都醒目地表现出某些属性，然而，出于某种莫名其妙的蒙昧，这些属性一直被断言为只是有生命的、生长着的事物才具有的。他们在做出这一发现时表现出激动的心情和勃发的精力，这是对于机械论观点那些无穷无尽的主张的一种正常反应，因为一些偏激的理论家对这种观点的强行应用，早已超出了牛顿和笛卡尔所确定的神学限度和其他限度。歌德在 1770 年这样描述他的斯特拉斯堡小圈子的成员对霍尔巴赫的《自然的体系》的反响：

> 我们不能理解这样一本书何以会是危险的。在我们看来，这本书似乎是如此阴暗，有如西米里族人生活在其中的永恒的黑暗，又是如此地充满着死亡的意味，这使我们极难忍受它的存在，见了它就像见到幽灵一样浑身颤抖……
>
> 在这阴郁的半夜，诸神均不见了，大地连同其所有的形象、天空

连同它的一切星辰都消失殆尽,这时我们感到自己多么空虚。应该有一种永恒的物质存在于永恒的运动之中;这种运动或向右,或向左,或朝着任何方向,就应能产生出无限的存在现象。[5]

一位更有体系的哲学家谢林,对此也同样持排斥态度。他以有机体的概念为基础,构建了一种与此相对立的世界观。这两个相对的体系一旦离开故土,立刻显示出一种由来已久的有趣的相互渗透性。由于机械主义和有机主义(它含蓄地表明整个宇宙就同其中某一个成分的性质一样)都声称各自的体系包含着一切,所以双方都不罢休,直至各自都把对方的原型吞并为止。于是,极端的机械主义者便声称,有机体仅仅是更高级的机器,极端的有机主义者也在哲学上针锋相对,认为物质世界的事物和方法,不过是有机体的更为初级的形式而已。

然而,我所要谈论的并不是一般的有机论哲学的引人入胜的历史,而只是一种日益增长的趋向,即认为艺术作品就其形成和存在来说,都具有有机体的某些属性。要说明这个问题,方便的做法是把它分为三个相互联系的主题来谈,这三个主题在有机主义艺术理论的形成过程中反复地作为关键要素显示出来,它们是"自然天才",富有灵感的创作,以及文学的"韵致",或者说完全超出主观意图、方法和规则以外的那种自然的创造性笔触。这些概念既不同于新古典主义的中心观点,即把艺术视为使手段从属于目的的技巧,也不同于联想性创造的机械论体系,尽管两者经常被捆绑在一起。由于这个缘故,这些概念有时遭到传统理论家的忽视或否认;但更为常见的是,它们常被理解为无可置疑却又有点超出常规的创作事实,于是便以批评中的"神秘"之处而被置于批评理论的边缘地带。对于把艺术活动比喻为植物的自发生长的批评理论,这些早期理论中的神秘之处却成了最易于理解的事实。有一种观点曾认为,艺术作品的形成是最有目的性的活动,现在则认为,艺术作品的诞生是独立于意图、概念,甚至意识以外的自发性活动;这个具有历史意义的重大转变,其实是伴随着某种有机论美学的形成而产生的。但是事实将会表明,艺术创造中这些"非理性"的方面刚刚在新理论中得到妥善的安置，而另外一系列至今都不成问题的事实却又变得难以解释了。

一 自然而成的天才、灵感和韵致

我们不妨从艾迪生对天才的区分开始我们的讨论。这个区分并非由他首创，他只是使这个区分更趋鲜明、更加普及。他把天才分为生就的天才——就是"自然天才"——和造就的天才。自然的天才人物有荷马、品达、写作《旧约》的那些诗人和莎士比亚，他们是"人中奇才，只凭借自然才华，不需求助于任何技艺和学识，就创造出荣耀当时、流芳千古的作品"。另一类天才人物与他们则不同，这倒不是说孰优孰劣，而是说类型不同，这些人"按照规则行事，他们的伟大的自然天赋受制于艺术的修正和限制"；柏拉图、维吉尔和弥尔顿就属于这一类。艾迪生所说的自然天才，还常常含有另外一些概念，这些概念在我们此处追溯的批评传统中作为主题重复出现。这些自然而成的作者都具有自然的激情和冲动的特征，他们的"想象迸发出激越的火花"，他们的作品"粗犷、豪放而不失高雅之感"，是"崇高的"，也是"独树一帜和不可模仿的"。这些作家也都富于灵感。例如，品达就曾展示出"那种神圣的冲动，它使心灵升华，并发出超人的声音"。艾迪生最后认为，自然天才和人为天才的区别好比自然生长的植物和人工修饰的花园中的植物之间的区别：

> 〔自然而成的天才〕有如肥沃的土壤，适宜的气候，从中会生长出遍地的优质植物，它们以上千种美妙景色展示出来，绝无任何秩序或规则。另一种天才也有着同样肥沃的土壤，同样适宜的气候，但却被园艺师以其技艺布置成种植园和花圃，修剪得整齐漂亮。[6]

当然，隐含在艾迪生的论点之后的仍是那个古老的问题，即诗人到底是天生的还是学成的；正如贺拉斯所说："有人问，一首值得称赞的诗是天然而成还是艺术使然？"人们很早以前就认为，灵感——不论是神圣的还是世俗的——都是经常伴随着造化赐给诗人的所谓"天赋"而出现的东西，或者干脆就是天赋的化身。因此，亚里士多德认为，"诗歌要求作诗的人具有特别的才能，或者要多少有点疯癫……"[7]自然与灵感的这种结合，到了文艺复兴时期已是人人皆知的事了。斯宾塞的《牧羊人日历》第十歌中的论点就是典型的例子：诗"不是艺术，而是神圣的才能，天赋的本能；诗不能由劳作和学问产生，却又因劳作和学问而增色；它通过某种'热情'和神圣的灵感输入才智中"[8]。在艾迪生那里，"天才"已被用来表示作为整体的诗人以及与生俱来的作诗能力，而固有的天资则被认为不仅是创造最伟大的诗篇的必要条件，而且（在为数不多的某些情况下）也是充分的条件。

蒲柏在他编纂《莎士比亚戏剧集》以及翻译荷马的《伊利亚特》时所作的序言，与艾迪生的《旁观者》160期相比有许多共同之点，对后世的理论也有着同样大的影响。莎士比亚是最高意义上的自然和富有灵感的诗人，同时（由于前无古人）也是彻底的创新者。

> 如果有什么作者担得起"独创者"的称号的话，那便是莎士比亚。就连荷马也不能像他一样直接地从自然之源泉中获得艺术；艺术……在他那里，总带有一点前人那种做学问的色彩，总有一点前人模型的铸痕。莎士比亚的诗则是真诚的灵感：他不是像自然的工具一样的模仿者；而且，说他根据自然创作是不公平的，应该说，自然借他的口而说话。

蒲柏在这些观点之上，又加上了"措辞巧妙"的观念，我们马上将会看到，这个观点在当时几乎是文学批评的专用术语：莎士比亚在"感情迸发"时，常常表现出"一种非常奇特的才能，一种介于洞察力和措辞巧妙之间的才能"。最后，蒲柏认为，莎士比亚的戏剧与"更加精雕细琢和更为正式"的戏剧之间的区别，一个好比"古老肃穆的哥特式建筑物"，一个则是"方方正正的现代建筑"。[9]但是在他此前所作的《伊利亚特》序言中，他曾应和并拓展了艾迪生关于自然天才类同于自然风景的观点。一切伟大的天才都具有的"创造力"可与自然同等对待，"就像在大多数普通的园林中见到的一样，技艺只会把自然美贬损为更加规范化"；《伊利亚特》则被比作"一个原始乐园"；又被比作园林里的一个东西——生长的树。

一件这样的作品犹如一棵茁壮的树，它从最有生命力的种子中长出，经培育而成长，茂盛，结出最美的果实……[10]

与自然天才有关的诸多观念，给18世纪的批评家提出了许多难题，这些难题值得我们考虑：

（1）诗的灵感。灵感（或者按照这个词的希腊文原意，"热情"）是关于诗歌创作的最古老、最广泛、最持久的解释。如果我们把几个世纪来表述这一原则所采用的各种形式作一比较，就会发现，这些形式在种种不同之中又常常有一块相互一致的地盘。诗人和为诗申辩的人在描述某些事实，即至少是某些诗人在创作时都会敏锐感受到的那些非同寻常的体验时，看法大体上一致，这是他们的共同点；不同之处则是他们在解释这些事实时所引用的理论不同。

有人认为，对于诗的灵感的体验不同于正常的概念形成。区别在于前者具有以下所述的某些或全部四个特征：①诗是不期而至的，不用煞费苦思。诗篇或诗段常常是一气呵成，无须诗人预先设计，也没有平常那种在计划和目的达成之间常有的权衡、排斥和选择过程。②作诗是自发的和自动的；诗想来就来，想去就去，非诗人的意志所为。③在作诗过程中，诗人感受到强烈的激情，这种激情通常被描述为欢欣或狂喜状态。但偶尔又有人说，作诗的开头阶段是折磨人的，令人痛苦的，虽然接下来会感到痛苦解除后的宁静。④对于完成的作品，诗人感到很陌生，并觉得惊讶，仿佛是别人写的一般。

人们在解释这些现象时最早引用的，也是最顽固的理论，曾认为诗是由下凡的神仙面授而成的。苏格拉底有一篇对话，其中充满着讽刺，但后来的许多读者都忽视了。他在这篇对话中对狂诗作者伊安说，一切优秀的诗人，"并非通过艺术作出了优美的诗，而是因为他们得到了灵感，着了魔"。"上帝就是诗中说话的人，他……通过那些诗篇同我们交谈。"[11]希伯来的歌吟者则宣称，他们感情激动起来，传达上帝的话语："我默默无语，甚至美好的言辞也不说……正当我这样沉思的时候，激情迸发了，我终于用舌头讲话了。"后来的传统理论便把灵感这个异教信条与基督教信仰的"神秘"相等同；在文艺复兴时期，把世俗的诗说成是阿波罗和缪斯所作，这基本上已成了拙劣诗人的一点就破的伪托；与此同时，基督教《圣经》的传统却更具有生命力了。[12]这里值得引用一下罗伯特·赫里克的《不是天天都宜作诗》，这首诗把声称是灵感之作的事实概括得头头是道：

> 并非每一天，我
> 都适于预言：
> 不，但是当灵魂充满了
> 奇异的狂热；
> 充满了激情，然后我就写作
> 就像上帝一样写诗作文。
>
> 因此我发怒，我的诗行
> 和西贝尔一样，掷向这世界
> 瞧瞧那接踵而来的神圣的火花
> 如何瓦解或消退；
> 幻想也由此淡漠，直到
> 勇敢的灵魂再次出现。

我们将会表明，超自然的神悟论能够满足一个合理假设的所有条件；这个理论简单明了，可以解释所有的事实。诗是由诗人的身外来客口授给他的，这就解释了诗何以是自然产生的、非意志计划所为，具有陌生感；又因为来客是神仙，所以作诗时总有狂喜心情相伴随。但是，各种泛灵论的假设由于都把心灵现象解释为某个超自然生物的意志使然，所以它在17世纪后半叶便不再受到人们欢迎了。在那个时代，想以"热情"来解释某个现象的任何企图都是危险的，因为这样做意味着宣称那些肆无忌惮的宗教狂有隐秘的途径通向上帝。除此而外，感觉主义的心灵论是以有意识的、有如镜子所映照出的表象的机械运动和组合为基础的，所以它既不能容纳神秘的事实，也没有为超自然的灵感说提供一席之地。戴维南特攻击了诗人之自命为富有灵感的观点，托马斯·霍布斯对此十分赞同，"既然可以根据自然法则和自己的思索而聪明地讲话，何以偏偏喜欢别人认为他是借助灵感在说话，就像风笛一样"，霍布斯对此表示不解。[13] 最为重要的是，认为某些诗是自然而成的这一观点，不符合贺拉斯式的传统观点，即认为诗尽管依赖天赋才能，实质上却是一种费力而注重形式的技巧。1576 年，卡斯特维特罗强调，神圣的疯癫这个观点源于对诗歌艺术的无知，后来由于诗人的自负而促使它形成了；要想写出货真价实的诗来，诗人必须刻意求工，知其何以为。[14] 到了 18 世纪，这种贺拉斯式的观点被法国新古典主义者的理性主义强化了，原来由文艺复兴时期的批评家们赋予它的那种柏拉图主义的色彩也大体上消失了。约翰逊认为，格雷说自己非得"处于兴高采烈的时刻"才能写作，理查逊说弥尔顿写诗的能力是倚仗"一种激烈或狂热的心情"（an *impetus or oestrum*），这些看法都是值得怀疑的。[15] 在雷诺兹看来，只有那些目光止于完成的作品，而看不到创作过程中那些"长期的艰苦劳动和数不清的各种各样的行动"的人，才会断言"只有那些具有某种天赋灵感的人"才会创造艺术。[16]

然而，18 世纪的许多诗人仍然认为，诗中一些优美的对句是灵感的佳作，并仍然企望从祷告声中祈求得到神的帮助，这类祈祷同拜伦的《唐璜》中一诗章开头的"缪斯万岁！诸如此类"一样，都是纯粹的公式套语。一般说来，就连相当固执的理论家也承认有灵感存在，但他们同时又尖锐地、公事公办般地说，灵感应受到判断、修饰和各种规则的制约。拉潘曾说，"他的话语应该像是得到一定的灵感时所说的话；但他的心灵则必须永远是平静的，他应知道何时可以让他的缪斯发疯，又何时应该节制他的狂喜"[17]。有些批评家一方面承认有灵感的创作，同时又取缔了那种超自然的假设，而代之以一种合乎自然的假设来解释这种现象。亚历山大·吉勒德的论述尤为有趣，因为它试图在不违背联想主义心灵论的假设的前提下，对激情——"天才常有的，如果不是形影不离的伴随物"——作出详尽的心理学意义的解释。

真正的天才一旦显现出独创性思维的轨道，哪怕是出于偶然，哪怕天才正为别的东西所占据，想象都会沿着这轨道迅猛驰骋；由于这种迅速的运动，天才的热情变得更加炽热。想象的迅疾运动给天才点燃了热情的烈火，有如马车的轮子因快速转动而燃烧起来……想象的运动越来越快，直至心灵被它充满，并上升为狂喜之情。天才的热情之火就以这种方式，有如一阵神来的冲动，使心灵升高，仿佛受到超自然神灵的感召一般，由于想象的自然作用而启动心灵……通过升华和活跃幻想力，〔激情〕使自己的联想能力充满活力，并驱使它行动起来，欣然去搜寻表达这激情所必需的观念……[18]

这些就是传统上对于有关灵感的各种事实的陈述，但却一概由时间、空间和运动等机械术语进行解释：各种相互关联观念超常的运动速度，说明了创作为什么是突如其来并似乎是自然的；同时，摩擦这种机械现象，也确实很方便地解释了创作时的激情之火和狂喜之情。

　　为了便于对照，我们不妨先向前回溯 50 年，来看一看雪莱对这一文学现象的讨论。雪莱拿到皮科克的《诗的四个时期》时，正在阅读柏拉图的《伊安篇》，在这以前他也向皮科克本人推荐了《斐德若篇》中关于诗人的疯癫现象的讨论，开了一剂这个时代"每一个作诗的庸医都会给虚假和狭窄的批评体系所开的"解毒药。[19] 在《为诗辩护》中，雪莱坚持认为，真正的诗歌创作是不能控制的和自动产生的，并带有不可言喻的欢乐。"人不能说：'我要作诗。'" "若说最美好的诗篇都产生于苦功与钻研，这种说法是个错误"；在灵感袭来的瞬间，"总给我们以难以形容的崇高和愉悦"。这里，雪莱应和了古代关于"神性向人袭来"的说法，他还像早先的新柏拉图主义者一样，认为作诗的灵感就是对永恒形象的极乐的默祷。但是，他又一反自己的习惯做法，暗示了第三种假设。这次的假设是自然主义的，它认为灵感是心灵本身的一种经验主义现象：

　　因为，创作时，心灵宛若一团行将熄灭的炭火，有些不可见的力量，像变化无常的风，煽起瞬间的火焰；这种力量是内发的，有如花朵的颜色随着花开花谢而逐渐褪落，逐渐变化，并且我们天赋的感觉能力也不能预测它的来去。

接着,他又打了个比方,认为创作过程就像胎儿的成长一样。

> 一个伟大的雕像或一幅伟大的图画在艺术家的努力下逐渐形成,正如胎儿在母体中逐渐长成那样;并且那指挥双手造形的心灵自己也无法说清创造过程的起源、程序或手段。[20]

尽管雪莱是从柏拉图所说的事实入手的,但他最后却得出了一个柏拉图所没有的理论。在灵感把握下创作的一首诗篇或一幅图画是突如其来、一挥而就的,并且是完整无缺的,这并不是因为它是一件外来的礼物,而是因为它是从自身之中,从心灵中的一个既意识不到、也控制不了的地方长成的。他又说,诗的"诞生及重现与人的意识或意志没有必然的关系"。关于这一点,他在同一年所写的一封信中又再次作了这番表述:

> 诗人与作为诗人的人具有不同的性质;尽管他们一体共存,彼此却可能意识不到对方的存在,也不能通过反射作用来支配对方的能力和行动。[21]

把心灵二分为创造性心灵和有意识的心灵,把富有灵感的创造描述为妊娠和发育成长——这些做法在雪莱那代人中并不鲜见,但是比起此前把灵感解作鬼神的口授或灵魂的疾速运动及发出热量,就十分不同了。为了追溯这些观念在前一个世纪的出现,我们必须对贺拉斯式的批评和联想主义心理学这些主流传统以外的一些偏激的探索作一番考察。

(2)诗的韵致。新古典主义批评还论及创造的另一个属性,"韵致",它和灵感一样,不仅超越了艺术的范围,甚至也超越了批评理解的范围。韵致这个概念早在古代就有了形式各异的表述,及至意大利文艺复兴时期,"la grazia"(韵致)被广泛用来指某种很难描述的特性,这种特性即是自然或上苍的一种赏赐,因而如果说还有可能获得的话,也只有漫不经心一途,而人为的努力或凭规则办事则绝无问津之可能。[22]这种特性还有一个名字,叫作"巧妙"(felicity),培根等人就把这个名字用于音乐，后又引申到绘画上。他说，"我不仅认为画家可以画出世上最漂亮的脸，而且觉得他必须画得巧妙（就像音乐家使音乐产生一种完美的气氛），而不是循规蹈矩地去画"[23]。1660年，德莱顿在歌颂"我尊敬的朋友罗伯特·霍华德爵士，兼论他的优美诗篇"时，围绕这一概念得出了一个详尽的作诗逻辑。霍华德的诗中"质朴的甜美"超过了诗中的"艺术"，可以比作脱笼的飞鸟那种天然的自由自在的鸣叫，这鸣叫声中"没有雕琢的痕迹"；因此，若非"你的艺术遮盖了艺术"，

> 必然是某种欢乐仍在追踪
> 你那优雅的缪斯的一举一动。
> 或者竟是幸运的神功……？

很快地，韵致这个特性上就附上了"我不知道是什么"的短语。这种说法先在西班牙和意大利流行，接着传到法国，最后才在英国扎了根。布沃尔斯（在一篇题为《我不知道的东西》的对话中）指出，这种特性自然事物中有，艺术作品中也有，它既不能确切地说出，也不可预测。"自然是不可理解也不可解释的"；它是一个"玄秘之物"，是"触动心弦的"那些有知觉的事物的魅力，只有通过它所产生的各种现象才能了解它。"韵致""巧妙""玄秘"——以宗教观念更替美学观念，至此已是明白无误的事了。布沃尔斯神父甚至大胆地把美学的韵致直接与上帝的恩赐相提并论，说后一种意义上的韵致"岂非就是那个谁也不能解释和理解的、超自然的我不知道是什么吗？"[24]时隔几年，新古典主义原则的创始人之一拉潘又对这个概念作了进一步的认可。从莱默所译的拉潘的《关于亚里士多德诗论的思考》一书中，我们发现，拉潘竭力强调文学韵致的暧昧性，这个名称连同表述这一特性的一系列替换名称很快成了当时的通用语：

> 同其他艺术一样，诗歌中也有某些东西是不可言传的，它们（仿佛）是宗教的玄秘。诗的那些潜藏的韵致，那些觉察不到的魅力，以及一切神秘的力量，都注入心中。这些东西是没有什么教导方法

可以使人学会的，正如无法教会如何使人愉悦一样，它纯粹是造化的神功。[25]

也是在1674年，布瓦洛发表了他译的朗吉弩斯的那篇很有影响的文章，很快，"我不知道是什么"这条原则，就同朗吉弩斯的"狂喜"及其将无规则的宏伟置于毫无瑕疵的平庸之作之上的做法融为一体；所有这些被认为是"天才"著述的专属特性。[26]

蒲柏在《论批评》中论述"我不知道是什么"这一问题的那些最有权威性的章节，是前人观点的简明扼要的概述。他说："真正的流畅之作来自艺术而非机遇"；然而在艺术与规则的管辖范围以外，还有一个属于创作的领域。

> 有些美的东西是规则所无法表述的，
> 因为既有快乐又有烦恼。
> 音乐和诗歌有一个相似点，
> 都是没有方法可教授的无名之韵致，
> 只有能手才能无师自通。

诸如此类的美是一个"幸运的特许证"，珀伽索斯可以

> 从粗糙中跳跃着狂放紊乱的部分，
> 并超越艺术的范围去获取某种韵致，
> 它无须通过判断，就能赢得
> 人的喜爱，其目的马上达到……
> 有时大智会堂皇地冒犯
> 并导致真正的批评家所不敢弥补的差错。[27]

后来，就连约翰逊这样的理性主义者也承认，诗中会出现一些"无可名状也无法说明的韵致，它们纯粹由幻想而得，我们从中获得愉悦，但却不知这愉悦从何而来；大可将这些韵致称为迷惑灵魂的女巫"[28]。

因此，新古典主义在其领域中巧妙地划出一块地方，专门用来收容那

些纯属"自然"的某些自发而神秘的产物。艺术作品中那个"我不知道是什么",只能凭感官的直觉去领受,既不能从原因上加以解释,也不能做出精确的界说,甚至连名称也定不了,只能用一个表明我们无知的说法来称呼。这里面常常含有这样的意思,这些幸运的机遇只会光顾那些精于算计的诗人;一旦机遇出现,诗人仿佛莫名地得到授权,可以超越现行规则,挑战规则,甚至打破规则,从而做出凭规则做不出的崇高诗篇。我们知道,诗的灵感已不再被严肃地归于神授;但是沃伯顿主教在评论蒲柏所谓"超越艺术的韵致"时,像布沃尔斯神父一样,强调指出,诗的玄秘与宗教信仰中的超理性和反理性的玄秘之间存在着某种亲缘关系。他说,规则既不能让我们"实践"也不能"品赏"蒲柏所指的那些美。

> 艺术和理性完全是上天的赐予,所以它们不再能构成这些美,最多只能调节一下这些美的表现。诗的这些崇高(有如宗教的玄秘,一部分超越理性,一部分与理性相反一样)可以分为两种,一种超越规则,另一种与规则相对立。[29]

在这个例子中,在本书探讨的许多例子中,神学概念进入了批评领域,并产生了强烈的作用。沃伯顿的论述表明,批评与宗教一样,当其中的理性无能为力而却步时,信念就会随之出现。至于诗的某些长处,我们除了盲目接受外别无选择,证实不了的东西也只好相信。

(3) 自然天才。这是个含义最广的概念,它不仅涉及上述这些问题,还提出了别的问题。用艾迪生的话说,自然天才这个级别的诗人在创作时,"只凭自然才华之力",既无具体先例可援,亦无既定格言和规则可依。然而,所有理论家都一致承认,批评家正是从这种天才的作品中提取规则来指导后代诗人的实践的。正如蒲柏在描述"饱学的希腊人"确立其规则的方式时所说(《论批评》I,98—99页):

> 规则来自以往的众多例子,她(指希腊人)从中抽出了源于天堂的东西。

然而,自然天才是通过什么样的心理程序,在不自觉的情况下与那些规则取得一致的呢?人们以为,像荷马和莎士比亚之类的天才,是在完全没有先例可援,或者对先例完全不了解的情况下写作的。这类天才人物的"创造"也尖锐地提出了一个相关的问题,即我们在前一章所看到的,批评家在表述各个时代、不同层次的"独创性"天才的心理时所面临的问题。这个问题就是,有的文学作品在自然或艺术中都无原型可依,我们该如何来解释这么一部文学作品的"设计"的心灵起源呢?

詹姆斯·哈里斯发现有些作家可以说"不是以艺术而显得杰出,而是因为自然,而这自然能导致艺术的完美"。他在考虑这类情况时提出了这个问题。

> 如果说伟大的作家在规则尚未确立,或至少是他们尚未得知有什么规则之前就已经如此杰出,那么我倒要问,既然规则(至少对他们来说)不存在,他们是凭什么去指导他们的创造性天才的呢?

像哈里斯这样的批评家带有浓厚的柏拉图主义色彩,他们完全会相信,心灵中的理念是与生俱来的。对他们来说,这个问题的答案很简单,"规则从来就没有不存在过"。"天才尽可以先于体系而存在,但倘若因此说天才也可以先于规则而存在,我们就不能承认了,因为规则从一开始就已存在于天才的心灵中,并且是那永恒不变、无所不在的真理的一部分。"[30] 另一些批评家则注重诗中的技巧成分,他们以其他方式证明,要想创作出优秀的作品,那么不论是凭借独创力还是依靠模仿,也不论有无规则可循,这些手法上的差异都是微不足道的。乔舒亚·雷诺兹在他的第六篇演讲中曾较为详尽地探讨了这个问题。他指出,天才就是这样的人,他既超越了"任何既定的、公认的规则",然而却又"以一种科学的意识",按照某些更为微妙的不言自明的规则办事。

> 持续,扎实地创造优秀作品不能单凭机遇,因为机遇并不具备这种能耐;但是那些被称为天才的人物所依循的法则是他们以自己独特的观察发现的,也有可能因为这些法则的质地太过精细,非语词可以表达的。[31]

然而，持不同见解的批评家们却认为，在艺术的诗人和自然的诗人之间有着明显的区别，于是他们想方设法要使自然诗人彻底脱出禁锢，不再依赖对模型的模仿，也不再仅仅是以理性调整手段来达到目的。蒲柏说，莎士比亚是"自然的工具，说他根据自然说话是不公正的，毋宁说自然通过他来说话"。他的措辞含有这种意思：诗人可以是他的职责和管辖范围以外的那些创造力的运载工具，同时还提出了对诗篇杰作的创造过程中那种"自然"所起的作用应如何解释的问题。我们发现，蒲柏本人生活的那个时代，往往把自然天才身上的自然因素与动物的本能活动作同等观，而这些本能行为则由于完全来自天赋秉性，所以被视为是非习得行为的最好例证。很久以前，弥尔顿就把莎士比亚（上面讨论的概念主要是围绕他形成的）的作品比作鸟儿本能的歌唱，他曾描述说，"快乐的人"去看戏是为了倾听

> 莎士比亚最甜美的童稚的奇思异想唱出他
> 那天真而粗犷的自然朴素之歌

这段话后来促使约瑟夫·沃顿在《热情者》中提出了那个反诘问题：

> 艾迪生精致的短诗，一丝不苟，但冷漠冰人，
> 同莎士比亚的自由鸣唱相比，算得了什么？

1690年，威廉·坦普尔爵士也以蜜蜂那种纯粹本能的"艺术"来比喻诗歌创作中的自然、无拘束的、非习得的特性——"韵致"。

> 事实上，诗歌天才身上有某种东西十分自由无羁，根本不能受到如许规律的约束；不管谁想使这种东西受制于这些限制，都会失尽它的神采和韵致，因为神采和韵致永远是质朴无华而且是不可习得的，最优秀的大师也不例外……〔诗人〕必须以优美的艺术筑起蜂巢，勤劳不息地从中汲取蜜汁，并以只有他们自己才能从事和判别的那种辨识力和抉择力把这蜜汁从蜂蜡中分离出来。[32]

时至1732年，丰特内耶一方面承认作诗必须具有"自然才能"和"热情"，

只要它们都从属于理性的主宰，另一方面又认为，必须大力反对人们把作诗的所有能力都归结为盲目本能的无意识。

> 什么？我们身上最有价值的东西难道竟是那与我们最不相干的东西……难道竟是与动物的本能最相仿的东西吗？我们应该正确理解的这种热情，这种狂热，竟然都被说成是十足的本能。蜜蜂确实也会创造产品，但蜜蜂的创造与众不同之处，只是说它们是在不假思索、毫无知识的情况下进行的。[33]

但是，为了解释自然在天才心灵中的种种作用，另一些理论家便不再以鸟类和昆虫的本能作为比喻，转而以植物的生长作为比方——这种生命形式比鸟虫更低级，但结果却证明，这个比喻中蕴含着更多的有关艺术创造理论的概念。

二　18世纪英国的自然天才论和自然生长论

正如A. O. 洛夫乔伊所指出的，"自然"这个词在与"艺术"相对这层意义上，具有两个主要的应用区域。用于描述人的心灵时，"自然"指的是那些与生俱来的特性，这些特性"最为自发，绝非事先考虑或计划而成，也丝毫不受社会习俗的束缚"。用于描写外部世界时，它指的则是宇宙中未经人类苦心经营而自动形成的那些事物。[34]当然，自然天才的那种自然因素是根据前一种用法来理解的；但是，在这类讨论中，稍不留心，则本来谈论的人的特性就变成了外界事物，心灵的自发产物也就被比喻为植物世界的产物。我们还记得，艾迪生和蒲柏就以"高尚植物的杂然无饰"与"园林艺师的妙手"精心修整的园林之间的对照为喻，说明天才也可相应区分为自然的天才和技艺的天才。[35]迪博教士也说，天才"因而也仿佛是一株平地长出的植物；但是这株植物能结出什么样的果实，能结出多少果实，则在很大程度上取决于这株植物所得到的滋养培育"[36]。

以植物比喻天才，这个概念的形成过程中最重要的一份文献，是扬格的《试论独创性作品》。本文发表于1759年，文中所描述的"自然天才"的特性,大部分只是艾迪生文章中的观点的扩充;扬格文章的新颖之处,主要在于蔑视,并几乎全盘摈弃了传统的艺术修辞构架及其对苦功、范例、行为准则以及娴熟运用手段达到目的等做法的注重。因此,艾迪生笔下的技艺天才之辈,本来是与自然天才相等的,而到了扬格的笔下,则被他轻蔑地说成是"幼稚的天才……他们同乳儿一样,必须给以哺养和教育,否则将一事无成"。莎士比亚这样的成熟的天才则截然相反,他"是由自然亲手造就……是丰满而成熟的",显然,他生来就不仅具有必备的心灵能力,同时也有足够应用的知识。"学识是借来的知识;天才是固有的知识,并且是非己莫属的知识。"扬格认为,天才具有这些特性,首先是众所周知的灵感——"人们一直认为,天才带有某种神圣。"如果没有别人非凡的鼓励,任何人都不是伟大的——另外则是显示"浑然天成的韵致"的能力,这种能力"存在于学术权威,或法则的范围以外……在诗中,有着某种超越了散文的理性的东西;诗中有玄秘,不可言传,只能意会"。[37]

扬格的文章中一个突出的方面是,他虽无系统,却坚持不懈地用植物的生长作为隐喻来讨论独创性创造的那种不可见的构造。天才的心灵"是一块肥沃适宜的土地",在这块土地上,"有独创性的人是最鲜艳的花朵"。除了"我们自身天才"的阳光,在"任何别的阳光照耀下,都绝不可能产生有独创性的作品,也绝不会使永垂不朽的东西成熟"。"植物的果实需要有雨水、空气和阳光才能成熟,天才的果实的成长也同样需要外部条件。"其中最引人注目的是下面这个精练的对照:

> 一部创新之作可以说具有植物的性质;它是从那孕育生命之天才的根茎上自然长出的;它是长成的,而不是制成的。模仿之作则往往是一种人工产品,它们是通过某些手段,技艺和劳作,用原本属于它们的那些事先存在的素材造成的。[38]

在此半个世纪后,柯尔律治也提出,机械的制造与有机的生长是有着根本区别的;鲍蒙特和弗莱彻等人是艺匠,他们只是把现成的材料重新排列一下而已,莎士比亚的戏剧则有创新,其中出现了新的生命形式。而扬格的那段话几乎就是柯尔律治这种思想的一个概要，当然，二者之间也有着重大差别，那便是，柯尔律治认为（这是针对联想主义心理学以及新古典主义艺术理论的某些观点），机械幻想中"事先存在的素材"包括感知中所有固化和限制性之物，不仅是较早艺术品中被模仿的成分。

扬格所使用的这个对照中的两个方面都是有先例可援的。"机械的"这个词曾被反复使用，常常有贬义，指的是作品中那些只遵循结构规则的成分，诸如整体性，从而与真正的艺术表现，包括含蓄的美以及自由的想象触发的神来之笔等判然有别。艾迪生就曾以这种方式将"机械的规则"区别于"优秀作品的真实精神与灵魂"——"艺术的某种更为本质的东西，它增强了幻想，使它惊奇，并使读者的心灵中产生一种宏伟的感觉。"[39] 扬格的创新之处，首先在于他确立了植物生长的概念，并与机械的制造形成对照；其次，他又明确地以植物比喻天才创造的产品，同时也以它比喻创造过程。这样，比喻的侧重点就被转移到艺术作品的形成过程上来了，扬格也因而得以从植物体中引进了一些属性，而这些属性也注定会成为有机论美学中的重要概念。有独创性的作品，与那些凭借"技艺和苦功"而"制造"出来的东西截然不同，它是有生命的，它是从根基上自然地生长的，因而（由其暗示意义可知）它那独特的形体是由内里向外展开的。

此外，由于扬格对艺术玄秘的热衷绝不亚于托马斯·布朗爵士对宗教玄秘的热衷，所以他使得那个玄而又玄的诗的韵致领域不断扩大，率先提出人在创造时，其心境可分为两层，一是为意识控制的平凡无奇的表层，一是不可理解、深不可测的深层。他告诉我们说，"我们身上有些东西自己觉察不到，别人却看得很清楚；而我们身上是否还有自己和别人都看不见的东西呢？"我们甚至可以认为，扬格是在暗示，作诗的灵感可以解释为从未知的人性深处突然出现的：

> 有名望的作者，一直在黑暗中摸索着进行创作，他们从未料想自己有这份天才，而在这天才首次发出闪耀的光束时，他们几乎都经历了这种感觉：他们吃了一惊，仿佛在夜空中看到了明亮的流星；感到

非常意外；几乎不能相信这是真的……我这里所说的一个作家内心才会有的感觉，或许能够支持并因而推动作诗的灵感这个虚构之谈。[40]

于是，扬格把富于灵感的诗的来源追溯到诗人自身的心灵。虽然如此，他仍保持着古人的某些看法，认为存在着神意的感召。他告诫诗人说："因此，深深地扎进你的内心去吧，完全信任你心中的那个陌生人吧……让你的天才冒出来（如果你具有天才的话），就像太阳从混沌中升起一样；如果我还要像一个印第安人那样说，去崇拜它（尽管有过于恣肆之嫌），我也不会多说，而只想再说一遍我的第二条原则所告诫你的话，（即）尊重你自己。"因为他在前面谈到智力世界时说过，"所谓天才，就是心中的上帝"。[41] 于是，在这位76岁高龄的牧师的这篇非同寻常的文章中，我们发现，浪漫主义天才的主要属性已被描述出了大概的轮廓，与费希特、让·保尔和卡莱尔等人的描述相似。他是一个双重人，他身上的东西有可知的也有不可知的，像天神一般令人肃然起敬，在他自己和别人看来都是不可理解的；他富有创造性，因其过程是有生命的、自发的，就像一棵树自生自长一样，而这树的杰作也不可预测地从黑暗中一跃进入了他意识的白昼。

在有机论美学逐步形成的过程中，夏夫兹伯里伯爵三世也起了重要作用，但这不是说他提出了什么合适的原则，而是因为他对德国作家产生了巨大影响。他说，真正的诗人是"第二个造物主"。"他就像至高无上的艺术家或是普遍的有形成力的自然，造就了一个整体，这个整体本身是连贯的、比例得当的，它的组成部分也有着一定的从属性和受支配性。"这里他尽管使用了"有形成力的"一词，但是他却是按照柏拉图的创世者的样子，把自然的形成视为根据永恒不变的模式创造一个固定成形的宇宙。诗人模仿创造者，以"他的同类的内在形式和结构"来创造作品，便像夏夫兹伯里说的，是"本质上的建筑师"[42]。此外，夏夫兹伯里在美学方面也一直注重得体、学识、刻意求工、"写作原则"和"艺术真实"等贺拉斯推崇的优点。因此，他发现莎士比亚"几乎在所有应该优雅华丽的地方"都是粗俗的、不一致的、不充分的，他还讥笑那些单凭天才创作的作家，认为只有那些不知诗歌何以如此美妙的无能的读者才会把它们称作"我不知是什么，或我不可理解的东西"，才会认为它们是"一种连艺术家本人也无法解释的魅力或迷人之处"。[43]后来，德国作家赋予了夏夫兹伯里的"内在形式"以某种圆满实现，并把他的"普遍的有形成力的自然"解释为一种由内向外的发展方式，这才把他那完成了的、静态的宇宙，不论是自然宇宙还是艺术世界，转变成有机体那种生长不息、永无止境的发展过程。

在18世纪英国的文学批评中，没有更多关于有机论主题的论述了。我所知道的唯一一篇文章是吉勒德关于天才在进行独创性构思设计时的心理活动过程的描述。他说，天才的心理活动"更相似于自然的活动，而不像……艺术"；（或许读者记得前一章提过）吉勒德接着便把自然的活动解释为一株植物汲取养分并与自身同化的过程。[44]此外，要想找到关于这种类型的审美观念的进一步的论述，我们首先都得看一下德国，然后再来看英国那些显然已经德国化了的理论家的著述。

三 德国以植物喻天才的种种理论

扬格的《试论独创性作品》在英国倒没有引起充分注意，而在德国，这篇文章于1795年一发表，短短两年内就被翻译了两遍，并且成了狂飙突进运动的重要纲领性文献。单单这一事实就足以说明英、德两国批评气候的不同。这篇文章在德国之所以备受欢迎，部分地是因为扬格以极大的气势和彻底性宣扬文学必须独立，必须有独创性，正值这个国家的血气方刚的作家因为本土文学传统长期受制于外来模式和规则而怀有切肤之痛。但除此以外，另一个原因则是，德国思想比英国思想更富有包容性，它接受了扬格的观点，即认为伟大的文学作品是从天才心灵不可测知的深处生长出来的。

当时在英国占统治地位的是经验主义心理学，它既不承认心理活动具有生长性，也不认为它是一种潜意识。[45]而18世纪在德国颇具影响的莱布尼茨心理学却十分适宜于这两种观点。莱布尼茨强调说，所有的单子，从人的灵魂，植物的各个门类，直至明显的无机物的单子，在本质上都是一致的。与现象自然相对的真实自然在这个等级序列中，是活的，是有机的，在各个层次上，每一个单子都是"现实世界的一面永恒的活的镜子"，它本身就具有对于一切事物的自然知觉，不论是过去的、现在的还是将来的事物。[46] 人与这个等级序列中的低级生物判然有别，因为在人的灵魂中有一些知觉达到了一种足够清晰的程度，获得了"统觉"，或觉醒。但是，即使在人的灵魂中，处于意识以下的那一大批"细小知觉"（petites perceptions）仍然大大超出了意识所管辖的小区域。莱布尼茨在描述无意识心理作用的这个领域时说：

> 在我们身上，每时每刻都有着无以数计的知觉，但它们未达到统觉，也没有反映；也就是说，灵魂本身的那些变化是我们意识不到的〔s'apercevoir〕，因为这些印象或者过于淡薄，或者过于众多，或者过于拥挤地交织在一起……[47]

此外，"预定谐和"的原则认为，在每个"没有窗户的"单子中进行的知觉活动，都通过一种内在的动力与外界事件的发展过程同时保持协调。莱布尼茨所说的这个模糊的和无意识统觉的领域，在人的心灵中永久地自我表现为一种更为清晰明白的状态。莱布尼茨认为，模糊和无意识领域在心灵中变动不停，悄然无声地发展到清晰明了的阶段，在文学理论家看来，显然，这有助于指定并阐明天才的心灵中的具体位置，在那里艺术作品像植物，悄然成熟。

在约翰·乔治·舒尔茨的《艺术通论》（1771—1774年初版）这部四卷本美学术语词典中，我们发现，在文学心理学的有机论体系的形成过程中，传统的美学概念与莱布尼茨的形而上学融为一体了。舒尔茨在 Erfindung（创造）这个条目的开头，陈述了莱布尼茨的理论：没有什么观念是绝对新的，所有的观念都潜存于心灵之中，直到它们与外界事件发生关系，其中的一个观念才变得清晰起来，从而进入意识之中。舒尔茨把这种理论应用于艺术创造，发现这么一个心理学的"不解之谜"：某些观念的清晰化和形成是独立于艺术家的本意和注意力的。

> 有时候我们全神贯注去思考，仍然想不明白一些观念，或者说无法准确把握。过段时间，我们不再想的时候，它们却又清清楚楚地自己跳了出来，仿佛在这段时间，它们就像植物一样自己悄悄长成了，此刻突然展现在我们面前，鲜花盛开，摇曳多姿。这真是一件奇特的事情，是心理学中的神秘现象之一。许多概念都是在我们内部逐渐形成的，到了一定时候，这些概念仿佛是自告奋勇地摆脱了众多的模糊观念，一跃进入光明之中。每一个艺术家都必须依靠他的天才的这种精妙的表现，倘若他总是不能找到他孜孜以求的东西，他就必须耐心地等待他的思想自身成熟。[48]

从"天才的幸运的表达"（glückliche Äusserungen des Genies）中可以看出，舒尔茨所关心的显然是"我不知道是什么"以及"既幸福又烦恼"这个众所周知的文学之谜。他的做法比扬格（他也知道扬格的那篇文章）更为明确，把这一过程的特征描述为一种自行生长开花的过程，并认为这一过程是在心灵中的一块觉察不到的领域中发生的。在一篇题为《激情》（Begeisterung）的文章中，舒尔茨用了一个类似的假设来解释作诗的灵感这一相关的神秘现象。他说，没有什么人"对人类灵魂的深度做出过足够明确的探测"，因而，尽管所有的天才艺术家都告诉我们，他们在创造过程中有时感到分外的顺手，左右逢源，并且不用作出主观努力，然而谁也不能对这一现象作出解释。

> 这种事在经验中常有，却很难解释：在对一个物体进行了持续的观察后，一些思想和观念——不论是清晰的还是模糊的——就在心中聚集起来，并在这里悄悄地发芽，像肥沃的土壤里的种子一样，最后一旦时机成熟便会破土而出……在那个瞬间我们才看到所观察的物体——这个物体此前一直像一个无形的幻影在我们面前飘动，我们无法看清它，无法辨识它——现在这个物体则以清楚而完整的形式出现在我们面前。这就是真正的灵感袭来的瞬间。[49]

于是，正如舒尔茨所指出的那样，创作活动的事实以前被认为是由于某种外力的干预所致，现在则被认为是那些观念的种子在心灵中悄悄地发芽，一旦生长成形，便突破阈限而进入意识之中。

这种思维方式，舒尔茨只是偶尔用来考虑一些艺术创造的特殊问题，但与此同时，赫尔德却扩大了这种方式的应用范围，竟至包括了现实世界的所有方面和功用。J. G. 赫尔德发表于1778年的《论人类心灵的认知与感知》一文，尽管总体尚未成型，而且细节也混乱不清，但却必须被视为思想史上的一个转折点。赫尔德激烈地反对元素论者和机械论者对自然和人、身体和心灵的解释，他提出的观点所依据的是莱布尼茨的单子论、夏夫兹伯里的泛神论以及生物科学，尤其是阿尔布莱希特·哈勒的理论：活的有机体的基本特点是该有机体的亢奋力（Reizbarkeit）——有机体通过自动收缩或自动舒展对外界刺激作出反应的能力。因此，赫尔德的这篇论文开创了生物论的新时代：最激动人心的、最有创新意义的发现，原来只发生在物理科学领域中，现已转到了生命科学领域中，因此生物学便取代了笛卡尔和牛顿的机械论而成为种种概念的巨大策源地，这些概念后来迁移到其他科学领域中，从而改变了观念形成的总体特征。

为了揭示机械主义自然观的不足，赫尔德表明，植物的生命过程是一个值得重视的现象：

> 瞧那植物，那有机体的纤维的结构是多么可爱！它不停地转动着叶片，把使它变得新鲜的露水汲入体内。它的根须向下伸展盘绕，直到它能挺立起来；每一株灌木，每一棵小树苗都探出身来呼吸新鲜空气；花儿自动盛开，迎接它的太阳新郎的到来……植物非常努力地工作着，把外来的汁液加工成自身更为精细的部分，它生长、恋爱……然后衰老，慢慢丧失了对刺激作出反应的能力，原有的力量一旦消失便不再回来，最终死亡……
>
> 草本植物把水分和泥土汲入体内，把它提炼成自身的成分；动物又使这低级的植物变成较为高级的动物体液；人再使植物和动物变为人的生命的有机成分，使它们变为更高级、更精细的刺激活动。[50]

这株植物的种种性质——它的生长，它对环境的反应，它从这环境中汲取营养成分并使之变成自身整体物质，它那自我维持的生命以及它的最终死亡——都被赫尔德以其没有系统的方式归纳成为其世界观的种种范畴。自然是一个有机体，而人作为那个有机整体的不可分开的一部分，本身就是思想、情感和意志的一个有机的、不可分解的统一体，他以自己的生命展示了与外部自然相同的种种能力和作用。赫尔德在把这种理论应用于美学时，与扬格和舒尔茨的做法不同，他以植物作为原型说明艺术形式是在其自身时间地点的土壤中产生的，而非表明某一作品源自艺术家的心灵。例如，古希腊戏剧和莎士比亚的戏剧是分别从各自特定的时代环境和文化环境中生长出来的。这种生长的产品是一个丰富多彩的、有生命的整体；随着一部莎剧现在在读者面前慢慢展开，这本身又可被视为这么一种过程，即剧中后来的部分是从较前的部分生长出来的。《李尔王》就是一例，"从他在这个戏剧中出场开始，他身上就带着他的命运的全部种子，这些种子最后酿成了极其黑暗的结局"。这样一部戏剧中的人物、情节、伴随状况和动机等——"都处于运动状态，不断地发展着，以形成一个单一的整体"，在这个整体中，任何成分都不能被改变或替换，而且这个整体也同现实世界一样，充满其中的是"一个相互贯穿的、赋予万物以生命的灵魂"。[51]

另一方面，一个天才人物本身就可被认为是不知不觉生长的植物。这个诗人意识不到他创造性想象中萌发的观念，但是这种无意识，却不如他"不自知"的无意识那么严重。所谓"不自知"，是指他对自己各种显在和潜在的能力觉察不到。

> 大自然有着极为高级的幼芽，而我们却视而不见，把它们踩在脚下，因为在大部分情况下，我们觉得天才的价值在于它的无形，在于它过早的成熟和增大……
>
> 人类的每一个高尚的种族也同任何良种一样，在悄悄发芽时常常是酣睡无知的：它存在着，却没有自我意识……那可怜的幼芽怎么知道，又怎么才能知道，在他诞生的那一瞬间，都有些什么样的生命的

冲动、力量和幻想流进了他的体内？[52]

这是根据生长的植物这个原型所作出的非同寻常的推理，它认为，真正的天才诞生以后，是在自己和他人都认识不到的情况下吐芽，直至其种种能力出乎意料地突然绽放出鲜花朵朵，这种推理的形成往前可以追溯到爱德华·扬格，往后则延续到席勒、费希特以及后期德国学派的其他理论家。[53]

亚历山大·蒲柏曾经说过，自然诗人莎士比亚的作品之于更为正规的作品，有如哥特式建筑物之于现代大厦。在《论德国的建筑》（1772年）一文中，年轻的歌德受了赫尔德思想的影响，在描述哥特式建筑时，把它与墨守成规建造的楼房相对照，认为哥特式建筑是在天才的心灵中长成的有机产物。天才是这样一种人，"从他的灵魂中产生了各个部分，这些部分交织在一起，成长为一个永恒的整体"——就如同我们在斯特拉斯堡大教堂这个典型身上所见到的整体一样。"因为人都有一种形成性"，这种形成性可以根据已有的素材创造出"一个富有特征的整体"。这样的艺术，"无论是来自粗陋的原始状态还是出于文明的情感，都将永远表现为一个完整的整体，并且是一个有生命的整体"。[54]

歌德是众多的审美有机论者中的佼佼者，因为他既是生物研究者，又是艺术理论家。他同时从事这两项工作有其特殊用意，他认为这两项工作是互相启迪的活动，他在生物学中做出新的假设或者新发现，必定会在批评领域中以新的组织原则或见解再现出来。"我观察过自然"，他从意大利写信给冯·斯坦恩夫人（Frau von Stein）说，"现在我也在观察艺术，我长期以来一直在苦苦追求的东西，现在就要获得了，这便是对于人类所创造的最高级的事物的更加完美的认识……"[55]他的意大利之行具有划时代的意义。在这次的旅行札记中，他记录了他的植物蜕变理论的产生过程——"在植物学中我偶尔发现了一个个别的总体（*en kaipan*），这使我惊奇不已"——并接着说，他也找到了一条解释艺术作品的原则，这一发现"也真好比哥伦布竖鸡蛋"，同时还发现了进入批评之门的万能钥匙。以自然的有机体比喻艺术作品，这在他早先对中世纪建筑的讨论中已隐约提到，现在则被更加明确地运用到古典经典作品，尽管他更重视两者表现出来的自然过程的规整性：

> 艺术的这些高级作品，有如自然的最高级造物一样，是人根据真实的自然的规律创造的。一切人为的、幻想的东西都殊途同归：这就是必然，就是上帝。[56]

艺术创造是心灵领域的自然过程，这种观点成了歌德晚年成熟的美学理论中的基本主题。他在1797年写道，"一件完美的艺术作品就是人类的精神产品，在这个意义上也是一件自然的作品"。一年以后他又指出，"自然和艺术被一条可怕的鸿沟隔开了，即使是天才，没有外来的帮助也不能跨越这条鸿沟"。但是，可以在这鸿沟之上架起一座桥梁，只要艺术家能够

> 探测到事物的深处，同时也能够探测到他自己的灵魂深处。他的作品不能仅仅制造廉价而肤浅的效果，而应与自然媲美，创造出精神有机物，他赋予作品内容和形式能使作品看上去既是自然的，也是超自然的。

歌德在其生物学探索中注重发展，注重部分之间和种类之间的演变，他在批评中也同样持续不懈地关注一件艺术作品的起源和成形。"说到底，在艺术实践中，只有当我们至少在某种程度上了解到自然创造万物时所从事的活动，我们才能与自然一争高下。"[57]

康德对艺术问题以及艺术创造所涉及的各种能力之问题的探讨方法基本上是静态的、分类学的，这种探讨方法似乎是诗歌的有机理论（des werdenden Gedichts）的另一个极端表现，然而，他的《判断力批判》中的一些因素，对其他人发展有机论起到了重要作用。在这么一个题目下，康德既探讨了天才的创造性问题，也探讨了有生命事物的本质问题，而特别是在后一个领域中，他对一些相对说来一直没有完全形成的模糊概念从哲学角度做出了定义和详细阐述。康德的论述1790年发表后，歌德立即欣然叫好。在他看来，康德把诗歌问题和生物学问题合到一起，

这种做法证明了他自己把这两个现象当作相同的现象是有道理的。他在1792年写道，康德想要表明的是，"必须把艺术作品当作自然产品来对待，并把自然产品当作艺术作品来对待，各自的价值必须从它本身去评估，根据它本身的情况来对待"[58]。

康德关于天才的创造力的全部观点，都是围绕这个问题阐发的，这就是我们在本章上半部分所看到的那个令以前的批评家迷惑不解的问题：天才何以能在既无规律可循又无明确方法可用的情况下创造出艺术作品，而批评家却又是根据这么一件产品探寻出艺术规律的。这是个不可思议的问题，然而康德这位哲学家对英国和德国的批评有着广泛的了解，他觉得这个问题与他自己最喜欢采用的做法，即提出一系列二律背反而使自己从中得到解脱的策略，不谋而合。他说，美术"必须被视为天才的艺术"，而且天才也必须解作"自然赖以推导出艺术规律的那种固有的心理能力（ingenium）"。

> 天才不能从科学意义上说明其产品的成因，他所能提供的规律只能是单凭自然这条规律。因此，如果一位作者纯因天才之故而创造出一部作品，那么他自己也说不出有关这作品的观念是怎么进入他的头脑的，他也没这个本事想再作一篇就能用老办法作出来，即使想以相同的方法再作一篇也办不到，而且他也不能把他的做法归纳成条条告诉别人，使他们也能创造出类似的作品。[59]

康德对这个问题阐述得很透彻，这里的问题就在于，天才凭借着"自然"的作用创造出了那些典范作品，这些作品似乎必然与开始的目的相符，然而他既觉察不到那些目的是什么，也不知是以什么手段来实现那些目的的，对于他的创造活动，他既无能力再进行一次，也无法描述出来。康德后来表明，"自然"在天才心灵中的这种不可思议的活动有一个类似镜像的东西，它反映在另一个，也叫现象的生物机体"自然"中。现象世界连同它的所有成分都是机械的、完全注定的，是从人类理智施予感觉之上的那些恒定形式中观察到的一个因果链。但是倘若我们要使这个现象世界中的有机存在物能够被理解，我们就决不能把这些存在看作一个直接有效的原因体系，而应看作"自然目的"；这就是说，这些有机体仿佛是朝着有机体本身固有的目的而发展的东西，因而不是通过部分的组合来达到预设的计划或设计。作为这种自然目的的范例，康德分析了树的有机构成，以此来反对钟表的纯机械作用的观点。每一棵树都起源于同类的另一棵树；树的生长就是通过对自身物质进行合成吸附而发展自己；树的各个部分似乎都是为了其他部分和为了树的整体而存在的，同时整体也是依赖其各个部分的存在而存在。[60]

作为一个世纪的努力所取得的成果，康德把自然的有机体的观点表述为一种内在的却又是无意识的目的论，一个"自我组成的实体"，它具有自身的"运动力"和自身的"形成力"，是由内向外发展的，其中部分与整体的关系可以重新表述为手段与目的的相互关系。"在一个组织好的自然产品中，每一个部分都互为目的和手段。"康德再三告诫我们，把一个有机体视为一种自然目的，这种观念仅仅是一种虚拟哲学；用他的话说，这不是"构成性的"而是"调节性的概念，只能用于思考性判断，或是通过与我们自己为了某些目的而设定的因果关系做牵强类比来指导我们对这类事物的探讨"[61]。歌德和其他美学有机论者把这一纯属内在的目的论作为活的自然的一个构成因素，然后又越过康德，将天才心灵中无意识的目的过程和"自然"产品，完全等同于自然有机体的无意识的目的性生长及其使手段符合目的的复杂的内在过程，对于他们来说，这样论证有着无法抵抗的诱惑力。1798年，弗里德里希·施莱格尔描述歌德的《威廉·麦斯特》时这样写道：

> 这个组织严密，而且有组织力的作品，具有将自己塑型为一个整体的动力，这一点见诸其大大小小的组合之中。任何一次停顿都不是偶然的或无意义的，而且……一切都同时既是手段也是目的。[62]

在众多的后康德学派理论家中，我仅想谈谈两位，一位是弗里德利希·谢林，另一位是让·保尔·里希特，他们对创造过程的心理学作了重要增补。谢林的《先验唯心论体系》（1800年）是从这样一个对照入手的，即"主体"和"客体"，或是作者常常换用的"理智"和"自然"，"有意识"和"无意识",人类选择目的的"自由"和自然非意识活动的"必然"。这组对立启动了谢林的辩证法,据此,他依次"推演"出自然界总体构成的所有组成要素以及心灵的各种能力。但是,谢林说,"知识体系只有在回到其原理时才能被认为是健全的"。换言之,他需要有一个概念,可以通过把理性和自然、有意识和无意识、反思的自由和盲目的必然结合到一起,来完成他的辩证循环,解决开头就提出的对立。这样的一个概念,谢林在天才创造艺术作品的活动中找到了;于是他就能够以胜利者的姿态宣称:想象力的创造活动是"哲学的研究总原则,是哲学拱门的基石"。[63]

这是德国浪漫主义哲学的一份典型文献,它赋予审美创造以非凡的重要性,可以说让当时把艺术凌驾于所有人类探求活动之上这个总体倾向达到了一个高潮。然而,天才的概念之所以符合谢林形而上学体系的种种要求,是因为他可以依赖我们在此追溯的存在已久的批评传统,即创造性天才可以把所有艺术的和自然的成分,把按照可知原则使手段符合自由选定的目的的过程和对超越其理解和控制的盲目的自发性的依赖,都结合在一起。用谢林的话来说,创造活动包括"一般称作艺术的东西……即那种通过意识、意志和思考来实践,既可以教也可以学的东西",也包括那种不能"通过应用或其他方式而获得,只能作为自然的赐予礼物而继承"的东西。[64] 谢林不仅求助于这种理论,也求助于这种理论中潜在的事实——证明艺术家会产生"有灵感的"创作,以及证明在艺术作品中会有一种不可预测的"韵致"产生——从而使得本来只是抽象概念的舞蹈转变为至少具有潜在可用性的创造性心灵的理论。

谢林说,艺术家性情的表露在古代都被解释为神力的感召,现在看来,"它们是非自愿地被驱使到作品的创造过程中去的",一部作品于完成之际,便产生"一种无限和谐的感觉",艺术家把这种感觉"不是归因于自己,而是归因于他天性中有意而为的韵致"。

> 艺术家之投身于创作并非有意而为,甚至是顶着某种内心阻力而行的(因此才有古人的"与上帝相会"等说法,尤其是因此才有"他

人一口气，召我灵感来"的观念）……艺术家尽可以是目的明确的，但是，就其创作中真正客观的东西而言，他似乎总是受到某种力量的影响，这种力量把他同所有其他的人分离开来，迫使他去表现或描绘那些连他自己也不完全清楚却又具有深远意义的东西。[65]

谢林本人对这些事实，做了一种半形而上学、半心理学的解释。诗人的创作过程得以进行，其动因乃是"在其全部生命之根"起作用的意识和无意识不停地要求结束它们之间的终极矛盾。创造活动中自然的和无意识（bewusstlos）的因素是事物在外界自然中无意识地发展的内在表现，这看上去是"最为盲目的机械主义"的产品，其实"可以从属于目的，而且不必解释为目的"。创造过程结束时，得到释放的极乐情感表明那对"最终的、最大的矛盾"业已解决，因而哲学赖以出发的"对立活动间的无限分裂"也随之"完全废除"。至于那种神奇的创造能力，单凭它我们"既可以思维也能够调解矛盾"，谢林最终也戏剧性地认作是想象力（die Einbildungskraft）。[66]

把"无意识"的概念引进艺术创造过程，谢林并不是第一个，但是，这个变幻无定的术语最终得以成为艺术心理学中不可避免的一部分，谢林比任何人都有更大的责任。举例来说，他的理论触动了同时代的两个伟大人物，使他们都对这一有争议的问题发表了自己的意见。席勒在《论素朴的诗与感伤的诗》（1795年）一文中，早已把"素朴的"或自然的天才与外界自然的各种活动联系在一起，并把这类活动所产生的诗（用众所周知的术语）描述为诗人自己也解释不了的东西，"一个幸运的机会"，其中所做的一切都是"依赖自然"而非依赖思考，并且依赖"完全不同于人为的意志"的某种"内在的必然性"[67]。1801年，席勒写信给歌德，对谢林的理论中的某个方面表示异议，但他却用了谢林本人的专用术语：

> 我觉得，这些理想主义的先生们在其观念中，恐怕太不注意经验了；因为经验表明，诗人完全是从无意识开始一切的……并且，在我看来，所谓诗，就存在于表现和传达那种无意识的能力之中，也就是

说，使它体现于某个对象……无意识和意识合在一起，就构成了诗歌艺术家。

歌德则回信说，他在这一点上走得更远："我相信，天才作为天才所做的一切，都是无意识的结果。天才人物经过深思熟虑，抑或出于信念，也能凭理智行动，但是，凡此种种，都只能是第二位的。"[68]

从让·保尔的《美学入门》（1804年）中关于天才的本质神秘的说法，我们可以隐约地看到一些熟悉的属性。天才是人的各种能力的和谐表现，它包括两个方面，一是有意识的反映（Besonnenheit），另一个是无意识（das Unbewusste），即"诗人身上最有力的成分"。后者是一种固有的能力，在莎士比亚这种人身上，这能力是"以天性的盲目性和确定性"而发生作用的，即使是艺术家自己的意识也不能彻底了解这种能力，它在其活动过程中，与"酣睡的植物中和动物的本能之中的"神圣的智慧连在一起。至于反映，不管它是多么必不可少的，就其本质而言，都只不过是机械的、模仿性的。只有那些"看似内在的，非有意而为的诗"才能提供内在材料，从而"构成模仿者只能在形式和方式上寻求的天才的独创力"。[69]

然而，在里希特关于无意识的观点中，却有着另一个不祥的成分，它使这一观点从谢林的基本原理出发，并在现代艺术心理学的形成过程中给予无意识的概念以重要地位。里希特根据前人关于创造性心灵中存在着混沌、黑暗和神秘的深层境域的看法，进一步阐发了无意识之黑夜面，因而在他的著述中，我们发现自己正介于莱布尼茨和德国浪漫主义深层心理学后来的继承人——卡尔·荣格之间。莱布尼茨认为细微知觉的领域是隐晦混乱的，他的这一学说只不过是一个理性主义的假设，想借此确立有普遍的固有观念存在的可能性，这种固有观念独立于意识，独立于现象时空之外，因而能同时与过去、现在和将来相一致。荣格的"集体无意识"也同样是一切人类的灵魂所共有的，也独立于时间和地点以外，但与此同时，集体无意识也成了一个原始深渊，从中出现了我们梦魇中的种种妖魔鬼怪，以及我们的神话作者、诗人以及占卜者笔下口中的种种幽灵。荣格说，集体无意识的经验"产生于无以时计的深层，陌生，冷漠，具有多面性，魔性，怪诞，是永恒混乱的荒唐可怕的样本"。我们只能说，它的种种幻象，可能是"有关人类史前事物发端时的幻象，或者是有关尚未出生的未来几代人的幻象"。[70]里希特对于这种观点的形成作了预示，他认为，无意识是一种深渊，"我们有可能确定其存在，但不能确定其深度"，并认为无意识是一种本能，永远"能够预示其作用对象，并且无论何时都必须有对象，因为这些对象存在于时间不能到达的地方"。此外，它还是梦魇、恐惧感和罪疚感、对魔鬼的信仰以及神话等的源头所在：

> 对于内心生活中这个超凡脱俗的天使，对于人们身上的世俗的死亡天使，我们怎么称呼它是不重要的，它具体表示了什么，我们怎么去猜想也无关紧要；只要我们不为其假象所迷惑以至于认不出它来，就够了。有的时候，它在造孽深重的人面前表现为……这样一种存在，由于它的存在（而非它的行为）我们惊恐万状；这种感觉我们称为惧鬼……此外有的时候，这种精灵又自我表现为无限，于是人们就做祷告。
>
> 它第一个给了我们宗教——对死亡的恐惧——希腊的命运观——迷信——还有预言……对魔鬼的信仰……浪漫主义，就是体现精神世界的东西，以及希腊神话，它使得肉体的世界精神化。

这是梦的源泉，也是诗的源泉。实际上，天才"是多种意义上的梦游者；在其清晰的梦中，他比醒着时更有作为，他在黑暗中攀登了现实的一座座高峰"。[71]

奥古斯特·威廉·施莱格尔的著述，简明扼要地总结了德国有关创造有机说的种种概念，并使我们能够比较平静地结束这个部分的讨论。施莱格尔兄长的头脑有条不紊，这是他同代的大部分人都不具备的。1801年和1804年间在柏林做的演讲中，他搜集整理了许多思想家所提出的观点，他们从莱布尼茨开始，经康德而至弗里德里希·施莱格尔和谢林，剪裁掉了日积月累起来的夸张言辞和大量的艳词丽句，而最为重要的，则是对这些观点作了压缩，只保留了对艺术作品的历史和分析的特殊问题的讨论。真正的哲学家把一切都看作"一种永恒的形成，一种永不间断的创造过程"。对于任何活的有机体，单从唯物主义的观点不能理解，因为这种有机体的性质就是这样，"必须先有整体，尔后才有各个部分"，要想认识这种有机体，只有把它当作"一个自生自长的产物"，在其生长过程中表现出"一种无休止的相互交换，在这一互换过程中，每个结果又成了其原因的原因"。[72]一件艺术品也显示了一个自然产品的有机特性。因为艺术"也像自然一样是自动创造的，既是被组织的也具有组织力，它必须形成活的作品，这作品首先必须发动起来，但不是像钟摆一样靠某种外在机械装置来发动，而应像太阳系一样，靠一种内在力量来启动。这种作品在完成以后，又反过来作用于自身之上〔in sich selbst zurüvckkehren〕"。施莱格尔同意谢林的观点，认为在这种创造过程中，本能的天性与意识的判断共同发生作用，并认为，如果把它们视为分裂的或依次发生的活动，就会"破坏了艺术的有机整体"。真正的天才

> 正是人类灵魂中无意识活动和自我意识活动的紧密结合，是本能与目的、自由与必然的紧密结合。[73]

施莱格尔在柏林作的那些演讲在他死后很久还一直是手稿，但是他于1808年在维也纳作的《关于戏剧艺术与文学的演讲》，1809—1811年就出版了，并几乎随即就被译成了好几种文字，成了使西欧直接了解德国新美学的主要传载工具。在这些演讲中，显而易见的生物学思维并不像在以前的讲演中那样多；但是在这几讲中，他把原来有关机械主义和有机主义之间的对照加以应用，做出一个被柯尔律治认为极富启迪意义的区别——通过从外部施加规则而获得的机械形式与单单通过类似自然生长过程而形成的有机形式之间的区别。

> 一种形式如果通过外力而传递给任何材料，并只被当作一种偶然的添加物而不涉及其特性，这种形式就是机械的形式……与此相反，有机的形式则是固有的；它由内朝外将自身展开，并在种子完全长成

的同时达到其定形……在艺术中,如同在自然领域中一样——大自然是最优秀的艺术家——所有真正的形式都是有机形式……

在这几次讲演中,施莱格尔也强调了莎士比亚在其创造活动中所表现出来的自我意识和刻意求工的成分,并对此作了详尽的论述,为对莎士比亚的戏剧艺术进行逐个分析作了准备,柯尔律治对此也表示赞同。施莱格尔说,这样一个天才的活动,"对他自己来说确实是自然而然的,并在某种意义上是无意识的";但他又强调,莎士比亚在其作品中也表现了学识、思索,有意识地运用各种手段以造成对接受者的效果。"在我看来,(莎士比亚)是一个渊博的艺术家,而不是盲目的不着边际地涉猎的天才。我认为,人们关于这点所唠叨的一切总的说来都只是无稽之谈,是一种盲目而夸张的误解"。[74]

四 英国批评中的无意识创造

威廉·汉密尔顿爵士在他作于 1836—1856 年间的《形而上学和逻辑学讲演录》中,赞扬了德国哲学家,认为他们率先创立了无意识的概念,随后他又宣称,他在英国作家中第一个以严肃的态度提出了"心灵既产生能量,也受到他物的影响,但心灵本身却一点也觉察不到"[75]。其实汉密尔顿错了,在创造活动中有一个无意识的成分存在,这一观念几乎已成了英国文学批评中的老生常谈了。不错,英国批评家对于德国产生的观念并未做出任何本质的发展,但这些作家对这一主题的探讨却十分详尽彻底,就连冯·哈特曼在其里程碑式的研究《无意识的哲学》(1868年)中,在论及艺术天才的无意识的、类似生长的过程的部分,也无甚新意,所见所论,无一不是早在半个世纪以前就在德国形成的观念。

到了 18 世纪末,在英国,即使是较为清醒的诗人也开始去证明,在作诗过程中,有一种非意志性的、未经事先考虑的情况存在。沃尔特·司各特写道:

> 凡是没有干过作诗这个犯了狂热病的行当的人,都不知道作诗是

多么依赖于心境和突发之奇念……在清醒的现实情况下，要想写出好诗，似乎取决于某种与作者的意志毫不相干的东西。我常常觉得，我的手指是在自行其是，脑子根本管不了它们。[76]

济慈认为，诗必须来得"像树上长出叶子一样自然"，他的这个信念是以他自己的写作方式为依据的。他曾这样对伍德豪斯说，他在创作时总要等到"更加快乐的时刻"降临，每到这时，他的各种才能就活跃异常，他也因而像一个"几乎受神灵感召"的人一样进行创作。伍德豪斯也说，情况常常是这样的，当济慈记录下某个思想或表达法的时候，"常常使他自己吃惊不小，仿佛不是出自他自己的手，而是另一个人写的一样……这东西似乎是碰巧凭空得来的——就像是某种赐给他的东西一般"[77]。济慈的手稿也同雪莱以及当时其他诗人的一样，里面改动很多，字里行间也夹插了不少东西，这表明诗人的想象力绝不是不需要修改的；事实上，大多数浪漫派诗人都坚持认为，一首诗于初步形成之时是一个不自觉也不可预知的材料。华兹华斯作于1805年的《车夫》的跋（附录），可以看作以诗的形式补充了他在1800年的《序言》中对情感的自然流露所做的讨论。"谨小慎微的顾虑"久久压抑着这首诗的写作，然而"自然是无可置疑的"；华兹华斯否认个人的作用，而提出了"羞赧的魂灵"的假设，以为这才是唯一产生诗的东西。

> 连我也不是有功之人，
> 而是我心中羞赧的魂灵，
> 它来了又去——有时还会
> 从十年之深的藏身处跃出。

在《诗人！——他把心留在学校》这首十四行诗中，华兹华斯告诫诗人要"让你的艺术融为自然"，并且以草坪上的花朵和森林中的树木自由自在地成长为例，阐明了这种融合过程。

这一时期的另外一些作家则以散文形式提出了一些精妙的学说，对创作过程中的"自然"成分做出解释。前面说过，雪莱就不满足于把灵感仅说成是永恒形象的梦幻，他提出新的概念，认为灵感也是艺术作品的成长，就像"娘胎里的孩子"，毫无知觉可言。在雪莱的《为诗辩护》发表五年后，哈兹里特写下了《天才能意识到自己的力量吗？》一文。他在文中使用了一个与之大致相仿的形象，解释了灵感附体时的创作以及"快乐与焦虑"等传统的事实。

> 所谓天才，就是说它的行动是无意识的；那些创造了朽之作，却不自知何以或为何创造的人……柯勒乔、米开朗琪罗、伦勃朗等人的一切成就都是在未加预先考虑、未作努力的情况下获得的——他们的作品就像自然分娩一样从脑中产生——倘若要问他们为什么采用这样那样的风格，他们的回答肯定是，不得不如此……莎士比亚本人就是他自己定下的规则的范例，他的一切似乎都归功于机遇……缪斯所赐予的真正的灵感……使我们没有什么值得夸耀，因为作品的效果似乎很难说是我们自己促成的。[78]

他在柯勒乔的例子中又补充说，由于感受到一种"不自觉的、无声的冲动"，"作品似乎是自己跳出的一样在他手下画出"。在别的地方，哈兹里特毫不隐讳地把这一过程类比为一株生长的植物。"想象的本能"，这是天才的标志，"像自然一样不知不觉地产生作用，并从某种灵感中获得印象"。更有直言不讳者：

> 弥尔顿为我们描述了植物生长的情形——
> ——于是从那根须之上
> 吐出了绿油油轻盈的茎秆……
> 我们认为，这一意象或许可以移用于富有想象力的作品的缓慢但却完美的成长过程中。[79]

诗歌自治说最激烈的提倡者当推威廉·布莱克。他在1803年谈论他的《弥尔顿》一诗时说：

> 我写这首诗时，几乎是像做听写一样，随时记下的，每次十二

行，有时二十行甚或三十行，事先从未考虑，甚至自己原定的方案都未能实行；因此，写这首诗几乎没花时间，不知不觉一首庞大的诗篇却已完成，它似乎是漫长一生的辛勤劳作，此刻毫不费力毫无苦功地完成了。[80]

布莱克同他的德国同辈们一样，发起了反对培根、牛顿和洛克的挑战。他不满意"五官的哲学"的元素主义和机械主义，而是转向神秘的传统，转向帕拉斯拉塞斯、波义姆、斯威登伯格以及其他超自然的作家，以求另立他说。结果，他粗略地勾勒出一种世界观，一种十分近似于德国浪漫主义哲学的世界观：这种观点以对立面的生成力为基础——"没有对立就没有进步"——以宇宙是有机地相互联系的观念为终点，在有机宇宙中每一个部分都包容着整体，可以"从一粒沙子看到世界"。然而，布莱克在解释诗歌创作的强迫性、从容性和完整性时，并未以这些概念为依据，而是返回到古老得不能再古老的梵蒂冈学说，以这么一种形式，证明他自己就受到近似幻觉的玄秘经历的制约。"灵感与幻象过去是、现在是、我希望永远是我的组成要素，是我永恒的栖息之所……"他说，"在受到精灵的指令时，我便写作，而一俟写成，我便看到那些语词在房间里四散飞去"。[81]

英国批评家托马斯·卡莱尔声称无意识在所有的正当活动中，不论是文学的、政治的还是道德领域里的活动，都具有绝对的主宰权。在这方面，卡莱尔甚至超越了他的德国前辈。早在1827年，卡莱尔在评论康德、赫尔德、席勒、歌德、里希特和施莱格尔兄弟等人的"新批评"（这是卡莱尔的用语）时，就曾一针见血地指出，在这些形形色色的系统中，有一个共同的成分，那就是强调认为诗是一个有生命的、生长着的整体，并认为这些批评家关心的首要问题，就是"在莎士比亚戏剧创作中"起作用的那个神秘莫测的机制。[82] 四年后，卡莱尔从德国诸作家的文章里抽取了思想成分，写成《论特征》一文。他在这篇文章中，宣布了他自己哲学的精髓。从文章中我们可以看到，席勒把朴素的天才视为谐和的、率性的创造者，而这一概念又被费希特的观点所吸收，即认为天才是神意的预言师，他对自己的各种能力和类似生长的过程全无知觉。无意识性永远是正确的行为的信号，因此，"总的来说，'天才对其自身来说都永远是个谜'"[83]。卡莱尔还仿照里希特的样子使用"无意识"这个概念，以它来代表心灵中一块不可透视的区域，这是每个人从原始的混沌区域中继承下来的东西。在意识的薄薄的表层下面，是"深不见底无边无垠的深渊"；生命之根"恐惧地扎进死亡和黑夜的区域"；而且只是"在这些黑暗的、神秘的深处……要想创造，而不是制作任何东西，生命之根就必须这样扎下去"。[84]

卡莱尔保留了不少业已固化的遗留下来的概念，使得足智多谋的研究者可以根据他这一篇文章重新建构出这种理论——最伟大的艺术作品都是无意识生长的产物——的全部历史。卡莱尔告诉我们，无意识生长的过程，曾被归因于神圣的灵感，他本人仍然把这一过程解释为准宗教的"玄秘"。"无意识是创造力的标志……在我们的这种存在中，玄秘的意义是非常根深蒂固的"。[85]与这个概念相连的，是有关艺术和自然的一个同样古老的对照，对于这个对照，卡莱尔也为我们提供了一系列平行的或同义的对立面：意识对无意识，有意的和有目的的对无意的和自发的，制作对创造，死亡对生命，机械的对动力的。[86]从卡莱尔所选用的形象说法，我们总能看到，植物的隐秘的、无声的生长的范式，在很大程度上左右了他关于艺术作品完全是无事先计划、无意识形成的概念。莎士比亚是自弥尔顿以来，并且现在仍然是自然诗人的典范，卡莱尔谈论莎士比亚说：

〔莎士比亚的才智〕就是我所说的无意识的才智……诺瓦利斯说得精彩，莎士比亚的那些戏剧也是自然的产物……莎士比亚的艺术不是技巧；它的崇高价值也不是精雕细琢或刻意求工而产生的……这样一位人物的作品，不管他为之预先付出了多少心思和努力，都是无意识产生的，都是从他那不可知的灵魂深处产生的——有如橡树从大地的怀抱中长出，有如青山流水自然形成；带着符合自然法则的那种匀称……莎士比亚的作品中有多少东西尚未得到发掘……就像根须，就像作用于地下的树液和精华之气！[87]

卡莱尔也像在他以前的柯尔律治一样，使用了"机械的"这个形容词，不仅批驳了新古典主义的艺术理论，也批驳了洛克把心灵描绘成"一种形状，一种可见物……仿佛心灵是某种合成物，可以分割，再重新组合"[88]，并且对牛顿的物理学和法国唯物主义世界观也进行了指责。这两位思想家的巨大差别就在于，卡莱尔以"自然"作为模式并对它进行解释，目的在于责难所有的"艺术"，并把对无意识和本能的依赖视为一切人类活动的理想目标。

> 对于一切有生命的东西，人们都可分为人为的和自然的……所谓人为的就是有意识的、机械的；所谓自然的就是无意识的、能动的。因此，尽管有人为的诗，我们却只推崇自然的诗；同样，我们还有人为的道德、人为的智慧、人为的社会。[89]

五 柯尔律治与有机主义美学

柯尔律治在开始研读德国哲学以前，就已熟识普罗提诺、乔达诺·布鲁诺和莱布尼茨等德国有机论的重要先驱人物，也熟识波义姆以及神秘主义传统的一些其他作家。在柯尔律治的宇宙论和知识论中，大部分主要观点都被谢林以某种方式预先表述过，因而他的新观点极少，并且可以肯定，柯尔律治对于机械艺术和有机艺术所作的主要对照以及对莎士比亚和其他戏剧家的大量实用批评都是以 A.W. 施莱格尔的立场观点为依据的。然而，考虑到背景有时会出现一致，我们可以理解柯尔律治的想法：对于德国那些思想家的观点，他觉得自己所想的与他们不谋而合，他自己正欲表达出来。当然，在他的批评中，他所借用的统统都融入他自己的各项原则，凡有重述他人观点的，大都加以改善，与前人相比，他更为成功地把想象的有机论转变为一种既包容又实用的特定的文学分析和评价办法。

柯尔律治从德国引进的有机美学思想，绝不限于艺术的创造过程，同时还渗透到了批评的各个方面，有时为已有的见解提供新的表现法或焦点，有时则为艺术作品的编年、阐释和评价创造出新的类别。在我们结束对这一主题的讨论以前，粗略地描述一下文艺心理学之外的有机主义观之较为显著的方面，或许是有价值的。

（1）有机论的历史。将诗人心灵中的种子观念移植到一个民族或一个时代的集体心灵之中，理论家们可以用有机类别分析艺术群体和艺术个体的发展：一种艺术类别或者一个民族的文学，若视为一个有机整体（Gesamtorganismus），依时而生，就如一部单一作品在个体艺术家的想象中生长。

有机体的生命过程——包括出生、成熟、衰老、死亡——当然一直是人们据以构建历史概念的最古老的范式之一。成熟的有机论对有生命的、生长着的事物的各种微小的可能性都加以发掘和利用，人类社会一切产品和制度也被视为是生长的，并非认为的计划或意图使然，依赖其内在的驱动力成功达至自己的目的地，吸收此时此地的养料，以繁殖扩展为其终极的生命形式。因此弗里德里希·施莱格尔在1795—1796年写道，所有的希腊艺术合在一起构成了一种单一的生长，它的"种子就植根于人性本身之中"，并拥有一种"集体力量"为其驱力和指导原则。希腊艺术在其历史进程中，每一个"进步都似乎是顺理成章地从前一个进步中演进而来，同时又包蕴了下一个生长阶段的完整萌芽"。[90]

以生长的植物为原型而造成的思维方式，极大地促进了心灵的思维惯性，这似乎已经不言自明。根据这种观点可知，要了解任何事物无非就是了解它是怎样发生的。迄今一直被认为是存在的东西，现在大部分都被看作一种形成——宇宙本身就是一种发生过程，上帝创造万物只是这过程中的一个延续事件。变化并非毫无意义的赫拉克利特式的波动流变，内在形式的有规则的出现被视为变化，是构成世间万物的精华；古人对变化的怀疑也不复存在了。卡莱尔引用席勒的话说，"真理从来不存在，但却永远在形成"；变化中也"没有什么可怕的或超自然的东西：相反，变化在我们现世的命运和生命的本质中无所不在"。[91]

有机历史论的一个重要结果便是它为文化多元论提供了一个新的理论

基础。从 17 世纪开始,"环境原则"用于分析文学巨著时,引导人们对当地当时的物质或文化条件作出广泛的经验主义探讨,探讨荷马的史诗、希伯来的圣经、索福克勒斯的悲剧,或是莎士比亚的戏剧受到的影响。到了 18 世纪,人们越发强调,天才的作品由于其生长条件各异而有所不同,这是合理的不同,无须跟从或抛离某个单一的规范。"因此,如果以亚里士多德的规则来评判莎士比亚的话,"蒲柏在 1725 年说,"就仿佛是用另一个国度的法律来审判一个这个国家的人。"[92] 半个世纪以后,历史有机论之父 J. G. 赫尔德取消了这些法理类比,代之以来自生物学的比喻说法,他表明了不同的植物种类与不同的气候和土壤条件之间的关系极易转变为一种彻底的审美相对主义理论。亚里士多德的规则本是以希腊地方戏剧为基础而创立的,在探讨将这些规则应用于对莎士比亚戏剧的评论时,赫尔德写道:

> 首要的也是最重要的问题是:"这块土壤的本质是什么?它适于种植什么?里面播下了什么种子?能结出什么果实来?"——天哪,我们同古希腊的距离是多么遥远!历史、传统、习俗、宗教、时代的精神、人民的精神、情感的精神、语言的精神——与古希腊相距多么遥远!……〔莎士比亚的创造的〕本质、美德和完美都取决于这样一个事实:它与前者不同;从他那个时代的土壤中,生长出他这株与众不同的植物。[93]

下面这段文字概括说明了植物种类与单一形式、单一标准的文学体裁理论之间的对立。这段文字是从柯尔律治的手稿中摘录的。意大利和英国文艺复兴时期的诗人

> 有如美丽而庄严的植物,其中每一株都各有其自身的生命原则,从自己生于其中的土壤获取养分,以不同的形式组织该养分……它们的色彩和品质见证了它们的诞生地以及它们内在生长和外在延伸的事件和条件。[94]

(2) 有机评估。有机论的基本种类巩固了审美价值的特征和重要标

准。这些标准与法国及英国早期批评中崇尚简洁、明晰、协调、完整的趣味相对立。有机美学标准与18世纪归属"崇高"名下的审美特性相似，但其表述方式却独具一格，有着崭新的理性框架。例如，有机体的成长是一种没有终结的过程，这就滋养了不完整的允诺、崇尚残缺的感觉。同样，如同植物吸收土壤和空气中的各种养料，想象这一综合的能力，用柯尔律治的名言来说，"体现在平衡，协调对立成分或不和谐成分之能力上"。只有"机械"统一体的各个部件才会被明确定位，固定不变，而在有机整体中，我们看到的是由各种有生命的、不确定的和不断变化着的成分组成的内在关系体。

这里还应考虑一下柯尔律治对于伟大生命链的有机主义的说法，他将这一取自谢林和亨立克·斯蒂芬的思索的观点，改造成自己的生物理论。在《生命的理论》中，柯尔律治把生命界定为"从内部展露出众多中的统一原则之力量"，或者"多样中的统一"原则之力量；这种力量"把一切既定的东西组织成一个由其所有部分预定的整体"（在他的美学著述中有一个相同的原则，让他界定了"美"——"在这种美之中，仍被视作众多的'众多'成了一"，或换言之，成了"统一了的多样性"[95]）。柯尔律治从对生命的这个定义出发，推衍出自然中个人或种类的等级标准。"整体统一的程度依随部分融入整体的程度而定；然而，更为重要的是依据整体中部分的数量，以及部分的独立性而定。"因此，有机体在自然等级中的地位指数受制于两个因素，他称之为"外延"和"强度"——换言之，包容性和组织，组成部分的数目和多样性，及其融合进整体的紧密程度。在这一等级上最低一级的是各种金属，它们作为"元素或简单物体"，构成了统一体的形式，个体化倾向的程度最低。在这阶梯的顶端是人，他是"自然唯一的最伟大的目的"，是自然的"最终产物，也就是最高的、包容最广的个体"。[96]

显然，这种自然等级论很容易被推衍成伦理学和美学价值的综合标准。这种标准在行为领域里表现为浮士德式的永不满足的理想和永无休止的追求，希望拥有最全面的最为多样的生命体验从而使人生更加完整。对于一件艺术作品，衡量它的伟大性的标尺表现为两个互相关联的因素：素材的丰富——数量大、样式多——以及这些材料在一个有机整体特有的相互依赖性中联系在一起的程度。尽管一切美都是统一性中的多样性，但是美的程度却直接因为其多样性的程度而高下有别：一件艺术作品，用柯尔律治的话来说，其"丰满性取决于其整体中所包含的部分的多样性"[97]。

基于这些原因，柯尔律治也同与其有着密切关系的德国批评家一样，拔高了现代的或"浪漫的"艺术中这种增色添彩的"统一性中的多样性"，认为它超越了希腊罗马作品中较为单一的材料的较为简单的统一。雅典戏剧与莎士比亚戏剧之所以不同，关键就在于"前者在本质上把多样性进行了严格的分离；而后者则正长于此〔多样性〕"[98]。出于同样的原因，柯尔律治把莎士比亚尊奉为圣人，不为别的，就因为莎士比亚具有某些特性，而这些特性就连一些新古典主义的狂热崇拜者也归因于他那个时代和听众的蒙昧。根据有机论的观点，莎士比亚的伟大之处正在于他的戏剧素材的多样化以及表面上的不和谐性：他把悲剧和闹剧、欢笑和眼泪、卑下与崇高、国王和弄人、格调高的和低的、怜悯与双关等调和成一个整体；并在崇高的悲剧中把人同时描写成世界的荣耀、笑料和哑谜。柯尔律治认为，莎士比亚恪守"大自然的伟大法则，即相对的事物常常相互吸引、相互调和"，他"通过相异事物间的平衡、反作用、相互修正以及最终的和谐"创造出了一个整体。与古典佳作的那种完满无缺相反，我们在他身上发现了永无完美之境的无限前景，这是令人羡慕的：

> 我们可以在同一尺度上把索福克勒斯和莎士比亚作一比较：前者完整，令人满足，卓越，心灵可以在这上面得到寄托；而在后者身上我们却看到各种材料混合的多样性，其中有伟大也有渺小，有庄严也有卑俗，不妨说，还掺杂着某种令人不满的东西，或是缺乏完美，然而它却使我们有希望得到进步，因而我们不愿意牺牲这些，来换取对称形式带来的心灵的宁静，毫无异议地表示对优雅的欣赏。[99]

以有机物作类比以及对价值的有机分类，在现代批评中又重新出现，令人注目。例如，克林斯·布鲁克斯最近宣称：

> 我们这个时代的批评有一个发现——也许不是什么发现而是重现——那就是：一首诗的各个部分之间存在着某种有机的相互联系……一首诗的各个部分是联系在一起的，有如一株生长的植物的各个部分联系在一起。

在这一发现的基础上，他掀起了实用批评在当今的复兴，并把我们对诗和人文科学研究的复兴的美好希望"也寄托在这一发现之上"。[100] 布鲁克斯自己衡量诗的基本标准——机智、讽刺、反语，以及伟大的诗篇都要求每一种态度都必须能被反证——正如他本人所指出[101]，可以认为是包含在柯尔律治关于调和异质成分的标准之中。然而，这些标准却脱离了柯尔律治的形而上学原理，脱离了高度发展的有机艺术论的背景，并且有点像柯尔律治的德国同辈——弗里德里希·施莱格尔和路德维希·蒂克所倡导的"浪漫的反讽"的概念，变得狭窄了。

（3）有机法则。柯尔律治接受谢林的观点，认为艺术家的心灵重复着外界自然的活动，在此我们发现"计划和计划实施同时发生"，心灵本身包含了类似的无意识目的性。"所以说天才本身便有一种无意识的活动；不，这就是天才人物身上的天赋"[102]，因此，柯尔律治也像德国的理论家们那样，认为文学创造也包含着与植物生长一样的那种自然的、非计划的、无意识的过程。但是柯尔律治又很谨慎，在他以前，有人同时探索了生长植物的另一种可能性——生物法则——用以反对外在规则，柯尔律治避免了这些人身上明显的无政府主义倾向。

我们还记得，在英国，把文学创造同自然事物的生长相提并论，做法与此最为接近的是爱德华·扬格这位作家，他从各种实用目的出发，从独创性天才这个概念中剔除了艺术面和井然有序的程序。在后一个方面，说到扬格，可以使人联想起18世纪中叶以及后来的极端的审美原始主义者，他们都掉入陷阱，误以为诗只有一个普遍的 poesis 或"诗艺"，并认为这种诗艺就是古典作品中明显可见的形式。对于这些批评家来说（正如对于他们的对立面，极少数教条地恪守规则的英国批评家一样），要么就是这种诗艺，否则便是无艺术性；要么就是新古典主义的法则，否则就是无规则性、无法则性和偶然性。例如，因为莎士比亚无须古典范例和新古典主义规则就能给人以快感，所以唯一的最佳做法就是把他的成功归因于他的无艺术性，他是自然哺育的婴儿，他的歌声如同鸟儿般朴素自然，放荡不羁。"诗无常规"，罗伯特·赫伦写道，"天才不就是……〔自然的〕主宰，她的国王、她的上帝吗？"永恒的声誉只有"像山间微风一样自由自在的"灵魂才会获得。[103]

有机主义的创作观中固有的逻辑表明，并不是非要在原则和无法则性这二者之间做一选择，因为这一两难的局面并不真实。一株植物在生长时不受外力的控制，但却严格遵从自然法则。同理可证，在天才的想象中，外在法则的替换品并不是无法则性，而是有机体发展过程中固有的法则性。这样的推理在德国器官学中常有表示，它在歌德的批评思想衍化过程中起了关键作用。这是因为，歌德本人已经过了"天才时期"中审美和道德唯信仰论的阶段，而这也是英国思想中文化原始主义运动在德国的对应形式；歌德晚年转向"古典主义"，其最重要的标志便是，他日益强调艺术和生命受到法则的支配——尽管对他来说，这法则是人的法则，是为仿照事物的法则而构建的。[104]正如歌德在那次具有关键意义的意大利之行中所说，古典艺术中成就最高的作品，"诚如自然的精华之作，是按照真实的自然规律"而创作的。后来他又宣称，艺术家"最终从自己身上形成规则，他们所依据的艺术规律真正存在于有形成力的天才的本性之中，就同伟大的、普遍的自然永恒地坚持其有机法则一样"[105]。

我们再回过头来看柯尔律治时，就会发现他坚持不懈地提出与新古典主义原则相对的概念，即法则默默地管治着外在的、活的自然。树木在生长时"有一条规律，树的各个部分都服从这条规律"，这规律与"基本原理"相一致。因此莎士比亚以自然的精神创作，而自然"按照一定规律，通过衍化和吸收从内部起着作用"；"想象的规律"，我们还记得，对于柯尔律治来说"则是生长和创造的力量"[106]，但是，柯尔律治放弃规则而求助于有机体生长的规律，这使他面临着另一个十分棘手的难题。这个难题的性质，在沃特·佩特评论作为批评家和诗人的柯尔律治的那篇精辟的、尽管有些目光短浅的文章中被明确地指了出来。佩特说，柯尔律治近乎认为艺术就是一个自然界的有机体；而佩特则从柯尔律治的批评中引用了几个相关的段落，然后提出如下反对意见：

> 他的观点之所以片面，是因为他认为艺术家几乎就是一个机械的行为者：艺术或诗歌中的联想活动并不是最明快的有自制力的意识阶段，而倒是变得好像是某种盲目的有机吸收过程了。[107]

这就是说，无生命世界的规律是特定的、不变的规律，无须意识或选择的可能性就可起作用；因此在摒弃外在规则的同时，柯尔律治似乎有陷入完全的艺术自律性的危险。

对于这一危险，柯尔律治本人十分清楚。无意识活动确实是"天才人物的天才所在"，但他又坚持认为——

> 我们又能说什么呢？正是这些：莎士比亚并不仅仅是自然之子；不是天才的自动器；并非灵感被动的载体，神灵附身，而不拥有灵气；首先是耐心研究、深刻思索、细微理解，直到知识成为习惯和直觉……最终产生那种巨大的力量……

事实上，柯尔律治最常说、最强调的是，诗歌使"人的整个灵魂行动起来"；想象"首先由于意志和理解的推动而行动，并在意志和理解绵延不绝、却又轻柔的、不易觉察的控制下保持行动"；"莎士比亚的天才确实伟大，但他的判断也毫不逊色"。[108] 克拉伦斯·D. 索普曾为这一论点辩护，认为没有一个批评家"在关于智慧和理性的价值问题上比柯尔律治说得更多"[109]，他所指的柯尔律治的理论中的这个方面，佩特也像欧文·巴比特和后来一些人一样，完全忽视了。

因此，柯尔律治的中心问题便是以有机体的生长作为类比，来解释创造心理学中的自发性、灵感性和自我进化，然而他并不在所选定的类比形象上限定自己，以便使可能预见到的和选择上的对立面的影响减到最低限度。柯尔律治以多种多样的形式尝试着调和这些对立面。有一次他说，莎士比亚的判断"是其天才的出世、活的产物，如同对称的身体基于生命的理性和活力这一组织力量"。柯尔律治在他论述这个问题的最优秀、影响最持久的那段文字中,把莎士比亚的"有生命的力量"和"自由的竞争性的独创性"同缺乏独立精神地模仿古形式者的"无生命的机械主义"作了对比,从而使合乎规律的有机体的发展同时兼容了艺术和规则:

> 不要以为我会把天才与法则对立起来……诗的精神同其他所有的活的力量一样,必须以各种规则来约束自身,倘若诗想使力量和美融为一体的话。它必须先具体化才能展现自身;而任何有生命的形体都必然是有组织的……
>
> 举凡真正的天才之作,都不会没有自己的特定形式;确实也不存在任何诸如此类的危险。由于它不能,因而也就不可能是没有规律的!因为正是这点才使它成为天才——即在其自身独创性的规律制约下进行创造性活动的能力……自然是最高的天才艺术家,其力量是无穷无尽的,其形式也是无穷无尽的……甚至这也就是自然选中的诗人,即我们的莎士比亚所具有的卓越之处,他本人就是自然的化身,是天才的理解,它自觉地指导着一种力量和一个比意识更含蓄的潜在的智慧。[110]

"自觉地为一种力量和一个比意识更含蓄的潜在智慧指示方向。"柯尔律治像 A. W. 施莱格尔一样,就是这样以有机体为基础的理论来解决问题;而我们看到,该理论源于这个问题:天才于创作之时既无既定范例又无规则可循,何以他的作品既合乎规则,又可作范例,并且还是后来规则的来源?尽管他在写作时似乎享有自由,具有灵感和幸运的自发性,何以他却又遵循着一种程序,这程序竟严格地指向某个目的——简言之,自然天才身上的"自然"因素何以能够同其无可置疑的复杂而又详尽的"艺术"相调和的呢?回答是,天才无论怎样不受先在概念的制约,都永远摆脱不了规律的制约;知识、苦功,以及思考后作出的判断,作为创造的预备条件或伴随物,仅是获致最高的美学成就的必要条件,而非充分条件;最后,出自想象的作品必须自发地形成独立的生命体,并像树木生长一样经由其自身的能量产生出它的最终形式。这样,天才便在"它自身独创性规律"的约束下行动,所创造的每一部作品都是独一无二的,于是它便提供了评判他自己作品的某些规律;然而这些规律都具有普遍性,他自己也必然要服从这些规律,因为他的创作是根据有生命的宇宙的秩序而进行的。具有典型意义的是,在这种浪漫主义批评模式中,对于单一作品的完全自治和绝对独创的信念,同对价值原则的普遍性的信心是并行不悖的。当然,这种观点中并没有逻辑上的不一致性。从理论上说,一部艺术作品需要得到众人的欣赏,然而又必须同现存的任何一种艺术品判然有别。

注 释

[1] *Timaeus* 30.

[2] 见 Burtt, *Metaphysical Foundations of Modern Physical Science*, p. 259。但是,牛顿将其"一切的主宰"与"世界的灵魂"做了仔细的区分 (*Principia*, Bk. III, "General Scholium," p. 504)。

[3] *Characteristics*, ed. J. M. Robertson, II, 110-12.

[4] *Aristotle*, trans. Richard Robinson (Oxford, 1934), p. 384.

[5] *Dichtung und Wahrheit*, 见 *Sämtliche Werke*, XXIV, 52-4 (Pt. III, Bk. XI)。

[6] *Spectator* No. 160. 另见 *Spectator* No. 592。

[7] *Poetics* 17. 1455^a. 贺拉斯认为将天赋的诗才与疯癫联系在一起是可笑的,这种联系始于德谟克利特 (*Ars Poetica* 295-7. 另见 Cicero, *Pro Archia* 18)。William Ringler 详细阐述了这些观念的由来,见 "Poeta Nascitur Non Fit," *Journal of the History of Ideas*, II (1941), 497-504。

[8] 参见 e.g., Thomas Lodge, *Elizabethan Critical Essays*, ed. G. G. Smith, I, 71-2. William Temple 探讨了灵感与天赋的关系,然后将荷马和维吉尔对照区分为不同类型的"天才",他的区分方法早于艾迪生的理论 ("Of Poetry," *Critical Essays of the Seventeenth Century*, ed. Spingarn, III, 80-83)。

[9] Preface to *Works of Shakespeare*, 见 *The Works of Alexander Pope* (London, 1778), III, 270-72, 285。

[10] Preface to the *Iliad*, in ibid, III, 244-5, 260.

[11] *Ion* 533-4. 有关这一概念的早期历史,见 Alice Sperduti, "The Divine Nature of Poetry in Antiquity," *Transactions and Proceedings of the American Philological Association*, LXXXI (1950), 209-40。

[12] 其他例证参见 C. D. Baker, "Certain Religious Elements in the English Doctrine of the Inspired Poet during the Renaissance," *ELH*, VI (1939), 300-23; 以及 Leah Jonas, *The*

Divine Science (New York, 1940), 166-71。George Wither (quoted by Miss Jonas, p. 108),说他不知道有什么可写,"直到我像你们一样把它读了一遍……仿佛这些作品与我全然无关"。

[13] Answer to Davenant, *Critical Essays of the Seventeenth Century,* II, 59; cf. ibid. p. 25.

[14] H. B. Charlton, *Castelvetro's Theory of Poetry* (Manchester, 1913), p. 22.

[15] "Life of Gray," *Lives of the Poets* (ed. Hill), III, 433; "Life of Milton," ibid. I, 138.

[16] Sixth Discourse, *Works,* I, 382. Henry Pemberton 把创造定义为这样一种能力:它召集那些"有益于目的的形象和概念,使其清晰可见",据此否定了神启的"虚构性"(*Observations on Poetry,* 1738, pp. 47-9)。

[17] *Reflections on Aristotle's Treatise,* trans. Rymer, p. 6.

[18] *Essay on Genius* (1774), pp. 67-9. 朗吉弩斯早先曾将神话简单说成是心理反映,他认为,真正的情感"会带着如火的激情喷涌而出,演说者的话语仿佛充满了狂热"(*On the Sublime* VIII. 4, p. 59)。John Dennis 依据朗吉弩斯的理论,把作诗热情解释为"我们无法理解其原因"的激情,因为它们"来自思想,这思想又以我们觉察不到的方式裹挟着激情前行"(*Advancement and Reformation of Poetry,* in *Critical Works,* I, 217)。

[19] *Shelley's Literary and Philosophical Criticism,* pp. 164, 213.

[20] "Defence of Poetry," ibid. pp. 153-5.

[21] Ibid., p. 157; letter to Gisborne, 19 July 1821, *Complete Works of Percy Bysshe Shelley,* ed. Ingpen and Peck (London, 1926), X, 287.

[22] S. H. Monk 在 "A Grace Beyond the Reach of Art," *Journal of the History of Ideas,* V (1944), 131-50 中,对一个无法界定的美学特征进行了追溯,从文艺复兴一直到希腊、罗马的修辞理论和绘画理论。有关法国批评中流行的 *je ne sais quoi* 见 E. B. O. Borger-hoff, *The Freedom of French Classicism* (Princeton, 1950), esp. Chap. V。

[23] "Of Beauty," *Essays,* 见 *The Works of Lord Bacon* (New York, 1864), XII, 226。

[24] *Entretiens d'Ariste et d'Eugène* (1671), ed. Rene Radouant (Paris, 1920), pp. 196, 199, 201, 209-12; and p. 202: 这个属性仿佛就是上帝的属性:"世界上的一切,没有更加熟悉的,也没有更加不了解的。"

[25] (London, 1694), p. 61.

[26] 参见 e.g., John Dennis, *Remarks on "Prince Arthur,"* 见 *Critical Works,* I, 46。

[27] II, i. 362; I, ii. 141-60. 另参阅 Davenant, Preface to Gondibert (1650), *Critical Essays of the Seventeenth Century,* II, 20。

[28] *Rambler* No. 92; 参见 "Life of Pope," *Lives of the Poets* (ed. Hill), III, 259; 及 "Life of Denham" *Lives of the Poets,* I, 79。

[29] Reprinted in *The Works of Alexander Pope,* ed. Elwin and Courthope (London, 1871). II. 90.

[30] *Philological Inquiries* (1780-81), 见 *Works* (London, 1803), IV, 228-9, 234-5.

[31] *Works,* I, 385-7.

[32] "Of Poetry," *Critical Essays of the Seventeenth Century,* III, 83-4.

[33] *Oeuvres* (Paris, 1790), I, 157.

[34] "On the Discrimination of Romanticisms," *Essays in the History of Ideas*, p. 238.

[35] 另见 *Spectator* No. 414。这个对应在 18 世纪根深蒂固。Johnson 就把莎士比亚的作品比作森林，把"正确的常规的作家"比作花园 (Preface to Shakespeare, *Johnson on Shakespeare*, p. 34)。

[36] *Critical Reflections on Poetry Painting and Music* (1719), trans. Thomas Nugent (London, 1748), II, 32. 以植物生命来解释天才的创作过程，这个方法也曾遇到挑战。Daniel Webb 在其 *Remarks on the Beauties of Poetry* (London, 1762), p. 36 中引用了蒲柏把莎士比亚比为"大自然的工具"并评论说："这些区分我觉得太微妙了。我决不会像欣赏郁金香的丰富色彩那样来品味诗人的美妙。"

[37] Ed. Edith J. Morley, pp. 15, 17, 13-14.

[38] Ibid., pp. 6, 11, 21, 7.

[39] *Spectator* No. 409. Rymer 和 Dryden 都用"机械的"这个说法来形容统一性和其他规则 (*Critical Essays of the Seventeenth Century*, II, 183; *Essays of John Dryden*, II, 158)。蒲柏在 *Guardian* No. 78 中也以嘲讽的口吻把这些"机械的规则"比喻为做布丁的食谱。有关优秀艺术品的外部机械因素与更深奥的内在要求的区别，另见 Welsted, *Critical Essays of the Eighteenth Century*, pp. 364-5; Duff, *Essay on Original Genius*, p. 15; Reynolds, Sixth Discourse, *Works*, I, 386. 哈兹里特保留了这一区分法 (*Table Talk*, in *Complete Works*, VIII, 82)："把握技艺所不能企及的优雅……是优秀艺术的开始，是机械技巧的终结"；这种本领"不是通过规则或者钻研就能获得，必须由自然和天才来传授。"

[40] *Conjectures on Original Composition*, pp. 21-3.

[41] Ibid., pp. 337. 327.

[42] *Characteristics*, ed. J. M. Robertson (London, 1900), I, 136.

[43] Ibid. I, 151-2, 172, 180, 214.

[44] 另见页 167。凯姆斯勋爵早期也曾顺带把艺术统一性比喻为有机体中的相互联系："因此，凡是此类作品都必须像一个有机整体，其中所有的部分井然有序，互相关联，各个部分也必须根据各自目的与整体形成疏密不一的相应联系……"(*Elements of Criticism*, I, 32)

[45] 比如有种观点认为，没有意识参与的思想是存在的。对这个观点的驳斥，参见洛克的 *Essay Concerning Human Understanding*, Bk. II, i, 9ff。

[46] Leibniz, *The Monadology*, in *The Monadology and Other Philosophical Writings*, trans. Robert Latta (Oxford, 1898), sects. 56, 61, 63. 莱布尼茨区分了有机体与"人工制造的机器"，这一区分在德国美学中时有所见。人造机器"就其各个部件而论并不是一台机器"，因为它是由各个按用途制作的部件构成的。"但是大自然的机器，也就是有机体，无论怎样拆分，也仍然是机器。这正是自然和艺术的根本区别" (ibid. sect. 64)。与此相关的问题，参见 James Benziger, "Organic Unity: Leibniz to Coleridge," *PMLA* (LXVI, 1951), 24-48。

[47] *New Essays on the Human Understanding* 导言，见 *The Monadology*, ed. Latta, p. 370; 参见 *Monadology*, sects. 19-21。

[48] *Allgemeine Theorie der schönen Künste* (2d ed.; Leipzig, 1792), II, 88, 93-4. 舒尔茨倚重莱布尼茨的理论，见 Robert Sommer, *Grundzüge einer Geschichte der deutschen Psychologie und Aesthetik* (Würzburg, 1892), pp. 195ff。

[49] *Allgemeine Theorie*, I, 349, 352-3. 莱布尼茨早在讨论细微感觉 (petites perceptions) 时就曾不经意地提到 *je ne sais quoi* 的概念。他说，正是这些因素，构成了那个"我不知道是什么" (Introduction to *New Essays*, in *The Monadology*, ed. Latta, p. 372)。

[50] *Vom Erkennen und Emfinden der menschlichen Seele*, in *Sämtliche Werke*, VIII, 175-6. 这段话与柯尔律治在 *The Statesman's Manual* 附录 B 中对植物本质的描述非常相似。乔达诺·布鲁诺是柯尔律治最崇拜的殉道者，他的有关理论也与此类似，是早期哲学家中最接近浪漫主义的自然哲学观的。见 Bruno, *Concerning the Cause, Principle, and One*, trans. Sidney Greenberg in *The Infinite in Giordano Bruno* (New York, 1950), p. 112。

[51] *Vom deutscher Art und Kunst* (1773), V, 217-18, 220-21; 另见更早的手稿, pp. 238-9。

[52] *Vom Erkennen und Empfinden*, VIII, 223, 226.

[53] 费希特在 *The Nature of the Scholar* (1805) 中说，掌握神圣的理式原本是天才的标志，但这理式因其作用方式，变得非常像一株内化了的植物。它被其"生命的精华"推动，使人甚至不能按自我愿望行事，"仿佛成了被动的工具，"只能不停地"进行自发的运动，自我演进，直到获得……活生生的、有效率的形体"。然而天才并不因此张扬，因为这种能力"在进入其特有的意识之前，早就在默默地运行并占据主导" (Fichte, *Popular Works*, trans. William Smith, London, 1873, pp. 138, 163, 165)。

[54] "Von deutscher Baukunst," *Goethe's Sämtliche Werke*, XXXIII, 5, 9, 11. 关于赫尔德对此文的影响，参见 Goethe, *Autobiography*, trans. John Oxenford (Bohn ed.; London, 1903), I, 441。

[55] Letter of 20 Dec. 1786, in *Werke* (Weimar, 1896), IV Abtl., VIII, 100.

[56] *Italienische Reise*, 6 Sept. 1787, *Sämtliche Werke*, XXXIII, 107-8.

[57] "Über Wahrheit und Wahrscheinlichkeit der Kunstwerke," *Sämtliche Werke*, XXXIII, 90; "Einleitung in die Propyläen," ibid. 108, 110. 另见 Eckermann, *Conversations*, 20 June 1831。

[58] *Kampagne in Frankreich*, in *Sämtliche Werke*, XXVIII, 122; 参见 *Einwirkung der neueren Philosophie* (1820), XXXIX, 31. 另见 the letter to Zelter of 29 Jan. 1830, *Briefwechsel zwischen Goethe und Zelter*, ed, F. W. Riemer (Berlin, 1834), V, 380。

[59] *Critique of Aesthetic Judgement*, ed. J. C. Meredith (Oxford, 1911), pp. 168-9. 康德又补充说，一切艺术，在获得大自然提供的原始素材以后，必须进入按规则运行的机械程序，使素材得到艺术化的处理 (pp.170-1)。

[60] *Kant's Kritik of judgement*, trans. J. H. Bernard (London, 1892), pp. 260-61, 272-80.

[61] Ibid., p. 280.

[62] "Über Goethe's Meister," *Jugendschriften*, ed. Minor, II, 170.

[63] *System des transcendentalen Idealismus,* in *Sämtliche Werke* (Stuttgart und Augsburg,1858), III, 349.

[64] Ibid., p. 618.

[65] Ibid., p. 617.

[66] Ibid., pp. 616-17, 349, 626; 另见 pp. 612, 621-2。有关谢林对于活的有机体之本质的详细分析，见 *Ideen zu einer Philosophie der Natur* (1797), in *Sämtliche Werke*, I, 690ff。当然，康德只用那些本质属性来描述自然界的有机物，谢林则认为它们是宇宙总体的属性。

[67] "Über naive und sentimentalische Dichtung," *Werke,* ed. Arthur Kutscher (Berlin, Goldene Klassiker-Bibliothek, n.d.), VIII, 124, 167.

[68] *Briefwechsel zwischen Schiller und Goethe* (4th ed.; Stuttgart, 1881), 27 March 1801, II, 278; 6 Apr. 1801, II, 280. 另见 Schiller's letter of 26 July 1800, ibid, II, 243. 歌德后期认为，天才也会为魔性激发，详见其 *Conversations with Eckermann,* 8 Mar. 1831 和 20 June 1831。

[69] *Vorschule der Aesthetik,* in *Jean Pauls Sämtliche Werke* (Weimar, 1935), Pt. I, vol. XI, 45-6, 49, 52. 里希特还极其明确且详细区分了"人才"和"天才"——柯尔律治曾将这个区分，以及机械的和有机的之间的对照，一并收入他关于幻想和想象这个主要的对照物之中。有关人才和天才的对照理论的渊源，参见 L. P. Smith, *Four Romantic Words,* pp. 108-12, Julius Ernst, *Der Geniebegriff der Stürmer und Dränger und der Frühromantik.* (Zurich, 1916), pp. 22, 63, 81-2. 参见 Schelling, *System des transcendentalen Idealismus,* in *Sämtliche Werke,* III, 624。

[70] C. G. Jung, *Modern Man in Search of a Soul* (New York, 1934), pp. 180-81.

[71] *Vorschule der Aesthetik,* XI, 50-51, 47n. 有关无意识深渊的更多讨论，见里希特未完稿 *Selina,* 载 *Samtliche Werke,* Pt. II, vol. IV, pp. 217ff。里希特是德昆西关于梦的深度心理学的大量讨论的主要来源。

[72] *Vorlesungen über schöne Litteratur und Kunst,* in *Deutsche Litteraturdenkmale des 18. und 19. Jahrhunderts* (Stuttgart, 1884), XVII, 101,111; XVIII, 59.

[73] Ibid, XVII, 102, 83.

[74] *Vorlesungen uber dramatische Kunst und Litteratur,* in *Sämtliche Werke* (Leipzig, 1846), vi, 157, 182. A. W. 施莱格尔在评论《罗密欧与朱丽叶》一文中（1797 年），揭示了莎士比亚创作中刻意求工的一面。诺瓦利斯的反对意见或许可以视为有机性天才身上相反趋向的例子："施莱格尔兄弟在讨论莎士比亚戏剧中的目的性和刻意求工时忽略了一点：艺术属于自然，非常接近于反思，自我模仿和自我形成的自然……莎士比亚不善算计，也不是学者……对于他的作品，最无聊的评论，莫过于说它们是狭隘的、机械意义上的艺术作品" (*Romantische Welt: Die Fragmente,* pp. 355-6)。

[75] Ed. H. L. Mansel and John Veitch (Edinburgh and London, 1859-60), I, 338ff. 约翰·斯图亚特·密尔在 *An Examination of Sir William Hamilton's Philosophy* (6th ed.; London, 1889, pp. 341ff.) 中，否定了汉密尔顿关于无意识思考的证据的有效性。

[76] To Lady Louisa Stuart, 31 Jan. 1817, *Letters*, VI, 380-81.
[77] Quoted from Woodhouse's manuscript by Amy Lowell, *John Keats* (Boston and New York, 1925), I, 501-2.
[78] *The Plain Speaker*, in *Complete Works*, XII, 118-19.
[79] *Lectures on the English Comic Writers* (1819), in *Complete Works*, VI, 109; "Farington's Life of Sir Joshua Reynolds" (1820), ibid, XVI, 209-10.
[80] To Thomas Butts, 25 Apr. 1803, *Poetry and Prose of William Blake*, pp. 866-7.
[81] *Poetry and Prose*, p. 809; H. C. Robinson, *Diary, Reminiscences, and Correspondence*, ed. Thomas Sadler (Boston, 1898), II, 35.
[82] "State of German Literature," *Works*, XXVI, 51-3. 此处我们不妨提一下另一位德国文学专家，托马斯·德昆西，他区分了"有机的"和"机械的"风格，并且把布克的那种受制于"生长的必要性"的风格，与约翰逊博士那种既不展现"过程"也不展现"衍化"的风格对立起来（"Style," *Collected Writings*, X, 163-4, 269ff.）。
[83] Characteristics'(1831), *Works*, xxvirt, 3, 5.
[84] Ibid., pp. 3-5.
[85] Ibid., pp. 5, 16. Cf. p. 40.
[86] E.g., ibid. pp. 6-7, 10, 12.
[87] *Heroes and Hero-Worship* (1835), in *Works*, V, 107-8.
[88] "Goethe," *Works*, XXVI, 215.
[89] "Characteristics," *Works*, XXVIII, 13; 另见 pp. 7, 41。
[90] *Ueber das Studium der Griechischen Poesie*, in *Jugendschriften*, I, 145. Cf. Gespräch über die Poesie (1800), ibid. II, 339.
[91] "Characteristics," *Works*, XXVIII, 38-9.
[92] Preface to the *Works of Shakespeare*, *Works*, III, 273.
[93] *Von deutscher Art und Kunst* (1773), in *Sämtliche Werke*, V, 217-18; Herder 思想的完整表述，见其 Ideen zu einer Philosophie der Geschichte der Menschheit (1784-91)。
[94] *Coleridge's Shakespearean Criticism*, I, 242-3. 参阅 A. W. Schlegel, *Lectures on Dramatic Art and Literature*, p. 340。另见 *Shakespearean Criticism*, I, 231, and *Miscellaneous Criticism*, pp. 159-60。关于英国国家的有机理论，见 Coleridge's *Church and State*, in *Works*, ed. Shedd, VI. Cf. *Lay Sermons*, p. 23, and *Table Talk*, pp. 163-4。
[95] *Theory of Life*, p. 42; "On the Principles of Genial Criticism," *Biographia Literaria*, II, 232. 把美定义为合众为一是古老的概念，非常适用于柯尔律治的生物学主张。
[96] *Theory of Life*, pp. 44, 47-50.
[97] "On Poesy or Art," *Biographia*, II, 255. Also *Table Talk* (27 Dec. 1831), p. 165; *Inquiring Spirit*, ed. Coburn, p. 158.
[98] *Shakespearean Criticism*, I, 197-8; cf. *Miscellaneous Criticism*, p. 7.
[99] *Shakespearean Criticism*, I, 224; II, 262-3; *Miscellaneous Criticism*, p, 190. 有关这个时期类似审美偏好的其他理论基础，参见 A. O. Lovejoy, *The Great Chain of Being* (Cambridge,

1936), Chap. X。

[100] "Irony and 'Ironic' Poetry," *College English,* IX (1948), pp. 231-2, 237. 另见他的 "The Poem as Organism," *English Institute Annual,* 1940, pp. 20-41。

[101] 参见 *The Well-Wrought Urn* (New York, 1947), p. 17。

[102] "On Poesy or Art," *Biographia,* II, 257-8. 终其一生，柯尔律治对梦的心理机制、性吸引力以及其他心灵现象都很有兴趣。他说，这些现象的成因存在于"意识层面之下"的领域。见 *Coleridge's Philosophical Lectures,* Introduction, pp. 44-7。

[103] Robert Heron [John Pinkerton], *Letters of Literature* (London, 1783), pp. 207-8, 212.

[104] 参见 the nineteenth book of *Dichtung und Wahrheit,* 歌德在此把天才的"狂飙突进"概念描述为"宣称它超越一切约束"。但现在他却认为，"所谓天才，是人通过行动而制定法律规章的力量"。

[105] *Italienische Reise* (1787), *Sämtliche Werke,* XXVII, 108; *Diderot's Versuch über die Malerei* (1798-9), ibid, XXXIII, 212-13.

[106] *Shakespearean Criticism,* II, 170; *Miscellaneous Criticism,* p. 43; *Biographia,* II, 65.

[107] "Coleridge," *Appreciations* (New York, 1905), pp. 79-80.

[108] *Biographia,* II, 19-20, 12; *Shakespearean Criticism,* II, 263 (my italics).

[109] "Coleridge as Aesthetician and Critic," *Journal of the History of Ideas,* V (1944), p. 408.

[110] *Coleridge on Logic and Learning,* p. 110; *Shakespearean Criticism,* I, 223-4. 另见 Charles Lamb, "The Sanity of True Genius" (1826)。

第九章

展示个性的文学

> 莎士比亚位居所有作家之上,至少是在所有近代作家之上。他是独一无二的自然诗人;是一位向他的读者举起风俗习惯和生活的真实之镜子的诗人。
>
> ——塞缪尔·约翰逊

> 〔莎士比亚的〕作品有如许许多多的窗户,透过这些窗户我们可以窥视到他的内心世界。
>
> ——托马斯·卡莱尔

> 了解一部文学作品,就是了解作者的灵魂,而作者也正是为了展示其灵魂而创作的。
>
> ——J. 米德尔顿·默里

卡莱尔在1827年写道,"目前我们最优秀的批评家"常会遇到的"一个重大问题,主要是心理学方面的问题,其答案在于从诗人的诗作中发现并描绘出诗人的特殊个性"。[1]自从有关艺术的探索萌生之日起,直至大半个18世纪,这与批评家(朗吉弩斯在某种程度上可算例外)的实践反差之大,找不出其他可以相比的例子。只要我们认为诗人首先是向自然举起镜子的人,或是根据普世标准创造艺术作品的人,那就很难从理论上说明诗人的个性会介入其作品。因此,实用批评所关注的主要是诗作本身,诗同它所反映的世界的关系,诗同创作原则以及据以确立这些原则的读者的感受之间的关系。人们认为,有关艺术家和诗人生平的著述只是一般传记的一个分支,不过是对各行各业具有影响的人物聊表纪念而已。但是,一旦产生了这种理论,即诗主要是情感和心境的表露——甚至还有人认为,诗是欲望的幻想性满足,人们便自然而然地把诗当作卡莱尔所谓的诗人自己的"个体特性"的展示去研究。1800年,施莱尔马赫以带有当时理想主义色彩的笔调写道:

> 如果说灵魂的自我省察是诗和所有造型艺术的神圣源泉,如果说灵魂在自身中找到了它想在其不朽之作中加以表现的一切,那么,在其只能表现自身的产品和作品中,灵魂重新回头探查自身,又有何不可呢?[2]

好坏暂且不论,人们普遍视文学为个性的标志——而且是最可信赖的标志——这是19世纪初特有的审美倾向的产物。

这一发明非常奇特,它所到之处,便把一个多世纪以来一直应用于批评中的一切东西横扫殆尽。要想对这个发明作一解释,首先做些大概的界定会是十分有用的。我们主要讨论三类明显的批评活动。尽管每一种活动所依赖的前提都是：艺术与个性是相互关联的变量，但它们之间的区别仍是重要的。其中的一种是根据作者来解释他的作品；另一种是从作品中读解其作者；第三种则是借阅读作品来发现作者。第一种基本上属于探究文学致因的类型；正如这种方法的著名倡导者圣伯夫所说，"有其树，必结其果"——通过参照其作者的性格、生平、家世、环境等具体个性，而把该作品的特性孤立出来加以解释。第二种类型的目的是写传记：它从重新构建生活中的作者入手，仅仅是把文学作品当作一种易于获得的记录，据此去推测作者的生平和性格。然而，第三种却自称，主要是以审美和欣赏作为其目的：它认为作品的审美特性是个性的投射，其极端做法是把诗作视为直接通向诗人灵魂的透明入口。赫尔德早在1778年就说过，"如果值得花这个气力，那么这种活的阅读，这种对作者灵魂的预测，就应是唯一可取的阅读方法，也是自我发展最有意义的手段"[3]。这种理想，最近F. L. 卢卡斯又作了更为适中的阐述：

> 我从切身体验中愈发强烈地发现，一首诗的审美快感，对我来说都取决于从字里行间窥见的作者个性的优美，并取决于这首诗的灵魂，而一本书的主体则不可避免是这种精神的回声，同时也是铸造这种精神的模型。[4]

因此，在这些读者的批评话语中，所谓诗的基本特性，从字面上讲，就是诗人心灵和气质的属性：诚实、正直、高度庄重、敏锐、宽厚，等等，简直就是语言中有关性格描写的全部词语的罗列。

除此以外，批评家无论是想解释作品，写作者传记还是欣赏作品，总是从某个层面上探究艺术与气质的关系；因而明确标示出这个层面，对我们也许是有裨益的。首先，一个文学产品可以被视为反映了创作者的能力、智力和技巧——

> 诗就像永不凋谢的花朵，
> 从诗中我们可以看到人类智慧的最高成就，
> 就像镜子中反映的一样。

这是克里斯托弗·马洛很早以前就说过的这般近乎同义反复的话。在另一个层面上,人们认为作品中总有其语言在风格或者使用倾向上的特别之处,这可以引导我们找出其作者气质的特别之处。但在第三个层面上,文学的风格、结构和题材被认为融合了人的心灵中最为持久、最富活力的因素;也就是使人的性格变得和谐统一的那些基本性情、兴趣、欲望、爱好和厌恶。用当代批评家爱德蒙·威尔逊的总结性的话来说:

> 任何一部虚构作品中的真实成分,当然就是作者个性中的那些成分:他的想象具体表现在人物和情景的意象之中,并且描摹出他本性中的根本冲突以及它惯常经历的那些阶段的循环。作者笔下的人物是他形形色色的冲动和情绪的人格化;他作品中的人物之间的关系其实就是他各种冲动和情绪的关系。[5]

古典修辞学和诗学偶尔也论及一部作品的风格以及某些有限的属性与作者心灵的能力及其总体气质之间的关联,这是朗吉弩斯的理论中的一个重要成分;在17、18世纪的批评中又成了经常受到评论的论题。英国和德国许多浪漫主义批评家的实用批评的一个显著特征便是,上述这种探讨文学的一般方法在很大程度上取代了其他方法,特别是取代了在上述第三层面上阐释的发展和开拓。在这些批评家中,有些人甚至做了进一步的区分,认为有些个人属性是作者直接投射到其作品中去的,还有一些个人属性则是作者加以伪装和扭曲的,旨在对读者或他本人隐瞒某些事实。这样我们就发现,一部文学作品被分为对人物、事物和事件的表面涉及,以及一种更加隐含的象征,表现出作者人性中的因素。一些极端浪漫主义者有万能钥匙在手,自信可以译解象形文字,可以透过表面看到现实,因而他对作者的了解远比他的朋友和家人来得彻底;甚至比作者本人更加彻底。因为作者没有这把钥匙,不可能自知。

一 风格与人

艺术理论总是包含着这样一些原则,它们暗示,在艺术家的本性与其作品的性质之间，存在着某种有限的对应。有一个例子大家都很熟悉，就是这个命题：优美的艺术只可能是优良道德的结果，这本是柏拉图首倡的，但是文艺复兴时期的批评家知道得更多的，却是一位地理学家斯特拉博的更为简单的说法："一个人除非先成为一个好人，否则就不可能做一个好诗人。"[6] 这条原则与另一个观点一拍即合，即艺术是道德教育的工具；本·琼生就说，人们如果认为诗人是"举止的楷模"，能"促使成年人从事各种大德大善之举"，他们就会"很容易地自己得出这个结论：任何人如果不首先做一个好的人，就不可能做一名好的诗人"。[7] 这一原则的反面——低劣的诗是道德败坏的标志——其意义当然主要是为了反对那些常写不雅题材的诗人；然而这些诗人却习惯于在为自己作辩护时提出一个相反的准则，即"我们的文字邪恶，我们的生活可憎"[8]。总的说来，这些争辩并没有奏效。作者的艺术展示其道德品质，这种看法在整个 18 世纪一直有人坚持，而且这些人中有歌德、柯尔律治、雪莱、卡莱尔、罗斯金、阿诺德以及 19 世纪的另一些人，不过他们对于道德性质及其在艺术中的表现方式的解释却迥然不同。

更早些时候被人们广泛坚持的另一条原则暗示，一部作品的某些方面所表现的，更多的是一个人的特性，而不仅仅是他的良好道德。乔治·帕特纳姆在《英国诗的艺术》（1589 年）中援引意大利批评中的大量先例，认为风格是诗的点缀和服饰，因此必须使之适合于一部作品的"内容和主题"。但尽管如此，在一部作品的内在要求之外仍然存在着一种自然而普遍的语言个性，对此，帕特纳姆认为，这恰恰等同于文学的外观特征，并且用来表现性格：

> 由于写作或说话时这种连贯的语段和方式比一两个词或句子更能表现作者心灵的内容和特性，因此，才有那被称为风格的人的形象、气质……人要是严肃，他的语言和风格也就严肃；人的性情活泼，他的风格和语言也就活泼……人若是谦卑、低下、软弱，那他的语言和风格也是如此。[9]

把风格视为文学的外观和思想的服饰，在 18 世纪一直盛行。这一概念中有两个暗含的断言：

（1）一个人的作品中有着某种个性，把他的作品同其他作者的作品区别开来；我们可以看出一种"维吉尔特性"或"弥尔顿特性"。（2）这种文学特性与这个人本身的性格相关；维吉尔式的风格特性是与生活中的维吉尔的某个方面相应的。这两条断言与广泛流行于18世纪的某些批评观念之间有着某种关系，对此需要作些评论。

18世纪许多批评家所持的观点是，真正的艺术是按照某些普遍准则而创造的，它诉诸人所共有的感受。但是许多批评家在其艺术观中都为每个艺术家所特有的"风格"或"方式"这种附带现象留有一席之地。波斯威尔告诉我们，他曾经问约翰逊博士："语言中是否也像在绘画中一样有着明显的风格上的差别……？"约翰逊回答说：

> 是啊，先生，我认为无论什么人都有他独特的风格，只要细细一看，同其他人比较一下就能发现：但是一个人首先必须要大量写作，他的风格才能明显地显示出来。正如逻辑学家们所说，这种特有的风格在潜力上是无限的，在行动上则是有限的。[10]

在所有对均变理论的阐释中，《论诗的模仿》最为系统，理查德·赫德在文中表明：由于"自然现象都必然具有一致性，而且现象背后的常识也必然具有一致性"，所以，诗人都必须模拟相同的"永恒事物"，并且要按照诗的普遍的"统管诗歌类型的形式"来描摹。然而就连赫德也在自己的理论中为独创性和个性留下了一席之地，认为独创性不在于"模仿的内容，而在于其方式"，也就是说，或者在"我们称之为风格的一般的写作倾向或方式"中，或者在"遣词用字的特殊性"中。[11] 即使不在于所说的内容，至少也在于说的方式——不在实质性模式上的话，就在状语中——在作者的个人语汇中得以充分展现。沃伯顿主教对扬格在《断想》中毫无保留地推崇作品在各个方面的独创性和独特性做了尖刻的评论，同时对于这个区分，做了鲜明的表述："扬格博士是这个时代最优秀的胡话作家。他如果明白，一个作品的独创性是表现在其方式中而非内容中的话，他就会以常识来写作了。"[12]

此外,"风格是人格的映象",这是爱德华·吉本所表述的相关观点[13]。赫德本人接着说,文学风格与气质相应:

> 写作风格如果不是因为对某种特定模式的模拟而形成的话,那便纯粹是因心灵气质而成,其特性也是从作者的主导性格中而来的。因此,一个简短而凝练、飘逸而流畅的表现方法,正是天才人物身上某些相应的特性所导致的……彬彬有礼、性情温雅的人喜欢优雅、自如和明晰。性格严肃而忧郁的人措辞有力但复杂难懂。[14]

据此看来,那位在 1760 年为《英国杂志》撰稿的匿名作者就彻底弄错了,因为他认为,"至今尚无任何批评家想到,作者的特殊个性烙在其作品上,在其所有的作品中,只要揭开形形色色的掩盖就能发现了"[15]。其实这种观点早已不新鲜了,即尽管诗是模仿,但风格却如同其人。这种说法并无自相矛盾之处,人们都肯定地说,反映世界的是物质,而反映人的则是文风。

早在 17 世纪,就有人偶尔尝试把这一基本的批评假设运用于传记写作中。这方面有代表性的例子是托马斯·斯普拉特作于 1668 年的《论亚伯拉罕·考利先生的生平及著述》。真是难得有一位作者"以如此纷繁多样的风格来处理这么多不同的内容"。

> 然而它们又都确实如此,在他的风格的所有类型中,仍然有着与他的心灵极相似的东西和印象:非做作的谦虚,得体的自由,轻快的活力,欢快的情感,天真的欢笑,凡此种种一如其人,并在他的各种文风中得到了表现。[16]

此外,出于批评需要而在不同时代不同地区的作者身上找寻细微的相似之处已成了常规做法,这也鼓励人们对这些作家的性情做出比较。理查德·布莱克莫尔在《亚瑟王》一书的序言中说,荷马的"火焰燃出非凡的热和势……维吉尔的火焰则较为清楚和纯洁";而且他发现这些作者所特有的灵感之间的不一致性反映在他们所塑造的主人公的不同上。"我认为,这两位伟大的诗人之间的区别,同他们笔下主人公的区别是一样的。荷马的主人公阿喀琉斯热情奔放、鲁莽冲动……埃涅阿斯，这位拉丁语诗人的主人公，则是一位沉着冷静的勇士。"[17]德莱顿在《寓言集序言》（1700年）中曾猛烈地抨击了布莱克莫尔，但同是在这篇文章中，他却毫不迟疑地采用并扩展了布莱克莫尔的对比方法，并更为目的鲜明地用它来进行性格研究。"从这两位作者的作品中，我们可以察觉出他们完全不同的文风和自然倾向。"

> 我们这两位伟大的诗人性情各异，一位是多血质的，性情暴躁；另一位则是黏液质的，性情忧郁；他们之所以都获得极大成功，是因为各自在构思以及实施构思时都遵从了自己的自然倾向。主人公再现了作者：阿喀琉斯急躁，不耐烦，复仇心强……埃涅阿斯则很有耐心，善于体贴人，关心人民，宽恕敌人。[18]

显然，德莱顿在此对一个作家的"举止和自然倾向"的迹象的追溯已经超越了任何狭义风格的局限，而触及了一部文学作品的构思、人物塑造和情节。这反映了德莱顿对个体差异的个人兴趣，我认为在近一百年中，批评家对此也只能说到这个程度了，尽管在此期间，传记艺术蓬勃发展；以作者生平为背景来评估其文学作品的倾向更趋强烈，心理分析的术语也迅猛增加并更加确切。约翰逊的名人传记最负盛名，我们可以以他的写法为例。

约翰逊所遵奉的传统做法是把引言性的传记与批评性的介绍相结合，这就不停驱使批评家从诗的种种迹象中搜集性格方面的资料作补充，并利用传记性的事实去阐明诗歌。他对重要作者的研究通常分为三个部分：首先记录下传记性事实，包括作者较有名气的诗作的成因以及公众反响；然后对诗人的智力特性作一评估；最后对诗作本身进行批评性考察。从浪漫主义的实践的角度观之，甚至比较约翰逊同时代的一些个例，就可以看出，从外在传记材料转向内在传记材料，从对一首诗的分析与对诗中所表现出的诗人的智慧和天才的分析，转而考虑诗人性情的细节和独特之处，他极少这样做，如果做了，在目的和材料上都受限。

约瑟夫·伍德·克鲁齐在他对约翰逊生平所作的著名论述中似乎持截

然相反的见解。他认为约翰逊的方法的新颖之处主要在于，他有时不自觉地"从诗歌中寻求诗人的个性"，这就在约翰逊的批评和浪漫主义时期的批评之间建立起一种联系。他举了一个例子。

> "蒲柏和斯威夫特"，他附带提了一句说，"对不纯的观念有着不自然的兴趣。"这句话再简单不过了，尽管简单，但却足以表明约翰逊已轻松地从对作品的分析过渡到对作家的分析。[19]

但是不论是批评假设还是上面这种评语，在约翰逊的时代都不算新颖[20]，这种类型的评论也不是约翰逊批评方法中常见或特有的属性。约翰逊确实如他自己所说的那样，最喜爱文学中的传记部分，但这是他的人本主义特征；诚如拉斯勒斯所说，约翰逊要做的事情"与人有关"，与他所说的阅读"人类的伟大书籍"有关。克鲁齐也正确地指出，约翰逊批评的一个特点是，讨论作品时参照创造作品的智力。然而，约翰逊的基本兴趣并非在于以揭示个性为本的那种"浪漫主义"，而是像 W. R. 基斯特所表明的，那是出于人本主义的兴趣，目的在于衡量作品所提供的有关其作者的知识、后天得来的技巧及其天赋才能，这些可以从当时能够获得的文学范例和机会中抽象出来，并以"人类总体的能力"为标准加以衡量。[21] 提及诸如斯威夫特笔下的那些显见的奇怪之处，通常是为了揭示到底是哪些不足妨碍了作家充分发挥自己的能力。约翰逊在《莎士比亚戏剧集序言》的一个中心段落中说，"在谈论人的作品时，总要悄悄提及人类的才能，探寻人可以将自己的设计扩展得多远，将自己天生的力量评价得有多高，与如何评定某一具体的表现相比，要庄重得多"[22]。

约翰逊到底在多大程度上从诗寻找独特的脾性，从他对当时一位传记作者的尝试所作的评论中可见一斑。帕特里克·莫道克在他的《论詹姆斯·汤姆森的生平及著述》中写道：

> 人们都说，一位优秀作家的生平最能从其作品中看出；作品常常带有作者的脾性、仪态和习惯的特殊色彩；至少，他的独特气质、他的主导激情在这里会展露无遗……

> 至于〔汤姆森〕心灵的那些较为显著的特性，在其作品中都得到了很好的表现，这比任何传记作家的生花妙笔都表现得更好。作品的每一页上都闪耀着他对人类的爱，对祖国和朋友的爱，闪耀着他对上帝的奉献……[23]

对此，约翰逊的评论简短、犀利且果断：

> 为汤姆森作传的作者说，一个作家的生活最能从其作品中看出来：他的这番言论有点不合时宜。萨维奇与汤姆森过从甚密，有一次他告诉我说，他是如何听一位太太讲她可以根据汤姆森的作品把他的性格分为三部分的：他"善于爱，擅长游泳，很有节制"；萨维奇接着说，其实汤姆森除了性爱以外不知道有其他的爱；他这辈子恐怕都没下过河；只要他能够得到的享受，他总是纵情无忌。[24]

视文学为传记，源于新古典主义对人的关注，从风格是心灵的意象这一修辞学概念发展而来，这种说法到底有多正确，在我所看到的英国18世纪对这一理论最完整、最系统的阐释中可以清楚看出。这是罗伯特·伯罗斯牧师于1793—1794年在爱尔兰皇家学会上宣读的一篇论文，题目很详细且很响亮：《论写作风格——从思想、情感和语言的角度考虑，及其如何表明作家独特的脾性、习惯和心灵能力》。伯罗斯坚决主张，传统上对风格的认识，是看其对题材和文学种类的合适性，这就忽视了风格作为明确标志"作家独有的思维习惯"的作用。他根据新古典人文主义的中心原则，为自己的说法申述了理由：

> 如果说人类的确切目标是人的话，那么，探索丰富多彩的人类心灵，发现它们的各种自然作用以及思想风格，并以文学作品和语言风格为中介追溯这些作用，这样做肯定是很有用的。[25]

伯罗斯提出种种有益的忠告，劝诫人们别再无原则地探寻风格中所反映出的"习惯和脾性"。应以取自外在材料的"准确的传记叙述"坐实从纯文学证据得出的结论；因此，应用这种方法对我们了解甚少的古代作家进行研究,充其量只能作出"可能的猜测"。此外,田园诗之类的文学样式过于平庸,戏剧诗与个人的关系又太不密切,作者无从借此发现自己。[26] 接着,他罗列了一串线索,这些线索如果使用得当,有助于喜欢探究的读者追索作者的性情。这个头一开,便引发出了一大批解释策略,都为后来的传记批评家所采用。现举几例如下:

> 一个人放着直路不走,那肯定是去走他更喜欢的路……同理,作者离开正题表明题外话更适合他的脾性,因为他是不会去津津乐道他所厌恶的东西的。

> 他所使用的暗喻和明喻,总是从他早已熟悉的、由于常做而变得很合口味的事情中找来的。

> 同样的主题在不同的作家眼中就不一样,他们的处理方式也不一样,于是明确地显示出他们自己在理解上的独特差异。

> 作者(对主题)的选择由其习惯和性情所定,因而也表明了他的习惯和性情。

> 据说人是由一整套习惯所组成的,因此,习惯可以解释为何同一个人的心中会经常反复出现类似的思想……

> 任何一个主题的反复重现都提供了同一种信息。[27]

伯罗斯最后提供了"这种理论在一些知名作家作品中的应用的范例",但结果却了无新意,毫无精彩可言。其中最有力的话是,哥尔德斯密笔下所有的人物都是千人一面;个个都不谙世故,叫人看了不自在;个个又都是大德大善得可爱。"他笔下的好心人,青年马洛以及威克菲牧师在这一点上彼此相同,因为在这一点上他们都与作者本人相同。"[28] 伯罗斯的理论虽然敏锐且富于经验主义色彩,但代表了新古典主义文学理论中一派思想的畸形发展。他的理论成形于18世纪即将结束之时,此时，传统批评沉浸在德国形而上学和美学思辨的深海之中，发生了奇怪的变化。

二 主观和客观以及浪漫主义多重解释说

要想通过彻底全面地阅读文学来探寻个性的细节差异——也就是沃尔特·佩特后来所说的"想象性批评"，即"透过文学或艺术作品深入到其创作者的思想和内心构成"的"创造性"行为[29]——我们必须假设，指导批评操作的总体观念框架必须经历两个重大的变化。第一，每一个作者都必须被视为独一无二的，从根本上有别于所有其他作者。第二，在一部文学作品中，不仅是风格，而且连同作品的人物、构局和总的主题内容都必须被认为是由其作者个性中的各种形成力使然，因而也表现了这些形成力。这两个条件早在 1770 年代 J. G. 赫尔德的著述中就得到证实了。他在那篇划时代的文章《论人类心灵的认知与感知》（1778 年）中写道："我们存在的最深层基础在于个体性，个体的情感，个体的思想……一切动物种类也许都不如一个人有别于其他人那样各自不同。"爱德华·扬格以及另外几个不同意占统治地位的均变论的人，在此之前就曾宣称，人生来就是独创者，因此创作独立性的诗篇最能实现自然的审美意图。[30] 对此，赫尔德又补充了一个明确的概念：真正的文学作品所表现的是个体性情中的动力因素；由此得出的结论是，"创造性"阅读将文本作为"对作家灵魂的预测"（Divination in die Seele des Urhebers）。

> 应该将每一本书视为活着的灵魂的印记……较为审慎且有见地的读者……不是读书，而是力图去读解作者的精神；对精神看得越深透，书中的一切就会更明白、更一致。作者的生平是对他作品的最佳评论，只要他不虚假，与自身和谐……
>
> 每一首诗，尤其是每一首伟大而完整的诗篇，每一部灵魂和生命之作，都是其作者的危险的出卖者，当作者自信几乎不会出卖自己时更是常常如此。你看出的不仅是平民百姓所说的这个人的诗才；你还

可以看出在他的各种才能和癖好中哪些是主要的；看出他创造意象的方式，看出他如何调节整理这些意象以及他的各种印象的混杂状态；看出他心中最隐秘的东西，同时也常常是他一生中注定要经历的东西……这种阅读是仿效，是对发现的一种刺激：我们随着〔作者〕一同攀登创造的高峰，或者去发现一开头就有的错误和偏离。[31]

一首完整的诗本来一直是习俗和生活的意象，现在倒成了"作者的危险的出卖者"。浪漫主义的概念稍有不同：诗在表现作者气质时不是直接的，而是间接的、经过了伪装的——因此，作者同时既存在又不存在于他的诗中。这一说法很有趣，也很重要，但它到底源于何处呢？我认为，我们可以表明，文学批评中的这一悖论最早源于神学，它的哲学语汇形式是康德式的，并以此自证。这一术语相对来说不太复杂，主要发端于古代修辞学和诗学，批评家们曾以此来攻克艺术难题。然而德国的批评家们，尤其是1790年代，又在此基础上吸纳了新的术语和概念，放在一起如装满了的潘多拉之盒。这些术语和概念很大一部分来自康德的认识论和美学理论，但其中也掺和着基督教神学家及神秘主义、巫蛊星象行当内声名狼藉的专家的理论，结果无疑扩展了审美分析的范围，深化了其精细程度。不过这样一来，那些令批评家们迄今感到清楚的相对简单的特征都变得模糊不清了。

这带来的一个结果便是导致艺术到底在何种程度上是非个人的或是表现自我的讨论变得复杂化了，因为它引进了一整套围绕着"主观"和"客观"这两个术语之间的交叉区别。那位多产但却缺乏系统的思想家弗里德里希·施莱格尔，曾率先提出古典主义和浪漫主义的区别，这对于文学批评家和史学家来说，都是既不可缺少又难以驾驭的东西。现在他也促成了另一些对立观念的流行，这些对立观念的吸引力，及其意义的含混程度，都毫不逊色。他年轻时是个希腊迷，曾试图将古代艺术和现代艺术中那些假定为对立的特性抽出来，从而突出表明前者的优越性。他以许多相互重叠或相互关联的属性来描述重要的古希腊罗马时期及其文化的特性，用我们现在的观点来看，这些属性中最为重要的是无条件的客观性（Objektivität）。施莱格尔在使用这一术语时并不包含今天所常有的现实主义的意义——目光注视客体所进行的创作——而是特别排除了现实主义以及自我表现，这就是说，古人的客观性艺术既不考虑现实又不涉及个人兴趣，它所体现的是作者根据美的普遍规律而创造的完整统一的优秀艺术的能力。[32]

在《论独特的现代性》中，施莱格尔不断用以与"客观性"对立的特性并不是"主观性"[33]，而是"趣味性"（das Interessante）。他在使用这一术语时，取其近于拉丁词源的古义；意指并非毫无个人意趣，以及一部作品中作者本人的态度和癖好的介入。[34]这样一位诗人的作品（这里，施莱格尔终于把传统修辞学的术语用于他的理论中了）也被说成是表示"方式"，或者"个人心灵的倾向和个人的感觉状态"，而不是与之对立的"风格"，风格是指按照美的统一规律所做出的非个人的表达方式。[35]而现代艺术则缺乏"普遍性"，它把主观性与现实主义、自我揭示与"性格"或外界细节的表现结合到了一起。

> 由于缺乏普遍性，由于习惯的、性格的和个人的东西占了统治地位，因而自动表明了诗〔的极端倾向〕和现代总的审美结构都向趣味性方面激烈转变了。[36]

在1797—1798年间，施莱格尔把"令人感兴趣的诗歌"重新命名为"浪漫主义诗歌"，并将其对古典作诗法的仰慕和忠诚截然转向了更新的作诗法。[37] A. O. 洛夫乔伊表明，对于施莱格尔的这一著名转变，席勒发表于1795年的《论素朴的诗与感伤的诗》起了决定性作用。[38]席勒认为，古人所特有的素朴的诗，是对生活的感觉表层的直接、详尽和细腻的表现。[39]另一方面，现代的或"多愁善感的"人，则已失去了与自然或其自身的统一性，他们在自己的诗歌中常常以自我理想取代既存现实，同时也"不能容忍印象，除非他在表演中直接扮演自己的角色，并通过反思而把自身所具有的东西投射出来，与自身对立"[40]。因此，在素朴的诗歌中，诗人是现实的、非个人的，把握不住的；而在情感诗中，诗人则不断在其作品中出现，并把我们的注意力引向他自己：

> 〔古代或现代的〕素朴诗人完全不信任人,有人在寻找他,有人渴望拥抱他,对此,他却避而远之……客体完全占有了他……就像神灵存在于宇宙后面一样,他也站在自己作品的背后;他自己就是作品,作品也就是他自己;一个人再也不必与其作品相配,或者说必定不能掌握作品,或厌烦其作品,甚至不屑询问其作者是谁。
>
> 古人中的荷马,近人中的莎士比亚等人在我们看来似乎正是这样……我接触到莎士比亚时尚很幼小,那时他的冷漠和麻木就使我反感之至……接触到近代诗人后,又被误导,企望即刻从作品中发现诗人、探测他的心、与他一起思索他的主题——简言之,想从主体中发现客体时——所以在莎士比亚的例子中,当我发现诗人无从把握,他对我的问题毫无应对时,就觉得受不了了。[41]

席勒在文中说,莎士比亚由于"完全被客体所占据",因而是他那个时代造就的素朴诗人;因此,他也像上帝一样,在其作品中是隐而不露的。而施莱格尔正因为也认同莎士比亚在表现外界自然的细节时是超人的,所以把他归入了现代人的阵营中,而不是古人阵营:他是"现代诗歌的巅峰"。因此,在施莱格尔看来,莎士比亚不可避免地显示出现代综合征的另外那个症状:"从〔哈姆雷特〕中最能看出其作者的精神"。"人们常说,他的个人手法的独创性特征是不会被误解也不可模仿的。"[42]

因此,在莎士比亚的问题上,这两位批评家的看法起初是截然相反的:施莱格尔认为他是根深蒂固的主观论者,但席勒却认为他是坚定不移的客观论者。浪漫主义研究者 A. E. 卢斯基最近非常令人信服地指出,施莱格尔事后很快意识到,也许他和席勒都没错。施莱格尔认为,"客观性"和"个人兴趣"这两种文学特性可能并非互不相容,因此一个现代作家可以同时既存在于他自己的戏剧之中,又游离其外。这在表面上看来似乎是一个矛盾,但这个矛盾在有关上帝同宇宙的关系这个自古以来就一直存在着的概念里是得到认可的。席勒本人在那段文章中就已经在求助于神学,以期解决有关莎士比亚的悖论,他把那位诗人比作"宇宙背后的神灵",说他也"站在他的作品背后",但"他自己就是作品"。[43]

卢斯基认为，这一洞见导致施莱格尔创造了著名的"浪漫主义反讽"概念，即一个浪漫主义作者一边置身事外，一边又在艺术创造中表现出他的力量和爱好。然而，我却想强调施莱格尔的另一个成就，并以不同的观点来检视一番。施莱格尔其实重新启用了诗人即创造者这一文艺复兴时期的隐喻，其中包括一个潜在的类比，即上帝创造世界类似于艺术家作诗。这个类比一经采用，许多世纪神学思辨累积留下来的有关上帝创世活动的相关观念，便畅通无阻地涌进了批评的大门。下一章我们将有机会对有关上帝的世界和诗人创造的另一个世界之间确实存在的相似和差异的一些重要审美推论作一番审视。此刻我仅想谈谈这一奇怪的结果，即在施莱格尔的著述中，创世者与诗人的类似成了一种智力模型，借此便认为一首诗是其作者经过掩饰的投射。

追根寻源，这一概念可追溯到上帝与其创造的世界的关系这一极其古老的观念。产生这个观念的原始文本见于《使徒保罗致罗马人书》I.20："因为上帝的不可见之物可以通过世界的创造而看得清清楚楚，通过其所造之物来理解，甚至上帝的永恒力量和神性也是根据其所造之物来理解……"中世纪初期的牧师，积习很深的寓言家，对这段话大加阐述。[44] 按照他们的解释，保罗的文本是这个意思：感觉世界就是它看上去的样子，是由各种物体结合而成的，但它同时又是创造者自己的各种属性——诸如力量、爱和荣耀等——的镜子和神秘的象征。因为上帝用两种具体的表现形式宣告了自己的存在，一是《圣经》，二是自然大典。正如《圣经》的意义是多层次的，既包含字面意义也具有象征意义，自然大典也一样，尽管这本书的多层次性与众不同，它不仅以自身的存在并为了自己向我们宣告了上帝的创造；还透过它那块有形的面纱向我们宣告了它的那个"可见的隐形"作者。这句套话，正如弥尔顿后来在《失乐园》中所表达的那样：

> 肉眼见不到，或只能隐隐看见
> 在你那些最卑微的作品中，
> 它们承载着你那意想不到的善行和神力。

中世纪有些作家，诸如阿奎那和但丁（在其《致肯·格兰德·德拉·斯凯拉的信》中）曾认为，世俗的文学作品也可以像《圣经》一样，赋予"多义性"，或既有字面意义又有各种各样的寓意。而今，施莱格尔又提出了与中世纪的理论判然有别的、我们或许可称之为浪漫主义的多义性。施莱格尔认为，一部"浪漫主义"作品可以有多层意义，但这是就某种特殊意义而言的，即作品也像上帝的造物一样，具有双向指代——外向和内向，"客观"和"主观"。正如卢斯基根据这种比例所说的，"伟大的现代艺术家之于其文学创作，正如上帝之于其创世一样"。

> 施莱格尔可以得出结论——显然他确实得出了这番结论——认为正如上帝尽管是超然存在的，却也存在于世间万物之中，并"通过所造之物"表明"他那些不可见之物"一样，典型的现代作家——莎士比亚就在此例——尽管因其客观性而超越于作品之外，却显然又存在于作品之中，并通过他所创造的事物而揭示出他那不可见的存在。[45]

我们在本章的后半部分将看到，英国批评家约翰·基布尔独立创造并更为彻底地发掘了这一蕴涵丰富的思想，但施莱格尔也多次明确地表达过这一思想；下面这段作于 1801 年，讨论薄伽丘的故事的文字就是一例：

> 我觉得这些故事情节紧凑，很适合间接地、象征性地（sinnbildlich）表现主观情绪或观点，甚或最深刻的最独特的观点……但是〔塞万提斯的一些故事〕凭什么激动了我们的灵魂深处，并以神圣的美慑服它呢？无非是因为作者的情感——甚至他那最隐秘的个性中最幽深之处——无处不在熠熠发光，不可见的变得可见了；否则就是因为他在《好奇莽汉小说》等作品中表现了这样的观点，这些观点正因为独特而深刻，因此要么以这种方式表达，要么索性一点也不透露……在这种交流方式中，正因为有些东西是间接的、遮了面纱的，才使它比任何直抒胸臆的东西更有魅力。同样，这个故事集也许特别适合表达这种间接的、秘而不宣的主观性，因为在其他方

面，它很可能是非常客观的。[46]

这里，这种表达方式——它暗示出象征主义、神圣的美，面纱遮掩了的意义以及"不可见的变得可见"这一矛盾语——本是直接取自于中世纪和文艺复兴时期的分类学，从中却明确产生了我们所熟知的现代观点：某些文学作品是二重的象征系统，它们是双向指代的，表面上指外部世界，但却间接地表现了作者。我们现在所认为的弗洛伊德主义文学理论的早期形式，主要是把中世纪的圣经阐释学应用于世俗小说和诗歌作品的结果。

三 英国理论中的主观和客观

显而易见，"主观"和"客观"这两个术语，从它们最早在批评中出现的用法开始，其意义是多层次且不断变化着的。这种多义性致使浪漫主义尝试以文学为气质指标的叙事大大复杂化了；所以我认为，在讨论这些尝试之前，先粗略描述一下这两个术语的一些主要的变换用法，将大有裨益。

主观—客观有多种含义，经常与它们相联的还有各种成对的对立概念，所有这些都既是历史术语又是批评术语，因此被交替用以解释：①某一时期艺术的显著特性；②任何时期某一部艺术作品的总体特性；③在任何艺术作品中都可以零星地或完整地发现的特殊的审美特性。这两个术语的第四种用法使它们的作用更趋复杂：④主观和客观有时被用作衡量各种类型的诗的标尺上的两个极端的值。这种用法在弗里德里希和奥古斯特·施莱格尔的实践中已见雏形，以此为标准来衡量，则抒情诗被认为是彻底的主观形式，史诗则通常被置于对立的即纯粹客观的一端，戏剧被认为是介乎两个极端之间的混合形式。

这个由互相联系的对立面组成的复杂体——主观和客观、素朴和感伤、古典的与浪漫的、风格与手法等——主要是在19世纪第二个十年间及其后进入英美批评语汇中的。一些英国人——主要有柯尔律治、H.

C. 罗宾逊、洛克哈特、德·昆西和卡莱尔——在阅读席勒，或施莱格尔兄弟，或歌德的原文著述时发现了这些术语。而更多的人，诸如哈兹里特，则主要依靠斯达尔夫人在《德意志论》一书中对德国理论的翻译，或是通过诸如 A. W. 施莱格尔的《关于戏剧艺术与文学的演讲》等书的英译本（1815年译）而接触到这些术语的。[47] 在英国，这些术语仍然保留着它们在德国原有的那些应用，歧义性和捉摸不定的习惯用法。约翰·罗斯金在1856年抱怨道，"由于德国人的迟钝和英国人的做作，近来我们中的一些人在使用形而上学者无事生非地杜撰出来的最叫人讨厌的两个字眼——那便是'客观'和'主观'——时大大地复杂化了。这两个术语无论在哪一点上都华而不实，毫无用处"[48]。

我们不妨以柯尔律治对"主观"和"客观"的用法为代表，来看一下这种多样性。柯尔律治认为，弥尔顿使用的三个形容词："简单、有美感、感情炽热"，是对诗的充分的总括性定义。他在阐释这三个词时，强调指出，"第二个条件，即美感，为那种客观性框架、为意象的确定和表达提供了保证"，没有这点，诗歌便成了白日梦，而"第三个条件，激情，则规定思想和意象都不能仅仅是客观的，人性的真实情感将会唤起思想和意象，使它们产生活力"[49]。在这种意义上，任何诗都不可能是纯粹客观的，因为情感是基本的，它使它超乎"单纯客观"之上——因而可以推知是主观的。然而在其他地方，柯尔律治又对"客观"的含义作了浓缩处理，以使它专门适用于古人的诗歌；这样"主观"便相应成了描述中世纪和现代诗歌的历史性术语。"正是这种内在性或主观性，从原则上最根本地把一切古代诗和一切现代诗区别开来了。"[50] "主观性"的第三种用法含义更窄，同时还作了进一步区分，以便表示任何单个诗人或作品都明显具备的那些属性：

> 荷马的史诗并没有任何主观性。像弥尔顿这样的诗人，在他写的一切东西中自己都是实实在在的，因而他就有主观性；莎士比亚的所有伟大作品中的角色，或称戏剧人物，比如《哈姆雷特》《李尔王》等作品中的人物，也有主观性。[51]

最后，主观、客观似乎不受时代或作者限制而成了区分诗歌种类的决定属性。挽歌

> 描写任何主题都可以，但它不能就事论事地单单描述主题；而总是应当尽力把诗人自己结合进来……挽歌与荷马史诗正好相反，后者所描写的一切纯属身外之事，因此都是客观的，诗人只是喉舌而已。
>
> 真正的抒情诗也是主观的……[52]

这里我们引一段文字作为总结，这段文字出自亨利·克莱伯·罗宾逊之手，此人是德国思想的得力普及者，他在这段文字中只用寥寥数言，就令席勒和施莱格尔兄弟的著述中大量批评术语一览无余——"客观""主观""素朴""感伤""风格""真实""理想"——并试图把它们形形色色的意义调和起来。引文见于《藏珍月刊》（1833年）中一篇评论歌德的文章。这本杂志的寿命很短，却也刊载了当时一些较为有趣的美学思考文章。

> 史诗的特征是其风格——诗人逼真而直接地描述客体，完全不考虑自己的个性。他仿佛是一个漠然无情的叙述者、记事者……同史诗相对的一种诗是抒情诗，这种诗人主要根据客体在他自我个性之镜中的反映来描写客体。这无疑也是颂诗、挽歌、歌曲等类型的基本特征。上述这两大类诗一般称作客观诗和主观诗，而席勒则分别称之为素朴诗和感伤诗，另外又被称为真实诗和理想诗。泛言之，现代诗人属于主观类……戏剧诗人则必须没有偏颇地集二者之大成。他在构思全剧、在处理各个人物之间的关系时，一切人物都服从作品的宗旨，这时他必须具备史诗的公正性；但在具体创作时他又是抒情的。[53]

这些术语的辩证性变化，对于文学批评的研究者来说无论多么混乱难解，在优秀的批评家那里都并非智力混乱的结果，而是使僵硬的分析工具变得灵活的一种方式。例如，由于采用了客观性（就其暗示公正性这一最普遍的意义而言）和各种主观性之间的区别，柯尔律治和其他阐释者得以对文学的性格学解释做出调整，以适应特定的作者和作品；而在处理那些不适合这种解释的作家时则完全放弃了这种解释。然而，有

些极端主义者却认为这种阐释模式可以无限制地应用。他们认为，所有的诗——至少是所有名副其实的诗——都是个人思想、情感和欲望的表露，因而他们探索个性的触角便伸进了所有时期的诗人和不同形式的创作。基布尔认为，诗如果不是"像掺入神秘的香气那样带上诗人性格和倾向的色彩"，那就"根本不是诗"。[54]纽曼在这方面是基布尔的忠实追随者，他把同一个概念换成了主观和客观这两个术语；按他的引申，一切文学，根据定义都是主观的。文学"本质上是个人的作品……〔它〕是某一个人的思想和情感，也就是他自己独有的思想和情感的表现……换言之，文学表现的并非人们所说的客观真理，而是主观真理；不是事物，而是思想"[55]。

有关理论基础就谈这些。在本章剩余部分，我将讨论19世纪初人们把表现说用于批评实践，并根据作者的想象性作品重构其生平和性格的尝试。为节省篇幅，我将略去对诸如拜伦的讨论，人人皆知他是个十分坦率的人物；而把讨论的焦点集中在三位更早一些的诗人身上，他们个个都像奥林匹斯山上的神，个个也都给传记批评家的阐释提出了难题。他们就是：莎士比亚、弥尔顿和荷马。

四　莎士比亚的悖论

莎士比亚到底是主观诗人还是客观诗人，在这个问题上施莱格尔同席勒的意见截然相反，英国的批评家们也因此而分为两大阵营；大部分赞同席勒的观点，认为在莎士比亚的诗作中"根本无从把握诗人"；支持施莱格尔观点的是一小部分人，他们认为在莎氏作品中，"作者的精神表现得一清二楚"。柯尔律治批评的主要论题之一，就是他坚持认为莎士比亚与荷马相同，而与弥尔顿、乔叟以及其他许多诗人相反，他的自我一直是远离作品的。柯尔律治在他的一段文章中，像席勒一样，也把上帝与其造物的关系这个类比用到莎士比亚身上，尽管他心目中的上帝形象是斯宾诺莎那种客观化的无所不在的神：

> 莎士比亚是斯宾诺莎式的神——是一种无所不在的创造性……莎士比亚的诗没有性格；也就是说，它并不反映莎士比亚其人……

尽管如此，他却也像荷马一样，不是"客观的"，而是"主观的"，尽管他那种主观性很独特，是"角色或戏剧人物的主观性"。[56]这是因为他的人物并不是根据现实个体的各种类型归纳出来的，而是"单凭玄思冥想之力：他只需模拟自身性格中的某些部分……这些人物既忠实于自然，又是描述他们的那个神圣心灵的零星碎片……"[57]因此可以说，莎士比亚"模仿了他自己性格中的某些部分"，而且"这也是普遍的，其实并没有使用任何手法"。[58]

柯尔律治在解释莎士比亚集主观性与上帝般的非人格化于一身这一矛盾的现象时采用了几种不同的方式。从形而上学的意义上（对此我们在前面的一章中有所讨论），莎士比亚作了内省的思索，他所描摹的不是"被自然创造的自然"(natura naturata)或"他作为个体的自然本性"，而是"创造自然的自然"(natura naturans)，即那种普遍的潜在性，"他自身的个人存在只是这种潜在性的一个修正"。[59]按照心理学上的移情作用(Einfühlung)来讲，他"使自己激射而出，刺入了人性和人类情感的所有形式之中……莎士比亚成了一切，然而又永远是他自己"[60]。柯尔律治在描述莎士比亚的特殊能力时，还使用了"同感"(sympathy)这一术语，它是由18世纪联想主义者首创，最初主要是个伦理学概念，但就在同一个世纪，它的含义就有了延伸，被用来说明诗人如何能够废除空间，取消他个人的神经系统的孤立而暂时成为他所期待的个性：

> 在莎士比亚和乔叟的诗中，诗人与其诗的主题同感一致，这一点十分显著；但前者需要强烈的想象力和精神变形才能做到，在后者做来却易如反掌，只需凭借生就的仁厚快乐的天性。我们似乎对乔叟多么了解，但对莎士比亚又是多么一无所知！[61]

威廉·哈兹里特也同柯尔律治一样，认为在弥尔顿那里，"人们可以从诗人的创作中找到这个人的倾向和意见"，莎士比亚却是所有诗人中唯一具有"随意改变自身,想成为什么就是什么之能力的人……他是人类才智的变幻无常的海神"。[62] 然而,哈兹里特对莎士比亚的独特能力的解释仅仅是用由英国心理学中发展而来的概念表述的。莎士比亚"博大的灵魂"是"本能的、深沉的同情心"的最伟大典范。

> 他一点也不是自我主义者。他自身什么也不是;但又具有令他人成为他人,或可能成为他人的品性……想得到不同条件下的这种品性,他可以诉诸任何事物……暂且可以说,诗人与他所要表现的人物相认同,从一个人物变为另一个人物,如同灵魂给一个接一个的肉体注入活力。[63]

约翰·济慈是他的同代人中最为坚决的移情论者,他崇拜哈兹里特,并听过他讨论莎士比亚的演讲。他在论述莎士比亚的非个人性时,表达了相近的思想。"莎士比亚的天才具有一种生来具有的普遍性——因此对于人类智慧的成就,他才用不经意的、高高居上的姿态去观察。"[64] 济慈对这种特性作了引申,用它来给一般的诗歌特征下定义。"它不是自我——它没有自我——它什么都是,什么都不是。"诗人"没有身份可言——他总是在为另外某个形体提供知识,使之充实"。[65]

有些批评家渴望深入了解莎士比亚,这些人从他的十四行诗中发现了一条似乎是现成的捷径。莎士比亚尽可以在他的戏剧和叙事诗中不涉及个人私事,但无论如何,十四行诗不是用了第一人称、带着最为真实感人的情感来谈论众所周知的个人私事的吗?只需假设抒情的声音就是作者自己的声音,你便可以扫清障碍,对莎士比亚的生平和他最隐秘不宣的情感做出惊人的揭示。

18世纪出版的莎士比亚选集,大部分都未收入他的十四行诗,也没收入他的非戏剧作品,凡此种种都被莎士比亚的批评家们忽视或轻视。其中以斯蒂芬的评论最为有名,他认为,"国会所能制定的最强有力的法案,也不能迫使读者去受这些作品的奴役"。人们对十四行诗的兴趣是随着批评中对传记日益偏爱而同时增加的。奥古斯特·威廉·施莱格尔在一篇评论席勒的《时序》(1796年)的文章中写道:十四行诗"之所以有价值,主要因为它们是由一种并非想象性的爱和友谊的感召而写下的"[66]。这显然是一个关键性的发现。他在作于1808年的《关于戏剧艺术与文学的演讲》中,对这一论题作了详述:

> 据我们所知,在评论莎士比亚的人当中,谁也不曾想到利用他的十四行诗来探究他一生的种种情况,这是严重缺乏批评敏锐性的表现。这些十四行诗最为明确地描绘了诗人的真实处境和情感;它们使我们了解了这个人的激情;这些诗甚至还包含着他对年轻时所犯错误的深刻忏悔。[67]

约翰·布莱克把《演讲》译成英文后,英国那些探寻莎士比亚秘史的文学侦探们,便常常声称施莱格尔是他们的赞助人。1827年华兹华斯为这批人拟定一个口号——"用这把钥匙,莎士比亚打开了他的心扉"[68]。1838年,曾经与济慈过从甚密的查尔斯·阿米蒂奇·布朗写了一整本书来评论《莎士比亚的自传诗集》,这本书确立了后来许多评论的基本模式。正如布朗在揭示这些研究者的动机时说,真正热爱莎士比亚的人"想要了解他的一切;他们想面对面地看他,聆听他说话,同他相处为伴,完全同他生活在一起"。布朗从那些十四行诗中探寻出的个人历史现在已为人熟知,它涉及一位亲密朋友,一位与之竞争的诗人以及一位隐秘的情妇。布朗承认,莎士比亚有些行为在道德上有问题;但是批评家以这一组十四行诗作为一个整体,总括出一个形象,这不仅在莎士比亚崇拜(Bardolatry)时代是标准的形象,而且在诸如卡罗琳·斯珀吉恩所做的现代莎士比亚的肖像中又再次出现。

> 翻开莎士比亚的作品,我的理性所看到的,只是杰出心灵的产品,随之又由敏锐的观察、深刻的学问的辅助而得到加强。是的,还有一点……他身上那种和善的精神……仁厚的天性、永不枯竭的上帝之爱,对世间万物的热爱。[69]

还有几句话要说。莎士比亚十四行诗,只是其严实包裹的个性的一丝透露,那些持不同看法的人则认为,他在自己的作品中处处显示了自我。19世纪最初的几十年中,英国出版了许多书刊,都试图根据莎士比亚的戏剧来重构他的道德、政治和宗教等信仰。其中以哈特利·柯尔律治的《作为托利党人和绅士的莎士比亚》(1828年)一文最有代表性,而且题目就足以使人一目了然。而琼斯·维里论莎士比亚的两篇文章(1838年)则比大部分文章更使我们感兴趣。文章出自一位年轻的美国人之手,他觉得他自己的创作就是由神授意而写成的。文中有许多批评观念甚至在英国相对来说仍然是新颖的,并且提出了这种理论的雏形,即应将莎士比亚认同为哈姆雷特——不是那个患有浪漫主义意志缺乏症的哈姆雷特,而是那个害怕因生命和行动的热情过盛而导致死亡的哈姆雷特。维里也认为,莎士比亚创造力的奥秘在于他那强有力的情感投射。"他有着孩童般永远好奇的心灵,总使自己变成可看到的客体",因此使人强烈地感觉到"他一时间似乎什么别的个性也没有了"。但如果因此推论说真正的莎士比亚并不是他笔下的任何人物,那就错了。应该说,他是所有人物的结合体。"这样看莎士比亚又会导致我们把他笔下的人物看成是他对自身的自然表现,看成它的必然发展或衍生。"[70] 而且我们在解释哈姆雷特时所遇到的困难,正是因为莎士比亚以这个人物"表现了自己的情感",比起其他所有人物有过之而无不及,其晦涩难解也正是因为他"同莎士比亚自我心灵的联系过于密切"。[71]

但是卡莱尔在那些不是根据作者的创造,而是根据作者其人来了解作者的人当中却是个佼佼者。他确实采用了德国个性表现和无个性表现的区别,也采用了流行的对立区分法,即把拜伦等"一味描绘自己"的作家分为一类,把荷马、莎士比亚和歌德分为另一类。例如,歌德的一个特征就是他的"普遍性;他完全摆脱了对独特风格的过分强调"。

> 同样也很难通过其作品来发现……他的精神构成是什么样的,他的脾性、他的情感、他的个人特性又是怎样。凡此种种在他身上都自由存在……他看上去不是这个人,也不是那个人,而就是一个人。我们认为,这是任何一门艺术的大师才具有的特征;尤其是所有伟大诗人的特征。莎士比亚与荷马多么符合这点!把他的著作读一遍,读

二十遍,又有谁能知道或猜想莎士比亚其人如何呢?[72]

但是在卡莱尔看来,没有独特风格并不像大多数批评家所认为的那样,意味着没有自我揭示,而只是对读者构成了更大的挑战。因为"使存在于他体内的见解、情感变得有形状、有生命……在最广的意义上,我们认为根本上是诗人本身的重大问题"。就连在歌德的作品中,"也同在每个人的作品中一样,作者的性格必须记录下来",歌德的"见解、性格、个性……在其作品中都是而且也必须是可以解读的,不论这困难有多大"。[73]卡莱尔的典型做法是以作者的名字来命名文章——《让·保罗·弗里德里希·里希特》《歌德》《彭斯》——对他们的艺术关心得极少,而对他们的生平和个人道德品质关心得极多。

卡莱尔讨论莎士比亚这位"作为诗人的英雄"时,也采用了这种方式。对于莎士比亚与其作品主题内容的关系,他沿用了原有的类比,把它比作模仿之镜,但又以一种特技来解释,把莎士比亚反映世界的完美性转变为对反映者的揭示。"莎士比亚的道德,他的英勇、爽直、宽恕、真实……在这里不都能看到吗?像世界一样伟大!这面镜子绝不会扭曲形象,也不会像劣质的凹凸镜那样以自身的凸状或凹状来反映一切事物;这是一面绝对平整的镜子——如果我们能懂的话,还可以说他是一个与所有事物所有的人都直接相关的人,是一个优秀的人。"他那喜悦的宁静是显著的,然而"他的那些十四行诗甚至会明确证实,他曾在多么深的水中跋涉、挣扎求生啊"。但与其相对照的是,"请看他多么兴高采烈,他的笑声多么真诚地洋溢着喜爱之情!"卡莱尔专心致志地探寻文学中的灵魂撞击,以至于那些迄今被认为是莎剧"艺术"品质的决定性特性,诸如对媒介的要求,作者的习惯方法的本质以及对欣赏者的要求等所产生的影响,对卡莱尔说来,都成为一片片模糊的不毛之地,间隔处于那些照亮作者其人"闪耀的光辉"之中。

> 但是我要说,泛泛而论,从莎士比亚的作品中,我们不能得到对他的完整印象;甚至都不像我们对许多人的印象那样完整。他的作品有如窗户,透过这些窗户我们可以窥见他的内心世界……然而,这样

的迸发却使我们觉得周围的物质都是不发光的；部分地说来，它是暂时的、常见的。哎，莎士比亚得为环球剧院写作：他那颗伟大的灵魂必须尽力挤入那一个而非其他模子中去。因此，模子与他同在，他是这样，我们也是这样：每个人都是在特定条件下工作……"散乱的片断"正是我们在诗人或任何人身上所能发现的。[74]

有了这些发端，接着便产生出大量的臆测性传记，史上没有其他作家在这么多的臆测传记中跟跄地走向不朽。卡莱尔笔下的莎士比亚肖像只给人以粗糙的印象，逐渐便为越来越详尽的细节描述所取代。外界迹象逐渐增多，加之对戏剧本身诗行变化的分析技巧，使人们对莎士比亚作品的创作年代有了更大的把握，随之又出现了发展传记，根据这种传记，莎士比亚的戏剧被视为一幕幕简短的插曲，构成了莎士比亚内心生活的宏大戏剧——弗兰克·哈里斯所说的"悲剧中的悲剧"，"《李尔王》只是其中的一幕而已"。1874年，爱德华·道登表述了这种传记的雏形："在工作间""在人世间""走出深渊""登上高峰"——莎士比亚的一生以《暴风雨》而圆满结束。[75]根据与此类似或替换的方法，莎士比亚之谜被从大卫·马森到多弗·威尔逊等一大批能干的批评家从他的戏剧中猜出。但是浪漫主义关于我们是否有任何理由凭借戏剧来理解莎士比亚这一问题的论战还远未结束。G. L. 基特里奇和 E. E. 斯托尔这些难以对付的反对者仍然像以前的席勒和柯尔律治一样，坚持认为莎士比亚的作品所揭示的只是这位艺术家，而莎士比亚其人将永远是个解不开的谜。

五 弥尔顿、撒旦和夏娃

浪漫主义批评家一致认为，假如没有客观性和非个性表现这类复杂情况来遮掩其形象，那么弥尔顿就会如柯尔律治所说，"他本人就不折不扣地等同于《失乐园》"[76]。这种见解理由很简单。那时也好，现在也好，弥尔顿其人都比任何早期作家更为人们所了解。他一身兼政治家、学者、诗人之任，这就使他成了许多评论家和传记作家的主题，他在自己的散文作品中所作的自我描述既多且长，搜集到一起，足以组成一篇鸿篇自传。由于他把明显的个人之见同《失乐园》中的史诗式叙述掺和在一起，从而引得批评家们在其他用非第一人称写成的文字中也去挖掘他的人格。不论是他还是某个虚构人物说话，其风格都是相对一致的；人们常把他的人物当作他本人的传记来解释，因为这些人物相对来说为数不多，皆以粗线条刻画，并不像探究真正的莎士比亚那样，碰到的情况复杂多样，变化无穷，令研究者不放弃的话，也是疲于奔命。

弥尔顿在王政复辟后的情景与《力士参孙》中的失败的主角的情景很相似，都是双目失明，这一点极其明显，即使在18世纪也不会不引起人们的注意。[77]但是许多浪漫主义批评家却宁愿从《失乐园》中寻找弥尔顿，而要从这里提取弥尔顿的个人因素则需要极其复杂的技巧，远不如在作者与主人公之间画个等号来得简单，其结果也更加惊人。我们还记得，莎士比亚常被比作创世的上帝，甚至还具有无所不在、全知全能和大慈大善这些上帝才有的特性。然而，弥尔顿的一般形象恰恰是上帝的对立面；但假如诗人的形象不是上帝，那也不至于不如"一个坠落的天使长，其洋溢的荣光蒙受消减"。

在他那篇伟大的史诗发表后，有一个多世纪，没有人怀疑弥尔顿全心全意追求的目的就是他曾说过的"说明上帝如此待人的理由"，也没有人怀疑他的同情心根本不是毫无保留地在镇压撒旦叛乱的全能上帝一边。确实有人评论说，由于弥尔顿采用的寓言中撒旦是个中心角色，积极活跃，并得胜一时，结果他一不小心，使那个人物在纯技术的意义上成了史诗的主角。德莱顿于1697年提出了这种非难；大约七年以后，约翰·邓尼斯也认为，"魔鬼是他的合适主角，因为他占了上风"。尽管艾迪生认为主角是弥赛亚，布莱克莫尔认为主角是亚当，但切斯特菲尔德在1749年仍然坚持与"德莱顿先生相同的看法，即魔鬼事实上是弥尔顿长诗中的主人公，因为他所安排、追求并最终实施的计划，正是他的诗篇的主题"[78]。诸如约翰逊博士等大革命的政敌可能会指责说，弥尔顿的共和主义思想是建立在他一时的"独立欲望"之上的，与其说他"热爱自由，毋宁说他对权威深恶痛绝"[79]。但是长期以来，显然没有人想到把对弥顿性格的这种解释同他在《失乐园》中无意间把撒旦拔高到正式主人公的位置联系起来。

后来，撒旦的主导作用又受到另一种强调。1787年，彭斯深深为压迫者的不公和官场的傲慢所刺痛，然而他却于漫不经意间表现出浪漫的撒旦主义态度，后来又演变成了拜伦主义：

> 我对国王、爵士、牧师、批评家等人期望很小，正如这些上等人士对我这个吟游诗人期望很小一样……我决心去研究一位非常可敬的人物，弥尔顿笔下的撒旦的种种情感——"恐怖万岁！地狱万岁！"

几个月以后他又说："把我最喜爱的英雄、弥尔顿的撒旦的精神给我吧。"[80] 撒旦之成为英雄已不是出于技巧原因，而是读者在天堂和地狱之战中情愿站在撒旦这一边。

到了威廉·布莱克那里，这种倾向达到了巅峰状态。布莱克了解《圣经》中一言多义的传统现象，也知道在那些精通神秘教义者、斯威登堡以及其他神秘主义的信徒们的理论和实践中，文学隐语的种种形式是怎样形成的。他本人在阅读时就有这样的习惯，不是寻找表层内容，而总是挖掘有关人的精神财产的隐含的寓意。毫不奇怪，布莱克通过把这一原则与原始的弗洛伊德心理学相结合，我认为最先表达了浪漫主义多义性的极端模式，这种多义性是指一首叙事诗中隐含的个人意味，不仅是表层意向的基础，而且还与其相悖，并抵消了表层意向。按布莱克的解释，撒旦的失败，是压抑的理性对人的激情和欲望的胜利。这是可悲的并且像滋长瘟疫般有害，因为人的激情和欲望才是"属于永恒的愉快"的"能量"。

> 有些人限制欲望，是因为他们自己的欲望很弱，可以被限制；于是限制者或理性便篡夺了欲望之位，统治了不情愿的人……
> 这个历史就写在《失乐园》中，那个统治者或称理性的东西就叫弥赛亚。

最意味深长的是布莱克那段著名的附言。它认为，这首诗的表面目的被颠倒，是因为弥尔顿性格中有种倾向，作者不自知，然而在他描述撒旦事件时的那种无意识热情和自由奔放中暴露无遗。

> 附言：弥尔顿之所以在写天使和上帝时缩手缩脚，而在写魔鬼和地狱时却随心所欲，是因为他是一个真正的诗人，并且在不知不觉中做了魔鬼的同党。[81]

这些文字大约写于 1793 年。四分之一个世纪以后，雪莱在《为诗辩护》中对这一观点作了经典性的陈述；无论我们现在如何看待雪莱对弥尔顿的智力信念的解释或无知，他这段文字表述的是弥尔顿将不相称的主角硬扯在一起所涉及的艺术难题，说服力之大，无出其右。雪莱认为，在但丁和弥尔顿的史诗中，叙述表层只是诗人自身精神的有形外衣，这是理所当然的事。

> 但丁和他的对手弥尔顿把灵界事物理想化了，此等想入非非的观念不过是这两位大诗人所穿戴的斗篷和面具，他们这样蒙面蔽体化了装，走过了无穷无尽的世代。

这些诗人"在他们的思想中，自己的信仰与人民的信仰必定有差别"。至于他们对这种差别的意识到了何种程度，雪莱没有像布莱克那样妄加断定。但有一点他是能够肯定的，即《失乐园》如果解释得体，那么它对其所标榜的神学，其实是持驳斥态度的。

> 弥尔顿的《失乐园》本身就含有对于这个神学体系的哲学反驳，一个奇怪而又自然的事情是，这首诗原本是拥护这个体系的一部主要的通俗作品……弥尔顿的魔鬼作为一种道德存在，远胜过他的上帝，正如一个人百折不挠地坚持他认定的目标，就远胜过一个自信必胜因而用残酷手段去报复他的敌手的人，而且这报复并不是想让敌手为其坚持敌意而忏悔，而是因为他故意激怒对方，以使他受到新的惩罚。[82]

说来难以相信，我们必须把约翰·基布尔同这些批评家归为一类，因为他既赞同约翰逊的看法，认为弥尔顿天生是个叛逆者，又相信撒旦是《失乐园》的主人公，他把二者结合在一起，意在表明前一个事实是后者的潜在致因。不用说,这位高教会牧师并不像在他之前也有此想法的人那样信奉左道邪说,他指出这一现象只是为了对之悲叹。

>《失乐园》的读者中有许多都抱怨说,他们都在某种意义上把撒旦当成了全诗的主人公,这种看法不能自制。究其原因不外如此:作者自己与撒旦在很大程度上都有着那种傲慢的报复性的共和精神,他把这种精神赋予史诗人物,结果在描绘这个人物肖像时便有了奇特的热情,尽管可能是无意识的。[83]

柯尔律治重新建构弥尔顿的性格时,他没有明说的前提与此相似,而他的发现却与之有着分歧。他确实也认为弥尔顿在创作时,把自己的性格融进了诗的所有人物身上,包括撒旦。他在1833年写道:

>在《失乐园》中,在他的每一首诗中,你所见到的都是弥尔顿自己;他的撒旦,他的亚当,他的拉斐尔,几乎连他的夏娃——都是约翰·弥尔顿自己;正是这种强烈的自我意识使我在阅读弥尔顿的作品时获得了最大的快感。[84]

但是柯尔律治早在15年前所做的一次讲演中就明确表示,他不认为弥尔顿的隐秘同情心暴露了全诗的明确目的。"至于弥尔顿的目标——那便是证明上帝如此待人是有道理的!"按照弥尔顿的意愿,撒旦这个人物"是狂妄和纵欲的,他在自身中找到了行动的唯一动机"。柯尔律治表明,对于弥尔顿的个人同情心和愿望的详细揭示,只有从他对伊甸园中夫妻生活的种种幸福的由衷的描述中才能找到:

>从弥尔顿对伊甸园本身的描述中,可以看到弥尔顿这个人的光明的一面……亚当、夏娃在乐园中的爱具有最高的价值——它不是幻象,然而却除去了一切低级趣味的东西……
>
>任何人在细读了这篇不朽诗作之后都会产生这种感想:弥尔顿的灵魂是多么博大和纯洁,他对天伦之乐十分敏感,尽管因为婚姻不如意产生了种种不快。[85]

只要牢记柯尔律治自己信奉的原则，即主观的作者总是把自己写进作品中去，再来读这最后一句话，那么就绝不能摆脱这种想法："故事讲的是你"。要论主观，哪一个作者比得上柯尔律治？要说尽管自己"婚姻不如意"，然而却"对天伦之乐十分敏感"，还有谁比他更适合于这句话？这就使我们进一步发现，弥尔顿笔下的每一个人物，都与他本人有着某种显著的相似之处。柯尔律治与莎拉·弗里克的结合十分不幸，他爱的人是莎拉·哈钦森。他以己度人，认为弥尔顿也处境糟糕，渴望有一个像夏娃似的美貌温顺的妻子。布莱克也以他自己唯信仰论者的形象重造了一个弥尔顿。如果雪莱觉得弥尔顿在撒旦这个人物身上倾注了对暴君的憎恨，那么根据精神分析的手法可知，雪莱自己的一生就是一部典型的反抗史：首先是反抗父亲，继而反抗父亲意象的投射物——国王和神祇。因此，对一部作品的传记式解释，似乎可以根据其自身的种种原则，以解释者自己的生平来解释之；这就开启了无穷无尽回溯过去、连绵追忆的景界。

另一方面，虽然对弥尔顿的这些描述各不相同，但是这种不同本身并不表明其中某一种必定是错误的。如果在分析一个人的特征时意见不一乃至看起来相互矛盾，那也是可以解决的，人性本来就是多方面的；再说弥尔顿身兼撒旦和亚当两个角色，这至少也是可能的。而这正是几个浪漫主义批评家所持的观点。

我们也许会料到，哈兹里特深信，"一个人天赋再高，也只能将他自己的情感和个性，或某种显著的占主导地位的激情，灌注到虚构的不常见的情景中去"。对于这一原则，莎士比亚是个例外，弥尔顿却不是。"弥尔顿转弯抹角地把他的政治史和个人史的一大部分都体现在《失乐园》中的主要人物和事件上了……一个人的癖好和见解常常可在诗人的作品中追踪到。"[86]几年前，他在分析《失乐园》时就发现，撒旦这个人物和伊甸园中的家庭乐趣场景具有同等的重要性。"总之，全诗的情趣就在于撒旦那狂妄的野心和火热的激情，在于对天堂幸福的描述，在于我们的始祖失却了这幸福。"撒旦是不容置疑的主人公——事实上，他是"迄今诗中所选择的最富英雄气概的主题"。但哈兹里特又提供了比起许多理论来更加微妙的说法：撒旦表现了诗人的双重态度，对宗教的默认和对权威的不满：

> 有些人也许会想，他太过自由放任，他把〔撒旦〕写成诗中的主要人物，使得自己所拥护的事业也受到了损害。鉴于他的主题之性质，他对宗教的信仰和对反叛的热爱，也同样会有陷入这种错误之中的危险；也许这些动机在他对主题选择的决定中都起到了充分的作用。

同时，哈兹里特也大谈特谈亚当夏娃的快乐，其势更甚于柯尔律治（我们记得，哈兹里特既是政治上的激进派，也是婚姻上的失意者）。

> 确实，在弥尔顿这首诗的这个部分中，行动很少；但恬静的气氛则有的是，享乐则更多……
>
> 既然心中充满着快乐和天真，行动还有什么必要！他们只要尽情地领略这幸福，并且"要明白：不需要知道得更多"[87]。

另举一例：约翰·斯特林是柯尔律治和卡莱尔的信徒。在上述这方面，他是三位一体说的信奉者。他认为，弥尔顿是撒旦、亚当和耶和华的结合体。

> 弥尔顿的作品，不论最宏大的还是最琐细的，都是弥尔顿对自我毫不掩饰的零星断片的展现，这是人所公认的……他的道德理性升华到了纯智慧的领域，带着铮亮透明的荣耀，它不是表明而是直接构成了他的天堂里的最高生灵。他的情感朴素而专一，又常常使人困惑不解；这是他作为现实的人的根本所在。他的自我意志强烈而又阴郁，宛如他被一道闪电投在阿尔卑斯山雪坡上的阴影；这种意志使他那种地狱精神有了外形和魔鬼般的骨架。[88]

因此，说弥尔顿在地狱和天堂中表现了他的偏爱，这个论点并不是站不住脚的，因为从性格方面说，没有理由去肯定一个像魔鬼路西法一样傲慢的狂烈叛逆者就一定不会悄然爱上温顺的夏娃。问题在于，这些特性虽然在经验上是可能的，但实际上是不是真实的弥尔顿的属性呢？

　　近来反对把弥尔顿解释为撒旦的人强调这个事实：直到大家不再坚信《失乐园》有坚实的神学基础时，大家才觉得这一宇宙史诗中的撒旦的角色模棱两可。另外，这种解释程序中几乎不可避免地存在着循环论证的现象：先选择有关作者的外部证据，用以指导发现他在诗中的自我揭示，这些证据材料早已融入作品之中，却又被用来作为描绘其肖像的证据。

　　但是，从《失乐园》中追寻弥尔顿的活动，尽管牵涉到许多逻辑和经验上的困难，后浪漫主义批评家却在一如既往地进行着，而在弗洛伊德的概念普及后，又有了新的动力，E. M. W. 蒂利亚德认为撒旦就是弥尔顿，至少代表了他的某个方面，这一观点已经载入文学史教科书；同时另外一些批评家则同他们的浪漫派前辈一样，认为弥尔顿扮演了撒旦和亚当的双重角色。后一种观点基本上出自邓尼斯·索拉特在《作为普通人和思想家的弥尔顿》一书中的详尽讨论，对此，米德尔顿·默里作了简要的论述：

　　　　当然，弥尔顿的诗作，富于无意识的诗意：其中最为明显的，莫过于对撒旦的反叛举动的热烈的、无意识的同情；最令人神往的，是乐园中我们的始祖那种诱人的纯真的美妙图景。[89]

　　另外，正如以前在莎士比亚究竟是主观的还是客观的这一问题上的分歧今天仍然存在，研究弥尔顿的现代评论家——甚至包括那些反对浪漫派对弥尔顿其人的解释的人——在弥尔顿是否在诗中显露了自己这一问题上，和浪漫派一样，意见趋向一致。道格拉斯·布什就曾写过一篇言辞犀利的评论，指责一些人在弥尔顿评论中无原则地使用传记方法，先把"传记性的臆测变为传记事实"，然后又"以这类臆测为根据来分析弥尔顿的后期诗作，尤其是《失乐园》"。然而他所倡导的阅读方法，其本身也是同浪漫主义多义性一脉相承的，把客观依据转变为精神显示。

　　　　我们要想全面地欣赏诗歌名作，根本的一点是应该认识到……这些后期作品在其作者的精神衍化中意味着什么：有战斗精神、有自信心的革命家对群众运动已丧失信心……他根据自己的情绪得知"上帝的意志就是我们的安宁所在"。但是一切根本的知识，我们只能从作品本身中获得，并借助于弥尔顿的其他作品，而非取自传记。[90]

大多数现代批评家的看法都与雪莱相同：弥尔顿的这部伟大诗篇（不论其内容有多丰富）是"面具和斗篷"，诗人穿戴着它们，穿越了永恒。他们的分歧仅仅在于，如何解读面具背后那个人的本质。

六 开启荷马心灵的钥匙

在浪漫主义者对个性的探索中，那些最为大胆而执着、最讲究方法的探险者的经历尚有待记述。每个人都承认弥尔顿是主观派，也有些人认为连莎士比亚也是主观派；但是约翰·基布尔牧师却把探索个性引入了举世公认为是客观无疑的古希腊罗马诗歌之中，尤其是荷马史诗。尽管《伊利亚特》就是德国批评家们赖以建立其客观说和素朴说的坚实基础；尽管他知道当代许多研究者确信荷马根本不是某一个人，而是一个复合的神话——如柯尔律治所说，是"为写《伊利亚特》而起的具体名字"，但他却丝毫不为所慑。[91]

我们记得，基布尔的主要信条，是认为真正的诗必能实现各种相互冲突的动机——个人的情感和企求获得想象性满足的压力，以及不愿揭示隐秘自我的谦逊之力——因为它有着这种能力，可以"惜墨如金地，在面纱和伪装的掩护下吐露内心最深处的情感"[92]。因此，凡是这种诗都具有双重意义，可以是"寓言象征"的显在二重性，也可以是非寓言诗的潜在二重性（外部证据与自我表现的结合）：

> 因此，有时一首诗中包含两个故事，一个是以事实材料为基础的真实故事，另一个则是以语词为主的表层故事——这是寓言的特点；有时一首诗的大意与该诗所描述的事情关系不大，而更取决于诗人的精神和性情。无论哪种情况，真正的诗的力和美都显然具有二重意义。不仅一首诗的直接主题表现得清晰美妙，而且整篇作品都带着诗

人的性格和倾向色彩，似乎有着某种神奇的韵味。"[93]

显然，基布尔（与弗里德里希·施莱格尔毫不相干）把神学观念移植到文学批评中，由此产生了这种观念，即认为一部文学作品使主观和客观所指联合到一起。不用说，他对教会牧师们的著述多有了解，而且当他还在牛津大学作诗学演讲时，就又写了《时论册集》第 89 号短文，支持了这样一些作家的意见，他们认为，正如《圣经》的含义是多层次的一样，自然界的有灵之物也是能言善辩的——

> 《启示录》中的人物
> 永恒的类型和象征，
> 开始、结束、中间、永不止息。

这是华兹华斯对古代预示论的世俗化说法。[94] 意义多层次性的两种形式是紧密相连的，因为，基布尔对我们说，"请想想这究竟意味着什么。《圣经》的作者就是大自然的作者"。为了支持这一论点，基布尔引证了《使徒保罗致罗马人书》中的基本内容："上帝身上的不可见事物，经由创世而变得清晰可见，并通过所造之物而被人了解。"他还从圣·伊瑞诺（2 世纪神学家，基布尔曾将其作品全集译成英文）的著述中引用了以下这段颇有启迪意义的论述，以表明"上帝同我们的有形的交往与他那无形的施予之间的相似"：

> 圣言被视为施予者，把上帝的恩惠赐给人类，因此才做出这种种排列……一方面保持上帝的不可见性，以免什么时候人会藐视上帝……另一方面又通过种种安排将上帝显现在人面前，免得人完全离弃上帝。[95]

也是在这篇短文中，基布尔毫不隐讳地指出创世者与诗人、宇宙与诗的相似性，从而结束了这场论战：

> 如果我们认为，诗都是流溢的心灵的表现，它或多或少是间接地、含蓄地揭示了那些最使它受到压抑的思想情感……那么可否肯

定,〔上帝〕也以类似的方式,把他的诗,一套神圣的联想和意义,赐予我们,以其意志使它融贯于世间万物之中呢?[96]

基布尔显然认为,上帝于创世之时不仅仅是个诗人,还是一个华兹华斯式的诗人,他的创造也是强烈情感的自然流露,尽管这流露披上了伪装。

如果创作过程被认为是一种编码,那么批评的任务便是解码:于是基布尔便不顾羞耻,伸出手去揭古代诗人——希腊、罗马诗人,史诗、悲剧诗、抒情诗诗人——用以遮掩自己隐私的面纱。他在所有这些诗人中选中了荷马,并对其作了透彻入里的分析。"在我们所知道的作家中",基布尔十分自信地宣称,"没有谁比荷马更为开诚布公,几乎在每一句诗行中都展示了其真实性格和情感"。[97]

在英国,唯一可与基布尔相匹配的就是卡莱尔。他也瞧不起基布尔所说的纯属外在的"装饰和俏丽"(即诗的本义),也执拗地企图从诗中挖掘作者的性格。在对传记成分的发掘上,基布尔井然有序,详尽无遗,卡莱尔则偏重印象,视野开阔。例如,在重构荷马的性格的过程中,基布尔竭尽罗列之能事,并称其罗列项目为"考察作者偏好和性情的试金石"——换言之,是从文学之果到心理之因的推理原则;他的目的与其同代人约翰·密尔为发现一般的因果关系而提出的著名归纳原则并无二致。我们记得罗伯特·伯罗斯在此之前曾阐述过几条指导原则,以帮助人们探究风格反映人的方式,但是基布尔不大可能读过《爱尔兰皇家学院学报》。由于基布尔倡导的那些原则仍然是今天的传记批评家的研究前提,并由于人们从未对这些原则明确而无阙漏地加以归列,因此对基布尔的说明作一小结,并给每一条原则定一名称以便总结,将是很有价值的。

(1)突出主题的原则。探究作者气质的首要线索,在于"从总体和细节上对创作意图作仔细分析……"例如,基布尔根据《伊利亚特》的题材"以及"诗歌本身的铺展"推知荷马"具有同古代英雄一样的人生观",但由于他生年较晚,所以"以创作为己任以在某种程度上抚慰其对流逝的年月和逝去的英雄的激动不安的、炽热的情感"[98]。这里，基布尔的潜在假设同他在其所有探索中的假设一样，是说每个人的个性都有一个独特的关键，"一个主导的性格或因素，注意力的中心"，它构成了其"主导情趣或情感"。[99] 显然，这一观点最早源于古代的幽默论，及其后来的演变说法，"主导情感"的观念。这种理论在后世鉴定文学气质的行家中继续流传，表现为圣伯夫的"首要能力"说，阿诺德的"基本性格"说，以及佩特的"个人表现"说。

（2）将作者认同于主角的原则。基布尔还认为，"要想从整体上评估一个诗人的天才和品质，那么最有价值也是最重要的一件事，就是透彻地了解作者赋予其主要作用的人物"。对于《伊利亚特》的作者，"你可以保险地说，倘若他不是荷马，他肯定愿意是阿喀琉斯"。[100] 有时主人公的思想感情就是其创造者思想感情的复制品，这是基布尔所说的"诗人自身的情感脾性迁移到实际人物身上"这个过程的结果，在这一点上，基布尔确实走得过远了一点儿，对于人们把抒情诗认作最为主观的诗体，史诗是最为客观的诗体这一标准评估法，基布尔都做了颠倒。"我们对抒情诗作者的真实脾性和态度的判断一般说来不那么容易"，因为诗人"最隐秘的情感"既然以第一人称表述，那么在众目睽睽之下，总不能尽抒胸臆。而戏剧诗和史诗作者倒可以利用"转嫁责任给他人的便利"。

> 意见的表达，判断的通过，赞美和责备的给予，都不是作为荷马或埃斯库罗斯的话，而是作为某个阿喀琉斯或普罗米修斯的话而论的……一个人在借他人之口诉说自我思想之时，既委婉，同时那激愤的充溢的心又得到了宽释。[101]

（3）热情的原则。基布尔接着论述"另外一些检验标准，一位伟大诗人的倾向和喜好常常通过这些方面显示出来"。他以"诗人所津津乐道的题材"为例，认为这是透视诗人的一个意味深长的标志。一些段落在全文中十分醒目，因为它们充满了活力和热情，行文自由无羁，辞藻华丽丰富。按照朗吉弩斯的原则来看，这些段落特别容易植根于个人情感之中。"诗人一旦谈论起他最景仰、最喜爱的话题，他的诗笔会比任何时候都更流畅无忌……因此，诗行中如果语词熠熠闪光，含义博大而精深，那就无论如何都会证实，作者无视成规，而是写其所感，畅其心底实话。"[102]

（4）形象的原则。"荷马的心灵和性情，"基布尔说，"不仅可以从他的故事中推知，而且可以根据他创作的形象，他从每个方面所做的比较，根据他所选择的诗的装饰和美，以阐明语言以及他所论述的题材。"[103]这条原则当然就是"形象即人"的原则，卡罗莱娜·斯珀吉翁此前不久在探讨莎士比亚"个性、气质和心灵品质"时使其变得十分通俗了。这条原则潜在的前提是，戏剧人物所使用的隐喻、明喻的载体，相对来说独立于戏剧的外部要求，不那么受到制约，因而显得很独特，它受到作者的个人偏好的制约。[104]至于基布尔如何使用这一机制，从下面这段文字足以见出端倪：

> 还有一个领域也许是硕果累累的：世间各种飞禽走兽，驯化的未驯化的；它们的嬉戏啄食，狠命争斗，它们整个的生活方式，为创造华丽的形象提供了丰富的资源……荷马不论举出什么例子，看上去都似乎是只有猎人和牧人才会举的例子，因而我们只能从这样一个人身上去找寻猎人和牧人的影子，因为我们有许多互相独立的理由可以推测他肯定就是这么个人。[105]

（5）风格的原则。人们原来认为，风格是一部作品中反映诗人而非反映世界的唯一成分，而基布尔却把风格降级到反映个性的诸标志中最后的也是最次要的地位。"但是我强调，这个话题必须留待最后讨论——语言风格，也就是说，《伊利亚特》的作者喜用的风格。因为我觉得，这个原因同他的思维方式和对比喻的选择同样重要，从他的语言风格我得以了解，他从一名勇士变为一个乡下人，最终成了出身卑微、地位低下的人。"[106]

至于在这种分析技巧上，基布尔的理论有多么新颖，只要看看这种方法的现状便可得知。唐纳德·A.斯托弗直至不久以前才提出，他从莎士比亚的戏剧中分析出他的道德观念；在心理学领域中，亨利·A.默里报告说，他做出了迄今最为仔细、控制最严密的尝试，确立了他所说的"根据作品推演作者个性这件微妙的事"的实验基础。默里的许多"具有心理学意义的变量"都与基布尔的那些原则相吻合；例如，"主要人物的动机和行为"，"情调、情感、情节、主题、结构等的重复"，以及"特别强烈的情绪或行为"等。[107]事实上，基布尔的方法比起现代心理学家的方法来几乎同样具有科学性。他曾说，他完全知道文学个性的重构"肯定会或多或少地带上探索者个人特有的观点的色彩"，因此，他曾欢呼洛克哈特的《沃尔特·司各特生平传略》一书的出版，认为这是一种决定性的试验，它通过独立的外部迹象使先此根据作品对作者人物的推测得到证实：

> 这样一本生平传记的出版，无论是证实还是纠正了我们的观点，对我们的目的都肯定是大有帮助的……这本传记可以作为一个实际试验，它可以证实抑或推翻这种用以分析诗歌的理论所能得出的各种结论。[108]

由于它们现在适应了后弗洛伊德主义批评的各种辣味调料，因而基布尔的发现对我们的味觉来说觉得平淡无奇了。基布尔发现：荷马原来同米尼弗·基维一样，生不逢时，只有一味地感怀"未成事实"的东西；他从事的是手工劳动，且在乡间；他很勇敢，然而也很善良，并且酷爱自然，酷爱各种生灵；他崇敬神祇；他虽然自己很穷，但在政治上却是保守派，拥护贵族政体。[109]尽管基布尔方法很科学，但最终还是同他的同辈人一样，呈现给我们的荷马显然是根据他的自身形象，至少是根据他自己的理想而造就的诗人。基布尔字里行间所显现出的荷马是个托利党人，一个怀念过去的浪漫主义者，一个多愁善感的准基督教绅士。事实上，荷马与基布尔早期描绘的司各特的形象，竟然有着喜剧性的相似。然而，对基布尔的评价要历史地考虑才对，应该承认，是他一手创立了今天各种批评前提和方法体系中最著名、最严密的体系。

在后来关于文学是伪装了的或（基布尔的著述中的术语）"无意识的"自传的讨论中，"上帝是既可见又不可见的"这一原有的矛盾语，继续频繁地出现，尽管批评家对诗中诗人的相对可见性或不可见性各有侧重。福楼拜就最喜欢这个形象，他显然把这个形象同诗人与造物主上帝之间的根源类比联在一起了：

> 作品中的作者应像宇宙中的上帝一样无所不在而又无处可见。艺术是第二自然，因此这个自然的创造者就应像上帝创造自然那样去行动，使人能在其所有原子中，在各个方面，都感受到一种潜在的、无限的不可及性。[110]

乔治·莱曼·基特里奇在他的·次著名讲演中，恢复了莎士比亚作为一个无所不在的神的形象，但他在表述时又像席勒一样禁止进一步的推测。莎士比亚是主观的，但是令人费解。"因为他的作品就像上帝的造物。""毫无疑问，作者就在那里，那个真实的莎士比亚总是以某种方式潜伏在其戏剧中：但怎样才能把他挖出来呢？""他弥漫在整体之中并使整体充满生气，但又拒绝被人分析……"[111] 但是 D. S. 萨维奇在他的《个人原则》这本近著中，却使用同样的比拟证实了截然相反的观点。他宣称，下面这个类比"在我看来是可行的"。

> 上帝永远是不可见的，我们所看到的是他的创造，这是他的创造而非他的表现或体现。同样，我们在读一首诗的时候进入诗人那投射出的风格化了的经验和感觉世界，这也是他的创造而非其表现或体现。但我们却无疑能从……诗人的作品中看到他的个性的印记，烙着他的独特形象，正如我们在神圣的创造中看见上帝形象的印记一样。[112]

我在前面说过，人的思想总是从已知的到未知的，并通过隐喻和类比而吸收新材料。在结束本章时我们可以举这么一个例子，它表明，一个观念曾被视为基本术语，随着时间的推移，它却成了一个谜，自身就必须通过类比才能解释清楚。威廉·拉尔夫·英奇教长在《论上帝和天文学家》一书中讨论上帝与宇宙的问题时说："有时我想诗人与其作品的关系——比如莎士比亚和他的戏剧——在认识上帝与世界的关系时最有裨益……

这是上帝的思想的表现……我们所学到的任何有关自然的东西都会教给我们一些有关上帝的东西。"[113] 这是思想史的反讽，我们现在所必须解释的正是上帝与其造物的关系，而英奇教长却倒过来诉诸创造性诗人的概念，以期启迪这一类比，却不知他所诉诸的概念正是从这个类比中产生的。

注　释

[1]　"The State of German Literature," *Works*, I, 51.

[2]　*Monologen*, ed. F. M. Schiele, p. 22.

[3]　"Vom Erkennen und Empfinden" (1778), *Sämtliche Werke*, VIII, 208.

[4]　*The Decline and Fall of the Romantic Ideal* (New York, 1936), p. 221.

[5]　*Axel's Castle* (Charles Scribner's Sons, New York, 1936), p. 176.

[6]　*The Geography of Strabo*, i. 2. 5; trans. H. L. Jones (Loeb Classical Library), I, 63. Cf. *Republic* iii. 400.

[7]　Dedicatory Epistle of *Volpone*, in *Critical Essays of the Seventeenth Century*, ed. Spingarn, I, 12.

[8]　所以，考利在为自己写作情色诗辩解时认为，模仿之镜总是严格地朝向外部的 (Preface to *Poems*, 1656, in ibid. II, 85)。他说："这并不意味着诗是一种绘画；诗作并不是诗人的画像，而是描绘诗人所想象的人和物。以他自己的实践和个人的性情而言，他是哲人，甚至是斯多葛主义者，但有时说话也会像多情的萨福。"

[9]　*Elizabethan Critical Essays*, ed. G. G. Smith, II, 142-3, 153-4. Puttenham 作了有趣的补充："人们确实依据自己的性情来选择题材……"参看 Ben Jonson, *Critical Essays of the Seventeenth Century*, I, 41："语言发端于我们最隐僻、最深入之处，是心灵的折射。语言能准确地反映一个人的内心，在这方面，任何镜子都无从比拟。"关于这种观点古老的言证，参见 A. Otto, *Die Sprichwörter und sprichwörtlichen Redensarten der Römer* (Leipzig, 1890), p. 257。

[10]　*The Life of Dr. Johnson*, 13 April 1778. Cf. John Hughes, *Of Style* (1698), *Critical Essays of the Eighteenth Century*, ed. Durham, p. 83. 反对的观点认为，卓越的风格只有一种。参见 Elizabeth L. Mann, "The Problem of Originality in English Literary Criticism 1750-1800," *Philological Quarterly*, XVIII (1939), pp. 113-14。

[11]　*Works of Richard Hurd*, II, 175-6, 184, 204, 213.

[12]　Quoted by Lovejoy, "The Parallel of Deism and Classicism," *Essays in the History of Ideas* (Baltimore, 1948), p. 92.

[13]　*Memoirs*, ed. Henry Morley (London, 1891), p. 35. 十分奇怪的是，18 世纪的自然主义者布封那句名言"风格即人"，经常被错误引用，并且被错误理解为风格反映了

个性。其实根据上下文来看，这句话跟个性无关。布封强调的是，文学作品的优劣并不取决于它所包含的知识和事实，这些不过是普遍属性；而是取决于其风格特性，这才是一个作家对文学的贡献。参见 *Discours sur le style* (1753), Paris, 1875, p. 25。

[14] *Works*, II, 204. 有关这些信条的扩充版，参见 J. G. Sulzer, *Allgemeine Theorie der schönen Künste*, the articles "Manier," and "Schreibart; Styl"。

[15] I (1760), p. 363, 转引自 Mann, "The Problem of Originality," p. 115. 绘画中自我表现的情况也大致相同。参见 e.g. Du Fresnoy, *De arte graphica*, trans. Dryden (2d ed.; London, 1716), p. 65; Roland Fréart, Sieur de Chambray, *An Idea of the Perfection of Painting*, trans. J. E[velyn] (London, 1668), p. 14。

[16] *Critical Essays of the Seventeenth Century*, ed, Spingarn, II, 119, 128. Cowley 认为："透过奥维德的《哀歌》，人们可以窥见他创作时那种谦卑而沮丧的神态……" (Preface to *Poems*, in ibid. p. 81)

[17] London (1697), p. XV.

[18] *Essays of John Dryden*, II, 251, 253. Dryden 也将奥维德与乔叟进行平行研究 (p. 254)；参看 Dryden 在 "Preface to Sylvae" (1685) 中对不同的拉丁语作家的特征描述。

[19] *Samuel Johnson* (New York, 1944), pp. 465-8. 另见 Johnson's "Life of Swift," *Lives of the Poets* (ed. Hill), III, 62-3. H.V.D。H. V. D. Dyson 和 John Butt 早期曾认为，"约翰逊意识到作家及其作品密不可分，这使他成为第一个浪漫派批评家"(*Augustans and Romantics*, London, 1940, p. 67)。

[20] 例如，15 年以前，James Beattie 就使用 "风格即文学之外貌" 的概念评点斯威夫特，他比 Johoson 走得更远："我们经常可以从作品中看出作家的品格……（斯威夫特）所有关于人生的描绘都表明，畸形、卑鄙是他所关注的中心，他的灵魂也就经常被愤怒所折磨……因此如果一切任其自然，（作家）的作品和面相是完全可以展现出其心灵的。" (*On Poetry and Music*, 1762, pp. 50-52.)

[21] Preface to Shakespeare, *Johnson on Shakespeare*, p. 10; 另见 W. R. Keast, "The Theoretical Foundations of Johnson's Criticism," pp. 404-5。

[22] Preface to Shakespeare, pp. 30-31.

[23] *The Works of James Thomson* (London, 1788), I, ix. 参见 Beattie, *Poetry and Music*, pp. 50-51。

[24] "Life of Thomson," *Lives of the Poets* (ed. Hill), III, 297-8.

[25] *Transactions of the Royal Irish Academy*, V (1795), 40-41.

[26] Ibid., pp. 48, 50.

[27] Ibid., pp. 51-3, 56, 59, 87.

[28] Ibid., pp. 83-4.

[29] 转引自 A. C. Benson, *Walter Pater* (New York, 1906), pp. 48-9。

[30] See Chap. II.

[31] Herder's *Sämtliche Werke*, VIII, 207-8; cf. xii, 5-6. Schleiermacher 在其《独白》中展示

了同样的推理。他说，他长期以来一直相信人性具有本质上的一致性。后来，他的"最高直觉"使他突然明白，"每个人都应该以自己独特的方式展示人性并且把其中各个部分凝聚到一起。"他在此基础上得出结论说："语言也要具体表现人们最深处的思想……我们每一个人的语言必须完全是自己的语言，通篇具有自己的特色，以便能精确地表现自己精神的结构……"(*Soliloquies*, trans. H. L. Friess, Chicago, 1926, pp. 30-31, 66.)

[32] Friedrich Schlegel, *Prosaische Jugendschriften*, ed. J. Minor (Wien, 1882), I, 81; 140.

[33] 康德为这些反义词后来流行的用法做了大量的普及工作。后世的用法颠倒了这些反义词从经院哲学家到笛卡尔以来所形成的内涵意义。例如，笛卡尔就把"客观"定义为"灵魂之内""思想之中"；把"主观"定义为"外物之中""灵魂之外"参见 Objektiv 和 Subjektiv 等词条，见 Rudolf Eisler, *Wörterbuch der philosophischen Begriffe* (4th ed.; Berlin, 1929-30)。

[34] *Prosaische Jugendschriften*, I, 81-2.

[35] Ibid., I, 109; I, 135. 施莱格尔因此在其早期批评中经常使用"方式"来代替别人说的"风格"（譬如，我们还记得，赫德就曾把"风格"定义为作者"总的措辞特征和写作方式"），而保留"风格"一词来描述不受作者个人差异影响的统一的语言规范。

[36] Ibid., I, 109; cf. I, 80-2.

[37] 1798 年《雅典娜·片段 116》开篇是这样 "Die romantische Poesie ist eine progressive Universalpoesie"，这是施莱格尔对浪漫主义诗歌的首个正式定义。他再次强调了这一文学形式中现实主义与自我揭示的结合："人们愿意相信它的存在只是为了刻画各式各样诗歌个体的特征，在描述这 功能时，它会失去自我，然而，要表达作者完整的精神，却没有比它更合适的形式了。"(*Prosaische Jugendschriften*, II, 220.)

[38] 见 Lovejoy's "The Meaning of 'Romantic' in Early German Romanticism," and "Schiller and the Genesis of German Romanticism," in *Essays in the History of Ideas*。

[39] Über naive und *sentimentalische Dichtung*, in *Schiller's Werke*, ed. Arthur Kutscher (Berlin, n.d.), VIII, 128, 135, 162; cf. 167-9.

[40] Ibid., pp. 135, 138, 148.

[41] Ibid., pp. 131-2.

[42] *Prosaische Jugendschriften*, I, 107-9.

[43] A. E. Lussky, *Tieck's Romantic Irony* (The University of North Carolina Press, Chapel Hill, N. C, 1932), pp. 67-70.

[44] 关于保罗这段话被德尔图良、奥古斯丁、奥利金以及其他基督教理论家在另外的上下文中的使用，为方便概括，可参见 Ruth Wallerstein, *Studies in Seventeenth-Century Poetic* (Madison, Wis., 1950), pp. 27-48。

[45] Lussky, *Tieck's Romantic Irony*, p. 69.

[46] "Nachricht von den poetischen Werken des Johannes Boccaccio," *Jugendschriften*, II, 411-12; 另见 ibid, 151, 157, 348, 360, 370-71。施莱格尔在同一篇文章中谈到薄伽丘的

Vita di Dante 时评论说:"这篇文献对于诗歌的总体观点也极为出色,他认为诗歌之于隐形事物与神圣力量,犹如大地的植被,躯体的罩衣"(ibid. p. 407)。 这就表明施莱格尔的观念来源于中世纪。

[47] 哈兹里特不但对 Sismondi's *De la littèrature du Midi de L'Europe*,而且也对这两本书做了评论,参见其 *Complete Works*, vols, XVI and XIX. Herbert Weisinger, 在 "English Treatment of the Classical-Romantic Problem" (*MLQ*, VII, 1946, 477-88) 中对一些术语在英国的传播做了评述,但多有缺漏。René Wellek 后来做了补充,见"The Concept of 'Romanticism' in Literary History," *Comparative Literature*, I (1949), 13-16。

[48] *Modern Painters*, III, iv, sect I.

[49] *Coleridge's Shakespearean Criticism*, I, 165-6. 柯尔律治在 *Biographia Literaria*, I, 109, 曾声称他把"主观"和"客观"两个词重新介绍到英语中,这两个词在过去的流派中曾反复出现。

[50] *Coleridge's Miscellaneous Criticism*, p. 148. 关于"古代人的客观性诗歌和现代人的主观情态",参见 Table Talk, p. 268. 有关"主观"和"客观"在当代意义上的区别,参见 De Quincey, "Style," *Collected Writings*, X, 226; Jones Very, "Epic Poetry" (1836), *Poems and Essays*, Boston and New York, 1886, p. 22; W. J. Fox's review of Tennyson, *Monthly Repository*, new series, VII (1833), p. 33; 以及一篇无名氏的作品,"On the Application of the Terms Poetry, Science, and Philosophy," ibid, VIII (1834) p. 326。

[51] *Table Talk*, pp. 93-4. Cf. ibid. p. 213:在风格上讲,莎士比亚是万能的,可在事实上,却无"手法"可言。

[52] Ibid. pp. 280-81. 根据主客观标准对诗歌种类所做的现代分级,请看 Macaulay, "Milton" (1825), *Critical and Historical Essays*, I, 159; Jones Very, "Epic Poetry" (1836), *Poems and Essays*, pp. 41ff.; J. Sterling, "Simonides" (1838), Essays and Tales, I, 198-9。

[53] 引自 J. M, Baker, *Henry Crabb Robinson* (London, 1937), pp. 210-11。关于 *Monthly Repository* 的历史,参见 F. E. Mineka, *The Dissidence of Dissent* (Chapel Hill, N. C, 1944)。

[54] *Lectures on Poetry*, II, 37.

[55] "Literature" (1858), *The Idea of a University* (London, 1907), p. 273.

[56] *Table Talk*, p. 92 (12 May 1830). Cf, Henry Hallam, *Introduction to the Literature of Europe in the Fifteenth, Sixteenth, and Seventeenth Centuries* (1837-9), New York, 1880, II, 270.

[57] *Shakespearean Criticism*, II, 117. Cf. Charles Lamb, "On the Tragedies of Shakespeare" (1811), Works, ed. Lucas, I, 102-3.

[58] *Table Talk*, p. 213 (17 Feb. 1833). 参见 *Shakespearean Criticism*, II, 118n.。他的戏剧"都具有自己的特色,但又毫不雷同"。莎士比亚思想的特点和力量仍然可从其作品中略见一二, 关于这点,参见 Coleridge's treatment of *Venus and Adonis*, in *Biographia*, II, 13-14。

[59] *Miscellaneous Criticism*, pp. 43-4.

[60] *Biographia*, II, 20. 另见 *Shakespearean Criticism*, I, 218; II, 17, 96, 132-3。

[61] *Table Talk*, p. 294 (15 Mar. 1834). Cf. *Biographia*, II, 20. 关于同感的概念的美学历史，参见 W. J. Bate, "The Sympathetic Imagination in Eighteenth-century English Criticism," *ELH*, XII (1945), 144-64; 以及 *From Classic to Romantic*, Chap. V。

[62] "On Genius and Common Sense" (1821), *Complete Works*, VIII, 42.

[63] "On Shakespeare and Milton," *Lectures on the English Poets* (1818), in *Complete Works*, V, 47-8, 50. 参见 J. W. Bullitt, "Hazlitt and the Romantic Conception of the Imagination," *Philological Quarterly*, XXIV (1945), 354-61。

[64] 旁注，转引自 Charles and Mary Cowden Clarke, *Recollections of Writers* (London, 1878), p. 156。但济慈认为，哈姆雷特"比剧中其他任何人物都更像日常生活中的莎士比亚"(*Letters*, p. 347)。

[65] *Letters*, pp. 227-8 (27 Oct. 1818).

[66] *Sämtliche Werke*, ed. Eduard Böcking (Leipzig, 1846), VII, 38n. 在这个问题上，参看 Otto Schoen-René, *Shakespeare's Sonnets in Germany: 1787-1939*, 未公开发表的博士论文 (Harvard University, 1941)。

[67] Trans. Black and Morrison (London, 1889), p. 352.

[68] "别讥笑十四行诗"，华兹华斯在他的《诗集》(1815年) 的一篇增补短文中说："现存有一小卷莎士比亚的题材广泛的十四行诗。在诗中莎士比亚以整个身心来抒发自己的感情"(*Wordsworth's Literary Criticism*, p. 179)。

[69] *Shakespeare's Autobiographical Poems* (London, 1838), pp. 3, 45-7, 181. 对于莎士比亚十四行诗的传记性的解读，请参看 Hyder E. Rollins' edition in the *New Variorum Shakespeare* (Philadelphia, 1944), II, Appendix IV。

[70] "Shakespeare," *Poems and Essays*, pp. 39, 37, 40.

[71] "Hamlet," ibid. pp. 53-5, 60.

[72] "Goethe" (1828), *Works*, XXVI, p. 245.

[73] Ibid., pp. 244-6.

[74] *On Heroes, Hero-Worship and the Heroic in History* (1841), in *Works*, V, 101, 104, 108-11. 爱默生在部分模仿卡莱尔的《英雄和英雄崇拜》写的一篇关于莎士比亚的文章（见 *Representative Men*, 1850) 中，没能发现卡莱尔所抱怨的那些自我展现的局限性。"他在戏剧中隐藏了个人思想上什么特点呢？……所以，莎士比亚绝非鲜为人知，相反，在近代史上所有作家中，人们对他了解最多。"

[75] *Shakespeare: A Critical Study of His Mind and His Art* (London, 1875).

[76] *Table Talk*, pp. 92-3; 12 May 1830. Cf. *Shakespearean Criticism*, II, 96; and *Biographia*, II, 20.

[77] 托马斯·牛顿于1752年注意到参孙从594行开始的挽歌："我感到我真正的性情剧烈衰退。"他说："在这里，弥尔顿以参孙之口抒自己之情……如果不是根据自己的感情和体验，他绝不会写得这么好"(*Paradise Regained ... To which is added Samson Agonistes*. 2d ed., London, 1753). Cf. his comment on line 90, and *passim*. See also William Hayley, *The Life of John Milton* (London, 1835)。

[78] Dryden, "Dedication of the Aeneas," *Essays*, II, 165; Addison, *Spectator* No. 297 (9

Feb. 1712); Dennis, *The Grounds of Criticism in Poetry* (1704), *Critical Works*, I, 334; Chesterfield to his son, 7 Feb. 1749, *Letters*, ed. Bonamy Dobrée, 6 vols. (London, 1932), IV, 1306.

[79] "Life of Milton," *Lives of the Poets* (ed. Hill), I, 157.

[80] Burns to Mrs. Dunlop (30 Apr. 1787), *Letters*, I, 86; and to James Smith (11 June 1787), ibid, I, 95.

[81] *The Marriage of Heaven and Hell*, in *Poetry and Prose*, p. 182.

[82] *Shelley's Literary and Philosophical Criticism*, pp. 145-6. 在《解放了的普罗米修斯》的序言中，雪莱称撒旦为"失乐园中的英雄"，但不像普罗米修斯那样在性格上"富于诗意"，因为撒旦有野心、嫉妒心和复仇心等污点。

[83] Review of Josiah Conder's *The Star in the East*, in *Quarterly Review*, XXXII (1825), pp. 228-9.

[84] *Table Talk*, pp. 267-8.

[85] The tenth in the Lectures of 1818, *Miscellaneous Criticism*, pp. 163-5. 另见柯尔律治对撒旦的道德心理做的精彩分析 (Appendix B of *The Statesman's Manual*, in *Lay Sermons*, pp. 68-70). Macaulay 在 1825 年写的关于弥尔顿的文章和柯尔律治的解释不谋而合；参见其 *Critical and Historical Essays*, I, 169-70。

[86] "On Genius and Common Sense" *Complete Works*, VIII, 42.

[87] *Lectures on the English Poets* (1818), ibid, V, 63, 65-7.

[88] "On the Writings of Thomas Carlyle" (1839), *Essays and Tales*, I, 340-41.

[89] *Studies in Keats New and Old* (2d ed.; Oxford, 1939), p. 121.

[90] "John Milton," *English Institute Essays*, 1946 (New York, 1947), pp. 11, 18. 参照其 *Paradise Lost in Our Time* (Ithaca, N. Y., 1945), Chap. III。

[91] *Table Talk*, p. 93; 12 May 1830. 关于当时流行的观点，即历史上并没有荷马这个人物，参见 Georg Finsler, *Homer in der Neuzeit* (Leipzig and Berlin, 1912), pp. 202ff。基布尔也探讨并否定了这种可能性，见 *Lectures on Poetry*, I, 96-9。

[92] *Lectures on Poetry*, I, 25-6, 259.

[93] Ibid., II, 35-7. 很奇怪，济慈的书信中也有与此相仿的段落："人的一生无论贵贱，都像是一个持续的寓言——很少有人能看清生命的奥秘——这生命犹如圣典，充满寓意……莎士比亚的一生就是一个寓言：他的作品就是对这一生的评介。" (To George and Georgiana Keats, 14 Feb.-3 May 1819, *Letters*, p. 305)。

[94] Keble, *On the Mysticism Attributed to the Early Fathers of the Church*, No. 89 of *Tracts for the Times* (1841) (Oxford and London, 1868), pp. 6, 152; Wordsworth, "The Simpton Pass," ll. 18-20.

[95] Ibid., pp. 169, 189, 152. 另见 the quotations from the Fathers, pp. 56-7, 155-6。

[96] Ibid., pp. 147-8; cf. pp. 189-90. 风格揭示人性，这是修辞学格言；上帝可以通过其子略见一斑，这是罗格斯教义，最早使二者产生关联，参见 Pierre de la Primaudaye, *L'Academie Françoise* (1577-94), quoted in John Hoskins, *Directions for Speech and Style*,

ed. Hoyt Hudson (Princeton, 1935). pp. 54-6。

[97] Lectures on Poetry, I, 93.

[98] Ibid., I, 95, 100. 对诗歌种类最初的选择也能体现人物性格:"偏好行动"的诗人喜欢创作史诗和戏剧,而"喜爱静物、乡村和恬静的消遣"的诗人就会去写田园诗或牧歌 (ibid. p. 92)。

[99] Review of Lockhart's *Life of Scott* (1838), in *Occasional Papers*, pp. 25-6.

[100] *Lectures on Poetry*, I, 122, 147; cf. p. 107.

[101] Ibid., II, 36, 97, 99. Charles Lamb 稍早写的一篇文章在概念和措辞上与此非常相似:"一个技艺娴熟的小说家借别人的喜怒哀乐表达自我——他使自己代表许多人又或者是将许多人凝缩为自己……感情更为炽热的戏剧家,毫无疑问也是在他人感情发泄的幌子下,吐露自己内心最深处的感情、委婉地讲述自己的故事,如此而不被人挑刺。" (Preface to *The Last Essays of Elia*, 1833, in *Works*, II, 151)。

[102] Ibid., I, 122, 147, 167-8; II, 105. Cf. I, 159.

[103] Ibid., I, 172. Cf. pp. 147-8. Robert Burrowes (see page 235),更早还有 Robert Wood,主要为了探索诗人所熟悉的社会环境,都曾建议过这种策略。参见其 *Essay on the Original Genius and Writings of Homer* (1769), London, 1824, p. 23。

[104] Caroline Spurgeon, *Shakespeare's Imagery* (New York, 1935), p. 4:"通过形象,用来阐明其笔下角色语言和思想中的不同之处的文字图像……诗人在不知不觉中将自己内心深处的好恶之情暴露无遗。"

[105] *Lectures on Poetry*, I, 190.

[106] Ibid., I, 190. 更为奇怪的是,基布尔的同时代人也试图辨别出自我表达的线索。C. A. Brown 1838 年曾就莎士比亚的十四行诗写过评论。他认为:即使在莎翁的戏剧中,"通过情节和人物的选择与创造,通过他处理这些情节和人物时所表现出来的心灵倾向,通过一些观点的不断再现,通过他明显表现出来的爱憎",他也会显露出自己 (*Shakespeare's Autobiographical Poems*, p. 5)。Bulwer-Lytton 曾指出,一个作家笔下的主人公所表达的感情"就是作家当时的感情;如果你发觉这些感情充斥在他所有的作品当中,那他自己的思想中就会充斥这些感情" [*The Student* (1835 and 1840), 转引自 W. J. Birch, in *An Inquiry into the Philosophy and Religion of Shakespeare* (London, 1848), pp. i-ii]。这里所说的,再加上稍前所引用的 Robert Burrowes 文章,从中我们可以再提取两条标准。基布尔曾运用过这两条标准,尽管并不是那么明显。

1) 重现的标准。如果作者反复提及某个话题或某种暗指,我们可以猜想作者本人正为其着迷。

2) 无端篡改的标准。Burrowes 曾这样表述(51 页):"一个人放着直路不走,那肯定是去走他更喜欢的路。"参见 Keble, II, 105。

[107] Donald A. Stauffer, *Shakespeare's World of Images* (New York, 1949), pp. 362-9; Henry A. Murray, "Personality and Creative Imagination," *English Institute Annual*, 1942 (New York, 1943), pp. 139-62. Murray 对浪漫主义标准所做的两条补充分别来自弗洛伊德

和荣格：1) 反映"孩子跟父母尤其是跟母亲的关系"的符号。2) 类似于古代神话和民间传说的主题，"遗传的典型性情"是最好的说明。

[108] Review of Lockhart's *Life of Scott*, in *Occasional Papers*, pp. 3, 25.

[109] 将基布尔研究荷马的方法与他 18 世纪的先行者作一比较，或许颇有启发。Blackwell 在他的 *Enquiry into the Life and Writings of Homer* (1735) 中，企图依赖从荷马史诗中得来的材料拼凑出古老传统，以期重构荷马的生活和时代。然而，他几乎是一个彻底的文学决定论者，他强调种族、时机和社会环境，而忽视甚至完全否认他称之为荷马的个人"天才"的作用。因此，他是丹纳而不是基布尔的先导（参见 e.g., the 2d ed., London, 1736, p. 345）。Robert Wood 在 1769 年的一篇文章中也强调他所知晓的地理、风俗和宗教事实而忽视了荷马的个性 (*An Essay on the Original Genius and Writings of Homer*, London, 1824, p. 15)。

[110] Flaubert, *Correspondence*, ed. Eugène Fasquelle (Paris, 1900), II, 155; 类似的段落参见 ibid, II, 379-80; IV, 164; V, 227-8; VII, 280。参见 Stephen Dedalus 关于"美的神秘"和"物质创造的神秘"的比较。在戏剧中，"艺术家如同造物主一样是不可见的，他隐藏在作品的字里行间……"(James Joyce, *A Portrait of the Artist as a Young Man*, Modern Library ed., p. 252)

[111] Shakespeare (Cambridge, Mass., 1926), pp. II, 47, 51.

[112] *The Personal Principle* (London, 1944), pp. 183-4.

[113] W. R. Inge, *God and the Astronomers* (London, 1933), p. 16. Dorothy L. Sayers 在 1941 年出版的 *The Mind of the Maker* 一书中，详细阐释发展了这样一个主题：上帝造物的概念根植于艺术家的创作经历之中，并通过这经历得到阐释。例如，一个凡人作家的心灵"既存在于其作品之中又超越了作品"；同时我们也可以说，上帝创造万物就是"写下了自己的传记" (9th ed.; London, 1947), pp. 44, 70。

第十章

忠实于自然的标准：罗曼司、神话和隐喻

　　人类思想的自然口味或趣味是希求真实；这个真实可以产生于……表现的事物与被表现的事物之间的一致；也可以产生于任何一种序列的各个部分彼此之间的呼应……

　　不肖之像便为假象。各部分的排布比例失调就不合理；因为它不可能成其为真，它将一直是自相矛盾的，除非它断言，部分与整体之间没有任何联系。

——乔舒亚·雷诺兹：《演讲之七》

如果认为诗歌是对自然的模仿和再现,那我们就可以说诗歌的首要条件是必须"真实",必须在某种意义上酷肖它所反映的自然。在新古典主义批评中,"真实"这个词或其对应词的确是最重要的审美标准;真实(如布瓦洛在业已成为谚语的一段话中所说)就是美。

> 只有真实才美;只有真实才可爱,
> 它应当统治一切领域,包括寓言故事:
> 虚构中不折不扣的虚假
> 只为使真理显现得更为清楚。[1]

可以认为,甚至趣味也是感受真实的器官,绝不亚于理性。约翰·邓尼斯写道:

> 我们称为作品趣味的那个东西,就是对真实的细微辨别力。但是在有识别能力的人看来,真实总是只有一个,总是不变的;因此如果起初能使一个人感到愉悦的真实趣味,最终肯定可以令整个世界愉悦。[2]

确实,真实"总是只有一个,总是相同的",但这个术语在使用时所具有的审美意义却多得不计其数。有时真实的标准包括双重条件,即作品必须展示其内在的协调或各部分之间的相互照应,同时还必须与它在外界自然中的模式相呼应。反过来,强调作品必须与自然一致,这个条件的意义也是变化不定的,绝不亚于"自然"这个词本身的变化。然而,尽管它有着多变性,我们还是可以觉察到这么一种强烈的倾向,即认为即便是诗中反映的理想化的自然,也必须同经验世界的内容和法则相协调。说诗所模仿的主要是"美的自然",或是准柏拉图式的理念,或是模糊的亚里士多德的宇宙，或是一般的类型，都未尝不可。但是在坚持经验主义哲学传统的批评家们（也就是绝大多数 18 世纪的英国批评家们）看来，所有这些理想观念都是以某种方式从感觉经验的世界中衍生出来的，促成了（即便是间接地促成了）已知的自然构成和秩序。[3] 乔治·坎贝尔在《修辞哲学》(1776 年) 一书中表达了这一观点：

> 不，尽管在某些活动中，比如在某些诗或罗曼司中，就某些相关的个别事实而论，人们既不追求也不期待真实，真实仍然是思想追猎的目标，是有关性格、风俗和事件的一般真实。当这些都被保存在作品中时，如果被当作生活的写照，就可以公正地说这部作品是真的，尽管它被当作对某个特殊事件的叙述时并非真实。就连这些非真实的事件也必然是真实的仿造物，并带着真实的烙印……[4]

因此，按照王政复辟后期的批评家们通常的解释，模仿原则的重心便倾向于与开明人士心目中的世界相一致。缘此，许多批评家都遇到了这个难题，即必须使古典神话、罗曼蒂克巫术和传说，甚至修辞形象偏离字面真实意义等传统的诗歌成分，符合忠实自然这条首要标准。18 世纪，人们曾试图对这些材料加以解释，并陈述其理由；这些尝试本身很有趣，其中有些例子还导致了有关诗的一个新颖的、非模仿论的概念，这个概念注定要在本世纪的批评理论中产生惊人的效果。此外，讨论 18 世纪某些批评家和华兹华斯、柯尔律治等后来的理论家在处理这一问题上的差异，可以让我们对典型的新古典主义和浪漫主义论诗之法间的根本分歧有新的认识。

一 真实与诗的神奇

17 世纪中叶以后许多开明的读者都笃信，人对自然的结构和秩序的了解在最近一段时间得到了极大的纠正。如果说新哲学使一切都受到怀疑，那么它很快又带来了新的不可撼动的知识信念。几千年以来，亚伯拉罕·考利在其《致皇家学会》的颂歌中吟唱："哲学……仍然没有成熟"，

直到"培根这个伟人出来","像摩西一样领着我们前进",使我们看到了

> 那些刚刚被发现的广袤国土；
> 在这里我们看到，人们不崇拜自然，
> 而是崇拜自然的形象和偶像……

我们切不可搞错，那个时代的诗人是如何理解这一自然新揭示出来的最为重要的特征的。它并不是像人们在读了 A. N. 怀特海的精彩论述后很容易想到的那种抽象的物理学假说体系——只有最基本的感受力的粒子运动时的机械秩序——这原本是由笛卡尔和牛顿提出的。批评家和诗人都没有屈从具体性误置的谬误，也没有认为自然是"一件无声无味无色的无聊之事；不过是物质的无穷无尽又毫无意义的混乱运动"；他们也不认为"诗人们完全错了。他们的抒情诗应为自己而作，应将它们变成赞美人类思想精华的自我颂歌"。[5]一个诗人一旦做出艾迪生所说的"现代人的那个重大发现"，一旦认识到"光和色……只是思想的观念，而非存在于物质中的属性"，那么他就常常会像艾迪生一样受到激励，不是去称赞他自己的长处，而是去赞美天公的恩惠，因为这恩惠促使上帝"为宇宙添缀了额外的装饰，使它更加适宜于想象"。[6]

这种新的自然很快就对批评以及诗人的实践产生了直接影响。它不是什么高层次科学抽象的宇宙，而是处于常识的具体层面之上。根据这种观点，经验主义主要通过彻底清除古典派和后基督教的迷信和幻觉中的乌有之事而改变了自然的面目。霍布斯在《利维坦》中，偏离本题地指出，正是由于完全不知道"如何将梦幻以及其他强烈的幻觉同视觉和感觉加以区别"，才使得异教徒去崇拜"森林之神、小动物神、仙女神之流"，并导致了今天"那些未开化的人对于神仙鬼怪妖精、对于女巫魔法力"的种种看法。[7]托马斯·斯普拉特著有《皇家学会史》，前面附有考利的颂诗："古时的诗人设想出成千个虚假的吐火女怪……"他在书中这样描述了新的科学世界：

> 但是，自从《真正的哲学》出现以来，几乎就不再听到任何人谈

论这类恐怖动物了……事物的进程按其自身的自然因果的渠道默默地向前流淌。这是实验的功劳;尽管这些实验尚未完全发现真实世界,但它们却已把惊扰人类心灵的虚幻世界中那些野蛮的居住者驱逐得一干二净。[8]

于是,人们猛然意识到,而今的"真实世界"比起远古诗人所模拟的种种"虚幻世界"来,有着天壤之别。尽管约瑟夫·格兰维尔等人力图保留巫术的信誉,以此作为非物质世界中宗教信仰的基本因素,但当时的大多数有识之士坚信,世上根本没有荷马所说的那些神祇,也绝没有更近时期的基督教罗曼司作者笔下被威廉·坦普尔爵士蔑称为"幻觉中那个神仙、小精灵、妖怪和妖魔怪物(Bul-beggars)的部落"[9]。

诗人被再三告诫,诗应该反映的,正是这个"真实世界"。基督徒对异教徒神话的敌意无疑早就侵入诗歌领域中了;除此以外,否认魔力和巫术并不是新哲学家们的首创,许多清教徒作家早就在对抗罗曼司的创作素材时表现出了这一点。[10] 但是 17 世纪中叶以后的批评中有一个显著的因素,即是消除诗与现实之间分歧的系统的运动,主要参加者自己就是诗人,并且投身于或者非常接近经验主义哲学运动。在这一发展过程中,有一个决定性的事件就是出版了达夫南那首未写完的史诗《龚迪拜尔》(1651 年),出版时增添了达夫南的自序、霍布斯的复信以及沃勒和考利作的序诗。正如马克·凡·多伦所说,所有这些加在一起,便"规定了新诗的素材",并且"几乎成了新美学的教科书"。[11] 达夫南宣称诗人的工作是"表现世界的真实形象",他在自己的史诗中指责塔索的做法不当,

> 因为他的错误都是古人曾犯过的,细究起来,古人犯错在很大程度上是可以谅解的,他犯这些错误就是不可饶恕的。看看他在天堂里都聚集了什么:女巫们游荡在空中,森林里住满了妖魔鬼怪。[12]

沃勒和考利都称赞达夫南在他自己的史诗中抛弃了拥有神祇、妖怪和仙女的幻想世界。霍布斯的《答达夫南》表达了对他的见解和实践的支持,这封复信具有批评宣言的那种调子和决断口气。他说,一首诗的结构"应

该"符合模仿人生的要求。"诗人也是画家……"

> 有些人对虚构作品深感不满,除非它大胆到不仅超越作品,并且还超越了自然的可能性:他们要的是刺不穿的盔甲,闹鬼的城堡,金刚不坏之躯,铁人,飞马……〔但是〕真实乃是历史的界限,因而真实之摹本也就是诗歌自由的极限……诗人可以脱离自然的实物作品,但绝不能超出自然所表达的可能性。[13]

凡是诗论都要讨论可能性和或然性,这当然是亚里士多德倡导的。但是在亚里士多德看来,诗的或然性与其说是符合事物外在秩序的结果,毋宁说是作品自身各部分之间关系的结果;如此看来,或然性甚至可以吸收在经验上是不可能的东西,因此"比起令人难以相信的可能性,人们总是更愿意接受可能的不可能性"。霍布斯则认为,诗中的真实和可能已经成了与自然的显在秩序之间的简单对应。诗必须按其本来面目模仿外部世界:必须在对自然及自然规律的经验了解之基础上去表现——并不是业已过去的单独事件,否则诗就成了历史;这并非就诗之虚构的权利而言;而是——我们所知的各种现存的物质,我们认为可能会发生的各种事件。

在接下来的一个世纪中,一大批批评家对霍布斯关于模仿原则的解释做出了响应或效法。基督教特有的超自然素材具有神奇和真实的双重优势,因而理所当然地常被选入诗中:尽管有些批评家不赞同使用这类素材,原因是对它们不能进行适当的诗化处理。有些批评家则认为,异教的神奇素材是史诗的基本要素,因为它们能产生"惊奇"和"羡慕"的效果,而这正是史诗所不可或缺的特点;但又指责说这在其他诗体中不宜运用。因此艾迪生赞赏荷马和维吉尔的机制,嘲讽现代诗人在不重要的诗体中也使用神话人物,说在这类诗中"最无稽的莫过于求助我们的朱庇特和朱诺"[14]。另一些作家则决不允许忠实于真实世界的标准有任何例外。"这是因为,"理查德·布莱克莫尔爵士,难以卒读的史诗《亚瑟王子》的作者,写道,"诗乃是自然之摹本,它绝不可能是一种有规则的活动。那样的话就只能表现从未存在并且也不可能存在的事物"。按照他自己的解释，或然性具有统计学意义上频繁率和日常生活中的现实性，"不是能频繁观察得到的东西，以及作为物质和道德原因之共同结果的东西，都不允许存在"。[15]

当时一些最有名望的人也站了出来，反对诗歌偏离其经验本质的模型。休谟说，"确切地讲，画画吐火女怪算不上什么模仿。这种表现已失去了它的正当性，人们在看到一幅什么也不像的图画时，心里总是不满的"[16]。凯姆斯勋爵做了一个详尽的心理学建构，他想要表明的是，即使在史诗中，"也不能允许任何不可能的事件存在：就是说，不允许任何与自然秩序和规律相悖的事件存在"；他不仅应用这种观点诋毁塔索的那些浪漫主义的"想象中的存在"，甚至也贬斥了荷马笔下的神，他认为这些神"并不为他的诗增色"。[17]而对诗中的虚构上帝的反对最激烈的，自然非约翰逊博士莫属。他说，"关于古代诗人，每一位读者都觉得他们的神话极其乏味和沉闷"。在现代诗中，他允许有"偶尔为之的隐喻或淡笔一描的图解"存在，他还承认，尽管在《失乐园》中这类隐喻不"总是让人觉得它们是为了装门面而使用的……它们给叙述增添了色彩，使人交替运用他们的记忆和幻想"[18]；但他对弥尔顿的《利西达斯》，蒲柏的《圣塞西莉亚日》或是格雷的颂诗却毫不留情，认为它们那些"陈腐神话的幼稚言行"在很大程度上背离了真实。[19]

二　偏离经验真实的逻辑

但是，那些假真实之名而欲将所有神祇、精灵和不可能性都从诗中清除出去的批评家们，其实是在抗衡着一个最有分量的作诗传统。鉴于《伊利亚特》和《埃涅阿斯纪》的例子，再加上亚里士多德的名言：神奇乃史诗之必备特征，因此许多批评家都和蒲柏持相同见解，认为荷马笔下的诸神"至今仍然是诗中的天神"；有的甚至宣称神话设计是史诗的精华和"灵魂"[20]。从长远的观点来看，更为有力的是人们对约瑟夫·沃顿所说的"浪漫、神奇、粗犷"——也就是后来被塔索、斯宾塞和莎士比亚等文艺复兴时期诗人过分崇拜的描写巫术和魔力的材料——表现出日益高涨的热情。异教徒或浪漫派中坚持神奇的成分的人所面临的问题是：诗乃自然的模仿，那么诗如果表现自然界不存在的事物和事件，该如何正确说明诗之缘由呢？解决这一问题的典型做法，是维持真实的标准或经验盖然性，但须稍作调整，以便允许诗人像博赫斯神父在那句令人难忘的话中所说，有创意地撒谎。正如那位耶稣会会士所说，寓言中的世界显然是虚假的，但是"诗人撒谎只要撒得巧妙，不但是允许的，而且是一种风格，是值得骄傲的"[21]。

诗可以偏离自然秩序，这种说法的理据基于这条可说是新古典主义的普遍原则，即诗确实是对自然的模仿，但模仿只是一种手段，其最终目的是感动读者，给读者以快感。詹姆斯·贝蒂写道，"我认为，事情早就很清楚了，诗的目的在于给人以快感"；

——如果从真实自然方面来考虑，诗不会比历史给人以更多的快感，因为历史就是真实自然的复写；——然而我们又期望诗给人更多快感，因为在诗中，无论是虚构还是选择辞藻，我们都给了它极大的自由……[22]

根据这一基本模式，不论是古希腊罗马的还是现代的诗歌奇才，都可以在各种探讨领域中受到辩护。例如，谈及一首诗的构成因素，手段（模仿）和目的（快感）的二重性就常常反映在内容与修饰的区别之中；主题内容主要由真实事物构成，但神话以及文学中其他的不可能之事又必然会修饰自然，使它免于沉闷腻人。布瓦洛在谈及史诗中的寓言成分时说：

因此，在这一堆高尚的故事之中，
诗人以千百种虚构来自娱，
使万物得到点缀、拔高、美化和增大……
没有这一切装饰品，诗就没有生气……[23]

有时，当问题牵涉到文学杰作的一般规范时，讨论又成了对两个极端的调和。休·布莱尔在总结这一概念时说，"确实，我觉得在史诗中，最难做到的莫过于适当地分配神奇之事和或然之事的合成比例，既要使其中的一样东西给我们以满足和乐趣，又不能损害另一样东西"[24]。

但是，随着讨论的进展，批评按照诗是获取效果的工具这一定义的逻辑，将其讨论的立足点从外界自然逐步转向人性——诗人受众的人性——并认为，真实或称盖然性就是与读者的期待的反应保持一致。这一转变可以从法文术语中看出来。诗的基本要求不是 le vrai，而是 le vraisemblable，即不是真实而是逼真；而"逼真性"，按拉潘的说法，"就是一切与公众意见一致的东西"[25]。因此在 18 世纪的理论进程中，对诗的神奇性的探讨包含了对诗的假象，或者用凯姆斯的话说，"白日梦"的心理的十分详尽的分析。在这个探索区域中，对诗的神奇性持赞成意见和反对意见的人之间的分歧主要在于，读者能接受诗中什么样的不可能性，能接受到什么程度。有些批评家处在这一极端，他们赞同休谟的观点，即"当人们发现一幅什么也不像的图画时，心里总是不满的"。托马斯·特文宁则站在另一个极端，他由衷地赞同他认为是亚里士多德的见解，即诗的目的是给人以快感，所以必须为诗说句公道话，诗中"不但可以写不可能的事，甚至也容得荒诞的事，写了这些比不写这些似乎更能达到那个目的"。"如果我们情愿受骗，那么诗的责任就是欺骗我们。"[26]

然而，就连特文宁这样的极端主义者也承认，一般读者为了期待中的快感而情愿放弃毫无价值的真实，前提是要求诗的虚构具备一些特殊属性，这些属性主要有：

（1）虚构必须符合通常的信念。特文宁觉得，现代批评家当中的理性主义者不总是能看出"通俗的见解和信仰对诗的可信性的影响力……"[27]《龚迪拜尔》及其序言篇章发表几十年后，德莱顿曾毫不隐讳地驳斥了达夫南、考利和霍布斯的原则，他认为人们对于"不取决于感觉"的事的广泛信仰，是诗的虚构的充分依据：

> 谁要是反对精灵的出现，以及魔法筑起宫殿之类的不可能之事，那我便会斗胆告诉他，一个英勇的诗人不只限于表现真实的或极为可能的事……古往今来，在所有的宗教中，人类的绝大多数都相信魔法的力量，也都出现过精灵鬼怪。这就够了。我要说，这就是诗歌的坚

实基础……"[28]

德莱顿表明了这个均变说的观点,即见解的普遍性和恒义性是各种实际事情中可能性的有效证据。他说,这种普遍认可足以证明,在谈到鬼怪和魔法时,"它们在自然中真的存在也未可知"[29]。然而,后来有些作家的看法与哲学家的看法完全相同,认为鬼怪和魔法不过是人皆有之的幻觉而已;他们求助于这种通俗信仰的力量,以此作为愉悦原则的辅助观念,消除怀疑心重的读者对虚构事物的抵触。艾迪生认为,女巫、符咒和仙女之类,主要是道德家们"在世界被学问和哲学照亮以前"行使虔诚的欺骗之产物。然而这些东西至今对于诗仍有足够的或然性,因为"至少我们都听过许多有关这些东西的动人故事,所以不愿去戳破谎言,而心甘情愿地受到如此惬意的欺骗"[30]。

(2)自我一致。人们常认为,所谓逼真性,在很大程度上取决于艺术家创造超自然人物的技巧,用贝蒂的话说,这种人物"必须自我一致,并与可能的情景有联系"[31]。理查德·佩恩·奈特就持这种观点:"诗的或然性与其说来自虚构之事与真实事件的相似,倒不如说来自语言与情感的相适、情感和行动与人物的相配,以及寓言的各个不同部分间的相互谐和。"[32]托马斯·特文宁认为,在想象的人物和虚假事件这方面,诗的"或然性,本质,或真实"是依赖一种无意识的推理过程而决定的,读者被诱导着默默地接受了某些违背事实的假设,于是其余的假设也就顺理成章了。[33]

尽管热衷于超自然描述的人对诗中描写神话魔法表示认可并想方设法证明其合理性,描写神话和魔法的诗却并不是18世纪诗人的拿手好戏。就连理查德·赫德,尽管他欣赏诗歌之神奇,认为"行骗者比不行骗的人更诚实",也"不建议现代诗人"在当下这个无信仰的时代"恢复这些神仙故事"。[34]罗曼司中的虚构事物大都被逐出了严肃的诗,在哥特式小说中过着没有指望的残缺不全的日子。这种形式的最高成就是安妮·拉德克利夫创作的传奇故事,这些故事在实践方面相当于试图调和虚构和真实,最终也只能夸口说,貌似神奇的东西最终是完全符合科学规律的。而在古典时代，那些古典天神除了柯林斯和格雷的不同凡俗外，都纡尊降贵，不比"接种，你这上天的使女"*，和其他一些以大写字母拟人化的抽象概念，更加有血有肉。[35] 这就是说，滑稽诗这个特许的诗体除外，这一时期最为活泼的超自然力量的设计见于蒲柏的嘲讽史诗《卷发遇劫记》。[36]

三 作为异态世界的诗

我们还发现，有关诗的虚构问题，一种激进的解决方法在 18 世纪的批评中已经初现端倪，它把超越自然的诗同模仿原则完全割裂开来，并同经验世界没有任何干系。在这一方法的形成过程中，一个关键事件就是，诗是模仿，是"自然之镜"这一隐喻，被诗是异态世界、"第二自然"，是诗人仿效上帝创世的方法而创造的这个隐喻所取代。我们在前面一章发现，上帝与诗人，上帝同其世界的关系与诗人同其诗作的关系之间的相似性最早导致了下面这条现在广为流行的原则的出现，即诗是伪装了的自我揭示，作者在诗中"既可见又不可见"，既表现了自我也隐藏了自我。后来证明，同是这种相似性却导致了有关艺术品的另一个概念，这个观念似乎同样时髦，几乎同样流行，而且（由于在很大程度上遗失了来源标志）常常明显地与它的同源命题相对立，即诗是个性的表现。这种观点构成了"新批评"的大部分中心内容，即诗的立论和诗的真实与科学立论和科学真实截然不同，因为诗以自身为对象，是自给自足的话语世界，我们不能要求它忠实于自然，而只能要求它忠实于自身。

在文学创作领域中运用的"创造"一词已成了一个毫无色彩、行将死亡的隐喻；正如洛根·皮尔索尔·史密斯所说，最新款式的帽子比最新样式的诗更可能被当作"新创造"而受到人们欢迎。然而，这一习语是一个隐喻的残留物，四个世纪前，这个隐喻还是新的，充满了生机，并且——由于它把诗人等同于上帝，仿佛诗人也具有上帝特有的能力——

---

* 接种预防天花是18世纪重要的医学发明，此处拟人化呼语对接种的歌颂引自18世纪颂诗。——译者注

离亵渎神明仅有一步之遥。认为艺术家与神之间存在着某种关系，这当然同诗是由天神发起并授以灵感这一信念同样古老；在古代，人们也常以雕塑家或其他艺人工匠的活动来说明世界是由神创造的。但是，公然把诗人的创造比作上帝创造世界的活动，这似乎是15世纪后期佛罗伦萨作家笔下的产物。费齐诺的柏拉图"学院"的成员克里斯托福罗·兰迪诺在《论但丁》（1481年）一书中引证了柏拉图的《伊安篇》和《斐德若篇》以及拉丁术语 vates（先知）等证明，诗人是预言者，接着又把这些异教观点同犹太人和基督徒对上帝的创世之举的思索融合为一：

> 希腊人所说的"诗人"来自"piin"〔原文如此〕这个动词，它的意思介于"创造"和"制作"之间。"创造"是上帝特有的无中生有的能力；而"制作"指的则是凡人在任何艺术中有材料有形式的创作活动。因此，尽管诗人并非完全凭空杜撰，然而他的活动却早已不是制作，而是相当接近于创造了。上帝是至高无上的诗人，世界就是上帝的诗。[37]

类似的陈述在16世纪的文学理论家当中变得相当常见。雪莱后来曾反复引用他所认为是塔索的大胆而真率的话："只有上帝和诗人，配称创造者"；尽管其措辞不一定如此，但这大意确实可以在塔索[38]及其许多前辈和同辈人的著述中找到。其中影响最大的论述是斯卡利格1561年所作，他用晦涩的拉丁文指出，诗比其他任何艺术都要优越，因为其他艺术是"按事物的本来面目表现事物，在某种意义上有如一幅有声的画；而诗人所表现的则是另一个自然，是多样的命运，从而使自己似乎也成了上帝"。由于诗的艺术"是以美化现实的方式表现那些存在以及不存在的事物形象"，所以它不像"在其他艺术中那样如同演员般地叙述事物，而是像另一个上帝，直接创造事物本身（res ipsas ... velut alter deus condere）"[39]。

这个概念是由菲利普·锡德尼爵士介绍到英国文学批评中来的。他说，罗马人称诗人为"vates"，即先知，希腊语则称 poeta，源自 poiein，是"制作"的意思。制造者的名称是无与伦比的，用在这里很合适。因为所有其他艺术都是以自然的作品为其主要目标，只有诗人例外。他不屑受到任何此类的约束,而是带着自己的创造活力不落窠臼,所以他事实上的确形成了另一个自然,他所创造的事物比自然的杰作更美,或者是焕然一新,创造出自然中从未有过的形象,诸如半神式的英雄、半神半人、独眼巨人、吐火女怪、复仇三女神……

他还说,让我们"对创造者的神圣创造者*表示应有的尊敬,是他……使〔人〕超越并高出那第二自然的所有作品;这一点他在诗中表现得最多,他以圣气之力,凭空造出了远远超出自然之作的东西……"[40] 锡德尼的同代人乔治·帕特纳姆在这个观念上又增加了"创造"(create)这个奇特的词;在基督教专用的拉丁语中,create 是个常用词,它表示上帝是从"一无所有"之中创造了"世界"这个正统概念。帕特纳姆说,假如诗人"能够单靠自己就设想并制造出所有这些东西,而不需要任何实在的样品",那么"他们(可以这样说)就是创世的上帝"。[41]

我们所探索的许多观点在锡德尼上面那段话中仍然悬而未决,不过这些在锡德尼的论文中并不占重要地位,而是无足轻重的。他给自己规定的任务是为诗辩护,他通过考证词源,说明在尊严方面诗人最接近于上帝,从而驳倒了戈森和另一些清教徒对诗的贬低,然后他笔锋一转,立刻讨论其不受人崇敬,"更为平常的方面,即其身上展现出的更加明显的真实"。他最后给诗下的定义是他理论内容的核心,这个定义扬弃了诗的神学定义,而使用了传统的批评隐喻,并介绍了标准的说法,即诗应诉诸这个世界,诉诸诗的对象欣赏者。诗是"一种模仿艺术",一种"米迈悉斯(mimesis,模仿),这就是说,是表现,是虚构,是想象……其目的是给人以教益和快感"。此后,艺术家就像上帝一样是第二自然的创造者这个基本概念又由意大利和英国的新柏拉图主义者沿用,"创造"这一术语也由多恩、邓尼斯和蒲柏等作家或多或少是漫不经心地应用于诗中。[42] 然而,这一比拟的潜在意义的发掘者,却主要是这样一些批评家,他们

---

* 这里的创造者指具有创造力的人(当然也包括作家),神圣创造者则指创造人类的上帝。——译者注

对诗中那些在生活中无从描摹的超自然成分饶有兴趣，热衷于对它们进行解脱，并证明其存在是有正当理由的。渐渐地，事情变得明显了：只要坚定地认为诗歌中的超自然成分不是模仿上帝所创造的自然，而是构成了第二性的超自然，是由诗人自己创造的，那么就有可能解释其非人非神、亦人亦神的形态。

这种观念的胚胎早就在锡德尼的论述中形成了，他说诗人形成了"一个自然"，特别是在他杜撰出"自然中从未有过的形象，诸如半神式的英雄、半神半人、独眼巨人、吐火女怪……"考利也引用了这段话，并对它作了阐发[43]；后来，德莱顿称赞莎士比亚的创造也是因为他在塑造《暴风雨》中的半兽人时，"仿佛捏造了一个自然中不存在的人物"[44]。但是有一个功劳还是应当归于艾迪生，在他折中但极具启发性的论文《想象的乐趣》中，把这些暗示性的观点糅合到了一起，使其成为批评传统中极为有效的东西。艾迪生在《旁观者》第419期中说，诗人在"写作神话时，完全看不见自然"，因而他所表现的人物——仙子、女巫、魔术师和妖怪——"事实上根本不存在，是他赋予这些人物以存在"。对这类作品绝不可漠然轻视，它比其他任何作品难度更大，因为诗人"在创作此类作品时毫无模式可依，必须完全倚仗他自己的创造"。至于精灵和火怪的世界，斯普拉特把它当作与科学的真实世界相悖的"虚假世界"而加以禁止，艾迪生却把它称赞为第二个世界，认为它本身是实在的，与上帝赐给我们的世界相仿。在这类诗中，"我们仿佛被领到了一个新天地中，看见了另一个物种的人及其风俗！"因此诗不局限于模仿感性世界，"它不仅有它自己统领的自然圈子，而且自行创造出一些新的世界"，并"向我们展示了现实中不存在的人物……"[45]

这几段文章产生出许多重要思想，18世纪的史家们通常认为这些思想是根本性的创新。后来的一些评论家则沿着艾迪生文章中的提示，雷厉风行地把他们那个世纪所独有的传统诗艺（arspoetica）做了心理学的处理，他们尤其把创造性活动揽回家中，并把这一特权授给了想象力。"创造性想象"这个概念便把想象拔高到理性和其他所有能力之上；同时这个术语里也隐含了这个意思，即这是再次扮演上帝的一种心理过程。这个概念的主要来源是人们力图解释诗中那些不可思议的人物，它们是彻头彻尾的"独创"，因为必须凭空虚构，在感觉中没有这种形式的先例可援。约瑟夫·沃顿早在1753年就写道，莎士比亚特有的一个优点就在于他具有"生动活泼的创造性想象"。

> 在莎士比亚的所有戏剧中，《暴风雨》最有力地证明了他的创造力。在这部戏剧中，他那丰富的想象力任意驰骋，充分运用了浪漫、神奇、粗犷等手法，把它们给人的愉快发挥到了最大限度。

在这部戏剧中，诗人"极其成功"地塑造了一个"完全独创性"的人物，"因为卡利班*这个怪物是莎士比亚自己想象的产物，在塑造这个形象时，他根本不可能从观察或经验中得到任何帮助"。[46]

沃顿的这段评论提供了另一种思路。诗人的创造力特别存在于对非真实性的创造中；因此，正是在这些创造中他才最大限度地接近上帝；而对于天神的合适的态度则当然是崇拜。人们又进一步认为，莎士比亚在这种创造方式方面是最优秀的诗人。正如爱迪生所说，在创作神话的方式上，"莎士比亚是无与伦比的，他超越了其他所有的人"，"从他所塑造的半人半兽的卡利班身上，比他塑造的豪茨普尔或恺撒表现了他的更大天才：一个只有凭他自己的想象去描写，另一个则可以根据传统、历史和观察去创造"。[47] 约翰逊博士认为，这"就是对莎士比亚的称赞，他的戏剧是生活的镜子"，但是在具有不同倾向的读者看来，对莎士比亚的最高赞誉是，他的有些戏剧展示了那些不可能从生活中反映出来的存在物。对莎士比亚的偶像崇拜，也就是最接近于字面意义的"偶像崇拜"，在其产生过程中，一个极为强烈的影响就是在这样一个人面前所产生的敬畏，这个人竭力仿效上帝而"创造"出了卡利班、奥伯伦、《麦克白》中的女巫，以及——不是哈姆雷特，他毕竟还是自然中找得到的人，而是哈姆雷特亡父的鬼魂。[48]

然而我们所关心的却是对上帝与诗人的基本类比的另一个变体。假如

---

* 卡利班是《暴风雨》剧中的半人半兽形象。——译者注

说创作一首诗——或者根据目前的语境,创造某些诗的成分——是一种第二创造,那么按这种方式作诗便意味着对原始的宇宙起源学说作一概括重述。因此,对于批评理论来说,在有关创世的各家竞争的学说中,到底哪一家从诗歌创造的哲学转移到心理学上就成了重要的问题:是希伯来人以法令和(用锡德尼的话说)"圣气之力"对凭空创世的解释呢,还是柏拉图的《蒂迈欧篇》中关于上帝是根据外界模式创世的学说;是普罗提诺关于世界是从一个永恒流溢的太一中散发出来的论点,抑或斯多葛派或新柏拉图派有关自然本身那个有着无穷无尽生成力的灵魂这个传统观点。

在18世纪的批评家中,总可以发现有人把这些观念体系当成诗人是创世者这一基本比方的附属品。然而,宇宙起源说在诗中最广泛、最有影响的使用,却是见于瑞士的一对知友和合作者的著述中,这两位分别叫约翰·博德默尔和约翰·布赖丁格。布赖丁格发表于1740年的《批判的诗学》一书,有相当大的篇幅都用于讨论这个问题,即如何将他所认为是诗的基本要素的"神奇性"与同样根本的"或然性"标准调和起来。博德默尔同年发表了姊妹篇,标题就是内容摘要:《为约翰·弥尔顿的〈失乐园〉辩护:对诗中的神奇性及其与或然性之关系的批评性探讨》,整篇文章都是探讨前述问题。两位批评家都大量利用了艾迪生发表在《旁观者》上的那几篇文章,事实上博德默尔所做的主要就是对艾迪生关于"神话般的写作方式"的探讨以及对《失乐园》的详尽分析的扩充。这些作家的主要新颖之处,在于他们都强调了诗人的各种创作能力,尤其是以莱布尼茨对上帝创造我们生活的世界的方法的描述为楷模,详尽阐述了诗中的神奇性在想象中的形成过程。

简言之,莱布尼茨认为,上帝于创世之际,就有着无穷无尽的"可能前景"或实体模型摆在他面前,他不能使所有这些可能性都变成实际存在,因为存在的形成只有通过一整套的"可共存性"——也就是一系列既非自我矛盾也非互不相容的可以共同存在的实体。上帝根据另一组这样的可共存体,或称模式世界,按照自己的完美标准,在诸多可能的世界中择出最佳者付诸实现。[49]

瑞士批评家把这一观念构架翻译成一种作诗过程的学说。显然，在数目无限的"可能"物种与这个世界上数量有限的实际存在之间的形而上学的区分，用来解释诗人是如何像艾迪生所说的创造"另一个物种"这个问题，是再合适不过了。布赖丁格紧紧追随艾迪生，说神奇性产生于诗人"凭借他的想象力〔phantasie〕创造出全新的存在"之时，不论是通过将抽象概念人格化，还是使无生命事物产生活力、使动物人格化，或者像弥尔顿以及古代诗人那样，通过使天神和精灵的不可见世界物质化。并且由于诗"作为对创造物和自然的模仿，不仅模拟了真实的，也模拟了不可能存在的"，因此诗的创作竭力仿效上帝的这种力量，它本身也就是"一种创世"。[50] 博德默尔也表述了这一概念，使隐形的精灵产生可见的形体，这种技巧是弥尔顿"通过诗歌所特有的一种创造"而实施的。诗人的这种活动

> 完全等同于使那些原来只是可能的事物变为真实存在的活动……这种创造是诗的主要工作，因为诗之有别于历史和科学，正是因为它在模仿时情愿以可能的而非现实的世界为其素材。[51]

因此，博德默尔叮嘱我们，在研究弥尔顿的作品时，必须谦卑恭敬地把弥尔顿奉为"雄踞于人类阶梯之顶"的人，他的位置只是稍稍次于天使，他在自己的作品中展示了类似于上帝的巨大无比的力量。[52]

照这样说，诗人的任务就不是单纯模仿真实自然，而是（如博德默尔所说）"模仿自然会把可能的事物变成真实的力量"[53]。作诗过程与莱布尼茨的宇宙起源说之间的平行关系被轻易地扩展为诗作与莱布尼茨宇宙观之间的平行关系了。诗属于它自身的世界，因此只需展示决定其与其他任何典型实体共存的内在关系，这些实体可以是由上帝创造的，也可以是由诗人创造的。布赖丁格说，在最广泛的意义上，"一切事物，只要通过自然的主宰者的无边神力便可以成为可能，都可以称为或然之事物，同样，只要不同真理的知识所倚仗的原初普遍原则相悖，一切事物都可以称作或然之事物"。一首诗的或然性"在于其细节符合原意，是互为依据的，并且自身没有矛盾"。[54]

这几段文字表明，诗的或然性再也不受任何外界现实的制约，而完全成了内在连贯和不相矛盾的东西了。通过把诗的宇宙与经验的宇宙相割裂，我们便获得了两种真实，或者两个"宇宙"的真实——布赖丁格所谓的"理性真实"和"想象性真实"，或博德默尔所谓的"理性真实"和"诗的真实"——之间的逻辑区别。正如博德默尔所说，"诗人根本不问什么理性真实（das Wahredes Verstandes）"，而只关心诗的真实。这

> 并非没有一定的理由或秩序——它有充足的理由面对想象和各种感觉，它没有任何内在矛盾，它的每一个部分都是以其他各部分为基础的……我们所要做的将是从哲学家那里寻求形而上学，而对诗人的要求则只是诗；这样我们就会对其自身一贯性中隐含的或然性和理性感到满足了……[55]

简言之，我们从1740年的这些批评家（尽管混杂在更为传统并且有时是相互冲突的观点中）身上发现了诗人与创造者这一根源类比中引出的这些重要审美观念：神奇诗乃是第二创造，因而不是这个世界的复本，甚至连合理的摹写也不是，而是它自己的世界，自成一类，只受其自身规律的制约，它的存在（据称）本身就是目的。

歌德写于半个世纪以后的对话《论艺术作品的真实性和盖然性》，展示了这种对艺术诸问题的探讨方法的潜在意义。一种真实与歌剧是无关的，因为歌剧的任务不是"以盖然的方式去表现其模仿对象"；但我们却又不能否认它是一种自身一致的"内在真实"，这种真实"起源于它作为一件艺术作品所应有的结果"。

> 一部优秀的歌剧本身就是一个小小的世界，其中的一切都按照建设性的规律而进行，判断它的依据是其自身规律，人们也是根据它自身的特性去感受它的。

由此可见，"艺术的真实和自然的真实是完全不同的"。但一部完美的艺术作品却能使人感觉像一部自然的作品，因为作为一部人类精神之作，它"高于自然，而不仅是源于自然"；并且"一个真正热爱艺术的人所看

到的，不仅是艺术模仿对象的真实，还有……艺术小天地中超自然的事物（das Überirdische）"。或者如歌德一年以后在表述这一概念时所说：

> 艺术家对造就他的自然深为感激，因而创造了一个第二自然作为报答。但这个自然是他所感受、设想出并人为地完善了的。[56]

在英国，理查德·赫德也遇到了类似的问题，他没有德国理论家的细致或繁复的形而上学基调，但得出了与之相差无几的结论。他在《关于骑士精神和罗曼司的通信》（1762年）中，公然为塔索等诗人的浪漫主义神奇性辩护，反驳了达夫南和霍布斯对此的攻击。他说，这些文献为"一种崭新的批评""开辟了道路"；赫德还以对历史的敏感，认为异教神祇和"哥特神话"的衰落应归因于17世纪日益成长的理性主义，它最终彻底驱逐了"想象的那些怪诞的幽灵"，直到"幻想为了被允许与有理性的事物为伍，尽管在虚构作品的世界里恣肆横行如此之久，也不得不收敛起来加入严格真实的行列"。[57] 但他仍坚持认为，"遵循自然"这一原则，意为使自然与经验世界相等同，尽管它对诸如戏剧之类现实性的体裁行之有效，但与史诗却没有关系，因为史诗是"更为崇高更具创造性的诗体"，它所牵涉的"只是或主要是想象"。赫德也引证了《旁观者》杂志上关于"虚构作品作法"的文章，并对艾迪生关于这种诗是一种"新的创造"的概念进行了阐发，从而区分了诗的世界和经验世界，以及诗的真实（或自身一致性）与哲学意义上的真实（或与经验自然的一致性）。

> 〔他不无嘲讽地说〕这可憎的诗对哲学的和历史的真实过分轻视了：她所允许我们去寻找的一切，就是诗的真实；这东西的确太微弱了，就连诗人那转动不休、洞察秋毫的眼睛，也只能勉强看到。用霍布斯先生的哲学语言来说，这东西大大超出了自然的实际界限，而只在可设想到的可能性之内。
>
> ……他们说，一个诗人必须依循自然，而所谓自然，在我们看来只能是指这个世界上已知的可经验的事物。然而诗人却拥有自己的世界，经验在此无足轻重，要紧的是始终如一的想象。

> 此外，诗人还有一个超自然的世界供他遨游。他可任意摆布天神、仙女和女巫……[58]

理查德·赫德同博德默尔和布赖丁格一样，也把诗人类比作造物主，意在对诗中超自然的形象进行解释并证明其合于理性。由于同一个类比在使用时稍加变通，创造这个概念便被用来解释这类人物：这些人物虽然是由诗人臆造的，但却栩栩如生，并具有上帝所造的人那样的自我一致性。在现实论的发展过程中，英国的柏拉图主义者夏夫兹伯里占据了关键性的位置，正如艾迪生在持诗歌神奇说的理论家当中占据的重要位置一样。夏夫兹伯里的《给一位作者的忠告》首次发表于 1710 年，它嘲笑了莎士比亚和其他诗人使用超自然的素材，无论是以浪漫传奇的形式还是基督教《圣经》中的奇迹。[59]夏夫兹伯里所推举的是创造现实生活中找得到的人物。为了解释这一成就，夏夫兹伯里重新起用了文艺复兴时期的类比，但有两点重要的革新：创造并不是宇宙本身的创造，而主要是人的创造；它所赖以形成的样板是希腊神话，而不是希伯来神话：

> 但是，一个人如果真正地、在正当的意义上当得起诗人的称号，并且能够像大师或者优秀建筑师那样，赋予一个行动以适合的形体和比例，那么，如果我没说错，他将会被发现是一个与常人迥然不同的生灵。这样的诗人确实就是第二个制造者；就是朱庇特之下的一个正直的普罗米修斯。他就像那位至高无上的艺术家或者是普通的有创造力的自然，造就出一个整体，这个整体本身是一致而匀称的，各个组成部分相互依赖……道德艺术家……这样就能模仿造物主……[60]

尽管这段文字对英国的文学批评所产生的影响出人意料地微不足道，但在德国却风靡一时，正如奥斯卡·瓦尔泽尔在他《论从夏夫兹伯里到歌德的普罗米修斯精神》[61]的系列文章中所表明的那样。1767 年，莱辛以类似于布赖丁格描述神奇性另一世界的方式，对诗中现实人物的另一世界作了描述。他说，他并不反对马蒙太尔在索里曼和罗科斯雷恩这两个人物身上偏离历史原型——

只要我能看出，尽管他们并不属于现实世界，仍可能属于另一个世界；这个世界中的各种事件以一种不同的秩序相互联系，但也同现实世界中的事件一样紧密相连……简言之，属于一个天才的世界，这个世界——请允许我不指名道姓而以其最高尚的生灵来表明造物主——我要说，这个世界移植、更换、减少、增加现实世界的各种部分，是为了缩小原型去模拟至高无上的天才，为了使它成为一个独立的整体……

一致性：人物绝不能有自相矛盾之处……[62]

明确援引夏夫兹伯里的普罗米修斯神话，有时会产生与以前把诗人比作耶和华的虔诚性比拟不同的结果。创世纪时期的叛逆者们发掘利用了普罗米修斯对既定权威的藐视成分，以攻击诗歌准则的成规。面对"所有的法国人和受传染的德国人"，年轻气盛的歌德提出了这个挑战："自然！自然！什么也不如莎士比亚的人物那样完全自然……他竭力仿效普罗米修斯，在广阔的范围内，依据自己的模式塑造人物……然而又以他精神的气息使他们都产生了活力……"[63] 后来，歌德把普罗米修斯发展成为一种象征，以他来代表诗人在其创造活动中与人和神痛苦而又必要的隔离。[64] 甚至在歌德之前，赫尔德就使用过普罗米修斯的比方，他把以前评论者所持的莱布尼茨的异质宇宙观修改成为这样一种观点，一部莎士比亚的戏剧——就其人物和情节复杂的内在关系而言，就其在时间、地点和场景上的迅速转换而言——活像原初的创造本身，是一个巨大的有生命的整体。[65] 无论是讨论创造的神奇还是创造的现实，莎士比亚都一直被作为主要的例子来说明诗人即神。

人们根据诗人与造物主之间的类比，阐发出各种各样的观点，其中许多都由那位喜欢折中、有系统的奥古斯特·施莱格尔收入了其柏林演讲集。在这些演讲中，他抨击了下面这一原则，即诗必须描摹自然，因为自然根据或然性的理由，将"一切恣肆、巨大、神奇和超常的东西"摒弃于艺术之外。对于诗，我们完全有理由只要求它具有真实的外表，这种外表可以通过绝不可能是真实的事物而展现出来，"它们的存在"仅仅依赖这个事实，即"诗人凭借他表现的魔法，知道如何使我们进入一个奇异的世界，他可以在此按照他自定的规律统治一切"[66]。后面将会提到，夏夫兹伯里把两个毫不相干的观点牵扯在一起：一个认为诗人就像普罗米修斯，是人的铸造者；另一个观点以有生成力的世界灵魂的比方为依据，认为诗人创造出一个酷似"普通的有创造力的自然"之整体。在这些演讲中，施莱格尔一直作着这一莫名其妙的联系，并对此加以阐发。他说，自然作为一个整体是有条不紊的，而艺术则必须模仿自然的生产能力。

> 这就是说，艺术必须自动地进行创造，就像自然界那样本身有组织并具有组织能力，从而创造出有生命的作品，这些作品产生运动不是像摆钟那样通过外来机制，而是凭借内在的力量……普罗米修斯就是这样模拟自然的，他用地球上的泥土造出了人，又用从太阳上偷来的火花赋予人以生命……[67]

按照这种浪漫主义的引申，异态世界（heterocosm）这个概念就不但包括经过选择的诗的成分：不论是自然的还是超自然的，同时也包括整个诗歌巨作。根据创造的原则，自然的内在灵魂取代了耶和华（Jehovah）、造世主（Demiurge）和普罗米修斯，因此审慎的管理艺人，无论是神或半神，其作用就减小了：真实世界也好，诗的世界也好，都成了自生、自活、自我推动之物，也都倾向于生长出来，形成其有机的形式。

对于19世纪早期的英国作家来说，"创造"这个词在很大程度上成了批评的套用语，但有些地方，这个词仍然显示出隐喻的意味。例如，雪莱在《为诗辩护》一文中几十次使用了这个词的各种语法形式*，他在解释创造的方法时，回到接近于文艺复兴时期的新柏拉图主义者的解释，由想象"这种最高能力所创造的"诗，"依照人性中若干不变方式来创造情节，这些方式也存在于造物主的心灵中，因为造物主之心就是一切心灵的反映"。诗就是这样重复创造的原初行动，从而创造出一个新的世界：

---

* 如create、creation、creating、created，等等。——译者注

> 它使我们成为另一世界的居住者，同那个世界比较起来，我们的现实世界就显得混乱不堪……当习以为常的印象不断重现，破坏了我们对宇宙的观感之后，诗就重新创造出一个宇宙。[68]

有人在文艺复兴时期就曾试图通过考证词源来揭示诗的奥秘，后来卡莱尔又重新做了这种尝试。诗人是 Vates（先知），是窥视"世界的神圣理式"的先知或预言家，但是，如此深透的观察本身就等于创造了，因而拉丁语的 Vates（先知）和希腊语的 Poeta 便合二为一了——"我们说了，这就是创造性的：诗歌创作。什么叫诗歌创作，还不就是充分地观察事物？"[69]

然而，只有在柯尔律治的哲学和批评中，"创造"这个词才是一个关键的、完全能产生功能的隐喻。我们不妨先借助对这个词的历史进行考证所提供的观点，重新研究一下《文学生涯》中的关键段落。这段文章一直使为数众多的评论者伤透脑筋，甚至于大动肝火：

> 我主张，第一性的想象是一切人类知觉的活力和原动力，是无限的"我在"中的永恒创造者在有限心灵中的重演。同时我认为，第二性的想象，则是第一性想象的回声……只有在程度上和产生功能的方式上才与它有所不同。它融化、分解、分散，以便于再创造……

柯尔律治在诗人与造物主这一原有的类比上添加了第三个术语，即知觉中的心灵，结果产生了一个三重类比。在这一类比的源头，是上帝那永不止息地自我扩散成为能被感觉到的宇宙。这一创造过程反映在第一性的想象里，一切心灵都通过这种想象而形成对这一宇宙的知觉，这一知觉又在只有天才诗人才具备的第二性的或再创造的想象中做出反响。柯尔律治早在 1801 年就写道，心灵在感知中并不是被动的，而是"依照上帝的形象而造的；而上帝的形象在最崇高的意义上，又是创造者的形象"……事隔三年，他又补充说：诗的想象也是"创造的一个隐晦的类比——不是所有我们能笃信的创造，而是所有我们能设想的创造"。[70]（诚如缪尔海德教授所说,柯尔律治的想象世界就是诞生过两次的感觉世界。)因此,按照柯尔律治的宇宙起源论,文艺复兴时期的柏拉图主义者所谓的固定形式以及博德默尔和布赖丁格所谓的静态"可能之物",原来是超越时间而存在于其理想空间之中的,现在则发动起来了,成为现实世界内在的无限自生的理式之种子;在作诗时"塑造为一体"的想象过程中,这一普遍的具有创造力的自然机制也在人的心中得到重复。

与德国的情况不同,英国的浪漫主义批评使用异态宇宙的类比——作诗与创造宇宙之间的相似性——意在阐明文学创作的过程而非创作产品。直到 19 世纪后期,英国批评家们仍在发掘这一类比的可能内涵,用以支撑这一概念,即诗自身完全独立,是自给自足的世界。关于这一传统做法,有一份文献道出了真谛,那就是 A.C. 布拉德利发表于 1901 年的牛津演讲《为诗而诗》。这个演讲一方面简要地总结了为艺术而艺术这一审美原则中最易为人接受的观点(即通俗意义上说的为艺术而生活的道德原则)。另一方面,他在演讲中也表述了后来成为当今某些批评家的中心论点的东西——诗不表达真实,而只是为了自身存在。这些批评家(没有注意到其不一致性)引用了麦克利什的富有诗意的表述,并把它视为真理:

> 诗应该等同于:
> 不是真实……
>
> 诗并非要表意
> 而是存在。

布拉德利早在 50 年前就指出,诗不是模仿,其"本身就是目的",诗的"诗意价值仅仅是这一内在价值"。

> 这是因为就其本质而言,诗不是要成为现实世界的一部分或一个摹本……而是要成为它自己的世界,独立,完整,自律;要完全把握它,你就必须亲身进入那个世界,服从它的各种规律,暂时抛开你在现实世界中所拥有的各种信仰、目标以及特殊条件……

〔生活与诗〕是平行发展的，二者永远不会相交；或者不妨使用一个不太精确的字眼（它在以后会有用场），它们是类比物……二者是不同种类的存在方式。

诗就是其自身的世界，这一观点的背后不是存在着隐约可辨的创造神（Deus Creator）这个有生成力的类比吗？布拉德利说，纯粹的诗"是因为想象中有堆东西模糊不清，需要阐发和界说，由此产生创造冲动而致……这也是我们何以觉得这样的诗是创造，而不是制作……"[71]文艺复兴时期异态世界的隐喻经过充分发展，而今在那些自以为能涵盖整个审美领域的体系中也自成一说——就是我在导论中称之为艺术的客观说体系的一种形式。

最后，我们不妨以最富有创见的两位批评家为例，证明异态世界的隐喻仍然是有活力的。一位是奥斯汀·沃伦，他在其近著《秩序癖》中阐明了自己的批评观。他说：诗人的"最终创造"是一种世界或宇宙；是一个"能以语言具体表达、能使人领略其要旨的世界，是'真实世界'的一个符号或意象"。批评家如果想发现"诗人所构建的这一世界的系统的意象"，就必须假设"严肃的诗人所构建的世界，无论从直觉看，还是根据剧情发展，都是一致的"。[72]另一位是埃尔德·奥尔森，他是芝加哥大学第二代新亚里士多德主义批评流派中的一员，他宣称，他的抒情说的目标在于探讨"作为艺术品"的艺术作品——对于这种批评方式，"有关的论文只有一篇，就是亚里士多德的《诗学》……"他在论述诗的真实性问题时，以一个在来源上比这位古希腊大师的著述近得多的比方阐释了亚里士多德关于盖然性的观点。"诗的陈述"并不是命题，而且"由于这些陈述所表达的事物并不存在于诗以外，所以去评判其真假就是毫无意义的"……

从某种意义上说，每一首诗都是一个微型宇宙（microcosmos），是一个分离的独立的宇宙。在这里，所有法则都是由诗人制定的，他拥有绝对的决定权；任何事物是好是坏，是伟大或渺小，是强壮或孱弱，都由诗人说了算。他可以使人比高山更高，也可以使人比原子更小，他可以让整座城市悬在空中，他可以把上帝的创造物毁掉，也可以加以改造；在他的世界中，不可能之事成为可能，必然之事成为偶然之事——只要他说是这样，那就是这样。[73]

这段关于诗人的创造力的描述，其依据并非以莱布尼茨的上帝为模式，因为这个上帝的行动毕竟还受到矛盾逻辑和共存定律的制约，相反，这段描述是依据一个更为古老的摹本，即《创世纪》中耶和华的那种独裁的绝对法令。

四　诗的真实和隐喻

忠实于自然的标准给文学理论家提出的问题，不止神话虚构这一个。比如，早就有人说过，有些诗人动辄把男人称作狮子，把女人称作女神，竭尽夸张歪曲之能事，这些诗人的传统陈述与经验事实并不相符。17世纪后期，由于来自诸多方面的猛烈攻击，公众迫切需要有人对这类形象的语言做出细致的分析，以说明其合理性。论述布道用语和民间通俗用语的作家，有时也将宗教狂热者有效的煽动，甚至近期的内战归罪于隐喻固有的欺骗性，并呼吁采取有力的措施扭转这种现象。塞缪尔·帕克在 1670 年写道："我们只要有那么一条宪法来剥夺传教士使用那些虚伪腻味的隐喻的权利，也许就能有效地医治我们时下的种种疾病。"[74] 在这个基础上，自培根开始的英国新哲学十分得体地加入了一项语义改革计划，它要把语词的和异教的"偶像"逐出自然，创造出一种简朴无华、适合于对纯事实进行描述和把握的语言。托马斯·斯普拉特（我们记得，他也曾为实验击败了古代迷信中的"虚幻世界"而欢呼）在代表英国皇家学会讲话时，使用了事物（res）和语词（verba）这两个古老的修辞学概念，呼吁自然哲学家应该使他们的语词的组合与自然事物的组合相吻合。"华而不实的比喻和形象说法"，不论在过去多么合理，而今都必须被彻底清除"出一切文明社会，因为它有损于和善与得体的举止"。由于这些东西还会"给我们的知识带来模糊性和不确定性"，因而皇家学会一直坚决要"返回到原始的纯朴和简洁，因为那时的人用几乎是同样数目的语词就表达了如此众多的事物"；同时要求"说话方式要贴切、显豁、自然……尽可能地像数学语言那样清晰易懂……"[75]

近来学术研究倾向于认为，这些是具有普遍意义的语言学建议，并极度夸大了这些建议对诗歌语言所产生的直接而广泛的影响。事实上，除了某些形式的散文之外，许多改革者认为诗歌属于另外的话语方式，它们的目的不同，所以需要不同的语言技巧。人们认识到，诗歌也许可以避免去表现没有原型的事物，但是，倘若没有在比喻时偏离字面真实的特权，诗就几乎不能存在。霍布斯认为诗人不可使用"超出自然的明显可能性"之外的虚妄生灵，并认为一切以"探求真实"为目的的语言形式都不许使用隐喻；但尽管如此，他还是认为，如果目的在于"通过纯粹玩弄文字（无论是为获得快感还是装点语言）而娱己悦人"，那么，机智的人就完全可以提出

> 一些比喻，这些比喻使人愉快，不仅是因为它们解释了话语，并以新的合适的隐喻使表达增色，也因为它们的创造是世所罕见的。[76]

科学和布道的语言要求朴实并且像数学语言一样简明，这对诗所产生的影响是显而易见的，但通常又是间接的；它的影响方式之一就是使诗人和批评家都重新审视和界定在诗歌语言中使用隐喻所允许的范围。

要证明修辞语言中显而易见的虚假性是合理的，就必须为诗所描述的神奇事物辩护，这二者常常是形影不离的。在《英雄诗和诗的破格》（1677年）一文中，德莱顿为了探讨隐喻和夸张的合理性，提出了这个问题："假如诗是模仿"，那么半人半马的怪物、天使、无形之物这些"超乎自然的事物"根据什么形象来表现的？又怎么能得到认可呢？对此，他的主要回答是宣称"诗有破格自由"，或称之为"诗人自授的在任何时代都具有的权利，以韵文来描述超越散文的严谨之外的事物"。涉及"诗人的思想和想象"时，这种特权表现为使用虚构；在表达这种思想时则表现为比喻和象征。[77]因此，形象化描绘与字面真实的偏差就像超自然与自然之道的偏差一样，可以享受特许，但也受到特别的制约。德莱顿说，"你很乐意接受形象，同时又不为虚构所骗"。后来休谟在谈到隐喻的这种情况时，

以他常有的敏锐和清晰性说：

> 在诗中，甚至在雄辩中，有许多美都是建立在幻想和虚构之上，建立在夸张、隐喻以及对语词的超乎其自然意义的误用和滥用之上。要限制想象的驰骋，使每一个词语都达到几何学的真实和精确，这与批评规律将是大相径庭的；因为这样创造出来的作品，根据普遍经验来看，都将是最为枯燥乏味和令人生厌的。但是，诗尽管绝不会屈从于绝对真实却也必须受到艺术规则的限制。[78]

18世纪英国批评家在讨论这一问题时，常常提及博霍尔斯神父的《优秀思想家的风格》（1687年），它的原则不偏不倚，既捍卫了运用语言的自由，也指责了上个世纪的诗人自由无度，滥用虚构。[79]他在判断诗中的"奇想"是否合理时，基本标准就是真实。"随便你怎么判断，"尤多休斯站在作者的立场上说，"但我却不欣赏那些不真实的东西。"有人认为这一标准所牵涉的是词与思想、思想与事物之间的简单对应，它主要是从古代模仿之镜的比方中衍生出来的，对于"真实的思想的精确概念是什么？"这个问题，尤多休斯回答说：

> 思想……是事物的表象，正如语词是思想的表象一样：泛泛而言，所谓思维，就是自己勾勒任何一个精神物体或感觉物体的图像。既然形象和图像之真莫过于它所相像的东西，所以一个思想如果忠实地表现了一个事物就为真；而当它所表现的事物与事物的原样不相一致则就是假的。

同他对话的菲兰索斯反对这种观点，即机智"一般而言取决于虚构、含糊不清、夸张，而这些都是弥天大谎"。博霍尔斯神父在回应时，针对这个话题引用了中世纪的一个概念，即在诗中，异教诸神和虚构通常只是（用一个常打的比方来说）罩在隐藏的真实之上的面纱。他认为，阿波罗和缪斯的虚构世界是允许存在的谎言，因为它们只是掩盖和美化了真实。同样，"形象的东西并非虚假，隐喻和虚构中也有真实"。它们"并不欺骗人"，我们不妨说"隐喻有如透明的面纱，我们能够看见它所掩盖的东西"。[80] 正如乔治·格兰维尔在对博霍尔斯第一对话所做的奇特的改写《论诗中的非自然的奔放》（1701 年）中对这一概念所做的表述：

> 这些隐喻如果用得恰当，
> 则像透明的帐幔，掩盖，而不隐藏；
> 只要我们透过语词能明知其意，
> 当意义显而易见时，真实就会施与。[81]

论述形象化的语言有多种方式，每一种都在降低着却又竭力保持忠于事实的要求，与为诗中超自然描写所做的各种辩护相对应，甚至在细节上都与之相对应。二者的主要区别在于，前者较少注意使这些作诗手法为读者接受的方法（理由是读者对于形象语言的扭曲的抵触不像对于不可能的人和事的抵触那么强烈），而更强调比拟和隐喻对字面意义的点缀和变通，这才是实用性要求，因为一首诗必须感动和取悦读者。詹姆斯·贝蒂概括了这一逻辑：

> 假如语言可以因为修辞手法而更能使人愉快……那么可以推知，对于以模仿自然而取悦读者为己任的诗的语言，修辞手法就不只是装缀，而是不可或缺的了。[82]

由于诗的目的是给人以快感，所以它不仅仅有充分理由离开对自然的字面模仿而走上形象化的模仿道路，而且还促使它如此。

在 18 世纪的一些重要讨论中，对超自然题材的论述与对语言转义的论述之间的对应，甚至延伸到诗人与创造者的类比的使用上。对于语言字面意义的某些偏离，人们不是当作装缀，也不是当作对真实的遮掩的反映，而是诗创造另一世界的具体表现，居住在这个世界的是为其独有的经验外的生灵。考利在品达体颂诗《缪斯赞》的本文和注释中，早已把对"野兽、树木、水流以及其他非理性无知觉的事物"的生命化和人格化，连同半人半马的怪物和诸神仙，一并作为诗人像上帝般创造的"新世界"中的成分。艾迪生在关于《想象的乐趣》的那几篇论文中认为，

"情感、欲望、善德和邪恶"的人格化表现——包括维吉尔的荣誉,弥尔顿的罪恶和死亡,以及"斯宾塞所塑造的一大群诸如此类影子般虚渺的人物"——都是诗"创造它自己的新世界,向我们展示不存在的人物……"的方式的具体例子。事实上,对于一切"类比、隐喻和寓言"的创造,人们都可以说:

> 它身上具有某种类似创造的东西。它赐予我们一种特殊的存在,使读者目睹好些现实存在中找不到的事物。它给自然添加了成分,使得上帝的造物更加丰富多彩。[83]

对于艾迪生的观点,博德默尔和布赖丁格也亦步亦趋,认为对抽象事物和无生命自然的拟人化表现是种创造行为的产物,诗人由此效法上帝,将可能性带入了存在领域。

《旁观者》上那几篇文章发表不过几年,约翰·休斯就发表了一篇文章《论寓言诗》,作为他编辑《仙后》(1715年)一书的导言的一部分。休斯沿用文艺复兴时期批评家们的词源考证法写道,在寓言中,

> 创造事物的意象或相似物,赋予它们以生命和行动,按其本来面目把它们呈现在眼前,这种能力被认为具有某种类似创造的成分:很可能也是因为这种虚构成分,最早创作此类作品的作者才被称为诗人或创造者……

由于寓言仅仅只是潜在真实的一种模式或影子,所以它"享有一种特殊的自由,比任何其他作品更甚……寓言的确是诗的仙境,其中充溢着想象……"它的寓意"大都寄托于虚构的人物或生灵,诗人大脑中的生物,以及出人意料的情节,丝毫不受自然的盖然性的约束"。[84]

把拟人法视为第二创造,这个观点不仅提高了斯宾塞的地位,而且使柯林斯、格雷和沃顿兄弟那个时代的新诗的典范——寓言的和"崇高的"颂诗——变得合理化。约瑟夫·沃顿于1753年写道:

> 诗有一个特权……它可以赋予虚无的存在物生命和行动,甚至可

以赋予各种抽象概念以形状、色彩和行动；使善德、邪恶和情感形象化……因此，使虚构事物具体化或人格化只要庄重得体，完全可以视为温暖活泼的想象之创造力的最大成果之一，应该得到尊重。[85]

于是，到了18世纪中叶，原本纯属修辞性的形象化手法成了一种创造行动，这种心理过程的结果就像上帝为我们这个世界创造臣民，对于读者所产生的影响是极度的惊奇和灵魂的扩展。由于这么一种心理过程，诗的人格化以及虚构的创作方法，都被拔高，被视为诗的想象的最高成就。威廉·杜夫在谈到幻想诗和寓言诗时说，诗人"由于创造性想象的努力"，而"使得虚渺的物质和非现实的事物变为实际存在"。对于真正具有独创力的天才来说，他的想象力"由于在有形创造物中找不到任何足够奇妙和新颖的事物，找不到可以让其充分展示自身能力的东西，所以就很自然地迸发出来而形成理想的世界"，在这个世界中，它所获得的成功"同它所具有的形成力将是相称的"。[86]

五　华兹华斯、柯尔律治论拟人化与神话

在新古典主义最根本的参照框架中，语言是思想的"外衣"，形象是语言的"装饰"，诗的语言也因此而有别于纯教诲性语言，它能引发愉快情感。必须把这几个因素结合在一起，根据新古典主义的基本统一原则而形成一个紧密的整体。这个原则就是，各部分之间必须比例得当或相称——这是个复杂的要求，既必须适应诗体，也必须适应所象征的内容，还必须符合诗中说话人的性格和情绪状态。第三项要求使得理论家们尤其注重说话人的情感，以证实形象语言的作用。德莱顿糅合了贺拉斯和朗吉弩斯的原则，他认为，修辞的语言，

> 主要用于表达情感，因为这时我们的话语比平常更加热烈，更加急切：也是因为，"假如你要我哭，你自己就必须悲哀"；诗人自己必须酝酿出他所力图表现的那种情感……语言表现的这种恣意不应受到指责，只要以诗人必备的那种冷静和谨慎小心处置便可。[87]

随着18世纪的批评趋于朗吉弩斯化和心理学化，说话者激情中的修辞法致因得到愈来愈详尽的探讨，其侧重点本来是处在被模仿人物的情感之上，或是诗人为了更有效地刻画这些人物而表现出的情感之上，现在则转移到了诗人自己那种"自然的"、未经文饰的情感上。在华兹华斯的批评著述中，原本为一个部分，而今却成了整体。将诗人自身的情感状态与其生理联系在一起，加之诗人心灵创造活动的生理联系，现在成了诗的一切有效修辞手法的唯一保证。

华兹华斯坚持认为，真正的诗都是自然的语言，各种思想以及与之相关联的情感从中得到自然的体现。因此，他认为有必要采用一种整体性的类比，来取代早期修辞学中屡见不鲜的分裂式类比，从而弥补思想与表达、语言与形象之间的裂缝。他说，各种思想情感必须具有一种"有生命力的结合"，而不应是"人为地联系在一起"。"自德莱顿和蒲柏以来，韵文作品中充斥着各种虚浮的机巧"，

> 情感本应该纯粹由自然中流溢出来，思想也应该具有无限的真实，思想和情感的表现应该像灵魂寄居其中的身体，而不是遮蔽身体的外衣……可是这一切现在都不见了，一切都被颠倒……假若语词不是（重提一下以前使用的一个隐喻）思想的化身，而只是思想的外衣，那么它们必然就是恶意的礼物……[88]

华兹华斯在此把传统哲学和宗教中灵与肉的关系，同传统修辞学中身体与衣服、衣服与装饰的关系相对立，这在他之前已有几位德国批评家提及[89]，后来又有许多英国批评家步其后尘。德·昆西本人就较为详尽地区分了两种不同的风格，一种是"可以脱下的装饰"或称"外衣"，另一种是"各种思想的具体表现"[90]，他认为这一区分是由华兹华斯首创的。自浪漫主义时期以来，暗示思想与表达、材料与方式、内容与形式等是有生命整体的隐喻说法，早已成为文学批评中的套话。

华兹华斯在论述真正的诗的风格时，特别反对将抽象观念人格化，认为这是"风格的刻板运用"，除非（他总是这样给予认可）这些做法"是在情感所驱时偶一为之"。[91] 柯尔律治则说，"人在相对迟钝的状态下，

采用一个只在激情充溢时才使用的形象,比如将抽象观念人格化,是极其荒唐的"。柯尔律治在读到这类形象语言时,总指望能找到它背后的激情,但结果发现,在18世纪的"致抽象术语的各种颂诗和对亡者的挽诗中",只看到"假冒诗的故作疯癫,否则就是因为软弱过度而表现出惊人的歇斯底里?……"[92]

但是前一个世纪的诗中使这两位读者感到更加困惑的,却是信手使用另外那种人格化手法——自罗斯金以来一直被戏称为"感情误置"——它赋予物质世界的事物以生命、情感和容貌,因而它所激活的并不是抽象概念,而是具体的物体。华兹华斯以德莱顿、格雷和考伯的某些诗段作为诗歌用词拙劣的例子,其中当然包括了在他看来是"粗糙而缺乏感情的"把人性赋予自然的诗行:早晨"微笑",田野"欢悦",山峦"似乎昏昏欲睡地点头",山谷和崖石,

> 从未听着丧钟的声音发出叹息,
> 或者在安息日露出微笑。[93]

华兹华斯之所以愤愤不平于此,是因为当他"给崖石、果实和花朵,给每一种自然形式"以道德生命和情感时,他自己是怀着宗教的虔敬来看待那些体验的;这些体验是他的"创造性情感"的最佳体现,是他自己的诗中那些优秀诗段的至高无上的来源。因此,18世纪诗人所犯的不可饶恕的罪行,就是把这种人格化作为平庸的修辞手段来运用。在华兹华斯看来,这种做法极其冷血地改变了一个自然事物,是狂妄之举,并非由自发情感而生的力量去对感知的事实进行体察,进而再造。华兹华斯在对18世纪颂诗作者的个人素质进行批判时,话锋令人费解地一转,对于这些作者的做法又加以肯定,认为具有合理性。我们记得,约瑟夫·沃顿曾说以人格化手法"赋予物质的东西以生命和运动"是"热烈奔放的想象的创造力"的产物。华兹华斯也如是说:诗人并不是闲得无聊"去唤起山峦溪流和无知觉的崖石去哀伤"的——只要这些诗人在说话时,

> 虔诚地祈祷,他们的声音

>   必须服从于人类激情
>
>   那强烈的创造力。[94]

柯尔律治的做法比华兹华斯更为彻底，更有系统。他把拟人法以及其他修辞手法放到心灵的能力和创造过程的领域中来讨论。我认为，我们尚未充分注意到，柯尔律治在其批评中谈及第二性的，或称"再创造性的"想象时所明确引用的所有例子，都可以归入传统的明喻、暗喻以及（最高意义上的）拟人化。柯尔律治提到想象的产物时经常援引这样一些例子，说诗人如何使自己的生命和激情融入那些"基本上是固定不变"的感觉物体中，从而使自然产生了生命和人性。想象的作用在于"使无生命的事物烙上人性和人类情感的印记……"物体并非"对自然的忠实模仿"，而是"从诗人自己的精神中移植了人性和智力的生命，

>   '它透过泥土、海洋和空气喷吐出来。'"

莎士比亚就是因为这种能力，赋予他所表现的物体以尊严、热情和生命，所以"他最早期的作品也好，最晚期的作品也好，都超越了所有其他诗人……

>   我见到许多灿烂的早晨，
>
>   其崇高的眼光使山色更加艳丽。"

这种想象的最高表现形式可见于《李尔王》，"在这部戏剧中，一位父亲的深沉痛苦，把忘恩负义和残忍无情的感觉扩散到天地万物之中"[95]。柯尔律治同华兹华斯一样，对于沃顿兄弟及其同时代人在诗中对拟人化的具体使用也不屑一顾。尽管如此，他们最初认为拟人化是创造性想象的产物，这个观念——通过适当修改使之符合他自己关于想象性再创造能调和心灵与物质、主观与客观、活的和死的等对立面的理论——在柯尔律治自己的诗歌哲学中仍然占据关键位置。

华兹华斯和柯尔律治在他们的批评著述中，对于神话和超自然问题的

考察，也像关于形象偏离字面意义的问题一样，通常关心其起源，同时兼顾诗人的各种情绪和能力。这些批评家再也不至于专为神话与"自然的既定秩序和发展过程"的关系真实与否而担心，也不担心神话能否为挑剔的读者所接受；因为按浪漫主义的观点来看，关于异教诸神的主要问题已转变成这些神作为表现符号和手段能否满足诗人自身的需要的问题。柯尔律治对席勒的《皮柯洛米尼》中一段文章的发挥就是以此作为主题的：

> 古代诗人的理智形式，
> 古老宗教的优美人性……
> ……所有这些都已消失不见。
> 它们再也不存在于对理性的信念之中！
> 然而，心灵仍需要某种语言来表达，
> 古老的本能仍然唤回古老的名称……[96]

华兹华斯在《远足》中说，神话起源于原始人心中的情感和想象；他抨击了上一世纪的怀疑经验主义，及其"使感觉厌倦的重复，灵魂在这里死去，情感也没有一席之地"。在古代，

> 想象力乃是
> 一切自然观察力之王，

因此，当一位孤独的异教牧羊人偶尔听到，

> 远方传来一阵曲调，比他所能拨弄出的声音
> 远为甜美，这时，他的幻想
> 从发出火焰的太阳之车上
> 拽来一位没有胡须的青年，
> 这青年一碰金色的诗琴
> 被照亮的小树林中便充满了狂喜。[97]

大约也是在这一时期，华兹华斯在《劳达米亚》及其他诗篇中重新开始严

肃使用异教神话。不过，他对芬威克小姐说，出于对 17、18 世纪对神话的"陈腐而无生气的运用"的厌恶，

> 我在自己的早期作品中，竭力避免使用任何异教寓言——当然，甚至在其谦卑的形式，它也可能带有真情实感——而我现在可以确认，在这几篇诗歌中会出现这样的情况。[98]

在《论异教神话在诗歌中的使用》这篇文辞优雅但并非独创的文章中，哈特利·柯尔律治（从《皮柯洛米尼》和《远足》中引证有关诗句）指出了当下在济慈、雪莱和华兹华斯诗作中存在的神话复兴的现象；认为它来源于"一种本能"，这种本能导致各个民族"编织出各种寓言，以满足他们自己心灵的各种需要和渴求"；并且预言，由于"神话中的各种象征蕴含丰富，又具有调节人类的幻想和情感的构成力，所以神话将会在诗歌中继续使用下去"[99]。

正如我们所预料的，柯尔律治最终把非现实主义诗歌的问题，同他处理诗歌的拟人法一样，归并到对想象过程的讨论之中。在《文学生涯》中，他许诺要写一篇文章"论述超自然手法在诗中的运用及其指导原则"，这篇文章将涉及"想象的各种能力和特权"，[100] 结果未能践约。然而，我们从他的其他著述中知道，按照他的思路，希腊的万神殿所显示的一种内在的局限，这使它更适合寓言的拟人手法，而不是与莎士比亚作品中那种富有生气的创造性想象的联系在一起。1802 年，他给诗人索恩比写了一封著名的信，这封信标志着他在批评观念上的深刻变化，并为研究他后期的诗歌哲学和心灵哲学提供了钥匙。在此几年前，柯尔律治曾崇拜并竭力仿效过威廉·鲍尔斯的十四行诗。而今他却对鲍尔斯采用上个世纪的冥想诗和描述诗中的俗套做法，始终不变地运用同一手法，即仅仅为了有机会使用与人的生命、情感和道德相关的类比而编造自然场景，表示了反对意见。

> 大自然有她适当的兴趣，诗人会知道他相信的事物，感受每一事物都具有其自身的生命，而且我们都属于一个生命。诗人的心灵和理

智应与自然万象水乳交融形成一体,而不仅仅是打几个比方来摆个样子,与它们稀松地混杂在一起。

对于精神与物体之间形式上对等而非想象性融合的局限性的探讨,使柯尔律治从心智在神话起源中所起作用的角度,探讨了他所认为的希腊神话中的类似局限:

> 一切自然事物都是死的,不过是空洞的雕塑而已,但是每一个事物中又都包含着一个神或女神……这种看法充其量不过是幻想,或称之为心灵的凝聚力,而称不上想象或修饰性的、合生的能力。在我看来,希伯来的诗人们比任何人都更具备这种幻想力,英国人则紧随其后。希伯来的诗人们认为每一事物都有其自身的生命,然而他们又都维系于我们的生命。[101]

照这样看,柯尔律治也同约翰逊博士和其他经验主义批评家们一样贬低古代寓言,只是他的理由新颖独特。正如他所说,希腊神话把观念转变为"有限物","它本身在本质上就是寓言性的";而他在其他地方则又把寓言定义为"仅仅是把抽象观念翻译成图画语言",和"空洞的反响,幻想人为地把这些反响同物质的幻象联系在一起"。[102] 这些神话中的天神被用作柯尔律治所说的"诗的语言"时[103],便显示出类似18世纪诗人将抽象事物人格化时所表现出的缺陷。由于维纳斯和阿波罗、普洛透斯和老特里同等自原初时便已是完整、固定和有限的象征,所以他们充其量不过是同幻想这种低级能力打交道的事物——"固定的和有限的东西"——这与希伯来《圣经》中的"象征物"相反——柯尔律治把这些象征物定义为"想象的活的离析物"[104]。从柯尔律治对希伯来的赞美诗作者和先知那种赋予生气、"枝叶并生"的想象所作的描述中,我们可以看到,就是这种创造能力使得莎士比亚能够"透过泥土、海洋和空气"喷薄而出,从而把心灵和概念、生命和自然融合在一起。

尽管华兹华斯对希腊寓言非常敬重,但对于上面指出的缺陷也表示认同。他在1815年说,诗歌想象的巨大宝库就是"圣经中那些预言性的和

抒情性的部分",就是弥尔顿和斯宾塞的作品;在希腊和罗马,

> 异教的拟人说使最伟大的诗人的心灵都过分受到固定形式的束缚;而希伯来人则由于憎恶偶像崇拜而免于这种束缚。[105]

与浪漫主义关于拟人、象征和超自然的理论相伴随,我们发现浪漫主义诗人以文学史上前所未有的创造性的自由、活力和气势在运用着这些因素。威廉·布莱克与他的德国同辈们一样认为神话乃诗之根本所在,他感觉到,"我必须创立一个体系,否则就要被另一个人的体系所奴役"[106],于是他将自己的观点与现存各种体系的碎片糅合在一起,营造了一座万神殿。与布莱克一样,雪莱也充分挖掘了象征主义的各种可能性;他那首惊倒四座的《西风颂》,一方面仍然清晰地表现出以柯林斯的《傍晚颂》为代表的拟人和寓言传统,同时又围绕着具有毁灭性和保护性的西风这一中心意象,编织出有关植物、人和神的死亡和再生的各种神话的全景图。柯尔律治和随后的济慈都发现,这些以广泛流传的民间歌谣和传说为蓝本的诗所具有的力量,而在 18 世纪,尽管偶尔有人声称这些歌谣和传说因其超自然的想象而具有神一般的创造力,但只是在哥特式故事故弄玄虚的恐怖描写中才隐约暗示出这种力量。许多浪漫派作家都具有想象的能力(按柯尔律治对这个术语的用法),停止区分生命和无生命之间的不同,认为宇宙无论就其整体或部分来看都是有生命的。

华兹华斯的特殊成就几乎是唯他独有的,因为在他的一些最有感染力的文字中,他不仅把自然景色描绘得栩栩如生,而且仿佛回到了永远保留在村社神话和民间传说中的思想情感模式。柯尔律治直言不讳地认为,华兹华斯就其想象力而论,"在所有现代作家中最接近莎士比亚和弥尔顿;况且他的想象力完全不是仿效的,是他自己独有的"[107]。这种独特的非仿效而来的想象力,不仅可见于华兹华斯那些以形式取胜的神话诗中,也见于许多文句中(柯尔律治引用了其中的好几段)。从这些段落中可以看出,他的想象排斥了所有传统的象征,也不违背感觉上的真实,它是作为形成中的神话而起作用的,而非作用于既有的神话。在这种时候,由于受到罪疚和恐惧的制约,自然事物变形而成为"巨大的强有

力的形式，它不像活人一样生活"，孤独的活人也被迫处于自然现象的状态，直至像柯尔律治谈论的幻觉作用那样——

> 最简单、最熟悉的事物
> 获得一种奇异力量，使它们周围的一切都产生敬畏。[108]

象征主义、泛灵论和神话手法的形态纷繁多样，或明显或隐婉，它们在这个时代如此普遍，构成了用以界定"浪漫主义"诗歌的最为突出的单一属性。[109] 正如上文所示，评论界的主要人物不再为这些材料辩解，认为它们是字面意义的装饰品，既可满足感动和愉悦读者的需要，又不违背真实性的要求。相反，他们像对待诗的一切基本素材一样，认为这些材料是想象在激情刺激下再造感觉世界时的自然表达。但是，此前有关科学的"真实世界"与人们认定的诗歌的"虚假世界"之间的冲突并未因此而停息，而仅仅是转移了一下立足点，扩展了一下范围而已；我们还发现，浪漫主义诗人面临着这样一个挑战：根据包罗万象的科学标准来判断，情感都是欺骗性的，想象的产物亦皆幻觉，因而诗之为假不仅在其部分，整体亦然。

注 释

[1] "Epitre IX," *Oeuvres complètes,* ed. A. Ch. Gidel (Paris, 1872), II, 232. 伏尔泰在评论这段话时说，"布瓦洛本人就是遵守他所制定的原则的第一人。他几乎所有的作品都散发出真实的气息；就是说，都是自然的忠实描摹"（"Du vrai dans les ouvrages," cited ibid, note 2）。

[2] Epistle Dedicatory to *Liberty Asserted* (1704), in *Critical Works,* II, 392.

[3] Hurd 大主教在 Notes on Horace's *Art of Poetry* (*Works,* I, 255, 257) 中甚至就诗歌的"真实"提出一个新柏拉图主义版本的诠释："诗歌的真实，指的是符合事物一般规律的表达；而虚假，无论它看起来多么符合特例，却总是与这种一般规律相背离……"

"诗人从现实中提取一切能够区分个体的特性，所以他的构思仿佛捕捉到神圣的原型理念，并给予最充分的表现，因此他的作品本身就是真实性的摹本或意象。"

[4] *The Philosophy of Rhetoric* (new ed.; New York, 1846), p. 55 (Chap. IV).

[5] A. N. Whitehead, *Science and the Modern World* (Cambridge, 1932), pp. 68-9.

[6] *Spectator* No. 413. 有关第一特性与第二特性之间区别的诗体论述，参见 Marjorie

Nicolson, *Newton Demands the Muse* (Princeton, 1946), pp. 144-64。

[7] (Cambridge, 1904), Pt. I, Chap, II, p. 7. 参见 Hobbes's *Human Nature*, Chap. XI。John Sheffield 以当时流行的那种"启蒙自我而始"的姿态，在他的"On Mr. Hobbs and his Writings"一诗中这样写道："我们身处无知的黑暗，/ 害怕鬼怪和幻影出现，/ 伟人霍布斯降临，带着理性的光明 / 让一切魑魅魍魉无所遁形。"

[8] *The History of the Royal Society of London* (London, 1667), pp. 339-41.

[9] "Of Poetry" (1690), *Critical Essays of the Seventeenth Century*, ed. Spingarn, III, 96。

[10] 参阅 e.g., *Elizabethan Critical Essays*, ed. G. G. Smith, I, xxviii-tx, 341ff。

[11] *John Dryden* (3d ed.; New York, 1946), p. 23. 达夫南的前言和霍布斯的 *Answer* 在前一年曾在巴黎与那首诗分别出版。

[12] Preface to Gondibert, *Critical Essays of the Seventeenth Century*, II, 3, 5. 有关当代法国对于史诗理论的类似探讨，参阅 René Bray, *La Formation de la doctrine classique*, esp. pp. 235-8。

[13] *Critical Essays of the Seventeenth Century*, II, 61-2. 斯普拉特大主教首先论述了怪物在皇家学会光彩的脸面之前落荒而逃，然后他说，"古代的寓言和宗教的智慧，已为诗人服务了足够长的时间，现在是抛弃它们的时候了"(*History of the Royal Society*, p. 414)。

[14] *Spectator* Nos. 315, 523. 并参阅 *The Letters of Sir Thomas Fitzosborne* (6th ed,; London, 1763), Letter LVII。

[15] "Essay on... Epick Poetry," *Essays upon Several Subjects* (London, 1716), I, 33, 25.

[16] "Of Simplicity and Refinement in Writing," *Essays*, ed. Green and Grose, I, 240.

[17] *Elements of Criticism*, I, 86 (Chap, II, pt. i, sect. 7); II, 305 (Chap. XXII).

[18] "Life of Waller" *Lives of the Poets*, I, 295; "Life of Milton," I, 178-9.

[19] "Life of Butler," ibid. I, 213; "Life of Milton," I, 163-4; "Life of Gray," III, 439.

[20] Pope, Preface to *The Iliad*; Bray, *La Formation de la doctrine classique*, p. 232. 另见 R. C. Williams, *The Merveilleux in the Epic* (Paris, 1925); and H. T. Swedenberg, Jr., *The Theory of the Epic in England*, 1650-1800 (Berkeley and Los Angeles, 1944)。

[21] *La Manière de bien penser dans les ouvrages d'esprit* (1687) (new ed.; Lyon, n.d.), pp. 13, 16.

[22] *Essays on Poetry and Music*, p. 86.

[23] *L'Art poétique*, III, 174-6, 189. 他接着说 (237-8); "寓言给心灵带来千百种不同的乐趣；/ 所有快乐的名字仿佛都是为诗歌而生的"。

[24] *Lectures on Rhetoric and Belles Lettres*, Lecture XLII, p. 583. 另见 Addison's *Spectator* No. 315。

[25] Bray, *La Formation de la doctrine classique*, p. 208. 引自 Condillac 的一段文字可以表明，为什么"真实"这个标准在语用学意义上常常被理解成受众认可的真实。想象力会利用最荒唐的怪物，"这些怪物虚假与否无关紧要，只要我们信其为真就行。想象所关注的要点是给人以消遣，但前提是不能与真实相悖。想象的虚构，只要与我们本性、我们的知识和我们的偏见相一致，那就都是合理的"(*An Essay on the*

[26] *Aristotle's Treatise on Poetry* (London, 1789), Preface, pp. xv-xvi.

[27] Ibid., p. xv. Cf. Aristotle, *Poetics* 25. 1460^b 32-9.

[28] "Of Heroic Plays" (1672), *Essays*, I, 153.

[29] Ibid., p. 154.

[30] *Spectator* No. 419. 类似的论点可参阅 Bray, op. cit. pp. 208ff。

[31] *Essays on Poetry and Music*, p. 36.

[32] *Analytical Inquiry into the Principles of Taste* (2d ed.; London, 1805), pp. 260-70.

[33] *Aristotle's Treatise on Poetry*, notes, p. 487. Walter Scott 后来在论述玛丽·雪莱的作品《弗兰肯斯坦》时采用了这一概念："我们只有在作者用严密的逻辑来演绎推论的条件下……才能认可这种特殊的假定"(*The Prose Works*, Edinburgh and London, 1834-6, XVIII, 254)。

[34] *Letters on Chivalry and Romance*, ed. Edith J. Morley (London, 1911), pp. 143-4.

[35] 参阅 Douglas Bush, *Mythology and the Renaissance Tradition in English Poetry* (Minneapolis, 1932), pp. 244-7。

[36] 反对在当代诗歌中使用超自然手段的人常常将滑稽诗作为例外，人们作滑稽诗的目的正如艾迪生所说"正是讽刺现代作家中使用类似手段"(*Spectator* No. 523)。参见 Johnson, "Life of Pope," *Lives of the Poets*, III, 232-4; Kames, *Elements*, I, 86-7; Fitzosborne's *Letters*, p. 303。

[37] *Opere di Dante degli Alighieri ... col Contento di Cristoforo Landini* (Vinegia, 1484), Preface, fol. a [vii]^v. 有关诗歌创造更早的新柏拉图主义概念，参阅 Boccaccio, *Genealogia deorum gentilium* XIV. vii。

[38] Shelley, "Defence of Poetry," *Shelley's Literary Criticism*, p. 156; cf. "On Life," ibid. p. 53, and letter to Peacock, 16 Aug. 1818, ibid. p. 164. Tasso 在他的 *Discorsi del poema eroico* (1594), 第三册中写道，"艺术创造活动在我们看来几乎是神圣的，通过模仿第一创造者……""一个优秀的诗人（说他神圣不为别的，就因为他的作品像极了最高创造者，于是他也带上了神圣的光彩）便能够创作出一首诗"，这首诗就像"一个微型的世界"(*Opere*, Pisa, 1823-5, XII, 65-6, 90. 这几段话见于 A. H. Gilbert, *Literary Criticism Plato to Dryden*, pp. 492, 500)。另见 Tasso's *Il mondo creato*, "Giornata prima," ibid, XXVII; the Argument (p. 1) 道："人的艺术，以造物为对象，模仿圣艺。"有关达·芬奇论画家的"创造"，见 Anthony Blunt, *Artistic Theory in Italy* 1450-1600 (Oxford, 1940), p. 37。

[39] *Poetices libri septem* (4th ed.; 1607), p. 6 (I. 1). 有关作诗和创世的其他类比，见 Giambattista Guarini, "Il compendio della poesia tragicomica" (1599), *Il pastor fido*, ed. G. Brognoligo (Bari, 1914), p. 220; and Giordano Bruno, 转引自 Oskar Walzel, *Grenzen von Poesie und Unpoesie* (Frankfurt, 1937), p. 13。

[40] *Elizabethan Critical Essays*, ed. G. G. Smith, I, 156-7.

[41] *Art of English Poesy*, in *Elizabethan Critical Essays*, ed. G. G. Smith, II, 4. 帕特纳姆的论

文发表于 1589 年；锡德尼的论文大约在 1583 年写成，在他死后的 1595 年以两种版本的形式出版，之前曾以手抄本的形式广为流传。关于英语中用以指文学活动的"创造"的用法，参阅 L. P. Smith, "Four Romantic Words," *Words and Idioms*, pp. 90-95。

[42] 关于艺术家通过模仿上帝来创造"一个新世界"的新柏拉图主义观点，参阅 Federico Zuccari, *L'idea d'pittori, scuttori ed architetti* (1604), in Erwin Panofsky, *Idea*, pp. 48-50; Peter Sterry, *Discourse of the Freedom of the Will* (1675), in F. J. Powicke, *The Cambridge Platonists*, pp. 185-6。关于将"创造"一词应用于诗人，以及诗歌创作与上帝创造之间短暂流行的比较，参阅 Donne, Sermon XXVI, from *Eighty Sermons* (1640), in *Complete Poetry and Selected Prose*, ed. John Hayward (London, 1932), p. 615; Temple, "Of Poetry" (1690), *Critical Essays of the Seventeenth Century*, III, 74-5; John Dennis, *Advancement and Reformation of Poetry*, in *Critical Works*, I, 202-3, 335; Pope, *An Essay on Criticism*, II, 484-93。与这一主题有关的内容，参阅 A. S. P. Woodhouse 的精心研究："Collins and the Creative Imagination," *Studies in English by Members of University College, Toronto* (Toronto, 1931), 59-130。

[43] 考利在其品达体颂诗《缪斯》中描绘这位女神，认为她翱翔于上帝的创造物之外——"你自有成千上万个世界，/ 你，伟大的王后，像上帝一样说话 / 你说，要有新世界，于是有了新世界。"/ 他自己对此作了注释："我的意思是，诗歌不仅描述现有的或者可能有的事物，还能创造自己的生物，比如人马怪、半人半羊的萨堤儿、仙女……并将所有这些创造物纳入各种体系或者自创的天地中。"(*Works*, 11th ed., London, 1710, I, 220).

[44] Preface to *Troilus and Cressida* (1679), in *Essays*, I, 219.

[45] *Spectator* No. 419; 另参阅 Nos. 421, 279。艾迪生之后，将超自然的诗歌视为第二创造的文章数不胜数。爱德华·扬格将这些观点发挥到了极端，正如他处理《旁观者》上的其他观点一样："在幻想的仙境中，天才恣意游荡，用自己的创造力，主宰着充满怪物的领地。"人类的心灵"可以从现实世界之外的无垠虚空中，创造出虚幻之物以及不为人知的世界"(*Conjectures on Original Composition*, ed, Morley, pp. 18, 31)。另参阅：e.g., Pope, Preface to the *Iliad*, in *Works* (London, 1778), III, 246; Johnson, *Lives of the Poets* (ed. Hill), I, 177-9, III, 337; J. Moir, *Gleanings* (1785), I, 31。有人反对将"create"在任何意义层面上与"immitation"相对立。关于这点，可参阅 Batteux, *Les Beaux Arts*, pp. 31-3。

[46] *Adventurer* Nos. 93, 97. William Duff 把"创造性的想象"说成是"真正天才的最突出特征"，并以超自然的创造为例，认为这是"真正的原始天才的精心杰作和最充分的证明"(*Essay on Original Genius*, London, 1767, pp. 48, 143; cf. p. 89)。John Aikin 在他的 *Essays on Song-Writing* (2d ed.; London, 1774, pp. 6-8) 中写道，想象力不可能长期"囿于自然圈内"——"它会将新的生命注入这个世界，并将抽象的概念具体形象化……它首先会创造，然后再以绝对的权力统辖其创造物"。

[47] *Spectator* Nos. 419, 279. Nicholas Rowe 在 1709 年就已经说过，这位天才作家的伟大

之处就是能将其想象力发挥得淋漓尽致，使其幻想超越人类，摆脱可见世界的束缚。最著名的例子有《暴风雨》《仲夏夜之梦》《麦克白》和《哈姆雷特》(*Some Account of the Life etc. of Mr. William Shakespear*, in *Eighteenth Century Essays on Shakespeare*, ed. D. N. Smith, Glasgow, 1903, pp. 13-14)。

[48] 对莎士比亚超自然想象力充满溢美之词的评论还有：Warburton 主教在 1747 年写道，《暴风雨》和《仲夏夜之梦》是"莎士比亚特有的那种卓越、惊人的想象力的伟大成就，这种想象力冲破了自然的束缚，而又不失之理智……"这段文字在 *The Morality of Shakespeare's Drama* (Dublin, 1777, I, 1) 中曾被 Griffith 夫人引用，她接着说："事实上，在这两部作品中，他创造了现实不存在的人物形象……"Elizabeth Montagu 也谈到莎士比亚剧中"超自然的存在"，认为这是"诗歌的卓越性"的构成因素，见 *An Essay on the Writings and Genius of Shakespear* (4th ed.; London, 1777), pp. 135ff. 甚至 Johnson 博士在 "Drury Lane Prologue" 一文中也认为，莎士比亚的特殊创造力表现在超自然方面："他描绘的多彩的世界，每一个变化 / 穷尽了不同的世界，然后想象新的世界"——这句赞美之词得到 Garrick 的应和，他在其莎士比亚颂里说："人的世界不能将他束缚 / 他启动了他那充满神奇的心灵 / 创造了新世界和属于他自己的生灵！"

[49] Lovejoy 在其 *The Great Chain of Being* (Cambridge, 1936, Chap. V) 中简明扼要地描述并解释了莱布尼茨的宇宙进化学说。另可参见 Bertrand Russell, *The Philosophy of Leibniz* (new ed.; London, 1937), esp. pp. 36-9, 66-9。

[50] *Critische Dichtkunst*, sect. 6, in *Deutsche National Literatur*, ed. Joseph Kürschner, XLII, pp. 165, 175, 161.

[51] *Von dem Wunderbaren* (Zürich, 1740), pp. 31-2; 另见 pp. 19-21。Bodmer 在其 *Critische Betrachtungen über die poetischen Gemählde* (Zürich, 1741, pp. 13-14) 中写道："所有这些无以数计的世界秩序都是建立在想象力 (Einbildungskraft) 的主宰之下。" 另页 573："用想象的力量使得可能变为现实，这种创造模式之于诗人是责无旁贷，因为诗人就是创造者。"

[52] *Von dem Wunderbaren*, pp. 5-11.

[53] Ibid., p. 165.

[54] *Critische Dichtkunst*, pp. 160-62. Breitinger 说（页 160），这种连上帝都创造不出来的对立体的例子有：某种既应该是这样又不该是这样的东西，部分与整体同样大，等等。

[55] *Von dem Wunderbaren*, pp. 47, 49; cf. pp. 144, 151; 并参阅其 *Betrachtungen über die poetischen Gemählde*, pp. 594-5, 他在这里将诗的真实与理性归因于某种可能的"世界体系"的秩序。

[56] "Über Wahrheit und Wahrscheinlichkeit der Kunstwerke" (1797), *Sämtliche Werke*, XXXIII, 87-91; "Diderot's Versuch über die Malerei" (1798-9), ibid. p. 215. 另见 Eckermann's *Conversations of Goethe* (18 Apr. 1827), Everyman ed., p. 196.

[57] *Letters on Chivalry and Romance*, pp. 131, 144, 153-4. 五年之后，William Duff 也将超自

然诗歌中的"另类世界"与主导现实主义类型诗歌的"真实或严谨的可能性"对立起来 (*Essay on Original Genius*, pp. 142-3)。

[58] Ibid., pp. 137-9. 根据诗的各部分必须规范得体的传统原则，John Pinkerton 在与 Hobbes 的论战中完全占据了上风，他带着怀疑论否认，世上并没有"为人所知的事实上的真实或者历史上的真实"，并宣称，唯一有效的真实，是"普遍的真实只能在诗歌或虚构作品中找到"，它存在于各组成部分的得体与一致性之中。因此，卡利班就比任何可能的事实陈述都更加真实，因为他的性格"自成一格，与规范得体并不矛盾，而又不能从自然中找到" (Letters of Literature, London, 1785, pp. 216-18)。

[59] *Characteristics*, ed. J. M. Robertson (London, 1900), I, 222-3, 231.

[60] Ibid., 1, 135-6.

[61] *Neue Jahrbücher für das klassische Altertum*, XXV (1910), 40-71; 133-65. Cf. Akenside, *The Pleasures of Imagination*, 1st ed., III, ll. 397-427: 一首诗在诗人心灵中成形之初，记忆中的意象形成清晰的秩序，犹如"蛮荒的自然中散乱的种子 / 听到了神圣的声音召唤"。然后，以普罗米修斯的艺术 / 他吐出优美的词句 / 写下得体的篇章……" / 所以，"肉体凡胎的人受到感召 / 竭力创造赞美之词"。

[62] *Hamburgische Dramaturgie*, No. 34, in *Sämtliche Schriften*, ed. Karl Lachmann (Stuttgart, 1893), IX, 325; cf. No. 79, ibid, X, 120. For accounts of the poet's creation of another world which combine the statements of both Shaftesbury and Addison, see 关于综合夏夫兹伯里和艾迪生的观点对诗人创造的另一个世界的解释，参阅 J. G. Sulzer, *Allgemeine Theorie*, articles: "Einbildungskraft," "Erdichtung," "Gedicht," "Ideal."

[63] "Zum Shakespeare's Tag" (1771), *Sämtliche Werke* (Jubiläums-Ausgabc), XXXVI, 6.

[64] 参阅 Walzel, *Das Prometheussymbol*, pp. 133ff., and *Dichtung und Wahrheit*, Bk. XV, 歌德在书中描述了他创作"普罗米修斯"颂歌的缘起。他说，普罗米修斯的寓言故事出现在我的脑海中，"普罗米修斯与诸神分离，为人类创造了一个世界……我清楚地感到，有分量的作品只有当作者与世隔离才能创造出来。"

[65] *Kritischen Wäldchen* (1769), in *Sämtliche Werke*, III, 103; also ibid, V, 238-9; XII, 7.

[66] *Vorlesungen über schöne Literatur und Kunst* (1801-4), *Deutsche Litteraturdenkmale* (Stuttgart, 1884), XVII, 94-8. 参见页 261: 总的来说，诗歌代表了"艺术上的发现，代表了优秀的行为，诗歌凭借这种行为丰富了自然；正如它的名字所指的那样，诗歌是一种真正的创造和成果"。

[67] Ibid., p. 102. 接着(页 103)，他又将莱布尼茨关于灵魂是一个映现宇宙的单子的理念引入当下的语境："人的灵魂所反映的宇宙的充实与完整，决定了他的艺术天赋，使他能够在世界之中再建一个世界。"关于莎士比亚的普罗米修斯式的真实人物的塑造，与他想象出来的精灵和女巫的另类世界之间的区别，参阅 Schlegel, *Lectures on Dramatic Art and Literature*, p. 363; also, p. 378。

[68] *Shelley's Literary and Philosophical Criticism*, pp. 125, 128, 156; cf. esp. pp. 137, 140, 143-4. 另参见 Victor Cousin, *Lectures on the True, the Beautiful, and the Good* (1853), trans. O. W.

Wight (New York, 1858), pp. 155-7. 其中有柏拉图式的观点，即认为艺术家的"第二创造"，从某种程度上说，优于上帝所创造的世界。

[69] *Heroes and Hero-Worship*, in *Works*, V, 80, 104; cf. "Characteristics," ibid, XXVIII, p. 16.

[70] To Thomas Poole, 23 Mar. 1801, *Letters*, I, 352; to Richard Sharp, 15 Jan. 1804, ibid, II, 450. "Create"一词也是华兹华斯在论述心灵感知时喜爱使用的比喻之一。参见 *The Prelude* (1805), II, 271-3; III, 171- 4; also above, Chap, III, sect. iii. 华兹华斯也经常使用"Create" 这个词来指诗歌创作，见他的 Preface of 1815。

[71] *Oxford Lectures on Poetry* (London, 1926), pp. 4-6, 23-4. David Masson 使用了诗就是 "*poesis*, 或称创造"的概念——"一种新的和人为实体的"想象性产物——建立起诗歌与科学之间全面对照，并确立了诗人的创作自由，使他得以继续其"创造工作"，"随心所欲地重给世界定位"，*The North British Review*, XIX, 1853, pp. 308-9; 文章曾再度发表在 Masson's *Essays Biographical and Critical*, Cambridge, 1856。

[72] (Chicago, 1948), pp. v-vi.

[73] "'Sailing to Byzantium': Prolegomena to a Poetics of the Lyric," *The University of Kansas City Review* (Spring, 1942), VIII, No. 3, pp. 210-11, 216-17. 无论是创造性的诗人还是作为造物主的上帝，拥有创造奇迹般的绝对自由都是危险的，有关这条忠告，见 Dorothy Sayers, *The Mind of the Maker*, pp. 62-3。

[74] *A Discourse of Ecclesiastical Politie* (London, 1671), pp. 74-6. 见 R. F. Jones, "The Attack on Pulpit Eloquence in the Restoration," *JEGP*, XXX (1931), 188- 217; 另见 "Science and English Prose Style in the Third Quarter of the Seventeenth Century" *PMLA*, XLV (1930). 977-1009。

[75] *History of the Royal Society*, in *Critical Essays of the Seventeenth Century*, ed. *Spingarn*, II, 116-18.

[76] *Leviathan* (Cambridge, 1904), pp. 14-15, 25, 42. Cf. Locke, *Essay Concerning Human Understanding*, III, X, sect. 34.

[77] *Essays of John Dryden*, 3, 185-9.

[78] "Of the Standard of Taste," *Essays*, I, 269-70.

[79] 艾迪生在 "True and False Wit" (*Spectator* No. 62) 中说博霍尔斯是"所有法国批评家中最富有见地的"。约翰逊也认为，博霍尔斯证明了"所有的美都依赖于真实，"他的批评才是真正的批评 (Boswell's *Life*, 16 Oct. 1769)。另见 A. F. B. Clark, *Boileau and the French Classical Critics in England* (Paris, 1925), pp. 262ff。

[80] *The Art of Criticism*, trans, by a Person of Quality (London, 1705), pp. 5-12. 其中第 18 页论证了夸张手法可以"通过谎言让心灵获得真实"。另外，"虚构"都是披在真实之上的面纱，关于这一古老信条的简明扼要的总结，见 Bk. XIV of Boccaccio's *Genealogia deorum gentilium*。

[81] *Critical Essays of the Seventeenth Century*, III, 293. Edward Busshe 在谈到将韵文收入其通俗语录集的标准时，也采用了博霍尔斯的观点："任何思想，除非是真实的，否则都不能说是优秀的。因此我对真实一直抱有崇高的敬意"(*The Art of English*

Poetry, 1702, Preface)。Trapp 在其 Lectures on Poetry (1711) 中关于这个主题的讨论，在很大程度上也是基于博霍尔斯的观点，是根据 "思想是事物的意象，正如词语是思想的意象" 这一原则推演出真实的标准 (London, 1742, pp. 101ff.)。对于诗歌中有关神奇的描述，"真实" 的意思是指内在的得体以及与事实相符；见 Bouhours, Art of Criticism, pp. 29-30。

[82] Essays on Poetry and Music, p. 234.

[83] Spectator Nos, 419, 421.

[84] Critical Essays of the Eighteenth Century, ed, W. H, Durham (New Haven, 1915), pp. 89-92. Hughes 援引艾迪生的理论 (p. 95)，并在《旁观者》那几篇文章上对寓言式愿景加以赞赏 (p. 104)。

[85] Adventurer No. 57. 在此，Warton 是以假设的朗吉弩斯的性格进行描写的。参照 Thomas Warton, Observations on the Faerie Queene (London, 1754), p. 13: 在《仙后》这首诗中，"创造性想象的能力大放光彩……因为它们不受任何人为判断力的限制与约束"。斯宾塞作为一个寓言作家，他的最佳表现是用他的想象力使虚幻的东西有了形体……比如他对恐惧、妒忌、幻想、失望等的栩栩如生的描述。关于此类观点与寓言体颂诗的流行之间的联系，见 A. S. P. Woodhouse, "Collins and the Creative Imagination"。

[86] An Essay on Original Genius, pp. 177-9. Cf. John Aikin, Essays on Song-Writing, pp. 6-8. 关于论述拟人法的创造性的其他章节，见 E. R. Wasserman, "The Inherent Values of Eighteenth-Century Personification," PMLA, LXV (1950), 435-63。

[87] "Heroic Poetry and Heroic License," Essays, I, 185-6.

[88] "Upon Epitaphs," Wordsworth's Literary Criticism, pp. 126-9.

[89] 见 Herder, Ueber die neuere deutsche Litteratur, in Samtliche Werke, I, 396-7; 另见 Schiller, Ueber naive und sentimentalische Dichtung, in Werke, VIII, 125-6. 人们早期使用 "灵与肉" 的隐喻，是认为它同物质与装饰的语言学概念兼容，见 Ben Jonson, Timber, in Critical Essays of the Seventeenth Century, ed. Spingarn, I, 36-8。

[90] "Style," Collected Writings, X, 229-30; and "Language," ibid. 259-62. Cf, Carlyle, Sartor Resartus, in Works, I, 57: "语言被称为思想的外衣，然而，这样说可能更妥帖：语言是思想的肉质外衣，是思想的身体。" 又见 "Real and Ideal Beauty," Blackwood's Magazine, LXXIV (1835), p. 750; G. H. Lewes, Principles of Success in Literature (1865), ed. T. S. Knowlson (Camelot Series, London, n.d.), pp. 118-19, 125。

[91] Preface to the Lyrical Ballads, Wordsworth's Literary Criticism, pp. 17-18.

[92] Shakespearean Criticism, II, 103; Biographla Literaria, II, 65-6. 另见 Letters, I, 373-4。

[93] Wordsworth's Literary Criticism, pp. 19-20, 45-6, 185.

[94] The Excursion, I, 475-81 (my italics).

[95] Shakespearean Criticism, I, 212-13; Biographia, II, 16-18.

[96] The Piccolomini, II, iv, 123-31. 席勒的原版见 Die Piccolomini, III, iv, 1635ff. 柯尔律治依据的是席勒为翻译提供的专用稿，可能与该剧后来刊行的版本有别。见 D. V, Bush,

Mythology and the Romantic Tradition (Cambridge, Mass., 1937), p. 54n。

[97] *The Excursion,* IV, 620-860. 关于神话起源，济慈的论述更为华丽，见"I Stood Tiptoe," ll. 163ff.; 另见拜伦, *Childe Harold's Pilgrimage,* Canto IV, stanzas CXV, CXXI。

[98] Note to *Ode to Lycoris,* in *Poetical Works,* ed. de Selincourt and Darbishire, IV, 423. 华兹华斯说，即使在基督教教堂墓地肃穆的场合，如果"确实发端于感情"，也允许有"虚构模式"（"Upon Epitaphs," *Wordsworth's Literary Criticism,* p. 118）。关于神话在浪漫主义诗歌中运用的各个方面，见 Bush, *Mythology and the Romantic Tradition,* Edward B. Hungerford, *Shores of Darkness* (New York, 1941)。

[99] *Essays and Marginalia,* ed. Derwent Coleridge (London, 1851), I, 18ff.

[100] *Biographia,* I, 202.

[101] To W. Sotheby, 10 Sept. 1802, *Letters,* I, 403-6; 参见 the letter written to J. Wedgewood in 1799, *Unpublished Letters,* I, 117。W. K. Wimsatt, Jr. 将柯尔律治的理论与其描写性诗歌相联系，富有见地，见其"The Nature of Romantic Nature Imagery," *The Age of Johnson* (New Haven, 1950), pp. 293-8。

[102] *Miscellaneous Criticism,* pp. 148, 191; *The Statesman's Manual,* in *Lay Sermons,* p. 33. 关于柯尔律治后期讨论神话时对 A. W. 施莱格尔的仿效，参见 *Miscellaneous Criticism,* p. 148n。

[103] *Biographia,* II, 58-9.

[104] *Statesman's Manual,* pp. 31-3.

[105] *Wordsworth's Literary Criticism,* p. 162.

[106] *Jerusalem,* I, 10. 关于现代诗歌需要"神话"作为中心和整合点，以及这种神话现在正从哲学的唯心主义和当代物理学的启示中发展而来的观点，参见 Friedrich Schlegel, *Gespräch über die Poesie* (1800), in *Jugendschriften,* II, 358-63。

[107] *Biographia,* II, 124.

[108] Ibid., II, 54-5.

[109] 关于这个话题，参见 René Wellek, "The Concept of 'Romanticism' in Literary History," Pt. II, *Comparative Literature,* I (1949), 147-72。

第十一章

浪漫主义批评中的科学与诗歌

> 奥德蕾：我不懂什么叫作"具有诗意"。那是一句好话，一件好事吗？那是诚实的吗？
>
> 试金石：老实说，情况远非如此，因为最真实的诗是最虚妄的。
>
> ——莎士比亚：《皆大欢喜》，第三幕，第三场

> 我们只要能意识到，善和美就像美和真一样是密切联系着的，同时又是永远有别的，我们就不会有任何危险。
>
> ——哈里·莱文：《作为制度的文学》

关于诗歌与其他话语的关系问题，在18世纪有过许多论述，其中显示出一种传统的思路，可以概括如下：诗乃是真实的表现，这种真实受到虚构和修辞的装饰，目的是取悦并打动读者；单纯表现真实而不顾及其他，则不是诗；装饰如果带有欺骗性或使用不得体，则是劣诗。另一方面，华兹华斯及其信徒们认为，诗乃是情感的流露或表现，是用一种整体的具有自然形象的语言来表达的；表现未经情感修正过的事实不是诗；故作姿态、人云亦云地表现情感是劣诗。原来的首要标准现在成了诗与诗人的情感和心境之间的关系；原来要求诗必须"真实"（即符合"事态的现实秩序和进程"），现在则让位于新的要求，即诗必须"自发""真挚"和"诚实"。约翰·基布尔声称，诗假如不能"一眼看上去就是诗人内心情感的自然进发"，那么它就"根本不是诗"。[1]

这一变化有一个标志，那就是非诗歌性的话语，经常被用来作为诗歌的对照或者它的逻辑对立面。自从亚里士多德以来，人们一直认为诗歌是对行动的模仿，因而把它与历史相对照，以期揭示诗歌的本质。人们反复强调，历史所表现的是过去发生的单一行为，而诗歌所表现的则是各种行为的典型的或反复出现的形式；或者说诗所表现的不是某些事件的本来面目，而是它们可能的或应该的样子。然而，华兹华斯却认为，诗歌的使命"并不是表现事物的本来面目……而是事物在感觉和情感中所显现的样子"，或者是事物被"真正的想象"加工过的样子。[2] 诗的最独特的题材不再是那些从未发生过的行为，而是由感知者的情感和想象所修改过的事物；如此看来，诗的最确切的对立面不是历史，而是物理学所特有的那种无情感色彩的客观描述。因此，华兹华斯摒弃了"诗与散文的对比区别"，认为它不够充分，而代之以"更富哲学意味的诗与事实或者科学之间的对照区别"[3]，诸如此类的其他论述成了浪漫主义讨论诗歌标准的出发点。柯尔律治说，正是激情与思想和愉悦的结合——他善于把新旧观念糅合在一起——构成了诗的精华，使之与科学形成对照区别，也使之不同于文明史和自然史。[4] 或者用约翰·斯图亚特·密尔的话来说，诗的"逻辑对立面""不是散文，而是纯事实或者科学"。[5]

诸如此类的论述，本来只是把诗歌话语的本质抽取出来加以界定的逻辑手段，然而，由于哲学上的那种认为自然科学的方法是获致真理的唯一途径的实证主义流行一时，所以常常把这种逻辑对立转变成一种论战式的对立。一些作家觉得，诗与科学似乎不仅是对立的而且是水火不相容的，科学如为真则诗必然为假，或至少是微不足道的。18世纪的批评家主要关心一首诗中的超自然的、形象化的成分偶然偏离经验可能性的问题，他们力图为这种现象正名。而在19世纪的许多批评家看来，这个问题则变得更加关键和广泛了。假如诗就其整体而言并非像科学一样"真实"，那么我们如何表明诗是语言的一种正当运用，又如何证明诗在人的生活中的功用呢？在一个日益崇尚科学的时代，如何保证诗至少能存在下去？所有这些问题在当今的许多美学探索中仍然是举足轻重的。R. S. 克莱恩最近指出，"〔'新批评家们'〕为这么一个问题困扰以致寝食不安，即在一个科学的时代，如何才能为诗正名并保持其不至于消失"[6]。其实，这是19世纪初的一些新批评家曾专注过并遗留下来的问题。

一 实证主义与诗歌

我们不妨以杰里米·边沁为例，直截了当、不加修饰地说明基本的争论点。英国的新哲学以经验主义为外表，其本质却是实用主义，它倾向于以科学的准绳来衡量诗歌，从而贬低诗歌，边沁乃是这种思想倾向的集大成者。歪曲现实乃是诗歌先天具有的本领；据说，这种歪曲并不过分，只要它有助于使人获得快感和教益，并且（但愿如此）不完全是那种恶作剧般的歪曲。培根承认，"诗似乎能使人高尚、讲求道德和欢娱"，但他又说，"想象很难产生科学；诗（在其原初之时被认为等同于想象）只能被看作愉悦或智力的游戏，而不是科学"。[7] 我们记得，勉强也可算是诗人的托马斯·霍布斯曾认为,"诗的放纵应以忠于真实为底线",因而觉得诗应向事实再靠拢一点。洛克在抨击"修辞方法和引喻"的欺骗性时,也曾效仿霍布斯,试图将诗歌排除在外,但是态度十分勉强。"我承认,在一些话语形式中,如果我们只想获得欢乐愉快而非信息或知识,那么这类装饰品就很难被当作虚假的东西。"在《论教育》中,洛克(呼应了伊丽莎白时代清教徒的观点,即认为诗人既放浪不羁又毫无用处)毫不隐瞒他对作诗生涯之无利可图的轻蔑态度,认为这对诗人自己无益,(不言而喻)对别人也无益。帕耳那索斯*"空气清新宜人,土壤却很贫瘠",而"诗与游戏这两个常常形影不离的东西,则在这一点上彼此很相似,二者都很少能给人教益,除了对那些生活别无寄托的人以外"。[8]有人曾询问牛顿对诗的看法,他回答说:"我告诉你巴罗是怎么说的吧——他说,诗就好像是具有独创性的胡说。"[9]

　　边沁将早期经验主义中的这两个方面发挥到了极致:①通过"幸福运算式"计算出除去痛苦后还有多少愉悦,以此决定一切价值,②主要通过消除或严格控制"虚构体"的方式来改革语言,从而使语言表达客观真实的基本功能得到完满的实现。对此,边沁就诗的语言提出了两个问题:"它是否有用?"和"它是否真实?"

　　边沁在回答第一个问题时说,毫无疑问,诗是有用的,因为它能为某些人提供愉悦。他给诗下的定义恐怕是最为奇特的,用他的话说,一首诗就是这样一部作品:

> 它是由纯粹的,通常是直言不讳的虚构拼凑而成,然后到处传播以便给人提供那种称作娱乐的东西——这是一种特殊的愉悦的集合体,通常称作想象的愉悦。

边沁认为,就提供愉悦而言,诗的存在价值类同于针戏**——如果说连这一价值也不具备,那是因为喜欢诗的人并不像喜欢针戏的人那么多,因

---

*　希腊神话中太阳神阿波罗和文艺女神缪斯的灵地,指诗或诗坛。——译者注

**　针戏,一种儿童游戏。——译者注

为"人人都会玩针戏;而欣赏诗歌和音乐的人极少"。[10]

然而,以真实的要求来衡量,边沁发现,诗有一个致命的缺点,即它打开了通往最终的更痛苦的道路,从而彻底地抵消了直接的愉快。约翰·斯图亚特·密尔告诉我们,边沁瞧不起诗歌,因为他认为语词"本用于表达精确的逻辑真实,此外用来表达任何东西,其应尽的职责都会被颠倒";边沁有一句格言便是,"一切诗皆是错误的表现"。[11] 按照他自己的意思,玩针戏总是天真无邪的,而诗的娱乐则是建立在虚假的叙述、描述、引喻和道德判断之上——其目的都是诱发那种有悖理性的情感。

> 诗歌与真实的确生来就势不两立:虚假的道德,虚构的本质。诗人总是在寻求某种虚假的东西。有时他也假装以真实为本,可他的结构中的那些装饰品又是虚构的东西;他的职责无非就是激发我们的情感,唤起我们的偏见。真实,还有各种各样的精确,对于诗来说都是致命的。[12]

于是,事隔数百年之后,我们又发现边沁继承了柏拉图的衣钵,把天性喜欢撒谎的诗人排斥在社会之外,这个社会也同柏拉图的一样,只能由哲学家来安排和管理。他甚至提起柏拉图指责荷马贬低了天神的话。"荷马是最伟大的诗人……但是模仿他笔下的天神和诸英雄能有很大益处吗?"[13]

边沁思想中的这些方面,为一帮直言不讳、极善争辩的追随者,尤其是功利主义喉舌《威斯敏斯特评论》(创刊于 1824 年)成员所利用,边沁曾极不情愿地称这份杂志为"微不足道的文学刊物"。佩里格林·宾厄姆为这个杂志的第一期撰写了一篇文章,约翰·密尔认为这篇文章"有很大影响,将讨厌诗歌的思想同《评论》的作者联系在一起"[14]。宾厄姆认为,诗因为发挥想象而损害了理性,而"要想获得真实,只有通过详尽无阙地考察一个题材中的所有细节"。此外他还指责说,中世纪的文学复活是政治上趋于反动的一个症状和刺激,它把我们从前进的道路上拉回到"人类理智仍处于婴儿孱弱的襁褓中"的时代。[15] 由于绝大多数人的最大幸福日益趋近于技术进步、物质丰富和社会改革,就连边沁并未排斥于诗之外的那一点有限的享乐主义的功用有时也被从诗中剥夺走了。一位评论家写道:"韵律不能用来记账,歌谣不能用来造三层游船,也不能用来造古时候的城镇";对诗的追求如何能"使棉花纺得更好;或者能取缔不公正的法律呢?"[16] 此外,他还把文学教育斥为"明显浪费"——按照后来一位帮腔者的说法。人们认为,文学素养在很大程度上是财富的象征,是不用从事生计而有暇的象征。例如,有人在评论欧文的《旅人述异》一书时就认为,上流社会为了突显自己的地位,将外来者挡在圈外,会"竭力避免从事任何需要努力或者有实用价值的活计。如果有什么事情需要努力,就把这努力用于相反的地方吧"。他们把子女送去学作拉丁文诗,培养陈旧过时的风格,其目的不为别的,只是"为了使他们有别于那些花不起几千英镑学这玩意的人"。[17]

根据这种背景,皮科克在《诗的四个时期》中对诗的地位的勾勒可被视为典型的功利主义理论的一种应用,该书的作者是詹姆斯·密尔的朋友,也是《威斯敏斯特评论》最得力的文学撰稿人——尽管读者永远弄不清说话的到底是皮克科本人还是他那位麦奎迪先生,即那位经常出入于克洛彻特城堡的人,那位蒸汽智力社团(Steam Intellect Society)的代表。诗歌运用一种装饰性的形象化语言来激发各种情感,置真实于不顾,因为"纯粹的理性和不带情感的真实在诗中将是荒唐至极的"。"随着各种道德科学和心灵科学日臻完善",也"随着理性压倒想象和情感而占据支配地位,诗必然会落在后面"。从这里我们可以看出,历史真实的一丝微弱光线就足以驱散诗歌的各种幻觉;"对于诗人来说这很是不幸,因为我们知道,海德公园里并没有树仙*,摄政运河中也没有水泉仙女**"。皮科克比边沁做得更甚,他斥责诗在当今毫无用处。"生活中有许多享乐和实用的东西,我们亲眼见到它们经历了许多迅速的发展,但诗歌没起丝毫作用。"诗人"在当今社会中,不但……浪费了自己的时间,也掠夺了他人的时间"。[18]

---

* 树仙(Dryads):也有人音译为"德律阿德斯"。——译者注

** 水泉仙女(Naiads):也有人译为"那伊阿德斯"。——译者注

正如约翰·密尔在《自传》中所指出，并非所有功利主义者都是诗的敌人，G.L.内斯比特在《边沁述评》一书中也提醒我们，全心致力于改革的人认为，高雅文学的绝大部分都完全是致力于维护现状的，他们"关心靠面包度日的事，这是情有可原的，因为，他们常说，这种时候面包很贵，许多人买不起"[19]。但是，也有许多作家紧紧跟随边沁，他们重提当代为诗辩护的人所面临的两个根本问题，并使之更尖锐了。第一，如何说明诗之背离真实和事实的正当理由？第二，如何证明诗对人类的用处？

二　牛顿的彩虹和诗人的彩虹

济慈也像一些诗歌爱好者一样，认为事实或科学不仅是诗的对立面，更是它的敌人，在它们之间进行的这场斗争中，诗能否获胜，甚至能否幸存下来，实在说不准。济慈关于诗歌的言论仿佛私信叙家常，带着非哲学的随意，心情也不是很平静；许多论点都很难解释清楚，要把其中任何一个当作他的最后判断都是靠不住的。但有一点却不难看出，他多次表现出一种心态，说他不能接受华兹华斯的观点，即认为诗的真实目的就是"按照事物的表面现象"来描述事物。在这位年轻诗人看来，诗歌应该描述事物的本来面目，否则就是一个幻觉。

1817年12月，济慈在评论一场莎士比亚戏的演出时感叹道："基恩！基恩！*""注意你的健康……时下天气很冷，使人衰弱！……因为罗曼司只在书中才会出现。妖怪已被从家里赶跑，彩虹也失去了它的神秘。"[20]只过了一个星期，在本杰明·海顿"不朽的晚餐"上，查尔斯·兰姆也无巧不巧地谈起了同一个话题。兰姆以"一连串无法形容的幽默词句"，挖苦画家将牛顿的头像画入其"耶路撒冷圣地"。"然后，他同济慈都认为，〔牛顿〕把彩虹还原为棱镜的色彩，从而葬送了所有描写彩虹的诗歌。"[21]当时他们为"数学的混乱"干杯或许是喝高了说酒话，但这个念头在济

---

* 埃德蒙·基恩（Edmond Kean, 1787—1833），英国著名的莎士比亚舞台演员。——译者注

慈心中萦绕不散。大约 18 个月后，他又在《拉弥亚》中旧话重提，并毫无玩笑之意。这首诗的主角是个半人半蛇的女妖，是一个复杂的有争议的形象，但是有关牛顿的彩虹这段眼熟文字却表明，这一形象在某种程度上象征了诗人眼中的图景，它与"冷漠的哲学"的细究是相对立的，用济慈的话说，这种哲学将"清空满是精灵的天空"，"拆散彩虹"。牛顿在《光学》中对彩虹的分析对诗人具有特殊的干系，这种观点由来已久，但认为牛顿的这一分析对诗歌构成了威胁的说法出现得较晚。对牛顿的彩虹给诗带来的各种命运作一总结，既可弄清济慈的观点，也能说明浪漫主义在诗歌概念上的转变。

17 世纪许多理论家都一致认为，新哲学把诗人世界中的神话和迷信素材扫除殆尽；但又认为，科学如果从文学中拿走什么东西，会以某种更有价值的东西作为回报。诚如托马斯·斯普拉特所说，我们早该抛弃古代寓言和宗教中的机智了，尤其是由于"这些东西本来就是虚构；至于真实，只有通过既真又实的装饰物，才能得到充分的表现"。他补充道：

> 因此，现在自然知识就应该应运而生，帮助我们理解事物新的特色和品质……实验很快将给我们以有益的帮助。[22]

18 世纪的许多作家对这两种观点都表示同意。例如，迟至 1777 年，约翰·艾金写了《论自然史在诗中的应用》，他在文章中本着"任何不以真实为基础的东西都不可能真正地美"的原则，竭力反对现代人使用"古人那些陈腐不堪的寓言"，而极力推崇"精确而科学地研究自然"。[23] 与此相对应的是，牛顿在物理学上的发现远远没有被视为对诗有害，而被奉为了诗歌素材的丰富源泉，它既具有罕见的新意，同时又给予诗歌以科学上的最佳认可。马乔里·尼科尔森在《牛顿需要缪斯》中表明，18 世纪的诗人在很大程度上开心地抢夺了牛顿的《光学》。詹姆斯·汤姆森在《四季》中写道，少数开明人士克服了"迷信的恐惧"，而诗歌也得到哲学的指导，因为哲学是"有关证据和真实的取之不尽的来源"[24]。时下只有无知的乡村少年才会把彩虹视为"魔法之光"，因为多亏了牛顿，圣人的慧眼已把它视为"水滴形成的棱镜"所折射出的"七彩光谱"。[25] 汤姆森在《怀念艾萨克·牛顿爵士》一诗中宣称，彩虹变得更有诗意了，因为它原有的奥秘已向智慧投降，他显然认为只有牛顿才看到了毫无掩饰的美：

> 诗人曾描绘过如此美妙的事物，
> 在潺潺小溪边低语的小树林中做梦？
> ………折射定律多么正确，多么美妙。[26]

也是在这首诗中，汤姆森现身说法，表达了把牛顿的折射定律转变成诗的过程。牛顿曾写道：

> 这一图像或称 PT 光谱是彩色的，折射率最小的一端 T 呈红色，最大的一端 P 呈紫色，在两端之间的地带则呈黄、绿、蓝等色。[27]

这段文字写成诗便成了：牛顿"解开了白昼那闪光的长袍"，并且，

> 为那着了迷的眼睛分解出一大串原色。
> 首先是火焰般的红色栩栩如生地跃出；
> 接着是橙色……
> ……然后，色彩渐趋黯淡，
> 出现了深幽的青色，仿佛是裙衫那般
> 沉重的傍晚被霜露压变了脸；
> 这时折射的光中最后的一线
> 渐渐消失在朦胧的紫色中。

借助明喻、拟人以及初步的寓意手法，对各种事实陈述加以"装饰"，这种流行的做法使得真理变成了诗歌。这样，汤姆森便把美感、戏剧性，甚至把神秘性和巫术——因为把诗人喻为魔术师暗示了这点——这些被牛顿巧妙地排除在实验观察以外的东西，又塞回到了棱镜折射现象中。

然而也有些罗曼司爱好者，尽管承认新哲学确实能驱除众所公认的幻觉，但对于这样做是否利大于弊却又有点茫然。赫德主教在1762年写道，我们为了获得"充分的理性"，失去了"一个美妙的寓言世界；这个

奇幻的世界有迷人的精灵……"[28]托马斯·沃顿则认为，社会的总体改善，是以牺牲诗歌为代价的，因为"无知和迷信……乃是想象之母"；由于"推理和探索的力量"，诗歌拥有了"大量的理性，高雅的情趣和中肯的批评"，但却丧失了"比真理更能使人接受的不可思议，丧失了比真实更有价值的虚构"。[29]

在18世纪结束以前，我们也开始听到这类观点：不但是对自然现象的科学怀疑，而且包括对自然现象的科学描述，都是诗歌之敌而非恩人。蒙塔古夫人在1769年曾表示认同赫德的观点，认为新哲学在驱除寓言的同时，也葬送了诗歌的黄金时代；她对于汤姆森关于牛顿通过"解开"光和彩虹之谜而为诗歌开辟了新的素材来源的论点，也表示怀疑。"妖娆仙子的歌声飘荡，而今变成凡人的声响；彩虹女神的面纱，被拆解成屡屡丝线……"[30]二十年后，一位署名"GHM"的作者，首先把诗歌定义为"激情和情感的语言"，然后他把诗的衰落归咎于"对神奇的强烈嗜好"的丧失以及科学家与诗人在认知习惯上的格格不入。他有一个论点预示了华兹华斯和济慈的一些理论。他说，与诗歌的描述相反，

> 哲学的描述展示了事物的本质；它展示的是这些事物背后的机制和成因，而不是它们的外在形貌……因此，植物学家对于花儿的美丽视而不见，一心只关注花的内在结构。

因此，诗歌的鼎盛期是当作家倾力描写"自然杰作的美的时候，那时牛顿尚未发现世界的真实构造"；"一旦人们开始讲哲理，他们已经无力创作富于想象力的作品了"。[31]

在接下来的一个世纪中，如我们在前面看到的那样，那些反对诗歌的功利主义者接受了这种观点：理性和想象、科学与诗的发展，其关系必须颠倒过来，只是把挽歌改变成了感恩的颂歌。一个既是史学家又是诗人的人对这种文化史理论作了绝对形式的表述，其明显的理由是科学和诗对于感觉世界的描述是互不调和的。麦考利在1825年写道，"我们认为，随着文明的进步，诗几乎必然会衰落"。知识的进步是由"具体的形象到一般的指称"，由具体的感知到一般的概括，但"分析却不是诗人

的事。诗人的职责是描绘，而非解剖"。麦考利以他一贯的斩钉截铁的风格，没有给我们任何选择的余地。在这启蒙开化的时代，只有"心灵不健全"的人，才会写诗，才会欣赏诗。诗的真实，就是"疯癫的真实"。诗歌的推理是正确的，但前提却是错误的。

> 真实与欺骗，对真实的明确辨识与对虚构的微妙欣赏，各有各的妙处，但却互不相容，我们不能把它们合在一起。[32]

根据这一历史背景，我们可以将济慈在《拉弥亚》一诗中对科学的非难做一个梳理。

> 冰冷的哲学只要一触，
> 所有的美妙不就烟消云散？
> 从前天上有过一弧可怕的彩虹：
> 我们尽知其质地和纹理；
> 此刻她与平凡事物为伍。
> 哲学会剪断天使的双翼，
> 以其条条框框征服所有的神秘，
> 清空满是精灵的天空和神怪的地底——
> 拆散彩虹，因为它曾使
> 性情温柔的拉弥亚化成影子。

首先，冷酷的哲学驱逐了神话和仙女传说的迷人之处——它拂去了"满是精灵的天空和神怪的地底"——但与赫德和沃顿一样，济慈也不赞同詹姆斯·汤姆森关于这类素材可以轻易避免的观点。然后，哲学把彩虹分解成各种物理成分和原因；"我们尽知其质地和纹理"，这种了解"拆散"了彩虹，以一个沉闷而抽象的事物代替了一个具体感知的美和神秘。济慈赞同兰姆的观点，认为牛顿"把彩虹还原为棱镜的色彩，从而葬送了所有描写彩虹的诗歌"，因此他也陷入了这一谬误（许多专业哲学家也犯了同他一样的错误）：如果感知现象，用与它有关的简单得多的东西就能解释的话，那么这种解释使感知变得不可信，并会取代感知——只有解释才是真实的,感知成了幻觉。济慈与汤姆森的观点未必相同,他认为即使能诗化或戏剧化新科学的"真实",这也不能抵偿"感觉的生命","懒惰"放弃掉的感觉的具体性,后者正是他那独特的诗歌的必要组成部分。

结果,人们猜测的有关诗人的幻想与科学家的细察之间的冲突所引起的问题,不仅是赫德和沃顿所表达的诗的衰落问题,而且还包括麦考利所说的诗的存亡问题。因为济慈在情绪低落时,接受了同时代一些实证主义者的排他性选言推断:不是科学就是诗歌;假如牛顿描述的是真实,则诗人的彩虹就是幻觉;假如科学在总体上是真,那么诗在总体上则为假。《拉弥亚》的基本主题一如济慈的许多主要诗篇,是幻觉与现实的斗争。正如济慈自己在故事中设定,阿波罗尼斯这位冷漠的哲学家毕竟是对的。如他所说,拉弥亚的确是一条蛇;她的所有家具,从伯顿的《忧郁的剖析》(济慈就是从这本书中取材的)中的那段文字来看,"都不是真的而只是幻象而已"。如果说拉弥亚以及她的虚幻宫殿象征着诗人对世界的看法,那它们就反映了济慈有关"想象的真实性"与"因果性推理"相对立的观点,反映了他的恐惧,担心他的诗的题材是对世界的魔幻看法的残迹,因而容易遭到理性那冷酷的白眼。

济慈的做法代表了这样一种浪漫主义的倾向,关于科学与诗歌之间分歧的争论焦点,从诗歌中的神话和寓言的问题,转到了具体的想象性观察所得出的可见宇宙与科学分析和解释得出的可见宇宙的区别之上。许多作家,无论他们对于济慈的种种结论赞同与否,都仿照他的做法,选取一个传统上被诗人奉为圣明的对象——若不是彩虹,则是萤火虫、百合花、星星或云彩——以便将它的传统描述与光学、生物学、天文学或气象学等对它的科学描述形成对照。

在《拉弥亚》出版(1820年)的同一年,托马斯·坎贝尔的《致彩虹》再次表明,诗歌和牛顿的《光学》的幸福婚姻以反目和离异而告终。"我不想要骄傲的哲学,"坎贝尔呼喊道,"来告诉我你到底是什么。"

> 光学所能教我的一切,能否展示
> 　你那令我痴迷的形状,

> 就像我梦见隐藏在你光环里
> 　那些珠宝和黄金?
>
> 当科学把魔法的面纱
> 　从造物的脸上揭去,
> 原本是多么可爱的幻想
> 　现在却受缚于冷漠的物质定律!

九年以后,爱伦·坡的十四行诗《致科学》应和了《拉弥亚》中的一些诗句,更加激化了科学以其"凝视的眼睛"所见的"沉闷乏味的现实"与神化以及诗人的梦想之间的冲突。

> 你不是已经把水泽仙女从河流中赶跑,
> 把小精灵从青草中夺去,
> 把罗望子树下的仲夏梦从我这里夺走? [33]

几乎所有重要的浪漫主义理论家都对想象感知和科学感知的差异做过评述,也都哀叹后者在近代的发展已呈畸形。然而,必须认识到,绝大多数人并不愿承认科学与诗之间有任何固有的不可避免的冲突,也不承认科学的进步必然意味着诗的衰退。他们最常见的做法是把二者视为类似的或者互补的认识方式,并且明白,虽然分析会得出真实,但是这真实不是一切,在信仰坚定、思维灵活的人看来,也不可能拆毁诗人的彩虹。

以华兹华斯为例,他也出席了海顿的那次著名晚宴,并以他惯有的谨慎,在问明缘由之前,拒绝了济慈提议的祝酒。事隔多年,海顿还在给华兹华斯的信中写道:"还记得吗,济慈曾提议'为了牛顿记忆的混乱而干杯',你一定要他解释清楚才肯干杯,他便说:'因为牛顿把彩虹还原为棱镜,从而葬送了关于彩虹的诗。'"[34]诗人的这份小心是可以理解的,须知他对于人类对宇宙所做的伟大的智力探索就像文艺复兴时期的人那样敏感,同时还意识到,由科学推动的"自然研究"使得诗人的描述更加精确，这种精确描述，对于诗歌而言不是充分条件也是必要条件。后来，华兹华斯又把他对剑桥大学的牛顿塑像的简单提及扩展为三行诗，这三行诗超越了前一世纪所有的空洞颂词——

> 牛顿的棱镜和他那沉默的脸，
> 大理石塑像是心灵的标志，
> 永远孤独地扬帆在未知的思想之海上。[35]

华兹华斯在《抒情歌谣集》中，说谋杀性质的解剖是"理智的干预"，对在母亲坟墓上偷看和研究植物的"哲学家"均表示了蔑视，我们切不可把这些误解为他对科学的全面攻击。只要看一下其他诗段我们就会明白，这几行诗是说，抽象法用错地方，就会导致谬误，科学家不该做实验上瘾，一件事明明只涉及想象和情感，他却偏要做科学分析。[36] 华兹华斯在《抒情歌谣集》序言中说，由于诗歌植根于人的情感本质，所以它包容了科学，而毫不惧怕科学的那种范围有限的"知识"："诗歌是一切知识的起源和终结——它像人的心灵一样不朽。"在这段滔滔不绝的雄辩中，他不仅应和了斯普拉特和18世纪热衷于此道者的意见，认为诗会吸纳"化学家、植物学家、矿物学家的跟我们关系遥远的发现"，并且超越了他们，预示了描写机械的诗歌和工业革命的来临。"如果科学界人士能给我们的生活……带来任何物质上的变革"，诗人"将与科学家并肩携手，把感觉带到科学本身的对象中去"。[37] 我必须补充说一下华兹华斯对伊莎贝拉·芬维克的评论，这可以理解为华兹华斯事后对济慈在海顿的晚宴上的祝酒词的回敬：

> 有人以为分析、分解和解剖等行为肯定会损害对美的感知……我们往往认为这些行为是冷漠的，其实这种冷漠并不是探索真理的结果，而是探索的手段……植物或动物的整体美并不因为我们对其组成特性和机能有了更深刻的了解而受到贬损，反而得到了提高。[38]

华兹华斯发表的评论，为他那个时代解决诗和科学之间的所谓冲突奠定了共同的模式。雪莱也同18世纪所有以物理学和植物学为题作诗的人一样对科学事实非常了解，他根本不认为他所说的"科学与诗歌这对姐妹"有必要互不相容。他承认，科学的种种发展有时会超出我们想象力和创造力的吸收能力；但他也效法华兹华斯——尽管二人的哲学立足点不同——把诗歌视为一个范围更大的种类，它"包含了一切科学，一切科学也必须以诗歌为参照"[39]。美国的威廉·卡伦·布赖恩特在1825年的一篇文章中表示，他并不抵触科学的"新奇迹、新荣耀"取代"神秘"、神话和迷信，他还表示不理解，为什么"由于化学家在自己的学科中获得了成功，所以诗人就应该丧失其灵感"[40]。

对于柯尔律治来说，在更深的层面上，科学对诗歌的威胁来自对于原子主义和机械主义的各种错误的、过分的形而上学主张。在柯尔律治看来，原子主义和机械主义本是物理学研究中行之有效的假设，但是它们先是被人错误地当成事实，然后又被当成全部的世界观。他又从各种机能及其作用的角度做了这样的表述：18世纪的机械主义在政治、道德和艺术方面制造了各种错误和"毛病"，其原因是"理解力日趋严重的异化和自我封闭"，理解力作为研究"现象科学"的一种能力，原本只能被用作"一种工具或器官"。[41]但柯尔律治本人就是一位业余生物学家，他当然不会只作选言推断，"非诗即科学"，而是会作联合推断，"既是诗也是科学"。尽管一首诗就其目的而言对立于"科学作品"，最高级的诗却是最广博的、包容量最大的话语——是"人类活动的整个灵魂"——既包括情感的也包括理性的因素，还涉及产生科学的能力，这科学尽管从属于心灵的整体功能，却是它的必要组成部分："各种官能都根据其相对的价值和尊严而互相从属。"[42]

特别能引起我们兴趣的是这样一些作家，他们也像济慈一样将诗和科学对同一自然事物的描述进行对照，但只是为了表明这两种描述观点是可以和谐共存、互不伤害的。哈兹里特有一段话（济慈在写《拉弥亚》时很可能想过这段话），其中承认，作为一个历史事实，下面这一点"是掩盖不了的"，即知识和实验哲学的进步"将会划定想象的界限，剪断诗歌的双翼"；然而他又补充说，科学的观察和诗的观察并非相互排斥的选择。他举了萤火虫的例子：自然科学家把它捉回家，发现它"不过是一只

灰色小虫"。诗人在夜晚看见它，那时候

> 它为自己建造了一个荧光闪闪的殿堂。这也是自然的一部分，是萤火虫呈现的一种景象，也非常有趣；同样，诗也是人类思想史的一部分，尽管它既非科学也非哲学。[43]

利·亨特则喜欢以百合花为例：

> 当事实或科学超越本身的意义而展现出更多真相，就是说，展示了它与情感世界的关系，以及它产生想象的愉悦的力量，这时就产生了诗歌。例如，倘若问一位园艺师我们看到的那边那朵花是什么花，他会回答说，"百合花"。这是事实。植物学家则说，这花属于"六雄蕊单子叶科"。这是科学……
>
> 光明的植物，光明的花，
>
> 本·琼生这样说；诗因而向我们显示了花的美，连同它所有的奥秘和风采。

亨特试图以一个软弱无力的推论来证明，由于"未经分析的光是白色的，百合花也是白色的，所以二者不仅是相似，他们就是一样的"。这表明，牛顿的《光学》像个鬼魂继续在这个问题上作祟。[44] 亨特在他的许多文章中反复谈到这个问题；尽管他拥戴济慈，但这却不妨碍他在他的这位朋友去世一年后对他《拉弥亚》中的彩虹一段提出强烈的反对意见。亨特说，他并不认为"现代实验科学给了诗以致命的一击"，因为如果一个人"一旦发现彩虹形成的物理原因"就认为自己根本不是诗人，那他"用不着大吃一惊；他原本就不是"。[45]

再举一例：约翰·斯图亚特·密尔在信仰转向华兹华斯和诗以后不久，便面临着约翰·罗巴克这位边沁崇拜者的挑战：他认为要想通过想象来培养情感，"只会培养出幻觉"。密尔告诉我们，"我对他说了，当我们对一个思想有了生动的认识时，便会激起我们的想象性情感，这种情感不是幻觉，而是事实，就同事物和其他任何属性一样真确。但我是白费口舌了"。为了说明另一些看法在与其相关时的可行性，密尔选择了云彩为其典型例子。

> 当一片云彩披上落日的余晖时，我会强烈地感受到它的美，但这种情感并不妨碍我对云彩的了解，我仍然知道它乃是水汽组成的，同样受到蒸汽处于悬浮状态时的各种规律的制约；只要有机会，我也同样可能接受这些物理定律，并按它们行事，就好像我的感觉无力辨别美丑一样。[46]

在诗人观察的自然事物与自然科学家描述的事物相对立时，证实诗人的观察几乎成了维多利亚时代批评的例行公事。罗斯金写道："纯植物学家对植物的知识与伟大的诗人或画家对植物的知识之间的差异"就在于，"一个是为了充实其植物标本集才去注意各自的特点的，而另一个则想使它们成为表现和情感的载体"。[47] 马修·阿诺德是这样说的：

> 使我们真正理解动物，或水，或植物的，为我们捕捉到它们的奥秘，使我们参与它们的生活的，并不是林奈、卡文迪许、居维叶；而是莎士比亚，他的
>
> 水仙花
> 来了，比燕子先到，
> 带着三月的风，美意盈盈……[48]

尽管如此，科学的进步必然压缩诗歌的领地这种信念，甚至在我们这个时代仍然驱之不去；我们也仍然听到有人在重复济慈的谬误，认为科学的描述使得它所欲解释的现象变得不可信。正如济慈曾为彩虹和幽灵出没的天空消失而悲叹一样，D. H. 劳伦斯也悲叹：

> "知识"杀死了太阳，使它成为一个带有黑点的气球；"知识"杀死了月亮……我们怎么才能再次得到阿波罗和阿提斯、得墨忒耳、珀尔塞福涅和狄斯的那些殿堂？[49]

三 诗歌的真实和诚实

假如浪漫主义理论家们把"真实"这个词割让给科学独占,在描述诗的特性时另外采用一个术语,那么史学家的任务便会简单得多。I. A. 瑞恰慈最近还做了这种尝试,而且不讨人嫌,他提出这样的区分:"诗的忠实(troth)"和"科学的真实(truth)"。但是,"真实"的力量和尊严实在太大了,当然不能使这个词成为可有可无的东西,因而19世纪的批评家们也像他们的新古典主义先驱一样,仍然以"真实"作为诗的风范,只是语义有些潜在的转变,反映出他们的潜在理论中的变化。人们往往给科学冠以真实的称号,而赋予诗歌以一种与此不同的,通常是更有分量、更为重要的真实,由此达到对立统一。详细讨论一下浪漫主义对于诗歌的真实性典型的语义表述——至少是在上下文大致确定时的那些用法——都有哪些方面的意义,应该是有裨益的。[50] 必须说明,下面所列几种表述在实际运用中并非固定不变,也非真实这个词相互排斥的意义。这是众多哲学论争中最为复杂绕人的一个,批评家们在论述时并非按部就班地从其精确而稳定的定义出发,而是根据对手头的问题最适宜的意义,以近似的、多变的方式来运用这个术语。

(1) 诗是真实的,因为它如实地反映了超乎感觉世界之上的现实。

布莱克认为,诗是幻想的载体,而"幻想或想象则真实地、不变地表现了永恒的存在",这存在超出了"植物和生成自然之物"。[51] 在雪莱看来,"诗以永恒的真实表现生活形象"的方式之一,就是它符合"人性的不变形式",符合物质世界"各种形象"的"赤裸的、酣睡的美"。[52] 卡莱尔则宣称,诗人穿透了"宇宙的神圣奥秘",揭示了隐于外表底下的理念、有限背后的无限,贯穿时间之中的永恒;莎士比亚的诗篇"比生命本身更加真实,因为它们以更有表现力的象征体现了单纯现实的精髓"[53]。

用词与此类似的陈述偶尔也见于其他批评家的文章中,尤其是在修辞手法渐强之际,后来的评论者也对此竭力强调。最近,一位作家甚至就英国浪漫主义诗歌写了一本书,其主题是,主要的诗人"在一个关键问题上观点是一致的：创造性想象与对可见事物背后的无形秩序的特殊洞察是紧密相连的"[54]。显然，浪漫主义文论中一个显著而独特的方面就是求助于想象（以及心灵的其他职能和修改能力）来确立诗歌创作与评判的原则，这其实就是我对浪漫主义批评作此概观所依据的论点。但我认为，将布莱克和雪莱而不是华兹华斯和柯尔律治置于英国浪漫主义的学术中心，并因此而断定浪漫主义美学的柱石就是认为，诗的想象是超乎经验之外的直觉器官，认为诗是揭示永恒真实的一种语言形式，这样做最终会使人误入歧途。当然，人们可以引用华兹华斯《序曲》中的论述，说想象：

> 不过是这些东西的别名：绝对力量
> 最清澈的洞察力、心灵的扩张，
> 理性最为高昂的形态。

然而，这个诗段论诗不论有何言外之意，它在华兹华斯的作品中毕竟是绝无仅有的，在这个问题上，华兹华斯确实是有几个世纪的英国经验主义传统的忠实继承人。他在其意义明了的散文论述中，又改口说，"想象是一个主观性的语词：它关注的不是事物的本来面目，而是它们在诗人心目中的样子"[55]；他在1815年序言中所作的对诗歌想象的扩充分析，完全符合英国的感觉主义心理学。柯尔律治几乎是逐字逐句翻译谢林的论点，他说艺术模仿创造自然的自然，即"自然的精神"；但对照上下文才知道，这原来是说"理念"或诗歌创作中的生成性因素，与外界自然中的因素是一致的，这种一致性保证了一首诗产生的原则与自然界中至关重要的、有机的东西是极其相似的。柯尔律治并未指出诗具有特殊的认识作用。在他的哲学中，主要是理性，而不是第二性想象，才堪称"超越感觉的器官"，具有"认识无形的现实或精神事物的能力"[56]，并使宗教和诗歌判然有别。理性可以同想象合作，因此有些宗教论述富有诗意，而"无形的现实"的真实性有时也在诗中得到表现；但这只是偶然现象，是主题内容的事，而与诗的本质无关。至于济慈，则过分关注由具体事物构成的实在世界，以至于在有关超越感觉的现实的审美哲学中找不到任何对他胃口的东西。济慈认为,"想象的可靠性"有别于"凭借因果推理可知为真"的东西[57],并以各种方式宣称美与真是对等的,把他的评论者捉弄得不知所措。但这些都不足以被视为对"有形事物背后的无形秩序"的解释。实在要勉力作个解释的话,则不妨把济慈对诗的"真实"的独特运用归入下面一类,其中真实根本上成了价值的一种属性。

(2) 诗是真实的,因为诗篇存在,很有价值,是实际的情感和想象经验的产物和致因。

济慈在致本杰明·贝莱的那封非同凡响的信中这样写道:

> 别的我没把握,可我深知心灵中情感的神圣性和想象力的真实性——想象力捕捉到的美必然是真,不管以前是否存在——因为我对所有的激情和爱情都是这个看法,它们在达到崇高的境界时都能创造出真正的美……想象力可以比作亚当的梦——他醒来后发现梦境成了现实。[58]

(这里引用的当然是弥尔顿《失乐园》的典故:亚当梦见了夏娃,醒来后发现她果然就在眼前。)济慈的好友利·亨特三年后在一篇旨在证实"想象力的真实性"的文章中,使这一论断实质上成了一种同义反复——"这首诗是真实的"等同于"这首诗存在着,并具有效果":

> "存在的都是存在。"触动我们,感动我们的,都确实触动和感动我们。我们能辨识出它的真实性,就像我们在黑暗中能辨认出手一样……
>
> 诗人又叫作创造者,因为他们以神奇的语词把丰富的意象、造物的美,全部呈现在我们眼前……但是不论是原本就存在的还是新发现的……它们总是存在在那里……假如《李尔王》中某段台词使我们泪水盈眶,那它就像忧伤的手的触摸一样真实。假如阿那克里翁某首歌的吟诵使我们陶醉,那它就像他所饮的酒一样,使我们身上的脉搏感到是真实的。[59]

(3) 诗是真实的,因为它所对应的事物,包含了观察者的情感和想象，或已经被它们改变。

科学家的眼睛只是被动地接受，而诗人的眼睛所接受的是经过它自己补充或修改过的东西；科学的论述反映数据，诗歌叙述除了反映数据还增添了情感。用华兹华斯的话说，忠实地描述"事物的本来面目……不受描述者心中任何热情的制约"，这种能力尽管"是诗人必备的能力，却只是在必要时才使用，而且绝不会一直使用……"[60] 这个论点其实就是浪漫主义对诗歌的真实和科学的真实所作的最为常见的区分，它所依据的概念是心灵具有投射力和修改力，关于这个论点的各种表达方式在第三章中已有详尽的罗列。除那里引用的几段文章以外，我只想补充哈兹里特的一段文章。他说，诗"严格说来就是想象的语言"。

> 这种语言并不因为与事实不尽吻合而更不忠实于自然，正因如此，它更加忠于自然，只要它传达出事物在激情影响下对心灵所造成的印象。[61]

（4）诗是真实的，因为它符合具体的经验和各种整体事物，而科学则正是从这些经验和事物中抽象出某些特性，以达到分类和概括之目的。

这个观点与前一个观点正好相悖。它认为诗歌并非源于在科学所关注的事物上添加情感，而是对全部事实的表现，科学则是从其中为其特殊目的抽取出数据有限的一批稳定的因而也是可以驾驭的属性。通过经验直接感受到的世界不仅包含大小、形状、色彩、气味等第一位和第二位的属性，还包括美、情绪、情感基调这样一些"第三位属性"；根据这个观点来看，所谓的科学"数据"，其实就是高度的抽象物。

这一概念是在这样的背景下产生的：在18世纪后期，人们强调认为，描述性的诗必须表现自然中那些具体的细节，而不是一般的、抽象的方面。约瑟夫·沃顿告诫人们，要警惕当代诗歌中背离"对自然的真实生动和细节的表现，而是一味只谈普遍性"的现象。他区分了诗歌和历史的差别，这在名义上颠倒了亚里士多德的论断：诗歌的"论述是普遍性的，而历史的论述是细节性的"。在沃顿看来：

> 对于审慎选择的情况进行详细而具体的列举,这是诗歌与历史的主要区别,诗歌也因此比历史更为逼真,更加忠实地表现了自然。[62]

及至麦考利写下论弥尔顿(1825年)的文章时,诗歌与历史的区别已转变为诗歌与科学的区别。麦考利说,语言处于最粗糙的状态时最适宜于诗人,因为各个民族都是"先有具体感知,然后才有抽象。它们都是由具体形象朝着概括性术语而发展的"。这是

> 一个变化,科学从中获益,诗歌因此失利。概括是知识进步的必要条件,但特殊性则是有想象力的创造物所必不可少的。[63]

1834年的《藏珍月刊》上发表了一篇匿名佳作《论诗歌、科学和哲学术语的运用》,文章详尽地阐发了这一观点并使之系统化。作者以赞许的态度引用了华兹华斯关于"诗歌与事实或科学"的对照区别,但是他又以自己的观点对这一区别作了阐释。"一切真正的诗歌的根本属性",在于坚持"个体的现实",以及"避免抽象和概括"。诗歌的目的是"通过展现各种事物作用于感觉和情感时的个体特性而唤起人们的热情"。处于诗的另一极的则是科学:

> 科学是一般命题的集合,它表现涉及各类现象的重要事实;其表现形式越是抽象,就越能纯粹地表现一般事实,并能完全排斥那些它本身并不包含的个别特性——科学语言也就越发完美。[64]

因此,诗歌的表述表现了更全面,但也相对比较狭窄的现实,科学的陈述所表现的现实尽管较为贫乏,但却包含了数量更大、形式更多的个别事例。

> 诗歌呈现给我们的是真实自然的部分草图,稍纵即逝的一瞥;科学则是理性的努力,它试图克服大自然中充斥的繁杂印象,对它们进行分类,设计出各种各样的表现形式,以一种观点囊括无限多样的事物和事件。[65]

我们在追溯了这一发展线索以后，不妨引用一段 J. S. 密尔评论卡莱尔的《法国革命》的文章。密尔这篇文章作于 1837 年，此时已是他发表论诗歌本质的那两篇文章的四年之后。密尔摒弃了"特殊"这类术语，代之以古老的学究语"具体"；他认为，具体事物包含作为经验世界一部分的情感特性。在诗中，如同在用诗写成的历史中一样，

> 并不需要将现实虚假化，也不需要把它表现得面目全非；而应该加深对它的理解；需要有能力去理解和表现的，不是事物的外表和伪装，也不是它的逻辑定义和僵化的概念——而是该事物的具体形象，包括它和它所暗示的那些事物中所有可爱、可憎、可钦、可怜、悲伤、严肃、哀婉的东西。[66]

这句话几乎是多余的了：对于那些认为诗歌和科学这两种话语形式都能产生知识的批评家来说，具体的完美和抽象的欠缺之间的差别，已经成了诗歌和科学的最流行的区别。约翰·克罗·兰塞姆说过，诗歌是"以形象表达的知识，报道了自然的概貌或细节"，科学真理则是"这一全景图的抽象或具有普适性的方面"；诗歌很可能是真实这个字眼的最普通意义上的真实："它是确凿可证的，是基于观察之上的"。[67]

（5）诗是真实的，因为它与诗人的心境一致：它是"诚实的"。

这一说法是表现说诗论的自然结论。为了宣称诗歌的真实，它不惜采用非常手段，颠倒了评判标准，这样一来，诗歌的真实与诗人的关系，便等同于科学真理与外部世界的关系。华兹华斯也如此操作了一番，最后得出这么个似是而非的结论：诗虽然与科学"对照有别"，但它本身就是一种科学。

> 语词，尤其是诗人的语词，应该用情感的天平来衡量……必须时刻提醒读者，诗就是激情：是情感的历史或情感的科学……[68]

后来，沃尔特·佩特在重述华兹华斯这一著名的区分时，清晰地揭示了其中牵涉到的语义技巧。科学的全部目的在于"记录事实"，但文学艺术则是"表现这种事实与灵魂的联系，表现某种特殊个性的喜好、意志和能

力"。对于语言的这两种模式，唯一的标准就是真实；但佩特的真实却有着两面神的面目，即既朝外又朝里：

> 因此，在高雅的文学中也好，在低俗的文学中也好，有一种美是不可或缺的，那就是真实——后者的真实是忠于赤裸裸的事实，比如各种个体意义上的事实……前者则忠实于所有的人一般意义上的事实；后者的真实是指准确，前者的真实则是表现，是那种最精致最内在的形式上的真实，是名副其实的真实（vraie vérité）。[69]

在这第二个意义上，佩特所谓的"真实"类似于"诚实"，而耐人寻味的是，19世纪初，"诚实"一词开始成为衡量诗歌优劣的基本标准，如果不是绝对必要的条件的话。这个词似乎在清教徒改革运动时期就得到了普遍的使用，指的是真诚的、纯粹的基督教义，其次表示秉持宗教观和道德观的人没有虚伪或堕落。[70] 这条标准是以对于虔诚诗歌的讨论为桥梁从宗教伦理学进入文学批评的。华兹华斯《论墓志铭》的那组文章目的之一就是"为判断作者之诚实确立一个标准"。

> 尤其是在这一类作品中，我们的感觉和判断取决于我们对作者心境的看法或感觉。在这里，文学与道德完全吻合……任何作品，假如我们确信其主要目标中缺乏诚实、真挚和道德关怀这些基本优点的话，那么不论它在其同类中多么优秀，也不能使我们愉快。[71]

约翰·基布尔以宗教准则来考察一切诗歌，他主张诚实是"本原诗"的标志，其重要性绝不在道德品行之下。"因为如果拥有纯朴而真实的心灵，那么不论是在诗歌还是日常言谈中，几乎都会如实地表现出来。"第一条要求是"忠实于你自己"；这是衡量"真诚而强烈的情感和本分而诚实的诗歌"的几个检验标准之一。[72] 从卡莱尔的一段文字中，我们可以看出"真实"是如何一步一步变得与"诚实"的意义相等的：

> 彭斯的优点是……他的诚实，他那无可争辩的真实神态……我们眼前看到的热情，曾经在一个活的心灵中闪光……对每一个诗人，对

> 每一个作者，我们都可以说：要真实，如果你想取信于人。一个人只能以真挚的诚意来表达他的思想、情感和心中的实际状态……[73]

在卡莱尔看来，诚实乃是故事主角的主要标志，不论这主角是先知、牧师还是诗人的化身。"诚实毕竟是一本书中首要的也是最终的优点"；据此判断，但丁的《神曲》就是"在所有诗篇中根本上最诚实的范例；也是在这里，我们才发现诚实是衡量价值的标准。它来自作者心灵的最深处"[74]。

在所有这些文字中，诚实始终具有它道德上的含义，甚至当它被用作审美标准时也不例外：优秀的诗是对性格的检验。但是诚实一词的道德寓意弱化时，也可以用来约略表示"自发"和"自然"，与人为和谋划相对。因此，利·亨特褒奖"早期最伟大的诗人总体具有的那种充满热情的诚实，这些诗人……不为纷繁芜杂的观念和意见所迷惑，也不会纠结于情感应该如何表现"。在对济慈的一次评论中，亨特同时呼吁自发性和诚实，以驳斥新古典主义的人为造作。尽管他仍然坚持新古典主义的真实性和合适性的标准，但这两个概念也被他做了改变，以表明适合诗人那种非做作的心境。

> 诗歌研究者必须看到，在把《圣亚尼节前夜》的奢华画面中，毫无故作姿态的作者那种墨守成规的技艺……绝没有以宣读或聪明的想法来取代情感和自发性；没有任何的不相关性或不适合性。一切都是从诚实和热情中自然流出的。作者也同他笔下的男主人公一样热恋着女主人公；他对彩绘窗户的描述无论多么绚丽艳美，却绝无一词不真实或浮于表面……[75]

诚实以它贯穿始终的道德和性格学的含义，成了维多利亚时代人们对文学之长处的最喜用的检验标准。乔治·亨利·刘易斯在《文学成功的原则》中提出作为文学的三大定律之一的"诚实的原则"，包含"勇气、耐心、真挚、简朴等品质；甚至阿诺德也认为，"诗的非凡成功"的根本条件，"来自绝对诚实的那种高度严肃性"。[76]作为对它的反动，亨利·詹姆斯这位小心谨慎的艺匠（追随那帮倡导为艺术而艺术的人）把诚实与自发性和道德之间的联系割裂了，使之成为一种特殊的审美意识和审美品质。为了避免"关于'道德'题材和'非道德'题材的乏味的争论"，詹姆斯提出，对"某一特定主题的价值的衡量标准只有一个……简言之，看它是否合理、是否真挚、是否诚实。是不是对生活的某种直接印象和感知的结果？"或者根据 T. E. 休姆后来在所谓反浪漫主义的意义上对这一标准的定义：

> 诚实的准确含义是这样的，只有应用这一类比的全部含义才能展现你所要表现的情感和事物的曲线，——那么我认为，你已拥有了最高雅的韵文，即使其主题是微不足道的，即使无限的情感远远不着边际。[77]

四　既不真亦不假的诗

迄今我们所列举的绝大部分实例都包含这一假设："真实"这一术语的合法意义有两种：一种适用于科学，另一种适用于诗歌。两种又都同现实中的不同成分或层面相关联。另一方面，像边沁这样刻板的经验主义一元论者，认为现实只有一种，真实的合法意义也只有一个，因而认为如果不是科学真理，那便是虚假。另有少数作家则既想保留实证主义的假设，又想维护诗歌的合法性，从他们身上，我们可以看出一种替换理论的苗头。他们表示，诗无所谓真假，因为诗所表现的是情感，并未提供关于现实的任何断言，因此不受真实标准的管辖。从前一章可以得知，一些批评家此前已经把超自然诗歌从符合自然的经验秩序这一禁锢中解放出来，他们所依据的哲学前提是，这类诗歌属于它自己创造的世界，有它自己的生灵和法则。现在我们又发现，人们基于语义和逻辑，试图把所有的诗，甚至那些声称是描述经验世界中的事物的诗，都与外界事实分离开来。

约翰·斯图亚特·密尔发现，他是唯一适合判断边沁关于诗歌的观点是否站得住脚的人。詹姆斯·密尔和边沁为了向后人证明他们的原则的功效，因而培养——或者制造了——那个自称是"只会推理的机器"的孩子。约翰·密尔告诉我们，结果是他仍然对诗歌"在理论上无动于衷"，只把它当成获取真实的韵文工具。[78] 密尔 21 岁那年有过一次精神崩溃，通过阅读华兹华斯的诗才得以康复。卡莱尔曾说，"约翰·密尔就算能够登上天堂，恐怕也不会心满意足，他非要弄清这到底是怎么回事。"[79] 他刚刚发现了情感和诗歌的重要性，便立刻着手重建他全部哲学的基础，使它把这两种现象都容纳了进去。密尔在重建其哲学基础的过程中专心研读了歌德、柯尔律治和华兹华斯的著作。密尔将这些主要的研究成果纳入了他发表于 1833 年的两篇论诗的文章中。在这两篇文章中，他的主要任务是驳斥教条主义的边沁主义者的观点，即诗是微不足道的，很可能还是有害的，因为它不真实。

他开宗明义地提出，诗歌与科学的区别在于二者目的不同，科学"研究信仰"，诗歌研究"情感"。但雄辩术同诗歌一样，也表现并诉诸情感。为了恢复诗歌的名誉，密尔呕心沥血对这两种话语形式做了进一步的区分，因为边沁以及更早的哲学家都不相信修辞学是调动激情对抗理性的一种方法，这种不信任蔓延开来，便形成了对诗的不信任。[80] 密尔的论点是，演说家表现情感旨在唤起人们的信念或行动，而诗人表现情感则不一样，它本身就是目的。因此，如果诗人

> 转过身去对另一个人说话；如果说话这行为本身不是目的，而是达到目的的手段——也就是说，他通过表达自己的情感来影响另一个人的情感、信念或意志……那么诗就不再成其为诗，而是雄辩了。[81]

假如诗的话语目的不是提出命题，或者煽动人们树立信念，而是为了表现而表现，那它的逻辑特性是什么呢？尽管密尔早已动手写作《逻辑体系》了，但他在论诗的文章中对这一问题的论述却飘然不定、变化不一。不过他表明，诗不同于科学，它不受真实标准的限制；科学提出命题用以被赞同或否定，而诗歌表现事物只是为了审美。用密尔自己的话说，前者"论述信念"，"它的作用在于为人的理解提供命题；后者则是为人的情感提供有趣的引人遐思的事物"。诗歌可以涉及对事物的描述，

也可以包括"一个能够填补科学论文之空白的真理",但即便如此,"诗却不存在于目的本身,不存在于科学真理本身,而在于心境之中,在这里既可以沉思其目的,也可以沉思出真理"。他接着说(尽管不是说得十分清楚):

> 假如诗人要描写一头狮子,他绝不会像博物学家那样去描写,甚至不会像游客那样去描写。博物学家或游客只想阐述真实状况,道出全部真实,除了真实以外没有别的。诗人描写狮子所凭借的是形象,也就是通过描述一个凝视狮子的人可能会想到的最明显的相似或对比,这场景自然会令人产生(或者应当会产生)敬畏、惊奇或恐惧等心理状态。这明着是描写狮子,其实是描写观看狮子的人的激动心情。对狮子的描写可能失真,或者夸大其词,但诗却因此而更优美;而假若人的情绪没有得到一丝不苟的真实描写,则诗就是劣诗,或根本算不上诗,而是一个失败。[82]

密尔这段论述之所以难以理解,究其根源是"描写"一词使用得含糊:它既指用语言表达狮子的各种特征,又指用语言表达观看狮子的说话的人的情感。密尔的读者很可能会不知所措,既然诗人的实际目的是描述他自己的情感,为何又冒出一只狮子来,反倒把事情弄得复杂化了。班夫的亚历山大·史密斯的《诗歌哲学》,其思路与密尔的相似,这篇文章就明确区分了"对情感的描写,或对感受的断言",以及"情感的表现",或者"情感借以自动流露的语言",从而避免了密尔的那种模棱两可。正如史密斯所指出,二者的区别在于一个是说出"我觉得疼",另一个则是呻吟。[83]诗的特点是它表现了而不是描述了诗人的感情;尽管它也描述或者提及外部事实,但它的职责却不是对这些事实作任何断言。因此,史密斯对断言性语言和表现性语言所作的区分比密尔的更加明白,更加一致:散文表明事实的陈述,诗歌则把事实引用作为阐述或传达感情的必要手段。"在散文中,作者或说话人的主要目的是提供或展示事实……而诗歌提供的信息则是一种辅助手段,目的在于传达情感。"因此,不论是对诗人还是其读者来说,诗都是非陈述性的,它对真实或虚假的断言是无关紧要的，可以不予考虑。

> 诗人和诗的读者并不是想了解真实与谎言或谬误的区别——去推理或得出结论——去概括——去分类——去辨别，他寻求的是感染了他、使他敬畏——钦羡——怜悯——温顺……的东西。诗中描写的这些场面或事件到底是确有其事还是纯属子虚乌有，他倒不在乎……请看……哲学探索者的目的是了解——是发现和传播真理……再看……诗人，他的目的是感受，是传达他的情感。[84]

把诗句排除在断言的领域之外，这在批评史上早有先例。菲利普·锡德尼曾回敬他那个时代的边沁主义者说，"至于诗人，他不对任何事情下断言，所以从不撒谎。因为我觉得，所谓撒谎，就是把假的东西断然说成真的"。但是批评史上常有这种事，表面上的相似性常常掩盖了本质上的区别。锡德尼认为诗是"一种模仿的艺术"，目的在于"给人以教育和愉快"，他的目的是要表明叙述体的虚构作品或"杜撰品"的道德意图和效果，从而证实其合理性。因此，按照他的诗歌陈述的逻辑，诗人以一个杜撰的"具体例子"来体现一个真实的"一般概念"（generall notion），因而透过他所宣称的有关历史的各种论断之表象，他给读者提出的其实是一个隐含的祈愿或命令——诗人"并不试图告诉你是什么或不是什么，而是应该是什么或不应该是什么"[85]。约翰·密尔和亚历山大·史密斯都认为，诗的本质并不是叙述性虚构（正如密尔所说，正好相反，这种叙述性虚构是一个非诗成分，常常与诗混杂在一起，但"完全分得出来"）[86]；同时，只要有任何细微的迹象表明作者的意图是对读者的意志施加影响，那就足以证明它不是诗，而是"雄辩"。诗的本质及目的纯粹是诗人的情感表现；因此对于诗歌中的每一个句子，都不能以忠实于事实与否来下判断。

与史密斯不同，密尔还从读者的观点出发考虑了这个问题。这里的问题已不再是诗人的本意如何，也不是诗句是否合乎逻辑，而是审美体验中的信念与赞同的作用问题。密尔在日记中写道：

> 有些人觉得自己被人假真实之名召唤去反对幻觉，可是，这些人并不清楚什么是错觉，什么是幻觉。所谓错觉，乃是一种错误观念——即错误地相信某个东西。幻觉则相反，它只涉及情感，可以完全脱离错觉而存在。幻觉从已知不真实的，但又高于真实的观念中抽取对情感有益的成分，与从真实观念中抽取的有益成分相同。[87]

"与从真实观念中抽取的有益成分相同"——这个说法可以视为 I. A. 瑞恰慈对"科学陈述"和"情感表达"所做的影响巨大的区分的雏形。瑞恰慈认为，"科学陈述"的真实性最终需要被证实；诗人的"情感表达"则是由一些貌似陈述，其实是"伪陈述"的句子所组成。用瑞恰慈的话说，"做出真实的陈述不是诗人的事"，因为"一个伪陈述，只要适宜于、有助于表达某种态度，就是'真实'的陈述"。"我们不愿相信的那些伪陈述，以及科学所提供的那种真实陈述，二者是不可能相互冲突的"。[88]

密尔在对幻觉与错觉，或称"对某一事物的误信"，进行区分的时候，很可能想到过柯尔律治在《文学生涯》中的那段描述："幻觉与错觉这种消极信念（negative faith）之间存在着对照区别。幻觉的作用仅仅是允许所呈现的意象以其自身动力发生作用，而不通过判断去否定或肯定它们的真实存在"。[89] 柯尔律治的"自愿悬置怀疑"的主张被现代一些人采用，他们认为诗歌的陈述无所谓真假[90]；确实，逻辑概念与心理学概念是自然关联在一起的。

18世纪就其与诗的关系而对信念的种种讨论，正是以这样两个问题为中心的——受众在观赏戏剧表演时的心情[91]，以及使得超自然题材为读者所接受的心理状态。[92] 柯尔律治继承了这些传统做法，他把对审美态度所做的分析同时应用于戏剧和超自然的诗篇中。舞台演出的效果是观众自愿保持的"一种短暂的半信半疑"，是一种"消极信念"；此时的心境与做梦时的心境相仿，"我们在梦中无所谓相信不相信"，因为"不论是肯定还是否定，要想在这时做出任何判断都是不可能的"。[93] 在《文学生涯》中，柯尔律治有意应用"对于诗歌的忠诚来自那种自愿悬置怀疑"这句名言，以证明人们可以接受诗歌中那些"超自然的，至少是浪漫的"人物。[94] 但是，柯尔律治显然也扩大了他的理论的内涵，从而也解释了读者对真实人物和真实事件所持的态度。例如，在这部分开头的引文中，那种"既不否定也不肯定"的消极信念，曾被引用来讨论华兹华斯"在描写人物和事件时坚持事实"，讨论读者对基于《圣经》所述历史写成的史诗的态度问题。以后在《文学生涯》中，柯尔律治又用同一个概念来解释弥尔顿的撒旦，莎士比亚的伊阿古和埃德蒙这类人物为何能给人以深刻的印象。[95]

因此，根据柯尔律治的理论，戏剧表现，以及叙述诗中的人物和事件，无论是超自然的还是现实的，只要作者对它们把握得当，人们在欣赏时就不会对它们与事实的关系去做肯定或否定的判断。然而，最近关于信念在诗中占何位置的讨论，更多集中在我们阅读貌似陈述或概括的东西时的心境——尤其是神学陈述（"我们的安宁在您的意志中"），或者一些基本道德或哲学上的概括（"成熟是根本"）。柯尔律治是否也认为，人们在阅读诗中关于这类永恒的宗教主张和哲学主张的论述时，既不必作出否定也不必作出肯定呢？

他似乎是这样认为的，不过有一定的限度。柯尔律治把诗界定为"以快感而非真理作为他的直接目的"，他还责备了华兹华斯，说他在一些诗中，提出以真理而不是快感作为直接的目的，从而"不仅把诗歌和散文之间，甚至把哲学和虚构作品之间"的根本区别一概抹杀了。[96] 柯尔律治就华兹华斯的《不朽颂》所做的讨论尤其关系密切。《不朽颂》写成四十年后，人们认为华兹华斯在诗中意欲培育一种对"先在状态"的信念。他本人则对这个结论表示了不满。

> 阿基米德说过，给他的杠杆以一个支点，他就可以撬动世界。人们说起自己心中的世界时，谁又没有同样的勃勃雄心呢？当我被驱使着写作这首论"灵魂之不朽"的诗篇时，不得不使用内心世界中的某些成分，于是我抓住了"先在"这个概念，我觉得它在人性中有着扎实的基础，足以使我以诗人的身份为达到我的目的而充分利用它。[97]

华兹华斯认为，一个率直的教义式断言，有别于某个人"以诗人的身份"

为了某种特殊目的而采用的"观念"——显然,这个观念既未得到肯定也未被否定,而只是被用作一个作诗的假设,据此建立起一个结构,把他内在经验中的各种成分容纳进来。大约在15年前,柯尔律治在一篇评论华兹华斯的文章中也说了与之完全相同的话,诗人对这篇批评一直耿耿于怀。

> 但是这首颂诗原本只是写给这样的读者看的,他们习惯于……对内心的存在的各种方式深感兴趣,他们也知道,时间和空间的属性对这些存在方式是外来的,不适用的,但它们却又非要用时间和空间的符号才能传达出来。对于这样的读者来说,颂诗的意义是极其明显的,正如我认为柏拉图本人有过这个意思,或者这样说过一样,他们也不大可能会指责华兹华斯,说他是按日常的解释理解了柏拉图的"先在"。[98]

因此,诗歌中至少有一些显然是教义式的成分可能会被误解为断言,恰当的做法是接纳这些成分就行,而不必表示赞同或否定。然而,柯尔律治与近来倡导这一原则的人则有所不同,他对这一原则的应用做了严格的限定。在前面的几页中,他还曾详尽无遗地驳斥了颂诗中的一些诗句,它们把一个6岁孩童称为"最好的哲学家"和"神圣的先知",

> 在他身上有着这样的真理,
> 令我们含辛茹苦,终生以求。

柯尔律治质问,"怎么能说那个年纪的孩童是哲学家?他又是在什么意义上读解'永恒的深渊'的?"[99] 柯尔律治提议,我们应该暂停对灵魂转生之假说的不相信,因为这一假说至少还有一点理论意味,尽管我们不必超越诗歌对其加以论证。但是,他似乎不愿豁免诗的判断,因为像上述这些断言,没有充分的理由让心灵停留下来,即便暂时停留也不行,无法令其把握诗人投射出来的"内心存在的方式"。

五 浪漫主义诗歌的作用

在充满焦虑的社会里，证明诗人存在和诗歌阅读的必要性变得益发迫切。英国的浪漫主义时代是紧接在法国革命之后出现的，前后又夹着战争及与战争有关的各种谣传，当时为了适应工业革命，在社会上和政治上也是压力重重。所以，这个时代堪与我们所经历的两次世界大战之间的时代相比拟。但也正是在这个时候，诗歌理论家们抛弃了诗歌是真实的镜子、是对受众产生影响的艺术等传统的定义，转而一致认为，论诗，就必须考虑诗人的个体动机、情绪和想象。假如说诗歌是诗人情感的流露，是为表现而表现——尤其假如像密尔所说，诗歌是一种"独白"，或者如雪莱所言，是诗人"用美妙的歌喉唱歌来慰藉自己的寂寞"而带来的产物的话——那么交流就成了无心所为的事，读诗也就是在偷听别人的谈话了。于是便产生了这个问题：这样一种活动除了对诗人以外，对别人有何用处呢？功利主义者攻击诗歌是一种过了时的奢侈行当，是原始人心态的毫无作用的残余物，那些为诗歌辩护的浪漫主义者，则由于其特定的前提，特别容易遭到这种粗暴的攻击。

下面将讨论他们是如何对待这一问题的，但在此之前，先让我们把有关诗歌价值的诸种学说粗略地分为两大类：

（1）诗有其内在的价值，作为诗，它只有内在价值。文学批评家只能把它当作诗来评估，认为它本身就是目的，而不去考虑它是否会对读者的思想、情感和行为产生影响。

（2）诗有其内在价值，也有其外在价值，它是超越本身而获得道德和社会效果的一种手段。二者不能（至少是不应该）因批评家对诗歌价值的评估而被断然割裂。

第一种看法在为艺术而艺术的各种表达形式中都能见到。18世纪后期德国批评中的各种趋向也都朝着这一观点汇集。由于一部艺术作品被类比为自然界的一个有机体，因此人们得以认为，诗歌的目的也许就是它作为整体的存在；歌德就说，"一件艺术品，必须被当作一件自然作品一样来对待"，这是因为"二者的价值都只能从自身产生，也只存在于它们自身"。[100] 拟想出一个异态世界做类比，原本是为了解脱诗歌的桎梏，使它免受我们这个世界各种法则的制约，从而让它归属于自己的世界，有它自己的法则；一些批评家却从中看出，诗歌就是它自己的目的。早在 1788 年，卡尔·菲利普·莫里兹在写作《论对美的构成性模仿》一文时就声称，一件艺术品就是一个微型世界，它在构造上与自然界相仿，并且像自然界一样，是"一个自足的整体"，只是当它"不必有用"时才是美的。功用是表面的、偶然的，对它的美既无增益也无贬损；它"不需要有什么目的，只求其存在而已，但它自有其完整的价值，它本身就是它存在的目的"，因为艺术家的努力

> 为它创造了自己的世界，在这个世界里，孤立的东西没有位置，一切东西都按自己的方式构成一个自足的整体。[101]

康德在此两年后写的《判断力批判》中，倾向于把知、意和情区分开来，从而把真、善、美的领域各自孤立起来。正像他否认自然有其目的一样，他也否认自然的比拟物，即自然天才的作品具有任何目的。美是一个在"脱离了目的表现"的事物中看到的目的性（purposiveness）；审美活动完全是"沉思性的""不涉及兴趣"，不关注对象的真实状况，不需要任何"功用的表现"。[102] 席勒根据康德的著述阐发了自己的理论，他认为，艺术是"游戏冲动"的结果，这是人的各种能力的自由游戏，没有隐蔽的动机可言；一种现象只有在"明确表示与现实无关"时才具有审美意义；要想欣赏这一现象，就不能对它有欲求，不能"问它为何而存在"[103]。在 19 世纪的进程中，先是法国作家，继而是英国作家，都把上述因素集中表述为"为艺术而艺术"这一公式，以对功利主义社会的冷淡和敌意表示轻蔑。福楼拜写道，"人类憎恨我们，我们就不为它效力，因此也来憎恨它"；他还声言要退出这个世界，把自己奉献给"美的宗教"。[104] 这一运动所倡导的各种口号都宣称，一件艺术品的价值与艺术品本身是紧密相连的。一首诗的目的并不是给人教益，甚至也不是给人愉快，而仅仅是为了存在，为了美；诚如王尔德所说，一切艺术都毫无用处。

第二种主张认为，对诗歌价值的判断不应该脱离其对读者所产生的

效果的考虑。自古希腊起直至整个 18 世纪，除少数人例外，批评家大都持这一主张。在英国，这一主张仍为浪漫主义时期的诗人和批评家所肯定，并且不像在德国那样对它有那么多限定条件。正如诺西·N. 费尔柴尔德所说，"假如说英国浪漫主义者是艺术的传教士，那他也只是握有一帖灵魂药方的教区牧师"[105]。济慈崇拜美，几乎像传教士一样把自己的一切都献给了艺术。从他的许多诗的特点中都可看出，他在理论和实践上都已经十分接近后来的那些提倡为艺术而艺术的人了。他在其书信中宣称，诗人对善和恶的探索只会以"猜测"而告终；他劝告雪莱说，我们如果把目的视为诗的上帝，那么"艺术家就必须为财神效劳"；他还以"我们讨厌那种对我们有露骨企图的诗歌"[106]为由，贬低华兹华斯的作品。但是，从济慈的另外一些评论中则可清楚地看出，他所反对的是雪莱和华兹华斯对道德效果和社会效果的追求方式，并不反对在判断诗的优劣时考虑这些效果。在济慈看来，美同功利的对立正如美同真的对立一样，似乎是他内在矛盾的又一个方面，这一内在矛盾只是因为他的夭折才宣告解决。他是第一个展现那种奇异的现代病的大诗人，这种现代病就是社会责任感和审美的超脱之间那种有意识的持续的冲突。济慈在他最早的那首重要的诗中曾预言，总有一天他会放弃花神和老潘神的领地，去"发现痛苦，发现人类心灵的搏斗"。在他最晚期的诗中，他再次说道，谁也不能占据那一高地，"除非他认为世界上的各种不幸就是他的不幸"。他公开承认他自己的诗就是空想家的诗，是梦幻者的诗，毫无裨益于"伟大的世界"，但是最伟大的艺术又不能单凭各种艺术标准来判断：

> 当然，不是所有
> 唱给世界的歌
> 都一无用处；当然，诗人是圣人；
> 是人道主义者，是所有人的医生。[107]

但是，即使 19 世纪早期的诗人因循传统而宣称诗歌除了美以外另有用处的话，他们的这种说法有一点重要而鲜明的不同之处。先前的批评家们曾从根本上把诗歌界定为改变读者心灵的令人愉快的方法；华兹华斯式的批评家则认为，诗歌从根本上表现的是诗人的自我心灵。这种表现的产物的确促进人类的向善，但只是通过表现从而激发人的那些情感状态和想象，这些状态是人的幸福、道德决策以及行为举止的基本条件。诗人把读者置于自己那受到感染的心境之中，从而直接塑造了性格，而不必费神再唠叨什么主张。

把约翰逊博士对莎士比亚的评论同华兹华斯对自己的评论比较一下，就可以清楚地看出这种视角转变的本质。在约翰逊看来，莎士比亚的基本缺陷在于他

> 如此看重给读者的快感，而不大考虑如何给读者以教益，因此他的写作似乎没有任何道德目的……格言和公理漫不经心地从他口中说出……他使他的人物无动于衷地经历了是与非，最后……使他们的榜样凭运气去影响读者。[108]

作者应有明确的意图，通过阐述道德原则，表现道德范例而达到道德教育的目的；这里的前提，则正如蒲柏所说，是因为读者将

> 居于每个场景之中，成为他们所看到的东西。[109]

华兹华斯在考虑诗人的社会功能时，也像在他之前的斯宾塞和弥尔顿一样严肃。他在致乔治·波蒙爵士的信中写道，"每一个诗人都是教育者：就我而言，人们要么把我看作教育者，要么就什么也不是"[110]。他说"诗人"是出于"给人以愉快"的需要而写作的；华兹华斯在为彭斯辩护时，指出诗有其双重目的，他以一句早已成为老生常谈的话说，这双重目的就是"给人以愉快，给人以教益"[111]。他还在《抒情歌谣集》序言中告诉我们，他这本集子里的每首诗都"有一个有价值的目的"。但他又说得很清楚，具体到创作过程，这个目的既不是故意而为，也不是死搬教条，"因为一切好诗都是强烈情感的自然流露"，这种强烈情感由于深思了很久而习惯地变得与重要的题材联系起来了，因此

> 只要盲目地和机械地服从这种习惯的引导，我们所描述的事物和

表露的情感，因其性质和彼此的联系，必定会使读者的理解力有某种程度的提高，使他的情感得到增强和纯化。[112]

与约翰逊形成对照的是，华兹华斯认为诗不是以告诉人或启示人去做什么以变得更为高雅，而是通过使人的情感变得敏锐、纯净和坚强而直接使人变得高雅。他说，一个伟大的诗人应该"纠正人们的情感……使它更健康，更纯洁，更持久"。又说：一个人之所以比另一个人优越，是因为他"不用巨大猛烈的刺激也能兴奋起来"，因此"竭力培养或增大这种能力，是各个时代的作家所能从事的一个最好的任务"。他接着又明确表示，在当今这个充满各种国际危机和社会混乱的世界里，诗这门"情感的科学"的存在有其充分的理由。他说，这种任务从来没有像"现在"这样重大，因为"城市人口与日俱增"，导致"国内大事频发"，"职业……单调沉闷"，种种压力会使人的头脑"蜕化到近乎野蛮人的麻木状态"[113]。用一种以情感为主导的文化，替代以教条原则为主导的文化，也绝不会使诗人在文艺复兴的荣耀上有一丁点损失。华兹华斯心中的诗人"所到之处都带着友谊和爱情，他以热情和知识连接成布满全球、所有时代的人类社会的伟大王国"。他所表露的情感以"习惯而直接的同情"把我们"与我们的同胞联系起来"；所以，正如"科学家"同"自然的某些特殊部分"交流一样，诗人也同"普遍的自然"进行交谈。这样，华兹华斯（仿佛预示了雪莱关于诗人是一只孤独的夜莺的比喻，不过意思相反）有理由宣称，"在孤独寂寞中"珍视真理的是科学家，而诗人在唱歌时则"全人类都跟他合唱"。[114]

这里隐含的道德观念——从边沁和早期哥德温的理性的、深思熟虑的伦理学转向 18 世纪的其他理论家以情感和同情为道德中心的理论——在华兹华斯的一位门徒托马斯·德·昆西那里变得明朗化，甚至简单化了。"力量的文学"与"知识的文学"相对立。"你从《失乐园》中学到了什么？什么也没学到。"然而，诗歌作为一种情感的体操也有其非认知性的道德效用。

人的情感假如没有发泄的机会，假如不是文学把这些成分在诗和罗曼司等作品中重加组合，从而把人的情感召唤出来舒展一下，那么可以断定，人的情感也就会像经久不用的动物体力或肌腱之力一样，慢慢地衰颓而枯竭。力量的文学……正因为关乎这些伟大的道德力量……才得以生存并有用武之地……因此说，它比起所有那些只会通过"感人"的平庸事物来"教诲"，或者以感动人为手段进行间接教诲的作家，要杰出得多。[115]

在柏拉图看来，诗歌是邪恶的，因为它诱发人的情感，亚里士多德认为诗歌（或者至少是悲剧）是好的，因为它净化人的情感。在华兹华斯这些人看来，诗歌能增强并净化情感，因而属于最伟大的财富。

雪莱的《为诗辩护》在浪漫主义关于诗的道德价值的所有论述中论证最周密，给人印象也最深刻。皮科克在《诗的四个时期》中引用功利主义论点时也许只是作为讽刺的惯常做法，但雪莱却把它当真了，因为他强烈地希望诗人和改革者的作用能合为一体。雪莱在年轻时就坚持认为，"诗歌的美应该从属于道德灌输"，诗歌也应该是"传递有益和重要教导的令人愉快的载体"。[116]然而，从他那些长诗的序言中可以看出，他越来越蔑视以道德主张来教导人，直至在《解放了的普罗米修斯》序言中，他终于直言不讳地说，"我憎恨那种教训人的诗"。不过他承认，他一直没有放弃"改革世界的热情"。[117]

几年以后，他在《为诗辩护》中试图表明，诗歌如何才能使道德和社会得到改善，而不必露出它的"道德目的"，也不必竭力去"教给人某些原则"。他对诗歌这种功用的阐述带有柏拉图的意思。由于一首诗所依赖的那些"永恒的形式"不仅包含了美，也包含了真和善，所以美的诗篇自然而然地也就用道德感染的方式来教导人了。因此荷马的那些听众才起而崇拜，"终至由崇拜转向模仿，因模仿而把自己同所崇拜的对象相认同"[118]。但是雪莱又一如既往，把讨论从柏拉图的那些形式转到了心理学的概念上。他曾把诗歌界定为"想象力的表现"，而想象力说到底又是个体借以使自己与他人认同的机能。"道德中最大的秘密就是爱，也就是超越自我本性，而把别人在思想、行为或人格上的美认同于自己的美。"[119]

雪莱的理论确实基于柏拉图的《会饮篇》中的爱神传说——雪莱在同一篇文章中说,"因为爱,才使得柏拉图成为所有的古代人中最令人敬仰的诗人"[120]——但这个柏拉图显然是根据英国当时盛行的交感想象的心理学而解释出来的柏拉图。一个世纪来,交感的现象一直是个热门话题,谈论它的不仅有情感主义者,还有英国最才思敏捷的哲人,包括休谟、哈特利、亚当·斯密和哥德温等人。这些人力图通过这一概念来填平原子个体主义(以经验哲学为前提)与可能的利他主义之间的鸿沟——也就是18世纪所谓"自爱与博爱"之间的鸿沟。[121] 雪莱把柏拉图同英国的经验主义融为一体,这样做的结果实际上对立于蒂欧提玛的主张。他曾在《会饮篇》中认为,我们应该脱离现今世界的人和事,并且凭借逐级抽象的阶梯,攀登上另一世界"对绝对美的沉思"这个最高意义上的善。[122] 雪莱的观点与此完全不同,他认为至善在于逐步废除自我隔离和自给自足,它的终极形式乃是一个人与自身以外的所有的人认同。

> 一个人要想做一个伟大而善良的人,就必须具备强烈而丰富的想象力;他必须设想自己处于他人和其他许多人的位置;他必须亲身体验他人所有的甘苦。想象是通往道德至善的最佳手段,而诗歌则作用于原因,以便取得这样的效果。

与华兹华斯和德·昆西一样,雪莱也认为,诗歌作为一种道德工具之所以重要,是因为它能够锻炼和增强道德行为的基础,虽然他认为这与其说是情感的事,倒不如说是同情的事。诗人尤其是因为表达了他们的广泛同情心和理解力,所以才虽在孤独寂寞中歌唱,却仍然成了"不可领会的灵感之祭司"和"世界的无冕立法者"。[123]

雪莱专门讨论边沁之流关于诗歌没有用的指责,他承认以功用为标准有其合理性,但又认为功用的含义并不止于此。技术知识和科学知识的功用是"排除我们兽性的欲望之烦扰"和"驱散粗野的迷信之幻想",这种功用是实在但却短暂的。他告诫皮科克说,更高级的功用在于产生"持久的、普遍的、永恒的"快乐;在这层意义上,"凡是足以增强和净化感情,扩大想象,并且使感觉更为活泼的,都是有用的";"凡是制造并保持这种快乐的人便是诗人，或者是具有诗才的哲学家"。雪莱继而对功利主义者发难，他把社会发展过程中产生的弊病归咎于科学的发展与人类诗的想象和道德想象的发展之间的严重失调。下面的一段话是雪莱这篇文章中的精华，并且仍然是对我们这个崇尚技术和物质、贪得无厌的社会所作的经典性责难。

> 科学已经扩大了人们对外在世界的统辖范围，但是，由于缺少诗的才能，这些科学研究也相应地限制了内在世界的领域；而人类虽然已经奴役了科学知识，自己却依然是一个奴隶……人类因为过度的自私自利和计较得失，我们外在生活的物质积累，超过了我们同化能力的限量，以至于不能依照人性的内在定律来消化，在这种时候，我们最需要诗的修养。[124]

以一个功利主义者的证词来结束这个话题是比较合适的。这位功利主义者字斟句酌把他享受幸福之机能的恢复大部分归功于诗歌的作用。约翰·斯图亚特·密尔说，他从华兹华斯的诗中找到了他在患病期间"正好需要的对情感的培养"，这样他也加入到一大批优秀的读者中——其中有柯尔律治、阿诺德和莱斯利·斯蒂芬[125]——他们都证实华兹华斯具有"治愈力"；即使今天有许多诗歌爱好者觉得这是奉承他诗外的东西而根本不是奉承他的诗，这仍然是华兹华斯所刻意追求的赞词，因此他也会高度珍惜它。

密尔早年的老师边沁教导他，"就热情而言"，应该追求的境界是"抑制，而不是激发"；密尔说，他的父亲认为"对感情的大力强调是对现代道德标准的一种偏离"。[126]约翰·密尔在19世纪20年代末对诗歌有了新的认识后，并没有放弃功利主义价值观，而是像雪莱所做的那样扩大了这一价值观，使之也包括了他的想象力达到的领域。他在致利顿·布尔沃的信中说，新功利主义"认为情感至少同思想一样有价值，至于诗，则不仅和一切真正而周密的哲学等价，而且是它的必要条件"[127]。

密尔不仅读华兹华斯的诗，也赞同他的批评。像华兹华斯一样，他也认为诗人的责任是"培养人的情感"和帮助人们"塑造性格"。他的心理学依据是，"强烈的情感机能"虽然被认为会干扰判断，"却也是构成一切动机的原材料"，因此"性格的力量永远是激情的产物"。[128] 一首诗就是一篇独白，诗人只有忘记听众，才能保证"根据他准确感受的样子"来表现情感[129]，这个事实恰恰是更好地保证了情绪效果的总体性。密尔一时冲动，起初曾试图将诗歌中的理智与情感对立起来，无功而返后，很快又形成了一个较为折中的观点。他在1835年这样写道，"每一位伟大的诗人……都是伟大的思想家"，而诗人只有通过"有步骤地培养智力"才能实现他的情感天赋，才能获得

> 诗歌作为一种智力追求的最崇高的目的，即通过他们的情感来影响人类的各种欲求和人格，使其本质日臻完善。[130]

这是一种人文主义文学批评的观点，因此密尔有充分理由反驳马修·阿诺德"把我归为文化之敌"这种歧视性失误[131]。确实，密尔在告别了他那几篇论边沁和柯尔律治的优秀文章所最能代表的偏见后，便可以说他也同其他英国人一样，预示着并且赞同阿诺德的人文主义的中心思想——反对英国的思想褊狭和自满情绪；对从古到今所思所言之最优秀者倍加推崇；指控一个工商业社会所产生的残酷影响；坚持个人价值，反对千人一面这种日趋严重的压力。[132]

上述几位作家在性情和文化素养上都大相径庭——当然也因此全面地代表了维多利亚时期几种主要思潮——他们之间的相似表现还可以追溯得更远。在维多利亚时代，大多数有思想的人最终都清楚地认识到，假如认为自然科学的各种方法和描述已穷尽了真理的一切可能性，那么，传统宗教的种种论述也就同传统诗歌的种种论述一样，都成了虚构和幻想。受到"科学"批判的制约，最后启示的话题被等同于神话和迷信中那些虚构事物，而在实验之前，这些虚构的事物曾让斯普拉特主教和17世纪其他虔诚的实证主义者拍手称快。阿诺德在世期间，科学与诗歌的交战正公开升级为科学与宗教的交战；为了挽救他认为是宗教中本质的东西，阿诺德把早已应用在诗中的策略推广应用到宗教领域之中。我们注意到前人曾有一种倾向，认为判断性真理属于科学，而诗歌则是情感话

语的领域，它独立于事实真相和信念以外，正如密尔所说，我们在这个领域中可以抽取出"不真"的概念……就像它是真实的一样，同样会给情感带来好处。阿诺德的创新之处（也是当今由 I. A. 瑞恰慈所继承的东西）就在于，他认为诗歌明显具备独力获得效果的能力，因而应该承担重任，恢复宗教和宗教哲学的零散教理曾经发挥的功用。他说（并且后来又自我引证说），"诗歌的前景是广阔的"。

> 我们的宗教已在事实中，假定的事实中具体化了；它使自己的情感依附于事实，而今事实却辜负了它。但对于诗歌来说，观念便是一切……诗歌使自己的情感依附于观念；这个观念正是事实。

阿诺德又引证了华兹华斯有关诗与科学和知识的关系的论述，来证明他自己的观点，他认为人类将越来越多地依赖于诗歌，以求"为我们解释生活的真谛，安慰我们，保护我们。没有诗歌，科学就会显得不完整；现今我们误以为是宗教和哲学的东西，大部分将被诗所取代"。[133]

约翰·密尔告诉我们，在他年轻时，边沁曾教给他"一个信念，一个原则，一种哲学，一个在最好意义上的宗教"[134]。然而，他长大以后却发现，诗"乃是所有艺术中最好的部分，也是现实生活中最好的部分"。他的一位边沁主义者的朋友曾为他作传，这个人就是亚历山大·贝恩，他曾不无惊讶地说，"他似乎把诗当成了宗教，或者说把诗当成了宗教和哲学的合一"。[135]

但这种态度却不是第一代浪漫主义批评家的态度，尽管他们对于诗歌的本质以及它在人类生活主要兴趣中的位置都做了很高的评价。阿诺德借华兹华斯为自己撑腰，但是华兹华斯虽然把诗歌而不是科学当成阿尔发和欧米加*——"一切知识的起源和终结"——他的批评却并未对宗教作出同样高的评价。柯尔律治谨慎地认为科学、诗歌和宗教各自有别，分别对应于各自独特的能力，即理解、想象和推理。只是在维多利亚时

---

* 阿尔发（Alpha）即希腊语的第一个字母 α，欧米加（Omega）则是希腊语中的最后一个字母 ω。——译者注

代的初期，当一切话语都被公认或默许为想象的和理性的、表现的或判断的这两涵盖一切的模式时，宗教才与诗歌合流而对立于科学，结果是，宗教摇身一变而成了诗，而诗也变成了一种宗教。

注 释

[1] *Lectures on Poetry*, II, 37.
[2] Essay Supplementary to the Preface (1815), *Wordsworth's Literary Criticism*, pp. 169, 185.
[3] Preface of 1800, ibid. p. 21n.
[4] *Coleridge's Miscellaneous Criticism*, p. 277; 参照他对一首诗歌与一部科学著作的区别所作的讨论，见 *Biographia Literaria*, II, 9-10, 又 *Coleridge's Shakespearean Criticism*, I, 163ff。
[5] "What Is Poetry?" *Early Essays*, p. 202. 关于诗歌与科学的其他对比，见：Hazlitt, *Complete Works*, V, 9, 13; De Quincey, *Collected Writings*, X, 46-8, XI, 54-5; George Moir, "Poetry," *Encyclopaedia Britannica* (7th ed., 1842), XVIII, 140; Keble, *Occasional Papers*, p. 4; [Anon.], "On the Application of the Terms Poetry, Science, and Philosophy," *Monthly Repository* (N.S.), VIII (1834), 325-6; J, H. Newman, *The Idea of a University* (London, 1907), pp. 268, 273-5; [G. H. Lewes], "Hegel's Aesthetics," *British and Foreign Review*, XIII (1842), 9-10。
[6] "Cleanth Brooks; or, The Bankruptcy of Critical Monism," *Critics and Criticism*, p. 105.
[7] *The Advancement of Learning*, in *Critical Essays of the Seventeenth Century*, ed. Spingarn, I, 6; *De augmentis scientiarum*, in *The Works of Francis Bacon*, ed. Spedding, Ellis, and Heath (New York, 1864), IX, 62.
[8] *Essay Concerning Human Understanding*, III, x, 34 (cf. II, xi, 2); *Some Thoughts Concerning Education* (10th ed.; London, 1783), sect. 174, pp. 267-8.
[9] 转引自 Douglas Bush, *Science and English Poetry* (New York, 1950), p. 40。
[10] *Essay on Logic*, in *Works*, ed. John Bowring (Edinburgh, 1843), VIII, 272; *The Rationale of Reward* (1825), ibid, II, 253.
[11] "Bentham" (1838), *Early Essays*, pp. 379-80.
[12] *The Rationale of Reward*, in *Works*, II, 253-4.
[13] Ibid., II, 213.
[14] *Autobiography of John Stuart Mill*, p. 78.
[15] *Westminster Review*, I (1824), p. 19.
[16] Ibid., IV (1825), p. 166.
[17] Ibid., II (1824), 335-6. 关于边沁对致力于"死语言"教育的嘲讽，见其 *Works*, II, 258。
[18] "The Four Ages of Poetry," *The Works of Thomas Love Peacock*, VIII, 11-12, 19, 21-2. 最后一段以模仿英雄体开列了一个花名册："在智力的高空中建造金字塔的数学家……

道德家，玄学家……政治经济学家"，这毫无疑问是麦克奎迪先生的口吻。

[19] *Benthamite Reviewing* (New York, 1934), p. 93.

[20] *Complete Works*, ed. H. B. Forman (Glasgow, 1901). III, 232.

[21] *The Autobiography and Memoirs of Benjamin Haydon*, ed, Aldous Huxley (London, 1926), I, 269.

[22] *The History of the Royal Society*, pp. 414, 416.

[23] (Warrington and London, 1777), pp. 25, 32-3.

[24] "Summer" (ed. of 1746), ll. 1711-13, 1730-54.

[25] "Spring" (ed. of 1746), ll. 208-15.

[26] "To the Memory of Sir Isaac Newton," ll. 96-124. Cf. Akenside, *Pleasures of Imagination* (1744), I, ll. 103ff.; 并见 Marjorie H. Nicolson, *Newton Demands the Muse*, pp. 30-33。

[27] *Opticks* (3d ed.; London, 1721), p. 27. 诗人通过拟人和寓言手法的运用，将抽象概念转化为形象化的词语，这样便可将想象罗致于科学的旗下。对这种方式的说明，参见 Erasmus Darwin, *The Botanic Garden* (4th ed.; London, 1799), I, "Advertisement," and II, 63, 65。

[28] *Letters on Chivalry and Romance*, Letter XI, pp. 154-5.

[29] *The History of English Poetry* (ed. of 1824), III, 284-6. 另见 William Duff, *Critical Observations* (London, 1770), p. 303n。

[30] *An Essay on the Writings and Genius of Shakespear* (4th ed.; London, 1777), pp. 149-50.

[31] "Thoughts on Ancient and Modern Poetry," *The General Magazine and Impartial Review*, III (1789), 532-4.

[32] "Milton," *Critical and Historical Essays*, I, 153-6.

[33] 参见艾米莉·迪金森的"他的别名叫大角星，"以及："我在林中摘了一朵花——/一头怪兽，拿着一块玻璃／一口气数清了雄性花蕊／把花儿带到了课堂。"

[34] 16 Oct. 1842, 见 *Correspondence and Table-Talk*, (London, 1876), II, 54-5。附有 Frederick Wordsworth Haydon 的回忆录。

[35] *Prelude* (1850 ed.), III, 61-3. 此段为 1830 年后所加。

[36] "The Tables Turned," "The Poet's Epitaph"；参见 *The Excursion*, IV, 961-2; 又 IV, 620ff., 1251ff. 另见 Douglas Bush, *Science and English Poetry* (New York, 1950), pp. 88-97。

[37] *Wordsworth's Literary Criticism*, pp. 27-8. 有关华兹华斯对英国工业化带来的好坏两方面影响的评论，见 *The Excursion*, VIII, 87ff.; 其中刊有他自己尝试描写机器的一首十四行诗"Steamboats, Viaducts, and Railways"。

[38] Note to "This Lawn, a carpet all alive," in *Poetical Works*, ed. de Selincourt, IV, 425.

[39] *The Revolt of Islam*, ll. 2254-5; "Defence of Poetry," *Shelley's Literary and Philosophical Criticism*, pp. 151-2.

[40] *Lectures on Poetry*, in *Prose Writings*, ed. Parke Godwin (New York, 1889), I, 27-31. Cf, George Moir, article "Poetry," *Encyclopaedia Britannica* (7th ed., 1830), XVIII, 145.

[41] *Aids to Reflection*, pp. 268-9; *Lay Sermons*, pp. 63, 71-2; 80ff.

[42] *Biographia*, II, 10-12.

[43] "On Poetry in General" (1818), *Complete Works*, V, 9.

[44] "What Is Poetry?" (1844), *Imagination and Fancy* (New York, 1848), p. 3.

[45] Review of *Lamia*, in *The Indicator* (2 Aug. 1822); in Edmund Blunden, *Leigh Hunt's "Examiner" Examined* (London, 1928), p. 147. 亨特在 1824 年所撰写的文章中, 再次抨击"相当一部分作家所推崇的一种观点", 即对光学幻象本质的认识使诗歌止步不前 (*Men, Women, and Books*, London, 1876, pp. 3-4)。

[46] *Autobiography*, pp. 106-7.

[47] Preface to *Modern Painters*, 2d ed., 1844, *The Complete Works of John Ruskin*, ed. Cook and Wedderburn (London, 1903), III, 36.

[48] "Maurice De Guérin," *Essays in Criticism* (London, 1891), p. 82.

[49] *A Propos of Lady Chatterley's Lover* (London, 1931), pp. 86-7.

[50] 例如, 华兹华斯引亚里士多德为证, 说诗歌描写的对象是"真实, 不是单个的、一时一地的真实, 而是普遍的、可以操作的真实; 它无须依赖外在的证明, 而是通过激情传递至内心, 它是自给自足的真实。"据此我们只能做有限的合理推断: 诗歌的真实是某种普遍的真实, 它指向的是情感效应, 而不是外部与它明确对应的某种东西。*Wordsworth's Literary Criticism*, p. 25。也许华兹华斯在引用亚里士多德的时候, 脑中还记着达夫南的一段话。见 the Preface to *Gondibert*, in *Critical Essays of the Seventeenth Century*, ed. Spingarn, II, 11。

[51] *The Poetry and Prose of William Blake*, pp. 637-8.

[52] "Defence of Poetry," *Shelley's Literary and Philosophical Criticism*, pp. 128, 155.

[53] *Heroes and Hero-Worship*, in *Works*, V, 80-81; "State of German Literature," ibid. XXVI, 51.

[54] C. M. Bowra, *The Romantic Imagination* (Cambridge, Mass., 1949), p. 271; 并见 Chap. I。

[55] *The Prelude* (1850 ed.), XIV, 189ff.; *Wordsworth's Literary Criticism*, p. 259.

[56] "On Poesy or Art," *Biographia*, II, 257-9; *The Friend*, Essay V, in *The Complete Works*, II, 145. 在柯尔律治看来, 诗歌偶尔也蕴含着真理, 但它"与科学著作正相反, 作诗的直接目的是给人愉悦, 而非揭示真理"(*Biographia*, II, 9)。

[57] Letter to Benjamin Bailey, 22 Nov. 1817, *The Letters of John Keats*, pp. 67-8.

[58] Ibid.

[59] Leigh Hunt, *Essays*, ed. Arthur Symons (Camelot Series, London, n.d.), pp. 67, 71-2.

[60] Preface to *Poems* (1815), in *Wordsworth's Literary Criticism*, p. 150.

[61] "On Poetry in General," *Complete Works*, V, 4.

[62] *Essay on the Genius and Writings of Pope*, II (London, 1782), p. 230; I (London, 1772), p. 47. 参见 Chap. II, sect. ii。Erasmus Darwin 后来说, 除韵律外, 诗歌与散文的根本区别在于"诗歌只用寥寥数词便表达出抽象意念, 而散文则要用大量词汇"(*The Botanic Garden*, 4th ed., London, 1799, II, pp. 62-3)。

[63] Macaulay, *Critical and Historical Essays*, I, 153-4. 此观点源于 Giambattista Vico, 参见

Chap, IV, sect. iii。

[64] *The Monthly Repository,* New Series, VIII (1834), pp. 324-7. Francis E. 在他的 *Dissidence of Dissent* (Chapel Hill, N. C, 1944 p. 419) 中，根据大英博物馆用以确定该杂志文章作者身份的权威手稿，将这篇文章归到 J. S. 密尔名下，因为它与密尔的观点确有相似之处。不过现在 Mineka 认为，许多迹象表明，此文作者很可能另有其人。

[65] Ibid., pp. 326, 328.

[66] *Early Essays,* p. 278; 参照 p. 271 和 p. 310: "卡莱尔先生使事情在我们眼前具体化了……"有关密尔对于一般—个别、具体—抽象等对立面的区分，见其 *System of Logic,* I, ii, 3-4。

[67] *The World's Body,* pp. 158, 156; 参见 e.g., Donald Stauffer, *The Nature of Poetry* (New York, 1946), p. 125。

[68] Note to "The Thorn," 1800 年增补; *Poetical Works,* ed. de Selincourt, II, 513。

[69] "Style," *Appreciations* (New York, 1905), pp. 3-5, 7, 31-2. Cf. 参看 p. 6: "进一步说，所有的美最终都只是精致的真实，或是我们所说的表现，是言语与内心情景的完美契合。"

[70] 见 *Oxford English Dictionary,* "sincere" 和 "sincerity" 词条; 另见 G. W. Allport and H. S. Odbert, *Trait-Names, a Psycholexical Study, Psychological Monographs,* XLVII (1936), p. 2。

[71] *Wordsworth's Literary Criticism,* pp. 108, 115-16. 另见 pp. 112-13, 125。有关文学评论中对这条标准早期的有限的使用，见布瓦洛 *Ninth Epistle,* 其中讨论了诗中的虚假奉承："言归正题，除了真理，没有什么是美丽的，/ 真理是我们取悦，长久取悦的唯一之道。/ 内心不诚，头脑易倦怠。"/*Oeuvres complètes,* II, 236; 另见 pp. 233-4。

[72] *Lectures on Poetry,* I, 68-9, 73.

[73] "Burns," *Works,* XXVI, 267-8.

[74] *Heroes and Hero-Worship,* in *Works,* IV, 67, 91.

[75] *Imagination and Fancy,* pp, 4, 233. 卡莱尔用"诚实"作为艺术作品自然有机成长的标志。莎士比亚的艺术"不是手工技巧……它经由这颗高贵的诚实的心灵，自然的声音，从大自然的深处萌生" (*Heroes and Hero-Worship,* in *Works,* IV, 108)。

[76] G. H. Lewes, *The Principles of Success in Literature,* pp. 87-8; Arnold, "The Study of Poetry," *Essays in Criticism,* Second Series (London, 1898), p. 48.

[77] Henry James, *The Art of the Novel* (London, 1934), p. 45; T. E. Hulme, *Speculations,* p. 138.

[78] *Autobiography of John Stuart Mill* (New York, 1924), pp. 76, 79.

[79] Caroline Fox, *Memories of Old Friends,* ed. H. N. Pym (2 vols.; London, 1882), I, 309.

[80] 边沁对修辞和诗歌之间的关系问题的见解，见 Mill's *Autobiography,* p. 78。

[81] "What Is Poetry?" *Early Essays,* pp. 202, 209.

[82] Ibid., pp. 202, 206-7.

[83] *Blackwood's Magazine,* XXXVIII (1835), p. 828. 有关作者的身份，见 Chap, VI, sect. iv。

[84] Ibid., pp. 829, 835.

[85] "An Apology for Poetry," *Elizabethan Critical Essays*, I, 158, 164, 184-5.

[86] "What Is Poetry?" *Early Essays*, p. 205; 参见 Smith, "The Philosophy of Poetry," p. 836。

[87] Entry for 11 Jan. 1854, in *Letters of John Stuart Mill*, II, 358.

[88] *Science and Poetry* (London, 1926), pp. 56, 58-9, 61; 另见 Richards'*Principles of Literary Criticism*, Chap. XXXV 中关于"诗歌与信仰"的讨论。Rudolf Carnap 也说，抒情诗表达的是情感，"没有什么真假之分，因为抒情诗没有做任何判断"，故应完全置于"真理与谬误的讨论之外"(*Philosophy and Logical Syntax*, London, 1935, p. 29)。

[89] *Biographia*, II, 107.

[90] 参阅 e.g., I. A. Richards, *Practical Criticism* (London, 1930), p. 277。

[91] 见 Preface to Shakespeare, *Johnson on Shakespeare*, pp. 25-8; Farquhar, *A Discourse upon Comedy*, in *Critical Essays of the Eighteenth Century*, ed. Durham, p. 281; DuBos, *Critical Reflections*, I, 349-50; A. W. Schlegel, *Lectures on Dramatic Art and Literature*, p. 246, and *Sämtliche Werke*, VI, 24。Walter Scott 对约翰逊的理论进行了阐发，见"Essay on the Drama"(1819), *Prose Works*, VI, 308-12。

[92] Kames, *Elements of Criticism*, II, i, 7 (I, pp. 77-9, 86); Hume, *A Treatise of Human Nature*, I, iii, 10 (p. 123); Hartley, *Observations on Man*, I, iv, 1 (p. 270); Hurd, *Letters on Chivalry and Romance*, Letter X; Twining, *Aristotle's Treatise on Poetry*, p. 487 (note 222).

[93] *Coleridge's Shakespearean Criticism*, 1, 199-203. 另见其 letter to Daniel Stuart, 13 May 1816, *Letters*, ed. E. H. Coleridge, II, 663-4。

[94] *Biographia*, II, 6.

[95] Ibid., II, 103, 186-9.

[96] Ibid., II, 10-11, 104.

[97] *Poetical Works*, ed. de Selincourt and Darbishire, IV, 464.

[98] *Biographia*, II, 120-21.

[99] Ibid., II. 111. 在这件事上，I. A. 瑞恰慈严厉责备了柯尔律治，认为他过分拘泥于字面且前后不一。他说，我们"完全可以把华兹华斯笔下的孩童那些特征当作虚构的，当作先在概念中的神话的一部分"(*Coleridge on Imagination*, London, 1934, pp. 136-7)。瑞恰慈的判断得到 Cleanth Brooks 的证实，见 *The Well-Wrought Urn* (New York, 1947), pp. 129ff.

[100] *Kampagne in Frankreich*, in *Sämtliche Werke*, XXVIII, 122.

[101] *Ueber die bildende Nachahmung des Schönen*, in *Deutsche Litteraturdenkmale des 18. und 19. Jahrhunderts*, XXXI, 10-12, 16.

[102] *Critique of Aesthetic Judgment*, ed. J. C. Meredith (Oxford, 1911), pp. 80, 48-9, 69.

[103] *Ueber die ästhetische Erziehung des Menschen*, in *Werke*, VIII, 92-5.

[104] Correspondence, III, 294; I, 225.

[105] "The Romantic Movement in England" *Romanticism: A Symposium*, in *PMLA*, LV (1940), p. 26.

[106] To Woodhouse, 27 Oct, 1818, *Letters*, p. 228; to Shelley, 16 Aug. 1820, p. 507; to Reynolds,

3 Feb. 1818, p. 96. 然而仅仅在三个星期之前 (ibid. p. 79)，济慈还把华兹华斯的《远足》（A. C. Bradley 恰当地称之为"半诗半演讲"）称作"这个时代最值得庆贺的三件事"之一。

[107] "Sleep and Poetry" (1816), ll. 124-5; "The Fall of Hyperion" (1819), Canto I, ll. 147-59; 166-7; 187-90. 参见 Keats's *Letters*, pp. 134-5。

[108] Preface to Shakespeare, *Johnson on Shakespeare*, pp. 20-21. 参阅 *Rambler* No. 4。

[109] "Prologue to Mr. Addison's Tragedy of Cato," l. 4.

[110] Jan. or Feb. 1808, in *The Letters of William and Dorothy Wordsworth: The Middle Years*, I, 170.

[111] *Wordsworth's Literary Criticism*, pp. 25, 213; 另见 p. 217。柯尔律治这样说："诗人必须永远把提供愉悦当作他的特殊手段；但是……所有人都应该追求更高尚的目的，即培育和感化读者的心灵……"（*Coleridge's Miscellaneous Criticism*, p. 321)

[112] Wordsworth's Literary Criticism, pp. 15-16.

[113] Letter to John Wilson, ibid. p. 7; Preface to *Lyrical Ballads*, ibid. pp. 16-17. 参见 p, 202。

[114] Preface to *Lyrical Ballads*, ibid. pp. 27-8.

[115] "The Poetry of Pope," *Collected Writings*, XI, 55-7.

[116] To Elizabeth Hitchener, 5 June 1811, *The Complete Works*, ed, Ingpen and Peck, VIII, 100.

[117] *Complete Poetical Works*, ed. Thomas Hutchinson, p. 207.

[118] *Shelley's Literary and Philosophical Criticism*, pp. 132, 136, 129-30.

[119] Ibid., pp. 121, 130-31.

[120] Ibid., p. 144. 雪莱在写作《为诗辩护》三年之前的 1818 年翻译了《会饮篇》。

[121] 有关 Godwin 对于作为伦理观念的同情心的分析，参见他的 *Enquiry Concerning Political Justice*, ed. F. E. L. Priestley (Toronto, 1946), I, 421-38; 关于雪莱与 Godwin 的理论的联系的讨论，参见 ibid. Introduction, III, 108ff。

[122] "Symposium," transl. Jowett, 211.

[123] "Defence of Poetry," *Shelley's Literary and Philosophical Criticism*, p. 159; 参阅 p. 131。

[124] Ibid., pp. 148-52. 关于 William Hazlitt 对功利主义贬低诗歌的答复，见 *The Plain Speaker*, in *Complete Works*, pp. 161-2; 245-8。

[125] J. S. Mill, *Autobiography*, p. 104; Coleridge, "To William Wordsworth," ll. 61ff.; Arnold, "Memorial Verses"; Stephen, "Wordsworth's Ethics," *Hours in a Library* (London, 1907), II, 276, 299. 另见 John Morley, Introduction to *The Complete Poetical Works of William Wordsworth* (Globe ed.; London, 1926), pp. lxvi-lxvii。

[126] Bentham, *Language*, in *Works*, VIII, 301; J. S. Mill, *Autobiography*, p. 34.

[127] 23 Nov. 1836, *Letters of John Stuart Mill*, I. 104.

[128] *Autobiography*, p. 106; *Early Essays*, p. 234.

[129] *Early Essays*, p, 209.

[130] "Tennyson's Poems," ibid. pp. 260-61.

[131] To Alexander Bain, 4 Nov, 1867, *Letters,* II, 93.
[132] 参阅 e.g., Mill's essay on "Civilization" (1836), 以及 "Inaugural Address Delivered at St. Andrews" (1867), 以及其他文章，收入其 *Dissertations and Discussions*。
[133] "The Study of Poetry," *Essays in Criticism,* Second Series (London, 1898), pp. 1-3. （F. E. Mineka 向我指出，阿诺德在从他自己给 *The Hundred Greatest Men,* London, 1879 写的导论中引用这段材料时，颇有意味地对原文作了修改。）I. A. 瑞恰慈的 *Science and Poetry* 曾采用阿诺德这段话的句子做引文，该书更详细地展开了这个理论：诗歌使我们无须从认知上与传统宗教认同就能维持道德和情感的功效。见 I. A. 瑞恰慈的 *Science and Poetry,* pp. 60-61。
[134] *Autobiography,* p. 47.
[135] J. S. Mill, *Early Essays,* p. 201; Alexander Bain, *John Stuart Mill* (London, 1882), p. 154.